得意無言唯見道

清心獨坐忽聞香

儉甫大兄屬

左宗棠

左宗棠致士良书札　谭国斌当代艺术博物馆 藏

壹

固又陰性蹂急不骸自守舊且以自比
其勢必遺五之遠而就初之近頋要骸
薫与之乎易之取象於此當擇其正

者從之專壹靡它得此則失彼不
骸薫亦不可無非苟焉而已也
松濤大令屬
左宗棠

伊川曰人之所從得正則遠邪從非則
失實無兩從之理隨之六二苟係初昂
失五矣故曰弗兼与也所以戒人從正當

專一也盖初陽在下有小子之象五陽
在上有丈夫之象初於上二爲近五雖
正應而遠六二陰某見理不明持守不

左宗棠行书屏　湖南博物院　藏

賊營官軍不殆遂宵遁而去探報仍俟回溧

陽或者侍忠兩送以後不敢復萌由此宼江之念

未知也少荃中途復蘇州之降即智矣而完

不免為島人所輕茲仍邪以此越果立功而後宜

溧奉轄之劉賊即置之不顧任其狂宼而復擊

之乘用兵權勢乃美然不可謂漢國之忠也澤

將犒賞一件已奉　部矢而擢升至今未回大約

中途有事已行矢各者換查开咨軍核慶鈔

論批矢　示原奉

示知功牌既論等第自應改刻以示珍墨已

陽林眠孫兄在儆刊印寫本荐付一紙奉

覺看而用否草〈即詢

近祖不具　其小牌應填寫國名官銜姓名諸并開寫以便偽書吏繕

愚弟宗栗頓首

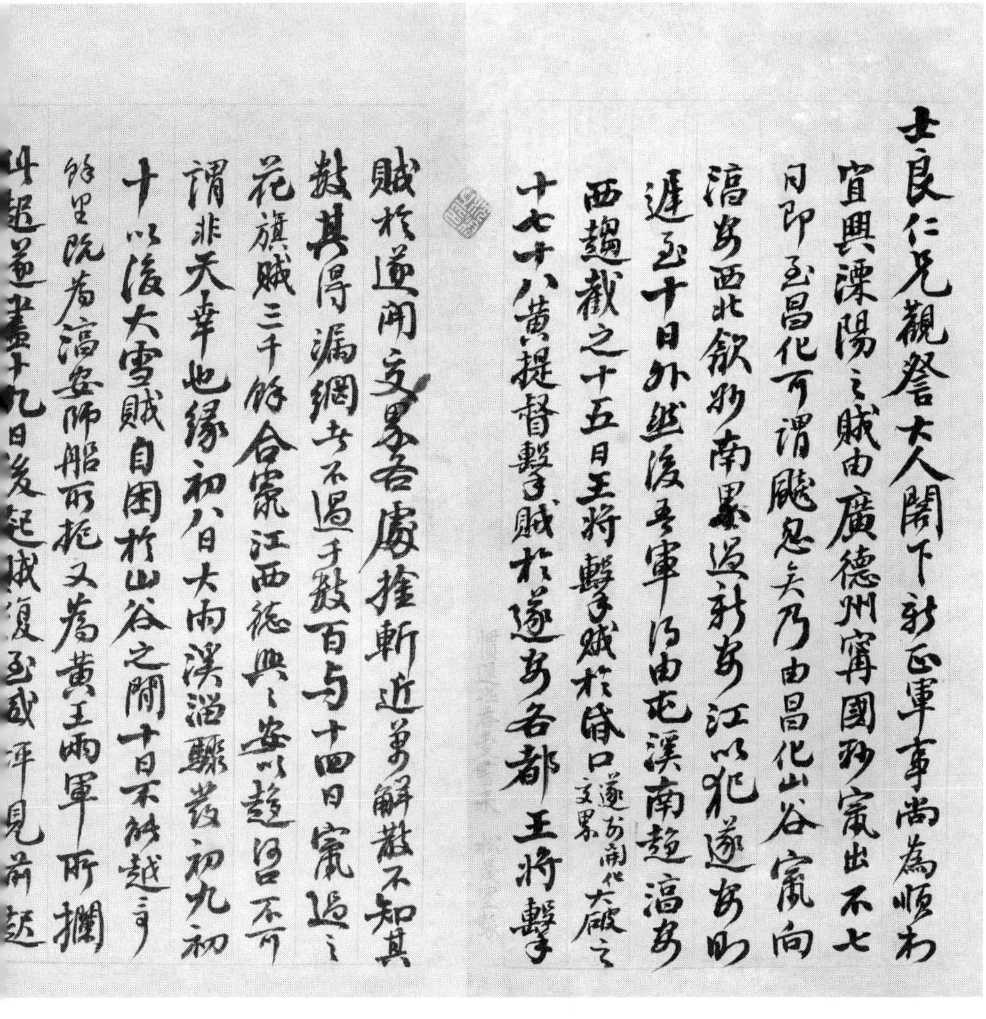

左宗棠致士良书札　谭国斌当代艺术博物馆　藏

蘭趣禮倫趣作

謫而源於而淨

壽卿二兄大人正

左宗棠

左宗棠篆书六言联　湖南博物院 藏

陆

功名诀

左宗棠镜像

王开林 著

上卷 非常功

湖南文艺出版社·长沙
HUNAN LITERATURE AND ART PUBLISHING HOUSE

图书在版编目（CIP）数据

功名诀：左宗棠镜像 / 王开林著 . -- 长沙：湖南
文艺出版社，2025.1. -- ISBN 978-7-5726-1420-0

Ⅰ . I25

中国国家版本馆 CIP 数据核字第 202465731F 号

功名诀：左宗棠镜像
GONGMING JUE: ZUO ZONGTANG JINGXIANG

王开林　著

出 版 人：陈新文
监　　制：谭菁菁
责任编辑：何　莹　李　涓　戴新宇
营销编辑：谢朗宁　谭力源
责任校对：刘　波
封面设计：今亮後聲 HOPESOUND 2580590616@qq.com

出　　版：湖南文艺出版社
　　　　　（长沙市雨花区东二环一段 508 号　邮编：410014）
网　　址：www.hnwy.net
印　　刷：长沙新湘诚印刷有限公司
经　　销：湖南省新华书店
开　　本：700 mm × 980 mm　1/16
印　　张：31.75
字　　数：530 千字
版　　次：2025 年 1 月第 1 版
印　　次：2025 年 1 月第 1 次印刷
书　　号：ISBN 978-7-5726-1420-0
定　　价：178.00 元（上下卷）

第四章　肃清东南边境，梳理西北乱局

第五章　攻克了顶坚固的堡垒，仍深感遗憾

第六章　矢志收复新疆，大帅不惜拼老命

狷也弗乡愿，狂哉恒进取。

年年鼎水飞，岁岁龙旗举。

佐幕黄金印，封圻白发旅。

东南定海针，西北及时雨。

矢志新疆复，悬疑老亮诩。

天荒可破冰，毋令神功沮。

非常功

上卷

引 言

一

大汉重武功，轻文事，好男儿骑上高头大马，纵横沙漠草原，万里封侯才叫快意人生，纵然化为了无定河边骨，悔教夫婿觅封侯的闺中人也只会独自拭泪，她绝对不会跑到大街上去当众号啕。为国立功，乃是男子汉大丈夫的分内功课，想一想，腔子里的热血都瞬间有了奔头。

司马相如作赋献汉武帝，弹琴挑卓文君，才智风流，一时无几，弱质书生，气魄却丝毫不逊于卫青、霍去病。他赋《难蜀父老》，使者有词："盖世必有非常之人，然后有非常之事；有非常之事，然后有非常之功。夫非常者，固常人之所异也。"何谓"非常之人"？即能够在乱世旋乾转坤的奇人、异人。何谓"非常之事"？即大众预想所不至、逆料所不及的大事，其利害、祸福攸关众生的命运。何谓"非常之功"？即数十年乃至数百年方可一睹的功勋，能够改变国运。非常之人做非常之事，非常之事成非常之功，这个逻辑推导可谓干净利落。

二

同治五年（1866）十月初，曾国藩回复湘籍小老乡陈湜，赠以德言："阁下英年气盛，自思锐志有为，然观古今来成大功享全名者，非必才盖一世。大抵能下人，斯能上人；能忍人，斯能胜人。若径情一往，则所向动成荆棘，何能有济于事？""能下人"即能尊重他人、礼遇他人，"能忍人"即能宽恕他人、厚待他人。唯有这样，才可望超过众人、胜过强人。如若不然，恣意而为，任性而往，必定步步荆棘，事业受到困阻，与成功的目标背道而驰。应该说，曾国藩的这句德言足可囊括百分之九十九的范例，但依然会有例外。

这个例外即左宗棠。他被公认为成功者中的执牛耳者，可是他并不喜欢循规蹈矩。其静气至足，故其底气至厚，四十八岁犹为布衣而不改常度；其信念至牢，故其魄力至大，披荆斩棘，一往无惧；其实学至富，故其手段至高，应对艰险局面游刃有余。

细究左宗棠不可复制的文武生涯，其为人处世的方式、行事接物的作风，无不迥异于先辈、同辈和晚辈。按理说，以左宗棠"婞直狷狭"的性格，长期处于错综复杂的地缘社会、亲缘社会、业缘社会，原本很难出人头地，更别说出将入相，然而他让所有围观者见证了一场"完美的魔术"，将微乎其微的概率转化成了有目共睹的事实。

阿基米德有名言传世："给我一个支点，我就可以撬动整个地球。"左宗棠则不耍花枪，不玩花活，只是"一意干将去"。阿基米德至死也找不到那个子虚乌有的支点，等于放了空炮。左宗棠则在知天命之年得到他想要的时机，此后二十余载，他以上山擒猛虎、下海缚蛟龙的手段创造出许多名场面，底定东南，廓清西北，收复新疆，其战功被时人和后人公认为清朝第一。

薛福成喜欢搜罗异闻，讨论因果，好持"功名乃先天所定"之俗论。其《庸盦笔记》中有一则逸闻，说是左宗棠早年梦见过自己一生遭际，嗣后从江南到漠北，从参佐戎幕到立功绝域，所历之境地，所经之祸福，一一得到印证，竟吻合无间。左宗棠的自强不息竟得益于年轻时那个离奇梦境的提点，这靠谱吗？但凡浏览过左宗棠的书信、奏稿、诗文的读者都会对此不以为然。一个人奋斗四十多年（包括坐馆、佐幕时期），困境险境层出不穷，区区一个虚无缥缈的梦境仿佛鸡脚（连马脚都算不上），如何能够撑起大象之身？痴人一夕说梦容易，智者长期实干才难，左宗棠堪称不可多得的智者和实干家，长期钻研经世之学使之如虎添翼。相比薛福成的"异梦说"，胡林翼集杜甫的诗句称赞他"所向无空阔，一心成大功"，更接近左宗棠的信念和胆魄。此外，用南宋名士陈著的诗句"鸿毛看势利，虎口见功名"来形容左宗棠的半世修为，也可谓妥帖到位。

三

《淮南子》好以妙理教人，其训言"名可务立，功可强成"，深入人心。何谓"名可务立"？即大名可凭专心致志的追求而立。何谓"功可强成"？即大功可靠自强不息的努力而成。道光、咸丰年间，相比沿海各省，以及直隶、河南、湖北、四川等省，湖南理应归于瘠地之列，更何况世乱叠加兵荒，苦人多，劳人多，有心人多，忠悫辅以矫激，义勇佐以坚毅，大功强成的例子可谓比比皆是。在湘人中，左宗棠始终是"最特殊的那一个"，年近古稀高龄，仍不畏千难万险，率大军收复新疆，他豪放的气魄、奋勇的劲头和笃定的信念至此已经达到峰值。左帅白首临边，倘若单纯赌运气，就极可能碰上厄运，他必须向死而生，充其睿智、布其胆力于所从事者，百折不挠，直抵大成而后已。

世间有侠之小者，也有侠之大者，或以杀人为目的，或以救人为职志。李白赋《侠客行》，壮句照眼："十步杀一人，千里不留行。事了拂衣去，深藏身与名。"如此侠客，赛似霹雳闪电，倘若只是快意恩仇，无论他事后深藏与否，仍然只算侠之小者。朱亥则不同，他助魏公子无忌椎杀晋鄙，夺取虎符，破解邯郸之重围，拯救赵民于水火，使万千生灵免于涂炭，堪称侠之大者，乃功可强成的典范。较之朱亥，左宗棠更是侠之大者中的翘楚，当整个国家陷于内忧外患的流沙地带苦苦挣扎时，他挺身而出，所拯救的生灵何止百万千万，所收复的疆土何止百里千里。

三十多岁时，左宗棠就已识破机关——"天下人心，大率一'利'字尽之"，但他更看重的是功和名。功非小功，而是建千秋奇功；名非浮名，而是立万古美名。他心目中远则有偶像诸葛亮，近则有典范林则徐，这些可靠的信息已透露出他非凡的价值观。

左宗棠对友人曹耀湘说，天下大患在于正气凋丧，善类无多。志在功名的人，已不多见；比这再进一步的人，更没有听说过。偌大的乾坤，要倚仗怎样的雄杰才能够强撑起一片天来？他是"志在功名者"吗？当然是的，但他不是"止于此者"，而是"进于此者"，以其表现（为国家、民族的长远利益奋斗终身，鞠躬尽瘁，死而后已）来看，功名是牢不可破的基础，福祉自在其上。

功盖当代，泽被千秋，名垂万古。在历史上，极少有人能够做到三点齐全，左宗棠便是这个"少数派"中的一分子。

四

年近五十，左宗棠才挺然出仕（八年幕僚生涯只算搬砖铺路），这样淡定从容，几人能及？他早就感悟有得："圣贤于出处大节，只讲'义''命'二字，断诸义以俟之命。故夷险一致，而进退绰然。"静气愈积愈厚，罡气愈养愈足。怯者愚者屈从定数以求应命顺命，勇者智者则把握变数以图造命改命。左宗棠的"断"不是武断寡断，"俟"也不是空等傻等，他不畏难，肯任事，长处尽显，准备充足。时运一至，便建奇功。这就不奇怪了，他霸气弥漫，正气凛然，壮心不已，猛志常在，以实心、实学、实力打硬仗、恶仗、大仗，胆魄智算无一短板，遇硬更硬，逢强更强，其澎湃的心劲如同滔滔江河，无有穷竭。

元人散曲中断言多了去，"浮生大都空自忙。功，也是谎；名，也是谎"，此为一例。对此断言，庸人、常人将信将疑，半信半疑，奇人、异人则嗤之以鼻。左宗棠堪称顶呱呱的奇人、异人，"成名要趁早""大器须晚成"，他集二者于一身，完美呈现不走样。纵然功名悬于虎口，左宗棠亦视之为囊中物，其示范效应令人印象深刻。诚然，世无豪杰，使贪夫揽功；世无英雄，使竖子成名，这样的弥天大谎在历史上确实上演过不少，但左宗棠立于豪杰英雄的巅峰队列，能够使贪夫竖子无地自容。

第一章

近代最神气的师爷
非他莫属

幕僚是颇为古老的职业，自汉魏到民国，作为军政官员的智囊，一直出现在历史的台前幕后，有时还会成为关键先生。古代州郡以上的官员就能够自主聘用从事、参军、记室之类的下属，所以英雄俊杰的兴起，一半是从幕僚起家。三国时期，曹操帐下谋士如云，荀彧、郭嘉、程昱、贾诩、荀攸乃是其中的佼佼者，刘备麾下，谋臣虽少，但"卧龙、凤雏得一可安天下"，高参诸葛亮、庞统起初也都是他的幕僚。最具代表性的当数唐朝汾阳王郭子仪，他极得府中文人和麾下武士的忠心死力，正史《新唐书》给出的数据足够具体："幕府六十余人，后皆为将相显官，其取士得才类如此。"这简直牛得有些不像话了，郭子仪的幕府中竟有六十多人出将入相，说是"一登龙门，身价百倍"，丝毫不过分。需要说明的是，幕府成为优秀人才的流水线，通常只是乱世景象。隋唐以科举取士的新制替代了高官大员荐士的旧制，在和平时期，幕僚的升迁路窄狭如平衡木，就算游幕之士才堪大用，想脱掉青衫，华丽转身，也颇为不易。

到了晚清，大乱世、大变局出现了，羊肠小道又重新接通了天路广衢。因此左宗棠、李鸿章、沈葆桢等人从幕僚跃升为封疆大吏，崛起的速度奇快，乍看去非常离谱，实则是雄才、奇才供不应求所致。

幕僚，通俗的称呼为军师或师爷，是官员、将帅的文胆和智囊，其言行举措只向自己的主公负责。中国古代最牛的师爷是谁？非诸葛亮莫属。中国近代最牛的师爷是谁？倘若左宗棠甘认第二，就没人敢认第一。诸葛亮从师爷发足，终至蜀国丞相之高位；左宗棠从师爷起步，终至清朝军机大臣之显职。左宗棠大半辈子喜欢以"今亮"和"老亮"自许，古今照映，他们同为重量级标杆人物，左宗棠的高自标置，倒也不算给自己脸上贴金。衡量二人的功业，左宗棠单凭收复新疆一项便足可完美超车。

"古英雄未遇时，都无大志"，清代大才子袁枚在《随园诗话》开篇处的这个论断令人大吃一惊。他认为大志既需要内心涵养，也需要外界激活，于是列举了好几位风云人物来做例证，其中有春秋五霸之一的晋文公重耳、东汉光武帝刘秀、东汉中兴名将邓禹和马武、南宋抗金名帅韩世忠，以及清朝名相鄂尔泰。年轻时无大志，其实无妨。最有趣的是韩世忠，某神算子凭借《梅花易数》推断他将来百分百会封王（实为追封），他以为神算子故意嘲弄自己，竟动怒生气，挥拳相向。未发迹时，王侯将相也如同凡夫俗子。晋文公重耳是春秋五霸之一，确实很牛，可是他年轻时毫无雄心壮志，在齐国做个倒插门的女婿，家有贤妻，厩有良马，就已经心满意足了，长期趴下躺平，不肯挪窝；光武帝刘秀是东汉的开国之君，确实很牛，可是他年轻时家境贫寒，被长官严尤惊奇地打量了一眼，就引以为荣；东汉的邓禹、马武都是开国名将，确实很牛，可是他们年轻时并没有什么远大目标，只想做个小官，谋口饭吃。袁枚列举清朝人物，更加得心应手。名臣鄂尔泰四十岁生日赋诗自嘲，得佳句"看来四十犹如此，便到百年已可知"，其时，鄂尔泰任内务府员外郎，不好不赖从五品，以古人平均寿命不及五十岁来料量，这显然算不上得意。鄂尔泰做梦都不可能想到自己四十九岁转运，居然还有机会出将入相，位极人臣。到那时，他的眼界宽了，路数多了，口气也就海大天大了，"居然以武侯自命"。武侯是谁？武侯即蜀国武乡侯诸葛亮，一千多年间，具有此类情结（自诩为武侯）的文士武将多如过江之鲫，左宗棠就是其中最牛的一位。更令人惊叹的是，左宗棠同样迟至四十九岁才转运，最终封侯万里，位极人臣！

四十岁后，左宗棠主掌湖南抚署戎幕，相继辅佐两任巡抚（张亮基和骆秉章），长达八年，直到四十八岁，他辞去幕职，训练乡勇，组建楚军，驰援江西，转战皖浙，军功卓著，浙江巡抚的新位子刚坐热，旋即晋升为闽浙总督，爵封一等恪靖伯。从同治五年（1866）到光绪六年（1880），左宗棠平定秦陇，收复新疆，爵封二等恪靖侯，拜东阁大学士。回京陛见后，晋升为军机大臣。

表面上看去，这百分百是趴窝者"不鸣则已，一鸣惊人；不飞则已，一飞冲天"的传奇脚本，左宗棠亲自担纲制片人、导演、编剧和主角，可谓胜任愉快。实则左宗棠仍是循资进用，并非破格提拔。咸丰六年（1856），左宗棠以筹饷有功，保郎中，正五品；咸丰八年（1858），骆秉章复以其运筹之功上疏入告，诏加四品卿衔；咸丰十年（1860），左宗棠募勇组建楚军，出援江右，始以四品京堂候补；咸丰十一年（1861）正月，左宗棠以三品京堂候补，旋即实授太常寺卿，襄办江南军务，皆特旨任命；嗣后，左宗棠晋升二品浙江巡抚。京官三品相当于外官二品，由太常升为巡抚，与平调无异。升迁的速度够快，但破格提拔的痕迹全无。论出仕之晚，湘军大将罗泽南算是很晚了，四十六岁方始执掌兵符，左宗棠则比他更晚，确实堪称异数。咸丰年间，罗泽南赋诗《运会》，慨叹"一身将老大，四海未澄清"，左宗棠对此必心存同感。好酒好菜不怕开席晏，"时来须做，休管急流人笑。功名尽迟尽好"，依照南宋名士陈著的意思，英雄有能耐，也须等待运转时来，推迟些倒是无妨碍。这意思，大器晚成才是真好。

师爷左宗棠智深勇沉，牛气冲天，神气十足，既在于他智能济物，勇可安民；又在于他负才傲物，任性恣意。人脉就是命脉，世间成功者中，没有谁敢自诩为孤胆英雄，左宗棠的朋友圈具备通天彻地的能量，足以保他逢凶化吉，遇难成祥，这个事实倒也无须用大帷幕去巧妙遮掩。

第一节　入山避乱非久远之计

时局动荡，左宗棠不肯主动入世，便只好被动隐居。乱世以避难为首要的急务，他辛苦找寻数载之后，终于下定决心，将行窝选定在湘阴县与长沙县交界的青山上，一个名为白水洞的地方。此处山高林密，人迹罕至，诛茅筑屋，适宜安家，乐意跟随者有仲兄左宗植一家和连襟张声玠家（其时张已去世），郭嵩焘兄弟则卜居于附近的梓木洞，结为近邻，山中寂寞，可相往来。左宗棠考虑得相当周全：亲友十余家结为社群，广置田产，各家出人或雇人种地；在各个路口建筑坚固的庄屋，平时可住人，急时可作碉堡；在山路旁多修防御工事，外寇见了必畏难而不敢深入；清点人口，设立社仓，以有余补助不足；严立条规，厘正风俗。他认为只要内乱不作，外侮就易防，大概能够在山间安枕高卧，没有生命之忧。就算强盗、土匪入山为患，左宗棠也有应付的办法：在地势高峻的地方结好寨子，不大张旗鼓与盗匪为敌，盗匪见我方不会危害他们，他们就不用忌惮我方，也很难从我方获利。要是盗贼不清楚我方的踪迹，必定不敢结队过境，我方可以幸获安全。就算盗匪侦察到了我方所在，我方的防御工事做得好，他们知道仰攻难以成功，劳累一番又得不偿失，也会放弃这块硬骨头而自动离开。

那时，胡林翼写信告诉同庚好友左宗棠，他家附近有座碧云峰，山势险峻，田土肥沃，明朝时就是避世的好地方，后者便嘱咐他赶紧用石材营造坚固的宅子，以图日后安住。

道光二十六年（1846），左宗棠入山而隐的构想尚未落实，其业师贺熙龄不幸病故。他几番思量，清醒地认识到，一旦水旱成灾，乱民蜂起，就算躲进深山更深处，也应无计避匪獠。避乱之举很难有万全之策，"本欲为出险之谋，反长抱入险之虑"，很有可能进退两难，追悔莫及。这从他的诗作《题孙芝房苍筤谷图》可以看出端倪：

> 画师相从询乡里，为割湘云入湘纸。
> 眼中突兀见家山，数间老屋参差是。
> 频年兵气缠湖湘，杳杳郊坰驱豺狼。
> 避地愁无好林壑，桃源之说诚荒唐。

左宗棠不复相信世间会有陶渊明笔下桃花源那种可以长期逃避战乱的福地，他直接用"荒唐"二字讥评"不知有汉，无论魏晋"的逸民梦。这就暗示了一点：或早或迟，左宗棠将转退为进，负剑出山。

咸丰元年（1851），朝廷屡下恩诏，搜罗遗贤，特开孝廉方正科。郭嵩焘和本地士绅一致推荐左宗棠应试，湘阴儒学同意免收费用，但左宗棠坚辞不就。同庚好友胡林翼写信反复劝导：国难当头，何以安家？眼下盗贼多如牛毛，江南不靖，正是大丈夫建功立业之秋，千万不可坐失良机。湖南巡抚张亮基尚在上任途中，即卑辞厚礼，派遣使者赶赴湘阴白水洞，恭请左宗棠火速出山。与此同时，胡林翼再接再厉，派专人送信，苦劝不休，大意如下：张亮基是文忠公林则徐一流的人物，肝胆血性，世间无几，值得贤者辅弼，何况兵燹所及，地方糜烂，百姓遭殃，倘若湖南全境沦落敌手，尽管柳庄够偏僻，白水洞也够隐秘，岂能片瓦独全？与其独善其身，倒不如兼济天下。

胡林翼以情动人，以理服人，以正道示人，以形势逼人，以可预料的后果惊人。桑梓不靖，山中哪得安枕？林下岂可闲步？这个道理实打实，纤毫不虚假。胡林翼教左宗棠只做军师，勿与官吏为伍，不经手银钱，这样一来，自然就可以独立不羁。此外，敦劝左宗棠出山的人还有仲兄左宗植、好友黎吉云，江忠源追寇至长沙，驻扎城南，也力劝左宗棠出山相助。

湖北学者王柏心比左宗棠年长十三岁，曾居云贵总督林则徐幕府，与左宗棠结为神交，他也写诗敦劝好友出山，"何当投袂平祆乱，始效留侯访赤松"，意思很明白，现在正值戡乱之日，还不到效仿留侯张良与赤松子游息林下的时候。左宗棠尽可把良朋好友的劝告当成耳旁风，但"保境安民"四字如施魔法，足以令他动情起兴。张亮基还在常德，派出的使者已到达湘阴，公卿不礼贤下士久矣[1]，左宗棠受此优遇，铭感五内，遂毅然出山。

咸丰二年（1852）八月下旬，湖南巡抚张亮基带亲兵驰抵长沙。左宗棠先已入城，立即就位，辅佐张亮基坚守省垣，殚精竭智，挽救桑梓。

第二节　辅佐张亮基，保卫长沙城

幕僚并非官场的正途出身，由官员自主聘用，属于智囊性质。咸丰十年（1860），左宗棠致书胡林翼，对幕僚的看法较为客观，大意如下：幕僚原本以协助官员办理事务为职责，既然是为人效力，自然不得不殚精竭虑做好分内的事情。更久远的古代就不提了，唐朝的马周只是一介平民，偶然帮中郎将常何起草了奏章，博得唐太宗的赏识，便位至上卿宰相，清朝的王杰、陈宏谋、林则徐，全都是从幕僚起家。幕僚中正人君子本来不少，无奈混世糊口的酒囊饭袋越来越多，这条入仕的正当途径便近乎旁门

1　道光年间，刘蓉《上贺耦耕先生书》有言："近世士大夫酣于势位，足己自贤，自公卿以下，不闻礼贤下士之风。而士之自重有耻、不求闻达者，亦宁韬光匿迹而不屑枉道以求知。盖上下之无交，非一日矣。"实在情形如此，左宗棠深受张亮基礼贤下士之举感动，非浅因也。

左道了，总有人拿它做话柄，指指戳戳。

左宗棠做师爷，主要目的并非谋食，他志存高远，王杰、陈宏谋、林则徐这些清朝的大能臣、大忠臣堪称光辉榜样，但做幕僚几乎要做到知天命之年，这绝对是他始料未及的。

咸丰二年（1852），左宗棠回复女婿陶桄，谈及省城内的人与事，笔墨之间欢愉色彩很浓："张中丞明爽果断，与仆情同骨肉，或可相与有成。"张亮基曾经得林则徐鼎力举荐，道是"其才胜臣十倍"，林则徐同样激赏左宗棠，因此张亮基与左宗棠相见恨晚，相得益彰，堪称强强联手。左宗棠致书胡林翼，也说："中丞开诚布公，集思广益，为近代所罕有。"短期内，他们就结下了深厚的情谊，两人的精诚合作既舒心又高效。多年后，左宗棠对人说："人谓骆公知我，实则远不如张公。张公出，且以印交我。"古代和近代官员通常都是身不离印，印不离身，张亮基署湖广总督时，每次出署均将总督大印交给左宗棠保管，这跟把个人的身家性命托付给左宗棠简直毫无区别，其信任程度可谓无以复加。郭嵩焘撰《樗叟家传》，也证实了此说毫无虚夸："张公每夕手挈总督关防，以属左公及君曰：'军情缓急，眉睫间耳。有发，先行而后告。'"郭嵩焘的胞弟郭崑焘自号樗叟，与左宗棠夹辅张亮基，后来又同佐骆秉章。张亮基对左宗棠、郭崑焘的信赖得到了丰厚的回报。当年，太平军大将李开芳率部骚扰河南怀庆，然后折入湖北，夜半，左、郭二人收到急报，未惊动张亮基，即调兵会合于鹅公颈，出其不意，一举击败太平军。捷报传来，张亮基才弄清楚前因后果。郭嵩焘还在《樗叟家传》中也写到类似的细节：张公肩负天下重任，用人不疑，疑人不用，虽在危难的处境之中，每天仍保持乐观的心情。张公调任山东巡抚，左君、郭君辞别回湘。张公罢官之后，对他们说："我在两湖，得到二贤的辅佐，幸而有功，在山东却找不到一个得力助手，所以处处不顺。"

张亮基用人不疑，放权放得彻底，将这个优点用准了对象，就能卓然有成，左宗棠、郭崑焘乐意为他效劳，也主要是这个缘故。咸丰三年

（1853），张亮基接到山东巡抚的调令后，左、郭二人同时辞去幕职，返回湖南。一旦失去他们的强力辅佐，张亮基在山东没有找到得力幕僚，事事棘手，政绩一落千丈，还被罢黜了官职。这说明什么？特殊人才确实具有特殊作用，真不是可有可无的。

明朝时，长沙知府堵胤锡撰写过一篇《星沙城守议》，他认为，长沙郡"负山面江，有险足恃"，防守此城，无外乎上、中、下三策：上策以战为守，中策以守为守，下策以藏为守。崇祯十六年（1643）八月下旬，大西王张献忠率军攻破长沙城，杀害了蔡道宪等守城官员，屠城的惨状非寻常笔墨所能形容。二百多年后，到了晚清，又一位西王率军杀气腾腾地扑了过来，清军节节败退。在长沙城中，将士们心知肚明，"以战为守"的上策无从运筹，"以守为守"的中策和"以藏为守"的下策更难奏效，平日的乐天派此时也皱紧了眉头。

咸丰二年（1852）十月，太平军悍将、西王萧朝贵充当先锋，率领精锐之师近万人从南面猛攻长沙城，挖地道，架大炮，轰塌石墙，城中守军竭力防守要冲，修补缺口，岌岌危城得以保全。输攻墨守多个回合，太平军无隙可乘，获利不多，顿兵于坚城之下，一筹莫展。

那时，长沙城垣上尚存旧炮一尊，年久生锈，填实弹药，发射时走风冒火，屡试不成。有位姓薛的乞丐，诨名"雪狮子"（此人冬天拥毡久坐于路旁，被大雪覆盖，状若雪中石狮子，因此得名），站在一旁观看良久，侧身睥睨而嗤笑道："一炮尚不能放，何言御敌！"营官正在气头上，被他怪腔怪调奚落，不禁火冒三丈，令手下捉住薛某，对他说："乞丐有多大能耐，竟敢嘲笑军爷，今天就让你来点炮，炮子能打出去，我就赏你饭吃，否则今天就在城楼上剁了你的脑壳！"薛某闻言，倒也不慌不惧，伸出赤脚，讨了双布鞋穿上，然后轻松上阵。引线已燃，薛某赶紧用鞋底踩实走风冒火的那道缝隙，俄顷，巨炮轰鸣，城墙下的太平军被炸翻一片。这尊大炮遂得名"雪狮子炮"，好巧不巧，击中西王萧朝贵坐骑的正是它。长沙解围之后，薛某获授把总，"雪狮子炮"也获封红袍将军。

当年不比今日，及时搜集和筛选有用信息、核实和评估前线情报是一件难度极高的差事，容易延迟，更容易出错。咸丰三年（1853）正月，上谕下达湖南抚署，其中有两处明显的错误：一是说北王韦昌辉在郴州"已伏冥诛"，实则未死；二是说翼王石达开"于河西窜出时已被官兵杀毙"，实则未亡。南王冯云山倒是已经在广西全州蓑衣渡被江忠源率领的楚勇伏击丧命，朝廷却未能获得准确情报。太平军摧枯拉朽，业已形成燎原之势，朝廷却依然藐视甚至鄙视成千上万的追随者为"乌合之众"，因此作出"其自广西同谋逆党，实已所余无几"的误判。南方前线的将帅谎报军情或错传消息，咸丰皇帝和军机大臣相隔遥远，尽管有八百里马上飞递，但仍被蒙在鼓里，当年瞎子摸象的实况只会比这道上谕透露出来的情形更加糟糕。

湖南巡抚张亮基派人去老龙潭挖出萧朝贵的尸体，除斩首示众之外，还要挫骨扬灰，并且剜出罗五等六名囚犯的心脏致祭阵亡将士。萧朝贵确实是太平军中顶厉害的狠角色，《太平天国野史》中有一处描述，萧朝贵发现自己的亲生父母违犯戒律，二话不讲就大义灭亲，他召集部众宣称："如果做父母的违背天条，就没有做父母的资格！"

太平军攻打长沙城，遭遇困阻，不敢恋战，于是在夜幕的掩护下偷渡湘江，向西袭扰，向北挺进。左宗棠致书胡林翼，汇报战况："贼自攻扑省城以来，日有死伤，精锐亦销折及半。伪西王萧朝贵已被炮轰毙。此贼凶悍狡诈，为诸贼之冠，一经授首，其谋遂衰。"还有一个说法，赵烈文听历史见证人黄冕亲口追述的，长沙保卫战的功臣应首推江忠源：咸丰二年（1852）七月，太平军攻打长沙，江忠源以绅士身份带领楚勇协助防守。敌军先锋部队两千人先到城南，江忠源率众出城争夺阵地，抢据浏阳门外至天心阁一带的要地，安营扎寨。过了几天，东王杨秀清骑马来到城南的阵地前转了一圈，眼看先锋部队的将士寸功未立，他十分生气，差点端掉他们吃饭的家伙。杨秀清引兵绕到楚勇的营垒后，来争夺小吴门外的教场坪。江忠源率众苦战，使敌军如遇铜墙铁壁，不能靠近城门，其猛攻疾取的意图无法得逞。长沙城未沦陷，实有赖于江忠源的这番坚守。此外，在城南仰天湖一战，江忠源带领楚勇向前冲击，短兵相接，他的大腿被敌兵长矛刺伤，坠落于马下，将士拼命相救，将敌军击退，扶救他回营。战事异常激烈，输赢往往就在毫厘之间。

张亮基抚湘，为期不足半年，所幸他能听从左宗棠的良谋，获取江忠源的死力，在惊涛骇浪之中保全省城长沙。左宗棠的良谋主要体现在战术方面，把优势兵力投放在浏阳门、定王台、天心阁一带，只坚守，不轻出，招募大批青壮民夫，一旦城墙被攻开缺口，守军即奋力击退来敌，民夫立即开工将城墙修补完整，几个来回的拉锯之后，敌军疲敝沮丧，然后官军转守为攻，取胜的概率很大。

在湖南，张亮基干出了好成绩，汗水未干，喘息初定，就奉旨调署湖广总督，左宗棠随之前往任所，照旧专主戎幕。张亮基履新之日，距太平军离开武汉仅十多天，官衙民舍，皆被焚为断壁残垣，军民汹惧，公私荡然。左宗棠写信告诉女婿陶桄：张制军以至诚待我，事无巨细，都委托我办理。这份信任最为难得，近来的督抚谁能如此重用幕僚？然而肩头的担子太重，我也太劳累了。

名义上，张亮基是巡抚，他放权给左宗棠后，后者将军政两方面的大事小事一概包揽，就成了实权在握的决策者，他写信告诉夫人周诒端：张中丞尽忠为国，极力振作。而所有批答、咨文、奏章，全委托我一手办理，昼夜劳累思虑，竟没有闲暇。委任之专如此，言听计从又如此，就算我不想感激奋发，怎么可能呢？张亮基信任左宗棠，重用左宗棠，倚仗自己的头号军师真到了极点。智士乐为知己者用，英才甘为知己者死，都是因为这样的"感激奋发"所致。

然而武汉官场比长沙官场要复杂得多，湖北巡抚崇纶是旗籍贵族，好弄权术，暗行倾轧，竟然使同城总督不安其位。九个月后，朝廷拆开这对搭子，张亮基徙任山东巡抚，左宗棠和郭嵩焘便一同辞去幕职，重返湘阴。"湘上农人"静气十足，决定隐居，"拟长为农夫没世"，这可是暴殄天物的节奏。新任湖南巡抚骆秉章招贤纳士的诚意丝毫不逊于张亮基，为了聘请左宗棠担任师爷，他主意想尽，办法用尽，一时也未能如愿以偿。

左宗棠尚在湖广总督署佐理戎幕时，浏阳征义堂聚众过万人，买通县衙官吏，阴怀不轨的图谋。尽管浏阳知县以血书担保征义堂素无反心，左宗棠仍力主清剿，嘱咐江忠源率楚勇从平江推锋至浏阳，并授以方略，一曰"解散胁从，以孤贼势"，二曰"各团众宜早为联络，使之并力齐进，以助军威而寒贼胆"，三曰"进兵宜神速，令其不测"。江忠源遵照左宗棠的计谋而行，大获全胜，省城长沙遂根除肘腋之患。事后江忠源致书郭嵩焘，讲得很清楚："浏阳征义堂匪徒，盘根错节，本非一日，自今年粤匪围省后，其焚掠淫杀之惨，真令人目不忍睹，耳不忍闻，而其器械之精，技艺之练，尤非寻常土匪可比。赖季兄主之于内，弟持之于外，遂得除此巨憝。"此信中的"季兄"专指左宗棠（字季高），"巨憝"即元凶、大恶，专指浏阳征义堂首领周国虞。

秦翰才著《左宗棠全传》，将左宗棠辅佐张亮基的那段日子视为"幕府生涯之第一期"，他总结道："在此十四月中，宗棠之运筹帷幄，足以踌躇满志者，与可以惆怅扼腕者，各有两事。"击败由豫入鄂的太平军，铲除浏阳征义堂，这两件事足以踌躇满志；建议防御湘江西岸，钦差大臣署湖广总督徐广缙"未之信"，建议造船，在东梁山、西梁山驻军扼守长江，不使太平军乘舟上犯，一旦出现机会，就顺流而下，乘虚而入，直捣太平军巢穴，张亮基离任后，此议作罢，这两件事令人惆怅扼腕。当年，王柏心与左宗棠同在张亮基幕府出谋划策，对于这四件事知之甚详，他赋诗为赠，句句都是自然流露的心里话，钦佩、赞赏、惋惜、惆怅、遗憾和期许兼而有之：

吾子天下才，文武足倚仗。

谈笑安楚疆，借箸无与让。

建策扼梁山，事寝默惘怅。

复议造戈船，进破万里浪。

鄂渚临建康，拊扼等背吭。

从此下神兵，势出九天上。

赞画子当行，麾扇坐乘舫。

乱世无侥幸，豪杰有权衡，漫漫前路千万里，等待左宗棠去领略的既有风险，也有机遇。化险为夷，化危为机，这正可见出他的上乘手段。

第三节　有史家断言：他游说过洪秀全

单凭常识判断，左宗棠会不会投靠太平天国领袖洪秀全？肯定不会啊！然而江湖上却流传着一个荒诞不经的传说：咸丰二年（1852），左宗棠瞒着亲友，独自投奔太平军，向洪秀全献计献策，结果未获采纳，只好赶紧闪离。这个无根的传说居然被数位史学家认真对待，将它工工整整地写进通史，于是某些天真未凿的读者信以为真，却又直犯嘀咕。

先看范文澜的《中国近代史》如何表述："据比较可信的传说，当太平军围长沙时，左宗棠曾去见洪秀全，论攻守建国的策略，劝放弃天主耶稣，专崇儒教，秀全不听，宗棠夜间逃走。"无独有偶，简又文《太平天国全史》亦坐实此事："据传说，左宗棠初以怀才不遇，郁郁不得志，尝投太平军，劝勿倡上帝教，勿毁儒、释，以收人心。惟洪、杨以立国之源头及其基础乃在新教，不能自坏之，不听。左乃离去，卒为清廷效力。"二者的描述大同小异，唯枝叶疏密稍有区别。

日本历史学者稻叶君山编纂《清朝全史》，其下卷第六十三章亦坚持此说。

几位历史学者如此卖力，将杜撰、臆测之词写进通史，真令人忍俊不禁，喷饭喷茶。既然左宗棠投奔太平军走漏了风声，清廷耳目众多，岂能长期熟视无睹，充耳不闻？岂能始终不作调查，弗予追究？这个黑底谁有办法洗得雪白，擦得干净？可是就连某些敌视左宗棠的恶御史也对这个闪睛鹰眼的大把柄懒得纠缠，可能吗？就算捕风捉影，也得有风可捕，有影可捉，才行。

清史研究专家杨东梁撰文《左宗棠曾想投太平军吗》，从四个方面入手分析：一是"生活环境不允许"，二是"主观动机不具备"，三是"时间安排不接轨"，四是"地点选择不相符"。最终，他以翔实可信的考证否定了这个荒诞不经的传说，并且推测道："传言起于二十世纪初，是与当时民族、民主革命运动高涨的形势密切相关的。一些民主革命宣传家借助先贤威名，打着他们的旗号，以求达到动员民众反清的目的。正是在这样的历史背景下，左宗棠投奔太平军的传言也就应运而生了。"我们阅读那些失实的通史，稍不留神，就会被那些戏说之词蛊惑得翻白眼，甚至翻车掉进深沟里，这种大概率的"意外事故"，谁愿意碰到？

历史事件小说化，历史人物漫画化，久已为某些读者喜闻乐见，有的戏说穿帮，有的戏说离谱，有的戏说搞笑。现代集邮家赵世暹有一则笔述就透着极高的玩兴："左宗棠有师，平日对宗棠甚器重。师殁，宗棠赴吊，问师母：'师有无遗言？'师母曰：'左某且造反，当与绝交。'时宗棠方与洪秀全通声气，闻之大哭，遂与洪断往来。"赵世暹的笔述仍是紧接着上面那个破绽百出的传说往下杜撰。"天、地、君、亲、师"谓之五尊，"师"排在末尾位置，倘若左宗棠连君主都敢于背叛，连亲人的安危都可以不顾，还会在乎先师的遗言怎么敲打他？逻辑上先就讲不通。

左宗棠素以智深勇沉著称。他会像个智商掉线的愣头青，未弄清楚事态之前，就冒着杀身灭族的风险去蹚浑水？他做出如此盲目险躁的大动作，简直令人难以想象。何况左宗棠素以忠义著称，一生痛恨乱臣贼子，他崇仰林则徐，发誓要做光明俊伟的国士。某些人编写通史，以为在书中为左宗棠添加排满反清的内容，实有抬高其历史地位的作用，殊不知，此类戏说荒腔走板，恰恰是厚诬他。

当年，有没有湘籍士人游说洪秀全、杨秀清？真有，这人是湘乡士子萧智怀。萧某豪宕不羁，才情了得，但他思常出位，不耐烦作八股文，师友皆视之为狂生。萧智怀在湖南境内拜访洪秀全于军帐之中，他挺身闯关，众守卫怀疑来者不善，抓住就要搜身。萧智怀大怒，便用市井痞话高声叫骂。杨秀清在帐内闻见喧哗，出来察看，萧智怀拱手问道："公是东王吗？敢问今日起兵，将设法排除满人呢，还是存心辅佐满人？"杨秀清回答得相当斩截："呃，这是什么话！我坚决排满，怎么可能辅佐它！"萧智怀大笑道："那么说公想要干惊天动地的大事，却让手下走卒困辱国士，又是为何呢？"杨秀清见萧智怀神气不俗，尽管满嘴狂言，但是理路清晰，就将他引荐给洪秀全。萧智怀毫不怯场，当即畅述大略："顺流而下，急取湖北，出兵中原，窥探燕京。"不东征而北伐，以当时太平军狂风卷落叶之势，咸丰皇帝连躺平摆烂的做法都行不通。等到太平军轻易攻占了武昌，将士都向往东南各省的繁华富丽，纷纷请求顺长江东下，萧智怀的大略随即落空。太平军打下金陵后，萧智怀又出谋划策，分三路挥师北伐：一路直趋河洛，一路径取开封，一路狠扼临清，疾赴幽冀。所到之处招纳豪杰，易置守令，一切根据当地风俗简化局面，暂时不改弦更张，如此进军，黄河以北将望风而下。天王洪秀全和东王杨秀清做算术题，最喜欢做减法，将三路减为一路，大将李开芳、林凤祥率孤军北伐，深入腹地，全无后援，打了几场胜仗之后，奇袭并未奏效，势头随即减弱。萧智怀见大计不售，败笔已伏，于是佯狂不复问事，瞅准时机，溜之大吉。同治三年（1864）六月中旬，曾国荃统领湘军主力克复了金陵，萧智怀以同乡故旧的名义到军中寻访小老乡、湘军将领陈湜，陈湜想挽留他，萧智怀摇头婉拒，拱手作别，后来不知所终。

好事者张冠李戴，编排左宗棠于咸丰初年游说洪秀全，可能是受到萧智怀所作所为的启发。由于萧某籍籍无名，知者寥寥，不足以耸人听闻，难以为宣传增光溢彩，于是好事者移花接木。这样推理，倒是虽失而不远。

第四节　再度出山，辅佐骆秉章

左宗棠入山唯恐不深，入林唯恐不密，在山林中住了半年，致书内弟周汝充，吐露心声，大意是：骆中丞等抚署要人都写信送礼邀我出山办事，并且委派郑司马到山里来催我启程，礼信和情意优厚，确实感人。然而近年我心血耗尽，不打算再参佐戎幕了，已经托词婉言谢绝。我只想从此销声匿迹，在荒谷中求生存，不敢再去尘世中抛头露脸，称名道姓了！很显然，左宗棠的归隐之意相当坚决。他打算借一笔数额不菲的银钱，在白水洞建造住所，要还清这笔欠债，就得卖掉柳庄的旧宅。白水洞显然不宜居，屋子建在山窝里，地势低洼，面积狭小，山上北风大、寒气重，唯独新组建的民团不错，盗贼不敢来此地讨便宜。

咸丰三年（1853），江忠源膺任安徽巡抚，成为湘军大体系中第一位当上封疆大吏的将领，他致书好友郭嵩焘，请后者劝说左宗棠出山相助，先探一探口风，就说"非为忠源而来，为天下而来也"。时势紧迫，稍后，江忠源直接写信给左宗棠，力邀他佐理军务，"其意甚勤，其词弥苦"，左宗棠仍婉言谢绝。曾国藩有一个新想法：由他出面募集乡勇三千名，委托左宗棠训练，训练完毕后与江忠源会师。左宗棠也没接这个茬。原因显然不是他致好友贺瑗信中所说的"自维胆识薄劣，不足当重寄"，而是他的悲观心态在起作用，现实令他绝望。

他告诉好友贺瑗：值此天下大乱的时点，贼匪的势力正极速扩张，而那些"有讨贼之责，有封疆之寄"的大臣，既无过人之胆，又无过人之才，天下事将不知会坏到何种地步！天下无柱石良臣，竟令贼匪纵横无阻，真该为之痛哭！我自料老死山中，不与尘世接触，我愿意成为干莹和寒蝉。左宗棠对于时局的失望程度已到了如此之深，还能够鼓得起什么干劲？

咸丰四年（1854）正月十六日，曾国藩致书胡林翼，因为麾下匮乏人才而大吐苦水：左宗棠"坚卧不起"，郭嵩焘"无意再出"，湖南的两位顶尖人才都不愿踩场入局。曾国藩分析原因：如今时势急剧变化，而官场风气仍泄泄沓沓，毫无振作的迹象。有识之士因此深感畏惧，都怀着入山唯恐不深、入林唯恐不密的打算。浊世已经沦为乱世，剧变之际，官场依旧论资排辈，低效失能，像左宗棠这样有真本领、大本事的人缺乏上升空间，只能潜藏在山林里，不肯到官场中厮混受气。短期内，谁也改变不了官场的大环境。曾国藩急于罗致精英，自然困难重重。五天后，曾国藩致书郭嵩焘的胞弟郭崑焘，分析危局，请他出山执掌幕府文案，将"隐居岂能避祸"的道理讲得通明透亮：假如武昌再度失守，湘北必先行沦陷；一旦粤匪入境，你家所居住的梓木洞岂能单独保全？你家的房屋、田产将被没收，头顶必盘发结，聘娶将难以自主，诗书必被禁弃，而伦常将遭变易。到时候，你家兄弟痛心疾首，恐怕不复有反抗的机会和余地。

当年，曾国藩起草《讨粤匪檄》，以"孔门千古之变"来激发书生内心深处的义愤，倒是收获了奇效。为了说服好友郭嵩焘出山相助，他还在书信中大谈生死，令人矍然动容：近日朋友中间，多半怀疑编练湘勇的事情是我一人的私事，遂有不宜答应朋友豁出性命的说法，尤其令人怪笑。我出山办理团练，早就等于踏上了一条绝路。就算诸友弃我不顾，我也将含笑而死，就算诸友舍命相助，也未必能帮我逃出生天。像足下这样贤良的绅士，自要顾全君臣道义和名教责任，理应竭力报效国家，不应当揣测我的死生来作预判，而应当以自己的死生来作决断。我未死，则助我共谋；我已死，则要么独力支撑，要么与人同举，直待生命完结，才可罢休。

郭嵩焘原本打算迁居梓木洞后遁迹深山，远避尘世艰险，曾国藩这番狠话真就打动了他，说服了他，于是毅然出山，辅佐好友，专心办理湖南境内的捐输事宜。

咸丰四年（1854），太平军所向告捷，湖南东境承压，北境失守，形势危殆。据宋联奎的《苏庵杂志》所记，湖南巡抚骆秉章已然耗尽耐心，急智猛然抬头，他将左宗棠的爱婿陶桄扣押起来，扬言要治其抗捐之罪。左宗棠迫不得已，前往抚署捞人，孰料骆秉章倒屣相迎，抚掌大笑道：陶文毅公之佳儿、左季高之快婿，岂可无缘无故蹲班房，吃牢饭，天底下哪有这样的道理？骆秉章棋高一着，左宗棠中了圈套，他非但不恼怒，反倒对骆秉章骤生好感。

先且暂停，看看《骆文忠公自订年谱》如何记述这个重点，解释这个疑点："咸丰四年甲寅　上年左季高先生已自武昌回湘阴，屡次函请到省帮办军务，不就。四年三月同伊婿陶桄到省捐输，极力挽留，始允入署襄帮，仍不受关聘。"骆秉章的文字简明扼要，这位湖南巡抚诚意满满，"极力挽留"左宗棠，丝毫没有行蛮耍狠的成分，倒是左宗棠半推半就，"不受关聘"，即只出力帮忙，不受聘约所牵制，他保留了随时拎包走人的自由权。较之《骆文忠公自订年谱》，笔记《苏庵杂志》添油加醋，显然掺入了演义成分的添加剂。参照同期左宗棠写给胡林翼的书信，由于太平军已攻陷岳州，湘阴岌岌可危，左宗棠"不得已勉为一行"，于这年三月八日入署。

咸丰四年（1854）春夏之交，太平军攻占湘阴县城，踪迹已抵达梓木洞，意在劫持左宗棠家人，形势岌岌可危。白水洞邻近梓木洞，那里不再是安家的吉地，于是左宗棠派遣兵勇将家人接到湘潭安置。

左宗棠出山专主湖南戎幕，最大的受益者是两个人——骆秉章和曾国藩。同年七月，曾国藩回复胡林翼，不乏笔歌墨舞的快意：

> 数月以来，季叟在抚幕，于侍处大有裨益，其妙在不着痕迹。盖其见事明而持论公，故久而人愈不疑也。季公若不在省城，鄙意多不能自达，事机恐仍致参差。祈阁下便中劝季公少留会城，逶迤斡旋，则有益于桑梓者大也。[1]

曾国藩与湖南巡抚骆秉章相处不算融洽，时或遭到掣肘，不免闹些意见，左宗棠见事明确而持论公允，有左宗棠润滑一下双方的齿轮，公务就好办多了，大小误会也更容易消除。曾国藩请胡林翼敦劝左宗棠在湖南戎幕多待些日子，貌似存有私念，实则出自公心。

第五节　左师爷不弄公权作私图

从咸丰四年（1854）三月到咸丰九年（1859）腊月，左宗棠辅佐骆秉章，共计五年零九个月。他执满勤，效全力，"惟我知公，亦惟公知我"。曾国藩称赞二人"断金合契"，主僚同心同德，彼此指掌无间，可谓互相成全。左宗棠对得起骆秉章的信任之专，他精心擘画，大胆作主，可不是庸夫俗子专往反方向去理解的"性喜弄权"。

凡事起承转合，总有个过程。初始阶段，骆秉章确实不如张亮基信任

1　胡林翼点翰林比曾国藩早两年，按规矩，他是翰林前辈，曾国藩须卑称自己为"侍"，"侍处"即我处的意思。

左宗棠。经过一年磨合，骆秉章已对左宗棠的品行和才智心中有数，称奇之余，彻底放手。光绪九年（1883），左宗棠致书郭嵩焘，追忆旧事，道出实情：弟从入居湖南巡抚署做幕僚及其后来到各地任职，曾对此小心翼翼，二十余年，心迹都可以反复体味。骆公起初还不能完全信任我，一年以后，他就只管签名用印行文，不再检查其他情况了。左宗棠还对好友李续宜透露过底细：骆中丞信任我最为专一，所以我能够驱使众人，使他们各尽所长。僚属向骆秉章汇报工作，骆公照例会问一句"季高先生云何"，意思不难明白，凡事左宗棠认可就成，他只管签名行印。"士为知己者死，女为悦己者容"，骆秉章的诚意感动了左宗棠，他写信告诉女婿陶桄：长沙大局粗定，我想隐姓埋名，跑进荒山藏起来，可是骆中丞推诚相待，军事方面全部托付给我一个人来主持，就不得不留在省城互相支撑。他致书内弟周汝充，也是重申此意："世局日艰，兄昼夜撑撑无少休息，徒以籲公、涤公拳拳之故，不能抽身。"骆秉章字籲门，曾国藩字涤生，前者是籲公，后者是涤公，再加上左公，由三公治湘，局面大胜以往。

左宗棠堪称"影子省长"，他主持全省军政要务，用权如用刀，敢于做决断，各色人事，该用的用，该撤的撤，该裁的裁，该登账的登账，该清盘的清盘。有人啧啧称奇，戏称左宗棠为"左都御史"[1]。戏谑者显然不是明赞而是暗讽左宗棠掌握的权力比骆老爷子还要大。《清史稿·左宗棠传》也将左宗棠权倾一省的事实放到台面上加以评议：骆秉章"倚之如左右手。僚属白事，辄问：'季高先生云何？'由是忌者日众，谤议四起，而名日闻"。没办法，掌大权者不徇私舞弊则易获清名，获清名者不同流合污则易遭毁谤，名与谤恰似同胞的孪生姐妹，她们出双入对，仿佛形影相随，你想召见一个，必然会来一双。

1　清朝官制：各地总督为正一品或从一品，均挂都察院右都御史衔，各地巡抚为正二品或从二品，均挂都察院右副都御史衔。

咸丰六年（1856），长沙城里常姓富翁的儿子动手杀了人，倘若按大清律例办案，此子犯下死罪，应当以命抵命，只等秋后问斩。常家仅剩下一根独苗，于是破财消灾，遍贿长沙城里有头有脸的官绅，以求觅得一线生机。然而任由求情者说千道万，磨破几层嘴皮，左宗棠始终坚持原议，不肯减刑。他强调："此事若问吾者，吾犹谓必杀之。"

同僚张集馨对左宗棠的强势有过正面领教，在《自撰年谱》中，他明确写道："文武官绅非得左欢心者，不能得意；而得左欢心者，无不得意。好之生毛革，恶之成疮痏。"这话就直接否定了左宗棠行事的公心，在逻辑上站不稳脚跟，试想，一个单凭个人好恶滥用权力的人，即使他的能力再强，也不可能在军政两方面干出令人服气的显赫业绩。张集馨为了证明自己的说法并非耳食之言，还特意引用了湘籍官员李桓的话来佐证，李桓批评左宗棠"明足以拒谏，辨足以饰非，存心深险，极不易交"。看得出来，李桓对左宗棠成见很深，好感度极低。这恰恰说明，左宗棠于官场习气甚少沾染，其行事作风太过凌厉，根本不怕得罪大小官绅。

不管外界存在多大的非议，骆秉章始终以国士善待左宗棠，左宗棠也一直以国士厚报骆秉章，主僚之间，无纤毫芥蒂。

蒋志范著《清朝逸史》，存录了不少珍闻，读之古风扑面。其中有一则《左文襄面谏骆文忠》，专写左宗棠直谏骆秉章勿用私亲、二人推诚相见的故事，左宗棠临事不苟，骆秉章从谏如流，在这则逸闻中均表现得淋漓尽致。

骆秉章的宠妾有个同胞弟弟，跟随姐姐来到湖南，捐钱弄到佐杂候补的资格，赋闲已久，无事可干。宠妾原以为近水楼台先得月，没想到她亲口央求骆秉章赏派一个差事给弟弟做，骆秉章居然面露难色，向她交底："这种事平常都由左师爷主持，我不方便向他启齿。"宠妾的念头未断，屡次在绣花枕头边吹风，骆秉章心软了，便勉强应承她，待左师爷开心时，找个机会说说，看看能否通融。

有一天，骆秉章与左宗棠叙谈，言语融洽，于是他从容提起某人在佐杂班中赋闲已久，似乎可以酌情给他安排一桩差事做。左宗棠闻言，默然良久。骆秉章又说："实不相瞒，此人是贱妾的胞弟，贱妾向我聒噪了许多回，我迟至今日方才提及。我已探悉此人小有才能，行事也算谨慎。佐杂班中像他这样的，听说多有差委，似乎不必因亲戚避嫌，独独让他受到冷落。"左宗棠莞尔一笑，对骆秉章说："今天我很高兴，公何不再赏数盏美酒，喝个痛快？"骆秉章以为事情轻松谈妥了，便欣然命酒。酒到，骆秉章亲自为左宗棠斟个满杯，左宗棠一饮而尽，再斟再干，三斟三干。饮毕，左宗棠搁下酒盅，起身长揖，对骆秉章说："喝过三杯离别酒，左某从此告别大人！"左宗棠言罢，立即催促家人打点行装，准备上路。骆秉章惊讶错愕之余，赶紧问道："先生何故辞行？"左宗棠应声回答："明白人不耐烦细说缘由。意见偶然不合，便当割席而去。君子绝交，不出恶声，何必多费口舌。"骆秉章这才恍然大悟，刚才自己为内弟讲情谋差，不妥当啊！于是他起身改容道歉："这事就算我没提。骆某倾心相任，从善如流，此心可质天日。先生千万不要因为一时误会萌生去意，今后一切倚重，骆某再不干涉了。"骆秉章赶紧叫左宗棠的仆从放下行李，洗净酒盅，他说："我还要与左师爷畅饮一番！"左宗棠从容坐下，即席慷慨陈词："现在是什么时候？南方大乱，戎马倥偬，如果中丞想维系人心，应该切实整顿吏治。倘若用人稍微有所徇私，就足以贻误大局。我确实知道佐杂班中某人小有才能，行为也谨慎，未尝不可以给他安排差事。然而中丞宜三思而行，安排他离开湖南去别处谋差为好，在省城只能委屈他，闲置一旁。万一因为派差的缘故，使官吏怀疑中丞顺从宠妾而徇私差委，怀疑左某顺从中丞的主意而为他安排职位。一旦落下口实，小人就会奔竞钻营，志士就会灰心丧气，以后将无一事可以办成！这就是左某决意辞行的原因，不忍心在抚署眼睁睁地看着中丞以失败收场。"骆秉章听罢这番话，心悦诚服，赶紧致谢道："先生真使我受益匪浅，骆某受教了！"两人欢饮尽兴。

在中国古代，内举不避亲的佳话甚多，东晋太傅谢安举荐侄子谢玄，唐朝宰相狄仁杰举荐儿子狄光嗣，北宋大将曹彬举荐儿子曹璨、曹玮，都令人心服口服。然而"内举不避亲，外举不避仇"并非官场中通行不悖的明规则，倘若主事者胶柱鼓瑟，亲人仅具小才即抢先用之，就很可能事与愿违。左宗棠晓以利害，骆秉章从谏如流，两人的大局观最终达成一致，实属难能可贵。

多年后，左宗棠回复周开锡，关于如何与上司相处，实话实说：上司有过错，下属先和颜悦色地规劝，对方实在感悟不了，就赶紧洁身离去，不再啰唆。这么说，倘若骆秉章固执己见不认错不道歉的话，左宗棠必定长揖而辞，一别两宽。

近代最神气的师爷才敢按照自己如此明确的原则对待上司，在就业机会奇缺的年代，保职等同于保命，低三下四还生怕出差池。天才的方案，人才玩不转；人才的方案，奴才也用不来。实际情形就是如此，像左宗棠那样随时拎包走人的超牛超神助理，能把主公惊出一身冷汗，也只在乱世有这个可能。

正史往往只提供"树干"，野史才提供"枝叶"。骆秉章与左宗棠精诚合作，正史称赞他们"和衷共济"，反而不如野史细述一桩小事更能让读者见微知著。

第六节　骆秉章放权之后还能放心

咸丰九年（1859）春，胡林翼在信中以幽默的笔调吹牛："总之，天下奏牍，仅三把手，而均在洞庭之南。此三子者，名次高下，尚待千秋，自问总不出三名之下。"这"三把手"便是曾国藩、左宗棠和他本人，均是洞庭之南的奏章名家，至于三人的排名谁先谁后，将来自有定评。如此养心益气的大自信不可无人响应，左宗棠"性刚行峻，不为曲谨小让"，就有意压曾、胡二公一头，直驾乎上："当今善章奏者三人，我第一。"在最初的湘刻本《左文襄公全集》和最新的湘印本《左宗棠全集》中，全都附入了《张亮基奏稿》和《骆秉章奏稿》。杨书霖是光绪湘刻本的编者，他作《跋》特意加以说明：张（亮基）、骆（秉章）二公的奏稿，都是左公在幕府时起草的。张、骆二公巡抚湖南，熟悉左公的才能，延聘入幕，"委以军事，奏疏书檄皆出公手，兼筹兵饷，罗致英杰，发纵指示，动协机宜，内绥士寇，外援邻省，所向有功。凡奏稿所陈，皆当时赞画，实见诸行事者"。左宗棠做兵马师爷时，军政本领、文武全才已凸显无遗。他在幕府练手数年，既是"实习生"，又是"操作员"，日后做巡抚、总督，进入角色毫无难度，提升角色尚有余地，对于用权办事、上传下达的门径确实再熟悉不过了。

某日，骆秉章听见抚署辕门外炮声隆隆，动静不小，惊问何故，左右告诉他，左师爷在拜发军报折子。骆秉章颔首点头，用舒缓的语气让人将折稿取来看看。原来骆老爷子连草稿都没过目，他放心信任左宗棠，左宗棠放胆运用这份信任，未讲丝毫客套。清朝有个规矩，巡抚驿递奏折，必先陈设香案，妥为供奉，鸣炮之后，朝向京城跪拜如仪，待所有步骤走完，驿使方可策马启程。左宗棠只是巡抚衙门的师爷，根本不具备"拜折"的资格，他代表湖南巡抚行礼，就算行得有模有样，也并不合乎官场仪轨，何况骆秉章事先毫不知情。由此可见，一方面，骆秉章信任左宗棠已经到了无以复加的程度；另一方面，左宗棠追求军政方面的高效率，也适当地减省了请示、报告之类的中间环节。有人很不服气，嘲讽咸丰年间的湖南抚署是"幕友当权，捐班用命"。至于骆秉章量才器使的本领和充分放权的胆魄，只有极少数智者能够看明白想清楚。

有权好办事，有大权好办大事，这话当然分毫未错。问题就在于掌权者是用公权办公务、布公道、谋公益，还是用公权作私图、纵私欲、结私恩、营私利？那些攻讦左师爷弄权的人，都想指控他滥用公权，营私舞弊，可是他们集体抓狂抓瞎，左师爷根本没有这方面的把柄给他们猛抓。在用人、用钱这两个大方面，左师爷的公道、公义、公德昭昭如日月可见，没有什么大过大失可以痛加指责的。这也是为什么讲，骆秉章对左师爷放权又放心，是他信任了一位绝对值得他信任的助手，是他贤明、高明、英明的地方。倘若左师爷有权就任性胡来，把湖南整得乱七八糟，乌烟瘴气，谁还会佩服和羡慕骆秉章这位天字第一号的甩手掌柜？不少人都会纷纷跳起来指斥他是一条彻头彻尾失职失智的糊涂虫。左师爷能够在抚署"专断""霸道"数年之久，说到底，就因为他已经将公权用到了极致，却不作私图、不纵私欲、不结私恩、不谋私利，成绩单非常靓丽，那些被左师爷断了财路和仕途的人天天都想下蛆栽诬，却迟迟找不到动手暴击他的机会。

咸丰四年（1854）秋，湘南传警，石达开的部下何禄、陈金刚分道北进，麾指长沙。军情紧急，骆秉章坐立不安，赶紧派人找寻左宗棠，最终得之于酒肆，已经酩酊大醉。众人急忙将他抬入抚署，夜半方才醒来。骆秉章询问计谋，左宗棠笑道："此事前三日已有所闻，即派周金城、李辅朝率领二千楚勇、南勇在宜章、临武防剿，另派二千兵勇至茶陵、攸县一带埋伏，此为桂林到长沙必经要道。林箐深阻，我军打败来犯之贼大有把握。之所以未露口风，我担心事机不密，贼寇另打算盘。大人尽可高枕无忧。"果不其然，几天后，捷报传来，骆秉章叹服。

左宗棠主掌戎幕，"事无大小，专决不顾"，他为骆秉章草拟奏章，倘若奇思偶得，妙语天成，他就不管是三更还是五更，是风冷还是霜重，硬要把饱享齐人之福的骆秉章从爱妾暖烘烘的被窝里"揪"出来，与他奇文共欣赏。妙就妙在后者不但不生气，还拍案叫绝，不惜搬出窖藏美酒，与左宗棠一醉方休。左宗棠的幽默感与自信心适相匹配，他调侃骆老板，常不免谑虐，比如他说"公犹傀儡，无线以牵之，何能动耶"，开这种玩笑，旁人怎么听都觉得开过了分，骆老爷子的反应却极见雅量，只是"干笑而已"。你说奇怪不奇怪，左宗棠睥睨一世，龙嫌海浅，鹏恨天低，骆秉章与这位目高于顶的千古奇才相处数年，始终放低身段，陪他一起疯、一起狂，"究竟谁才是真正的老板"，诸如此类的问题，反倒是无须答案了。单凭这点，我就觉得晚清官场并非死水一潭，尚存勃勃生机。

三国时期，魏国名将吕虔膺任徐州刺史，聘请琅琊人王祥为别驾，"民事一以委之，世多其能任贤"。湖南巡抚骆秉章的做法更漂亮，他将民事、军事全都交给左师爷去打理，既放权，又放心。多年后，左宗棠已封侯拜相，闲来无事且喝茶，与一位朋友月旦清朝人物，他信口问道："我和骆文忠公相比如何？"朋友微笑作答："依鄙人看来，骆公更为高明。"左宗棠愿闻其详。对方给出的解释颇具说服力："骆公的幕府中有明公这种狂放不羁、大包大揽的人物，明公的幕府中却见不到此类天才的影子，由此可见，明公不如骆公。"左宗棠闻言，掀髯大笑。单以雅量而论，左宗棠确实不及骆秉章，何况他事必躬亲，就算放权给幕僚，也相当有限。"公安得比文忠！文忠能用公，公用何人？"此答直哉！妙哉！世间还能否找到另一位翻版的左师爷？肯定找不到。如此天纵奇才，百年能出几人？骆秉章可算是占尽了便宜。湘籍名士李肖聃揭秘："曾侯幕府宾僚，极一时之选。而左兰州军幕，仅有施均甫一人，施有《泽雅堂集》，文辞可观。"施补华，字均甫，文章气象雄阔，诗亦深秀，但军政才能难望左宗棠项背。

论经略调度，骆秉章不如胡林翼；论文采才华，骆秉章亦不如曾国藩；论虚己进贤，骆秉章则完全可与胡、曾二贤并驾齐驱而绰有余裕。一文一武，左宗棠和王鑫，两人的性情至刚而褊，骆秉章均屈己而重用，尽展其才，尽得其力，信任出乎自然，并无矫饰的痕迹，这非常了不起。近现代名士况周颐著《眉庐丛话》，其中有一篇《左文襄受知于骆文忠》，结尾处赞叹道："文忠得以雅歌坐啸，号为全楚福星。天下不患无才，患知才不能用，用才不能尽，若文忠之有文襄，信乎能尽其才者矣。"一方乐用其才，一方愿竭其智，施授与回报恰成正比。骆秉章是长者，左宗棠是国士，二人古风盎然，实属互相成全的范例。

第七节　夸赞骆秉章"明治体而识政要"

咸丰十年（1860），左宗棠因樊燮案辞去幕职，接连派人送信给湘乡名士刘蓉，邀请他接掌湖南戎幕，辅佐骆秉章，却没能打动这位"小诸葛"。嗣后，胡林翼又写信敦促刘蓉出山，后者才勉强应承下来。刘蓉为何迟疑不决？一方面，他自知才略不及左宗棠；另一方面，亦自知性情"迂直胶执过之"，恐怕与骆秉章"难合而寡谐"。此外，刘蓉还有更深的顾虑：左宗棠独掌戎幕数年之久，擘画甚多，萧规曹随容易，但仅仅弥缝缺失，补苴罅漏，"既非才之所称，亦非志之所甘"。刘蓉点评骆秉章，道是"主人翁廉静寡欲，而乏刚果有为之志"。

这就是说，骆秉章实非强悍角色。据薛福成笔下勾勒，骆秉章与左宗棠皆貌若老儒，具体来看，又有不同："骆文忠公如乡里老儒，粥粥无能，而外朴内明，能辨贤否。左文襄公貌亦如老儒，而倜傥好奇，议论风生，适若与骆公相反；盖骆公能用才，而左公喜自用其才者。"骆秉章能够运用别人的才干，左宗棠更喜欢运用自己的才干，这倒是真正点出了两人最大的不同，所以骆公终身安逸，左公毕生劳碌。薛福成认为骆秉章因人成事，并不是才能高，而是福气大，此论代表了当时一些名士的看法。王闿运在光绪二年（1876）三月十日的日记中甚至"降维"酷评骆秉章"无能无量"，他固然敢言世人之所不敢言，但把折扣直接打到了地板上，其品评就一点也不可信了。他贬低骆秉章无量，但骆公曾包容极具个性的奇才左宗棠，使后者乐意为之效劳多年，又如何讲得通？

骆秉章素以清廉著称。他在京城任御史时，得到稽查银库的肥差，同乡循例致送莅任礼金七千两白银。须知，这笔灰色收入并不算贿赂，他拿回家挂在正屋房梁上，也不会有任何麻烦，但骆秉章拒之未纳。嗣后，各银号放话：愿出七千两白银的酬赏，只求保举骆秉章升任京畿道。这个新闻轰动了京城。多年之后，骆秉章将这段有趣又有面的经历写进了《自订年谱》中，得意之情溢于言表。

当年，举国上下，谁最知晓骆秉章的真实底蕴？除了左宗棠，还是左宗棠，他拥有顺位第一、第二、第三的发言权。咸丰十一年（1861），左宗棠回复刚履新不久的湖南巡抚毛鸿宾，信中对骆秉章评语极好：籥门先生巡抚湖南，前后十载，德政很多，都写不完，武节也不是他的短板，事实均有迹可寻，可考察而知晓。其遗爱更为广大的方面，莫过于剔除漕粮弊端、罢除大钱伤民两件事。他平息未行之乱，不动声色，措置湖南安稳如磐石，可谓明治体而识政要，并非近世那些有才能的臣子所能企及的。

神医治未病，能臣"靖未行之乱"，均不动声色，一个道理。左宗棠对骆秉章的评价这么高，肯定出乎很多人的意料。大家可能会主观上认定，骆秉章只是个坐享其成的甩手掌柜，左宗棠理应多为自己摆摆功！左宗棠了不起的地方恰恰就在于他不仅不贪取上天之功，也不贪取主公之功。他深知，没有上天和主公的合力成全，他左宗棠就算有三头六臂，才能抵得上十个范蠡，智谋抵得上十个张良，行动力抵得上十个韩信，也仍然干不出举世瞩目的业绩。尽管左宗棠性情孤傲，心气极高，他依然能够理智地看待一切，他从不贪天功为己有。这个"天"包括了所有个人主观能动性之外的诸种因素。

值得注意的是，王闿运在《湘军志》中也一改他在日记里抹杀骆秉章的那句酷评（"无能无量"），称赞骆秉章在任上能够改弦易辙，由弱转强，"治兵筹饷，以应四方之急""纵横四出，无功之不立"。骆秉章在湖南取得的成就离不开湘人左宗棠的鼎力辅佐，他膺任四川总督期间，又与另一位湘人刘蓉精诚合作，平定群寇，擒斩了太平天国翼王石达开，"遂以知兵闻于天下"。骆秉章善用贤才良将，能得文武僚属倾心辅佐，凭此优势独当一面而绰有余裕。同治六年（1867）冬，骆秉章在成都病故。"骆公既薨，成都为之罢市，居民皆野哭巷祭，每家各悬白布于门前，或书挽联，以志哀思。"成都为骆秉章建有专祠，蜀民将它与武侯祠并称为丞相祠堂。由此可见，骆秉章晚年历任疆圻，军功政绩俱优，民间口碑极好。

第八节　赏识战将王鑫，结为诤友和益友

咸丰年间，湖南扛着大局前行，竟有"湘事坏，则天下之事皆坏"的说法，反之，湘事举，则天下之事毕举，可谓切实之论。湖南不仅出力出钱，而且流血流汗，义声远播遐荒。左宗棠打了个比喻，而非耍嘴皮：我们楚地（包括湖北）受到邻省的拖累，至今喘息未定，如同穿着破衣服穿过荆棘丛，那种情形，想想都可怕。他讲的是实情，而非发牢骚，除了要以一省人才和兵勇供应五省之用，还要以一省财力办五省之事，当时，要用船炮军火接济湖北，湖南司库一度被彻底掏空，军饷积欠数月之久。那种左支右绌的境况，左宗棠以"三空四尽""千难万苦"八字形容到位。他不畏难，肯任事，与同僚惨淡经营，纵然巧妇难为无米之炊，亦要化无为有，积少成多。所幸湖南巡抚骆秉章德堪配位，聚拢了人心，提振了士气，高参左宗棠以治国之才治省，恢恢然游刃有余，大将王鑫在湘南、湘东和江西剿匪，所向有功，终于扭转了先前捉襟见肘的困局，将湖南建设成为不可替代的"采血区"，照应面至为宽广，湖南东征局、厘金局接济湘军粮饷，源源不断。

左宗棠致书湘军将领刘腾鸿和王开化，总结词总共三句：第一句是"吾楚人之忠勇，为天下冠，而中丞之公忠体国，不分畛域，亦天下所无也"；第二句是"东南数省以湖南为根本，湖南频年所以能支持至今者，亦以数书生不畏难、肯任事之故"；第三句是"吾辈不敢说与国同休戚，然与湖南同休戚，一定之局"。这三句大实话未掺半滴水。当年，"与湖南同休戚"就是"与中国同休戚"，二者毫无区别。左宗棠话未说满而意已讲透。

咸丰年间，湘军飙起，战将如云，左宗棠特别欣赏李续宾、杨载福和王鑫三员大将，盛赞他们智勇兼备，是"吾乡三伟人"，此外他也欣赏战将刘腾鸿，夸奖后者"忠勇尚气，一时无两"，希望这位湘南猛士有朝一日能够成为大人物。不幸的是，除开杨载福，王、刘、李三人在咸丰七八年间相继殒殁了，刘腾鸿、李续宾阵亡，王鑫病故。左宗棠常感叹知人不易，他认为良将应具备"廉耻、信义、刚明、耐苦"四大优点，"出乎此者，虽才不足倚也"。左宗棠钦佩王鑫"用兵如神，忠义奋发"，称许他气旺神敛，"为天下雄"，用兵布阵别有法度，"审事之精，赴机之勇，皆非近时所有"，他还夸赞王鑫修身立品卓尔不群，"刚明耐苦，义烈过人，实所仅见"，希望他能够以诸葛亮的"淡泊宁静"四字不断中和，抵达化境。

王鑫是罗泽南器重的弟子，少有大志，十四岁就在自家墙壁上书写豪言壮语："置身万物之表，俯视一切，则理自明，气自壮，量自宏。凡死生祸福，皆所不计也。"王鑫体貌清癯，目光炯炯如虎，声音洪亮，喜欢在人前议论风生。同门师兄弟陪同罗泽南聊天，只听见王鑫滔滔不绝，别人根本插不进嘴。于是罗泽南从容调侃道："璞山何不休息片刻，也让我们开口说几句话。"王鑫闻言赶紧住嘴，也不免哑然失笑。

咸丰三年（1853）秋，罗泽南率领偏师驰援江西，在南昌附近与敌军交战，四位弟子殉难，八十名湘勇阵亡。王鑫闻讯后，义愤填膺，决定招募二千湘勇前往江西杀敌，为同门师兄弟报仇。湘勇刚成军时，曾国藩非常看好王鑫，认定他是忠勇男子，是刘琨、祖逖那类热血爱国之士。打硬仗，打恶仗，王鑫的确有高强的本领，但他盛气凌人，好为大言，容易招致谤议，再加上他心气高、脾气大，与人相处不易融洽。"鑫为人阔达，初为将，乘四人肩舆，蓝顶花翎，招摇过市，不呼'大人'不应也。或以告秉章，秉章曰：'分内事耳。'"这就是史家笔下的小说细节，骆秉章那么回答，真够意思，难怪王鑫乐意为他效力。

当时，粮饷匮乏，王鑫超额招募湘勇，曾国藩令他裁撤一半，王鑫不从，反倒向湖南巡抚骆秉章索饷，愿意归其指挥。曾国藩与王鑫之间嫌隙由此而生。两人闹别扭时，凡是曾国藩的私信，王鑫概不回复，也不肯向曾国藩呈递公牍。于是曾国藩致书骆秉章，对王鑫拒不合作明显流露出不满。

咸丰四年（1854），曾国藩奉命统领湘军援鄂。此前，王鑫带兵北进，在蒲圻遇敌，力战不支，退入岳阳空城攖守。曾国藩闻讯大怒，将士都不敢进言。所幸陈士杰硬着头皮为王鑫再三求情，讲明利害，曾国藩渐悟之后，便疾速派遣水师拔救老湘营，共救出九百多人，其中不乏日后成名的大将。

失败乃成功之母。咸丰五年（1855）冬，王鑫致书友人易芝生，道是"弟去春羊楼、岳州之役，调度乖方，多丧良朋义士，毕生大恨，虽举天下之贼尽数歼之，未足销愤而抵罪"。日后，王鑫布阵用兵，"气益厉，心益慎，以少击众，百战而无一挫，遂称名将，号无敌，其发愤基于此也"。王鑫吃过了刻骨铭心的败仗，改掉了好大言、易视天下难事的毛病，其蜕变固然痛苦，但成效极高。

王鑫兵败湘北时，声名受损，自尊心遭暴击。左宗棠连续四次写信安慰他，鼓励他，骆秉章也一如既往地视他为国士，王鑫深有知己之感、实有报效之心，从此慎于治军，敏于应敌，经数十仗而再无大败。王鑫身上原本有个明显的缺点，他自命不凡，自矜太高，自许太过。左宗棠爱友以德，反复规箴，他不绕弯子，敢讲重话。他说：你充其量只是一位志士，却以圣贤自命自居，以圣贤自命自居固然很不妥当，但是你以庸众的方式交往人，以不屑的口吻责备人，就更加不妥当了。王鑫自夸自炫经常超越边际，幸亏有左宗棠这样的净友、畏友、益友从旁敲打点拨，他才少走了许多弯路。

王鑫能够在湖南、江西所向克捷，与左宗棠精心调护、鼎力支持是分不开的，"遇疾苦则慰藉之，遇怨愤则针砭之"，在精神气质方面，他们是互相欣赏的。

咸丰七年（1857）秋，王鑫病故于江西，左宗棠致书王鑫之兄王勋，且惜且悼，越想越想不通，大意为：以璞山的性情忠义刚烈，秉持正义，疾恶如仇，用兵如神，样样如此突出，而竟至这样病逝，只取得眼下这些成就，然则上天降生一位天才干什么呢？他长年在戎马战阵之间吃尽苦头，出入枪林弹雨，各种劳苦危险无不反复经历，到头来竟被病魔击倒，英年早逝！左宗棠的这封信还透露了一个鲜为人知的信息，某某神算子曾断言王鑫往后功高名重，但官职不能过三品，过则必定危及生命，因此骆秉章和左宗棠有所顾忌，该大力保举他的时候，反而踌躇中止，孰料王鑫三十二岁就病故于江西，居然连三品武职都不是，身后的种种哀荣（谥壮武，赠世袭爵位骑都尉，建忠义祠堂）都无异于安慰奖。天下方乱，将才难得，"痛璞山者，实为天下痛也"，左宗棠的慨叹发自内心。

王鑫不依不傍，既勇于自立，又善于自强，可惜英年早逝，左宗棠撰联挽之：

是奇男子，是真将军，万里忠魂归白竹；
为天下忧，为吾党惜，两行热泪对黄华。

光绪八年（1882），左宗棠撰文《王壮武公养暇处题额跋尾》，围绕"自立"的主题，他大作文章：

> 余维士生于世，凡得失穷通皆可听之时命，独其所以自
> 立者不容不审。古之君子，当其郁不得志，遵养时晦，若无
> 事然；然而匡辅之器，干济之才，磨炼既深，挟持自异，一
> 旦举而措之，为天下所共仰。……士贵自立，不苟于旦夕之
> 图者，必不较一时之显晦。几见有因遇蹇而颓然自放之得为
> 传人者？

这段文字可算是左宗棠的夫子自道，他从不担心自己年龄老大，名位
未臻，只担心自立的功夫尚显不足。孔子说："不患无位，患所以立；不
患莫己知，求为可知也。"湖南的人尖子个个都有建功立业的壮心和扬名
立万的雄心，他们个个具备扎实的基本功，却并不急求、滥取和躁进。王
鑫是这样的，左宗棠也是这样的，同道中人善于在困境和逆境中韬光养
晦。他们惺惺相惜，就合情合理了。

左宗棠对宿将王鑫的敬重还有明确具体的表现，比如与王家联姻，愿
乞将种。他最小的儿子左孝同娶了王鑫最小的女儿，确实是门好亲事。

第九节　他的调度符合自然，掌握关键

左宗棠佐幕数年，肃清湖南四境，援活周边五省，驱逐石达开主力，
饱尝辛苦甘之如饴。现代学者钱基博对左宗棠佐幕期间的事功给予了很
高的评价："……国藩率师东征，而宗棠佐骆秉章以坐镇湖南。湖南之得
以保境安民，湘勇之用能杀敌致果者，曾国藩倡之，骆秉章主之，而宗棠

实力赞之。"

有意思的是，左宗棠所欣赏的人才"皆国藩所不喜"，最典型的例子是王鑫，他与曾国藩圆枘方凿，卯榫不合，以至于失欢断交。左宗棠的解释颇见其豪迈性情：天下人才有多少？若不放宽录用的尺度，则凡是需要激励而后成熟、磨炼而后成才的人，都可能遭到压抑。用人应当用其朝气，用其所长；给他忠告，为他指明方向，使他明白应该做什么；不要暴露他的短处，那样会使他自卑；不要逼迫他做超出能力的事情，那样会令他沮丧；做好了这些，就能获得人才的顶级效用。

人才难得，谋略非凡很难，勇冠三军更难。汉高祖经历百战而得天下，盛赞过张良、韩信，但他回故乡作《大风歌》，疑虑重重的竟是"安得猛士兮守四方"，如此阅历有得之言确实耐人寻味。左宗棠认为，张良、陈平、韩信长于谋略，坐镇帷幄之中，并不能轻易兑现胜果，勇将周勃、灌婴、樊哙的执行力才是取胜的可靠保障。才气恢廓的人，通常会有粗豪的毛病，要他们循规蹈矩，容易一拍两散。有人认为游侠多奇才，实则他们性情偏至，"不畏不仁，不耻不义"，乱民有余，成事不足，还不如狗屠布贩，"所执虽卑，而其心尚朴，其性尚完"，忠勇节义兼具，方可倚赖。

比较而言，曾国藩长于涵养人才，帐中多出雅士；左宗棠善于激发人才，麾下多出能员。曾国藩养才则望其树立，越大越好；左宗棠用才则望其驰骋，越快越行。双方的人才观截然不同，曾国藩以其长效机制获得更广泛的赞誉，就一点也不奇怪了。

左宗棠是中国近代史上最牛的师爷，旁人别说超越他，能望其项背者也少之又少。他离开湖南抚署之前，向骆秉章推荐刘蓉接替自己。刘蓉连复数书，敬谢不敏，他认为左宗棠着实干得太过出色了，自己无法延续他那样的高能、高效、高光。"抑观足下佐幕数年，大则章疏，小而禀牍，具草拟批，兼综并理，故能总絜全局，代效勤劳。若蓉之愚，既无此捷给肆应之才，将负中丞公虚怀延访之意。徒尸此席，亦竟何裨？"这固然是刘蓉的谦辞，但也算得上实话。左宗棠公务娴熟，十项全能，既可举重若轻，又可化繁为简，别人真没有这么全面出色的功夫。

毛鸿宾继骆秉章后出任湖南巡抚，郭崑焘成为首席幕僚，他才思敏捷，文牍精娴，办捐办厘颇为妥当，毛鸿宾视之为极品智囊。曾国藩在江西苦撑时很想将郭崑焘罗致帐下，后来驻军安徽，仍再三再四邀约郭崑焘东游，许诺他不受羁绊。郭崑焘把"太极推手"表演得炉火纯青，以至于曾国藩调侃他惧内，即俗语怕老婆。

同治元年（1862）闰八月，曾国藩回复郭崑焘，贬称抚幕为"腥膻之地"，又说厘局有"黜陟之权"，许多人挖空心思拉拢郭师爷，以便捞取油水，捞到的记恩，捞不到的结怨。郭嵩焘隐居山中，湘阴贫士为谋求厘局的肥差，大老远跑去走后门，求他向胞弟郭崑焘索要一个人情。曾国藩远在两千里外，也有湘籍贫士和候补官员写信请他帮忙，希望借曾国藩的门路打通郭崑焘的关节。师爷竟有权决定他人的贫富荣枯，可谓证据确凿。曾国藩在信中直言道："……然则阁下今日之所处，自视以为大隐；自世人视之，则权门也。"由此可见，自从左宗棠立下标杆之后，湖南抚署的领班师爷声名远播，做个大佬一点也不难。郭师爷能办大事，肯办正事，闻名遐迩不成问题，但他要干出比前任左师爷更为耀眼出色的业绩，可能性绝非微乎其微，而是一个大大的零蛋。这从湖南巡抚毛鸿宾在任期内颇受湖南士绅欺负和控诉就能够看出，他诸事难办，诸谋难行，几乎一筹莫展。毛鸿宾跟骆秉章不属于一个量级，郭崑焘跟左宗棠也不属于一个量级，湖南在咸丰年间创造的辉煌便不可复制，更难以发扬光大。

左氏功名诀

"士贵自立，不苟于旦夕之图者，必不较一时之显晦。"

意 译

志士的可贵之处在于自立，不急功近利的人，必定会有高远的目标，不会计较一时的发迹或落魄。

评 点

士或志于道，或行于仁。曾子说："士不可以不弘毅，任重而道远。仁以为己任，不亦重乎；死而后已，不亦远乎。"既然士应当负重行远，不自立就绝对负不起，不自强就绝对行不成，躺平固然不被准许，鼠目寸光、贪图小利也难获通融。目标在高远处，何须介怀眼下是否山水显露，何须在意目前是否头角峥嵘？左宗棠是个典范，他二十岁乡试中举，三次进京参加会试，均不及第。他做了十年教书匠、八年兵马师爷，韬光养晦，长达二十八年，始终好学精思，就算"超长待机"，不少朋友已经率先飞黄腾达，他也没有猴急鸟躁。四十八岁时，他带兵挂帅，最终大器晚成，大功告成。其显赫时如同日月经天，人人敬仰。大众均赞赏他出色的本领，我则钦佩他非凡的静气。

第二章

犯了钦案，
还能把烂牌打成赢局

咸丰九年（1859）四月十二日，胡林翼致书左宗棠，对后者的处境有一个大致的评估，认为好友具备当世不可多得的雄才，目前还未能尽其所用，具体情形可概括为八个字——"有德有宠，无位无民"，这又如何能够大展宏猷？胡林翼还善意地提醒左宗棠：在湖广总督官文那里离间你的，全是湖南人，不是湖北人。左宗棠品德无瑕（有德），身为湖南巡抚署的兵马师爷，深得巡抚骆秉章的信任和倚重（有宠），但他不是体制之内的官员，没有实职（无位），不能够名正言顺地治理州县（无民），所以他无法把自己的才能发挥到极致。胡林翼认为，湖南抚署这个池塘小了点，根本容不下左宗棠这条大龙。

　　当年，两湖之地（湖南和湖北）是合为一体的行政区，湖广总督官文跟湖南巡抚骆秉章关系紧张，自然恨屋及乌，左宗棠被湘人离间便不足为奇。左宗棠主持湘抚戎幕，大胆用权，锐意办差，但"虑事太密，论事太尽"，在湖南官场，他一言九鼎，甚至一手遮天，其强势简直达到了"令人发指"的地步，他得罪了不少有名望有靠山的湘籍官绅，断了他们的财路和仕途，这就势必会给自己招来一大群自带毒针的马蜂。

近代诗文家李详的《药裹慵谈》里面有一则《左文襄不礼唐镜海》，说是湘籍理学名臣唐鉴做京官时颇受倭仁、曾国藩等朝官敬重，皆从游问学受教。镜海先生致仕还乡，湖南巡抚骆秉章延聘他到岳麓书院主讲，孰料左宗棠力持不可。王闿运质问左宗棠："唐先生系奉旨到书院主讲，有何不可？"左宗棠无词以对，于是改聘唐鉴到常德某书院做山长。老先生坐船不方便，改走陆路，结果途中被强盗劫去川资，惊悸而死。有人怀疑唐、左二人之间可能有什么过节，否则的话，就算左宗棠盛气凌人，也没必要为难一位宗师级的长者。在这件事情上，骆巡抚居然说了不算，左师爷定了才行，结果令人痛心。

倘若有人细心和较真，读罢此文，心生疑窦，便去仔细寻绎一番，就会发现李详的这则笔记不够精审。镜海先生确实有过一次危险的经历，在旅途中被土贼劫去川资[1]，但彼时左宗棠尚在安化坐馆做塾师，并未到湖南巡抚署做幕僚。唐鉴被抢劫，资财尽失，性命无忧（根本谈不上"惊悸而死"），与左宗棠毫无干系。镜海先生暮年定居于长沙府宁乡县四都衡丹岭，纯以著述为乐，与外界很少发生交集。咸丰十一年（1861）正月，唐鉴魂归道山。在此之前，左宗棠于咸丰九年（1859）腊月下旬即已辞去幕职，镜海先生去世是在一年之后，把镜海先生之死与左宗棠强行挂钩，根本毫无道理。然而这个传闻居然被那位自诩"下笔精审"的作者李详写进笔记，这也就间接证明了左宗棠主持湖南戎幕时过于强势，确实得罪了不少人，伤害了不少人，他们栽诬他，无所不用其极，竟然将十分虚假的流言当成必杀的利器，失察者居然还将此当作逸闻，误加采信，绝大多数深信不疑或半信半疑的读者就会被蒙在牛皮鼓里。

1 刘蓉《上贺耦耕先生书》提及此事："闻唐镜丈归舟遇盗，遂尽丧其资。意外之遭，乃至于此。匪徒猖獗，遂敢横行江汉，无复畏忌。世事之变，其亦殊非细故矣。"可见唐鉴遇盗是在道光二十年（他致仕南归时），地点是在湖北境内。

第一节　开口骂、出手打二品武官

在湖南抚署中，兵马师爷左宗棠独得巡抚骆秉章的充分信赖，他手握铨衡，出工极勤，管事极广，脾气火暴，骂起人来，常带脏字，"忘八蛋"三字即为标配，根本不管对方好受不好受。

咸丰六年（1856），左宗棠骂死了武将谌琼林。谌某是湖南溆浦人，绝非无名鼠辈。九年前，曾国藩受朝廷指派，膺任武会试正总裁、武殿试读卷大臣。他的家书中有这样一段话："湖南新进士谌琼林以石力不符，罚停殿试一科。"这就是说，默写《武经》，谌琼林过了关；考试弓刀类的武艺，谌琼林也过了关；唯独公测举石时谌琼林膂力不足，没有及格，须参加下科殿试补考。咸丰五年（1855），谌琼林补授乾州协中军都司加游击衔，带兵援鄂，作战不力。左宗棠对湘籍将领要求和期望太高，谌琼林的才能不足以达标，屡次遭到左师爷的痛骂，以至于愧愤难当，吐血而亡。

咸丰六年（1856），左宗棠致书湘军名将李续宜，谈到用人的方式方法，提及这桩旧事，心下依然感觉不安，并且多有反省悔悟：凡是用人，要用对方的朝气，用对方的长处，常令他感觉喜悦，要善于给他忠告，使他知道意向所在，不要尽讲他的缺点，逼迫他做力所不能及的事情，这样就能得到人才的作用。因为我一顿痛骂，谌琼林突然死掉了，我心里常常感到沉重。去湖北，他也不是自愿的，到了湖北以后，我对他的责备很严，期望很高，他的才能不足以匹配重任，便酿成了一场悲剧。

谌琼林只具备中等的才能，左宗棠交给他一副重担，就一下子把他压垮了。倒是他的部下中出了一位堪称杀神级别的名将田兴恕，左宗棠也多次隔空怒骂过他无良，但后来经略西北，居然获得了田杀神的一臂助力，这当然是后话了。

左宗棠骂死武将谌琼林，自承有负疚感；但他弹劾武官樊燮，则理直气壮。

晚清名士徐宗亮著《归庐谭往录》，其中有专节，对永州总兵樊燮与抚署师爷左宗棠结下仇怨，有一个较为明确的说法：左宗棠辅佐湖南巡抚骆秉章，事无大小，专决不顾。有一天，樊总兵到抚署拜见骆秉章，延请左宗棠出来一同谈事，双方因意见不合发生冲突，左宗棠突然起身狠抽樊燮一记耳光，还破口大骂，樊燮不堪忍受这样的侮辱，向湖广总督署告状，于是互相检举，彼此揭发，惊动朝廷，铸成大案。左宗棠辞幕回乡，樊燮也奉旨罢官。樊燮回到老家，向儿子樊增祥放出狠话："左宗棠只不过是一名举人，竟然如此嚣张跋扈，武官还有什么可干的？你要是不考中进士，就不是我的儿子！"樊增祥不负父亲的期望，中了进士，点了翰林，以才学著称。这则笔记字数少，信息量大：左宗棠虽然只是湖南巡抚骆秉章的幕僚，却异常强势，一言不合，就狠抽二品武官永州镇总兵樊燮耳光。晚清时期，重文轻武之风甚烈，樊燮以自己的亲身经历教育儿辈，武官实不可为，地位还不及师爷，你要有出息，为老子出一口恶气，就必须考上进士，压过左某某的举人。樊燮的这番家训极大地触动了小儿子樊增祥，使之寒窗苦读，成为翰林。

相比较而言，刘禺生对于此案来龙去脉的描述更为详尽。他还去樊燮原籍湖北恩施县城内梓潼街寻访过樊氏兄弟读书楼，亲耳聆听当地父老讲古，有些细节可补充传闻之不足。

恩施父老中有博闻广见的人，他告诉刘禺生："樊燮公做永州镇挂印总兵官，有战功。骆秉章是抚帅，左宗棠在幕府养尊处优，樊公拜见抚帅后，再去拜见左师爷，拜见抚帅时请了安，拜见左师爷时没请安。左师爷大怒，奏劾樊公各种贪渎行为，樊公免官回到恩施。"……恩施城中有位吴老人，年纪九十岁了，小时候见过樊燮，他说："燮公拜见骆帅，骆帅叫他去拜见左师爷，见面时没有请安。左师爷厉声呵斥道：'武官见我，无论大小，都要请安，你为何不这样做？快请安！'燮公针锋相对，直接顶嘴：'朝廷的体制，没有规定武官见师爷必须请安的条例，武官虽轻，我也是朝廷二三品官！'左师爷更加气急生怒，起身要用脚踢燮公，大声呵斥道：'忘八蛋，滚出去！'燮公也怒极而退。没过多久，就有燮公革职回籍的命令下达。燮公带着两个儿子樊增裲、樊增祥回到恩施，在梓潼街建楼居住。楼建成了，摆酒席宴请父老乡邻，对大家说：'左宗棠只不过一个举人罢了，他侮辱我的人格，又夺去我的官职，并且波及先人，视武将如犬马。如今我已经安家，敬聘名师，教我二子，雪我耻辱，不中举人、进士，点翰林，就无法见先人于地下！'于是以重金礼聘塾师，以楼上为书房，除师生三人外，不准旁人上楼。每日准备饭菜，必定亲自检查，穿戴整齐后，请先生下楼吃饭，凡是先生没下过筷子的菜品，下次就更换。儿子樊增裲、樊增祥在家，不准穿男装，都穿女子的衣裤。燮公发话：'考中秀才进学，就脱掉女式外衣；考中举人，就脱掉女式内衣，这才与左宗棠的功名相等；中进士、点翰林，就烧掉我所立的洗辱牌，以无罪告诉先人。'燮公回到恩施，就写了'忘八蛋，滚出去'六个字在木板上，做成长生禄位牌的样式，放在祖宗神龛的下侧，每月初一、十五就带两个儿子向木牌行礼。他说：'不中举人以上功名，不许撤去这块木牌，你们总要高过左宗棠。'樊增祥中进士后，樊家才烧掉了这块木牌。"恩施父老谈论樊家的往事大致如此。樊增裲学问切实，高于弟弟樊增祥，张之洞督学湖北时，刻印《江汉炳灵集》，收录多篇樊增裲的文章。樊增祥点翰林后不久，樊增裲就病死了，士林为之痛惜。后来樊增祥实任陕西布政使，朝廷赐建左宗棠专祠于西安，巡抚委托樊增祥主持祭奠；樊增祥推辞道："宁愿违命，不愿获罪先人。"邻近有一位老人说，从前在樊家的楼壁上，还残存了墨笔书写的"左宗棠可杀"五个字，想必是樊增祥兄弟小时候发愿的文字。

由于樊总兵遵照朝廷体制行礼，未向左师爷请安，左师爷就作势要踢樊总兵，并且破口大骂"忘八蛋，滚出去"？刘禺生采信的说法貌似不合情理，但以当年左宗棠的脾气、威势来推测，如此发飙也不算太过离奇。徐宗亮坐实左师爷打了樊总兵耳光，则未免有些夸张，可信度不高。樊燮颇具血性，以直报怨的方式也很独特，极力促成儿子中进士、点翰林，在科举功名上超过左宗棠，以此方式湔雪前耻。这么说，左宗棠是以另类的间接方式激励樊氏后人成才，究竟有怨有德、有仇有恩还很难讲清楚。如果樊燮九泉之下有知，左师爷居然官至东阁大学士、军机大臣，封爵二等恪靖侯，又该作何感想？莫非吐血不成？跟儿子说好的报仇雪耻就不仅显得无足轻重，而且显得相当滑稽。何况其小儿子樊增祥晚年向袁世凯献媚，连自己那张遗老的脸皮都扒下来扔进了阴沟，为士林所不齿。倘若左宗棠在天有灵，必定还会照旧唾啐樊家父子的脸面而厉声大骂："忘八蛋，滚出去！"

战争期间，银根紧缩，物力维艰，若单论危害性，武官之贪比文官之贪的烈度要大许多。当年，两湖间有一员参将名叫栗襄，此人不仅贪得无厌，而且行事荒唐。湖广总督张亮基不知栗襄的底细如何，饬令他监造一批枪支，及至抽检样品，发现枪支的内膛竟未钻孔，木质外壳虽涂饰一新，材料却极为脆薄。尤为滑稽的是，所有铁箍都是用浓墨画成，着手即脱。张亮基对于这种低劣的作伪手段十分恼火，令栗襄自行点放，栗襄不敢轻试，当众出丑，悉数认赔，哀求张亮基免予追究。

永州镇总兵樊燮比湖北参将栗襄高明多少？身为武将，樊燮很少骑马，甚至阅兵时都要坐轿子入场，军中传为笑谈，硬是为他整出了一个歇后语："樊总兵阅兵——坐着看"。这位"轿子总兵"坐轿还必坐八抬大轿，严重违规。樊燮饱吃空饷，私役兵丁，终以"贪渎"的罪名落职。樊燮的贪迹颇有令人惊诧之处："署内供差兵丁分为上下两班……实有一百六十名，开具清折，内厨役、裁缝、剃头、茶水、火夫，并花儿匠、泥水匠作各色人等，均系冒充额兵支食粮饷……署中一切零星使用，无一不取之营中。"案情脉络清晰，证据齐全，樊燮居然还想弄个大逆转，他跑到武昌，向湖广总督官文反诉左宗棠"劣幕把持"。按照王闿运《湘军志·湖南防守篇》中的说法，"布政使文格亦忌宗棠，阴助燮"，此案幕后另有湖南政界的人物充当推手，湖南布政使文格原本并不是左宗棠的敌人，而是朋友。且看王闿运在本志本篇另一处的描述："幕客左宗棠雅善衡永道文格，文格时擢广西按察，不欲往，因奏以文格署按察使。"左宗棠待文格不薄，文格不愿去边远省份广西做按察使，左宗棠就劝说骆秉章奏留文格代理湖南按察使。倘若王闿运的说法成立，那文格就太不地道了，在朋友背后捅刀子。官文身为旗籍封疆大吏，执政、治军、御敌三方面均无过人之处，但他娴习官场登龙术，自有通天的魔法，深得两宫皇太后的欢心。骆秉章鄙视官文的人品，在公事上常给他硬钉子碰，尤其是下令把湘军名将王鑫从湖北调回湖南，相当于釜底抽薪，令官文恼怒不已，怀恨在心，专等合手的题材和时机，以报东门之役。官文受理樊燮案，心里盘算着拿办"劣幕"左宗棠的同时，顺便收拾湘抚骆秉章，一石二鸟之计阴险狠毒，差一点就得逞了。

第二节　去意虽已决，歧路多彷徨

　　咸丰九年（1859）秋，骆秉章派人将樊燮案的全部卷宗奏送至军机处，咸丰皇帝奕詝的朱批中有"属员怂恿，劣幕把持"的严厉诘责，将原奏及全案发交湖广总督署，原封未动[1]。湖南省城长沙有一批倒左人士，得此讯

1　据曾国藩家书（咸丰九年十月初四日《致澄弟》）所记，"湖南樊镇一案，骆中丞奏明湖南历次保举，一秉至公，并将全案卷宗封送军机处。皇上严旨诘责，有'属员怂恿，劣幕要挟'等语，并将原奏及全案发交湖北，原封未动"，事实大致相当，文字稍有出入。

息，如逢节庆。某夜，他们在左宗棠家大门上刷出"钦加劣幕衔帮办湖南巡抚大公馆"字样，放肆讥嘲，以毁坏其名誉。樊燮案升级为钦案后，曾国藩在家书中表达了自己的担忧："从此湖南局面不能无小变矣。"种种迹象表明，樊燮案正朝着对左宗棠愈益不利的方向发展，曾国藩、胡林翼、郭嵩焘等人都为他捏一把冷汗。受到樊燮案的打压，左宗棠决定辞去幕职。他致书湘军将领李续宜，说了一堆气话，他认为湖广总督官文既无知人之明，也无好贤之意，对待湘军貌似优容，其实只为撑门面。官文与左宗棠嫌隙已深，数年来隐伏而未发作而已。胡林翼曾说官文心地忠厚，事实上官文耿耿于怀，须臾未忘。左宗棠又说，官文也没有杀人手段，他早已将生死置之度外，何况是祸福？他早已将祸福置之度外，何况是毁誉？

胡林翼时任湖北巡抚，跟官文闹过别扭，但为了减少军政两方面的摩擦阻力，他主动让步，与官文改善了关系，"忍"字心上一刀头，谁又能体会他的精神郁闷？胡林翼确实说过官文一些好话，本意也是要化解湘鄂之间的矛盾，左宗棠未能设身处地着想，所以他认为胡林翼有些天真。这并不奇怪，胡林翼与官文气类迥别，左宗棠又向来孤傲，合则留，不合则去，所以他很难理解胡林翼的忍辱负重。待樊燮案多方卷入角力较劲时，左宗棠致书胡林翼，喟叹道："大抵世道系乎人心，近今之心地厚者，工于护小人以误国，天分高者，工于陷君子以行私耳。人心如此，世道可知，此不独为一方悲者。噫！"

左师爷的作为，往小处说，功在一省；往大处说，功在一国。然而扬清者必击浊，倡廉者必惩贪，他树敌众多，势所难免，那些平日恨他的人趁机对他暗造谣诼，大泼污脏。对于这一点，《左宗棠全传》的作者秦翰才看得很清楚，他指出：

宗棠助当局澄清吏治，整顿财政，税厘涓滴归公，钱粮

浮收悉去，进循良，黜贪污，一无假借，于是所有不肖官吏
皆集怨于宗棠矣。且近在桑梓，所接触，非姻娅，即友好，
而凡有非分之求，宗棠概裁以法理，无所瞻徇，于是当地人
皆集怨于宗棠矣。及永州镇总兵樊燮参案作，凡所不慊于宗
棠者，更咸思借机泄忿，以图报复。

　　奸人小人来势汹汹，湖广总督官文是他们共同的保护伞，这位大佬频
繁出现在台前幕后，一副胜券在握的嘴脸。

　　樊燮仗着官文为他撑腰，原本以为讼案只用走走过场，就能轻松扳倒
左宗棠，铁定成为赢家。事后，他才弄清楚对方的硬实力和软实力之强均
远远超出了自己的预计，贪将挑战天才，哪能稳操胜券。

　　至此，就算读者仍能按捺住自己的好奇心，也有必要看看骆秉章在
《自订年谱》中对樊燮案的描述了。他不说废话，专讲重点：永州镇总兵
樊燮，私役兵弁，乘坐肩舆，署中零星费用皆取之营中，提用库银九百六
十余两，公项钱三千三百六十余串，又动用米折银两。因此樊燮遭到湘抚
严词参劾（当然是左宗棠执笔起草）和奉旨拿问，"提同人证，严审究办"。
嗣后，樊燮听人唆使怂恿，在湖广总督府递禀，又在京城都察院呈控，目
标直指左宗棠，罪名是"以图陷害"。此案奉旨交湖广总督官文、湖北乡
试正考官钱宝青审办。骆秉章于八月二十五日将樊燮妄控奏明朝廷，将此
案卷宗咨送军机处备查。左宗棠因为此案忧谗畏讥，遂于咸丰十年正月决
意离开抚署，辞去幕职，请求礼部同意，赴京参加会试。

　　按照湖南巡抚署的"规矩"，凡事骆秉章出其名，左宗棠行其事，樊
燮就算没有被左宗棠折辱，其矛头也不会指向别人。扳倒左宗棠，使之遭
受牢狱之灾，这成了樊燮的头号目标。何况有湖南布政使文格暗中怂恿，
有湖广总督官文乐意撑腰，他自觉胜面较大，顶不济，要死一起死，拉个
人垫背，同归于尽。

当时，有两条路摆在左宗棠面前：回山中筑室隐居是一条退路，赴京参加会试是一条进路。骆秉章已经年满六十七岁，咯血旧疾复发，正要请假调理，由于官文掣肘太多，其离湘之意坚决。左宗棠写信给广西巡抚刘长佑，道出自己决意出幕北行、赴京赶考的真实目的是"一息谤焰"。他致书刘坤一，讲得更详细：弟性格刚强、才智短拙，与世道多有违忤。近来被使相官文中伤。幸亏所归罪的事情容易辩解，而当权的诸公还有能知道实情的人、明白底细的人，或许不会触犯法网，然而也很危险了！我想自己只是草野书生，毫无实用。多年来我急于保卫故乡，做了一些超出常规的事情，忘记了自己的愚蠢卑贱，一意孤行，又受到外界过分的褒奖，名过其实，这次遭到毁谤之焰燎及，其实早在意料之中。我很想借会试之便去京师游览，脱离这个位置，不敢再求进取，以免使朝廷受辱，使当代士子蒙羞。

很显然，左宗棠只不过以进京会试当作抽身避祸的借口，并非真的要以自己荒疏了二十余年的八股文去闱中与后生晚辈一较高下，博取科名。

咸丰九年（1859），左宗棠出幕之前，写信遍告知交朋好。其时，刘长佑凭军功擢升为广西布政使，他在复信中规劝左宗棠少安毋躁："承示将有都门之行，似亦无须汲汲。设出幕即可以息谤，而入都竟可以辞世耶？老兄去留关系非小，幸稍踌躇，至于息谤之道，不过于论事之处，听言之间稍加慎密。在幕宜然，在都亦宜然。"左宗棠豪迈有余，缜密不足，刘长佑的箴言正好命中靶心。

咸丰十年（1860）正月，左宗棠打算从长沙启程，携女婿陶桄同行，川资拮据，挚友李仲云慷慨解囊，赠送三百金，助其成行。三月初，左宗棠抵达襄阳，受阻于朔风积雪，逗留不进。湖北巡抚胡林翼派急足日夜兼程，送密函给安襄郧荆道毛鸿宾，要他截住左宗棠，密函中提醒道："含沙者意犹未慊，网罗四布。"胡林翼劝左宗棠千万不要挑选这个"良辰吉日"去京城撞邪煞，赶紧回头，待上谕下达，再定行止。左宗棠侧身天地，四顾苍茫，只得"废然而返"，前往湖北英山与胡林翼会合。这些情形见于左宗棠笔下的描述："我方忧谗，图隐京门，晤公英山，尊酒相温。公悯我遭，俯焉若盏，忧蕴于中，义形于色。我反慰公，何遽至此？天信吾道，犹来无止。"

在英山，胡林翼同情左宗棠的遭遇，颇为郁愤，倒是左宗棠更达观，反过来安慰胡林翼。"天信吾道，犹来无止"，艰危穷厄之时，只要天道佑善的信念依然坚定，希望就不会沦为绝望。

三月下旬，曾国藩回复胡林翼，谈及左宗棠所谓"死贼愈于死小人"（死于贼手胜过死于小人之手），欲招募六七百乡勇，从营官做起，自领一队，竟忍不住开了个善意的玩笑：招募六七百人的说法，季公何必做这种画蛇添足的事情？就算将我的部下一万人全交给季公统领，还是蛇足，何况只六七百人呢？水师中别有一番风味，要是季公买条船载着妻儿住在舱中，师法范蠡而不学他囤积居奇，可以教儿子读书，可以避开湖南的麻烦，也是一个说法。姚惜抱有述怀的诗句："孤艇著书江水上，百年阅世酒尊间。"季公有意过这种逍遥的日子吗？

范蠡助越王勾践灭吴后，放弃名位，泛舟五湖，经商殖业，成了富可敌国的陶朱公，后世奉之为文商圣（武商圣是关公）。曾国藩建议左宗棠效仿范蠡，泛舟五湖，但不要经商，藏身于湘军水师里，教子、避祸、著书、饮酒。这个主意不错，姚鼐的诗句"孤艇著书江水上，百年阅世酒尊间"也别有风味，但左宗棠不愿拄着筷子天天吃闲饭，他真要捋起袖子干的话，就必然能干成一番掀天揭地的事业来。

第三节 好友齐相帮，贵人急相助

樊燮案原本不算什么大案、要案，但在樊燮不断努力和官文持续助力之下，硬是被整成了钦案，牵一发而动全身，朝野间为之奔走呼吁者不乏名人和贵人。此案非同小可，不仅轰动了湘鄂两省，而且惊动了咸丰皇帝。官文将左宗棠视为务必铲除的"恶幕"，强加的罪名为"莠政""乱政"，用心可谓毒矣。所幸左宗棠福大命大，他的朋友圈（曾国藩、胡林翼、郭嵩焘、王闿运等）和贵人圈（肃顺、潘祖荫、骆秉章等）竭力保全他，这才逢凶化吉。

潘祖荫是京官中的名士派。他出身名门，祖父潘世恩官至军机大臣、武英殿大学士，与陶澍交情不浅。潘世恩于乾隆朝状元及第，潘祖荫也不弱，二十二岁时，咸丰朝殿试高中鼎甲第三名，俗称探花。他喜爱收藏商周时期的青铜彝鼎，家中多有重器，这方面的收藏，论质论量，当时没谁能够超过他。潘祖荫的性情颇有些古怪，令人捉摸不透，比如说，他剃发刚剃到一半，心下不耐烦了，或突然想看看哪件古董的铭文，就把剃头匠打发回家，一两个时辰后他摸摸脑袋瓜，又赶紧派人叫来剃头匠，把烂尾活儿拾掇完；越日续剃的情形也不止一次两次，谁见了他那副头发半剃半不剃的怪模样，都会忍俊不禁。潘祖荫有洁癖，从不与妻子同房，所以没有儿女。他做刑部尚书时，一时手痒，想修改某篇公文，经办的司员是头犟驴，执意不肯，在旁边喋喋不休。潘祖荫见下属抗命，不禁大发雷霆。那位司员力争无效，也不客气，把稿子掼在地上，嚷嚷道："谁改我的稿子，谁便是王八蛋！"潘祖荫从容拾起稿子，援笔修改，口中念念有词："我就算王八蛋罢。"众人都为那位司员捏一把冷汗，事后却风平浪静，潘尚书休休有容，着实让众人大开眼界，饱饱地见识了一回大人物的海量宽容。

胡思敬著《国闻备乘》，言之凿凿，樊燮案持续发酵期间，左宗棠有陷狱之危。"林翼輦三千金结交朝贵，得潘祖荫一疏，事遂解。"潘祖荫喜欢玩古董，欠了不少外债，年底是清账期，三千金不是小数目，正好够他填坑。胡林翼为左宗棠"拆弹"，是危机公关方面一个常被人提起的范例。

另据清代作家刘声木《苌楚斋随笔五笔·左宗棠赏三品京堂前后事》所载，当时，郭嵩焘初点翰林，陕西刚好出土了一尊青铜盂鼎，由京城琉璃厂某古董店标售，左宗棠密嘱郭嵩焘以四百两白银购得，转赠给翰林侍读学士、詹事府少詹事潘祖荫，央求他起草奏章，挽狂澜于既倒。其时，潘祖荫刚过而立之年，他与左宗棠初无交集，缘悭一面，但他与胡林翼、郭嵩焘相交契厚，朋友的朋友不可不帮，不可不救，他火线驰援，上章《奏保举人左宗棠人材可用疏》，全文如次：

奏为敬陈管见仰祈圣鉴事。窃以楚南一军，立功本省，援应江西、湖北、广西、贵州，战胜攻取，所向克捷，最称得力。楚军之得力，由于骆秉章之调度有方，实由于左宗棠之运筹决胜，此天下所共见而久在我皇上圣明洞鉴中也。左宗棠之为人负性刚直，嫉恶如仇，该省不肖之员不遂其私，衔之次骨，谣诼沸腾，思有以中之久矣。近闻湖广总督官文惑于浮言，未免有引绳批根之处，左宗棠洁身引退，骆秉章势难挽留。夫宗棠一在籍举人耳，去留似无足轻重，而于楚南事势关系甚大，有不得不为国家惜此材者。上年石达开回窜该省，号称数十万众，抚臣骆秉章因本省之饷用本省之兵，数月之内肃清四境，盖其时带兵各官如李续宜、萧启江等皆系宗棠同省之人，孰长于攻，孰长于守，孰可以将多将少，宗棠烛照数计，而诸将亦稔宗棠之贤，乐与共事。且地形之阨塞、山川之险要，素所讲求，了如指掌，故贼虽纵横数千里，实在宗棠规画之中。设使易地而观，将有溃败决裂不堪收拾者矣。是则国家不可一日无湖南，即湖南不可一日无宗棠也。今年贼势披猖，东南蹂躏，两湖亦所必欲甘心之地，不可不深计而预筹。合无仰恳天恩，饬下曾国藩、胡林翼、骆秉章，酌量任用，尽其所长，襄理军务，毋为群议所挠，庶于楚南及左右邻省均有裨益。臣与左宗棠素无认识，因为军务人材起见，冒昧渎陈，是否有当，伏乞皇上圣鉴。谨奏。

这篇奏章传播甚广，直传得域内皆知，天下共闻。正值南方战事吃紧，咸丰皇帝求才若渴，爱才如命，既然大家都唱左宗棠的赞歌，他便御笔一挥，赦免了湖南抚署的王牌师爷，还让左某尽快出来做事，做大事，这才是正办。左宗棠送鼎给潘祖荫的逸闻，刘声木所记不确，裴景福所述更接近事实："文襄帅陇，以三千金购毛公鼎莘赠之，报前施也。"同治十二年（1873），左宗棠致书袁保恒，谈到盂鼎（不是毛公鼎）拓本，细看定非赝作，但潘祖荫研究拓本后，怀疑它是赝品。左宗棠的意思是"宝物出土，显晦各有其时，盂鼎既不为伯寅所赏，未宜强之"，便将它留在关中书院，以待后人鉴别。此外，还有一件周代青铜器师遽尊，百分百是高级货色，将它送给潘祖荫，放在八喜斋，"足偿其嗜古之愿"。潘祖荫一道奏折，润笔之高，报答之厚，令人咋舌。

其实，潘祖荫的驰援仅为制造声势，形成氛围，此外头绪尚多，最关键的一环仍在肃顺和咸丰皇帝那里。胡林翼、郭嵩焘、骆秉章央求名士高心夔出面，去疏通朝廷中第一能臣、户部尚书肃顺。节骨眼上，凑巧王闿运也在北京，他与高心夔是好友，同为肃顺府中红人。薛福成在《庸盦笔记》中对樊燮案最关键的处置记载甚详：朝廷命令官文密查，如果左宗棠真有不法情事，可以立即就地正法。……郭（嵩焘）公原本与左公同为湘阴老乡，又向来佩服他经邦济世的才能，听说此事后大为震惊，请王闿运向户部尚书肃顺求救。肃顺说，必须等内臣外臣有奏疏保荐，自己才好启齿。

内臣潘祖荫已经上疏保举左宗棠，把话都说满了。外臣中既具有分量又适合出面保举左宗棠的人选莫过于湖北巡抚胡林翼，其奏章《敬举贤才力图补救疏》便应时而作，其中有"名满天下，谤亦随之"的警句。不出肃顺所料，咸丰皇帝看了内臣潘祖荫和外臣胡林翼的奏章后，果然问他，如今天下正值多事之秋，左宗棠真要是有本领统兵作战，自当弃瑕录用。肃顺趁热打铁，立即面奏："闻左宗棠在湖南巡抚骆秉章幕中，赞画军谋，迭著成效。骆秉章之功，皆其功也。人才难得，自当爱惜。"于是军机处领旨给湖广总督官文发去密寄，顺便将中外保荐左宗棠的奏疏打包快递给他，"令其察酌情形办理"。官公不傻，一看风头转向，就知道朝廷打算起用左宗棠，便与幕僚下属商量，具奏结案，左宗棠自始至终没有对簿公堂。

薛福成的消息源来自直接参与此事的高心夔，前因后果，原原本本，相当靠谱，这则笔记《肃顺推服楚贤》中的文恭是官文，文襄是左宗棠。肃顺觑准时机，敲边鼓一敲就灵，果然收获奇效。此"剧"高端大气，"戏码"充足，"桥段"也精彩。潘祖荫起草的奏章相当给力，他把左宗棠运筹帷幄的本事夸上了天，"不得不为国家惜此材者"的表态也恰到好处，那句"国家不可一日无湖南，即湖南不可一日无宗棠"的广告词经邸报传播，朝野皆知，使左宗棠身价激增。

早在咸丰六年（1856），御史宗稷辰就听严正基讲述过左宗棠的许多事迹。严正基是道光、咸丰年间的名臣，与左宗棠不仅是忘年交，而且在长沙和武昌城中共过患难，其言可信度高。宗稷辰奏荐左宗棠，夸奖的话也说得相当满：

> 臣闻见隘陋，未能尽识天下之人才，所知湖南有左宗棠，通权达变，疆吏倚之，不求荣利，而出其心力，辅翼其间，迹甚微而功甚伟，若使独当一面，必不下于胡、罗。

在清朝，御史可以凭风闻上奏，不算信谣传谣。在这篇奏疏中，胡是胡林翼，罗是罗泽南，宗稷辰虽是凭风闻凭直觉上奏，却蒙了一个奇准，论日后的战功和政绩，左宗棠确实超过了胡林翼和罗泽南。左宗棠从邸报看到宗稷辰的奏折后，写信告诉夫人周诒端："诚不知其何以得之？遂至动九重之听，命抚帅出具切实考语，送部引见，斯殆希世之奇逢也。自惟薄德，何以堪之？"他只担心自己受不起这样的夸赞，让皇上都听说他是旷世奇才，就会引来许多探照灯打量他的每一个毛孔。"有不虞之誉，有求全之毁"，这句古训真是字字成真，那些骂他的人、咒他的人，每天纷纷出现在他的耳目之前。

挨骂事小，坐牢事大，眼下左师爷的命运牵系了那么多大佬名士的注意力，你说他牛不牛？日后，郭嵩焘与左宗棠反目，将左宗棠托他重金购鼎、破财消灾的旧事当作猛料，翻抖出来矮化和贬低左宗棠，"每举盂鼎原委，向人陈诉"，真实揭示了官场危机公关的真实底蕴，情节妙趣横生，左宗棠的形象毫发无损。

权臣肃顺深得咸丰皇帝信任，他主张重用汉人，其幕府中不乏高士和名士，如王闿运、李寿蓉、高心夔、龙汝霖、黄锡焘，号称"肃门五君子"。朝中大官，多半依附他。曾国藩、左宗棠能够在外省手握重兵，取得成功，实获肃顺左右维护之力。王闿运居间为肃顺沟通曾国藩诸人，大大减少了中枢与地方的隔膜和误会，提高了军政效率。当时，京师朝士形成风气，以干预军国大事者为人物，以明通用人行政者为贤达，所以像王闿运这种修习帝王术的人，就自然会有"纵横捭阖，气大如虹"的快感，多少年后都忘不掉。肃顺对湘军系统做大做强的拓展阶段助力极大，王闿运也起到了居间沟通的重要作用，功不可没。

多年后，左宗棠回复彭玉麟时这样说："人才之兴，由于气运，亦出君相有以作成之。"肃顺不是宰相而胜过宰相，正因为他说服了咸丰皇帝，楚才得到重用，湘人尤其受益。

据赵烈文《能静居日记》所载，樊燮案能够顺利销案，曾国藩乃是另一个关键的着力点。朝廷指派正在武昌主持乡试的主考官钱宝青着手调查案情，钱宝青是曾国藩的门生，此事肯定要先知会恩师，曾国藩嘱咐他为左宗棠妥善解决此道难题。"左既罢事，气渐折，又佩帅德，遂修敬先达之礼。"经此一劫，左宗棠的傲气大为收敛，他感激曾国藩及时伸出援手，此可谓患难见真交。

官文与樊燮的如意算盘彻底落空，左宗棠虚惊一场，安然渡过了暗礁险滩，他用开玩笑的口气对亲友说："非梦卜夐求，殆无幸矣！"意思是：如果当今圣上不像商高宗武丁那样梦见良臣傅说，像周文王那样因占卜而找到姜子牙，求他办差，我几乎无法幸免于奸人的毒手。

祸福相倚，大丈夫谁不经历三灾八难？明眼人看得清清楚楚，数年幕府生涯，既是左宗棠的磨刀期，磨刀不误砍柴工，也是他的发皇期，他一直在操练军政各方面的解牛功夫，早已目无全牛，游刃有余。硬实力无疑是好本钱，再加上超强人脉，简直就是如虎添翼，立功、立名固然帮得着，解困、解危同样靠得住。

一桩钦案，一手烂牌，在各路高人的通力点拨、援助之下，左宗棠硬是在极为被动的情势下打成了赢局，这真是既见人心，又见天意。

第四节　满目是阴霾，一风收干净

咸丰十年（1860）闰三月，在安徽宿松湘军大本营，曾国藩收到左宗棠寄来的《箴言书院碑铭》，此铭系胡林翼特约左宗棠撰写。箴言书院是胡林翼为纪念亡父胡达源兴建的，是湘军系统内乐见其成的文化项目。曾国藩读完左宗棠的碑铭，立即回复："顷间得读大作书院碑铭，简直浑括，良不可及。其中一二不惬鄙意，谨已注出。太岁头上动土，罪过罪过。"曾国藩还将自撰的《何丹畦殉难碑记》邮给左宗棠，"敬求挥锄动土，无信禁忌为荷"，那种老友、良友之间才有的坦诚溢于言表。嗣后，曾国藩派专使李元度持其亲笔信赴湖北英山迎接正在彼处逗留的左宗棠，到湘军大本营共商大计，共策万全。

这年闰三月二十六日，左宗棠与李元度抵达湘军大营，当天夜里，曾国藩就与左宗棠"畅谈至二更尽"。这次群贤聚会，除了曾国藩和左宗棠，还有李瀚章、李鸿章、曾国荃、李元度等人。其间，左宗棠接到家书，得悉长子孝威突患重病，信中有"气促"二字，焦灼之至，打算即日先归，不等候胡林翼驾到了。曾国藩写信催促胡林翼提前启程，以求完聚，信中说左宗棠"以雄杰胸襟，而儿女情长若此"，不无调侃意味。所幸三天后左宗棠再接家书，知孝威病势转轻，并无大碍，这才解除忧虑，稳定心神。胡林翼致书李续宜，也调侃左宗棠"饭牛之奇才，有舐犊之私爱"，将左宗棠比作千古名相百里奚，妙哉妙哉！

读者一定好奇，左宗棠与曾国藩在一起，他们都谈些什么？曾国藩有记日记的习惯，但他的日记正文过于简略，很少涉及谈话内容，也许是谨慎所致，因此他偶尔记下的谈话内容就显得弥足珍贵了。

咸丰十年（1860）四月初三日，左宗棠给曾国藩讲了个故事：有孝子孝妇二人，家中突然失火，情急之下，他们合力将母亲的灵柩抬至屋外。孝子原本力气小，孝妇更是柔弱，众人目击，无不啧啧称奇。这对年轻夫妇为何突然间使得出这么大的力气？力气从何而来？曾国藩确定有三个重要来源：其一，"诚至则神应"，二是"情急则智生"，三是"势激则力劲如水之可以升山，矢之可以及远"。曾国藩还由此推论"天下无不可为之事"。左宗棠平日滔滔不绝，妙语连珠，曾国藩一字不记，独独记下了这个寓言色彩浓厚的故事，并且仔细分析它，找出深藏不露的原理。曾国藩这样做，必有原因。既然危难能激发超乎寻常的智慧勇气，那么湘军将士的潜力、自己的潜力和胡林翼、左宗棠的潜力，一旦被激发出来，形成澎湃的合力，平定江南的胜算就能从四分提升至八分。应该说，曾国藩的精神受到了鼓舞，渐趋枯涸的信念又汲取到新的动能。

咸丰十年（1860）四月初十日，胡林翼欲为仰药殉节的浙江巡抚罗遵殿主持丧仪，他乘船抵达宿松。曾国藩、左宗棠、胡林翼聚首在一起。这应该不是头一次，却绝对是最后一次。翌年秋天，胡林翼在武昌因病辞世，三人行就变成了二人转。

在曾国藩日记中，宿松之会有迹可循，"畅谈""熟商"之类的词眼反复出现，他们相处之轻松、交谈之愉快实属难得，哪像是置身于胜负未卜的战局当中？可惜的是，曾国藩并未将他们交谈的重点内容写进日记，肯定有许多敏感的话题，有许多犀利的观点，不便写，写了就可能埋下地雷。

十二日。早饭后，与胡中丞、左季高畅谈。中饭后，与左季高畅谈。

十五日。早饭后，与胡中丞、左季高畅谈。

十六日。早饭后，与胡中丞、左季高熟商一切。傍夕，与胡、左诸公谈江南事。

十七日。早饭后，与胡润帅、左季高畅谈。申刻，与胡润帅畅谈至二更。季高、次青诸公亦同在。

四月十八日，左宗棠回湘。四月二十日，胡林翼回鄂。高峰论坛至此闭幕。

他们三人聚在一起，除了谈论江南战事，还探讨了哪些重要议题？湘军集团的前途和命运无疑会反复涉及，肯定还有些关起门来不可让外人知的密谈和深谈。要知道，康熙皇帝平定三藩之后，近两百年间，这可是清廷头一遭让汉人的军事集团坐大，岂能毫无猜忌和提防？是祸是福，尚未可知。他们商议的详细内容究竟如何？唯有天知、地知、曾知、左知、胡知，或许曾国藩的幕僚李鸿章、李元度也是知道的。

曾国藩忧虑江西局势糜烂，湘军四面受敌，后路屡次被断，粮饷接济无着。他很想用"顾全大局"四字说服左宗棠出来帮忙，但他也很清楚，左宗棠与江西积怨颇深（他执掌湖南戎幕时，以兵源饷源力助江西，江西官场却总是埋三怨四告阴状），恐怕一时间难以释怀。

恰在宿松聚会期间，曾国藩接获上谕，大意是：左宗棠熟悉湖南全省的情形，战胜攻取，调度有方。现在东南局势吃紧，是令左宗棠留在湖南办理团练，或是直接将他调到湘军效力，究竟何者为宜？咸丰皇帝如此垂询，足见"天心大转"。友人们都为之开颜，感到如释重负。

左宗棠不再重弹"回柳庄隐居"的老调，其八字方针"屏迹山林，不问世事"也一并抛之脑后。曾国藩趁热打铁，向咸丰皇帝陈奏：左宗棠刚明耐苦，晓畅兵机，现值人才匮乏之际，无论委派何种差使，只要能让他安心任事，必将感激图报。胡林翼所上奏折技术含量更高，他先是夸赞左宗棠"精熟方舆，晓畅兵略"，继而为他洗脱罪嫌，建议咸丰皇帝指令左宗棠在湖南募勇六千人，以作赣、浙、皖三省的强力后援。当时，这个可行性方案显然是各方最乐意接受的。

左氏功名诀

"天下事不堪久坏，倘能纳约自牖，亦未尝不可并受其福。"

意 译

天下事不可能永无休止地败坏下去，倘若人主能够于明白的地方采信事实，又未尝不可转祸为福。

评 点

祸福相倚，否极泰来。这不仅是人生哲理，也是人间规律。左宗棠受湖南巡抚骆秉章倚重，把师爷的威风抖到了极致，一旦小宇宙爆发，大巴掌就径直呼到朝廷二品武官樊燮脸颊上去，还怒骂对方"忘八蛋"！樊燮告了御状，整成钦案，最坏的情形是"劣幕要挟"的罪名坐实，左宗棠被就地正法。但非常时期朝廷急需治国平天下的非常人才，左宗棠乃是公认的上上之选，咸丰皇帝已关注他几年了，心里当然有数，因此经过内臣与外臣交相举荐，左宗棠履险如夷，转祸为福。好巧不巧，这桩钦案熔断了他的幕僚生涯，却开启了他的军旅生涯，足证仙丹欲成总有妖偷，神功将立必经劫数。自古豪强队列里咸鱼翻身者多，当初他们有多落魄，后来就有多得志。左宗棠身处最低谷时，有过愤激，也有过郁闷，但祸福相倚的人生哲理和否极泰来的人间规律确实颠扑不破，很显然他对此加深了认识。

第三章

楚军基因强大，与湘军并驾齐驱

成大功者固然要具备胆量、智慧，但也得顺应时势而为方才吉利，拂逆时势而为必定凶险。张良、陈平为汉高祖刘邦出谋划策，胆智绝异于常人，但其所以封侯拜相，取得令人艳羡的世俗成功，仍离不开"顺势而为"的操作原理。这番意思源于汉代文豪扬雄的名赋《解嘲》，我们不妨来看看他的原文是怎么说的："夫萧规曹随，留侯画策，陈平出奇，功若泰山，响若坻隤，虽其人之赡智哉，亦会其时之可为也。故为可为于可为之时，则从；为不可为于不可为之时，则凶。"

时势造英雄，左宗棠躬逢乱世，有胆量、有智慧、有抱负，还有人脉，倘若他错失良机，拂逆大势，干不成一番轰轰烈烈的事业，岂不是违反天理？楚庄王"三年不鸣，一鸣惊人；三年不飞，一飞冲天"，三年非确数，可指多年。白居易有佳句"三年不鸣鸣必大，岂独骇鸡当骇人"，左宗棠默声而不鸣，戢翼而不飞，趴窝的时间竟比楚庄王更久，相较二者蓄能之厚度、发力之强度，也就不是同一个量级了。

道光二十八年（1848），左宗棠写信给二兄左宗植，论列西汉名将赵充国、南宋名将岳飞二人文武双全，一个有才华，一个有书味，感叹将才固然贵乎天生，但学问修养不可或缺，他的心得耐人细品，大意是：近年来，我对于军事颇有一些体会，自觉要是命中遇上好时机，赐我虎符，授我兵权，我必定能够实实在在地统率三军，绝对不是纸上谈兵。我了解的古代名将无不文武兼备，熟悉诗礼，通晓古今。汉朝赵充国撰写奏章，对西北的情况了如指掌，他的文笔简练精到，汉朝许多饱学鸿儒都难以超过他。三国时期的人才，仍以儒雅见长，没有目不识丁的莽夫而可以克敌制胜的。昨天见到岳飞的《出师表》，满纸的忠义气概自不用说，就是那样一种书法的韵味从笔底充分流淌出来，绝非迂腐的儒生、轻薄的名士所能伪装。因此我更加感叹将才固然贵在天生，但学问的功夫更不可缺少。古人说"不为良相，即为良医"，我要说"不为名儒，即为名将"，也一样可以洗涤凡庸龌龊的胸襟。

乱世必出名将，八股文、试帖诗困不住左宗棠的雄心和大脑，他精研地学、兵书、舆图，志在荡平群寇，开创中兴之局。明朝儒将王守仁、孙承宗的成就可观，无不植根于兵书、地学和舆图，虽然异代不同时，左宗棠选择的路径却与之一致。

咸丰年间，左宗棠在湖南抚署做兵马师爷，亲掌戎机，屡献韬略，与塔齐布、罗泽南、王鑫、刘腾鸿、李续宜等智将勇将多有切磋交流，认识升维和眼界超限对他后来带兵打仗大有裨益。郭嵩焘的日记是一口百宝箱，从中能找到那个时期左宗棠谈论带兵的妙语："倜傥权奇近乎侠，议论纵横近乎文，精细周密近乎吏，此三者皆非将兵之才也。将兵无他，只有朴茂二字而已。"朴茂即浑朴而厚重，不虚飘，不轻浮，有根有柢，稳重实在。左宗棠足够朴茂，而且足够智慧，所以他是将帅之才。

第一节　南方又增加一支生力军

左宗棠久居戎幕的好处是对前线的虚实了如指掌，他深知天时、地利、人和会不断交叉换位，究竟在哪个节点上是比较安全的，在哪个节点上是极其危险的。比如说东南局势未见起色，江西本地的军队颇为孱弱，根本指靠不上，湘军主力在江西作战，是由于其战略地位十分重要。曾国藩有过准确的判断——"固江西即所以固吾湘也"，湖南人若要保全自己的家园和祖先的丘墓，就不能不出死力保全毗邻的江西。由于湘军分驻数省，屡经岩搜谷采，故乡青壮为之一空，如果江西沦陷，湖南必为其续，很难瓦全，因此救邻家之溺就是救自家之溺，救邻家之焚就是救自家之焚，湖南必须继续出钱出兵保卫江西，以免唇亡齿寒。

光绪四年（1878）初夏，王闿运在日记中写道："咸丰六年至八年，湖南协济江西军饷银二百九十一万五千两，此左生之功也，左生于江西殊胜曾公。"左生即左宗棠，曾公即曾国藩。王闿运认为湖南能够在两三年间协济江西军饷将近三百万两白银，没有左宗棠极力主张，是做不到的，因此左宗棠对江西的贡献远远超过了曾国藩。王闿运还在《湘军志·援江西篇》中介绍：江西与湖南毗邻相依，自从湘军向东南进发，出谋划策的人就说行军路线以从浏阳、醴陵入赣为宜，这样才能自立。骆秉章委托左宗棠负责，左宗棠赞成此计。没过一年，湖北、江西同时沦陷，湖南的兵力愈加吃紧，于是积极筹备援军，倾尽全省之力解救江西。倘若以往骆秉章不听从左宗棠的良谋，又或者左宗棠久持兵力不足之说，缩手缩脚，不预先布置，则湖南沦陷必指日可待。一旦湖南落于敌手，曾国藩、胡林翼统领的生力军势必困顿颠簸，四处飘散，无法深根自固。这样说来，敌寇的覆灭、湖南的昌盛，均受益于湖南援救江西这一明智之举。王闿运固然长期以抹黑左宗棠为乐，但在《湘军志》中该讲公道话的时候他也讲过一些。湖南援救江西，是整盘大棋中的胜负手，是起死回生的好棋，左宗棠起到了关键作用。前半段，他是师爷，说服湖南巡抚骆秉章，用湖南的财力兵力援救江西；后半段，他是将帅，指挥军队转战吴头楚尾，收复大片失地。左宗棠是江西百姓的福星，这并非谬赞。

早在咸丰六年（1856）春，左宗棠写信给名将王鑫，就有这样一段分析文字：江西是东南腹地，涤公是灭贼的先锋，岂可坐视他身处危亡而不伸手援救？……以当今时局而论，没有比救援江西更急切的事情了，敌方不能在西北得逞，将要称霸江南，江西万一出现闪失，则江苏、浙江、福建、广东四地均会被侵占，而湖南也会危险，东南大局就不可收拾了。

曾国藩苦等湘军名将罗泽南率兵重返江西战场，真是如大旱之望云霓。咸丰六年（1856）农历三月初二日，罗泽南亲临战阵，不幸中弹，殒于武昌城外，"同志几人，又弱一个"。当时，左宗棠"拟欲自领一军，为异日死斗之地"，但苦无饷银可筹，骆秉章也不肯放他出署单飞，湖南军务日益吃紧吃重，唯有左宗棠能够驾轻就熟，倘若仓促间以生手置换他，必定于全局大有妨碍。

咸丰九年（1859），受樊燮案反复煎熬，左宗棠彻底厌倦了幕僚生涯，经过深思熟虑，决定领兵出征。他告诉胡林翼：往昔旁览时局，我深知官场是倾轧争夺之处，多受拘牵挂碍，不足以有所作为。我的气质粗驳，不能随俗俯仰，与官场的环境格格不入。当时退居幕府，原以为可以熄灭机心，我行我素，进退自由。不料我的所作所为仍然被世人指责，最终闯下大祸。如果离开幕府，投笔从戎，虽有许多类似的牵绊，但进退存亡的机宜尚可自主。幸而遇到知心的同人，彼此扶持，即能成全我的意愿。倘若事与愿违，葬身乱箭流矢之中，也算恪尽我的本分，足以保全我的声名。与其生而忧心，不如死而快意！

左宗棠具备军事天才，这一点曾国藩比其他人看得更清楚，他对郭嵩焘说过"季公在湘，足当数面"，还对胡林翼说过"季公之才，必须独步一方，始展垂天之翼"。及至咸丰十年（1860），时机终于成熟，左宗棠筹建楚军已势在必行。

行大事贵在简练，左宗棠招募楚勇，只有两项要求：

（一）凡勇夫人等，务须一律精壮朴实，毋得以吸食洋烟及酗酒、赌博、市井无赖之徒充数。

（二）选定后，取具的保甘结[1]，缮具花名清册，务将真实籍贯、住址、三代、年貌及十指箕斗详细注明，以杜顶替抽换之弊。

军营所需人才甚多，不应求全责备，"惟诈力相尚、好利油滑者，概宜屏弃"。左宗棠挑选什长、哨长、营官，"选其质地愿实、朴讷而有内心者"，考察他们如何临财处事，如何行兵接战，最终黜退其庸而登进其良，便缓急可恃。这是一个较长的过程，非旦夕可期。

咸丰四年（1854），曾国藩在衡阳招募水勇，没订立这么严明的规则，许多人填报的都是假姓名、假籍贯、假地址，一旦遇敌溃散或犯罪潜逃，就无从查稽。后来，湘军水师打了胜仗，记功授衔必须提供真实身份，种种作伪——穿帮，这才引起曾国藩的重视。左宗棠显然吸取了前者的教训，不仅姓名、住址、三代情况不准作假，而且还要将十指的指纹当场摁印泥留下，以免验明正身时出现差错。左宗棠挑选勇夫，首重朴实，次重勤劳，其定见为：天下事皆由朴实勤劳者做成，皆由投机取巧者弄坏，正

---

1 的保：明确可靠的担保。甘结：旧时兵民交给官府的一种画押字据，保证守约，并声明违约方甘愿受罚。

本清源，不可马虎。

打仗以胆气为贵，素练之卒不如久战之兵，因此胆壮比技精更重要。左宗棠组建楚军，以王鑫一手锤炼而成的老湘营作为班底，其中许多勇丁都经历过战阵，胆量早已过关，从训练状态切换到作战模式，没有任何心理障碍，这正是楚军日后能够在江西战场迅速打开局面的重要原因。凡是与王鑫密切关联的人才，都被左宗棠罗致帐下：王开化、王开琳是王鑫的堂弟，刘典是王鑫的朋友，杨昌濬与王鑫是同门师兄弟（两人均为罗泽南的弟子），蒋益澧、刘松山、罗近秋、张声恒是王鑫的旧部。左宗棠以王开化总管楚军营务，刘典与杨昌濬副之。左宗棠之所以大量引用王鑫的亲友和旧部，主要因为老湘营堪称节制之师，具有丰富的作战经验。此外还有一个原因，王鑫不为曾国藩所器重，其亲友部下也不乐意为曾国藩效劳，左宗棠最喜欢罗致曾国藩屏除的将领，以自鸣其善用弃才。

曾国藩的湘军最初全由湘乡人组成，这个"湘"是狭义的；后来扩编扩招，湖南各地的勇丁汇合在一起，仍称湘军，这个"湘"就是广义的了。江忠源练勇比曾国藩更早，主体为新宁勇，名为楚军。较之"湘"，"楚"包括更广大的区域。左宗棠赋诗《题孙芝房苍筤谷图》，有名句"楚人健斗贼所惮，义与天下同安危"，可谓得楚人精神而道之。咸丰十年（1860）之前，曾国藩、胡林翼等人在书信中常将湘军统称为楚军，"湘军"的名称正式确定，即在左宗棠命名他的队伍为"楚军"之后，以免二者混为一谈。据历史学者秦翰才推测，左宗棠将所募部队称为楚军，别立营制，与湘军撇清关系，也许是只有这样才能够广泛罗致王鑫的亲友旧部。左宗棠与王鑫有个共同点，都喜欢独树一帜，别成一派，不愿依傍曾国藩。总而言之，左宗棠视王鑫为知己，曾经在军政两方面鼎力支持老湘营，王鑫虽然病故数年，仍给予了左宗棠丰厚的回报。

当初，曾国藩与王鑫闹过意见，他认为王鑫志向不凡，早就不高兴做他的部将。他观察王鑫自视太高，自许太过，也似乎只适宜剿土匪，不适宜抵挡大敌。后来他对王鑫加深了认识，便充分肯定他带兵打仗时所展现出来的大将之才。王鑫带兵有名将之风。每次与敌人相遇，作战前夕，就传唤各营的营官开会，与他们畅所欲言，讨论敌情和地势，从袖中取出地图十余张，每人分发一张，让大家各抒所见，如何进兵，如何分支，某营埋伏，某营待令，某营追剿。等大家一一讲完，王鑫才将自己主意说出，每人发一张传单，就是商议后定下的主意。第二天战罢，若有与初议不符合的，即使有功也必定加以惩罚。王鑫平居无事，每隔三天必传唤营官温习和讨论战守的兵法。

王鑫病故后，老湘营涌现出多位名将，张运兰是王鑫的帮办，刘松山是王鑫的部将，二人一直恪守王鑫生前定下的章程，临战前夕，必传各位营官开会商议，谋定而不夺，议定而后战。

楚军的营制与湘军的营制有很大的不同，它参用了老湘营的旧制，分为排（每排十二人）、哨（每哨共九排）、总哨（每哨三百二十人，相当于老湘营的一旗）、营（亲兵四排，督带四哨）。左宗棠在楚军中设置了一个特别的岗位，叫"大旗"（掌旗者），行军作战以旗帜为号召。左宗棠在军中共配置帅旗百余面，每当出队之际，由大旗先导，亲军继进，不仅军容严整，而且军威雄壮，敌军望见大旗，不知左帅身在何处，又觉处处皆有左帅亲临，因此心惊胆战。楚军所向有功，大旗威风十足。左宗棠素来痛恨贪将克扣兵勇饷银，致使军心涣散，直接削弱战斗力，因此他高薪养廉，营官每月饷银二百两，哨官每月饷银十二两，勇卒每月饷银四两二钱。要知道，左宗棠做塾师时，一整年才能挣到舌耕费二三百两。相比绿营的营官，楚军营官月饷高出三四倍，收入相当可观。楚军初建时只有步营，后来不断发展壮大，又陆续增加了骑营、车营、炮营，营官、哨官、士卒的薪饷标准均参照步营而有所增减。

第二节　无心登蜀道，有意援江西

自打咸丰六年（1856）太平天国顶层内讧之后，翼王石达开就竭力摆脱天王洪秀全的控制，成为南方农民起义军总头领。他从江西进入福建，又从福建回到江西，广西和贵州太穷，不适合大军长久立足，于是他统领十万太平军围攻湖南宝庆府（今邵阳市），吃了败仗后，虽在广西、湖南边境磨蹭了一段时间，还是铁了心要强闯巴蜀，另辟新天地。咸丰九年（1859）五月初六日，湖北巡抚胡林翼致信湖广总督官文，提出一个应急方案：密奏请旨，让曾国藩酌带旧部中赣籍、鄂籍、湘籍、川籍水陆精锐将士，由鄂援蜀，限五十日内到达，只需坐镇夔州，蜀中士风民风就能隐然有鼓舞奋起的势头。从湖北进入四川，可绕至石达开的部队前面，容易抢占先机；从湖南进入四川，反而会落在太平军的后路，容易吃瘪。当时，曾国藩已打算率湘军一万人移驻湖北境内，三个月后即可在黄州雪堂（苏东坡旧居）与胡林翼会合。有一点，胡林翼率先考虑到了，曾国藩膺任四川总督，主持四川军政，则可以有所作为，仅以兵部侍郎衔统兵入川，客悬西南，则必定无从施展，处处受制，寸步难行，光是每月十五万两军饷便难以筹措。曾国藩在家书中讲得分明，驰援四川的行动，有三大难处：一是他的部下人才太少，二是四川、湖北两省都不同意供给军饷，三是湖北官场中除开胡林翼无人支持他西行，因此他大概率不会入川。

咸丰十年（1860）夏，朝廷决定委派左宗棠督办四川军务。这年五月二十日，胡林翼在回复郭嵩焘的信中分析道：由左宗棠督办四川军务，湖北、湖南得福，千里受益；由左宗棠帮办两江军务，可收善良保全、气类感通的效用。蜀地的战乱刚发生，吴地的战乱已惨烈之极，所奏之功效又大不相同。胡林翼对左宗棠抱有非同寻常的个人偏爱，这件事竟不能为他出主意和作决断，必须由左宗棠自己来定夺。胡林翼的原话用了典故，是说"此事竟不能为房、杜"。唐太宗麾下有两位高参，房玄龄多谋，杜如晦善断，因此造就成语"房谋杜断"。话虽如此讲，但胡林翼还是写信给左宗棠，劝他不要去四川，去了恐怕会"气类孤而功不成"，就算朝廷肯破格提拔左宗棠为四川总督，他率军西行上峡也仍将疑阻重重，难以取得成功。胡林翼对四川境内的官员观感不佳，认为他们多为小人，"官作乱于上，民思乱于下"，左公人地生疏，还是很难有大作为。况且读史者都清楚，"未乱易治，已乱易治，而将乱难治"，一旦左宗棠被裹挟其中，无异于陷足泥沼流沙。现实情形就是如此，左宗棠入蜀则蜀重，入吴则吴重，两面比较，多方权衡，还是入吴对个人和大局都更为有利。左宗棠挥师于东南战场，动合机宜，因为处处有胡林翼、曾国藩照应，他的起步就顺利得多。左宗棠回复胡林翼，表态很明确："公幸为我致意涤公，我志在平吴，不在入蜀矣。"

咸丰十年（1860）六月中旬，曾国藩上奏朝廷，"请将四品京堂左宗棠仍留臣曾国藩军营，共维江皖大局"。奏折中有一段话，大意是：候补四品京堂左宗棠从前在湖南赞助军事，肃清本境，克复邻省。往年石达开率大股匪军进入湖南境内，他帮同巡抚骆秉章指挥调度，不过数月时间就收到廓清的功效，他的才干可以独当一面，早已多次证明。尽管他"求才太急，或有听言稍偏之时；措辞过峻，不无令人难堪之处。而思力精专，识量闳远，于军事实属确有心得"。

曾国藩认为左宗棠不宜赴蜀，一是人地生疏，呼应不灵，二是蜀事易而吴事难，"左宗棠素知大局，勇敢任事，必不肯舍难而就易，避重而就轻"。曾国藩自道"襄助需人"，请求皇上"令左宗棠督勇来皖"，情辞恳切，令人动容。咸丰皇帝的朱批为"知道了"，这三个字通常表示恩准。

咸丰十年（1860）秋，朝廷综合各方面的建议，制定了一个最优方案，任命骆秉章为四川总督，这是一步好棋。骆秉章仍然一厢情愿，奏调左宗棠督办四川军务，统领新练成的楚军随行，未能如愿之后，他就以十足的诚意请出了另一位湘籍高人"小诸葛"刘蓉。他依旧是用人不疑，言听计从，最终在军事方面取得了巨大的成功。按照常人的理解，左宗棠会乐意追随骆秉章，但他认为巴蜀僻处西南，远离主战场，只是比湖南稍大一些的"池塘"，还是不够他施展平生所学，他快到知命之年了，要建树功业，不能再走任何弯路，与其援蜀，不如援赣；与其到四川帮办军务，不如到江西帮办军务。胡林翼、曾国藩和大多数湘军将领都是能够跟他充分合作的好朋友，江西与湖北、湖南、安徽、浙江、广东、福建六省相连，而湖北、湖南可当作其身后坚实的依靠，这才是可供神龙摆尾的"大江大河"。咸丰十年（1860）七月，胡林翼回复郭嵩焘，把话讲白了："季公得林翼与涤丈左右辅翼，必成大功。独入蜀中，非所宜也。"这年八月，江西巡抚毓科奏请左宗棠南援，到广东、江西、湖南交界处剿匪，这是个将好钢用在刀背上的馊主意，左宗棠当然不会动心和理睬。

出人意料的是，湖广总督官文不计前嫌，奏请朝廷委派左宗棠督办四川军务，而且持议甚坚。这也不难理解，官文并不想跟湘军集团结下梁子。咸丰八年（1858）安徽三河之役，湘军名将李续宾全军覆没，官文没及时派军驰援，已引起了湘军集团的极度不满，倘若他与左宗棠继续死磕，恐怕胡林翼也会跟他撕破脸皮，那样一来，他就很可能会要从深耕多年的两湖官场离开，而且被当成落水狗痛打。官文把左宗棠支到偏远的四川去，也未必真的安了什么好心，至于诚意和善意，也就是一张包装纸，但放在台面上来看，这种做法很漂亮，而且无懈可击。咸丰十年（1860）六月中旬，曾国藩回复官文："左季高京堂不愿入蜀，国藩得此将伯之助，可以高枕无忧。"曾国藩、胡林翼、左宗棠三人要抱团取暖，官文当然不会傻到去充当障碍物，做个顺水人情并不难。八月十二日，宁国失陷，广德也有敌军靠近，驻扎在安徽祁门的湘军大本营已被英王陈玉成、侍王李世贤、辅王杨辅清统领的太平军三面合围，只在西南方残剩一条生命线，通往景德镇，这个命门必须保全，不可失去。曾国藩发出六百里加急文书，催促左宗棠率领新练的六七千楚勇启程。随着左宗棠高调援赣，南方战局从此增加了一支生力军。

曹操谈兵法，道是"为将须有怯时"，此言触及微妙的心理层面。咸丰八年（1858），左宗棠写信给好友胡林翼，自作评估，狂中露怯，甚是有趣：

> 湘上农人才、识、略三件，今世实无其匹，然未亲冒矢石，到底不敢自信。志在保桑梓以安天下，而精力渐减，不足副之。又性太刚直，与世多忤，终必罹祸，故欲善刀而藏耳。

左宗棠先后为张亮基、骆秉章掌理戎幕八年，已在军事方面积累了足够丰富的知识，但坐镇帷幄之中是一回事，决胜千里之外则是另一回事，即使在至交好友面前，也不敢把话说得太满，把态表得太足。胡林翼有个定见："果决人宜兵，柔懦人不宜；直爽人宜兵，修头、修足、修边幅人不宜。"这么说来，左宗棠天然适宜带兵，他在好友面前露怯并非真的胆怯。当时，对左宗棠寄予厚望而又抱有疑虑的人不止一个两个，刘蓉写信告诉曾国藩，他只担心左宗棠尚未养足静气："季老才智溢出，而少欠凝定，亦虑未能镇压诸军，潜消将士浮动之气也。"哪位儒生不读经书？哪位医师不记古方？哪位将领不知兵法？读而能解，记而能用，知而能行，才算高手，但真正的高手仍有可能临事而惧。

胡林翼坚持一个观点：万事都可谦逊，唯独兵事不可谦逊，主将太谦逊则近乎怯惫，太谦逊也近乎虚伪。有趣的是，他表达这个观点针对的是左宗棠"自谓带兵非所长"。咸丰十年（1860）夏，左宗棠在长沙金盆岭练兵期间，以自嘲的语气向好友刘长佑坦承当下的心态："书生骑劣马，丑态百出。自审无能为役，然义不可辞。与其执笔而筹，无宁枕戈而寝。"左宗棠固然喜欢做策划者，但他更喜欢做行动派。他写信给好友胡林翼，同样不乏自嘲的意味：这次我带楚勇学习打仗，枕戈而寝，与以往执笔筹划大不相同。营中训练和规划调度虽然有几分把握，若临阵指挥，例如分合、进退、缓急、多寡之类的节制，能否合乎机宜，着实难以自信。从前我只想带五百名勇丁，做个营官，从从容容学习打仗，归人统领的好处是可以弥补我的短板。现在我选募了五千楚勇，自己担任统带，好比乡下富人，弃农经商，起手就开大店，生意虽然好做，恐怕不免要冒亏损的风险。

咸丰十年（1860）十月中旬，左宗棠率楚军抵达江西，胡林翼再度给左宗棠鼓劲打气："古今战阵之事，其成事皆天也，其败事皆人也。兵事怕不得许多，算到五六分，便须放胆放手，本无万全之策也。"左宗棠毕竟不同于普通的菜鸟，其学识和阅历火候都已到九分十分，直接在战场上演练排兵布阵，进步比谁都快，根本不用"倒时差"，两三仗下来，心就宽了，胆就大了。

领兵者难就难在打第一仗。名将并非天神，初战怯阵并不是什么丢人现眼的稀奇事。罗泽南带兵起步阶段，不敢单独打上一战，只跟随在塔齐布的队伍后面，观战助威。有一天，敌人突然来攻，他根本来不及向塔齐布求援，只好硬着头皮、麻着胆子接战，竟然打了一个大胜仗。罗泽南从此有了胆量，带出了一支劲旅，与塔齐布齐名。罗泽南本是一位塾师，一位老儒，被时势逼上刀山，练胆过关后，即成为杀敌致果的名将。

在野史中，也可见到左宗棠初战露怯的桥段，细节描写颇具画面感：

相传左帅初次督师，最为慎重，持满不发。将校请令接仗，或至踌躇半晌不决。已而言曰："左某养气读书，平日所以自负者何在？"径指曰："开兵！"两戈什扶起，危惧栗栗。即孙子所谓："处如处女，出如脱兔。"盖过此以往，则见惯不惊矣。

左宗棠临阵督战，因危惧而腿软，要两名亲兵扶起，可见阵前练胆绝非一日之功。十余年后，左宗棠在西北督战，胆量可就大了，"身临前敌，炮子碎酒杯，命左右更洗以进，晏如也"。何谓"晏如"？即从容不迫，气定神闲。

这年十月下旬，左宗棠应曾国藩之约赴祁门商谈战局。翌日，曾国藩写信告诉胡林翼："左帅来祁已两日，精悍之色更露，议论更平实，脑皮亦更黑。"怎么黑的？当然是晒黑的，足见其劳苦远远超过平常。从这句趣话，也不难见出曾国藩对左宗棠初赴江西战区留下了良好的印象。

当然，也有对左宗棠不满的人。张集馨时任江西布政使，左宗棠率楚军援赣，两人打交道的日子多。张集馨的《自撰年谱》中有些相关内容，描述甚细，大意是：军火口粮稍有延期短少，左公就来文急催，说什么"设有贻误，咎将谁归"，又说"本京堂不能独任其咎"，已经感觉语气欠缺平和。张集馨还讲了一件好玩的事：兵部催造兵勇名册，左宗棠交来的楚军名册标明"选锋六名"，每名月支饷银若干，但名册上只载四人。粮台以为是造册者大意，建议补造，以免遭兵部责怪。左宗棠回信强调军务太忙，"此等小节，何足深论？即干部诘，本堂亦无所惧"。张集馨有文才，笔端形容尽致："满纸语句，摸之有棱。"棱，形容左宗棠的措辞棱角分明。粮台提调王必达叮嘱张集馨："此后致左公文书，字句务宜平静，断不可因来咨无理，更以无理答之。"左宗棠是官场中不多见的刺儿头，江西官员还得慢慢去适应他才行。

第三节　为湘军减压，为全局减负

咸丰十年（1860）冬，曾国藩向江西巡抚毓科指明战略要点，江西转危为安的关键在于：水路必须守住鄱阳湖，不让敌人从东岸偷渡到西岸；陆路必须守住景德镇，不让敌人长驱直入侵犯腹地。若能够两面兼顾，风波就会渐趋平静。

在婺源、景德镇、浮梁、建德等地，左宗棠挥师迎击来敌，尽管兵力悬殊，但楚军异常生猛，居然以一敌十，击退了敌方的大举进犯。浮梁一线关系到祁门的粮道，相当于湘军大本营的主动脉，是不可断绝的生命线，彼此都清楚这一点，因此拉锯战十分激烈。

楚军在江西立足未稳，就要与太平军争夺景德镇，这场鏖战是一次大考，既可能成为左宗棠扬名立威之仗，也可能成为他黯然谢幕之仗。左宗棠的军事奇才能否收到奇效，此战极为关键。他干得十分出色，战果之辉煌超乎众人想象。以新集的楚勇抵挡方张的太平军，不仅不落下风，未显劣势，还能牢牢地主宰战局，让敌人连翻盘的机会都捞不着。获胜之后，楚军士气大振，个个都是蒙的，知其胜而不知其所以胜。左宗棠兴致极高，便为他们仔细解说：起初敌军以重兵围困我方，敌众我寡，其兵锋极为锐利，此时不可硬抗；敌军见我方坚守不动，以为我方胆怯，多次挑战，骄狂不可一世。骄极必怠，怠极必懈，我军乘其懈怠不备时突然出击，用力少而成功加倍。左宗棠将《孙子兵法》中那句"避其锐气，击其惰归"用活了，用神了，翼王石达开文武兼备，身经百战，所向披靡，可是他与这只"菜鸟"头一次正面交锋，就栽了一个大跟斗。

从江西全局来看，形势依然不容乐观。曾国藩的说法很直白，"无一日不战，无一路不梗"。左宗棠的说法更形象，"江西事如醉人走路，扶得东偏倒向西去"。太平军云聚乌合，兵锋固然锐利，但旋得旋失，无法深根久固。楚军将少兵精，能攻善守，由于左宗棠指挥有方，连续打赢数场恶仗，将敌方的锐气挫折殆尽了。

咸丰十年（1860）夏天，英法联军从大沽口登岸，打败防守天津的清军统帅僧格林沁，攻入北京，咸丰皇帝率领群臣逃往承德，命令曾国藩率军勤王。是否北上，这成了一道大难题。曾国藩的初始打算是与左宗棠同行，因为左宗棠的气概胆略过人，可补曾国藩之不足。但胡林翼认为，左宗棠所统领的楚军在南岸作战，可牵制敌军，保障江西空而不虚。九月下旬，曾国藩致书左宗棠，语气颇为焦灼："时局败坏至此，实深悲愤。弟忝窃高位，又窃虚名，不能入吴，不能入越，并不能保皖，闻此大变，又不能星速入卫，负罪旁皇，莫知所措。目下应如何自处，是否弃此而北？求飞速示知为荷。"左宗棠是如何回复的，由于原书无从稽考，现在已不得而知。当时，曾国藩很清楚，北上勤王只不过显示臣子的义举，对时局毫无裨益。他几次与胡林翼磋商，又几次修改方案，最终决定：胡林翼北行带鲍超，曾国藩北行带张运兰。他们尚未启程，和约业已签订，北上勤王的义举便无形取消。重大军务不易措置得当，曾国藩踌躇不决时，会寻求左宗棠的建议，这说明他对左宗棠的倚重非同一般。

从咸丰十年（1860）底到咸丰十一年（1861）初，左宗棠以区区五六千兵力分守景德镇、浮梁五十余里战线，太平军多达四五万人，双方兵力悬殊。这片区域是江西的前庭、湘军的后院，稍有闪失，就会危及全局。楚军由两个主体部分组成，一是老湘营，在湖南境内剿匪多年，作战经验丰富；二是招募的新勇，虽经短期高强度训练，作战经验为零。一老一新能够拧成一股绳吗？眼下与劲敌鏖战，到底有几分胜算？左宗棠心里还真就是十五只吊桶打水——七上八下。所幸僚佐同心，将士用命，不仅守住了要冲，而且连战告捷。太平军统领之一、堵王黄文金素以骁悍善战闻名远近，江湖上称他为"黄老虎"，竟然也没从楚军身上讨到半点便宜。然而友军的表现不尽如人意，景德镇一度被侍王李世贤统领的太平军袭破，湘军副将陈大富率领四千人驰援，途中遭遇埋伏而全军溃败，他愧愤交加，在李村投河自尽。

咸丰十一年（1861）三月，乐平之战，楚军大捷，借此一役，左宗棠的军事天才令人心服口服，值得大书特书一笔。历史学者秦翰才著《左宗棠全传》，描画此战，既采取粗线条勾勒，又选择细节铺缀其间，可谓笔墨精到，译述如下：左宗棠驻军在金鱼桥，太平军三面包围，后路断绝，于是移师驻扎在乐平。李世贤派人侦察得知后，留下党羽防守景德镇，自己带兵直奔乐平，与左宗棠在途中遭遇。左宗棠首先在马家桥击败敌军，再度在桃岭击败敌军。他猜到李世贤必定抢占乐平城，（乐平）城池废弃已久，于是在东南方向离城很近的地方，挖掘战壕十余里，引水灌入，堵住堰口，限制敌骑，让乡里的团练入城作为疑兵。第二天，李世贤欺负楚军不能作战，果然逼近城池布阵，纵横十余里，旌旗遮蔽山谷，而楚军从容应对，凭仗战壕，安静直立，待敌军逼近再攻击，无一落空，这样相持到夜间，敌军更加疲乏。第二天清晨，敌军大举侵犯西城，左宗棠率领刘典的部队直奔中路，王开化率队直奔西路，王开琳率队直奔右路，楚军将士跳过战壕大声呼吼，太平军都惊恐而奔逃，人马互相踩踏，李世贤换了衣服逃跑，并且丢下了他所供奉的九寸长的天德王金像。统计此役，前后转战三十余天，也获得过大捷，斩首近二万敌人。以数千名将士集结的新军，打败十倍凶悍的敌人，最终收复景德镇解围乐平城，左宗棠的声威从此大振。归途经过乐平、浮梁等地，妇女儿童夹道欢迎，陈设茶水果实，香案多到一眼望不过来，景德镇残存的百姓还在破屋子里燃放爆竹，表示欢迎。

战前，左宗棠与各营约定，待敌军疲乏散漫的时候，猛然出队力战，太平军受惊，被冲乱阵脚，一溃十余里。恰逢骤雨之后，河水暴涨，太平军大队人马惨遭溺毙。曾国藩回复左宗棠时，信中有言："闻李世贤最胆怯，每战必身在百里以后。"这个说法显然并不确切，侍王李世贤变换服装，逃之夭夭，勉强捡回了一条小命，这就说明了问题，他并没有在百里之外。后来，曾国藩也承认，侍王李世贤原本与英王陈玉成、辅王杨辅清、堵王黄文金声威并著，人马众多，作风剽悍，两方面都超过了杨辅清、黄文金，可与陈玉成等量齐观。

乐平之役，楚军参战将士不足六千，却击败了太平军十万兵马，杀敌五千人，堪称奇捷。激战中有个通常在武侠小说中才能看到的场面，惯使大刀的楚军名将黄少春挺长矛单挑敌方李尚扬，片刻间，十余人死于其长矛下，李尚扬自料不敌，弃车而逃，太平军阵脚大乱，失势狂奔，一败涂地。由此可见，在冷热兵器混合运用的战场，近身肉搏时，冷兵器用得好，同样威力惊人。乐平战役的战报上也并非全是喜讯，楚军兵勇伤亡固然不算多，但折损了两位良将，副将罗近秋深入敌阵，中炮而亡；游击史聿舟被弹片击穿右胁，失血而死。

曾国藩从大本营致书胞弟国荃、国葆，称赞道："左军破侍逆股十余万，可谓奇功，然其不可及处，只在善于审幾审势耳。"这句夸奖显然有不少保留成分，免得两位老弟因为顿兵于安庆城下、久攻未克而难为情。左宗棠写信给周夫人，汇报楚军战况，则毫无保留，他谈到自己亲临战阵后的显著进步，笔墨舞之蹈之：

> 吾昔尝以未临前敌为恨。自到江西，往往策马督战，初犹皇惑，久则胆气愈壮，心志愈定，虽杀（声）震耳，矢石当前，而毫无怯惧之色。以是知凡事之不可不历练也，今而后可免纸上谈兵之诮矣。

在水中学会游泳，在战场上学会打仗，道理是一样的。左宗棠既是战略家，又是战术家，何时该谨慎，何时须勇猛，他拿捏火候恰到好处。楚军刚站稳脚跟就大发神威，高胜率成为新常态。曾国藩也由口服升格为心服，如果说他致书湖北巡抚胡林翼，还只是盛赞（"左帅此次破侍逆十余万众，厥功甚伟"）不置，那么他致书广西巡抚刘长佑，就是预言（"左季高以五千新集之师，屡摧十倍坚强之寇，将来必能为国家开拓疆土，廓清逆氛"）奇中了。当然，身为主帅，曾国藩还有责任提醒左宗棠在防守方面查漏补缺："阁下用兵，外间同声钦服。惟议其墙不高，濠不深，亦众口所不满。"左宗棠固然骄傲，但对于这样的忠告还是听得进耳的，采纳建设性的批评毫无难度。

咸丰十一年（1861）正月初九，曾国藩致书鲍超，郑重嘱咐："左公谋画精密，远出国藩与胡宫保之上。望阁下事事与左公熟商、请教。左公之谋，阁下之勇，可合成两美也。"半个月后，曾国藩回复左宗棠，提出四个"要紧之着"："东不扎渔亭，西不扎历口，则祁门难以独全；不进婺源，则坐失自然大利，而将来亦无进兵之路；不援抚、建，则腹地糜烂，饷源立竭；不保建德，则江滨之门户不固，北岸之声息不通。"曾国藩特意叮嘱道："何弃何取，孰先孰后，务乞阁下详示。"大帅与将领之间可谓有商有量。左宗棠既富有文韬，又具备武略，常能出奇制胜，他与勇将鲍超在江西战场配合默契，相得益彰。

楚军自始就具备了强大的基因，它不是湘军的影子，而是并驾齐驱的存在，其辨识度很高，尽管论风评和口碑，楚军一直比湘军低一些，但是它的英风俊貌相当醒目，可谓别有神采。

祁门大本营解围之后，曾国藩如获新生，立刻上疏为大将左宗棠、鲍超请功：

> ……其时臣在祁门，三面皆贼，仅留景德镇一线之路以通接济。该逆尽锐攻扑，欲得甘心。赖左宗棠之谋，鲍超之勇，以守则固，以战则胜，用能大挫凶锋，化险为夷，洵足

以寒贼胆而快人心。

左宗棠赴江西征战还不到半年，就因战绩突出引起朝野瞩目，受到优诏嘉勉，由四品京堂晋升为三品京堂候补，他已经顺利打开仕途的上升通道。

咸丰十一年（1861）三月底，左宗棠在家书中简明扼要地介绍了江西军情，对楚军的总体表现非常满意：

> 贼势甚张，戡乱之才不可多觏。若更有数军如楚军者，
> 必不致任贼横行也。我精力尚勉强支持，然年已五十，志虑
> 实不如前，深恐贻误。时局方艰，思之倍深廪廪耳。

那股子胜利的乐乎劲过去之后，左宗棠滚热的背脊又开始一阵阵发凉，这就对了，兵凶战危，只需一个疏忽、一次误判，就可能前功尽弃。何况整个战局仿佛铁板一块，敌我双方尚在僵持，良将劲卒数量有限，往前看去，乐观的理由真的不多。左宗棠主观上是不服老的，但客观上年龄就摆在那儿，五十岁人的气性、精力显然不如三十岁人、四十岁人那样旺盛，锯智慧的长板补齐其他方面的短板，效果如何，也得再冷静观察。

楚军勇敢善战，无奈兵单饷乏，依然危机四伏，左宗棠独当一面，常忧饥溃。他在家书中感叹道："贼不怕他，只无办贼之饷，无可如何，亦听之天而已。"咸丰十一年（1861）五月中旬，曾国藩写信给左宗棠，请他添募万人，壮大队伍，至于饷银，要解决燃眉之急，倒是有个办法：从三处（屯溪的厘金、茶捐，景德镇的货厘、瓷厘，婺源的丁厘、盐茶）每月实收三万多两白银，可解决楚军大半数军饷，再由江西粮台协解少许，事情就好办了。总之，要早自为计，以免转瞬间山穷水尽。左宗棠负气不肯求人，容易犯穷受苦，对于这一点曾国藩看得清楚，因此为他谋划

周全。

这年五月底，曾国藩在回信中再次提醒左宗棠设厘卡自筹军饷，以征收厘金为可靠的解决之道，舍此良法则容易受制于人，还会大面积伤及百姓生计。他举五代时期吴越国主钱镠为例，多征商业税，强兵而不伤农。曾国藩的头脑是清醒的，在另一封信中，他承认设厘卡收厘金救急救穷只不过是两害相权取其轻的选择，救不了土崩（拖欠军饷），但救得了瓦解（顿断军饷）。

设厘卡不是什么难办的事情，左宗棠接受曾国藩的建议，楚军的日子果然有了一些起色，半饥半饱总好过空肠跑大车。

夏日行军作战，最可怕的事情就是疾疫繁兴，非战斗减员的比例过高。楚军七千余人分驻景德镇和婺源，"物故者不下二百余，患病未愈者约八九百，勉能出队者不过三千余而已"，以如此单薄的兵力抗击十倍于己的敌军，左宗棠仍能够批亢捣虚，步步行稳，节节取胜，就是道术高手施展撒豆成兵的神功，估计收效也不过如此。

楚军在江西作战时，左宗棠稍得安闲，便访察当地人才。婺源是朱熹阙里，素称文献之邦，太平军在此二十余次杀进杀出，遗黎皮骨仅存。婺源教谕夏炘年逾古稀，精研程朱理学，熟悉时务，通晓兵法，办理团练。左宗棠与他一见如故，请他参佐戎幕，代筹军食，两人讨论战守机宜，每每相得。有人用两头牛犒军，左宗棠不忍杀之，让夏炘分送给孝悌的耕读人家。楚军仅凭五千士卒进入浙江，不惧全浙数百万大敌，收复遂安后，夏炘写信祝贺，赞赏之余，特意提醒道，"慎于前攻，亦当慎于后顾。得尺则尺，得寸则寸""未得之地慎于前攻，不可轻犯贼锋，以堕诡计。已得之地慎于回顾，不使贼出我后，顿弃前功"。

这封信讲到了点子上，揭示了左宗棠用兵的一大长处，"得尺则尺，得寸则寸"，"常守弗失"，治学如此，带兵如此，都可事半功倍。夏炘赠给左宗棠书籍，《小学》《孝经》《近思录》《四书》，刻制极精，嗣后左宗棠所到之地即兴办书局刻书，就是受夏炘的启发所致。杭州克复，百废待兴，左宗棠倡办书局，将夏炘的十七种著作汇为《景紫堂全书》，精印行世。光绪五年（1879），左宗棠平定新疆，又将夏炘的事迹上奏朝廷，请宣付史馆立传。对于民间智勇双全、操守出众的学者，左宗棠素来礼遇尊重，并且生怕他们的名字和著作被埋没，必揄扬而标举之。

第四节　杭州陷落，再遭浩劫

浙江首府杭州历来都是兵家必争之地，咸丰年间，就曾两次遭到血洗。

第一次血洗是在咸丰十年（1860）春，太平军攻破杭州城，浙江巡抚罗遵殿仰药殉节，夫人和长女同时自尽。赵烈文在当年三月初一、初四、初十的日记中有相关的追记，"踩踏死者，不可胜计"，"淫杀之惨，更不可胜言，思之肉战，言之涕零"，"焚舟数千艘，人油浮水面如画，惨毒如此，不忍更闻矣"，"杭城居民十死六七，血流街衢尽赤，屋庐尽成焦土，横骸塞途"，这场生灵涂炭的浩劫令记录者词穷。杭州城陷落后不久，就被驰援浙江的清军将领张玉良收复了，但强敌环伺，危险并未解除。

第二次血洗是在咸丰十一年（1861）冬，已被革职留任的浙江巡抚王有龄派信使送出密书，江苏巡抚薛焕转给两江总督曾国藩，曾国藩向左宗棠转述了这封信的主要内容：城中共六十万人，粮食极少，饿死者已有万余人；内城还剩下三四个月的口粮，外城断难长久坚持，（王有龄）请求薛焕代为奏明："有米一日，坚守一日，米尽则死。"鉴于杭州形势万分危急，浩劫近在眼前，曾国藩催促左宗棠"大纛万不可不速往一援"。

咸丰十一年（1861）十一月二十六日，左宗棠奉命督办浙江军务，提督、总兵以下均归其调遣，刚过两天，省城杭州即宣告失守，王有龄全家殉节，同死者众多。十二月初七日，曾国藩在日记中写道："夜念浙中浩劫，去年死人十三万之多，今年围困杭城中者多至六十万人，生灵何辜，降此大戾？天欲杀之，则如勿生。忧伤之至，弥深愧负！"十二月初十日，曾国藩收到王有龄十八天前派人送出的帛书，只有"鹄俟大援"四个字，加盖浙江巡抚关防，这便是他留下的最后声息。杭州于这年十一月二十八日失守，兵民六十万人，食尽城破，大约一半死于饥饿，一半死于兵燹，幸存者所剩无几。两江总督曾国藩接悉噩耗后，在家书中发出浩叹：我奉命兼辖浙江，不能解救这场浩劫，惭愧和愤恨无尽啊！

湘军援浙筹划了几年，却被江西、安徽境内的太平军绊住、缠住、拖住、困住手脚，无尺寸之进。曾国藩膺任两江总督也已一年多，又兼办浙江军务，却无一兵一卒到杭州驰援，他以"弥深愧负""愧愤何极"自道心情，确实是良心剧痛之后的大实话。

有一点必须说明，湖北巡抚胡林翼视王有龄为邪慝之人，两江总督曾国藩也对王有龄心存反感。咸丰十一年（1861）十一月二十五日，曾国藩向朝廷呈递奏折，重话重说，大意是：王有龄从卑微的佐杂小吏起家，历年居苏、浙两省权势之地，祖庇私党，多据要津，上下朋比为奸，风气日益败坏。他委任的官员到处派捐勒索，窃取公款，中饱私囊，剥削太过，积怨太深，势所不免。谕旨所质询的"属吏多贪鄙之徒，但以掊克黩缘为事"，以我听闻的事实验证，大抵有根有据。

清朝以科举出身为正途，佐杂[1]出身备受歧视，王有龄年轻时不屑作八股文，由捐班[2]起步，在浙江做过慈溪、镇海、仁和等地的知县。他以治绩升迁到江苏布政使，助大将张玉良克复杭州，也算是很不简单了，他

---

1 佐杂：清朝官署内帮手打杂者的统称。
2 捐班：清朝靠捐银买官出仕的人。

在浙江巡抚任上，为期不过一年多，却引发了巨大的争议。李慈铭在《越缦堂笔记》中论及浙江团练大臣王履谦被发配新疆一事，撂下这样几句狠话："……吾越自庚申以来，履谦月以十万金输杭州，而有龄不出省垣一卒以渡钱江，朘我之脂膏，而漠视我之生命。言之痛心，恨不生食其肉！"

李慈铭是浙江绍兴人，对王有龄不只是观感奇差，简直恨之入骨。大人物具有多面性，王有龄是贪官，是酷吏，却有胆色，有气节，有感召力，杭州被围攻两个月零两天，杭州民众忍饥挨饿，"效死弗去，内变不生"，这八字出自曾国藩日记，相当难得。最终，王有龄甘愿做烈士，晚节可贵而可观。湘军集团至此对王有龄刮目相看，也无人再作贬词。王有龄好结交才华出众的读书人，喜爱声色之乐，省城被敌军围成了铁桶，分分钟有可能沦陷，他仍然抽空摆下酒席与幕宾聚会，令府中戏班子演戏唱曲。酒酣耳热之际，王有龄起身扮演《张巡飨士》一剧的主角张巡，神情激越，坐客无不为之失色。唐朝安史之乱时，张巡率兵坚守睢阳，与叛军交战四百余次，粮尽时杀爱妾为食，令三军泪下如雨，最终被俘遇害。王有龄扮演张巡，倒是选对了时机，选对了角色。李秀成在其自述中夸赞王有龄"甚得军民之心，甚为坚守"，他进城抢得一匹快马，独自冲进巡抚衙门，遍寻王有龄不见，最终在后花园发现此公已经投缳自尽。李秀成敬重烈士，不仅将王有龄的顶戴朝服悉数归还，而且给棺木装殓遗体，给舟十五条，给川费三千两，给路凭一纸，由百名亲兵护送王有龄的遗骸回乡。"生各扶其主，两家为敌；死不与其为仇，此出我之心愿"，这是李秀成值得称许的地方。乱世中，朝野最重疆臣死节，尽管曾国藩曾经反感和厌恶过王有龄，但关乎重大原则，他还是秉公而言："应请圣主悯念时艰，表扬忠烈。"王有龄获谥壮愍，得到优恤。以一死赎百罪，这个代价算很高了，但还是值得的，对于历史的交代也比那位逃之夭夭终被朝廷下令处决的两江总督何桂清强得多。

杭州城落入敌手后，全局为之震荡。当时，浙东南只有温州一府幸存，浙北只有湖州、海宁二城未陷，孤悬于敌围之中，万难保全。对于局势急转直下，曾国藩深感悲观，他担心东南膏腴之地尽归敌方所有，往后的形势会对湘军日益不利。左宗棠却认为太平军改弦易辙，削弱对长江中上游地带的攻势，未曾倾尽全力破解安庆之围，而将兵力集中到长江下游地区，对湘军而言，这并非战略上的利空，而恰恰是利好。他站在战略高度看问题，以日后的形势发展来检验，他的分析具有相当强的说服力。

咸丰十一年（1861）八月初一日，曾国荃统领湘军主力吉字营攻克安庆，太平军在天京城西面和北面的兵力屏障顿感单薄，其首都已经孤掌难鸣。局面简化的好处显现出来：湘军、楚军、淮军无须再为江北分散注意力，战线缩短了，兵力集中了，实力增厚了，阵地战、攻坚仗也就好打了许多。

第五节　乘胜而进，收复浙江

咸丰十一年（1861）七月，湖南巡抚毛鸿宾上奏朝廷，极力荐举一位功臣："左宗棠识略过人，其才力不在曾国藩、胡林翼之下，今但使之带勇，殊不足以尽其才，倘畀以封疆重任，必能保境安民，兼顾大局。"左宗棠在军政两方面均具有奇才，足可胜任封疆重寄，这一点在朝野基本上已达成共识，眼下时机也恰好，浙江巡抚王有龄殉国之后，空出一个现成的实缺，此时此刻，最关键的推手当然是曾国藩，他的态度会影响到朝廷的决定。

援浙势在必行，刻不容缓，曾国藩相当明智，及时将好钢用在刀刃上，密疏举荐左宗棠为浙江巡抚。他写信嘱托左宗棠："目下经营浙事，全仗大力，责无旁贷。"起初，曾国藩认可旗籍名将多隆阿是援浙的上佳人选，但多隆阿持兵不进，因为克皖一役功高赏薄，不无迟疑逗留，直到这年的腊月，方才调补蒙古都统，晋升荆州将军。曾国藩也考虑过爱将鲍超，咸丰九年（1859）春，胡林翼就如实告诉曾国藩："春霆酷好攻坚，颇有固执不化之概，贵战贱谋，虽神将之雄，仍恐不足以当一路耳。"胡林翼素来看重鲍超，这个分析很客观。鲍超能打硬仗和恶仗，但他拙于智谋，从未独当一面，他不善于应付复杂多变的局势，对民政事务完全不在行，况且霆军所到之处从不体恤百姓，口碑很成问题。曾国藩仔细思忖，左宗棠确实比鲍超更稳靠，那就非他莫属了。曾国藩只担心一点，左宗棠麾下士卒仍不满一万，势单力薄，敌军兵力多达数十万，既掳获宁波、绍兴数千万财货，又收纳杭城三四万降兵，燎原之势已成。尽管敌方乌合之众偏多，双方实力对比依然悬殊，楚军虽能征善战，但垂饵于虎口，太过冒险。唯一的解决办法就是增兵，近处兵力不敷，必须从远处调遣。广西巡抚刘长佑本是湘籍名将，在此紧要关头，愿意鼎力相助。

当初，左宗棠大力推毂，湖南巡抚骆秉章起用赋闲在家的蒋益澧率兵援桂。蒋益澧是名将王鑫老湘营的旧部，功力自然不弱。他征战广西，剿匪数年，卓见成效，他肯率部到浙江来援助左宗棠，再合适不过了。曾国藩心思缜密，说服刘长佑派军驰援是第一步，第二步就是要充分调动蒋益澧的主动性，火速启程，勿逗留观望。于是他写信加急快递蒋益澧：左帅麾下的兵员不足万人，四面受敌，处境极其危险！阁下忠肝侠肠，向来乐意救人危难，又与左帅素有知己的感情，务请立即东来，一面请印帅刘长佑上奏，一面带兵起行。要是能在三个月内赶到，就算浙江的事情不能仓促着手，但是能够保障左军无恙，江西无恙，大局尚可有为。

将两部分兵力合在一起，充其量也只有一万六千人，曾国藩的作战方案是：左帅率军驻扎于浙江开化县、遂安县的交界处，调蒋益澧一军防守浙江衢州，先保江西、安徽完善之区，再图恢复吴、越。当时，由于兵力单薄，"先固根本，徐图进取"确实是明智的选择，以六字诀"避长围，防后路"作为总方针，则不可一日忘忽。可是蒋益澧营中积欠久未结清，要去广东求饷，一时无法动身。曾国藩回复统兵大臣袁甲三的探询，说得明白："助左非以图浙，乃以保皖也，以防江也。"意思是，保卫安徽、防御江西比进军浙江更为重要，欲保江西，先保皖南。曾国藩写信询问左宗棠：如果"浙中得手，贼仍回窜江西"，怎么办？左宗棠回信保证"步步顾定江西"，令曾国藩放心和安心。同治元年（1862）四月初，曾国藩回复左宗棠："沿江两岸连克九城五隘，弟不敢引以为喜。独阁下捍御强寇，不令江西东北再遭蹂躏，却是非常之喜。不独为吾辈饷源所在，民间亦不复能堪矣。"嗣后，摆在楚军面前的任务极其艰巨，面对十倍于己的劲敌，大笔军费苦无着落。"又要马儿好，又要马儿不吃草"，这句谚语正是当年窘况的真实写照。左宗棠作好了最坏的打算，他在家书中写道："危疆重寄，义无可诿，惟有尽瘁图之，以求无负。其济则国家之幸，苍生之福，不济则一身当之而已。"可以这么说，左宗棠在危急关头接任浙江巡抚，一点也不比当初王有龄轻松。此前已有两任浙江巡抚相继殉职（罗遵殿和王有龄），很显然，这个职位不仅高危，而且有拿老命去填深坑的极大风险。

大军未动，粮草先行。当时，楚军欠饷太多，若不发放一些，实难提升士气。同治元年（1862）七月，左宗棠札调段光清赴宁波筹饷，史致谔新任宁绍台道，向段光清交底，宁波、绍兴、台州的富户都在上海避难，必须一同赴沪筹饷才行，于是双方约定在安徽省城安庆碰头。据段光清《镜湖自撰年谱》所载，此行颇费周折，他最终说服避居上海的宁（波）绍（兴）籍富户慷慨捐款，是这样一段话："春间我在开化见（左）抚军，亦言及浙江百姓，相与流涕。抚军以湖南人来为浙江剿贼，其念民苦而流涕者，亦知筹饷之难。知筹饷之难而不能不筹饷者，不能不剿贼也。浙江当两次失守之后，何以知贼必可剿？我前目击楚军亲自担水，亲自炊锅，略无兵勇习气，此乃节制之兵，不比前有用之饷徒供无用之兵也。"众人听他这么一讲，便齐声响应道："谨如所命。"

嗣后，段光清又凭三寸不烂之舌说服绍兴富户张广川捐银十万两。到这年腊月底，宁（波）绍（兴）籍富户共计捐输白银四十万两，为楚军解除了燃眉之急，浙江战局随即眉舒目朗，可以说，左宗棠将每一两银子都用在了刀刃上。

同治元年（1862）三、四月间，鲍超率军攻克了安徽青阳、石埭、太平、泾县；曾国荃率军攻克了安徽巢县、含山、和州、芜湖县，荡平了西梁山、玉溪口、雍家镇、铜城闸、金柱关、东梁山等多处要隘，直扑金陵；多隆阿也率军攻克了太平天国英王陈玉成亲自率军把守的安徽军事重镇庐州，不仅收复了大片失地，而且为左宗棠彻底解除了深入浙江腹地作战的后顾之忧。蒋益澧率八千士卒于中秋抵达浙江衢州，左宗棠将这支生力军当作活兵来用，何处有急则增援何处。左宗棠在浙江采取"避长围，防后路"的策略，"宁肯缓进，断不轻退"，"不愿浪战求胜，致损军威"，吃一口是一口，吃一斗是一斗，保全胜局，巩固后方，因此楚军偶有小负，从无大败，在浙江衢州、江山县、常山县一带屡战屡胜，战斗力之强，令人啧啧称奇。

曾国藩有识人的眼光，有容人的度量，有逢人说项的热忱，曾国藩佩服左宗棠，可谓出于至诚，不欺草木。他赞赏左宗棠"平日用兵，取势甚远，审机甚微"，"兵不满万而恢恢有余"，"其才实可独当一面"。曾国藩尤其欣赏左宗棠自持而有定力，同治元年（1862）十一月十八日，他在书信中特意作了一番比较：

> 弟当军事危迫之际，明知事不能行，每每不自持而陈说及之。胡润帅昔年亦多不自持之时，独阁下向无此失，从未出决办不到之主意，未发强人以难之公牍，故知贤于弟等远矣。

由此可见，在紧要关口，左宗棠的出错率、致误率比曾国藩、胡林翼低得多。

左宗棠统兵，长于野战，自始就不以兵多将广为豪，外人总觉得他兵力单薄，但他总能打出以少胜多的炫目战例。没有比较就没有鉴别，李定太的衢州一军、李元度的江山一军，将士人数都在九千左右，与左宗棠刚入浙时的兵力差不多，但二李常迫切求援，惴惴不能自保，左宗棠节制二李的部队，也不敢责成他们离城作战，担心这两位熊将折损军威。对于能征惯战的宿将，例如蒋益澧，左宗棠也会随事点拨，及时裁成。

同治元年（1862）秋冬，蒋益澧统兵万人攻打金华，左宗棠叮嘱他围城打援，围城是虚，打援是实，使城中敌军坐困而敝，立观而惧。蒋益澧却弄拧了，一门心思挖掘地道，想轰坍城墙，一劳永逸。这样耗去了很长时间，攻坚战仍然一筹莫展，敌方援军则越来越多，连绵数十里，蒋军处境越来越危险。蒋益澧心知大事不妙，赶紧向主帅请罪。左宗棠移书责备道：你用万人攻一城，三月未下，可见攻坚城之很难奏效，挖地道之不易成功，援贼倒是有余力逼近楚军构筑坚垒。事前，我劝诫再三，无奈你自信太过，倔强不听指挥。现在虽然兵力折损不大，但经一事不能长一智，我与你的前程不足惜，怕只怕收复浙江的大事会耽误于我辈之手，此心无法对天下后世交代。左宗棠指点蒋益澧"去其是己非人之心，化其始骄终怯之念"，暂且搁置坚城，急攻援寇，可保万全。

自成军以来，三年间，楚军转战江西、安徽、浙江，大小百余仗，各位将领的长处、短处，左宗棠已看得分明。蒋益澧以结硬寨、打死仗为宗旨，但他在把握机会、判断形势方面不够灵敏。刘典善于观察地形，长于出奇制胜，但他性格急躁。魏光焘近似刘典，但他在才智方面稍逊。康国器近似蒋益澧，但他在气势方面略差。其他将领，如黄少春、高连陞，已渐渐可以胜任小统领的职务，尚须继续磨炼。左宗棠对手下几位裨将的特点、优点和弱点了如指掌，助其扬长避短，自然所向建功。左宗棠最看重什么？

他认为，军事方面的强弱，关键在于士气的盛衰，若无法掌控其消长的权衡，则强者也会转弱；若有力掌控其鼓舞的妙用，则弱者也能变强。

同治二年（1863）正月，蒋益澧所部进临浦义桥，距离杭州百余里。刘典所部从诸暨追敌至富阳，距离杭州八十里。两处将士兴奋踊跃，求战情绪极高，都认为克复杭州指日可待。此时，左宗棠异常冷静，其大局观起了作用，他深知浙江境内外流寇尚多，不加清剿的话，纵然诸将冒进，拿下省城，也不能一朝安居，只不过开始新一轮的拉锯。于是他告诫诸将，不要贪图克复杭州的近功，应以殄灭流寇为要务，他请求朝廷明确奖赏规则：毋论曾否克复省城，"总以杀贼之多寡为劳绩之高下"。有了这个保障，诸将打仗，便以大局为重。

同治二年（1863）四月，朝廷任命左宗棠为闽浙总督。此时，楚军已壮大数倍。主帅有谋，将士有勇，兵锋锐利，所向告捷。这年六月二十日，曾国藩告诉宁绍台道史致谔：左帅从金华、衢州扫荡而下，直逼杭州城，拓地日有所增，但饷源所获无多，上游各地，蓬蒿遮道，白骨如麻，一片荒凉，无筹可展，因此他对宁波、绍兴，期望甚奢，亦情势所迫，不能不这样。

楚军不惧敌强，只患饷匮，史致谔时任宁绍台道，被左宗棠逼急了，向曾国藩诉苦，曾国藩维护左宗棠，回信作出以上解释。为了筹饷，左宗棠让部下越境设卡，抽取厘金，因此得罪了安徽的地方官员，曾国藩又驰书为之缓颊：左帅才略冠时，对安徽又有大功大德，他办事锋芒四射，其部下将士与委员意气更盛，处理稍不得宜，则容易导致决裂，恐怕对于大局会有妨碍。曾国藩出面协调各方，只有一个目的，让左帅的处境更宽裕，心情更舒畅，以期尽早收复杭州，与金陵城下的湘军大营形成犄角，遥相呼应，以尽量减轻曾国荃肩头的压力。弄好了，这盘大棋能形成多赢的局面，万万不可在小事上伤和气、折运气。

同治二年（1863）八月初，蒋益澧麾下猛将熊建益在富阳城外阵亡。

富阳是杭州的屏障，属于兵家必争之地，太平军在此投入的兵力相当厚实。关键时刻，左宗棠打出手上的"王炸"，调遣法籍军官德克碑指挥的洋枪队常捷军，用大炮猛轰，夜以继日，太平军挡不住枪林弹雨，防线疾速瓦解。至此，左宗棠对洋枪洋炮之利加深了认识，于战略之外加倍留意战术。左宗棠很认真，凡事知其然，还要知其所以然，分析之后，他得出结论："查外洋之强，一则饷厚，一则令严，一则水陆器具精利。假使中国有厚饷，有精巧器械，慎择能将，申明军令行之，兵勇之强，亦必不减外洋。"往后，楚军攻打杭州、湖州，德克碑的常捷军无不大显威风，左宗棠上奏其功于朝廷，德克碑获赏头等功牌和一万两白银。洋武官如白齐文、戈登等，通常骄横跋扈，不把中国官员放在眼里，即使获得了清朝武职，也往往不肯按中国礼数待人接物。德克碑则迥然不同，其性情直爽，肯打商量，与中国将领同事相处，彼此有礼有节，胜则相让，败则相救，所以能够相与有成。德克碑时年三十二岁，对总督左宗棠毕恭毕敬，初次会面时，左宗棠即主动变通，免行常礼而与他握手，身为副将，德克碑改穿清朝军服，也是忠心不二的表现。左宗棠对德克碑的印象非常好，因此他创建福州船政局时，主动延聘德克碑任职。

杭州是太平军严防死守的堡垒，城墙坚固，但楚军水陆两路的攻势相当凌厉，陷入重围之后，杭州已成孤城。与此同时，李鸿章统领的淮军先是在苏州受降，随后又攻克无锡、宜兴等地，其中一部兵力进攻浙江嘉兴，左宗棠称淮军此举为"越界立功"，深为不满。太平军的处境日益艰窘，悍将蔡元隆等人相继叛变，致使军心动摇；杭州城内的守军士气低落，斗志消沉；太平天国听王陈炳文迫不得已，率军突围，被蒋益澧统领的楚军主力一举击溃，兵败如山倒。

楚军夺回杭州，就等于撤除了太平天国首都天京的保护罩，太平军的南路被彻底卡断，天王洪秀全已成瓮中之鳖，纵使负隅顽抗，也只能苟延残喘。

第六节　战后重建，去腐生鲜

东汉末年，战乱频仍，曹操赋诗《蒿里行》，描写战争惨状，可谓触目惊心："……铠甲生虮虱，万姓以死亡。白骨露于野，千里无鸡鸣。生民百遗一，念之断人肠。"一千多年后，战争的惨状竟有过之而无不及。曾国藩在咸丰十一年（1861）六月十八日日记中写道："陈舫仙来，言探卒至香口一带，经行之处，并未栽种，乱草没人；家家皆有饿殍僵尸，或舌吐数寸，或口含草根而死；经行百里，无贼匪，亦无百姓，一片荒凉之景，积尸臭秽之气。盖大乱之世，凋丧如此，真耳不忍闻也。"这年七月底，曾国荃率吉字营攻克军事重镇安徽安庆，城中绝粮已久。

同治元年（1862）十一月初，左宗棠笔录民间惨状，痛心疾首，几乎到了无泪可挥的程度，他立刻找出了"华屋成墟，骸胔遍野"的根本原因："皆由战不成战、守不成守，贼退报克复、贼来报失守之故。"翌年三月中旬，左宗棠回复湖南巡抚毛鸿宾，述说浙江民间吃人的惨状，不禁感叹道："真不图天地间竟有此等变相地狱也！"在乱世中，左宗棠久已见多识广，但看到浙江灾民人肉上桌的饥馑惨象，最硬的心理底线也被强行爆破了，不免心有戚戚然。

同治二年（1863）初夏，曾国藩在日记中更为翔实地记录了人肉价格。这年冬天，他回复好友吴廷栋，还谈到称职的官员、能赈救灾黎难民的官员很难找到，每一个职位空出，总难有称职的人去填补。地方上贫乏到了极点，吃的用的荡然无存，公私两方面都一穷二白，百姓和官员都难以存活。就算有贤良的官员，到任不久，立足未稳，敌寇杀来，措手不及。行军所到之处，往往百里见不到炊烟，整日碰不到行人。景况如此悲惨，曾国藩自觉无颜，他手握军权，又是民政长官，环顾遗黎，深感内疚。曾国藩居高位，食厚禄，哀民生之多艰，良心被置放于烤架之上，受烈火猛燎，又岂是一个"苦"字了得。

当年，数省饥馑，饿殍遍地。浙江夙称饶富之区，今则膏腴之地尽成荒瘠。人民死于兵燹，死于饥饿，死于疾疫，鲜有孑遗。纵使灾情迅速克复，也非得二三十年休养生息，否则不可能恢复元气，真是太令人痛心了。左宗棠告诉家人，浙江平民死丧流亡的惨象为天下所仅见，他统军入浙以后，每天困坐愁城，目睹周围情形，几乎泪流成河。一切赈救的策略皆从无中生有，尽管他殚精竭虑，百倍努力，但仍是杯水车薪，救济的效果只能达到十分之一。良知使然，左宗棠"引为惭恨，积为悲伤"，但浙江、安徽两省的百姓看到他倾情倾力设法施救，都对他称道和敬仰不已。

在奏折中，左宗棠的沉痛心情见诸笔墨，真实的描写或许能够打动铁石心肠，真不知两宫皇太后看了，作何感想。奏章大意是：浙江此次事变，人物凋残消耗，田土荒芜，一眼望去，尽是白骨黄茅，炊烟断绝。现值春耕时期，民间农器毁弃殆尽，耕牛百无一存。谷豆、杂粮、种子无处觅购。残存的百姓只剩呼吸，白昼躺在荒畦废圃之间，采摘野菜充饥；黑夜睡在颓垣破壁之下，枕着土块安眠。昔日的温饱家庭，大半都成了饿殍。忧愁至极，就连乐生哀死的念头也没有了，有亲人死亡在身边，冷漠地看着无动于衷。悲哀啊，我们的百姓，竟沦落到这种境地！

通观这篇奏折，再对照左宗棠所说过的"浙中光景已是草昧以前世界"，真就不是和平时期的常人所能想象得到的。在浙江省，左宗棠既是军事长官，又是民政长官，早已看不到"三秋桂子，十里荷华"，钱塘旧日繁华扫地以尽，八十多万人口连十分之一都没剩下，百废俱兴，谈何容易。对于杭州百姓所遭遇的浩劫，左宗棠从历史的角度进行了理性的反思：钱塘自古繁华，享乐一直是这座名城的底色，温柔乡便是英雄冢，杭州百姓抵抗劫难的意识极其稀薄。同治三年（1864）六月中旬，曾国荃攻克金陵，以金陵城中的惨状相告，左宗棠感叹道：一千多年繁荣富丽的地方，经此劫难，都化为了灰烬，杭州也沦为了一片焦土！世间事物莫不是"文极而质"，文华至极就会返归质朴，细细琢磨一下，真就是这么回事。每到王朝末期，虚文盛行，政治脱离实际，物极必反，就难免会造成如此可怕的劫难，这个死循环是个大黑洞，定期吞噬国人的财富和生命。

《清史稿》本传称赞左宗棠"有霸才，而治民则以王道行之"，从杭州乃至浙江的战后重建来看，确实如此。他严明军纪，保护百姓，纯用铁腕。有一天，他出署视察军队，见一个士兵从百姓家中走出，立刻斩首示众。又发现有强抢市间食物的人，食物还在口中，脑袋就已落地。他采取一系列兴利除弊的措施：掩埋尸骸者获酬；拐卖人口者处斩；勒索绅民者判刑；屠杀耕牛者入罪；官吏贪污必遭劾罢；富绅不仁必被纠弹；苛捐杂税一律蠲免；浮收滥取一概禁绝；改革盐政，裁去陋规；精减兵员，节省军饷；垦荒田，修水利，稻粱之外，种植桑棉，民工不足，济以兵力。

左宗棠下令集中掩埋尸骸一节值得多写几笔。《庚辛泣杭录》保留了许多珍贵的细节。左宗棠克复杭州后，城内白骨累累，填塞街巷，于是他与布政使蒋益澧召集绅士商议，"雇夫收领，汇葬南北两山。左公收城乡暴骨数十万具，分葬于岳王庙右里许仁寿山（北山遗阡）及净慈寺左松居庵（南山遗阡），缭以粉垣，立阡表之。江干湖墅则就近掩埋之"。待埋骨完毕后，左宗棠上奏朝廷，称浙省境内的阵亡将士有昭忠祠致祭，殉难官绅士庶有崇义祠祭祀，即使是游魂野鬼，官方也有相应奠醊，唯独这五十七座大冢没有祭祀的名目，"墓门春草，竟无上冢之人；湖畔秋风，谁悯若敖之鬼"，生者和后人如何表达他们的哀思？"应请上援昭忠、崇义之礼，下准春冬祀孤之义，将杭州西湖南北两山瘗骨五十七冢，名为'义烈遗阡'，请旨列入祀典，春秋遣官致祭，以垂久远"。同治三年（1864）七月十五日中元节，左宗棠大设盂兰盆会，祭奠阵亡将卒和殉难的官绅士庶，在内城满洲营、西湖灵德寺、吴山城隍庙三处设坛，分班轮祭。

王闿运在书信和日记中对左宗棠的做派、用人等方面颇多负评和差评,但他撰写《湘军志·浙江篇》,史笔堪称公正。他称赞左宗棠移驻省城后,申明虏获的禁令,妇女和财物各从其主,有谁敢说是取自贼寇手中的,治罪。禁止军人进入民居,招商开市。杭州海口停止收税,成立清赋局,减除杭州、嘉定、湖州的税赋三分之一。杭州的善后事宜井井有条,州县官员莫不尽心。

楚军克复杭州后,计点全城人口,竟然比战前锐减了将近九成。在短期内,左宗棠要将百废待举的局面极力扭转成百废俱兴,还真得使出魔法师的浑身解数,拿出经世济民的绝学才行。

同治三年(1864)秋,曾国藩的幕僚赵烈文在日记中讲了一番公道话,大意是:今春三月,在浙江省绍兴,居民都已复业,萧山等地民船夜航,橹声相应。杭州百废俱起,收复城池不到两个月,已议及海塘,各郡的漕粮都确定减征,颂扬之声不绝于耳。从这些现象观察,左公治理地方的成绩确实超过李公数十倍。他说的李公是李鸿章。

赵烈文是曾国藩阵营的死忠分子,对李鸿章的好感度明显偏高,对左宗棠的负评和微词不少,但这回他也实打实地被左宗棠的治绩折服了。

左宗棠治理浙江,魄力大,法禁严,缓急得当,条理清晰,因此民心安定,加快了经济复苏。众人公认:东南各省善后的政绩,以浙江为最优。左宗棠能征善治,战绩和政绩的双优表现开始被世人津津乐道。

左氏功名诀

"将才固贵天生，
而学问之功尤不可少也。"

意 译

将才固然贵在先天禀赋独厚，但学问的功夫尤其不可缺少。

评 点

古代的名将名帅，上马能打仗，下马能治学。且不说春秋时期的孙武、吴起，各自有兵书传为世法。魏晋时期的名将杜预就是大学者，他著有《春秋左氏经传集解》和《春秋释例》，病故之后，他的牌位被文庙和武庙同时接纳，这样的成就令曾国藩都羡慕不已。西汉名将赵充国精研兵法，南宋名将岳飞在戎帐里挑灯夜读，明朝名将王越博涉书史，娴熟边塞方面的学问，戚继光的《纪效新书》《练兵实纪》还成为曾国藩编练湘勇的教科书。左宗棠佩服的古代名将名帅个个有学问，他本人多年精研各类实学，在舆地方面的识见毫不逊色于一流专家。日后，他转战万里，统率三军，打胜仗，治理封疆，行德政，事事能得心应手。天才固然可遇不可求，但学问之功才是名将名帅们取得非凡成就的必要条件。

第四章

肃清东南边境，梳理西北乱局

同治元年（1862）春，捻军袭扰陕西，西北局势为之震荡，清廷从长江以北抽调名将多隆阿率军征剿。起初，曾国藩不以为然，他认为擒贼先擒王才是上策，攻打金陵才是正计，办大批漕粮运往京城才是要务，以多隆阿的劲旅去搜捕捻军，犹如用大炮打飞蛾，以千钧之弩射蹊鼠。他还认为，西北之乱不过是癣疥之疾，并非心腹之患，应该以贤良的官员去治理，不应该用多隆阿的重兵去镇压，应该设法安抚，不应该大兴问罪之师。朝廷一定要逞兵威，也只需派遣能征惯战的陕西提督雷正绾带领数千兵马去清剿，就可了事。同年五月下旬，曾国藩致书湖北巡抚严树森，再次谈及此事，触发了回忆的开关，二十年前，曾国藩到过关中，亲眼所见民间有淳朴安土之风，无从乱如归之象，绝不至于像江西、湖北的游民以被匪盗裹胁为乐，也不像四川民众嚣然不靖。太平军将领马融和只带了少数残败的土匪入关，不得不在良民中多抓壮丁。要是陕西百姓不乐意顺从匪类，强悍者被掳时与之格斗，怯弱者早晨被掳去傍晚就逃走，则贼寇的气焰容易衰减，雷正绾一定能够了结此事。事实证明，曾国藩严重低估了西北地区的危急局势。同治三年（1864）春，多隆阿率军攻入盩厔城（今陕西周至县），身中流弹，伤重而亡。有一点必须看到，多隆阿在西北先后十余战，将起义军中的魁杰殄灭了不少，不仅为左宗棠的西征军预先踩了场，而且清了场。假若多隆阿不死于意外，左宗棠就没机会经营西北了，其功业势必大打折扣。如此说来，那颗流弹也许没有改变历史的走向，却改变了许多人命运的走向，多隆阿洒热血于沙场，左宗棠立奇功于边塞，均拜那颗流弹所赐。特别值得一提的是，多隆阿是八旗子弟中的佼佼者（隶属满洲正白旗），却并不袒护旗人。某旗人佐领率旗丁驻防西安满城，通敌做内应，被统领发觉了，斩首以徇，多隆阿抵达陕西，听说此事后，震怒不已，立即上奏朝廷，诛杀与佐领亲近的旗丁数十人，尽革旗营月饷。当时，旗丁衣食没了着落，相继拆房屋售材料勉强糊口，甚至穷到卖儿卖女卖老婆。多隆阿伤故后，继任者奏复了旗营的月饷，旗丁对多隆阿恨之入骨。

同治二年（1863），湘中名士刘蓉由四川布政使晋升为陕西巡抚，其时二秦的景象如何？他在家书中写实："关中瘠苦异常，残破之地，或千里断绝人烟，米粮奇贵，实觉不成世界。"相比天府之国，陕西差得太远了。刘蓉关注民瘼，尽力补救，但为政失之宽缓，将休养生息之计施于战时，完全不切实际。他致书契弟郭嵩焘，满是"智勇俱困"的无力感："势迫于诛求而术穷于抚字，欲求一日之称吾职以展吾志，而不知何途之从。"刘蓉去职，固然受蔡寿祺妄劾所牵累，同治五年（1866）腊月十八日灞桥追师轻进败挫（几乎全军覆没），复增重其罪。他受谴落职后，仍留营帮办军事，与新任陕西巡抚乔松年势同水火。乔松年贪鄙无能，阴险狡诈，不仅时常掣肘，而且到处挖坑，以致楚军举步维艰，军饷欠至一年多发不出，将士过冬的棉衣无从置办，"死者无葬埋之费，伤者无医药之资"。刘蓉面对如此糟糕的军政困境，计穷而力绌，头焦而额烂。同治六年（1867）春，他奉旨回湘养病，终于脱离苦海。至此，朝廷以湘人（名将杨岳斌、名士刘蓉）主持西北军政，首回合宣告完败。当时，许多人都有同样的疑虑，湘人治理西北未获成功，到底是水土不服，还是水平不行？

恰在这个时段，曾国藩也遭遇了大烦恼，他裁撤掉百分之八九十的湘军主力后，却要奉旨挂帅剿捻，所能指靠的队伍唯有淮军，并非子弟兵，很多地方隔膜，指挥系统不够适配。在剿捻的初始阶段，曾国藩感觉处处不顺，主要是这个原因。于是朝野各方迅速达成共识：李鸿章是淮军领袖，于将士呼应甚灵，用他顶班曾国藩去剿捻，才是唯一可行的解决方案，而能够与中原剿捻并行不悖、互为声援、可望澄清西北乱局的头号人选也呼之欲出，他就是大帅左宗棠。

第一节　收官之战，嘉应一下东南平

同治三年（1864）六月中旬，湘军攻克金陵，康王汪海洋、侍王李世贤统领太平军余部先后进入福建，在漳州一带继续抵抗，贫民从乱如同落叶从风，闽、浙官军与太平军残部交战，多次失利。总兵林文察战死于漳州万松关。福建按察使张运兰是出身老湘营的名将，只带五百人急趋武平，遭遇伏击，部下总兵贺世桢、王明高，副将雷照雄皆战殁，他被俘不屈遭肢解。左宗棠乍闻噩耗，极感痛心。楚军将领刘典和康国器也先后遭受挫败。当时，李世贤据有漳州，拥众十余万。汪海洋据有长汀、连城、上杭三县的中心地带南阳、新泉，拥众一百八十五队，每队五百人，合计九万有余。丁太洋、林正扬出没于漳州、龙岩间，各有部众数万人。要之，以李世贤之众为最盛，以汪海洋之众为最强。侍王宽厚而易处，康王凶狠而多诈，太平军余众皆乐为侍王所用而惮为康王所管。惟汪海洋精悍善斗，有谋略，能够以严驭众，为将士所畏服。

同治四年（1865）四月，左宗棠抵达福州，其后不久，太平军残部阄入广东，福建全境肃清，连斋匪[1]、土匪、海盗也顺带被楚军起底，剿灭殆尽。左宗棠遂在漳州万松关摩崖勒铭，以记其事："率师徒，徂闽峤。犁山穴，截海徼。龙岩复，漳州平。寇乱息，皇心宁。"然而太平军残部蜂拥而入广东，等于倦鸟归巢，驱除仍须大费周章。粤军之不良于战久已著名，这副重担仍在左宗棠的肩头，只不过从左肩换到了右肩。

这年七月，太平军残部发生内讧，侍王李世贤从潮州只身入镇平，被康王汪海洋杀害，余众更加互相猜疑。

这年八月十三日，左宗棠奉旨节制福建、广东、江西三省军务，摊子铺开了，权力放大了，责任也加重了。广东本地固有的守军多半怯战、畏战、避战，表现一团糟，连楚军的士气都受到了其负面影响。此前，霆军八千人已在湖北金口溃散，曾国藩担心驻扎上杭的娄云庆营也会响应哗溃，赶紧催促江西巡抚孙长绂起解一个月粮饷去抚慰。娄云庆营业已饥噪，沿途滋事骚扰，所幸尚未闹出大乱子，在赣州收到了江西粮台解来的六万两饷银后，饥鹰得饱，暂且消停，并且能够制服韩进春营闹饷之勇，得到江西官绅的赞誉，为霆军多多少少挽回了一点名声。

这年十二月，楚军与淮军联手在广东嘉应州与太平军残部正面决战，刘典率领所部攻下塔子岙，汪海洋中炮身亡，余众覆灭。至此，凡是东南各省逃逸的土匪头目和太平军中的悍将以及闹饷哗变的兵勇，均悉数诛灭无遗，十余年大规模大面积的南方农民战争至此终结，零星抵抗已不足为患。

左宗棠致书郭嵩焘，重申己见：都说天下祸患起始于广西，殊不知，真正的根源是广东嘉应州的匪民作乱，由广西来背负恶名罢了。天下的勇丁，论强悍，潮州第一，奸淫掳烧，无不穷凶极恶。如今祸水重趋故地，降人散勇就像激流归返深谷，按天理、命数而言，粤匪灭亡指日可待。春

---

1 斋匪：闽北斋教源于波斯人摩尼于公元 3 世纪创立的摩尼教，7 世纪传入中国，也称明教。教徒吃素，好诵《金刚经》。在清代，斋教又称老官斋教，崇奉弥勒佛，称之为无极圣祖。凡是信奉此教的造反者，即被清政府诬称为"斋匪"。

秋时期齐国人说庆封有作乱之心，无论他逃到多远的地方都休想安身，就是这个意思。潮州人出尔反尔，嘉应州的匪民在此地种下祸根也将在此地被连根拔除。浩劫集中于一个地方，它既是天意，也是人为。一场大动乱的起点与终点居然重合在一处，形成闭环，这种现象确实太离奇了。

同治五年（1866）正月，楚军高唱凯旋歌，由粤归闽，福州百姓夹道迎接，历劫穷民始有笑颜。幕宾吴观礼作《嘉应班师铙歌》，写照楚军战绩，赞颂左宗棠建立奇勋，歌词不算肉麻：

> 金盘堡，班师回。金盆岭，率师来。七载徂征五行省，东南澄镜无纤埃。嘉应湖州作战场，残寇并灭归堵康。大憨先摧李铁枪，以次削平黄与汪，允哉末劫在钱塘。父老欢迎窃相语，元戎勋业照今古。呜呼，父老今快睹，岂知在山云，早为天下雨。

这首铙歌中有几处须稍作解释。"金盘堡"是广东嘉应州的小地名，楚军平定太平军后，从此处班师返回福建。"金盆岭"是长沙府城外的地名，楚军在此处训练成型，出师援赣。这两个小地名都带个"金"字，很巧。"钱塘"指嘉应州的小地名钱塘墟，太平军残部在此处覆灭。"七载徂征五行省"指楚军七年间征战了五个行省（江西、安徽、浙江、福建、广东）。当初，谶纬家凭占卜预言"嘉应作战场，末劫在钱塘"，大家原以为"钱塘"指的是杭州城外的钱塘江，至此才明白它指的是钱塘墟。"堵康""黄与汪"指的是太平天国堵王黄文金、康王汪海洋。金末红袄军起义领袖李全的江湖绰号是"李铁枪"，这里借指太平天国侍王李世贤，在江西和浙江两地，他的队伍被楚军揍得七零八落。"岂知在山云，早为天下雨"则称赞左宗棠，他早已由山云中的隐士变成了泽被天下的及时雨。

自太平军入湘，左宗棠即身处戎幕与之较量，直至太平军覆亡，左宗棠身居东南帅帐将其终结，前后共计十五个年头。这是一个完完整整的过程，左宗棠没有缺席，没有失败，他能一鸣惊人、一飞冲天，也得益于长期的艰苦磨炼。至于外界的评价，同治十三年（1874），湘籍封疆大臣刘长佑给左宗棠亮出了最高分：

> 窃尝谓中兴戡定之功，惟我公发其谋于始，而要其成于终。有为胡文忠、曾文正二公所莫与京者。然此十年中，艰苦饱尝，心力交瘁，恐更有甚于二公者。乐观其成，且重虞其惫也。

在这段引文里，"京"是"大"的意思。刘长佑认为：不管论功劳，论苦劳，左宗棠都已超过胡林翼和曾国藩。

同治五年（1866）五月，左宗棠奏请在福州设立船政局，自造轮船，选择马尾山麓作为厂址。嗣后，他又奏请以沈葆桢为船政大臣，设立求是堂艺局（船政学堂），招收学员。左宗棠举荐在家休养的原两江总督沈葆桢办理福建船政，后者居然肯俯就，这让曾国藩都大吃一惊，大惑不解。须知，左、沈二人资历和名望不相上下，沈葆桢肯放下身段，不容易。说到底，左宗棠和沈葆桢都是能做事、肯办事的人，彼此惺惺相惜，也很正常，沈葆桢乐意出山，在家乡福州办理船政，放低身价也肯干，尤其难得。

这年仲秋，左宗棠奉旨调任陕甘总督，曾国藩得悉这项任命后，在九月初六日的家书中有一句吉言："季高有陕甘之行，则较我尤难，渠精力过人，或足了之。"同时，他也担心楚军宜于南征，而不宜于北战，湖南人吃惯了米饭，吃不惯面食。当时，不少亲友劝左宗棠不要远蹈寒苦艰险之地，以免毁掉一世英名，唯独好友王柏心极其赞成和鼓励他经营西北。左宗棠本人怎么想？明台词是"当仁不让，舍我其谁"，潜台词则是"非常之功，固必待非常之人耳"。这年十月间，左宗棠离开福建，路途迢遥，更大的危机和考验日益迫近。

左宗棠交卸闽浙总督之前，心情颇为沉重，他回复浙江巡抚杨昌濬，讲到福建省失治已久，乱象百出（"强者为匪，黠者为讼师，结会械斗，抢劫拒官，杀人掘冢，自相残害"），提出自己的应对之策："治匪为安民之要，练兵为遣勇之要，开正谊书局为养士劝学之要，教种桑棉为养民务本之要，增积贮为备荒平价之要，劝贪奖廉为课史之要。"充分说明，左宗棠已深思熟虑，治理福建应该如何着手，如何发力，如何收功。

可惜"救火队长"只负责救火，不负责重建，这个角色固然成就了左宗棠，但也限制了左宗棠。闽人"相与歌诵而挽留之"，更给他增加了内心的伤感。

第二节　饥军如烈火，不戢则焚山

当年，"救火队长"对饥军之火也深怀戒心，毕竟这样的火极具毁灭性。

将帅统兵，应知兵略、兵法，也应知兵情、兵意，士卒拿命换钱，流汗流血，拼死拼活，无论怎样善待他们都不为过，岂不见军事家吴起甘用口舌为伤兵吸脓舔疮？那可是不难从史书中查找的典型范例。倘若军队中出现故意克扣军饷、积欠军饷的事情，说轻一点，是将帅没有良心；说重一点，是将帅毫无人性。倘若不是将帅贪得无厌，而是因为乱世财源枯竭，筹措军饷太艰难，则另当别论。

同治元年（1862）三月，曾国荃致书郭嵩焘、郭崑焘，请老友就近提醒湖南巡抚毛鸿宾、布政使恽世临，别忘了他们在去年已经应允而尚未解送湘军吉字营的那笔协饷。他打了个怪有趣的比喻："启齿便涉两字诀。若不启齿，又以临时分娩，痛不可耐，求其睡而不得，且恐他人先睡耳。"

何谓"两字诀"？即"索饷"。将帅无饷的痛苦和担心，仿佛孕妇无眠的痛苦和担心，别人要是睡了，孕妇临产时向谁求助？别人要是忘了，将帅受迫时向谁求援？曾国荃的话很委婉，而意思耐人寻味。在乱世中，贫民饥寒交迫，唯有转死沟壑；军队罗掘俱穷，则立形哗溃之势，必定祸害一方，后果不堪设想。

咸丰十一年（1861），左宗棠转战赣、皖两地，时有缺粮断饷之虞。旧时幕友郭崑焘告诉左宗棠，索饷没有别的窍门，只有"疲缠"这个办法灵验，胡林翼、曾国荃都深得此诀的奥妙。左宗棠回复郭崑焘，对"疲缠"二字诀不以为然，他直抒胸臆：索饷的套路，我向来不熟悉，只有筹饷比别人略胜一筹。"疲缠"二字，既不愿别人将它强加于我，我也不想将它强加于人。我从十多岁父母双亡、度过贫苦生活以来，至今未曾向人说过一个"穷"字，不值得为这点饷银就委屈我的素节。……我从前在湖南戎幕时，凡是湘籍人士出境从征，没发生过饥溃的事情，总是有求必应，回应如响，所以我浪得"今亮"（当今诸葛亮）的名号。

这话真不是吹牛，左宗棠在湖南抚署主持戎幕，援应湖北、江西、广东、广西、贵州数省，军饷实为一笔巨额开支，均是骆秉章出其名，左宗棠主其事，田赋和厘金收取有方，民间无苛暴之怨，其办法为各省所仿效。左宗棠以军事成功保障财政平衡，他的理财经验约有四端：（一）以平允为原则，使国家、百姓、官吏三方面各无亏损。既不欲损上以益下，亦不欲损下以益上。（二）与当地士绅取得联络，使官厅与民众有一个疏通感情的机会。（三）任用士人，取其操守比较可信，涤除贪污之陋习。（四）对经理财政人员，从优支给薪费，务期其生活各有宽余，无须别有营求。第四条属于高薪养廉，左宗棠确有明见。

左宗棠驰援江西后，曾国藩见他粮饷维艰，咨拨婺源、乐平、浮梁三县地丁厘金归楚军提用。左宗棠经理有方，很快就尝到了甜头，他写信告诉长子孝威：

从前收厘无多者，今竟多三分之一，每月可得万数千金，不致顿形饥溃。而乐平民风习悍异常，十年不纳钱粮，不设厘局，且骗学额十名，自为得计。自归我后，钱粮渐次完纳，厘税已肯捐办，士民颇言怀德畏威。景镇商民则言："如偷漏厘税以欺大人，是欺天也。"自愧无功德及人，遽得此报，殊为慨然。三代直道之公至今如故，即此可见。

左宗棠以直道善待江西乐平百姓，众人颇为感激，甘愿完纳厘税，以助楚军。默观左宗棠家书中的言词、声气，似有夸诩，但总归距离事实不甚远。此后二十年间，左宗棠率军征战，南至大海，北至广漠，吃过苦，经受过困顿，但他眼光好，运气也好，相中三大筹饷高手胡雪岩、沈应奎、周开锡，对他的军政事功助益良多。

军中欠饷，最容易出祸事。兵疲饷绌之际，人心涣散，全局决裂，竟无异于大江大河溃堤，扫荡千里。咸丰年间，"军事日艰，军食日匮"，"食粥不饱，败絮无温"，按常理来说，饥寒逼身，慈父尚且得不到儿子的体谅，何况勇悍的士卒，又是在打仗的时候。胡林翼为此喟然感叹：以饥军抵御强敌，犹如春天踩着水上的冰面让太阳照射，我舍掉生命不足惜，只可恨将事情办砸，留下骂名！

咸丰五年（1855），胡林翼署理湖北巡抚，军队欠饷超过百天。及至敌军来犯，他督军出战，兵勇急索军饷，大发怨言，强迫他们迎敌，结果一哄而散。胡林翼非常气愤，打算拍马冲入敌阵，一死了之。三军索饷不得，竟然集体弃战，胡林翼险些完成自杀式殉国的全部流程。比较而言，湘军的表现要好得多，曾国藩告诉彭玉麟，全军欠饷都在半年以上，士卒啼饥号寒，穷苦可怜，"以无衣为诉"，"并以无食为诉"，居然还肯为国效命，血战沙场。左宗棠对友军素以义道著称，败则相救，胜则相让，但深受欠饷的困扰，不得已，也截留过祁门饥军的饷银三千两，以暂顾目前。他写信给江西督粮道李桓，道是"夺饥者之食以疗我饥，仁者不为，顾事已至此，无可如何，不得不忍心为此"。实际上，军中积欠饷银越多，营官就越不敢补募兵员，吃空饷的欲望愈益强烈，等到饷银补发下来，一些营官就携带巨资回家去做富家翁了。"兵之不战，人议其怯；将之不战，人议其骄"，谁知是由于兵员定额不足造成的局面？营中空额多，人们自然会认为将领贪婪，殊不知这又是由于兵饷发放太迟、饷银积欠太多所致。

当年，在全国范围之内，安定而又富庶的地方不多，"国库空虚"更不是一句假话，绿营兵缺额不复增补，真正能够打硬仗打恶仗的军队，比如湘军、楚军、淮军，中央政府的户部反而是不拨发军饷的，纯粹靠各省协济，因此拆东墙补西墙，甚至挖肉补疮的事常有发生。当无饷、断饷、欠饷的情况愈益严重的时候，疆臣将帅还得苦撑局面，备尝艰辛，在刀尖上领舞。

咸丰十年（1860）七月之前，兵变已发生过多次。咸丰四年（1854），湖南抚署内有众兵拥闹的案子。咸丰六年（1856），江西抚署内众兵拥闹两次，不成事体。这两次兵变曾国藩都亲眼见到过，前一次兵变还差点危及他。金陵城外，江南大营的官兵拥入大帅向荣的营帐里，抢劫钱财物品；安徽士兵驱逐逼迫巡抚福济，殴打布政使毕某，相比湖南、江西，做法更为过激，可谓令人发指。绿营兵的军纪败坏到了这种地步，还能信赖他们保家卫国吗？

同治四年（1865）四月初，霆军八千人在武昌上游六十里的金口闹饷哗变，蹂躏湖北、江西、湖南、广东四省十多个府县，烧杀抢掠，无恶不作，为害之凶，胜于匪寇。四月下旬，鄂中令李成谋的飞虎四营移扎通城、兴国，有一营夜间在汉口后湖鼓噪，将营哨官捆殴，地方官无力弹压，李成谋带马队一营、步卒两营亲往开导，叛勇放枪拒捕，李成谋下令镇压，共杀死乱勇四五百名，残余叛勇窜至江西德安。

在左宗棠西征之前，湘军名将杨岳斌膺任陕甘总督，正值驻军饥噪之余，他急申军令，操纵驾驭不合时宜，引发了兵变。饥兵如火，不戢自焚。其实，前人蒋伊早就提醒过："夫以数万之众，而欲责其枵腹荷戈，是不战而自败也。"[1] 康熙治下素有盛世之称，蒋伊尚且以饥兵"枵腹"（饿肚子）为忧，杨岳斌身处乱世，在陕甘地区遇到的麻烦显然要大得多。

同治五年（1866），左宗棠密切关注西北局势的发展，对杨岳斌的处境深表同情，并且打算草拟奏疏替他向朝廷剖白一番，他回复曾国荃，为杨岳斌抱不平。杨岳斌在东南能征善战，是著名的健将，到了西北，分明为欠饷所苦，东驰西骤，难以成功。论者说他无战意无战绩，朝廷也斥责他一筹莫展。然而谁能像古代的所谓神兵，不用吃饭就能够满天飞？军队吃不饱饭，关不出饷，是西北地区问题的症结所在，却被许多人（包括朝廷）扭曲真相，质疑杨岳斌的才能。令左宗棠始料未及的是，他侠肝义胆，要伸出援手帮助杨岳斌脱困，就必须接替他的职位，顶下陕甘总督这口大铜缸，唱一出西出阳关的壮剧。

同治五年（1866）五月二十七日，赵烈文在日记中记录了一则坏消息：他接到好友李鸿裔来信，里面夹着字条，陕甘总督府标兵于三月初三哗变，省城兰州陷落，总督杨岳斌在广阳巡视，留在督署中的幕僚、道员吴贞陔等人均被杀害，在城内的文武官员均被乱兵囚禁挟制。据藩司、臬司具奏，起因是督府标兵与楚勇争饷，标兵人多势众，先动了杀机，下了狠手。赵烈文的日记有误，"广阳"应为庆阳。左宗棠笔下的记述更为确凿：同治五年，陕甘总督杨岳斌去庆阳平乱，留下幕府人员，在总督府旁设置粮台，调理军食。当时贼氛甚炽，人畜乏绝，耕作久废，道路阻塞，转馈艰难。兰州城内每斗粮食价格为一百贯钱，市面上货源奇缺，百姓饥饿，以至于人吃人。标兵早晚到总督府来强行索要粮食，幕府飞书告急，杨岳

---

1 蒋伊，康熙时期的官员、诗人、画家。

斌远在庆阳，无计可施。一天，标兵结队闯入总督府，见南方口音的人就杀，幕府僚佐遇害者多达数十人，留守总督府的卫兵也被杀戮百余人。等到杨岳斌闻变驰归，已来不及补救。

当时，兰州物价飞涨，一石白面价格贵至一百八十两白银，真是骇人听闻。一石面粉约为一百二十斤，一百八十两白银折合现价为一万多元，这价格确实贵得太离谱了，百姓只能等死或人吃人，军人的肚子总是饿着，饷银总是欠着，哗变就是迟早的事情。杨岳斌指挥将士上阵杀敌无疑是把好手，但他应对不了经济窘境，要摆脱困局，则必须具备呼应远近的政治才能。左宗棠每遇危难，则能剑出偏锋，办法总比困难多。这一点是杨岳斌所不及的。左宗棠接任陕甘总督后，为了弥补军费的巨大空缺，征得朝廷的许可，大举借贷洋债，手法凌厉敏捷。杨岳斌长于军事而拙于民政，执政方面缺乏相应的灵活性，向上对下的话语权也比左宗棠小得多。他卸任还乡，倒不失为一种解脱。

第三节　头白临边塞，举步维艰辛

左宗棠头白临边，五十五岁到西北督办军务，只许成功，不许失败，一旦有差池，不仅前功尽弃，而且晚节难保。此时，昔日的部属蒋益澧、杨昌濬都做了封疆大臣，刘典、魏光焘、康国器、黄少春、高连陞等将领，有的决定追随左宗棠建功西北，有的居家休养，一时拿不定主意。左宗棠调补陕甘总督，分析上谕，有两个主要原因：一是"杨岳斌奏才力不及，病势日增，恳请开缺"，二是"左宗棠威望素著，熟娴韬略，于军务、地方俱能措置裕如"。

且看当时西北地区的实际情形，"千里蒿莱，回、匪交乱，残黎困于贼，困于兵，又困于纵匪之官、纵兵之将"，"千里白骨黄沙，狼虎当道，极人世未有之苦，未有之荒"。在左宗棠笔下，西北地区民穷财尽的现状毕露无遗，读之令人伤怀："崔实《五原纪事》谓穷民自土穴出，下体不蔽。今甘、凉一带，及笄之女，且无襦裤，犹如昔时。吁，可骇也！"东汉时期，陇地的穷民生存如野人，一千七百年后，少女仍旧衣不蔽体，一如从前，真是太不可思议了。西北既有捻军袭扰，又有土匪、溃勇、饥卒到处烧杀抢掠，老百姓生无可恋。各驻军被哥老会渗透，欠饷时间将近两年之久。战乱年代，由于人口锐减，政府每年征收的丁税、地税竟不及和平时期的十分之一，开销则不减反增，司库中久已不见余钱剩米。左宗棠回复彭玉麟，笔下有言："愿恒河沙变粟颗，沧海化甘泉，煮薄粥作一场清供也。"可惜他无此金刚法力。

一个偌大的烂摊子等待收拾，一口巨大的销金锅子等待填满，别人退避三舍，左宗棠却咬紧牙关，勇于接手，将杜甫的诗句"炎风朔雪天王地，只在忠良翊圣朝"当作标语。其自信源自两个方面：一是其军事策略更优，二是其人脉资源更广。早在青年时代，左宗棠就潜心研究西北边陲的历史、地理、军事、经济和风俗，对于兴屯、作战、运粮、筹饷诸事宜有过深入探究。至于人脉资源，骆秉章是四川总督，刘坤一是江西巡抚，杨昌濬署浙江巡抚，蒋益澧署广东巡抚。应该说，这些封疆大臣要么是他昔日的幕主，要么是他的朋友，要么是他提携过的部下，他们出于道义和情谊都会出手帮他；一时间没伸出援手的，还可努力争取。事后看来，左宗棠对西北地区的困局估计得远远不够，对自己的人脉资源则期望值太高。

同治七年（1868），左宗棠在家书中提及饷事八难：一为地方荒瘠；二为舟楫不通；三为汉回杂处，互相敌视；四为利源塞绝；五为食物翔贵；六为公私困穷；七为骡马难供，民夫难觅；八为异地安插，用度浩繁。要解决这八难，可谓千头万绪。曾国藩批评过"后世将弁专恃粮重赏优，为牢笼兵心之具"，感叹士卒观风，"金多则奋勇蚁附，利尽则冷落兽散"，这种现象久已形成，无法改变。左宗棠赴任之初，就看清楚了西征军缺粮乏饷这道难题目，"不以度陇为危，而深以在陈为虑"。何谓"在陈"？孔子周游列国，行进途中在陈国断粮，在陈便是挨饿的意思。左宗棠最担心的是由于部下兵勇吃不饱肚子、拿不足饷银而发生哗溃。殊不知，前路的艰难困苦远超预计，数年间，陕甘用兵，各省名义上的协饷很难足额到位，源源不绝只存在于梦中，积欠总额一度接近三千万两白银。军队欠饷缺粮，将帅尤难责其令行禁止，左宗棠禁止不了将士搜寻掠夺财物，只能禁止他们妄杀平民。

据清人刘声木《苌楚斋随笔》记载，左宗棠催促老部下杨昌濬助饷尤其急迫：浙江省有为西征协饷的任务，每次到款的日期稍微延迟，左宗棠就发函严厉诘责，并且质问浙江巡抚杨昌濬为何吝于协饷，知不知道官从何来。杨昌濬不敢顶撞老上司，无可奈何，只得增加赋税来完成定额。左宗棠嫌老部下杨昌濬协济饷银不够利索，催饷时真会穷形极相地质问他"官从何来"？施恩图报，并非左宗棠的本意，被筹饷的烦心事弄得神经高度紧张了，突发此问，倒也不是完全不可能。

同治六年（1867），左宗棠致书蒋益澧，回应外界的信息乱流，口气相当强硬：我平生性情刚直，与世多有抵牾。但我不强求他人来迁就我，我也不会委屈自己去顺从别人，我对一切毁誉、爱憎不闻不睹，就像聋人、盲人一样，毕竟这些身外之物对我毫无增损。他回复四川布政使江忠濬，心头的怨气则不吐不快：朝廷命令鄙人持节西征，先平定陕西，后平定甘肃，并不是说西征重任唯有鄙人可以担负，鄙人果然优于厚庵，只是因为鄙人平日勇于任事，不知择地而蹈，将生死祸福置之度外，区区血诚，稍异于流俗罢了。成败利钝，固然未可预测，但人不可没有食物，兵不可没有饷银，这一点人人皆知；陇地无饷无粮，也是人人皆知。所幸的是，鄙人虽处于万分无可作为的瘠地，但籥公膺任四川总督，贤弟也在蜀地开藩，以公义而论，蜀地援助陇地义不容辞；以私情而论，籥公与贤弟对待郿人，相比他人必定有所不同。如今郿人为陇地筹饷、筹粮，蜀地皆若无其事，仍以前日之蜀地眼光看待陇地，仍以对待厚庵的态度对待郿人，这确实是郿人始料未及的。籲公是骆秉章，他不肯资助左宗棠渡过难关，摆脱困境，这事最令人费解。以往他们在湖南精诚合作达六年之久，情谊深挚，骆秉章何至于"若越人之视秦人之肥瘠，忽焉不加喜戚于其心"？左宗棠在江西、安徽、浙江转战时，向四川总督骆秉章一再陈情，却只得到四万两白银的助饷，骆秉章最后一信，"更预为谢绝，以湮其源"，彻底堵死这扇求助的大门。左宗棠的自尊心极强，如此情状，何等难堪，他使用了一个比喻，就好像挨饿的穷人用衣袂蒙着脸面站在亲友跟前，求助被拒绝犹自可，还要遭受白眼看待。那个时候，浙江距离四川路途遥远，四川可以闭门谢绝，浙江又岂敢多作指望？所以尽管他备尝辛酸，也只能拊膺长叹，不再向骆秉章要求享受咸丰年间曾国藩、胡林翼及其邻省疆臣所获得过的待遇。然而今时不同往日，左宗棠移督陕甘，陕西、甘肃都与四川接壤，骆秉章"有应协之谊，应尽之心"，义务所在，责无旁贷。左宗棠概叹："陇不望蜀，亦将别无所望矣！"

这就是左宗棠的现实困境，骆秉章是他的旧主公，江忠濬（江忠源的胞弟）既是湘人，又是好友，左宗棠向他们求助，仍然碰了一鼻子灰。如果他不是为了办好公家大事，岂会告哀乞怜？左宗棠北上的时候，江西巡抚刘坤一赠送两万两白银救急，广东巡抚蒋益澧答应每月协饷四万两，相较军费开支的巨大缺口而言，这些银子可谓杯水车薪。未谈妥协饷事宜的还有数省，这是一个相当不容易度过的煎熬时期。如果军费开支无可靠保障，前任陕甘总督杨岳斌遭受挫败的大结局就摆在面前。左宗棠会甘心重蹈覆辙？从骆秉章不乐意协饷这件事情即可看出，在乱世，各人自扫门前雪，莫顾他人瓦上霜，是常态，地方官很难有顾全大局的责任感。咸丰年间，湖南支撑数省之兵源、饷源，是左宗棠起到了巨大的作用，他说服了骆秉章，倘若换个相对弱势的师爷主掌湘抚戎幕，必定以自保为得计，大局将不堪设想。人们只知夸赞骆秉章信用贤才放手放心，就没想过他若放手、放心信用的不是左宗棠，结果又会怎样？骆秉章在四川总督任上改弦易辙了，"在蜀言蜀，未暇计及全局"，就连左宗棠这位昔日最受他倚重的幕友也未能从他那里获得救急的资助，真是匪夷所思啊！

光绪元年（1875），四川布政使文格刚刚履新，就急公仗义，主动提出要为左宗棠协助军饷，形诸公牍。左宗棠驰书致谢："正当窘迫之际，如饿夫乍得壶飧，便有生气，感甚幸甚！"这真不是一句场面上的应酬话，更不是玩笑话，尽管他在湖南幕府做师爷时与湖南按察使文格的交情有过裂痕，还怀疑过文格暗中助力樊燮，但时过境迁，各自立场大不一样了。光绪二年（1876），浙江巡抚杨昌濬捐赠个人养廉银一万两白银给左宗棠做犒军的费用，无异于雪中送炭。最难得的是江西巡抚刘秉璋，他与左宗棠无一面之雅，但相知过于旧交，协解之款，按数如期。左宗棠回信致谢："九州之大，相与支撑者，不越十余人。棹扁舟于极天怒涛中，努力一篙，庶有同登彼岸之望。如图各急其私，事固有未可知者。"相与支撑者少，各急其私者多，官场的现状就是如此，左宗棠心知肚明，更觉急公好义之可贵，同舟共济之不易。

同治六年（1867）春，朝廷加授左宗棠为钦差大臣督办陕甘军务。他立刻引经据史，上奏朝廷：

> 窃维西北战事，利在戎马；东南战事，利在舟楫。观东南事机之转，在炮船练成以后，可知西北事机之转，亦必待车营、马队练成以后也。春秋时，晋侯乘郑之小驷以御秦，为秦所败，是南马不能当西马之证。汉李陵提荆湖步卒五千转战北庭，为匈奴所败，是步队不能当马队之证。

地势不同，战法迥异，训练不易，任务艰巨，左宗棠已做好充足的心理准备打一场持久战。他致书杨岳斌，将自己以战车对付骑兵、以屯田节省转运的构想和盘托出：自古在西北用兵，以战车防御骑兵突击，以屯田减少长途补给，两者绝不可少。若只侥幸于打几场胜仗，靠速战速决取得功效，恐怕无一利而有百害。……经营屯田、车炮，以等待时机的到来，万万不可浪战求胜。

历代论及边防紧要之处，先务屯田垦荒，有道是"乞火不若取燧，寄汲不如凿井"，这话是啥意思？与其向别人乞求火种，不如取得打火石；与其从别处汲水，不如自己凿井。左宗棠熟读史书，在《三国志·魏书·武帝纪》中，曹操有感于诸军没有长久的计虑，饥饿则像强盗一样抢掠，饱饫则抛弃余粮，一旦瓦解，随处流离，无敌自破的情形不可胜数，慨叹道："夫定国之术，在于强兵足食，秦人以急农兼天下，孝武以屯田定西域，此先代之良式也！"建安元年，曹操在许昌之南屯田，得谷百万斛，然后在各州郡置田官大力推行。他能够歼灭群雄，克平天下，受益于屯田之处实多。左宗棠鉴古知今，总结出军队屯田的四大好处："各营勇丁吃官粮，做私粮，于正饷外，又得粮价，利一；官省转运费，利二；将来百姓归业，可免开荒之劳，利三；又军人习惯劳苦，打仗更力，且免久闲致生事端，容易生病，利四。"屯田得人，方可获效。左宗棠派大将张曜率先出屯哈密，垦荒二万亩，岁稔数千石，还修建了嘉峪关外穿越戈壁到哈密翻过天山的大道，军运畅通无阻。左宗棠以此为基础，大军才解除了后顾之忧。在哈密屯田，在兰州办机器制造厂，花费巨款。尽管动用人工多，开销也大，但能够就地购粮，设局制械，不仅节省经费，而且可以惠及边民，一举两得，行事之有利莫过于此。

当年，驻兵屯田是从长计议的缓手，朝廷中既有静气又有耐心的高官可不多。左宗棠回复好友王柏心的来信时，即强调御边非短期行为，须信任宿将：

> 自古用兵塞上，营田以裕军储，车营以遏突骑，方略取
> 胜，剿抚兼施，一定之理。壮侯（赵充国）初不见信于汉，
> 韩（琦）、范（仲淹）终不见用于宋，是以千数百年富强之
> 区，化为榛莽。兹承凋敝既尽之后，慨然思所以挽之，非倚
> 任之专，积渐之久，何以致此！

大将张曜奉命屯田于哈密，毫无怨言。他是个性情中人，口风幽默，剿捻的时候，立过军功，擢升河南布政使。御史刘毓楠采信谣言，竟劾奏张曜目不识丁，诏令下来，张曜遭受无妄之灾，由文职改为武职，由布政使改为总兵。品级未变，但清朝的文官，无论是社会地位方面，还是在美誉度方面，都胜于武官，这么一改，张曜显然吃了个暗亏。然而他很释然，有意将坏事转变成好事，先是刻印一枚，印文即"目不识丁"四字，随身携带，常钤于公牍草稿之末。张曜早年失学，这有什么大不了的？孔子不是说过吗，"朝闻道，夕死可矣"。后来他迎娶某百里侯（县官）的女儿为妻，妻子知书达理，张曜便诚心拜她为师，学有所得。及至他被御史讥为目不识丁，便将刺激转化为感激，愈发用心读书，遇有疑难不解的地方，就低首下心，向通儒请益。久而久之，张曜学识大进，诗文斐然，书法劲健有神，颜筋柳骨俱备。新疆战事了结，张曜以军功获授广东陆路提督，左宗棠为他奏请朝廷，改回文职，既为他辩解并非目不识丁，更赞许他器识宏远。这么三兜四转，锦鲤一跃跳龙门，张曜晋升为山东巡抚，终成封疆名臣。这当然是后话了。

在西北驻军和作战，除了足食，还必须足械。左宗棠选址兰州设立制造局，看似迂愚，实为明智之举，兰州所造的枪炮弹药质量甚好，俄国使臣索思诺夫斯基赴局参观时大感惊奇。同治十二年（1873），肃州之战堪

称近代西北首屈一指的攻坚战，西征军以大炮猛轰，共用去大口径开花弹二千四百余枚，若非当时兰州制造局可以自造，必定匮乏，不能应手。

过了年富力强的阶段，左宗棠已有时不我与的紧迫感。如何剿抚兼施？他以医疗为喻：就像是垂死之人，呼吸微弱，表里危急，不用攻击力强的药剂，疾病无法治愈；不赶紧培养元气，疾病未消除，生命先完结了。剿则如攻伐病灶，抚则如培养元气，二者并行不悖，相辅相成，难度很高，不容易把握。及至同治十二年（1873），剿抚兼施在某些偏僻地区也起到了作用，那些人有死罪可畏，有生路可逃，又何苦非要往枪口、刀口上撞，自取灭亡？主动就抚，把败类缚送军中，显然才是明智之举。这充分说明，西征军的威慑力已大大提高。

治理西北，要见长效，主政者就必须拿出足够的耐心来，用时间换取空间，左宗棠既担心朝廷倚任不专，又担心自己年事已迈，纵然能够获取短期效益，却于大局无补。应该说，这些担心绝非庸人自扰。剿捻时，朝廷用兵，数百里之内，有钦差大臣三位、总督一位、巡抚三位、侍郎两位、将军一位，还有两位亲王在京师遥控。"事权不一，各拥重兵，徒以束缚驰骤，为钤制之术"，这些大老爷打仗不行，互相牵制、彼此钳制倒是有一套，简直比一团乱麻还难理清头绪。左宗棠想在西北雍容坐镇，了此勾当，谈何容易。

第四节　事皆有难处，人各有疑处

当初，左宗棠北上赴任，途经鄂省，收到益友王柏心的来信，献上征西方略，多有条理，比如"窃以为秦事不独在猛战，而在方略处置为远大之谋"。西征军必定要打不少苦仗、硬仗、恶仗，左宗棠身为大帅，应该特别留意的并非眼前得失，而是全局利弊。具体而言，"勿求速效，勿遽促战。必食足兵精，始可进讨"。士兵饿着肚子，在南方打仗，很难维持军纪；在西北打仗，可能保持阵形都难。一旦将士的思乡病集体发作，就算大帅留得住人，也留不住心，那就会有大麻烦。若非食足兵精，任何急于尝试大概率会遭到挫败，屡试不止则必定大败、惨败。剿抚实为一体，因此杀人不可太多，只将作乱者中尤为骁勇狡黠的头目诛戮翦除就够了，余众既然不能尽数诛杀，那就等待他们畏惧慑服，主动请求招抚；容许回民自立村庄，信任回族良民，由他们自结什伍，自行简选约束，减少村际滋扰。王柏心坚信，只要左宗棠剿抚并重，审慎行止，就可保障陕甘百年无事。同治六年（1867）春，左宗棠从武昌前往黄陂，王柏心如约而至，两人彻夜倾谈。后来左宗棠在陕甘实行三道进兵，始终坚持王柏心当初建议的策略"缓进急战"，相当奏效。平定西北之后，左宗棠致谢益友王柏心，称赞"陇事底定，皆出智囊"，这句真心话确实言出由衷。

同治六年（1867）夏，左宗棠率军西进，行至陕州灵宝县，过函谷关，突然雷电交作，山洪暴发，后路辎重、军火、车辆、马匹被激流冲走过半，漂没士卒百余人，左宗棠也跌落洪流，险遭不测。据随行者陶保廉回忆，《元和郡县志》里早有警告："崤上不得鸣鼓角，鸣则风雨忽至。"大军过灵宝县城时，知县援引传说，善意提醒左宗棠，后者闻言一笑，显然不信这个邪。到了关前，左宗棠偏要士卒擂鼓、吹号角、发炮，遂遭此灾厄。西征途中，遇到这样的变故，大家都悚然而生不祥之感。同年七月十五日，曾国藩回复李鸿章，称赞道："左帅灵宝之役，天变示警，人马军装漂没殆尽，而锐气似未稍减，其坚忍固不可及。"此外，三伏天行军，队伍被大雨淋过好几场，结果导致疾疫繁兴，病倒上千人，病死者二百余人。

西北地区幅员辽阔，气候条件和地理环境与江南迥异，长期生活在南方的将士初来乍到，水土不服，饮食习惯大不相同，这个学费不得不交。湘军克复金陵，曾国藩大裁大撤，同治四年（1865）冬，他告诉李瀚章一句大实话，"湘勇除刘松山一军外，余实强弩之末"。这支以老湘营为班底的劲旅也是左宗棠手中最强硬的底牌。大将刘松山素以忠勇、宽厚、朴实、严谨著称，不争功，不诿过，战绩彪炳。刘松山出身于老湘营，是王鑫的部将，左宗棠主持湘抚戎幕时，尊视王鑫为战神，却很少留意刘松山的表现，及至两人通力合作，观其行军作战，勇略非凡，常握胜机、得胜势、取胜局，腾书称赞道："贵军门威略高远，机神敏速，虽王壮武当年，何以过之？"在奏章中，左宗棠称赞刘松山为"一时名将"，并且认为，曾国藩晚年将湘军威灵托付给刘松山，"庶不愧知人之明"。值得一提的是，当初，左宗棠率军西征，湘军名将都不愿隶属其麾下，只有刘松山慷慨赴之，他说："帅不同，而杀贼捍国则同也。"及其攻打金积堡中炮身亡，左宗棠"悼泣成疾"。郭崑焘听说后，告诉黎杏南："季高天性凉薄，而卒为寿卿至诚所感，始知古人所谓大愚格大奸，言非谬矣。"这话是郭氏兄弟与左宗棠反目之后所说的撒气话，郭崑焘称刘松山为大愚，左宗棠为大奸，显然是带足情绪和成见的厚诬。

尽管左宗棠对于各种困难早就做好了心理准备，但实际情形仍然超出了他的想象边际。同治六年（1867）冬，西征军在秦中地区剿捻，捻军骑兵如狂飙迅忽，当地的乱民扰害不休，西征军很难实现大帅左宗棠制定的"拦头、截腰、击尾"的战术。还有更伤脑筋的事，采购粮食殊为艰难。左宗棠致书陕西按察使陈湜，感叹道："弟昼夜筹调军食，须发为白，究于大局无能为力，愁恨何言！"西北的冬天来得早，野外滴水成冰，寒衣万难措办，也令左宗棠忧心如焚。陕西的局势不容乐观，甘肃的情形则更为糟糕："甘肃饷极绌，而多募勇丁，以致饥溃为贼者约有一半。现在入犯之贼，回不过十之六，各省溃卒竟十之四。收拾此局，殊不容易。"溃卒饥勇造成人祸，宁夏将军、署陕甘总督穆图善要负很大的责任。穆图善为人并不奸诈，甚至有人认为他是忠厚长者，但他误用谋士舒之翰，专意盘剥百姓，豢养许多游手好闲的军人。每年能获得实饷近百万，都被将领们瓜分了，勇丁难见分文，因此之故，勇丁久已显露解体之势。好好先生穆图善，于文理不甚通晓，易受蒙蔽，诸事由谋士代为定夺，彼辈夤缘为奸，祸害军队和百姓。穆图善驭下也无方，诸将见面，声色俱厉，或露刃相向，他唯有俯首退避。他窘迫到了这个地步，却还广募蜀军；忧惧到了这个程度，却仍留恋陕甘总督的职位。左宗棠瞧不起穆图善，但这位旗员树大根深，有通天的能量，左宗棠拿他毫无办法，担心"一击不中，无以自处"。

打仗耗的是什么？既是耗人，也是耗钱。枪炮一响，黄金万两。在财政困局之下，左宗棠以"精兵裕饷"为应对之策，或谓之"减灶增饷"。在陕甘长期作战，筹饷难于筹兵，筹粮又难于筹饷，由于离中原太远，路线太长，处理转运是诸难之中最难的，其窘迫情形，为各省所未见。大约皖、豫能养两人的钱粮，在陕西养一人都不够。左宗棠不能如韩信将兵多多益善，就是这个缘故。西北动乱已经八年，陕甘受祸甲于天下，关中尚有办法可想，北山以内与甘肃情形相似，土地芜废，人民稀少，弥望的黄沙白骨，不似人世光景。他回复陕西巡抚蒋志章，讲明自己不急于进兵的主要缘由——粮运太难，协饷不足，因此"不能用大兵求速效"。

塞外转输到底有多艰难？"计一驼负粮二百斤，日行一站，越二十站，驼之料、驮夫之粮，已将所负者啖尽矣"，经此消耗，还哪有余粮可供军用？左宗棠重视运夫，称之为"老大"，称百姓为"老二"，他本人为"老三"。有一次，运夫偷拔百姓地里的萝卜解渴，被捉到现行，闹腾起来，百姓攀马告状，左宗棠面带笑意，对告状者说："汝为老二，应敬老大。区区一萝卜，不值争吵，老三为老大出钱还汝可也。"于是满天乌云一风吹散，老百姓把它当成茶余饭后的趣谈，津津乐道。

林寿图赋诗《馈粮叹》，描述西北地区转运之艰辛危险，责任重大，左大帅怒骂使者之声气逼真，可谓刻画尽致：

千里馈粮有饥色，塞河不满使者责。

前车后车马流血，崆峒险甚太行脊。

曾牒诸将迎汝前，驰之驱之勉策鞭。

越程三宿惨不见，旌旗黯黯尘蔽天。

不见官兵，乃见贼兵。

官兵畏死，汝安得生！

生无二三死八九，走报大营逢使酒，申诉未终撞玉斗。

"昔有萧何君愧否？士为饥哗职谁咎？"

使者踉跄归上书，天子仁圣怜其愚。

事至艰难要设法，仍会帅府筹挽输。

此首系颈真区区，且为若曹忍须臾，贼兵报抵南山隅。

林寿图任陕西布政使时，主办转运，管理粮台，既有劳绩，也有过失，左宗棠对他不太满意，腾章劾免。林寿图有诗才，他咏叹西北军旅生活的诗歌源自亲身阅历，保留了许多真实感受，弥足珍贵。

同治七年（1868），西捻刚被楚军扑灭，陕甘两地的乱局又迅速升温。

左宗棠八月入觐，赐紫禁城骑马，两宫皇太后及时垂帘召见，教他进兵必须由东至西，尽力顾全山西防务，不可让盗匪窜入内地。两宫皇太后又询问左宗棠：西北军务何时可以了结？左宗棠考虑到进兵、运粮艰难，绝非两三年可以完工，于是他谨慎回答"当以五年为期"，两宫皇太后似乎嫌其迟缓。逗趣的是，有人听说左宗棠欲以五年为期办妥西北军务，竟认为他在吹牛，因而"以骄讥之"。左宗棠的回应是："天威咫尺，何骄也？"罗正钧的《左宗棠年谱》和杨昌濬的那道奏左公事实宣付史馆折均证明确有其事。其实，从左宗棠的书信中不难找到原始根据。

同治九年（1870），左宗棠回复闽浙总督英桂："弟前年入觐，蒙谕询何时可了此勾当，谨奏须假之五年，而圣意似以为远。"

同治十年（1871），左宗棠致书翰林院编修吴观礼："西事艰险难办，为古今棘手一端。鄙人不自忖量，冒然任之，非敢如壮侯自诩，'无逾老臣'，亦谓义不辞难耳。前年入觐，面陈非五年不办，慈圣颇讶其迟。由今观之，五年蒇事，即大幸耳。"

五年之内平定西北，左宗棠对此果真胸有成竹？他告诉杨昌濬："天语垂询，应声而对，实自发于不觉。"由此可见他说的"当以五年为期"，起初出自潜意识。后来，西北军务遇到波折，朝野内外议论纷纷，便有大臣"疑其无能，疑其不能用人，疑其有意见"，攻讦他"老师糜饷"，左宗棠一概不作辩驳。他哪里有半分骄傲情绪？分明是咬紧牙关隐忍。最终，左宗棠在五年之内如期完工，充分证明他确实没有欺君和吹牛。

同治八年（1869），糟心的事情找上门来。有人放出风言风语，说是左宗棠被办理营务的曾某、管某二人使诈"穿鼻"，曾某、管某多次诋毁署陕西巡抚刘典，刘典耳闻之后，又气愤又伤心，致书左宗棠，信中有语"追随十有余年，其见重者唯此耿介之操，今忽致疑"。左宗棠立刻从行营致书刘典，可谓雄辩滔滔，以理服人。

左宗棠从闽浙总督移任陕甘总督三年，一直以钦差大臣督办军务，驻节西安，未赴兰州接受陕甘总督篆印，因此凡是对境内官员的举劾黜陟，他都不能干预，否则会有更多流言和麻烦。左宗棠胸怀坦荡，刘典诉说曾某、管某狼狈为奸，竟有门路可钻，左宗棠要他指出事迹，就门路而言，左宗棠并无骨肉至亲随营揽事，又向来没有门丁收取红包的先例，"军中巨细，皆一手经理。虽无才无德，却亦无嗜好，兄之所知，小人不得而欺之，君子亦不得而犯之"，门路究竟何在？怎么个钻法？刘典说不出。左督和刘抚是多年交情笃厚的上下级，有人试图离间他们，左宗棠以长书譬解，刘典猛然省悟过来，两人精诚合作，一如既往，全无芥蒂。

第五节　专心治乱，诚意抚民

左宗棠讲求实事求是，素来对回民不存偏见，对历史和现状也非常了解，自咸丰初年以来，西北乱局实由汉人造成，却叫回人背锅。此中前因后果，他给老部下杨昌濬讲得很明白："西事因从前无饷，而多所征调，于是扰掠不堪，逼民为贼，民尽逃亡，兵无从扰掠，旋亦变而为贼。今之为乱者，不下二十余万。回少而汉多，其明验也。"因此左宗棠向朝廷陈奏时，纯粹出于理智和良知：处理回事，宜剿抚兼施，以抚为先。对于汉回一视同仁，不分汉回，只辨良莠。同治七年（1868），左宗棠在陕甘两省发布的安民告示，其内容客观理性：

> 汉回仇杀，事起细微，汉既惨矣，回亦无归。帝曰汉
> 回，皆吾民也。匪人必诛，宥其良者。使者用兵，仁义
> 节制，用剿用抚，何威何惠。……

其中"帝曰汉回，皆吾民也"八字尤为紧要，此言令回民社会得以安心。数年后，左宗棠致书部将刘锦棠，提到奕山的一个定见，认为它特别值得回味："只要文武各官都肯以平民待回，不以牛羊视之，则回永不叛。"在家书中，左宗棠写得更明确："欲举其种而灭之，无是事，亦无是理。"他还告诉湖南老乡、护理陕西巡抚谭钟麟：办理回民事务与剿灭发贼、捻军、土匪不同，急不得，缓不得；轻不得，重不得。他办案时不分汉人、回民、番众，一视同仁，每宗案子都持平办理，杀人者死，抢劫者治罪、追赃，令人服气。他安排平民迁移时，则分别汉、回、番众，不让他们混居，以免厮斗。他择善地安插回民上百万人，最大一处是平化川，

为他们建筑住房，置办农具，购买种子，筹集赈款，而修理桥梁、平治道路，设置公廨，所有的花费加起来，是一笔巨额开销。钱从何来？他都没找朝廷转移支付，而是从军费中巧妙挪移。

在陕甘征剿，左宗棠不搞"一锅烩"，他使出两大高招。其一，甄别"良回"和"匪回"，区别对待，抚良回而剿匪回。"良回"的定义较宽，那些被叛军以同教胁迫的衣冠世族、富饶之家和素安本分、有声望者都算在内，即使他们充当头目，负有恶名，亦悯其不得已之实情，准其自拔来归，免予追究，若能缚献叛乱头目，并酌功给赏。良回有自新之路，回头见岸，那些思乱者、播谣者、暗通叛乱者、声言报仇者、放纵恶行者、抗拒官军者必日形孤立，惶恐不已，无复燎原之势。其二，进兵陕西，必先清关外之捻；进兵甘肃，必先清陕西之贼；驻兵兰州，必先清各路之匪，"用兵以顾饷源为先，布阵以防后路为急"，师行有序，得以专心于进剿事宜，免受牵制。两高招充分吸取了杨岳斌顾前不顾后、重兵不重饷的教训，不急赴兰州，避免重蹈杨岳斌的故辙。

左宗棠安抚良回，最显著的成绩就是在同治十一年（1872）收服了素以狡黠著称的甘回首领马占鳌和他的儿子马安良，使河州免于兵燹涂炭，使对方全心全意为稳定西北大局竭诚效力，明智之举颇具示范作用，于稳定回部人心大有裨益。左宗棠安抚良回实行十二条规约，第一条最为紧要："军械马匹勒令尽缴，如有缴少留多，缴坏留好等情，一经搜获，即将藏匿之人处斩。首告者酌赏，扶同隐饰者抵罪。惟牛骡驴只准留耕种。"左宗棠遣员赴四乡查验，发门牌，立十家、百家长，散其党，收其权。如此一来，便打下了长治久安的基础。据单化普《陕甘劫余录》所述，甘肃河州一带的回民对左宗棠长期抱有好感："至今每逢一事不决，尚说'左宫保的章程，一劈两半'。盖左在所谓平乱时，遇回、汉之争，尚能折衷办理也。"左宗棠平定西北之后留下善果，这个结局还是相对理想的。

早在同治五年（1866），左宗棠就已移任陕甘总督，但直到同治八年

（1869），左宗棠才远赴泾州，从宁夏将军穆图善手中接过总督关防，终于名实合体。此前，他以钦差大臣督办陕甘军务，陕甘总督一职由宁夏将军穆图善代理。晚至同治十年（1871），左宗棠才入驻陕甘总督署，距最初任命已过去五年，左宗棠之老练稳健令人咋舌。历史学者秦翰才比较左宗棠与杨岳斌在西北的成败得失，其评述的重点在于"两人在布置上之疏密"：杨岳斌是直赴兰州，筹军筹饷，诸不应手，终于陷入四面楚歌的境地。左宗棠反其道而行，肃清陕西之后，才进入甘肃境内，待肃清陇东、陇南，再入兰州，就稳如磐石了。

要是没有刺目扎心的前车之鉴摆在那里，左宗棠的通盘考虑还能如此周详吗？这是一个好问题，可惜不能起左宗棠于地下而问之了。

左氏功名诀

"非常之功，固必待非常之人耳！"

意　译

非同寻常的功业，必定有待非同寻常的伟人去完成！

评　点

仅具备常人的胆魄、常人的意愿、常人的思维方式、常人的行为模式，百分之九十九点九九不适合去干那种非同寻常的国家大事，其智力不能企及，其能力不能胜任，其毅力不能承受，那就只有一个结果：演戏的与看戏的全都活受罪。伟人能够创造奇迹，只有一个原因：绝不走寻常路，能够吃万般苦。左宗棠在西北平乱，保证"五年蒇事"，众人质疑，但他如期完工；收复新疆失地，又普遍唱衰，劝他打退堂鼓，可他力排众议，硬是揽下这桩无人看好的"瓷器活"，不仅干得兴兴头头，而且干得漂漂亮亮。非常之功与非常之人是有效匹配、无缝对接的，这就叫天作之合。

第五章

攻克了顶坚固的堡垒，仍深感遗憾

西征军的初始任务是剿捻，终极目标是平乱。左宗棠认为，马化隆是西北乱局的罪魁祸首，属于必讨之贼，必殄之寇，因为其势力覆盖面广，单纯剪枝截流无益，非拔根塞源不可，倘若朝廷受其投诚的假象蒙蔽，掉以轻心，姑息养奸，任由马化隆厉兵秣马，招降纳叛，他很可能会成为"西疆大毒瘤"，待到他称王割据，就噬脐莫及了。左宗棠为此做好了两手准备。第一手准备是向朝廷呈递密奏：如果马化隆诚心就抚，陕西乱民也俯首贴伏，可免予查办；倘若他依旧包藏祸心，阳顺阴逆，则宜及时加以兵威，方期一了百了，西征军不敢惮一时之劳，致养痈之患。第二手准备是密嘱刘松山广泛征询和周密制定攻打金积堡的方略，派人刺探敌情，充分做好打一场恶仗的前期准备，"射人先射马，擒贼先擒王"，直捣贼巢乃是擒王之正道。

金积堡周长九里，高近四丈，墙厚约三丈，堡中有堡，号为王城。其高度和厚度大致相等，其间隔墙纵横，总体结构为大城包小城，固若金汤；河流渠道环绕，易守难攻。大军要扫清外围五百多所堡寨和关卡，就极为费力。堡主马化隆为人阴鸷，用心险狠，加以堡内兵马强壮，仓储丰足，能够呼应陕甘两省，这老狐狸可凭仗地利坚守顽抗。官军远道前来征剿，目的只有一个，完全攻克金积堡，处决马化隆，铲除祸根。

同治元年（1862），清军大将多隆阿率军远征西北，用一年多时间扫清了多地的乱匪，直逼金积堡。但清军很快就遭遇大麻烦：一是转运艰难，粮草补给不足；二是后路被敌方切断，形成孤军深入之势。正当清军进退两难之际，马化隆从外围调动一万骑兵，与金积堡内的守军相呼应，清军腹背受敌，突围时损失惨重。同治三年（1864）春夏之交，多隆阿攻打陕西盩厔，进城时被流弹击中头部，伤重身亡。西北形势急转直下，金积堡跃升为陕甘变乱者的头号大据点。

这注定是一场极其惨烈的攻坚战，赢得胜果的进程不可能快，代价则必然高，但除了硬碰硬，铁打铁，别无选择。屯兵于坚固的堡垒群前，让将士的血肉之躯承受枪炮的猛烈射击，左宗棠对此自始就颇有顾忌。他一度打算采用水攻，掘开峡口，放秦渠水淹金积堡，放汉渠水淹其他各堡，但考虑到大水漫灌对百姓和己军都有不小的附带伤害而作罢。最终他只能霸蛮提升战役的强度和硬度，竟折损了军中头号大将刘松山为首的数十位悍将、宿将，及至收场，虽犁庭扫穴而无欢，虽杀敌致果而有憾，说的就是这样的惨胜。

第一节　痛失军中大将，遵嘱选用"一儿"

马化隆是个神秘人物，他创立新教，"时有灵异，疗病则愈，求子则得，而妄言祸福，行为诡僻。回人一经蛊惑，则如醉如痴，牢不可破"。由于三世盘结，马化隆的根基牢固，势力范围很大，他先后两次率军攻陷灵州城，屠杀民众上万。"回之为教，荣战死，比于升天堂。每出军，临阵大呼，驰马疾走，出万死不顾一生之计。"这样的超级硬茬，宁夏将军穆图善碰都不敢碰。马化隆久踞金积堡，雄视一方，继承穆大阿浑[1]之名位。他将名字改为朝清（朝拜清朝之意），貌似归顺，实则桀骜不驯，豪猾狡诈，仗家财之富，恃地势之险，挟制甘肃回民，陕西回民也仰其鼻息，甘肃各回族部落均从金积堡购取资粮、战马、枪械，马化隆获利颇丰。

金积堡地处灵州境内，灵州地名屡变，唐朝时称灵武，宋朝时属西夏，改称西平府，又名翔庆军。此地民风剽悍，素称难治。穆图善被马化隆的种种假象迷惑，称之为"良善"，不赞成左宗棠指挥西征军对金积堡下狠手，曾向朝廷陈奏，称大军进剿必激成回部叛变，牵动全局，后果不堪设想。常人都能吃一堑长一智，这穆图善却连一丁点记性都不长。同治五年（1866），陕甘督署的幕府人员遭标兵袭击，死伤惨重，河狄乱匪乘隙猛扑，省城大震，陕甘总督杨岳斌虽想对河狄乱匪大举用兵，惜乎心有余而力不足，且不久去职，此议作罢。宁夏将军穆图善兼署陕甘总督，遂以安抚为至计，招抚宁夏乱匪，同治六年（1867），又准许河狄乱匪至兰州缴械投诚。穆图善目光短浅，只见其利，不见其害，以为大功就摆在眼前，竟不虞仓促有变，他率军出郊，堕入河狄乱匪的包围圈，险遭不测，其手下一众提督、总兵、参将、游击就没有他这么幸运了，多人阵亡，士卒死伤不计其数。幸亏出身湘军的蒋凝学严加提防，先行戒备，才救回穆图善，彭楚汉率军及时赶到，才解除了省城兰州之围。此后一段时间，穆图善欲挽回颜面，派出征剿之师，大有灭此朝食之概，但连续多场败仗吃下来，局势愈益危险，他又做起了缩头乌龟。及至左宗棠挥师北进，决心全力铲除金积堡这颗大毒瘤，穆图善竟然一仍故辙，返回到以安抚为至计的老路上去，为马化隆站台。

同治八年（1869）初，左宗棠已想好了进攻之策：攻打金积堡，非得宁夏、固原均有劲军夹击不可。鉴于前车之覆，左宗棠指示刘松山，一定

1　大阿浑：回教语，称通经典的大主教。

要选择熟悉可靠的路径行军，选择水草丰美的地方囤积粮食，逐层逼迫，逐渐进取。当时甘肃北部地区（今宁夏回族自治区）井水多半咸涩，南方士兵不喜欢饮用，水草佳处不多而难觅，西征军必须碰运气才行。

同治八年（1869）五月，左宗棠决定分三路进军：北路，由刘松山率部从绥德西进，目标直指金积堡；南路，由李耀南、吴士迈率部从陇州、宝鸡疾趋秦州；中路，由左宗棠率部从邠州、长武赴泾州。三路互为犄角，就总体布局而言，北路是主攻方向。

同治八年（1869）冬，刘松山率军在瓦窑堡击败了董福祥的大军，收服了这位甘肃乱民中首屈一指的"悍贼"。左宗棠军令最严，但他也有当杀而不杀之人。西北用兵时，镇靖诸堡皆下，董福祥率部最晚降。左宗棠大怒，患其跋扈难制，下令斩决。刽子手已解开董福祥的衣服辫发，只待一声令下，董匪的脑袋就搬家。忽然董福祥高唱《斩青龙》，隐然以隋末英雄单雄信自况，场面可观：

> 所唱秦腔，声情激越，至"雄信本是奇男子"一句，冲冠怒目，尤有凛凛不可犯之概。文襄壮之，命释缚，并赐酒食曰："吾与单将军压惊也。"旋奏赏副将，令统率部众，随老湘营赴前敌。后克新疆，董功为多。

军人都激赏不怕死的勇士，临刑而能唱壮歌，胜过千万声求饶，左宗棠远征西北，深知南人缺乏雄风霸气，须极力提倡之、鼓舞之，董福祥有此豪情气概，正好合拍。

同治八年（1869）堪称关键时期，钦差大臣、陕甘总督左宗棠率军平定甘肃叛乱，欲数马化隆之罪而伐之，还须找到铁证才行。在战场之外，宁夏将军穆图善制造的阻力非常之大，他认定马化隆业已就抚，属于良民，不应该将他赶尽杀绝。嗣后，马化隆唆使灵州人据城而叛，绥远将军定安立即上奏称，这次事变是由于刘松山率军轻进、滥杀所激成，穆图善又上奏附和，致使朝廷大疑。左宗棠忧愤填膺，上奏表示对刘松山的充分信任，却难以间执谗口。所幸西征军攻破马家寨，搜获到马化隆给其"参领"马重三等人的秘密指令，任务是纠集党众、抗拒官军，署衔为"统理宁郡两河等处地方军机事务大总戎马"，札件上钤有印信。至此真相大白，马化隆就抚只是糊弄穆图善，蒙蔽官军，部勒甘回，阴图暴乱才是其真实目的。左宗棠将此新获铁证飞递朝廷，当局所有疑虑一扫而空。

刘松山是左宗棠麾下最受倚重的大将，由他来指挥这场鏖战，再合适不过了。刘松山在军中辛苦十八年，只回湘乡老家省过一次亲，年过而立，聘妇未娶。妇翁不惮千里迢迢，把闺女送到洛阳。婚礼后仅十余天，刘松山就率军西进。这位血性满满的汉子，忠义奋发，可谓儿女情短，英雄气长。及至刘松山阵亡之后，其夫人对侄刘锦棠说："吾于汝叔，尚未尽识其面也！"一场夫妻，尚未做成熟人，就阴阳永隔了，松山夫人此言令人唏嘘。

历经数月，老湘营连下数十堡寨，越是迫近马化隆的老巢，战事就越是白热化。老湘营进攻马五寨时，刘松山亲临前线，骑马督战，突然之间，他胸部被炮子击中，受伤堕马。亲兵将他背入破屋，刘松山对营官谭拔萃说："毋顾我，乱行列。"诸将闻讯，奔视环泣，松山呵斥众人出战："我伤重，不复生，汝等杀贼报国，吾死不憾矣！"有道是"三军易得，一将难求"，大师遇此，何以处之？得知刘松山之死，左宗棠叹曰："吾方冀宁州肃清后，奏请驻师宁夏，以取猛虎在山之势，不料事未了而遭此变也！"

同治九年（1870）二月初三日，曾国藩在日记中写道："中饭后阅本日文件，知刘寿卿军门松山于正月十五日在金积堡中枪子伤阵亡，失此忠勇名将，关系大局甚重，不胜感怆！"在回复水师提督黄翼升的信中，曾国藩所表达的痛惜之情更为完整：

> 寿卿自援秦以后，不避艰险，军威大振，西方倚若长城，诚近来不可多得之名将。其于敝处尤为亲切，虽远征万里，而该军进止机宜，仍时时函商敝处。今以力战捐躯，不惟陇事不支，山西、直隶防务吃重，而鄙人故旧之感，尤难为怀。

嗣后，曾国藩撰写《刘忠壮公墓志铭》，因病多次中辍，直至同治十一年（1872）春，他溘然辞世，仍未完篇。

短期内，峡口失守，大将阵亡，可谓祸不单行，攻守之势有可能逆转，值此危急时刻，左宗棠密令刘松山的裨将、侄子刘锦棠接掌虎符。一位年轻将领，未满二十七岁，临危受命，担负如此重任，他行吗？刘锦棠是湘乡人，典型的将门虎子，九岁时父亲阵亡，灭贼之志立于总角之龄；十五岁从军，随同叔父刘松山转战东南。他廉朴如其叔，作战极尚血性，临阵奋勇，多次负伤。左宗棠曾询问刘松山："假若你不幸阵亡了，谁能接下你的重担？"刘松山不回答，左宗棠非要问个明白不可，刘松山这才给出答案："必不得已，一儿可。"一儿即刘锦棠。当时，论军中资望，接统老湘营的人理应是黄万友，左宗棠不循旧规，特擢刘锦棠为统领，黄万友率先推奉，实为难得。左宗棠派人送达密令，指示刘锦棠先坚守后退屯，刘锦棠见将士战意浓厚，有哀兵必胜的气势，于是不退反进。当时，朝廷本要移李鸿章麾下的援黔淮军入关督剿，由于天津教案不断发酵，李鸿章受命去天津替代曾国藩，淮军终未入关。

第二节　典型的鏖战：攻克金积堡

西征军攻克灵州金积堡，无疑是在甘肃、宁夏一系列攻坚战中的典型范例，值得大书特书，也值得细述缕述。

同治九年（1870）九月二十一日，朝廷下达严旨《谕左宗棠振刷精神克期蒇事》，颇有鞭策之意：

> ……乃自抵甘以后，虽据迭报胜仗，总未能痛扫贼氛，致金积堡一隅之地，至今日久未下，逆首稽诛，军务安有了期！竭东南数省脂膏，以供西征军实。似此年复一年，费此巨帑，岂能日久支持？该大臣扪心自问，其何以对朝廷？即着左宗棠振刷精神，严檄各军实力剿办。

上谕的语气这么冲，着实令人难堪。左大臣在苦寒之地卖老命，所受礼遇还不如李太监在宫中梳头发。朝廷屡次催促淮军驰援西北，李鸿章迟迟不肯应承，他深知，同治三年（1864），湘军攻打金陵，他去不得；同治九年（1870），老湘营攻打金积堡，他更去不得——左宗棠远比曾氏兄弟强势，他去染指分羹，摘桃摸瓜，左宗棠会暴跳如雷。

陕西巡抚谭钟麟曾经感到好奇，陕西境内明明有淮军驻扎，左宗棠有权调遣却弃置不用，是何缘故？左宗棠向他作出解释，同时大发牢骚：楚军与淮军不和，天下共知共闻。推测起因，都是由于立意调停的人私心揣度，从中挑拨、怂恿所致。若肯说几句实话，楚军与淮军的将帅共办一事，彼此之间何至于互生猜疑和嫌隙？李相认为一部分淮军长期驻扎在陕西，本可不必多此一举，我之所以不肯调用它，因为淮军不愿受人节制，难免生疏。以兵事而论，淮军作战喜欢人多势众，但在陇右谋食太过艰难，人多必然饥溃，这是第一点不宜。以饷事而论，淮军一年能发九个月实饷，楚军一年求发一个月满饷尚且不能如愿，倘若调动到一处合作，彼此待遇相差悬殊，如何抚慰楚军？这是第二点不宜。倘若我一定要明言淮军在陕西纯属累赘，李相本来就没要陕西负担军饷，所派遣的队伍自裹军粮，以备策应，对陕甘毫发无损。我处在这种境地，只好委曲求全，不敢多有非议，天地神明实共鉴之。平心而论，朝廷多年来将淮军置于无用之地，虚耗军饷何止千万？若节省这笔浪费，用来充实楚军，岂不是两全其美？李相固然不肯提及此事，巴结李相的人也不肯谈起此事，岂不是要等楚军饥溃了，亲痛仇快吗？

左宗棠说"楚军一岁求一月满饷尚不可得"，太夸张了一点，但楚军的待遇比淮军差一大截是事实，将二者放在一起调用，混搭的后果堪忧。

同治七年（1868）七月二十日，左宗棠上章直陈淮军不可用于陕甘，措辞毫无隐讳，大意是这样的：论者说淮南淮北的人强悍健斗，把淮军部署在陕甘，可以挫反贼的气焰，消除淮、皖的隐患，是一举两得的妙计。臣私下却不以为然。江淮之民尚气任侠，自古就是如此，但并非天生喜欢作乱。例如张洛行、苗沛霖这样的巨逆，并非真的具有枭雄的资质，向来就有不轨的逆谋。朝廷起初惊异于他们的诈力而给予奖励促进，继而发觉他们愚弄群众而施以约束，最终痛恨他们凶狠狡黠，便打算将其同类一网打尽。就像痈疽刚发作时，不使用内托外消的药物，后来病情加剧了，便采取剜肉的疗法。淮军、皖军都立了新功，将领们都已富贵，倘若选择其中朴勇而稍明纪律的将领分别统领队伍以求安定，再选择廉洁贤明稍知方略的守令抚循教化百姓，不出数年，积习应该可以改变。不做这样的事情，却老想着将淮、皖的隐患迁移至陕甘。隐患在京城附近，驱逐到远处，所谓"移腹心之疾置诸股肱"，还说得过去；隐患在淮、皖，却想将它驱逐到陕甘，则是"移股肱之疾于股肱"，不可行啊！

左宗棠嫌恶淮军，由来已久，又岂肯将心目中的祸水引进自己的地盘？在西征军中，也不是完全找不到淮勇的影子，刘松山麾下即有张锡嵘的淮勇三营，算是例外。张锡嵘字敬堂，安徽灵璧人，不同于一般的淮军将领，他是进士出身，而且是正经的学者，忠勇奋命，同治六年（1867）在西安阵亡。

自古以来，江南出身的主帅统领江南子弟兵到黄河以北征战，能够大获成功的，你能数出几人来？楚霸王项羽绝对算一个，但他最终还是在乌江自刎，以惨败收场了。东晋大将陶侃算不算？他主要的功绩是平定江东、江南的叛乱，向北方收复失地则显得力不从心。明朝的开国大将徐达和常遇春算不算？也不完全算。在军事方面，吃米饭的往往干不过吃面食的，左宗棠偏不信这个邪。请注意，他真的干成了，这也是他非常了不起的地方。

耐心只需要多一点就可以了。及至同治九年（1870）十一月，马化隆眼看金积堡已孤，大势已去，重演求抚故技，以图保全身家性命。他乖乖地呈缴马械、平毁堡寨，只身赴军前投诚。金积堡一战，西征军伤亡数千人，"仆十余年剿发、平捻，所部伤亡之多，无逾此役者"。马化隆的信众轻生好胜不畏死，"堡寨将破时，先刃其家属，或投诸水火，乃解衣格斗，死而后已，其坚悍如此"，左宗棠的奏章如实描述，足见取胜之不易、代价之不菲。

同治九年（1870）腊月，左宗棠致书家人，也只有在家书中才能够倾吐积郁：

> 金积（堡）于十一月十六日已复，办法详正折及密片中，
> 如经理得宜，西陲百年无事也，非频年纵横血战何以得此？
> 此举最难最险，患不在贼而在时局，事后思之，且悸且愤。
> 吾移督关陇，有代为忧者，有快心者，有料其必了此事者，

> 有怪其迟久无功者，吾概不以介意。天下事总要人干，国家不可无陕甘，陕甘不可无总督。一介书生，数年任兼圻，岂可避难就易哉！

好个"岂可避难就易哉"！左宗棠平定西北动乱，难度系数很高，争议也不小。老湘营攻占金积堡后，不仅处决了祸首马化隆，还将他的家属十三人处以极刑，诛其伪官八十余人，因此有人批评左宗棠"嗜杀成性"。

同治十一年（1872），左宗棠致书袁保恒（号筱坞），笔下文字尽道西征军刘锦棠部行军作战之艰苦卓绝：

> 西宁进兵，六十余日，血战五十余次。其间二十余夜未曾收队，将士植立雪窖中，号寒之声，与柝声相应，良可念也！弟未与前敌诸公分此劳苦，然何忍壅不上闻？疏稿字字踏实，亦微有未能抒写尽致者。论战事之苦，劳烈之最，则固汉唐以还所无也。

西征军应援西宁之战，刘锦棠所率马步十八营，自碾伯至小峡口，分扎近百里，大小五十余战，攻破乱匪营寨一百余座，二十多个夜晚，将士在雪窝冰窖中苦撑，那是何种境遇？一个人就算从未亲身经历过雪虐风饕的折磨，读罢左宗棠这段文字，也会不寒而栗。左宗棠称西宁之战是汉唐以来最艰苦的战役，西汉名将赵充国率大军征讨西羌，备尝艰苦，饱经风霜，左宗棠认为今日西征军之千难万险有过之而无不及。他率领大军将一个沉沦已久、昏天黑地的边城拯救出来，崭新世界中又增加了一块拼图。

有个说法由来已久，左宗棠膺任陕甘总督后，把地图铺开，看了半晌，然后喃喃自语："有四个地方住得。"具体哪四个地方？他不肯说，亲近的幕僚也不得而知。后来，众人才算弄明白了，左宗棠先是驻节平凉，其次驻军安定，嗣后又小住甘州，最终拿下肃州，四处地名，各取一字，则为"平定甘肃"，谜底揭晓，众幕僚恍然大悟，相视一笑。

第三节　五年奏全功，即为大确幸

同治十一年（1872），河湟战局进入关键时期，而陕甘两省已解严休战。正常耕牧的地区，民生有了明显的起色，民心也有了和乐气象。

翌年，西征军进入了最艰苦的攻坚阶段。攻坚战往往令将帅持有戒心，胡林翼说过这样的话："攻坚非至谋，扒城尤非善策。驱血肉之躯，与炮石相抗，精锐徒伤，士气不振。"但摆在左帅面前的难题是，攻坚战不可避免。肃州古城是一块特别难啃的硬骨头，左宗棠亲自督战一个多月，仍然未能拿下。这一点也不奇怪，"肃城坚大，素为边方雄镇，久被贼踞，如虎负嵎"。具体而言，肃州城高三丈六尺，厚三丈有奇，环城壕阔十丈，深二丈有余，欲破此固若金汤的城池，殊非易事。西征军平定甘肃叛乱，除了战略、战术得当，械精炮利也是一大优势，所配备的大炮是普鲁士后膛螺丝炮，所用炮弹，均为开花子，威力甚大，轰鸣声摄魂夺魄。提督徐占彪率军围攻肃州，在城外筑炮台数座，每日轰击一百余炮，势不可遏。尽管如此，西征军攻打肃州仍耗费一年有余，首领马文禄抵抗之顽强着实出乎左宗棠预料。城破之日，他只身前往左宗棠帅营，泥首请降，左宗棠因其过往的残忍恶行，谕以罪不可赦。城下之日，众幕僚建议用红旗进京报捷，以增喜气，左宗棠拒不采纳，认为这样铺张战绩，"必启泰侈之萌"。

凯旋后，左宗棠总结肃州之役，字句间透露出相当满意的感情色彩：

> 数十年征伐之事，以此役为最妥善。……十年腥臊之场，

化为净域，差足伸天讨而快人心。

胜利者以乐观夸诩之辞总结战役，完全可以理解，但战争的创伤可不是那么容易治愈的，家破人亡的悲剧将成为几代人的血色记忆，他们将背负着它苦度余生，净域中万千孤魂野鬼夜夜游荡，谁又有无边的法力超度它们？

在政坛和军界，李鸿章是左宗棠最直接的竞争对手，绝非同调者。左宗棠肃清关内，立下奇功，获拜协办大学士，举人入阁堪称异数。李鸿章回复署理陕西巡抚邵亨豫（字汴生）的信中，笔下全是赞美：

> 肃州之捷，首从悍逆歼除甚多。边塞肃清，辖疆从此可登衽席，忭庆莫名。季帅艰苦经营，煞费心力，金瓯竟卜，开我朝二百余年未有之奇，信乎。非常之功必待非常之人矣！

跟不同的人说不同的话，交情深，见真心，李鸿章致书曾纪泽，相轻之意即跃然纸上："左公竟得破天荒相公，虽有志节，亦是命运。湘才如左者岂少哉！"湘地人才固然不少，曾国藩去世后，能与左宗棠比肩齐名的，还有谁？要李鸿章一一细数出来，恐怕他会嫌自己的手指头太多了，而不是太少了。

大胜之余，美中不足，各军争夺贼赃，大打出手，因此军纪遭到了严重破坏。其实，情有可原，西征军积欠的饷银已经高达一千七百多万两，这是个什么概念？尽管户部紧急拨发库银一百万两，依然是杯水车薪。左宗棠在东南作战时军纪严明，在西北作战时对将士有所体谅。同治九年（1870），他作过明确的指示：

> ……至在事各员弁，偶有侵欺，但令情有可原，亦不必过于穷究，念其辛苦从戎，所图在此，事果大定，无须过于推求。至隐讳而至败露，侵欺而至贻误，则三尺俱在，不能曲为之贷也。

具体执法的时候，尺度如何确定？肯定还会有细则。总之，侵欺之事，只要未曾败露行藏，左宗棠念及士卒辛苦从军，多半以"情有可原"四字轻松放过，但如果行藏败露了，甚至因此贻误军机，左宗棠就会依法严治，决不会曲意宽容。

同治十二年（1873），左宗棠写信与部将徐占彪谈及打仗发财这个话题，表达了自己的意见：我听说军中议论安抚乱民，不少人提及如何搜刮资产财物，这很不得体；况且将士就算要发财，攻破城池，歼灭各叛逆，何愁洋财不能到手？诸军食用国家粮饷，建功之后有奖赏，还能接受晋级封爵之类的隆恩，居然以发财为重，以公事为轻，像不像话呢？这不算质问，胜似质问，不知徐占彪读信时，有没有一刹那面红耳赤。

西征军在河州之役确曾一度遇险，左宗棠及时开出优厚的招抚条件，马占鳌乐意接受，终于化干戈为玉帛。李岳瑞《春冰室野乘》酷评过此役（误写为"肃州之役"），竟贬低其过程和结局，实则为书生之见，若通观全局，能够以物力招抚显然要好过以武力征服。在现实的大关节处，书生之见最易遮蔽望眼，史念祖可算典型，他致书程伯宇，筛取《庄子》内篇《人间世》中的典故，指桑骂槐，将左帅詈为"暴人"，还给左宗棠开列了四条罪状。史念祖办理过几桩军中命案和盗案，与左宗棠的意见截然相反，由于他梗着脖子顶撞上司，闹得很不愉快。据史念祖自己描述，左宗棠大怒，"时坐帐棚中，拍茶几，盏盖都翻"。书生意气，办案时本于律条和天良，但左宗棠素以豪杰作风办事，往往立足于得失和取舍，大局观才是最要紧的，维持大局不坠，这是他的责任，因此为取得战时大局稳定，就必须巧妙地应对朝廷诸大臣的遥相牵制，平衡各种利害关系，这样一来，豪杰的行为方式必定会远远出乎书生的逆料。在左宗棠众多下属中，史念祖是最本色的书生，也是对左宗棠误解最深的人，他在回忆录《弢园随笔》中每每写到左帅，笔端总是情绪拉满，史念祖与左帅共事，不用说，平日充分领教了他的霸气侧漏，称之为"暴人"，不为无因。

左宗棠曾实话实说，大意是，西北事务艰险，为古今棘手之事，我贸然接受这副重担，不敢如壮侯赵充国那样自诩"无逾老臣"，也可谓出于大义不敢推辞艰难。前年我入觐时当面陈奏，西北平乱非五年不能办成，两宫皇太后颇为惊讶速度迟缓。如今看来，五年了结此事，就算很幸运了。

五年时间，左宗棠惨淡经营，不仅经历了折将（高连陞、刘松山、傅宗先、徐文秀等十余名）之悲，而且经历了丧妻（发妻周诒端）丧子（长子左孝威）之痛，但他顽强地挺了过来，愈挫愈奋，愈挫愈强，这是亲友、部下所乐见的，也是朝廷所乐见的。"三策纾筹笔，五年期卖刀"，若非左宗棠接下去还要收复新疆，林寿图的这两句诗真就字字落实了。左宗棠立下大功，仍难释心头遗憾，他痛恨陕西兵变首领白彦虎，悬赏万金捉拿他，白某命大，竟挣脱天罗地网，逃往新疆，后来又逃到中亚地区，被俄国沙皇接纳。左宗棠鞭长莫及，引为毕生未解之恨。

战争往往不能解决旧的难题，倒是有可能制造新的难题。左宗棠为陕甘善后，操心最重的就是如何安置那些曾受到裹胁的回民。他采取的办法是汉回不杂处，陕回与甘回也不杂处，汉回杂处则仇杀不断，陕回与甘回杂处则争端不绝，因此要分别安置。应该说，此举治本不行，治标的效果倒是不错。

第四节　化解危机，消除心腹大患

晚清时期，军队中隐藏的小团体甚多，自行结会是常态。战场上关乎生死，平日互通有无，抱团取暖尤其紧要，哥老会渗透军队，就不是什么奇闻怪事了。左宗棠梳理过哥老会的资料，他了解的情形是这样的：哥老本是四川"啯噜"的变称，会员叫"啯噜子"。起初结拜是为了同心杀敌、患难相顾，继而结党抗官、闹饷梗令，终而恐吓取财、胁迫异己。哥老会组织严密，分遣党羽潜伏于水陆要隘。遇到同会的人，验明路条，予以放行，否则劫财杀人，在所难免。哥老会借此敛钱获利，倒也没有别的目的，它并不像邪教组织那样党坚交秘，图谋不轨；入会的徒众也不像叛党逆贼，甘心谋反作乱。哥老会的势力久已形成，积重难返，狡黠桀骜者带头发动，愚蠢怯懦者跟随附从，其为祸患一言难尽。哥老会是军队肌体上刺目的黑痣，癌变的可能性不小，左宗棠对此非常警惕。

同治八年（1869），秦陇战事渐有起色，哥老会成员却在楚军中秘密策动兵变，乱兵杀害了甘肃提督、被左宗棠视为良将的高连陞。无独有偶，驻扎在绥德的湘军也因哥老会成员暗中鼓动，突然发动兵变，刘松山闻警驰回，军心复定。一旬之间，兵变接连发生，共计死伤一千余人，所幸兵变波及范围不广，很快就平定下来。后来，南路军在岷州还发生过一次兵变，也是哥老会成员煽动的，镇压之后，徒党数千人被分散到各军营中。左宗棠声明：对于军中的哥老会成员既往不咎，一旦再有不轨行为，则格杀勿论。除了兵变，陇军闹饷，还发生过一次哗溃的恶性事件，溃勇骚扰民间，为祸不浅。左宗棠分析道："倡逃者多旧捻，若辈好吃喝，不耐劳苦，生性如此。又闻穆（图善）军赴陕，如登天堂，相形之下，未免觖望。"陕、甘相比，天渊之别，降卒均为旧捻，本就怀有异心，怎肯在苦寒之地忍饥挨冻？

　　事后，左宗棠回复库仁庵将军，描述此案情形，竟比小说还要离奇。左宗棠讯问那些叛卒："高军门平日待尔等有何刻薄之处？事已至此，尔等也不妨直说。"丁某、邬某两逆犯无词以对，只回应："本想杀掉贺茂林，不料人多不能得手。"邬某亲手戕害了主将，临刑时悔恨道："我罪该万死，只求长官开恩，一刀了事。"其余逆犯说："自从害死了高军门，各人心中均犯糊涂。"有向东走的，有向西走的，有走了一夜直到黎明时仍在原地打转转的。还有逆犯说："二十一、二十二两日煮饭不熟，神情恍惚，看见高军门就在眼前。"更离奇的是，半夜时分，左宗棠撰成祭文，正哀吟间，一只鸟雀忽然飞入营幕中，旋转不去；亲兵把它送到营幕外，它很快又飞进来，用尖喙紧衔住亲兵的手指不放。左宗棠认为这只鸟雀是高连陞的英魂所化，来与他依依惜别。此案凌迟的共五人，斩首示众的共七十二人，各营擒斩的不在此列，平乱时阵前斩杀的多达千余人。一次兵变等于一次大流血，损失相当惨重。

　　哥老会在军中蔓延，积渐已久，提督高连陞被戕害使这道难题完整浮出水面，左宗棠惊觉军中兵勇多半是哥老会成员，没入会的少之又少。他询问实情，众人也不隐瞒，一五一十地告诉他："我们都愿意加入哥老会，不是无缘无故的。我们在军营充勇，彼此相顾，如同兄弟，患难同当，安乐共享。等到裁撤之后，我们中间不能归田务农、回乡安分的人，有了哥老会的凭据，可以去各省走动，就算遇见素不相识的人，只要彼此的暗号相同，就可招往公所，供给日用，资助川资，再去别的地方，毫不为难。如果我们遭遇会外的恶人欺侮，只要亲口告诉会中兄弟，就可代为设法报复。"左宗棠获悉此节，与诸将商议对策，拿出解决方案，他的话讲得很贴心：参与哥老会的兵勇人数众多，杀都杀不过来，倘若追根究底，必定滋生事端。眼下唯有化私为公，化有为无。由军方给入会的兵勇发放印照，准许他们在营中保持原状，出营之后，在他们的印照上载明"均系出会为良之人，地方官不必仍照会匪惩治"等按语。

左宗棠的这个解决办法等于给予了入会的兵勇一道护身符，他们退役回乡后，若被人控告，凭着营中所发的印照可以免遭刑事追究，那些老实人自然乐意从命，缴销哥老会的凭据，换取军方开具的印照。营中从此安静下来，兵勇再无异言。左宗棠足智多谋，及时化解了一场叵测难料的危机。

左氏功名诀

"天下事总要人干……
岂可避难就易哉！"

意　译

天下大事总要有人去做……岂可避开难题专做容易的题目！

评　点

建大功、创大业的人一定吃过常人咽不下的苦头，触过常人沾不着的霉头，上过常人到不了的滩头。九九八十一难，不能省，也不许省。躺平的人只能梦想干大事，摆烂的人只能幻想干难事。左宗棠肯干苦事，能办难事，敢做大事，只因他有一片实心，永远是行动派的领袖人物，做完一件大事又揽下另一件大事，有些大事还唯独只有他愿意接单，能够接单，最终稳妥圆满完成。晚清时期，在不断提升功业难度方面，左宗棠绝对是首屈一指的扛把子！

第六章

矢志收复新疆，大帅不惜拼老命

细心的读书人翻遍中国二十四史，一行一行地寻，一页一页地寻，一册一册地寻，总共能够找到几位身经百战的大帅竟有如此炫目的战绩——既底定过东南，又澄清过陕甘，还收复过新疆？就算他们把眼睛找花了，甚至找瞎了，恐怕也找不出第二人吧。那个第一人，也是唯一的人选，就在近代史上傲睨群雄。至此，其姓名已呼之欲出。左宗棠？没错，就是他！

　　戎马关山，他不惧险隘，足迹遍布东南西北，年龄越大，肩负的责任越重，接受的任务也更难。按理说，只在翻阅中国古代神话绘本时，我们才会撞见这类狠角色。夸父逐日，本领高强，非常人想象可及，令读者叹为观止。单以气魄较量，左公能够与夸父打个平手。

　　中国古训不是说"知足常乐""知止不殆"吗？左宗棠底定东南后，又澄清了西北，功业如此圆满，为何他仍然不肯知足，不愿知止呢？须知，左帅早年有个执念，金瓯是不应该破损残缺的，国家的领土务必完整。道光二十九年（1849），林则徐亲手将大量有关中国西北部的历史地理资料交给左宗棠，仿佛薪火传递。从那时起，左宗棠就对百二秦关、河西走廊和遥远的天山魂牵梦萦。要他眼睁睁地看着大片国土化为失地，却听之任之，装作若无其事，除非谁有本领直接断送他的老头皮。如果余生无法收复新疆，他会认为自己底定东南、澄清西北的功勋微不足道。非常之事绝对值得非常之人豁出老命去干，只有干成了才会此生无愧，此生无悔，此生无憾。于左宗棠而言，收复新疆失地就是这种应不惜老命去干成的非常之事，何况别人都知难而退了，他可以尽显身手。你说，以他的义胆，以他的智算，以他的雄心，以他的壮志，他会望而生畏，找个借口悄悄退场吗？

人的极限在哪里？同样活至七十多岁，甚至更高寿数，拥有相差不远的生存条件、生活条件，甚至连社会环境也大致相同，多数人只想庸庸碌碌安度此生，唯有少数勇者、智者会持续发力，去打破窠臼，做出各种变式来，使原本稳妥、平凡、庸常的白光化为虹霓。没有人是生而雄奇的，志士、豪杰、英烈都是由某个执念引导前行，遇荆棘则斩除荆棘，遇沟壑则跨过沟壑，遇江河则泅渡江河，遇沙漠则穿越沙漠，经历千难万险，九死一生，不达目标不罢休。有的人，执念迟早会消失殆尽，他们觉得回归平凡是值得高兴的事情，甚至值得格外庆幸。有的人，执念会在心头日益茂盛，坚定其信念，加快其步伐，以期超越自我。

佛说"一切有为法，如梦幻泡影，如露亦如电"，左宗棠却不这么想；老子说"知足不辱，知止不殆，可以长久"，左宗棠却不这么认。他信奉儒家"天行健，君子以自强不息"，效仿墨家"摩顶放踵利天下"。看看他建树功名的方法和路径，我们不得不承认这样一个事实：在疯魔的维度上固然能够成活，在理智的维度上更方便成活！自始至终，他都不是凭借着一股子蛮劲干到底的，他倚仗深厚的学识和真知，引领志同道合的行动派，那才是他的制胜法宝。

道光十三年（1833），左宗棠二十一岁，与二哥左宗植联袂入京，参加会试，双双落榜。逗留京师期间，他创作了八首七律诗，总题为"癸巳燕台杂感"，报效国家之志，哀悯黎庶之情，尽在字里行间。第三首着意于新疆，诗中多忧危之词，仿佛预知天下将乱，收复新疆必为其晚年之大题目、难题目：

> 西域环兵不计年，当时立国重开边。
>
> 橐驼万里输官稻，沙碛千秋此石田。
>
> 置省尚烦他日策，兴屯宁费度支钱？
>
> 将军莫更纾愁眼，生计中原亦可怜。

二十一岁，年纪轻轻，同龄人还在狂啃四书五经，死磕八股文，左宗棠恶补的却是历史、地理之类的实学，以天下为己任，深入思考在新疆兴屯、置省这样的大事。他熟读徐松的《西域水道记》，并且反复琢磨龚自珍的《西域置行省议》，苦思冥想，如何根治痼疾，改变"边腹不分""治兵之官多，治民之官少，求其长治久安，必不可得"的现状。左宗棠备课之早，留意之深，与日后成功之巨，可谓适相匹配。

经略大西北，是左宗棠一生壮剧中的重头戏。在新疆，"兴屯"是方略，"置省"是愿景，迄至左宗棠暮年，跃马天山南北，挥师绝域东西，收复诸多失城，建置新疆行省，其方略实行了，其愿景也兑现了，非常之人成就了非常之功。

这首诗既似精准的预言，又如宏大的构想，无论是预言，还是构想，左宗棠的才智、胸襟、气魄、抱负已跃然纸上。二十一岁，中没中进士无所谓，孟子言："故天将降大任于是人也，必先苦其心志，劳其筋骨，饿其体肤，空乏其身，行拂乱其所为，所以动心忍性，曾益其所不能。"一个人志向愈远大，磨炼则愈艰苦，一帆风顺从来就不是他想勾中的选项。

第一节　阿古柏原本是一个舞童

新疆地域辽阔，自古称为西域，天山是其天然的界标，据此分为南北两部。天山北路即称北疆，清朝初叶，蒙古族人在此定居，名为准噶尔部。康熙、雍正、乾隆三帝先后派遣大军平定叛乱，以伊犁将军统辖之。天山南路即称南疆，回民长期在此定居，名为回部或回疆。乾隆皇帝派大军征服南疆后，设立参赞大臣，常驻喀什噶尔，受伊犁将军节制。在新疆，清政府除了派遣军队负责防务、警务，还任命官员管理当地的政务、税务，调解民族纠纷。由于天高皇帝远，八旗军官和地方官员恒以贪暴为能事，因此乱因屡播，恶果常结。益以民族、宗教、风俗之分歧，民族之间的感情不易水乳交融。一方构衅，则多年用兵，变乱或大或小，难以杜绝。迄至同治年间，新疆局势急剧恶化，中亚匪徒阿古柏鲸吞南、北疆诸多名城、大城，沙俄劲旅窃据伊犁，危机遂达至熔点和爆点。

以同治三年（1864）为观察点，从四月到十月，仅仅半年时间，较大规模的叛乱就有七起之多：

四月，马隆在库车叛，遂拥黄和卓踞南疆东四城；

六月，阿布都拉门在叶尔羌叛，马福在奇台叛；

八月，金相印在喀什噶尔回城叛，马福迪在和阗叛；

九月，妥明（或称妥得璘）陷乌鲁木齐城，遂并踞乌鲁木齐东西各城（旋即妥明称清真王）；

十月，迈孜木杂特在伊犁叛。

同治四年（1865）三月，中亚地区浩罕汗国的帕夏（将军的意思）阿古柏率兵侵入英吉沙尔和喀什噶尔汉城。

同治六年（1867），阿古柏攻灭阿布都拉门、马福迪、黄和卓等，尽据南疆地，自称毕条勒特汗。

同治九年（1870），妥明降于阿古柏，阿古柏遂占据大半个新疆。

阿古柏是何许人？据学者萧一山所记，阿古柏本来是一个舞童，丰姿秀美，跳舞玲珑，夤缘得法，做了浩罕国的将军；既取布苏格而代之，又和北路的汉人徐学功相结，进攻乌鲁木齐，妥明走死；他训练新式军队，购买新式枪炮，很有纵横捭阖的手段，奉土耳其为上国，与中亚几个国家声气相通，又联络英国，敷衍俄国，与订通商条约。限于历史条件，左宗棠了解到的情况是："帕夏能战，相貌甚伟，自同治四年窃踞喀什噶尔以来，颇有别开局面之意，其子亦傲狠凶悍。"这里的帕夏专指阿古柏，他招亡纳叛，寻求英国支持，多办洋枪洋炮，军队装备精良，他以喀什噶尔为轴心，建立了"哲德沙尔汗国"，窃踞新疆，俨然以宗主自命。同治十年（1871），伊犁及其周边地区被俄国军队强行占领，俄国政府诡称这是为清政府代复领土，异日俟清政府收复乌鲁木齐、玛纳斯，即可商议交还，并无久假不归之意。实际上，俄国此举是趁机在新疆地区强行打入楔子，埋下伏笔，其野心和如意算盘昭然若揭：进则可以侵占大片土地，退则可以索取高额补偿。阿古柏及其死党在新疆实行严密的特务统治，先后与英国、俄国签订条约，就军事、商业、领事裁判权等众多事项达成协议，三方利益均沾，各取所需。

同治五年（1866）六月中旬，曾国藩回复直隶总督刘长佑，述及关内、关外的坏消息：兰州兵变，杨岳斌从庆阳回救，内患未宁，新疆又再度告警，伊犁、塔城相继沦陷。援兵出塞，不仅大军的补给难以维持，而且关内的乱局尚未收拾妥当，又怎能急于收拾关外的乱局？祖宗拓地太广，一旦国家元气衰弱，就苦于运转不灵，照顾不周，这是必然之势。

同治十年（1871）七月下旬，曾国藩在家书中向两位老弟（国潢和国荃）预言道："左帅平定甘肃之后，恐下文尚长，亦由天生过人之精力，任此艰巨也。"曾公衰矣，左公正健，故有此言。

同治十二年（1873），左宗棠上书总理各国事务衙门，对新疆局势有一个总体的预判和筹划：就兵事而言，要杜绝俄国人狡猾的阴谋，就必须先安定当地各族部落；要收回伊犁，就必须先克复乌鲁木齐。如果乌鲁木齐能够克复，展现了我军军威，就兴办屯田来作为持久的谋略，绥抚各民族使之依旧安于耕种放牧，就算不立即索回伊犁，而已经隐然示外不可侵犯了。……目前重要的事务，不在于预先谋划处置俄国人的方案，而在于精选出关作战的将领；不在于先索回伊犁，而在于尽快拿下乌鲁木齐。

日后，左宗棠收复新疆，采用的就是这条已反复琢磨过百遍千遍的上策。

第二节　海防与塞防的激烈争论

同治十三年（1874），清廷任命景廉为钦差大臣，金顺为帮办大臣，催促他们会师于古城。金顺前锋各营及马队先行抵达，张曜的嵩武军驻扎于哈密，其他各军却在安西、肃州逗留观望，裹足不前。当时，粮运不给力是头号难题，朝廷派户部侍郎袁保恒助左宗棠从关内解粮送至古城。左宗棠欲用骆驼，袁保恒欲用马车，左宗棠欲在关外采粮，袁保恒欲在关内采粮，两人意见分歧。

瓜分之祸迫在眉睫，清廷内部对于海防与塞防孰急孰缓、孰重孰轻争论不休，"扶得东边，倒了西边"似乎将变成大概率事故。同治八年（1869）正月，曾国藩入朝请训，对垂帘听政的两宫皇太后说过这样的话："兵是必要练的，那怕一百年不开仗，也须练兵防备他。""我若与他开衅，他便数十国联成一气。兵虽练得好，却断不可先开衅。讲和也要认真，练兵也要认真。讲和是要件件与他磨。二事不可偏废，都要细心的办。"李鸿章首重海防，不忘讲和，与恩师一脉相承。左宗棠却认为："东南正办洋防，实则泰西各国均无肇衅之意，只因示弱太过，致外侮频仍，国势难振，而财用虚耗日甚，将有不堪复按者。"在他看来，李鸿章就是示弱太过的代表人物。

痛彻的领悟不仅有赖于智慧，而且有赖于时空距离，后世学者钱基博潜思而默察，他认为，心怀恐惧的人才会举棋不定。自从海上用兵以来，起初是那些不知洋务的人坏事，他们不知彼己，侥幸求胜；紧接着是那些深悉洋务的人坏事，他们不知大计，苟且图存，愈办愈坏，伊于胡底。

明眼人都看得出，日本窥伺中国台湾，是个现实的威胁。李鸿章任直隶总督，负责北洋事务，他在《筹议海防折》中认为："新疆各域，自乾隆年间始归版图，无事时，岁需兵费尚二百余万，徒收数千里之广地，而增千百年之漏卮，已为不值。……况新疆不复，于肢体之元气无伤；海疆不防，则腹心之大患愈棘。"他有个主观推断："（新疆）即勉图恢复，将来断不能守。"

倘若清朝甘心将大片领土弃置不顾，畀于豺虎，列强就会受到"饮血吃肉"的刺激，都会把胃口吊得老高。可以预料的情形是：塞防丧失先机，海防万难独全。一旦新疆沦陷，从"患"的角度看，确实算不上"心腹之患"，但从"急"的角度看，绝对可算作"燃眉之急"。海防派远比塞防派悲观得多，他们满嘴叨叨的都是败家的主意：收复新疆既浪费军饷，又毫无把握，倒不如听从英国公使威妥玛的建议，干脆忍痛"割肉"，让阿古柏立国称藩。

最令左宗棠感到意外的是，好友王柏心一向鼎力支持他的事业，堪称头号拥趸，又绝对不是海防派成员，这回也坚决反对他统领大军收复新疆。王柏心认为朝廷凭现有国力不足以兴师收复失地，原因共有三条：一是粮草运输极为艰难，在人迹罕至的冰天雪地、黄沙白草中转战，无取胜把握；二是兵少不足以制敌，兵多则粮草不济，若留兵驻守，军费开支浩繁；三是屯兵于关外，一旦腹地有警，不能顾全后方。

王柏心认为，朝廷兴师收复新疆简直就是夸父追日、精卫填海之类的愚行，成功的可能性微乎其微。如果那位坚决主张收复新疆的主角是他誉为"中兴以来奇才第一"的左宗棠，又会如何？别人出马办理这桩惊天苦差确实毫无把握，左宗棠则有六七成胜算，何况他并不是孤独的前行者，朝廷中还有大臣发出"祖宗已得之地，不可弃而弗图"的强音，军机大臣文祥持此观点坚定不移。据《剑桥中国晚清史》，"……满人政治家文祥，虽然也和别人一样切盼建立清朝的新式海军，可是他还是支持左宗棠的观点，即必须刻不容缓地进行新疆战役。文祥争辩说：'倘西寇数年不剿，养成强大，无论破关而入，陕甘内地皆震；即驰入北路，蒙古诸部落皆将叩关内徙，则京师之肩背坏。'文祥还相信，左宗棠的军队在甘肃受过战争考验，因此他们很可能在新疆打胜仗。"文祥延见了陈士杰，后者进言，要收复新疆，首先必须统一事权，以免彼此推诿，互相牵制。文祥采纳了这条重要建议，嗣后，兵权、利权统归左宗棠一手包揽把持，收复新疆的先决条件顺利达成。

有一点，左宗棠完全不同于绝大多数官绅的看法，那就是他们人云亦云的"新疆为无用之广土"，左宗棠称赞新疆为"腴疆"，意即富饶的疆土。光绪元年（1875），李鸿章坚决反对左宗棠进兵新疆，左宗棠看得出这位合肥相伯打的是"撤西防以裕东饷"、不惜"先坏万里之长城"的算盘，以他的性情，要说私底下没对李鸿章爆粗口，很少有人会相信。

光绪二年（1876），左宗棠基于智者的睿识和大臣的通识，致书素所倚重的粮台局务王加敏，重申前议，对海防派的数典忘祖颇有微词：以西疆局势而论，俄国占据伊犁，安集延占据喀什噶尔，两处均是富饶的疆土。乾隆朝先平定北疆，继而平定南疆，御敌换防的军费，便从此就地解决。后人不记前事，全都忘了。此时陕西关中和甘肃、宁夏地区已经平定，余威震动关外，不及时收复失去的疆域，势必被强大的邻国划入版图，以后每日缩地百里，还成何国家？难道一定要日后遭受大沽、牛庄那样的惨败才算隐患吗？

早在同治二年（1863）夏天，曾国荃回复两广总督毛鸿宾，就断言道："天下大势，不外取东南之财赋以清西北之祸乱，安中原之反侧以慑外夷之心胆，自有中兴之期。"左宗棠畅论天下大势，认为山川皆起于西北，倘若自撤藩篱，退至关内，纵容强虏深入堂奥，就将后患无穷，因此兴师规复新疆，势在必行。他慷慨陈词，大意是：关内已于新近平定，不及时收复国家往年的失地，而将它割弃，使之成为敌国，这必定自遗祸患。一旦阿古柏不能拥有这片土地，不被西边的英国兼并，就会被北边的俄国侵吞。我国的领土缩小了，边疆的要塞全部丢失，边境的兵力却不能减少，军费开支仍然相同，如此对海防无益而挫伤国威，并且滋长乱源。这必然是不可以选择的下下策！

左宗棠曾说过"东则海防，西则塞防，两者并重"，他对海防从未有过轻视之意，之所以与李鸿章隔空争论不休，核心重点乃是有没有必要收复新疆失地，左宗棠认为有必要收复，李鸿章认为没必要收复。两宫皇太后垂帘听政，得大臣文祥辅佐，脑回路并未堵塞，她们充分认可左宗棠那个基于地理常识的推论——"重新疆者所以保蒙古，保蒙古者所以卫京师"，徙薪宜远，曲突宜先，须未雨绸缪，方可避免更大的后患。倘若放弃新疆，边防内移，陕甘承压，虎狼突近，中国将无以善其后。

第三节　规复新疆失地，舍我其谁

从韶华到暮晚，有志者奋发图强，这是他们的日常，也是他们的习惯。"老骥伏枥，志在千里"，若论雄风胜概，敢为人先，左季高能甩曹孟德十二条大街。

同治十一年（1872），左宗棠以少见的闲逸的笔致作家书，大意是：河州民众献来两匹良马，神貌异常，如同我以前见过的唐人画上的奇骥，它们名叫平戎骏、靖戎骏。我老了，不能骑行，闲暇时当绘画题诗告知子孙。

左宗棠的身体已有老态，精神毫无衰象。过了两载，光绪元年（1875），左宗棠致书两江总督刘坤一，快人快语：

> 天下无不办之事，无不可为之时。朔雪炎风，何容措意？亦惟有黾勉从事，慎以图之。时议多妄自菲薄，谬以解事相夸，实则明于权而未达于理，不可语于谋国之忠也。

左宗棠敢干而又能干，他的爱国赤诚乃是第一推动力，在苦境中，表现更为突出。事皆可办，时皆可为，他主动请缨，誓复新疆全境，有这种大自信才可能一往无惧，所向无敌。

光绪二年（1876），左宗棠致书湖南老乡、云贵总督刘长佑，解释自己为何非要肩起新疆这面大鼓来打不可，将理由讲得透彻明白，大意是：西疆战事筹划极为艰难，局外人往往持有多一事不如少一事的谬论。我头白临边，适宜当归，不适宜远志，自己也很清楚。目前乌鲁木齐尚未收复，无处驻军，玉门关以外，岂能用玉斧砍断它？日后我军必须收复乌鲁木齐，而俄国人据有北路，安集延据有南路，祖宗朝的疆域岂可拱手断送？放弃南疆、北疆的沃土而困守贫瘠之地，这绝非明智的选择。倘若漠北、漠南沦为战场，京师就会经常遭受烽火惊扰，又岂止是天津大沽使皇上废寝忘食！愚弟力排众议而心勤远略，实为不得已而为之！

左宗棠深谋远虑，独承艰危，国之重臣暮年仍有此担当，着实令人敬佩。"当归""远志"均为中药名称，用在这里，意味深长。

这年春天，左宗棠满怀忠悃，向朝廷上章，沥陈胸臆，为塞防发声：

臣本一介书生，辱蒙两朝殊恩，高位显爵，出自逾格鸿慈，久为生平梦想所不到，岂思立功边域，觊望恩施？况臣年已六十有五，正苦日暮途长，乃不自忖量，妄引边荒艰巨为己任，虽至愚极陋，亦不出此！而事顾有万不容己者：乌鲁木齐各城不克，无总要之处可以安兵；乌鲁木齐各城纵克，重兵巨饷，费将安出？康熙、雍正两朝为之旰食者，准部也；乾隆中，准部既克，续平回部，始于各城分设军府，然后九边靖谧者百数十年。是则拓边境腴疆以养兵之成效也。今虽时易世殊，不必尽遵旧制，而伊犁为俄人所踞，喀什噶尔各城为安集延所踞，事平后应如何布置，尚费绸缪。若此时即便置之不问，似后患环生，不免日蹙百里之虑。区区愚忱，窃有不敢不尽者。

一位六十五岁的国之重臣，早已将高位、显爵、厚禄、盛名全部集齐在名下，依常人的想法：守成足矣，安享晚福可矣。然而左宗棠偏要挺身而出，为国家收复新疆，肩起这面大鼓来打，为什么？唯一符合逻辑的解释竟是：除非上天不愿让大清收复新疆，若愿让大清收复新疆，当今之世，舍我其谁？晚清时期，朝野上下，绝大多数人都承认左宗棠是首屈一指的霸才，他的霸气并未因为年事渐高而衰减，反而更加张扬。细读其奏章，左宗棠的执念便呼之欲出：身为西征军统帅，他渴望领兵击败一切外来的侵略者，收复新疆数千里失地，兑现平生最大的成就，一举超越湘军统帅曾国藩、淮军统帅李鸿章，成为清朝的头号功臣。

当年，左宗棠在家书中讲了一句大实话："此时西事无可恃之人，我断无推卸之理，不得不一力承当。"这就是"舍我其谁"的明确注解。历史学者萧一山认为，"左宗棠意气之豪，布置之密，是他成功的最大因素"，可算是讲到点子上了。

甘肃以苦寒著称，冬天取暖条件极差，兰州道台、湖南老乡蒋凝学出于爱护之情，特意禀明上峰请让左宗棠入住总督府，可这位钦差大臣、西征军大帅却坚持住在军营，与士卒同甘共苦。

同治十一年（1872），左宗棠的长子左孝威赴军中省亲，随父入住安定军营，偶因拟稿未合，受到父亲斥责，引发咯血旧疾，又因营帐密封不严，为风寒所侵，久咳不愈，翌年返湘后一病不起。左宗棠抱西河之痛，自责道："每次念及孝威英年早逝，心神就会昏乱，不知所为。自觉德薄能鲜，劳苦于兵戎之间，不能以善气保护爱子，以致有此夭折的惨祸降临，我还有什么好说的呢！"从此事也可看出，西北边塞艰苦的军营生活，就连二十多岁的年轻人都吃不消，这位六十多岁的老人却挺得住，左宗棠真可谓铁打的金刚、铜铸的罗汉，湘人最具招牌作用的"挺"字功力，他已炉火纯青。

光绪四年（1878），左宗棠回复老友李仲云，仍旧以大帅掌兵对家人不利为词："主兵之人如秋官然，生长之气少，肃杀之气多。频年以来，家门多故，未尝非威权过重致之。每一念及，诚无以为怀耳。"淮军大将张树声督兵常州时也说过类似的话："此职不可久居也。天地好生，而用兵之道在杀；人道宜和，而用兵之道在争。"王柏心仅仅喜爱谈兵，并未掌兵，爱子英年早逝，又应该如何解释？所幸左宗棠颇能自解，且颇能慰人，陕西巡抚谭钟麟不幸丧子，左宗棠驰书劝慰道："……况备位抚部，作镇一方，亿万苍生皆其赤子，其不以私爱而牵其博爱之仁，尤贤者所当自勉，愿留意焉。"老年丧子，于私爱而言，实重伤肺腑；于博爱而言，仅轻损皮毛。能够被这个道理说服的人注定也不是庸夫俗子。

第四节　湘上农人，喜欢种菜植树

左宗棠年逾花甲，身为钦差大臣，督办关外剿匪事宜，为兴师出塞囤积粮草，花费了一年多时间，过程漫长，真是千辛万苦，费尽周折。兵家言："千里馈粮，士有饥色。"这句话，从平定甘肃的角度来讲，算是妥帖的；若从准备收复新疆的角度而言，就无异于隔靴搔痒。超大范围、超远距离的转运，所耗费的人力、畜力均非寻常事理逻辑所能准确推测，途中遭遇盗匪劫夺的风险也非寻常算法所能轻易计量。左帅为收复新疆定下了一个时间表，预留了两三年的备战期，主要是休整将士和备办粮草。

左宗棠早年半耕半读，自号"湘上农人"，对农事、农活非常熟练，钻研农学，深有心得，对种菜、植树、屯田、办牧场兴复不浅，对修路、搭桥、开渠都颇有讲究。道光二十年（1840），左宗棠听从恩师贺熙龄的妥善安排，到安化陶家坐馆。教书、读书之余，他喜欢在陶家附近的农村到处转悠。安化小淹依山傍水，风景如绘，前后百余里盛产茶叶。每到出茶时节，山西、陕西的茶商就如约而至。安化黑茶可分为上、中、下三个品级，上品、中品制成茶砖，下品则卷包装篓。价格方面，上品茶比中品茶高出五倍左右，中品茶比下品茶高出三倍左右。由于安化黑茶口碑好，长期供不应求。

同治十三年（1874），钦差大臣、陕甘总督左宗棠写信给湖南老乡谭钟麟，回忆自己早年在安化小淹的所见所闻，涉笔成趣，津津乐道：安化后乡的老人小孩，一到采茶时节就出门打杂草冒充茶叶，踩制一番装入竹篓，其中掺放的真茶不过十分之一二而已。我所说的杂草，有柳叶、茅栗之类，并且还要割些普通的野草放在一起。县志上有句记载："宁采安化草，不买新化好。"意思是新化的真茶还不如安化的杂草行销。去年冬天，我找来一封库存的陈茶，打开一看，果真都是杂草。

由此可见当年安化黑茶的抢手程度，茶里掺草，毫无掩饰，竟然不愁销路，连县志里面都有明文记载，自豪感溢于言词。左宗棠贵为封疆大臣，极品高官，想喝到十成上品的安化黑茶，居然也有难度。

光绪元年（1875）五月下旬，有个插曲值得留意，俄罗官员索斯诺夫斯基一行五人抵达兰州，打算考察西北数省，左帅与之周旋了二十七天。他将俄国官员安排在总督署内居住，隔日会餐一次，推诚相待，礼性周全。有趣的是，他跟俄国使臣讲《孟子》中"三自反"的要义，对方认真听完后，为之敛容。刘锦棠在座，拱手缄默而已。左宗棠便开导爱将："忠信笃敬，蛮貊可行。心知洋人与我辈气血相去不远，只要积诚相待，久而久之，他们自能感悟，别的没什么好讲的。"左宗棠长期致力于军政事务，少有外交举措，对洋人坦诚相待的同时，总会巧妙示强，决不示弱。左宗棠所讲的"三自反"出自《孟子·离娄下》，原文为："君子所以异于人者，以其存心也。君子以仁存心，以礼存心。仁者爱人，有礼者敬人。爱人者，人恒爱之；敬人者，人恒敬之。有人于此，其待我以横逆，则君子必自反也：我必不仁也，必无礼也，此物奚宜至哉？其自反而仁矣，自反而有礼矣，其横逆由是也，君子必自反也，我必不忠。自反而忠矣，其横逆由是也，君子曰：'此亦妄人也已矣。如此，则与禽兽奚择哉？于禽兽又何难焉？'是故君子有终身之忧，无一朝之患也。"所谓"自反"，即反躬自问，反躬自省。左宗棠在外交场合讲解这段古文，颇富警告意味：如果我们自觉在仁、礼、忠三方面都做好了，还有谁妄图加兵，那就休怪我们对这样的禽兽不再讲客气。索斯诺夫斯基显然听懂了左宗棠的言外之意和弦外之音，所以他"为之敛容"。

　　当时，清朝军机处的大老爷们都担心索斯诺夫斯基借考察的名义，趁机窥探中国西北地区的虚实。群疑莫定，左宗棠却自信满满，以大胆开放的姿态欢迎索斯诺夫斯基一行，请他们住进总督官邸，尽可能满足其要求。"欲绘地形，则令人作向导；欲观军容，则令人布拙式；欲谈制作，则令入局审视而请益焉。"左宗棠如此自信，显然是基于西征军将士能征善战的威武之上，俄国人看了，心里直犯嘀咕。至于大西北战区的民生现状，想隐瞒也隐瞒不住，便无须隐瞒。索斯诺夫斯基辩才无碍，而且精通地理学，他拿出一张摹绘而成的康熙舆图向左宗棠炫耀，以显示他周知中国山川形势。殊不知左宗棠才是实打实的历史地理、军事地理大行家，他对索斯诺夫斯基说："康熙舆图是测度定地而成，故为古今稀有定本。后此拓地渐多，乾隆时期随时增入，并命何侍郎携带仪器遍历各处详加订核，这就是《乾隆内府舆图》，是精而又精者。"话音刚落，他就取出影印的《乾隆内府舆图》摆在大案上，索斯诺夫斯基立刻看得两眼发直，良久不吭一声。左宗棠的描述是"索意嗒然，自此稀言地学矣"。

索斯诺夫斯基不再奢谈他最擅长的地理学，倒是主动提出由俄方出力给左宗棠的军队采运粮食，这当然是好事，如果能够办成，就可解决收复新疆的大难题。陕甘总督的正式官衔为"总督陕甘等处地方提督军务、粮饷、管理茶马兼巡抚事"，衔系茶马，于是左宗棠灵机一动，与对方探讨中俄边境开办互市的可行性，一旦通商，便可在恰克图设立市场。左宗棠首先想到的就是安化黑茶，其次才是川丝、大黄等物，"若办理得宜，不但新疆相庇以安，可规永久；即吾湘茶利分销东南西北，不患销路之殢矣"。其后，左宗棠兴致勃勃，认为湖南茶商"运茶至古城、乌鲁木齐诸处销售，最为便利"，等头脑冷静下来，他测算出这条路线超过了六千里，比俄商入口运茶的路程还要多二千余里，不计途中损耗，单是累计水陆转运的各项费用，就高到令人吐舌摇头的地步。再者说，俄国人更喜欢红茶、黄茶，这也是安化黑茶出口的一个障碍。

左宗棠永远都不会饱食终日，无所事事，也不会让手下的那些亲兵吃闲饭，他命令他们在驻地附近开垦荒坡，种植蔬菜，自给自足。这二十亩菜园还有一宗好处，左帅天亮时去看看，傍晚也去看看，逛菜园成为左宗棠一天中最惬意的时光，既养眼，又怡神。菜园里杂种了薤、韭、萝菔、薯蓣、冬寒菜等，左帅兴起，有时还会换上短衣，抱瓮灌园，欣然自适。他特意为菜圃题写楹联，上联是"闭门种菜"，下联是"开阁延宾"。当时，有不少北边和西边的密探来到兰州，侦察政府的举动，稍有不慎，就会泄露出师的日期。左帅托言种菜，口不言兵，使外间莫测其动静。这就叫"故示不测"，玩神秘感，左帅种菜、灌园是反侦察，估计那些密探不得要领，回去难以交差。

有些兴作并非短期内能够完工，但只要是公益所需，左宗棠照干不误。他在批札中说："纵事非一任所能了，安知异日无赓续为之者乎？好事不能做尽，做得一件是一件，终胜宝山空回。"

光绪二年（1876），兵出嘉峪关，左宗棠命令士兵沿途栽种杨树、柳树和沙枣树，以示有去必定有回，总共种活二十六万多株。春天一到，绿柳成荫，入夏之后，蝉噪千里，原本荒凉的西域风景为之一变。三年后，杨昌濬帮办陕甘军务，巡游故道，诗兴遄飞，如有神助，于马上吟得七言绝句一首：

> 大将筹边尚未还，湖湘子弟满天山。
>
> 新栽杨柳三千里，引得春风度玉关。

这首诗完全具备大唐边塞诗的风貌和气骨，很快就传诵得天下皆知。

光绪二十八年（1902），晚清学者、藏书家叶昌炽就任甘肃学政，任所在兰州，他对左宗棠的事迹耳熟能详，在日记中写道：

> 左文襄治军陕甘时，自陕之长武，西至肃州，二千余里驿路，皆栽白杨。昨在长武，日中即受其荫。然为饥民剪伐过半，缺处已不胜烦热。自过泾州，一路浓阴如幄，清风徐来。闻西行树愈密，真甘棠之遗爱也。

关于千里左公柳，当时记载甚多，其中有一条记载令人印象尤为深刻：

入陇后，沿途墩房，有立榜禁盗伐者曰："昆仑之阴，
积雪皑皑。杯酒阳关，马嘶人泣。谁引春风，千里一碧。勿
剪勿伐，左侯所植。"

这种公告牌人文气息颇为浓厚，更容易唤起人们的公德心。时隔一百
多年，在甘肃故道边，在兰州城内，偶尔还能见到左公柳傲岸的身影，它
们躯干遒劲，枝叶婆娑，不是桃李，胜似桃李，柳树无言，下自成蹊。

第五节　所向克捷，戎机神速顺利

光绪二年（1876），左宗棠从酒泉大本营写信给陕甘学政吴大澂，笔
调欢快：

近接军报，出塞各军已次第衔接西进，秋前当有战事。
师行三千余里，涉戈壁，逾天山，疾疫不作，寒暑可耐，无
物故者，盖国家威灵所及，亦有天幸也。

这年秋天，老湘营在攻打玛纳斯南城时一度遇阻，守城的敌军困兽犹
斗，西征军日夜攻坚，令敌军无喘息之机，终于奏凯报捷。

西征军收复新疆期间，由于地域相隔，信息不畅，直接造成新闻失
准。《申报》报道关外诸军败绩，已退守关内，与实际军情不符。左宗棠
火冒三丈，回复部属刘典，纵笔怒骂《申报》："此辈所为，专以张西讪
中为意，其殆枭獍不若耳！"何谓"张西讪中"？即力挺西洋人，讥笑中
国人。"枭獍"是反噬父母的凶鸟恶兽，"其殆枭獍不若耳"意为"他们简
直禽兽不如"。左宗棠这么痛骂《申报》，可见他确实出离愤怒了。

磨刀不误砍柴工，除开三年准备期，新疆战事不足两年即奏全功，出乎众人的意料，把一场朝野担忧的持久战、攻坚战打成了疾进速决的破袭战、突击战，亦为左宗棠、刘锦棠始料所未及。《清史稿·左宗棠传》提炼整整一年的战事，竟只用以下区区二百字就总结完毕：

　　　　二年三月，次肃州。五月，锦棠北逾天山，会金顺军先攻乌鲁木齐，克之。白彦虎遁走托克逊。九月，克玛纳斯南城，北路平，乃规南路。令曰："回部为安酋驱迫，厌乱久矣。大军所至，勿淫掠，勿残杀。王者之师如时雨，此其时也。"三年三月，锦棠攻克达坂城，悉释所擒缠回[1]，纵之归。南路恟惧，翼日，收托克逊城，而（徐）占彪及孙金彪两军亦连破诸城隘，合罗长祜等军收吐鲁番，降缠回万余。帕夏饮药死，其子伯克胡里戕其弟，走喀什噶尔。

　　战事顺利，仍然有苦恼找上门来，左宗棠担心什么？北路的局势日益宽舒，需要有才能的大将也日益急迫，而他眼前能够独当一面、未染军营恶习的人选，却一个也找不到，不得已而求其次，也不可多得。在左宗棠看来，伊犁将军金顺优柔寡断，"工于伺便取巧，耻过文非"，仅属于"庸中佼佼"，"才短心忮，诸事不肯商量，恐未能一力承当，妥为经理"，要金顺别开局面，独自树立，只怕不行。大将刘锦棠总理行营事务，心精力果，能征善战，是公认的军事奇才，左宗棠倚之为股肱，却于光绪二年（1876）突患伤寒，险遭病魔的毒手，好在服药之后，一场重病竟奇迹般痊愈了。要不然，光绪三年（1877）春，老湘营不可能发动对达坂城的猛

1　缠回：清朝初期至民国中期官方使用的维吾尔族的汉译名称。1934年，新疆省政府接受维吾尔族人民的请求，将"缠回"更名"维吾尔"，自此该词不再使用。

攻，并且一举奏捷。其时，左宗棠致书胡雪岩，且喜且忧，大意是：我于融冰时节进军新疆南路，仅用十天时间，就先后将达坂、托克逊、吐鲁番等名城要隘全部攻克，斩获极多，戎机实为顺利。本可以乘胜追击，以取破竹之势，无奈协饷的款项迟迟未到，四月以前，仅仅收到二十余万，此前积欠各位华商的款子固然未能还清，前线饷粮转运脚夫的钱也无从筹措支付，念及这件烦心事，无比焦灼。悬师绝域，却无巨款接济，一旦将士饥寒切身，后果不堪设想。好在三位湘人各显神通，左宗棠拿主意，帮办刘典和陕西巡抚谭钟麟具体操作，向陕西富室借得巨款，以解燃眉之急。与此同时，胡雪岩筹借洋款五百万，以十年为期分偿，已有成算，将士有实饷可领，左宗棠这才安心。

此前，借贷洋款接济军需，清政府没有先例，适逢云南突发"马嘉理事件"，海防戒严，军饷匮乏，才有此创举。光绪二年（1876），两江总督沈葆桢反对大笔借贷洋款，上奏声称"不敢为孤注一掷"，令左宗棠心下颇感不快，斥之为"多方以误之"，认为沈葆桢居心不良。所幸左宗棠的创举获得朝廷批准，诏旨干脆利落："左某以西事自任，国家何惜千万金。"户部为此在借款之外补拨库银五百万，给西征军输血。应该说，左宗棠挥师新疆，能够尽复伊犁之外的南北诸城，除了计划缜密、战术灵活、军纪严明、武器精良，饷银宽裕、补给充足也是取胜的先决条件。

光绪三年（1877）初夏，阿古柏南逃库尔勒，绝望不已，服毒自毙。内讧随即发生。阿古柏的次子海古拉将资财军实全部送给乱匪首领白彦虎，让他坚守库尔勒。海古拉素附英国人，他打算逃归故土，先将阿古柏的尸体浸水三日，然后用香牛皮把尸体严严实实地包裹，载入马车，一路西遁。阿古柏的长子伯克胡里素附俄人，不忿海古拉掌权，率众追击，遂将海古拉戕杀于途中。

阿古柏自杀后，白彦虎逃至开都河，左宗棠欲擒此漏网巨寇而后快。事机正顺，但有人想见好就收。库伦大臣志崇上章建议"西事宜画定疆界"，廷臣也都说西征军费开支浩繁，现在乌鲁木齐、吐鲁番已经收复，可以休兵罢战了。左宗棠闻讯叹息道："今时有可乘，乃为画地缩守之策乎？"干大事干成半吊子，这显然不符合左宗棠的风格，他抗疏力争，上以为然。

光绪三年（1877）八月，刘锦棠会师曲惠，遂向开都河方向实施正面进攻，余虎恩率军实施侧面袭击。白彦虎招架不住，逃往库车，直奔阿克苏，刘锦棠率老湘营在途中截击掩杀，白彦虎转而逃往喀什噶尔。刘锦棠以铁骑数千穷追猛打，二十多天，就收复了南疆东四城喀喇沙尔、库车、阿克苏和乌什。左宗棠收到捷报，喜出望外，致书刘锦棠，盛赞之余有所告诫：

> 　　未及三旬，连复四城，兵机神速，古近实罕其比。麾下威名震于海宇，自此收复西四城，俄、英诸族益知所惮，其于时局裨益非浅，即仆亦与有荣施。但愿于垂成之时，慎益加慎，以竟全功，是所至望。

大军继进，伯克胡里和白彦虎见势不妙，赶紧逃往俄国，不敢回头。南疆西四城喀什噶尔、叶尔羌、英吉沙尔、和阗的守军根本无力抵抗，被清军相继拿下。至此，全疆仅剩伊犁还在俄国军队手中。其时，俄国正与土耳其交战，金顺在征南疆前就曾请示左宗棠要不要乘虚袭击伊犁，左宗棠说："不可。正义之师不授人以柄。"要收回伊犁，首先应走外交途径，军事则为其后盾。"腴地不可捐以资寇粮，要地不可借以长敌势"，这是左宗棠向朝廷建议的总原则，走外交途径跟走军事途径目的完全相同：收回伊犁。收回伊犁之后，将它建造成为北疆最坚固的要塞。

白彦虎逃入俄国后，获得庇护，俄国先将他安置在阿尔玛图，刘锦棠致书当地总督，欲提兵入境剿捕，被左宗棠叫停；嗣后，俄国人又将白彦虎迁至托呼玛克。白彦虎并未死心，分遣其部众骚扰边境城镇，刘锦棠数路派兵将其歼灭。

光绪六年（1880）夏天，左宗棠率领大本营人员，从肃州（今甘肃酒泉）出发，向新疆哈密挺进，他特意让戈什哈用马车运载一副沉甸甸的棺材，作为三军前导，以示老帅马革裹尸的决心。有人可能会感到困惑不解，这时候，军事上胜负已分，残匪余孽已毫无翻盘的机会，左宗棠亲自编剧和导演的"舆榇入疆"更像是一场真人秀节目，相比于戏文《水淹七军》中魏国白马将军庞德抬棺与蜀国大将关羽决战的死磕，多出了许多喜剧色彩和表演成分。其实不然，要说演戏，左宗棠这场戏也是演给俄国人看的，毕竟伊犁还在他们手中。曾纪泽赴俄国改约，结果如何尚未可知，局势混沌之际，左宗棠的态度异常明确，若和约能签订，俄国人归还伊犁则罢；如若不然，两国兵戎相见，以战争解决领土纠纷，他就不惜用这把老骨头与之死磕。俄国人明白左宗棠的用意，也清楚西征军兵威正盛，一旦交战，俄国人胜算较小。因此伊犁能够重归中国版图，与左宗棠以西征军为坚强后盾，对外示强，有着直接的关系。"委婉而用机""坚忍而求胜"，这是左宗棠的两大优势，愈用愈灵，终达化境。

清军收复新疆，近乎完胜之局，左宗棠心情舒畅，写信回复坐镇后方的副帅刘典，瞻古瞩今，再次强调收复新疆的必要性和重要性，同时，对书生班底能够成此千古不朽之大功备感欣慰：

> 周、秦、汉、唐之衰，皆先捐其西北，而并不能固其东南。我国家当天下纷纷时，不动声色，措如磐石，复能布威灵于戎狄错杂之间，俾数千里丘索依然金瓯罔缺，以此见天心眷顾，国祚悠长，非古今所能几其盛美也。吾辈数书痴一意孤行，独肩艰巨，始愿亦何曾及此！而幸能致之者，无忌嫉之心，无私利之见，苟利社稷，死生以之耳。至于倚信之专，知人之哲，则庙堂谟谋之功，非臣下所能窥测。

实际上，论到"倚信之专，知人之哲"，理应给两宫皇太后和军机大臣文祥等人点赞，他们并非像世人所认为的那样庸庸碌碌、鼠目寸光。文祥具有推举贤才、尊重功臣的识量，尤其值得称道。光绪年间，文祥应补文华殿大学士一缺，自谓功业不如李鸿章，甘愿让贤，李鸿章以汉臣得补此缺，实属殊荣。李鸿章每与人谈及文祥，必誉之为"旗人中之鸾凤"，推崇之意溢于言表。光绪二年（1876），文祥谢世，云贵总督刘长佑致书四川总督文格，于后者所言"朝廷少一正人，吾辈少一知己"颇有同感，慨叹"生近数十年知我者，曾文正外，独此公一人"，可见文祥爱才，爱湘才，非止重用一人两人。

在中国近代，论到霸才，倘若左宗棠自谦第二，则无人敢居第一。他智略超群，审时度势，堪称首屈一指的战略家和战术大师。当初，左宗棠创立楚军，只有区区数千人，他指挥若定，居然能够策应数百里，令曾国藩心服口服。韩信将兵，多多益善；左宗棠将兵，则在精不在多，他素以"节兵裕饷"为本谋。这就是说，他精简兵员，以求粮饷充足，借此提升军队的战斗力。在陕甘，在新疆，地域广袤，要做到这一点，难上加难，但他一直勉力而为。

准备三年多，作战一年余，西征军收复了北疆和南疆十余城，纵横驰骋上万里，连连取得大捷，这样的战绩前无古人。西征军所到之处，军纪严明，左宗棠下令："大军所至，勿淫掠，勿残杀。王者之师如时雨，此其时也。"老湘诸营入疆征战，严禁杀掠奸淫，"八城回民如去虎口而投慈母之怀"，西征军收复新疆，既得人心，又得天佑，成功实乃必然。

第六节　以霸才治军，以王道治民

左宗棠督师，平日对待麾下众将士，大都以诚信相感召，贪夫悍卒一经驾驭鞭策，罕有不服帖的，然而当将士久战而精疲气衰时，他不得已也会运用权术，以神道治军，收激励、鼓舞之效。

西征军驻扎肃州，将出关作战。一天，董福祥军中的步卒某某伏倒在左宗棠的马车前，喃喃若痴地说："老统领（指刘松山）告诉我，他将出关打先锋，奈何没有军饷、没有御寒的棉衣，请宫保多烧纸钱纸衣，以便分发军士。"左宗棠闻言惊喜，立刻让人悉数备办，"焚毁山积，火光属天，数十里不绝。各营将士咸啧啧嗟异焉"。刘锦棠统领的大军所到之处总有数以万计的乌鸦噪集，如同向导，军中称之为"乌鸦兵"。莫非是刘松山的英魂义魄仍能杀敌？这事不仅见于野史稗钞，而且见于左宗棠写给刘典的书信内。裴景福点破这是"神道设教"，目的是借以鼓舞军心。传闻是有力量的，对于文化水平不高的兵勇而言，老统领英魂不灭，忠义精神长存，就能够引导他们，保佑他们，这样一来，再苦也就没那么苦了，再险也就没那么险了。至于"乌鸦兵"，也很好解释，这些飞禽在荒原觅食艰难，大军往哪儿进发，哪儿就有残饭剩菜，于是它们一路追踪。荒原上乌鸦的数量多到不计其数，蔚为壮观，产生的效果也就非常惊人。

战乱期间，神道设教能起到鼓舞士气的作用。据欧阳俌之手录的《游滇日记》所载，刘长佑与江忠源同为湖南新宁人，久为神交，前者数次得后者神助。袁州之役，刘长佑梦见江忠源催促他赶紧起床，防备敌军偷袭。四更天，他召集将士，果然发现前来偷营的敌军衔枚而至，一场原本铁定无疑的大败仗转化为大胜仗。新宁之役更加奇异，暴雨天，有人看到江忠源大张蓝帜追敌，敌军受迫慌乱抢渡而逃，暴涨的河水溺死数千人，但此时江忠源已在安徽庐州殉职。得神佑者必得天助，神道设教的好处是愈传愈真，愈真愈确，愈确愈信。

朱德裳赞扬大帅左宗棠以霸气为天威，善于鼓舞将士：

其至大戈壁时，董营回卒多言沙漠中有巨怪食人畜，每闻

人马声，即作飓风，扬沙砾眯目，怪随风至，无幸免者。军士
皆心怯，或以告宗棠。宗棠大怒曰："何物妖魔，敢犯吾行列，
苟出者以炮击之！"传令诸军，鸣炮而过，卒亦无他异。

用大炮打怪物，这很有点像今人玩电子游戏，真佩服左宗棠想得出这
样的妙招。

以霸才敦行王道，施之于天山南北，卓见功效，自古以来，唯左宗棠
能做到。《清史稿·左宗棠传》于传末称赞传主：

宗棠事功著矣，其志行忠介，亦有过人。廉不言贫，勤不
言劳。待将士以诚信相感。善于治民，每克一地，招徕抚绥，
众至如归。论者谓宗棠有霸才，而治民则以王道行之，信哉。

光绪三年（1877）冬，西征军连战连捷，南疆八城悉数收复，廷议原
本决定援照先例（道光年间伊犁将军长龄平定张格尔叛乱，获封公爵），
封左宗棠为一等公爵。慈禧太后独持异议："从前曾国藩克复金陵，仅获
封侯。左宗棠系曾国藩所荐，其所用得力之老湘营亦系曾所遣，将领刘松
山又曾所举也。若左宗棠封公，则前赏曾国藩为太薄矣。"清初，三藩封
王：吴三桂是平西王，封地在云南；尚可喜是平南王，封地在广东；耿精
忠是靖南王，封地在福建。吴、尚、耿三人均为降将，清廷封赏过重。康
熙年间，三藩被削平。乾隆年间，大将福康安数次平定叛乱，封一等嘉勇
公，死后追封为郡王，算是顶格封赏。福康安不是一般的旗籍将帅，他是
大学士傅恒第三子，是孝贤纯皇后的侄儿，战功盖世，爵赏奇高，没人敢
表示不满。至于汉人，三藩之外，一等侯爵已是清廷对汉族文武官员的最
高礼遇。文臣封侯自曾国藩开始，左宗棠收复新疆，军功堪比福康安，仅
封为二等侯爵。左宗棠所望虽不在此，但要说他心满意足，那也绝非实

情。据史念祖《俶园随笔》揭橥："独叹左膺侯封之贵，余以骈文贺之，复书犹悻悻以二等为憾，可谓不特能忠，亦且能怒矣。""悻悻"一词有两层意思，一是怨愤恼怒的样子，二是失意的样子，史念祖可谓形容尽致而不无揶揄。他本当引用左宗棠信中三五句原话示众，自足证明无诬枉之词，但他在最不该偷懒的地方偷了懒，说服力就若存若亡了。

当初，朝廷许诺，谁能端掉洪秀全的老巢，即封为郡王，最终赏格降至一等侯，连二等公都靳而未予，不免令人失望。最郁闷的当属曾国荃，他先后攻克太平天国江北堡垒安庆和江南首都天京，劳苦功高，战绩首屈一指，却只封为一等伯，与官文、李鸿章等人的爵位相同，心头如何能够服气？据说，康熙皇帝平定三藩之后，定下新规——"汉人永不封王"，祖训难违，就算朝廷公然赖账吧，也没人敢据理力争。当然，江湖上还有一种说法："朝廷封爵保守，适以保全。"封爵达到顶格，对受封者未见得是件好事，倘若获虚爵而罹实祸，反而划不来。

朝廷议定左宗棠以一等恪靖伯晋封二等恪靖侯，示稍逊于曾国藩。道光年间，陕甘总督杨遇春统兵平定新疆张格尔叛乱，晋封一等昭勇侯，论功劳，与左宗棠不相上下。若非曾国藩的爵位成了天花板，左宗棠完全可以晋封为一等恪靖侯，封为二等公爵的可能性也不小。这也是左宗棠晚年对曾国藩不满的一个缘由吧。九泉之下，曾国藩亦何能承其怨责？值得一提的是，左宗棠谢世后，其子左孝同请文学家吴汝纶撰写《左文襄公神道碑》，吴汝纶文中巧借曾（国藩）、胡（林翼）二公为左公"抬轿"，评价很高，但此文未能刻石，是何缘故？李肖聃的《星庐笔记》有所暗示："其子孝同乞吴汝纶作《神道碑铭》，内有'兵不血刃，饷源甚裕'之说，左家疑其轻公，亦未用也。"吴汝纶撰写的碑文中确实有两处文字可疑，其一是"兵至喀城，而帕夏长子自立者伯克胡里，与白彦虎皆遁逃入俄，兵不血刃，而塞外平，新疆复矣"，其二是"出塞凡二十月，而新疆南北城尽复者，馈运饶给之力也"，左家怀疑吴汝纶有意强调敌怯而饷饶，奏凯报捷易如反掌，将左帅的大智大勇轻描淡写，有贬低死者的主观故意。

如何评说才算公允？单论军功，左宗棠已完美超越竞争对手曾国藩和李鸿章，成为中国民间广获敬意和好感的人物。左宗棠收复新疆后，入京陛见，被命入值军机，在总理各国事务衙门行走，兼管兵部。当时，外国教会正在北京内城建造一座哥特式教堂，原拟整成地标建筑，俯瞰皇宫。民间便放出风来，左侯带了三千亲兵回京，对洋毛子的胆大妄为很生气，欲派遣亲兵捣毁这座教堂。教会闻风忌惮，赶紧修改施工蓝图，大大降低了原定的高度。尽管这个传说有叶无根，但放在左宗棠名下，居然严丝合缝，没人质疑。

李鸿章比左宗棠年轻十一岁，江南决战期间，两人有过不少军务上的交集，私交则平平。曾国藩的门人多半有出息，但要入左宗棠的法眼，还得再苦苦修炼一两百年。同治二年（1863），左宗棠致书曾国藩，就露过一回口风："少荃与弟本无雅故，前因郭筠仙尝称道之，又以其曾出公门，窃意其必有异夫人。近观其所作，实亦未敢佩服。"左宗棠重视塞防，李鸿章重视海防；左宗棠对外主战，李鸿章对外主和。两人一直较劲，共同语言少而又少。李鸿章对新疆之役极不赞成，他致书刘秉璋，疾言厉色地说："尊意岂料新疆必可复耶？复之必可守耶？此何异盲人坐屋内说瞎话？"然而，事实胜于雄辩，左宗棠督师新疆，不仅收复了失地，而且其麾下大将刘锦棠还守住了新疆，新疆建置行省后，刘锦棠被朝廷任命为首任新疆巡抚，赏功极优。倒是李鸿章苦心经营的北洋水师，在中日甲午战争中孤注一掷，一把牌玩完，满盘皆输。塞防与海防，左公与李公，到底谁干得更漂亮，谁更有始有终，还用问吗？

有意思的是，章太炎曾经突发奇想，撰《藩镇论》，颇感慨于曾国藩、左宗棠未能光复汉人衣冠，倘若他们能够取代清帝，另开一局，中国的民主政治可能早已上道。左宗棠于古稀高龄收复新疆，说他"有其志者阻其年"，貌似有理，但是左宗棠掌控吴、楚两地人才远不如曾国藩驾轻就熟，就算他再年轻十岁，强行起步也很难成功。别的不提，李鸿章岂会坐视不管，又岂愿居其下，俯首称臣？一旦淮军奋起，勤王或割据，可不是吃素的，必将生灵涂炭。章太炎扼腕叹息曾国藩"有其时者无其志"，为之怅恨不已，实则近代中国被洋人的大炮重拳打出了严重的外伤和内伤，最缺少的并不是一位出身儒门的好皇帝，而是一张宽大的"手术台"和一群医术精湛的"外科大夫"。

左氏功名诀

"天下无不办之事，无不可为之时。"

意　译

天下没有办不成的事情，没有不可作为的时代。

评　点

事在人为。顺势而为，当然是再好不过。逆势而为，会有更多挫折，更多失败，但这样的事情未必就不该做，不能做。古往今来，世间大事，多半是从逆势做起，靠顺势做成。时势造英雄，英雄造时势，二者互相造就，又哪有什么时代是完全不可作为，令高手彻底绝望的呢？究其实，"最坏的时代"与"最好的时代"如同硬币的正反两面，且看看英国小说家狄更斯《双城记》的开头语，就恍然大悟了。左宗棠是乱世英雄，他拥有大自信顺天造命，逆天改命。苦事、难事、大事，他事事拎得起，干得成；晦时、逆时、背时，他时时立得定，站得稳。"天下无不办之事，无不可为之时"，这句话貌似吹牛皮夸海口，但综观其一生功业，倒是一句大实话，没掺几滴清水。

第七章

需要大财神，就索性造个大财神

"一个好汉三个帮"，干大事的人必有好帮手。左宗棠的好帮手有哪些人？屈指数来，蒋益澧、刘典、刘松山、杨昌濬、谭钟麟、刘锦棠，这些名将名臣都得算上，除此之外，还有一位顶级高手，容易被人遗漏，却不该被人忽略。

　　他就是红顶商人胡光墉，字雪岩，安徽绩溪人。他以字名世，是晚清时期的浙江首富，在全国富豪榜上也是"仙气"最足的非凡人物。我佛山人（吴沃尧）著长篇谴责小说《二十年目睹之怪现状》，众多人物中有位叫古雨山的财神，便是作者采用拆字法影射胡雪岩。古雨山钱多人傻，很容易上当受骗，倘若有人按图索骥，作者误导读者就不止一点点了。

　　晚清名士李慈铭与胡雪岩同为浙江人，对后者的身世了如指掌，他在光绪九年（1883）十一月初七日记录了一条坏消息：此前一天，杭州富商胡雪岩名下开设的阜康钱庄突然倒闭。乱世之中，经商不易，谁破产都很正常，唯独胡雪岩破产绝对出乎世人意料之外，足以引爆舆情和金融海啸。胡雪岩曾有过惊世骇俗的大手笔，代表西征军统帅左宗棠向欧洲银行家借贷巨款一千二百万两白银，充作军费。江浙一带凡是举办大兴作、大赈济，只要胡雪岩肯牵头，就准能成事。

胡雪岩有如此之大的能耐，究竟是何来历？他只不过是卑贱小贩出身，居然平步青云，"官至江西候补道，衔至布政使，阶至头品顶戴，服至黄马褂"，皇帝还多次赏给他御笔亲书。胡雪岩发达之后，也懂得回报社会，"置药肆，设善局，施棺衣，为馈粥"，做了许多慈善事业。他还喜欢与各界名士交往，出手极其大方，"杭士大夫尊之如父，有翰林而称门生者"。阜康钱庄分号甚多，遍布东南沿海各大城市，出入资金动辄以千万计。京城中的富贵人家，自王公以下，高官大吏争相存入巨款，食取利息。胡雪岩实力雄厚，生丝生意巨亏对其商誉会有不小的影响，但还不足以伤其根本。然而风声传出后，阜康钱庄北京分号便率先遭到消息灵通人士的带头挤兑，传闻恭亲王奕䜣、大学士文煜等权贵都各自折损了百余万金，最可悲的是那些寒士，将全部家当存入阜康钱庄，这回竟同归于尽了。一家失火，百家慌张，京城中其他钱庄，如晋商开设的四大恒之类，均被波及，无不岌岌可危，摇摇欲坠。

这个大变故，起因并不复杂：胡雪岩欲收回东南地区洋商对生丝的垄断权，囤积了大批货物，居奇逐利，强行把持定价权不肯放手，因此跟洋商结下了梁子。商场中最忌讳挡人财路，洋人在华经商，原本就是抱团合伙，以实力主导交易，为了敲掉强硬的竞争对手胡雪岩，他们决定采取一致行动，约定在一年之内不跟胡雪岩做哪怕一笔生丝买卖。这一招显然是致命的绝招，胡家仓库里积丝如山，无法出售，折耗近千万金（一说六百余万金），造成钱庄流动资金吃紧，导致雪崩事故。阜康钱庄北京分号率先遭殃，紧接着便出现了多米诺骨牌效应，阜康钱庄各地分号纷纷倒闭。

当时，李慈铭心急如焚，生怕遭受池鱼之殃，央请好友出面代取现银。他的日记貌似客观，将恭亲王奕䜣、大学士文煜等人亏损一百多万两白银的例子信手拈来，字里行间却流露出幸灾乐祸的意思。李慈铭是浙江会稽人，素来喜欢轻诋杭州人，这下可好，那些尊奉胡雪岩为神为圣为父为师的杭州势利鬼们一长串牵连入坑，撞了邪煞，倒了血霉，他感到异常开心，笔下未加掩饰。至于将一顶"东南大侠"的纸糊高帽奉赠给胡雪岩，李慈铭的用意纯属戏谑调侃而已。

第一节　掘到人生第一桶金

胡雪岩的一生，用八个字可以形容："其兴也勃，其亡也忽。"他发家致富的故事有多个版本流传，比较靠谱的一个版本是他做钱庄伙计时借过五百两银子给落魄东南的候补官员王有龄，让他去京城活动，临别时，胡雪岩可能说了"苟富贵，毋相忘"之类的话。应该说，胡雪岩看人眼光很准，王有龄不乏才智，而且为人豪爽，很讲义气，两人气类相近。就算王有龄仕途沉沦，那五百两银子就权当是赌博输掉，也不后悔。数年后，王有龄官运亨通，湖州知府是肥缺，杭州知府是肥缺，浙江巡抚更是美差，王有龄既做了湖州知府、杭州知府，又做了江苏布政使和浙江巡抚，他知恩图报，处处留心照顾胡雪岩的生意。有官府出力加持，胡雪岩便牢牢地把握住商机。他先是代理湖州公库，在当地开办丝行，采取借鸡下蛋的模式，用公库的现银扶助农民种桑养蚕，然后收购湖州生丝运往杭州、上海，脱手变现，最终用部分红利平掉公库现银账目。胡雪岩如此倒腾，相当于用无息贷款做生意，赚得盆满钵满，不亦乐乎。他还说服浙江巡抚黄宗汉入股开办胡庆余堂国药店，物色各路精明的运粮人员，安排他们承接药材供应业务，药店的进药渠道因此畅通。及至王有龄任杭州知府后，胡庆余堂国药店的经营规模扩大了，阜康钱庄也添设了分号，胡雪岩公开包揽官方大宗业务，很快就拓宽了市场，攒够了家底，挣足了信誉。台湾作家高阳著长篇小说《红顶商人胡雪岩》，写到胡雪岩如何发家致富，采用的就是以上这个传说。

还有一个说法可供参考，说是咸丰年间江南大营围逼金陵，江苏、浙江到处扰攘不安，物流不畅，"光墉于其间操奇赢，使银价旦夕轻重，遂以致富"。可惜此说有点经不起推敲，咸丰年间胡雪岩要操纵江、浙两地的银价，那得有多大的本钱和本事才行？

胡雪岩头脑精明，手法巧妙，"八个坛子七个盖"，全然不成问题，在乱世中，他对商机嗅觉灵敏，把握力无人能及。那么胡雪岩与左宗棠是如何结缘的呢？这个问题值得探究。咸丰十一年（1861）冬，杭州沦陷，王有龄殉节，胡雪岩在上海避难。待到同治三年（1864）左宗棠光复杭州，胡雪岩排除阻遏，历尽艰险，赶在第一时间运送十万石大米给楚军将士充饥，表达其犒劳的诚意。这无异于雪中送炭，左宗棠大喜之余，对胡雪岩刮目相看，视之为商界奇才，从此将楚军筹饷购械之类的大宗业务交由胡雪岩打理，其广告效应和资金规模迅速扩大。

浙江兵荒马乱时，杭州城摇摇欲坠，一位姓王的候补道稔知胡雪岩沉实可靠，便将自家十万两雪花银交给他保管。这么多现银放在身边，风险太大，胡雪岩见衢州谷贱，就尽数买谷二十万石，各存其地。适逢左宗棠率饥卒转战而前，楚军大将蒋益澧推锋至衢州，"不独愁无银，且愁无米，不独愁饿卒，且愁饥民"，而又"不忍夺饥民之食哺我饥军"，宜其兵惫而将忧。胡雪岩听说此事后，尽己所能把采购的粮食献给楚军。营中欢声如雷，军威大振。"左侯叹胡为一时豪杰，重用之，粮台归其总理。"此又是一说。

不管哪种说法更靠谱，胡雪岩及时纾解过大帅左宗棠的燃眉之急和灼睫之痛，这绝对是千真万确的事实，日后左宗棠投桃报李也很正常。

第二节　为西征军借洋款、办军输

同治五年（1866）冬，左宗棠上奏朝廷恳准道员胡光墉往来照料听候船政大臣差遣，对胡雪岩的褒扬溢于言表：

> 即如道员胡光墉，素敢任事，不避嫌怨。从前在浙历办军粮、军火，实为缓急可恃。咸丰十一年冬，杭城垂陷，胡光墉航海运粮，兼备子药，力图援应，舟至钱塘江，为重围所阻，心力俱瘁，至今言之，犹有遗憾。臣入浙以后，委任益专，卒得其力。实属深明大义，不可多得之员。惟切直太过，每招人忌。

咸丰年间，胡雪岩傍上王有龄，赚到了经商生涯的第一桶金；同治、光绪年间，胡雪岩傍上左宗棠，其商业版图日益扩大，财富积累呈几何级数增长。左宗棠是军界、政界具有实权的大人物，他批准的采购单全是超大单，而且处处敞开"绿色通道"，胡雪岩追随左宗棠二十年，即使是傻瓜也能用脚指头计算一番，这种滚雪球似的财富聚积将产生多么惊人的规模增长效应。

"武有七德，丰财居一。丰财非和众不能，非用人不可。"左宗棠相中胡雪岩，即赏识其丰财的本领。胡雪岩总是能够将各种不可能转变成可能，他的办法永远比困难多，其执行力堪称一绝，凡是左宗棠交办的差事他都没有砸过锅、掉过链子。当年，左宗棠率大军西征，最头痛的事情就是筹饷购械，寻求各地督抚的鼎力协济可谓煞费苦心，幸而找到一位既能总成其事又可信赖指靠的商界奇才，为他精心打理和巧妙周旋。胡雪岩受到左宗棠的"特达之知"，被夸"深明大义"，被称"商贾中奇男子也"，可谓赞不绝口。

同治六年（1867），左宗棠在湖北整军，将奔赴西北剿捻平乱，行粮开支一时接济不上，胡雪岩到鄂省拜晤左宗棠，立刻挪借白银十二万两，助其渡过眼前的难关。同治、光绪年间，西征军的饷银缺口为千万以上，要填平这个巨坑，保证兵强马壮，捷径只有一条，借款救急。胡雪岩出面与国外银行家和国内华商交涉，先后办成巨额借项，总计融资一千七百多万两白银；有时为了补足缺额，不惜以他个人和朋友的私款填充，为平定西北和收复新疆出了大力，建了奇功。光绪二年（1876），左宗棠回复刘典，大意是：胡雪岩与诸位洋商素来合作愉快，承办采购运输多年，从未违约误期，遇有托办的要事，必定尽力相助。可见胡雪岩办事利索可靠。有件事胡雪岩办得尤其漂亮，那就是他采购普洛斯后膛螺丝开花大炮和后膛七响洋枪，左宗棠很满意，在奏折中夸赞这批军械"精巧绝伦，攻坚致远，尤为利器，各军营竞欲得之，而价值并未多费"，西征军有了这些大威力枪炮，"用攻金积堡贼巢，下坚堡数百座；攻西宁之小峡口，当者辟易"，"用以攻达坂城，测准连轰，安夷震惧无措，贼畏之如神"。左宗棠在奏折中总结道：

> 关陇、新疆速定，虽曰兵精，亦由器利，则胡光墉之功，实有不可没者。至臣军饷项，全赖东南各省关协款接济，而催领频仍，转运艰险，多系胡光墉一手经理。遇有缺乏，胡光墉必先事筹维，借凑豫解；洋款迟到，则筹借华商巨款补之。臣军倚赖尤深，人所共见。此次新疆底定，核其功绩，实与前敌将领无殊。

鉴于胡雪岩的贡献巨大，左宗棠请求朝廷给予这位商界奇才破格奖叙。大功臣请赏，朝廷肯定要赏脸，户部核给的奖叙是"赏穿黄马褂"。黄色是皇家的专用颜色，平民不能用来制衣，当年赏穿黄马褂可算是莫大的荣誉加身。

左宗棠从不亏待得力助手，胡雪岩采购军需物资（包括大炮、长枪）和纺织、工程器械，聘请外国教习和工程师，他全都信任无疑，放心交办。左宗棠在西北坐镇，所向奏捷；胡雪岩紧随左宗棠，在多省开办阜康钱庄分号，拓宽经营范围，这些都不是秘密。

胡雪岩的成绩单太过漂亮，朝野间就难免会有人质疑非议，甚至抓住他代借洋款一事作为口实，大加挞伐，顺带批评左宗棠纵容包庇奸商。

光绪五年（1879）冬，曾纪泽在日记中写下一段话，不仅斥责了胡雪岩贪婪奸诈，也批评了左宗棠瞻徇挟私：

> 葛德立来，谈极久。言及胡雪岩之代借洋款，洋人得息八厘，而胡道开报公项则一分五厘。奸商明目张胆以牟公私之利如此其厚也，垄断而登，病民蠹国，虽籍没其资财，而科以汉奸之罪，殆不为枉。今则声势日隆，方见委任。左相，大臣也，而瞻徇挟私如此，良可慨已。

葛德立是海关洋员，与胡雪岩打过不少交道，在英美银行界里有不少内线，他提供的信息有参考价值。洋商得息八厘，胡雪岩上报利息十五厘，净吃七厘息差，吃回扣未免吃得过于囫囵了，吃相很难看。但这个"一分五厘息"并不符合实际，确数应为一分二厘息才对。

光绪五年（1879），左宗棠回复胡雪岩，信中有这样一段话值得留意："至息耗太重一层，在赫德虽是借题发挥，而物议纷纭，亦不能怪其凭空编造。前年议借，弟意专在华商，汇丰入股本非正办，息耗至一分二厘，未免过重。使华商获此重息，楚弓楚得，尚有可言，洋商得之，旁人亦为眼热矣……"

通常说高风险自有高回报，但借贷洋款的风险全由国家承担，胡雪岩只是个不担责的中间人，如果真如葛德立所言，"洋人得息八厘"，那么胡雪岩吃下四厘息差，仍然太多了。左宗棠是否知道胡雪岩拿了回扣？猜都猜得出，财神爷打义工的可能性为零，只不过左宗棠可能没料到胡雪岩下手这么重。因此曾纪泽批评左帅失察，没毛病；批评他"瞻徇挟私"，就有些过激了。

曾纪泽是外交使臣，能够获得一些别人接触不到的核心机密，但他从葛德立那儿得来的消息也并不确切，比如葛德立所言一分五厘息与实际的一分二厘息，就有较大差距。他在日记中义愤填膺，痛骂胡雪岩奸诈贪婪，认为就算将这个贪婪匹夫抄家入刑，以汉奸的罪名论处，都不为过，现在朝廷竟反而褒奖委任之，令他气愤难平。

商人逐什一之利，通常靠日积月累可以发财，但难以暴富，胡雪岩借左宗棠的光环把爱国主义做成了一桩稳获暴利的生意，若心儿不大，胆儿不肥，他可能都觉得对不起自己的高智商。凡人身处名利场，诱惑层出不穷，不可能不贪婪，但不可以太贪婪，这个度很难拿捏得准，即使是晚清商圣胡雪岩，其贪欲也会因为过度膨胀而最终爆雷。

第三节　红顶商人，爱做慈善事业

光绪四年（1878），左宗棠致书谭钟麟，数次谈到胡雪岩，两处文字值得留意。第一处是："至无中生有，绝处逢生，则雪岩之功，实一时无两。"第二处是："雪岩破格请奖，准驳固不可知，然就筹饷而言，弟不能得于各省方面者，仅得之于雪岩。平心而论，设无此君，前敌诸公亦将何所措手？况二十万赈捐，同时谁能效之者？"胡雪岩获赏御笔匾额和黄马褂，虚实兼得，匾额可慰慈母心，黄马褂则可彰显其高贵的地位和显赫的功勋，只有王公、大臣和受勋的将军才能得此特赏。在奏片中，左宗棠极言胡雪岩筹饷甚巨与将军歼敌甚多同功无异，这句话的推动力超强，朝廷有鉴于此，即额外开恩。西北大旱，赤地千里，胡雪岩捐出二十万两雪花银赈济灾民，这绝对是国内首屈一指的大手笔。如果说"救人一命，胜造七级浮屠"，胡雪岩的功德可谓大矣。

胡雪岩受母亲影响，乐善好施，除了给灾区大量捐米、捐银、捐药材，还为直隶和西北贫困地区捐献数万件棉衣，"遍惠寒民"，"所全甚多"。至于在江、浙办理赈务，胡雪岩更是义不容辞，出钱出力最多。左宗棠知赏倚重如此，胡雪岩劳苦功高又如此，首功与首富的相互成全具备了高级感。

胡雪岩的一件件功劳摆在那儿，左宗棠的一句句褒赞也摆在那儿，朝廷破格破例，赏给这位东南富商红顶子，奖励其表现，就不算太离谱。这时候，左宗棠也许记起了好友胡林翼的名言："办事全在用人，用人全在破格。"

同样是光绪四年（1878），左宗棠在兰州收到胡雪岩派人送来的一份厚礼，他回信致谢：

> 承远惠多仪，谨已拜登。荷珠玉之奇珍，领山海之异味，关陇得此，尤感隆情。惟金座珊瑚顶并大参二件，品重价高，断不敢领。平生享用，未敢过厚，硁硁之性使然。谨原璧奉赵，即祈验收。乘便寄呈诸品，非敢言赠，亦投桃报李之微意耳。

左宗棠廉洁可风，人情味也蛮足，他退掉了两件贵重礼物，收下了食品，然后以西北土特产回赠，情谊和廉节都顾全周到。郭嵩焘批评左宗棠"于人情则一切不顾，惟揽取声名，高自标榜而已"，似乎并非如此。

左宗棠与胡雪岩礼尚往来，互赠礼物肯定不止一次两次。曾国藩的弟子、幕僚赵烈文就在日记中留下了一条有趣的记载：光绪十年（1884）秋，赵烈文在杭州武林门内尊古斋见到十件青铜器，都是胡雪岩家的珍藏，他挑选了其中的四件，跟徐姓斋主讲定价格。"直胡氏业败，诸物竞出，价复甚廉，遂勉力购之，不翅贫儿骤富矣。……父己尊最古，中敦最奇，苏次姬盘最重大。胡为左恪靖侯所昵，自云中敦新出秦土，左侯之所赠"。这就说明，光绪年间左宗棠送过陕西新出土的青铜器中敦给胡雪岩，胡雪岩败落之后，这件贵重的青铜器物流入了市场，被赵烈文偶然购获。

第四节　豪奢常乱性，淫逸必伤德

凡是到杭州元宝街参观过胡雪岩故居的人都会惊叹不已。它南北长东西宽，占地面积为十一亩，建筑面积将近六千平方米，廊庑曲折通幽，亭台错落有致，主体用材全为金丝楠木，铜制构件悉数从德国进口，室内家具虽多半星散，但其考究豪华，不难想象。

新世纪初，修缮一新的胡雪岩故居正式对外开放，单是修缮费用一项，就耗资六亿元之巨。若以今日杭州的地价、房价和金丝楠木的时价折算，胡雪岩故居仍是当之无愧的中国富商第一豪宅。

胡雪岩究竟有多阔气？如今已不可能具体量化，据李伯元《南亭笔记》所述，胡雪岩的车夫侍候他多年，拥有巨资，但他不肯去干别的，只肯干老本行。车夫家里婢仆成群，他下班后，进了宅院，只听门内传呼："老爷回来了，快些烧汤洗脚。"小小车夫尚且如同神仙快活，其他人境况如何就可想而知了。胡雪岩穷奢极欲，收古玩如收萝卜、白菜。某商人以青铜鼎求售，麻着胆子索价八百金，且一再强调："此系实价，并不赚钱也。"胡雪岩听了这话，脸色一沉，嗤笑道："尔于我处不赚钱，更待何时耶？"如数偿值，挥之使去，吩咐道："以后可不必来矣。"那位古董商瞠目结舌，当场就把自己的十二指肠悔青了。

小说家会编故事，夸张的笔墨未可全信，但捕风捉影的功夫也不能一概抹杀。李伯元的《南亭笔记》篇篇出色，章章出彩，史料价值确实参差不齐，但要了解晚清高官名流的千姿百态，还得看它。

用人须用其所长，知人须知其所短，这样才不会埋没人才，也不会丧失原则。同治四年（1865），左宗棠在家书中告诉长子孝威：

> 胡雪岩人虽出于商贾，却有豪侠之概。前次浙亡时曾出死力相救。上年入浙，渠办赈抚，亦实有功桑梓。外间因请托未遂，又有冒领难民子女者被其峻拒，故不免有蜚语之加。我上年已有所闻，细加访察，尚无其事。至其广置妾媵，乃从前杭州未复时事。古人云："人必好色也，然后人疑其淫。"谓其有自取之道则可耳。

左宗棠的态度很鲜明，对胡雪岩的办事能力和行善成绩给予充分肯定，但对其好色、好淫太甚，以致引起外界非议恶评，则并不为他辩护和帮腔。

第五节　从聚财高手沦至破产清算

咸丰末年，胡雪岩利用好友、绍兴守令廖宗元打压自己的商业竞争对手、绍兴富绅张存浩，引起绍兴绅商的公愤。张存浩的党徒拘押廖宗元，经山阴县令解救后，又派人在廖守返回官衙的路上将他打伤，遂造成绍兴城内官绅的一场乱斗。适逢邻境的溃勇拥入绍兴，本地绅商不肯出粮补济，城内形势恶化，廖宗元忧愤无策，吞鸦片自杀。廖守的部下为了泄恨，引来太平军，攻占绍兴，一时间玉石俱焚。赵烈文分析前因后果，得出结论：

> 故推原祸本，绍兴不陷，杭省或不至失守，廖习军事，

不死，绍犹可完。廖无私憾于邑人，则当时不至死，非胡、
张争利，则廖初至，无开罪绍人之端。全省数亿万之横死，
乃肇于匹夫垄断之心。利之一字，吁，可畏哉！

由此可见，有时候胡雪岩只知趋利而罔顾避害，埋下的祸根极其要
命。将绍兴沦陷的总账算在他头上，也许不公平，但他在商界过于凌厉的
作风会广树有形之敌和无形之敌，则是无疑的。

商人涉足官场太深，挑边站队太热心，危险系数必然放大。有人说，
左宗棠的头号劲敌是曾国藩，其实不然。准确地说，曾国藩是左宗棠心目
中唯一的假想敌，因为曾国藩退避三舍，从不接招，他与左宗棠并无权和
利两方面的正面冲突，唯有名和誉两方面的侧面较量。左宗棠的头号劲敌
是谁？李鸿章。曾国藩死后，在那批"中兴名臣"当中，论功勋，左、李
二人难分高下。单就朝野间的评骘而言，主战派大将左宗棠的声望高于主
和派大将李鸿章。左与李水火难容，政见相乖是一方面，左主张塞防优
先，李主张海防优先；左主张与洋人斗，李主张与洋人和。门派不同则是
另一方面，李鸿章素以曾国藩门下大弟子自居，仅此一条，左宗棠就不待
见他。李鸿章圆瞪两眼，眼看着左宗棠把事业越做越大，越做越强，声望
越来越高，而给予他最大助力的人是东南商圣胡雪岩，内心必定五味杂
陈。李鸿章要锁定一个头号打击对象，他会锁定谁？答案就不言而喻了。
打垮胡雪岩，就等于敲掉了左宗棠的财神菩萨，这招釜底抽薪够狠，既可
寒碜左宗棠，又可打击主战派。胡雪岩素来只懂商道，不懂政治，偏偏有
大臣要强行给他恶补。

胡雪岩开办胡庆余堂，免费给街坊施药，花钱做过不少善事。但好事
不出门，坏事传千里，有些坏事原本不是他做的，也硬生生地栽在他头
上，首富一旦变成负面新闻集矢的标靶，日子就难过了；再加上他的确落
下了官商勾结、操弄市场、借贷洋款收取高额回扣的诸多把柄。就算胡雪

岩与洋人较量，打赢了生丝贸易战，李鸿章要收拾他，其金山银山仍将不可避免地化为一座被大火围困的煤山。强者脆弱的时候，即是最容易受伤的时候，左宗棠想把胡雪岩救出火海刀山，也有些力不从心了。

阜康钱庄原本是国内最可靠的存钱处，许多贪官不善理财，便将自己的巨额银款托付给胡雪岩打理，孰料朝廷的抄查令下达浙江，那些贪官个个惶恐，人人焦急。胡雪岩彻底破产尚属小事，贪官们败露行藏才是大事。据《南亭笔记》所述，关键时刻，左宗棠向朝廷求情，帮胡雪岩免掉了死罪，他还亲自动手，按簿查询。那些贪官见势不妙，只好打掉牙齿和血吞，"皆嗫嚅不敢直对，至有十余万仅认一二千金者，盖恐干严诘款之来处也。文襄亦将计就计，提笔为之涂改，故不一刻，数百万存款仅三十余万了之"。李伯元撰写笔记，一时手滑，左宗棠怎么可能像江湖侠士那样及时现身，救胡雪岩于绝境？浙江布政使德馨暗中帮了胡雪岩一把，替他厘清账目，甄别客户，权衡轻重缓急，查漏补罅，倒是事实。嗣后，左宗棠密保德馨为江西巡抚，实属有感而为。

潮退了，才知道谁在裸泳。大学士文煜在阜康钱庄的存款额高达三十六万两白银，经御史参劾，文煜必须遵旨说明巨额收入来源，他回奏道："由道员升至督抚，屡管税务，所得廉俸，历年积至三十六万两，陆续交阜康号存放。"高官开销大，进项也多，文煜狡兔三窟，名下何止一笔巨款。朝廷摆出宽容的姿态，不予深究，仅责令文煜捐银十万两报效朝廷，以充公用。大学士保住了，他也就老实认数，毕竟只要青山还在，红顶子还戴，银钱失之东隅，仍可收之桑榆。

梁武帝视帝位无足轻重，留下名言："自我得之，自我失之，亦复何恨！"胡雪岩是创业者、聚财者，是富一代，他如何看待财富的骤得骤失？将自己攒下的全部家当败散到只剩零头，又作何感受？可惜他没有留下口述实录，旁人的揣测不着边际。胡雪岩没有亏待众侍妾，据陈代卿《慎节斋文存》所记，胡雪岩提前得到抄家的消息，遂大开家宴，海味山珍，间以丝竹，于酒酣耳热之际，他对二十四位姬妾说："汝等盛年，尚可自觅生路，各自回房检点金珠细软，尽两箱满装携出，此外概不准挟带，自锁房门，无复再入，各予银二千，或水或陆，舟车悉备，今夕即行，一任所之。"她们有了两箱细软，改不改嫁都能生活。

刘体仁著《异辞录》，其中有一则笑话，讲的是杭城阜康钱庄倒闭前后情形：钱庄倒闭前一年，有位和尚来钱庄存款五百元，店伙计见他是个秃驴，懒得搭理，连店门都不让他进。和尚就在门外敲木鱼，连敲了三天三夜，胡雪岩偶然路过钱庄，问明原委，让店伙计给和尚办了存款手续。阜康钱庄倒闭后，和尚闻讯赶来，要取回存款，店伙计不肯通融，和尚故伎重演，在门外猛敲木鱼。店伙计笑道："和尚，你一年前靠敲木鱼三天三夜把钱敲进了钱庄，现在你想靠敲木鱼三天三夜把钱敲出钱庄，不可能了。"最终的解决办法令人啼笑皆非，店伙计恶作剧，从当铺里拿出一包妇人衣裤折价抵偿。和尚哭道："贫僧拿着这些妇人衣裤去沿门托钵，定会死无葬身之地！"和尚扔下包袱，挥泪而去，观者不免心有戚戚焉。

"忽喇喇似大厦倾，昏惨惨似灯将尽"，富贵人家骤然败落，其势之猛，犹如摧枯拉朽。光绪十一年（1885），晚清商场奇才胡雪岩在惊悸中郁郁而终，忧患伤人深，其母享年九十多岁，比儿子晚死三个月，门庭冷落凄凉，"论者或比诸《红楼梦》之史太君"。这年，晚清首功之臣左宗棠也于精神苦闷中溘然病逝。胡雪岩和左宗棠死于同一年，这究竟是巧合，还是必然？谁知道呢。

左氏功名诀

"武有七德，丰财居一。
丰财非和众不能，非用人不可。"

意 译

武有七种功德，丰沛财力是其中之一。要丰沛财力就必须亲和大众，就必须重用人才。

评 点

什么叫"武"？春秋时期，止戈为武，即制止干戈，化干戈为玉帛，才叫武。唯有正义一方才够格讲求"武"的七大功德：禁止横暴、停息干戈、保有权势、建立功业、安抚平民、和集大众、丰沛财力。正义战争也需要经济支撑，否则前面六德（禁暴、戢兵、保大、定功、安民、和众）全都免谈。左宗棠博览群书，深知要领，他率军西征前就看准了东南富商胡雪岩是顶尖的理财高手，对他信任不疑。由胡雪岩筹集军饷，负责军需，西征军收复新疆，堪称士饱马肥，所向克捷。对左帅的功业，胡雪岩有过多次神助攻，这一点不该被抹杀。但他成为东南首富之后，穷奢极欲，透支了红顶商人的荣光，最终一着不慎，满盘皆输，难逃贪夫徇财的下场。左宗棠知之也深，却爱莫能助，这着实令人唏嘘！

第八章

有进步无退步，老帅也是过河卒

左宗棠精进不休，自强不息，其毕生事功深刻影响了中国近代的历史进程，但在某些节点上，他亦萌生过退意。最终，所有的声音（包括他本人的心声）汇聚起来，达成了强烈的共鸣和共识："左宗棠既是军中主帅，也是过河卒子，只有进路，没有退路。其智慧、勇气、经验、才能乃是整个国力不容分割的一部分，国家多灾多难，危如累卵，时刻需要他挺身而出，肩负重大使命。他根本不可能有机会退息林泉，即使是疾病和衰老，也不能拿来作为致仕的理由。"同治四年（1865），左宗棠在书信中告诉部下杨昌濬："吾辈捉将官里，本非所愿，然时局尚如此，万难自由，只好率直干去再说。"光绪六年（1880），他在批札中讲得更透："身入仕途，即宜立定主意，毁誉听之人，升沉付之命，惟做一日官尽一日心，庶不负己以负斯民也。"如此这般，我们就不难理解了，一方面，左宗棠发出过"事到头来不自由"的感慨，另一方面，他确实秉承了诸葛亮式的忠诚，"鞠躬尽瘁，死而后已"。

第一节　每欲归林下，善刀而退藏

咸丰二年（1852），左宗棠首参戎幕，辅佐湖南巡抚张亮基，全力以赴，应对风雨飘摇的危局。张亮基"负经世才"，"豁达明敏，善知人"，早年受知于林则徐，又曾举荐过胡林翼、江忠源，因为这两层关系，左宗棠对他很有好感。开场就是大阵仗，长沙保卫战打出了威风，太平天国西王萧朝贵遭守军炮击身亡，太平军撤围而去。百扰百忧之中，左宗棠致信好友胡林翼，为自己预设一条退路："何时真得扫除妖孽，高枕山林，弄稚子，曝帘日，浊酒三杯与邻父共话家常为乐，顾一时不能抽身何？"抽身确实不容易。张亮基调署湖广总督，左宗棠勉从赴鄂，不过数月，张亮基移任山东巡抚，左宗棠辞别回家。他本想营巢于湘阴白水洞，与家人避难隐居，无奈桑梓不靖，湖南巡抚骆秉章以盛情重礼反复力邀，于是他慨然而起，再度出山，辅佐骆公，专主戎幕。

咸丰三年（1853）夏，曾国藩打算回家祭母，从此不再出山。他致书郭嵩焘，浓浓的退意跃然纸上：

> 既已归去，则不欲攘臂再出。所难忘者，与塔参将共练各兵勇，粗有头绪。恐大弦一弛，无人与赓续而榰橥之。其他则在此不见其多一凫，去此不见其少一雁，自顾吾影，亦赘而已矣。

这几句话全是发牢骚。曾国藩练湘勇，受够了窝囊气，挨足了恶毒骂，但他是个局内人，想抽身谈何容易；左宗棠是个局外人，大家也要将他生拉硬拽弄进局中来。

咸丰四年（1854），长沙大局略定，罗泽南、塔齐布所领湘军主力克复岳州。左宗棠似乎可以从幕府脱身了，但他未能走成。他写信告诉周夫人：

> 仆自为籲公、涤公所留，昼夜揝揝，无少休息，疲困极矣。趁此稍闲，亟思摆脱，更名隐姓，窜匿荒山。而中丞推诚委心，军事一以付托，所计画无不立从，一切公文画诺而已，绝不检校。其相知相信如此！倘再抽身言去，于义不安，于心尤不忍也。且尽吾心力，以共相支此危局耳。

籲公是湖南巡抚骆秉章，涤公是湘军大帅曾国藩。左宗棠讲义气，士为知己者用，骆秉章信任他达到无以复加的程度，这样一来，左宗棠名为兵马师爷，实与影子巡抚无别。他想要积累军政两方面的经验，湖南抚署是最为合适的地方。

咸丰六年（1856），左宗棠写信给亲家夏廷樾，旧话重提："本地绅士居本省幕府，易致嫌怨。只候时局略定，即便长揖归田。"当时，师爷左宗棠还担心一点，有朝一日，他会身不由己，被抽派到别处帮忙。这种忧虑在他同期写给胡林翼的信中也有所流露：

> 弟才可大受而不可小知，能用人而必不能为人用。此时此势，易地则无可下手。设朝廷因此谬采虚声，交不知谁何差遣，无论老头皮必将断送，且将数载所得之虚名并付流水，而朝廷以此再不信天下有遗才矣。

左宗棠是遗才，而且是大才，好钢能否用在刀刃上，还得看他的机运如何。这就难怪了，在另一封信中，他便在气头上说了句任性的话："与其抑郁而无所施，何若善刀而藏为愈。"

第二节 能开百石弓，岂有回头箭

左师爷任劳任怨，在湖南抚幕总共干了八年，"樊燮案"害得他受了几多活罪，也意外地帮助他华丽转身。咸丰十年（1860）夏，左宗棠在长沙金盆岭编练楚军，这支劲旅生龙活虎，危急时刻，驰援江西，就从根本上解决了湘军的后顾之忧。一代战神初试身手，将太平天国侍王李世贤逐出江西，将堵王黄文金击溃，表现颇为惊艳。

同治二年（1863），浙江战事方殷，左宗棠在家书中透露自己不成熟的想法：

> 我本无宦情，杭、嘉、湖了妥，当作归计。惟浙民凋耗已极，当为谋及长久，以尽此心。思欲流连一年半载，定其规画，未知朝廷不遽调离此间否，若闽中则匪我思存矣。

左宗棠欲待浙江境内战事结束后，再花些时间将地方治理纳入正轨，然后辞官回家，他估计朝廷会派他去福建剿匪，对此他兴趣不浓。然而长期盘踞在浙江的太平军被驱逐到福建，收拾残局的头号人选非左宗棠莫属，他又自觉义不容辞。

当年，求退的念头，左宗棠有过，曾国藩早就有过，"此时虽在宦海之中，却时作卜岸之计"。曾国藩还告诉胞弟曾国荃："幅巾归农，弟果能遂此志，兄亦颇以为慰。特世变日新，吾辈之出，几若不克自主，冥冥中似有维持之者。"这话很有意思，在乱世，倘若老天爷不肯让你退隐林泉，你还真退隐不了。

同治三年（1864）春，曾国藩在日记中透露自己的心思：近日我郁郁寡欢，愁肠九回，有两个原因，一是军饷匮乏，担忧金陵城外的兵勇哗变，功败垂成，而徽州贼多，恐怕三城尽失，贻患江西。二是用事太久，担心朝野怀疑我擅权专利。湘军在江西争夺厘金，输了的话，则饷缺而兵溃，必定死路一条；赢了的话，则专利的名声更加显著，也很可怕。反复设想，唯有告病引退，休息二三年，差不多是两害相权取其轻的道理。倘若能从此事机日渐顺利，四海干戈平息，我引退回乡而终老山林，不再出来参与政事，则于公于私都很幸运。

当时，江西巡抚沈葆桢不肯拿出本省的厘金为湘军助饷，朝廷有人为他撑腰，曾国藩且愤且忧，担心围攻江宁的湘军主战部队功败垂成。所幸曾国荃很争气，他攻克了江宁。曾国藩作十三首贺寿诗给四十一初度的九弟祝寿，功成身退的思想贯穿其间："已寿斯民复寿身，拂衣归钓五湖春"，"与君同讲长生诀，且学婴儿中酒时"，曾国藩的退意浓得化不开。

世人多半以为大官的日子好过得很，殊不知，乱世中大官既有沉重的责任要扛，又有繁剧的事务要办，还有复杂的人际关系要理，任重欲歇肩，权重须避忌。于封疆大吏而言，卸下仔肩，引退山林，确属优选项目，但他们"将身货与帝王家"，所谓"进则龙腾，退则豹隐"纯属理想状态，实则进退不由自主，曾国藩如此，左宗棠亦如此。细思极恐，他们都是拉磨的苦驴儿，走的是循环路，根本没有退路可选。

同治四年（1865）腊月中旬，楚军在广东嘉应州（今梅州）击毙了太平军悍将、康王汪海洋，本月下旬又俘获了天将胡瞎子（胡永祥），广东全境解严，左宗棠撤军返回福建。翌年正月初一，左宗棠在家书中汇报战况，结尾处写道："我近甚衰惫，不任烦剧之任，亦颇厌兵事，故急思脱身，暂将闽事了妥，渐作归田之计。"实际上，左宗棠的内心是矛盾的，这可从同期他写给吴大廷的书信中看出来："为身计，宜及时退休自逸，稍乐余年；为天下计，则又不敢若是恝也。"何谓"不敢若是恝也"？意思就是不敢如此淡然处之、漠然置之。究竟是自求多福，还是兼济天下？虽属二难选择，但左公偏向哪一头，是清清楚楚的。无独有偶，恰在一年前，同治四年（1865）初，曾国藩回复郭嵩焘，也有为天下计义无反顾之意：

> 国藩昔在湖南、江西，几于通国不能相容，六、七年间，浩然不欲复闻世事。然造端过大，本以不顾死生自命，宁当更问毁誉？以拙进而以巧退，以忠义劝人而以苟且自全，即魂魄犹有余羞。是以戊午复出，誓不反顾。

这确实是过河卒子的口气，相比九宫大帅的团团转，过河卒子有进步无退步，开弓之箭有去无回，否则知行背离，自己无法说服自己，更休想说服那些追随者——为湘军主帅卖力卖命的热血将士。

第三节　笃定做个顶天立地的汉子

同治五年（1866），左宗棠回复老部下杨昌濬，慨叹故友凋零，深感任重道远：

> 弟已颓然老翁，来日苦短。其健在者，惟兄与克庵耳。频年驰驱戎马，备尝艰瘁，百战偶存，精气暗已销耗，当此多事之秋，不能恝然归去，为之怅然。事到头来不自由，亦只好做一日和尚撞一日钟而已。……闽事稍有眉目，半年之后，大致当有几分。弟一力担当，不敢遽思诿谢，求为国家保此一隅，以为经画海疆张本。只要体气智能支持，得免旷误为幸。

很显然，他情绪不高，一句"事到头来不自由"透露出若干信息。这一年，曾国藩剿捻屡屡失利，遭到朝廷申饬，也在家书中灰心言退。到了冬天，他终于意识到，退处林泉并非易事，九弟国荃攻克金陵后，在家休养了将近两年，优游如意，那是因为前后两任湖南巡抚恽世临、李瀚章均为至交友好，如果退休高官与地方大吏存在隔阂，就会步步皆成荆棘。住到京城养病也不宜，容易招致怨谤，最终曾国藩打算以散员身份留在军营，此为中下之策，其余皆为下下策。他告诉儿子纪泽："余决计此后不复作官，亦不作回籍安逸之想，但在营中照料杂事，维系军心。不居大位享大名，或可免于大祸大谤。若小小凶咎，则亦听之而已。"这样的想法很古怪，朝廷绝对不会批准他的请求。嗣后，曾国藩回任两江总督，剿捻的重担交由李鸿章一肩挑起。

这年夏天，左宗棠被调往西北，以钦差大臣督办陕甘军务。此前，陕甘总督杨岳斌已告病开缺。曾国藩回复陕西巡抚乔松年："左公视厚庵规画较远，呼应较灵，更得阁下同舟共济，西事必有起色。"对于经营西北，左宗棠素有兴趣和雄心，但毕竟年岁不饶人，回复家乡老友李榘时，他的调门并不算高："弟今年五十又六，精力消磨殆尽，西征之役本非所堪，只以受恩深重，不敢诿避，亦姑尽瘁图之。济与不济，则不能逆睹。"应该说，"受恩深重，不敢诿避"是实话，见猎而喜才是真情，左宗棠毕竟还有个平生夙愿要去达成。当年，他写信提醒大将鲍超："若徘徊襄樊，引疾乞退，则鄂事误，而秦事亦将因之以误，天下将责备贤者矣。"曾国荃在湖北巡抚任上干得处处不顺，想请病假，返湘调养，左宗棠在回信中表达了不同意见，足见其心迹："每当夜静灯地，兀坐深思，不觉心惕汗流，百忧交集。吾辈岂嗜进之人？然业已进则不可复退，以所处与众不同耳。愿公于续假时，稍为留意。"缘情推理，天下未靖，重臣大将称病求退，确实于义不合。这年四月初，左宗棠致书湘军将领陈湜，所言最见胸臆："近日大局虽觉敉平，而封疆之才实难其选。偌大乾坤，无几个顶天立地男子拼命撑撑，欲气机大转，由乱而治，难哉难哉！"做顶天立地男子是左宗棠自少至老都有的志气，可称此志老而弥坚，老而弥笃。

感性之外，左宗棠从来不欠缺理性。南方人不乐意西征，他早有耳闻，也以实情入告过朝廷。同治四年（1865），金口兵变，表面上是霆军闹饷，实质上是南方人不愿意赴秦陇作战。左宗棠移师陕甘，原本不打算多带南军。可是他到陕西后数月，才发现关西豪杰"邈然寡俦"，农民"荏弱殊常"，客军"邪蓁杂伏"，根本不堪一用。左宗棠纠合旧将，集结南军，与赋同袍，纯属无奈之举。南军之中，他又剔除淮军、皖军，他认定最靠得住的仍是楚军和湘军。

同治八年（1869），西捻刚被扑灭，陕甘两地的动乱又猛然抬头，这是辖区内"烫手的山芋"，左宗棠无意撂给别人。由于频年转战，他的身体已被拖垮，精力已被透支。在家书中他写道："我近来腹泻仍如常，每日或一二次、三四次、五六七八次不等。脾阳虚极，肾气耗竭，心血用尽，面目尚如旧，而健忘特甚。只盼陇事早了，当急求退休，断不能肩此重任。"这一盼就是多年，在人西北苦煎苦熬，壮夫尚且吃受不住，何况一位患腹泻病的老人。

同年，左宗棠致书卸任后回湘休养的前广东巡抚蒋益澧，既剖明自己的心迹，又安慰老部下：我以贫寒书生惭居高位、愧获盛名，而陕甘局势艰危，无人肯涉手沾边，我不得不挺身而出，有所担当。也可谓之朔雪炎风，上天着实命令我负起责任，不容许找寻借口推辞。至于戡定难以预期，窘乏不可忍耐，纵然是古代的贤杰遭此际遇，又岂有胜任而愉快的？我默观时局，底定的日期似乎应当等到皇上亲政的年份。阁下养望林泉，韬光养晦，等待出山的时机，最为得计。请不要以此为故作慰藉的话语。……我的年纪快六十岁，而病势有增无减，天色将暮而路途正长，且勉且惧啊！

左宗棠患腹泻病已有数年，他在这年致书夏献云，表明了自己的担忧：我的身体状况越来越差，腹泻病至今仍未痊愈，最近又增加腰脚酸痛，饮食更加减量。区区私心，能勉强支持将西北事务大致了结，归乡安度暮年，即属至幸的结局，但恐怕不能如愿。

除了腹泻，风寒深入筋络，左宗棠还患有健忘症，他告诉老部下刘典：我孱弱的身体已衰老疲惫，不堪重负，确实不足以撑起这个大局，然而我所做的事尚未做完，所要达成的目标尚未达成，支撑一日，只可尽一日的心力。能够马革裹尸返回故土，也胜过老死于户牖之下。近来我越来越健忘，数天之内所见过的人，所做过的事，也恍若隔世，恐怕会贻误国家大计。

左宗棠想等大军攻克金积堡后，向朝廷请求退休，如果得不到批准，就请求卸去兵权，留在西域，终养天年，这样子也能甘心。人在江湖，身不由己，左宗棠在西北战区负责，又岂能来去如风？真实情形就是如此。这年九月十八日，曾国藩回复彭玉麟，大意是：我脱下青衫，出山办事，迄今已超过三十年。以往四郊多垒，天下多有变故，我为事机所迫，不能中止。自甲子年以后，早就打算让位还山，但"乞退之情不得自由"。好一个"乞退之情不得自由"，将原因和盘托出了。如果让曾国藩、左宗棠这样的重臣退隐林泉，去养老享福了，皇上、皇太后就要多操一百个心，岂不是无福可享了？

第四节　难卸千斤担，无人可承肩

同治十年（1871），西北地区军政局面渐趋乐观，但依然危机四伏。左宗棠自觉精力渐减，想把军务交给"替手"（接班人）去办的念头见诸家书：

衰病之余，畏慎未敢稍间，所虑智虑才气日绌一日，虽

关内年内可望安谧，不能久待，仍当据实直陈，请朝廷预觅
替手。一俟旧政告知，乃可奉身而退。或圣明不允放归，即
老死西域，亦担荷少轻，可免贻误也。

左宗棠虽做好了"老死西域"的心理准备，但他拿定主意，"请朝廷
预觅替手"，以便卸下肩头的那副千斤重担。然而朝廷倚重左宗棠，不放
心让别人接替，他既不能脱身，也不能歇肩。左宗棠告诉爱将刘锦棠：我
本打算在收复河湟之后，就请病假返回湖南。现在既然有此变故，筹办新
疆军务将放到议事日程上来，断然难以立刻打退堂鼓，自当与劲敌周旋。
我急于举荐接替者，是为将来考虑。想必阁下应当明白我的心意。

所谓变故即新疆伊犁被俄国人占据，左宗棠不可能容忍这种赤裸裸
的外敌侵略中国领土的事情成为定局。刚做完一事，又来一事，前事艰
巨，后事更艰巨，左宗棠被强行摁在西北苦寒之地，还要待足九年。有趣
的是，这年夏天，赋闲在家的曾国荃致书兄长曾国藩，说是左宗棠有个新
奇的想法："闻太冲以劳苦不适将萌退志，曾举弟与蒋氏子可胜陇事之任，
幸枢廷不准溺人寻替身，弟得免水患，为之暗喜。"曾国荃晚年写信多诙
谐语，明明是写左宗棠，却叫他"太冲"，近于射覆和猜谜。西晋文学家
左思字太冲，曾国荃以太冲影射左宗棠。这段文字的大意是：左宗棠想告
病还湘，推举曾国荃和蒋益澧胜任西北军务，幸亏朝廷不许溺水人找替死
鬼，曾国荃庆幸自己得以免于水患，心中暗喜。实际上，左宗棠言退，纯
属老套路，有此一说，无此一事，曾国荃大可不必吓出一身冷汗来。

同治十一年（1872），关内尚未肃清，关外原本糟糕的形势急转直下。
左宗棠腹泻如故，幸而意志未崩，吃苦耐劳依旧，"活一日，办一日事，
尽一日心"，这是他的信念。没唱高调，却胜过唱高调。他一直关注新疆
的局势，俄罗斯乘清朝内患未平，攫取了伊犁。驻疆的带兵大员既无实心
又无实力，早被俄国人识破。收复伊犁还得重新布置，从长计议。左宗棠

作好了最坏的打算，以其老态日增的衰朽之躯，不断受疾病侵蚀，活着已很难走出玉门关，肃清关内后，他还得筹划和完成出关大略，收复新疆。这个时候抽身而退，自己都难以心安。

内忧外患交乘，左宗棠打算把分内事做好。由于责任重大，身心超负荷运转，他担忧长此以往自己会有负朝廷所托。在家书中，他分析关内、关外局势，可谓进退两难，进吧，年事已高，身体多病（长期患腹泻未愈，腰脚酸疼麻木，筋络不舒，心血耗散，时常健忘），恐怕心有余而力不足；退吧，一时间又找不到合适的人来替换自己。"此时不求退，则恐误国事，急于求退，不顾后患，于义有所不可，于心亦有难安也。"真是进亦忧、退亦忧的情形，一道难解的九连环。

左宗棠此时欲退还留，另有一个潜在的重要原因：同治皇帝载淳将于翌年（1873）亲政，左宗棠是国之重臣，倘若挑准这个时候坚请致仕，就是不给皇帝面子，"似又涉痕迹耳"，难免会令外界生疑，被流言中伤。彭玉麟向来以辞官求退著称朝野，这年四月也应朝廷之请，出巡长江水师，左宗棠回复雪帅的来信，既虑及对方"事到头来不自由""春蚕吐丝未尽，仍须作茧"，也谈到自己的进退："弟之不以衰疾为讳，又不早决引退之计，盖欲俟可退之时，再作区处耳。使吾身退而心安，亦奚取郁郁居此！"可退之时究竟是什么时候？恐怕只有老天爷知道。这年腊月，左宗棠病情加剧，上章恳请开缺，朝廷却相当悭吝，只赏给了他一个月假期。由此可见，当时根本不是左宗棠想不想退、愿不愿退的问题，而是朝廷不准许他离岗长休。

清朝素以旗籍大员（丰镐旧家）镇守西疆，一个汉人，置身其地，易招致怨尤和猜忌，等到关内肃清时，垂涎于陕甘总督之位的满人就会动心动手。左宗棠想退，想离开西北，却还有许多未竟事宜要他办理。同治十二年（1873），左宗棠写信告诉吴大廷：我到甘肃以来，就像穿着破麻衣穿越荆棘丛，行动多有挂碍。侧身于天地之间，谁又能鉴明我的这般处境？边方节度，照例应任用八旗子弟，我婆娑在此行列，容易招致怨尤。我估计关内肃清后，争夺西北封疆大臣这个位置的人会攘臂而起。到那时候，我再做个野老，酣醉、鼾睡于垆边，就心安理得了。

尽管左宗棠建立的功勋有目共睹，但他的处境是颇为艰难的。他对谢维藩所讲的话更为直白，大意是：我暮年衰颓，又多感忧戚，心绪恶劣，天天想请求退休。而刚受新恩，不可以就此决断，真是无可奈何！

左宗棠所虑者国事，所忧者晚节，在一个大困局、大沼泽中，内心的挣扎日复一日。他进亦忧，退亦忧，然则何时而乐耶？

同治十三年（1874），左宗棠的身体状况大不如前，两足麻木强直，起身和站立都很难，上下台阶须缓步慢行，非拄拐杖不可，他没想到老态逼人如此迅速。左宗棠屡蒙恩眷，欲乞退而难开口，虽是封疆大臣，却如过河卒子，进得一步，退不得半步。东坡有句诗"苦说归田似不情"，竟成了左宗棠的"笔头禅"，他在书信中多次引用。在左宗棠眼里，杨昌濬是信得过的自己人，于是在来往书信中讲了一番实话：我以衰朽余年，勉为其难，并非不清楚自己的状态，实则是因为皇上亲政以来，我多次蒙受荣宠，不敢仓促轻率地请求回乡，而这里的事情繁多艰巨，就算接班人的智虑、才力胜过我十倍，匆忙之际他也难以找到要领，正值关键时节，我不便敛手撤退。一念游移，便拖到现在，只好自哀自怜！

西北乱局初定，朝廷也不会急于抽调左宗棠，有他雍容坐镇，比多驻扎几支客军要可靠得多。

第五节　都说定了，与西事相始终

光绪元年（1875），朝廷统一西北事权，陕甘兵事、饷事责成左宗棠一手经理，于是他疏请于朝，起复老部下刘典帮办陕甘军务。他告诉王加敏：朝廷旨意重视收复新疆，我素来不避大事难事，也不敢以别的借口推脱。然而万里进军，内顾不暇，总督兼任钦差大臣原本就难，而举贤代替自己，意中亦少有合适的人选。这个位置不是让人争抢的，又考虑把事权交给他人，倘若不能相助而暗中牵掣，就更加危险，反复考虑，非奏请刘克庵巡抚来帮办军务不可。

朝廷有意收复新疆，这恰恰挠中了左宗棠的兴奋点，他不仅打消了退意，还准备找来值得信赖的老部下、好帮手刘典，撸起袖子大干一场，他只担心空张铁拳，却缺乏雄厚的财力支持，千辛万苦、惨淡经营的事业"将如海市蜃楼，转瞬随风变灭矣"。这年，署两江总督刘坤一打算乞休，左宗棠在回信中持否定意见，认为"吾辈进退之道，自觉绰然，惟思时势艰难，疆圻需贤尤亟，受恩之身，未宜恝然耳"。何谓"恝然"？即淡然、漠然。刘坤一刚满四十六岁，正当壮年，言退未免太早。朝廷授予左宗棠东阁大学士后不到半年，新皇登基，朝廷对老臣的倚重有增无减。皇帝年纪轻，国家变故多，值此主少国危之际，就算左宗棠无恋栈之心，"暮年病体，恒恐不胜"，身为国家柱石重臣，也得领会朝廷的深意，于情于理，他都得继续挑起重担，不卸仔肩。

西北边荒，端午飞霜，中秋降雪，从南方来的青壮后生也很难适应这种恶劣的气候，大将刘锦棠就险些病故，何况左宗棠年过花甲，腹泻、气喘、风疹、两足浮肿麻木、双耳重听、吐血、健忘、嗜睡，这些毛病一齐找上门来。左宗棠"释杖不能疾趋，跪拜不能复起"，只能依靠顽强的意志力硬撑到底。十年前，他上马督战，下马挥毫，身板子何其硬朗，至此恍若隔世。光绪二年（1876），左宗棠回复江苏巡抚吴元炳，信中自道苦况：甘肃贫瘠堪称天下第一，通省地丁钱粮征收只有二十七万多两，自从本地变乱以来，实际征收不足十分之一，数年间倚赖各省协济度日，仰面求人，迫不得已。回想四十年前，我做塾师课徒为生，每年岁末放假，拿回家一封薪金，只需偿还盐米小债，此外再无烦心的事情，坐在书案前吟诵诗文，真是快活如天上的神仙。

左宗棠贵为钦差大臣，膺任陕甘总督，手握军政大权，却自叹境遇还不及四十年前做清贫塾师时宽舒，可见他在大西北饱尝艰难困苦的滋味，已到了常人难以想象的程度。

光绪四年（1878）腊月，西北局势渐趋明朗，就连最令人头痛的筹饷事宜也得以顺利解决。左宗棠又开始为退休预作打算，他写信告诉家人：三年内他能够办妥甘肃、新疆的事务，安定局面，不但国势强固，国计也会宽松。"届时悬车，于义有合，于心斯安耳。"此信的调子较为乐观。"悬车"有致仕之意，左宗棠的车到底是虚悬还是实悬，他自己说了不算数，朝廷说了才算数，但他奏疏中那句"虽有生之日皆报国之年"相当于自动堵死了退路。

光绪五年（1879），陕西巡抚谭钟麟请求退休，朝廷温旨慰藉，给假调理。左宗棠获悉此讯，认为老友比自己小十岁，不该这么早就擂响退堂鼓，鸟倦飞而知还，固然没错，但还未到归期。同年，左宗棠致书甘肃布政使崇保，丝毫不打马虎眼：时局如此，断不稍萌退志。近日奏报，也不敢以"力疾办事"之类的语言让两宫皇太后、皇上担心，自入关以来，我就有"与西事相终始"一语见诸奏章，我的志向已定，不只是在今天，只不知能否达成目标，不至于贻误军机。

许愿发誓很容易，兑现才难，左宗棠"不萌退志"，有始必有终，他唯一担心的只是自己能否如期完工，这恰恰是朝廷无须太担心的事情。

光绪六年（1880）初，左宗棠定下三路收复伊犁之策，朝廷则决定与俄罗斯和解，诏命驻英法大臣曾纪泽赴俄国复议条约。当时，曾纪泽已积累了足够的外交经验，对国际法也非常熟悉，他认为打仗不能解决所有外部争端，应适可而止，他的分析能将塞防和海防两派人物一齐说服：

> 俄人之坚甲利兵，非西陲之回部乱民所可同日而语……
> 伊犁本中国之地，中国以兵力收回旧疆，于俄未有所损，而
> 兵戎一起，后患方长……俄人恃其诈力，与泰西各国争为雄
> 长。水师之利，推广至于东方。是其意不过欲借伊犁以启衅
> 端，而所以扰我者，固在东而不在西，在海而不在陆……一
> 旦有急，尤属防不胜防。

曾纪泽的外交手腕非常灵活，他以国际法为准则，据理力争，废除了崇厚与俄国签订的《里瓦几亚条约》。他建议朝廷赦免崇厚之罪以缓和俄国政府的敌对情绪，增加赔款至九百万卢布，收回更多领土和通商权利。谈判的结果令塞防派和海防派基本满意，左宗棠也认可了这样的结尾方式，这是极其不易的。萧一山在《清史大纲》中引用了英国驻俄大使的一句赞语来表扬曾纪泽："凭外交从俄国取回它已占领的土地，曾侯要算第一人。"曾纪泽袭侯爵，既继承了父亲曾国藩的爵位，也继承了其谦谦之风，他说：

> 此次俄人轻弃已得之权利，全由俄土战后，财殚力竭，
> 其君臣雅不欲再启衅端，故得从容商改，和平了结。诚恐议
> 者以为俄罗斯如此强大，尚不难遣一介之使，驰一纸之书，
> 取已成之约而更改之，执此以例其余，则中西交涉，更无难
> 了之事。斯言一出，将必有承其弊者。

知己知彼，百战不殆。知己不易，知彼更难，没有洞察全局的眼光和捕捉时机的手段是不行的。诚然，曾纪泽的成功不可复制，说到"承其弊者"，李鸿章绝对算一个，《马关条约》和《辛丑条约》都是他全权代表清政府签订的，一旦被贴上"卖国贼"的标签，则口诛笔伐百年仍无望休止。

伊犁问题最终依靠外交努力得以解决，清政府收回了伊犁，付出巨额款项补偿俄国政府，被朝野人士嘲笑为"事以贿成"。起先，崇厚办理不当，受到朝廷严谴，也有人同情他是"背锅侠"。光绪六年（1880）正月初六日，外交家郭嵩焘在日记中借他人之口讲出了自己的看法，大意是：晚间我去朱克敬家聊天。他说，崇厚出使俄国签约的错误始于左宗棠，后者也知道收回伊犁不能责成一位使臣办妥，清朝人才，也没谁有足够的本领胜任此行，他只是一味地自夸平定西域的功勋，伊犁尚未收复，就不能包揽全功，而俄国军队在伊犁已经驻守将近十年，除非我方肯付给俄方丰厚的军费，万万不可能希望他们空手撤兵。左宗棠自料其兵力不足以战胜俄国，而又不乐意落个以重金贿求俄国的骂名，于是他将此事全盘交给朝廷办理，自己引身事外，好像与他无关。交涉成功了他就躺赢，交涉出了岔子乱子，全是朝廷所为，他置身事外，不用担责。这是他投机取巧的私念作怪，以至于借崇厚之手给国家造成了大困局。崇厚固然昏庸荒诞，政府也很轻率，造成了眼下这个局面，但真正导致祸患的人，是左宗棠。大臣应该以天下国家为己任，怎么可以袖手旁观？所以说左宗棠比不上李鸿章。郭嵩焘认为"此段议论极透辟，左季高即强辩，亦正无能求免此责矣"。

私怨很容易蒙眼蒙心，朱克敬的诛心之论，郭嵩焘也能听得进耳，还完全认同。伊犁问题由清政府派遣使臣处理，是因为外交事务都要由军机处和总理各国事务衙门拿主意，疆臣不能擅自拿主意，作决定。当时，朝廷向左宗棠特别强调"不可衅自我开"。一旦外交问题转变为军事问题，职责所在，左帅肯定不会袖手旁观。"若俄官带兵内犯，则彼先肇衅，我将其打扫干净，再取伊犁。"左宗棠告诉张曜这个预案，也确实下定了这个决心，将俄国侵占的疆土一举收回。郭嵩焘对国际法和外交规矩很熟悉，却依然认同朱克敬的观点，将左宗棠定性为不肯负责、不敢负责的大臣，认为他比不上合肥伯相李鸿章。说到负责任，左宗棠年近古稀犹驻守西疆，豁出老命将别人不肯接、不敢接的危险任务接在手中，他还需要额外自证在外交方面是一位肯负责任、敢负责任的大臣？自从与左宗棠的友谊破裂后，郭嵩焘就处处针对这位昔日的好友，意气为先，以至于智商掉线。

左宗棠终于到了该告别大西北的时候了，从五十六岁到七十岁，他在这片热土上待了整整十四年，平定乱局，收复失地，逾越险阻，历经艰难，两大历史使命均已完成，矍铄老亮亦已惫矣。他还有什么不放心的吗？替手由他亲手选拔，是中外引领以俟的"间世英奇"、左宗棠认定足可开拓万古的人物——年方三十六岁的湘军大将刘锦棠。他有赫赫战功为未来铺底，威望和地位均处于加速上升期。此后，他要精修令德，展示自己的行政才能，那将是新的看点。左宗棠回复陕甘总督杨昌濬，笔致甚欢："正书至此，毅斋已到。弟接晤之余，体貌丰润，须亦清疏，大是福相。议论平正，当重任而有抑然自下之心，其为国栋，夫复何疑？接手得人，私衷欣惬。"毅斋就是刘锦棠。这么说，当初左宗棠怀殷忧而来，如今曲终奏雅，抱欣惬而去，十四年苦煎苦熬、硬挺硬干的日子，全都值当了。仍是在这封信中，左宗棠告诉杨昌濬：我打算在陛见时陈请，以闲散之身长居京师备顾问，一则因行动不便，二则免入军机处，被人穿牛鼻子。左宗棠素来喜欢自称为牵牛星下凡，居然担心被别人穿牛鼻子牵制，真正令人发笑。担心什么通常就会来什么，果然没错，他被放入军机大臣的小班，牛鼻子被大麻绳穿得结结实实。

第六节　疏浚旧河道，衣锦归故乡

光绪七年（1881）正月，左宗棠风尘仆仆抵达京城，僦居东安门内石鼓阁，入值军机处，管理兵部事务，在总理各国事务衙门行走。他身居显要之地，锐意欲有作为，可是手脚受缚，难于施展，这又是为何？在野史笔记《天咫偶闻》中，清末民初学者震钧借一位军机章京的口舌揭示了原因："公虽欲有为，而成例具在，丝毫难于展布。陈奏发行，急于星火，无暇推敲；且有明日拜章，而今日甫定稿，了无更正之暇。有所建白，亦多中辍。"左宗棠位极人臣，却必须忍受一群小鬼的摆弄，重臣之威，较之唐宋两朝，天差地别。所以他在军机处没待多久，就决意离开京城，他还是做封疆大吏更能施展自己的本领。

京城的官场应酬颇为纷繁，左宗棠对这种两脚陀螺的日子难以适应，他想躲远点，也不是没有去处，揽些别人不碰的苦差事，日子就不会发腻。

早先，曾国藩任直隶总督时，曾疏浚过永定河，还亲往视察，因身体不适，未待合龙，先行回省。他制定了一个改善河道的方案：将淤积的河床挖深至一丈八尺，宽至十五六丈，每年挖二十里，不过十年，全河可挖一遍。如此周而复始，再挖两遍、三遍，年年于二、三、四月开挖。原先的治河经费为每岁十万金，已足敷所用。十二年后，光绪七年（1881），左宗棠率领亲兵三千人（都是他从西北带至京畿的）疏浚永定河，在其上游建筑坚固的石坝。对水利工程的热心正好使他摆脱了在军机处的单调无聊，去设法疏通京畿多年失治的河道，可以利国利民。他回复老部下魏光焘，谈及近期所为："种树、修路、讲求水利诸务，切实经理，必有其功。不佞十数年一腔热血，所剩在此，至今犹魂梦不忘也。"他给恭亲王写了一封长信，专论治水，可谓原原本本，其见识、条理和办法体现了实学功夫。然而外界并不认可，薛福成的评论很直接：

> 阅数月，文襄奏报河工藏事，颇多铺张，并有"数十年积弊一扫而空"之语。于是清议之士渐多失望，咸谓左相之疏未免虚夸，远不逮李相节次治河之奏周详核实，意者其西陲功绩，皆不过如是乎？

这下可不太妙，左宗棠把自己治河的才能和功效吹嘘过了头，结果引发群疑众谤，就连他在西疆立下的莫大功勋也连带被画上了疑问号。薛福成是"曾门四学士"之一，当然不用犹豫，乐见左宗棠垮楼塌房。

光绪七年（1881）七月，左宗棠中暑，请求开缺养病，优旨赏假，不许开缺。左宗棠在京师，那些王公大臣多半如芒在背，总觉得不自在，他们希望左宗棠还是离远点为好。这年九月，左宗棠外任，实授两江总督兼充办理南洋通商事务大臣。销假召对时，慈禧太后和颜悦色，对这位老臣说："若论公事繁难，两江岂不数倍于此？以尔向来办事认真，威望素著，不得不任此重寄。尔可择用妥人，分任其劳。"接见过程中，慈禧太后相当体贴，她担心左宗棠体力不支，还让左宗棠稍歇，"与王大臣从容商议，再由其代奏"。清朝不比宋朝和明朝优遇重臣，即便是柱石功臣，年至古稀，也必须跪奏，压根就没有"赐坐"一说。在清朝，一品大臣只不过是高级奴才，这个事实相当骨感，真的很无奈。

左宗棠卸任军机大臣，出督两江，先回湖南湘阴老家扫墓。掐指算来，他离开故土已二十二年，这回他衣锦荣归，必有故事。近代文人陈锐著《裒碧斋杂记》，描写人物绘声绘色，其中有一则左宗棠还乡的趣闻，足见其口风幽默：

> 一日，就婿家宴饮，婿为安化陶文毅公子，谓之曰："两江名总督，湖南得三人：一为汝家文毅公，一为曾文正公，其一则我也。然渠二人皆不及我，文毅时未大拜，文正虽大拜而未尝生还。但我亦有一事不及二人，则无其长须耳。"合座鞲然。

在京城，左宗棠贵为侯爷和军机大臣，依然受到暗中排挤，孤愤难伸，回到家乡，衣锦昼行，总算舒吐了胸中的一口怨气，得意之余，又找回了开玩笑的心境。同为两江名总督，与陶澍、曾国藩相比，左宗棠最大的优势是在健康长寿方面，三人都刻苦耐劳，左宗棠的身体最为结实。同治四年（1865），左宗棠入闽，受湿气所侵，落下腹泻的毛病，腰以下遍生小痱，头晕、齿痛也折磨过他。照理说，"体肥之人每患气虚，偶遇风寒，辄多不适"，左宗棠在西北被腹泻折磨得够呛，年逾六旬，饱经冰雪尘沙之苦，劳累尤胜于东南，其处境如何不难想象。陶澍只活了六十一岁，曾国藩只活了六十二岁，左宗棠却活了七十四岁，倘若他的寿命止于陶澍、曾国藩这个年纪，功名、地位必大打折扣。

《曹孟其日记》中也有一则记载左宗棠还乡的逸事，不过百余字，左宗棠的性情、做派皆活灵活现，可玩味而有趣：

> 文襄以侯相归长沙，士女往观者倾动城廓，文襄坐八人大轿，当时街道狭窄，肩舆不能前进，文襄掀帘微笑，曰："你们要看宰相耶？"……至曾文正公祠谒告，跪拜如仪，随令左右揭开神帐，见其木主，即呼曰："涤生，生前那得有此！"然后拈髭点首者再。

教育家曹孟其出生于清末，实为民国人，他在日记中记录传闻，常能绘声绘色。左宗棠到曾文正祠中去拜谒，行大礼如仪，他掀开神帐，一眼就看到曾国藩的牌位，大声咋呼："涤生，生前那得有此！"意思是：生前彼此相见，我哪能行此大礼啊！寥寥一语，左公的声气、神态、性情全出，真是妙笔胜丹青。

第七节 《申报》紧追踪，趣闻广流传

当年，上海为江苏所辖，《申报》报道两江总督左宗棠的行踪，颇为

频密。撮其趣闻，多有可观。

光绪八年（1882）二月初四日，《申报》报道了两江总督左宗棠的行踪：

> 左侯相于日前出院拜客，行经城北一带，见有高山跨城矗立，询而知为仪凤门之狮子山。乃慨然曰："狮子无毛，何以壮观？"旋即发出纹银百两，饬杨子木观察赶紧采办松柏桑秧，在该山栽种。并饬查明附近各山之土性，或宜桑柏，或宜桑茶，随其土之所宜栽植，以收地利云。

左宗棠自号"湘上农人"，于农学、林学素有兴趣和研究，每到一地，都想着屯田植树，在陕、甘、新疆如此，在两江亦如此，令"狮子"遍体长"毛"，他想得出，还做得到。《申报》又云：

> 左侯相饬保甲总局查明，其有业主之房屋基，如力能起造，着即建筑；如无力并无业主者，均由官起造。分闹市、中市及僻静处所为上中下三等，一俟落成，核定某屋工料若干，悬示通衢，注明在册。其房即由官出租，俟起造工料价在房租内收足，此屋即令原业主领去执业，不须再缴房价。其无业主者，仍由官收取租息。先将城北之花牌楼、吉祥街一带，即日兴工，专造迎街门面，其余基地随后次第兴作。

由政府建造公租房，保障官民双方的利益，且财务透明，官方收足租金后，将房屋还给屋主，这比现代政府的惠民工程更优待百姓。左宗棠真是既有想法，又有办法。

光绪八年（1882）十月初六日，在《申报》中又有左宗棠的消息："左侯相对于湘楚人投效者，概不收录，资遣回籍，在下关给资一半，至汉皋再给一半。"官场的常态是"一人得道，鸡犬升天"，左宗棠则不同，对湘楚同籍者（当年，由于湖广总督管辖湖南、湖北，因此湘、鄂两省的人属于同乡）"概不收录"，做得相当彻底，他关闭"后门"，杜绝了私相授受，免去了几多攀缠。他对这些投效自己的老乡也很客气，发放川资，送他们坐船回家，尤其细心的是，为防止他们在外面漂荡，川资分两次发放。

光绪九年（1883）五月初二日，仍是《申报》报道：

> 金陵近有绅士四人，在督辕禀请开荒，侯相即批四人为垦务局董，每名厚给月薪二十四两。孔子曰："敬其事而后其食。"今则后其事而先其食，可见侯相不惜师刘晏用士人之意也。

刘晏是唐朝名相，善于理财，他重用士人，养其廉而得其力，左宗棠师其意，赢得《申报》的赞扬。

金陵书局是同治年间由曾氏兄弟出资创办的，刊印过王夫之的大部分著作，后来由于经营不善，有人建议撤去书局，左宗棠认为金陵有贡院，观光客也多，书局不但不能撤，还应扩大规模，力求广益，既然资金短缺，就筹款从事。经过一番振作，金陵书局的销售果然盛于往昔。左宗棠还选址金陵妙相庵创设同文馆，正取学生二十名，副取六名，每月给薪资，正三两，副一两五钱，专门修习洋文。

在两江总督任上，左宗棠三度赴沪，《申报》均派记者逐日报道。第一次上海行为期八天，主要检阅江南水师操练，仪仗鲜明，场面宏大。

光绪八年（1882）四月十九日，《申报》派记者跟随左宗棠，对其首度上海行有细致的报道：

随行之亲军四十名，均系湘中忠勇果敢之士，侯相与之同甘苦，不离左右。此四十人中都系提镇崇衔及巴图鲁勇号历受国恩者，而仍身被号褂，裹头跣足，乐为前驱，亦以见三湘风气之朴实矣。

共计四十名亲兵，全都拥有朝廷赏赐的头衔，这个阵仗也忒吓人了些。小横香室主人著《清朝野史大观》，其中有一则说的是左宗棠麾下差官被保举至提镇的有十多人，某藩司拜谒左宗棠，没把差官当回事，结果犯窘，等他出门一看，"中门以外差官十余人俱黄马褂红顶花翎垂手侍两旁，前谢罪之差官亦在其列。藩司大惊，手足无措，乃一一对之请安招呼，步行至辕门外，然后登舆而去"。由此看来，当年军中保举之滥已积重难返，总督大人的亲兵居然个个贵为戴红顶、穿黄马褂的提镇大员，藩司反倒品衔更低，彼此颠倒成趣，难怪他神色惊慌，尴尬狼狈。《清稗类钞》中还有一个故事，蛮有趣味：两江总督左宗棠令手下材官送信给江宁布政使，到了藩台私邸，材官大大咧咧，升炕并坐，侃侃而谈，藩台大人怫然不悦。第二天，江宁布政使硬是没忍住，将这件事讲给左宗棠听，隐有告状的意思，左宗棠立刻将材官叫到面前，责备道："昨日命尔送信，尔公然与藩台大人分庭抗礼，荒谬绝伦！须知藩台大人之炕，非我之炕可比，我之炕，由尔睡，由尔坐，藩台大人之炕，岂有尔之座位乎？"听话听音，藩台心下直打鼓，大为不安，告退之后赶忙打听，才晓得这位材官是名提督，赏穿黄马褂，曾署某处总兵，论品级，比藩台还要高出一级台阶，但他乐意侍奉左宗棠，做不起眼的戈什哈。将新闻报道与笔记小说对照来看，事实与传闻居然相去不远。

左宗棠第二次上海行为期四天，从光绪九年（1883）九月二十一日至二十四日，主要在吴淞口巡阅渔团。渔团是由渔民组成的民兵队伍，平时从事捕捞业，战时可辅助水师。左宗棠检阅的渔团共有团勇五百余名，其中二百余名谙悉水性，在海中踏浪如履平地，宝山人居多。监督官从中挑选出十四名，领头的是一位六十岁开外的崇明人和一名年仅十七岁的宝山人，他们能在水流湍急、深达十九丈的洋面翻身跃下，摸取海底之泥。这次表演由于画蛇添足而大煞风景，表演不慎，弄出人命来。《申报》的报道是这样的画风：

> ……讵正欲入水，崇明人顿患急痧，送医无效而死。其余十三名，均可下取沙泥。监督官乃各赏六品顶戴，派为甲长。旋据宝山人之兄言：其弟能于片刻之间入海者三。其弟闻言，再下水，及至三次，观者咸为之咋舌，而果不浮起。其兄始急，邀众援救无着。在后获到尸身，见头盘之发辫已散，知下水时头发为沉在海底之坏船板系住，致不能动。监督官乃禀请侯相，着宝山王邑尊酌给恤银与其兄，并令邀家属备棺成殓。诸人莫不叹息。

左宗棠第三次上海行为期三天，从光绪十年（1884）正月二十八日到三十日，参观江南机器制造局，检阅机器厂，以及拜访各国驻沪领事，走马观花，蜻蜓点水。左宗棠此行，排场蛮大，《申报》及时登出了消息：

> 昨早九点钟时，美、德、俄、奥等国领事均往侯相坐船晋谒。晤谈片刻，各领事辞出。侯相随登岸，时浦中兵轮船上水手兵丁均持枪站桅，岸上则有文武员弁暨各兵勇站班伺候。侯相身穿黄马褂，坐绿呢大轿，气象威严，精神矍铄。衔牌有统属文武、兵部尚书、加一等轻车都尉、紫禁城骑马、二等恪靖侯、东阁大学士、太子太保、钦差大臣、两江

总督部堂及銮驾执事，并翎顶随员，督标、抚标、提标、恪
靖等营勇约计数百名。

官场人物顶在意的是风光体面，何况要把气势做给洋人看，其意义更
加非同寻常。左宗棠是这个庞大体系中的一员，自然无法免俗，光是衔牌
就有十张。

第八节　欲保全晚节，不辜负初心

曾国藩之后，数任两江总督基本上都是率由旧章，照着曾国藩定下的
老规矩办事，左宗棠则是明显的例外，他太有主见了。光绪八年（1882）
春，郭嵩焘在日记中写道：

> 刘岘庄来谈，语及左季高至江南，陵踔一切。韩叔起以
> 兵部郎中往见，一以属吏视之，坐次反在道员之下。而于查
> 办湖北一案，提解各道员，一无回护。李伯相函属致意左
> 公，无过改易曾文正旧章。始见即诋斥曾文正。因复李伯相
> 书："曾文正旧章，人人思护持之，独若左公者，实为通天
> 教主，不能为护法善神。观其气象，似已盈溢过甚，非吉
> 征也。"

刘坤一（字岘庄）是前任两江总督，韩弼元（字叔起）是兵部郎中，
李伯相即李鸿章，刘坤一也是拥曾反左派的重要成员，他告诉郭嵩焘的这
些内容正是郭嵩焘爱听的。李鸿章要刘坤一致意左宗棠，勿过分更改曾公
的老规矩，这当然是要招骂的。刘坤一回复李鸿章，出语太妙了，称左宗

棠是通天教主，不能做护法善神，这就佐证了左宗棠有意与曾国藩平起平坐，你要他毫不变更，按照曾国藩定下的老规矩办事，怎么可能？但始终令人困惑不解的是，谁都看出来了，左宗棠骄狂过甚是祸不是福，但他一直平安无碍，富贵无忧，究竟是他点子高还是命运好？谁也讲不清所以然。

左宗棠屡膺朝廷重寄，感戴先皇和两宫皇太后的知遇之恩，烈士暮年，壮心不已，求退之意反而由浓转淡。此后，他病情加重，就请假调养，身体稍好，又任劳任怨。老大的帝国需要这位重臣支撑，他是退无可退、休无可休的。同年，他回复李鸿章，认为自己以半退休的形式充当顾问是较好的选择："弟则衰病余生，杖不去手，待漏而趋，时虞陨越。陛见后当上疏自陈，以闲散长留都寓，聊备顾问，亦不敢遽谋归田，致负初心也。"左宗棠的初心是什么？就是纾国难，解国危，兴国运。辛劳多年之后，他的心态已趋于平和，这在他回复沈应奎的信中也可见端倪："幸外侮渐平，伏慝尚少，长揖归田，自有其会。已预拟封存归途舟车之费，曳杖而还，盖可止则止，可速则速，衰病余年尚能自主耳。"

光绪八年（1882），左宗棠在两江总督任上，病得不轻。他写信告诉郭嵩焘："实因病久不痊，风涎满颊，刻有痰壅气闭之虞，案牍劳形，实所难堪。山鸟自爱其羽毛，晚节如有疏误，悔将无及，何能婆娑以俟，供人刻画乎？"他上疏吁请开缺回籍养病，朝廷准假三个月，留职安心调理。病到这个程度，朝廷仍只肯给他病假，不肯让他退休，可见国之重臣雍容坐镇，关系甚大甚广，不可轻去。"马革桐棺，随天付与"，"衰朽余生，以孤注了结"，左宗棠的态度是"自无不可""亦所愿也"，欲全晚节，不负初心。

据刘声木所记，其父刘秉璋入京陛见，路过金陵，前往两江总督署拜访左宗棠，"文襄高谈雄辩，口若悬河，声如洪钟，气象甚伟，自言年老不能任事"，刘秉璋称道左宗棠"尚须为国家办事二十年，再行退老林泉"，"文襄大悦，言时手握长杆大烟筒，不时呼'烟来'二字"，这等文字能给人身临其境之感。刘声木是江西巡抚刘秉璋的三公子，亲闻其父传述，可信度较高。左宗棠的身体状态时好时坏，刘秉璋见到了他精神矍铄的一面。

光绪九年（1883），左宗棠在两江总督任上，回复湖南巡抚卞宝第："弟归志早决……数月内必可洁身以去，聊解束缚，以毕余年。若居长沙旧庐，仍不免人事牵扰，当于山乡僻处安身，庶可稍纾喘息也。"天算不如人算，待左宗棠再度回京入值军机，休致之念无形打消。据袁昶《小沤巢日记》所载，左宗棠病中，袁昶前往拜访，劝说道："公晚境可求自我保全，正应当像唐朝晋国公裴度那样放下权柄，退出兵戎。"左宗棠蹴然改容，自明胸臆："我哪敢望裴公之项背！现在寄身政府，只不过'束缚酬知己，蹉跎效小忠'而已。况且我居宰相之位，岂容顺俗依阿，随世浮沉，专求自我保全。你的话不对！"

彼时，中法战争正处于胶着状态，左宗棠在军机处只待了两个多月时间，就受命南旋，督办福建军务，生命进入倒计时阶段。

光绪十一年（1885）夏天，左宗棠病情加重，获准开缺回籍休养。"……该大学士夙著勋勤，于吏治、戎机久深阅历，如有所见，仍着随时奏闻，用备采择。一俟病体稍痊，即行来京供职。"这道上谕抵达福州后，左宗棠于农历七月二十六日拟成《恩准交卸回籍谢恩折》，翌日即口授遗折，给自己饱经忧患辛劳的一生打上了永久的休止符。

左宗棠认为，"吾人进退之义，各有其至当恰好处，内度之己、外度之人可矣"。实际上，左宗棠的角色是不可替代的。朝廷倚仗和倚赖老帅重臣，不肯让他退休，不能让他退休，也不宜让他退休。欧阳兆熊在其笔记《水窗春呓》中写到曾国藩晚年全力推举李鸿章，却只作退步计而不休官林下，有很好的解读，值得留意：

……文正处功名之际，志存退让，自以年力就衰，诸事推与肃毅，其用意殆欲作退步计耳。乃自收复金陵以后，竟不休官林下，亦不陈请补制，以文正之尘视轩冕，讵犹有所恋恋者，岂其身受殊恩，有不敢言退，不忍言退者乎？然亦非其本心矣。

曾国藩以其殊勋博得朝廷的殊恩，彼此原无亏欠，唯有"不敢言退，不忍言退"这八个字描绘出忠臣本色，本心也得为本色让路。曾国藩去世后，左宗棠担任了十多年"救火队长"，国家哪里有重大险情，哪里就有这位"救火队长"的身影，每次他都能扑灭火龙，驱逐火神。左宗棠要退息林泉，朝廷固然不会同意，他本人也会一次又一次说服自己战胜疾病和衰老，去完成那些被世人视为不可能完成的任务。最终，此事的解决方案就只剩下一个：左宗棠与世长辞，退休等同于一瞑不复视。

左氏功名诀

"身入仕途，即宜立定主意，毁誉听之人，升沉付之命。"

意 译

亲身踏入仕途，就应该立定主意，褒赞也好，讥贬也罢，听由他人评说；升至高位也好，沉沦下僚也罢，交给命运安排。

评 点

仕途上偶有惊喜，常有惊吓，一个人若没有强大的心脏，没有充足的定力，就最好不要踏上这条路，毕竟真能掌握好自身方向和命运的人少之又少，而失控则是大概率的。有夸你的人，就会有骂你的人；有托你的人，就会有踩你的人；有乐见你成功的人，就会有喜见你崩盘的人。身逢乱世，作为朝廷倚仗的顶尖才臣，左宗棠行事高调，盛气凌人，但论到毁誉和升沉，他的心气如此平和，因为常识就摆在那里。毁誉多有出入，升沉不由自主，与其时常为此烦恼纠结，倒不如豁达洒脱。我凭仗良知良能做事，其他的由命运主张，就顺其自然吧。

第九章

陡峭的下坡路比上坡路更难行

姜涛撰《左宗棠手迹与自挽联》一文，称其祖父雪村老人曾经手抄左宗棠自挽联，联语间心思毕现：

　　　　　际此日骑鲸西去，七尺躯委残荒草，满腔血洒向空庭，
　　　听铜琶井畔，挂宝剑枝头，凭吊楸梧魂魄，愤激千秋，纵教
　　　黄土埋身，应呼雄鬼；
　　　　　倘他年跨鹤东还，一瓣香祝完本性，三个月现出前身，
　　　访鹿友山中，寻鸥盟海上，销磨锦绣心肠，逍遥半世，窃恐
　　　苍天限我，再作劳人。

　　左宗棠今生的认定：自己死后必成"雄鬼"，值得好友来井旁倾听琵琶，名贤到坟头赠送宝剑。左宗棠来世的憧憬：做个逍遥的隐者，自由自在，无拘无束。但他担心天公会辜负自己的心愿，仍旧让他做劳苦之人。

　　有趣的是，清代文人朱应镐在《楹联新话》中也录入了左宗棠的这副

《自挽联》（文字多有出入），先是说左宗棠二十七岁时患剧病，既百无聊赖，又百无禁忌，于病榻上撰成这副《自挽联》。朱应镐复作鉴定之语："公自少即负经世之略，不屑以诗文自见。此联语气，与其平日志趣绝不相类，必属伪传。"岳麓书社2014年推出新版《左宗棠全集》，在左宗棠名下补辑了许多对联，却未收入这副对联，很显然，编辑拿不准。不过有一点倒千真万确：左宗棠生为劳人，死为雄鬼，与这副对联的精神内核严丝合缝，毫无差谬。即使是赝品，也算得上高仿。

第一节　对外只主战，矢志不言和

在对外方面，湖南三杰分两种态度：曾国藩主和，胡林翼与左宗棠主战。胡林翼说过："不战而和，示之弱矣，折冲樽俎，未可易言。"左宗棠一直主战，但他统领的楚军始终无缘与英、法、俄、德、意、日这班列强的精锐之师正面交锋，未曾痛痛快快地决一雌雄，遂引为平生憾事。

据杨公道《左宗棠轶事》所记：某年，左宗棠路过上海租界，共带亲兵数百人。有人告诉左公："按照租界章程，凡是携刀持械进入租界的人，循例必须先向工部局请准照会，才能通过。"左公大怒道："上海本就是中国的领土，外人只是租客。中国军人行于中国领土上，哪有什么照会可言！"于是他故意命令亲兵荷枪实弹、拔刀出鞘而行。洋人崇仰左公的威望，不仅未加干涉，预先安排警察沿途照料，而且提醒他们："左公是中华名将，现在因为朝廷公干路过此地，慎勿冒犯触怒他老人家！"这应该是左宗棠首次上海租界行。外国人对中国人的看法也并非铁板一块，左宗棠的战功和霸气足以令他们慑服，暂且把租界规则搁到一旁。

通常情况下，都是年少而气壮，年老而气衰，但左宗棠是一个特别的例外。光绪九年（1883）二月初十日，左宗棠写信给儿子孝宽、孝同，笔调慷慨激昂：

> 值此时水师将领弁丁之气可用，悬以重赏，示以严罚，一其心志，齐其气力。我与彭宫保乘坐舢板督阵誓死，正古所谓"并力一向，千里杀将"之时也。……彭亦欢惬，并称如此布置，但虑外人不来耳。诸将校亦云："我辈忝居一二品武职，各有应尽之分，两老不临前敌，我辈亦可拼命报国！"答云："此在各人自尽其心，义在则然，何分彼此？但能破彼船坚炮利诡谋，老命固无足惜！或者四十余年之恶气借此一吐，自此凶威顿挫，不敢动辄挟制要求，乃所愿也！"

列强意欲瓜分中国，来势汹汹，万无可忍，左宗棠和彭玉麟两位老帅决意拼死一战，难得的是诸将校同仇敌忾，乐意追随。左宗棠愈老愈愤激，愈老愈雄健，他胸间的那口恶气郁积已久，不吐不快。在家书中，他还特别引用兵部尚书、多年好友彭玉麟的豪言"如此断送老命，亦可值得"，这就叫"烈士暮年，壮心不已"，男儿有热血，虽老不低头。

左宗棠谋求对外作战，与洋人一较高下，机会还真是说来就来。光绪八年（1882），法国军队构衅越南，清政府对筹战、筹和举棋不定，法军步步紧逼，在越南北部节节取胜，中国塞防、海防同时告急。光绪九年（1883）三月三十日，两江总督左宗棠研判形势之后，代表主战派上《筹办海防会商布置机宜折》，此折招致主和派的冷嘲热讽。郭嵩焘身在江湖，心存魏阙，在这年五月十一日的日记中，他严厉批评左宗棠这篇奏折笔墨支离，"满纸虚骄之气，影响之谈"，斥之为"一片梦呓之言，不过借以诳惑朝廷，盗取世俗之名耳"。

……奏疏出之左相，绝不一筹及天下大局，而据吴淞一
　　口自诩其部署之略、应敌之方，如东坡在黄州说鬼，寄情放
　　诞而已。且以洋务自任，竟视通商大臣为海防之专责，以战
　　为功，不知其他，是所职司亦未一反求其故也。欺心昧良，
　　以求歆动天下耳目，谓之无耻可矣。

　　郭嵩焘骂左宗棠竟骂得如此不堪，连"无耻"这样的贬义词都捎带用上了，这就不禁令人产生好奇心，倒想看看左宗棠的海防折原貌，果真像郭嵩焘所说的那样疏略潦草，破绽百出吗？

　　左宗棠确实在这道奏折中大谈特谈英国，"泰西各国均以经商为本务，而英吉利为之宗。所以雄视诸国者，该国之规模法度较西人本为整齐，又明避实击虚之略，故所向无前，不但精制造、尚诈力，足以震耀一时也。惟察英人近时举动，颇有志满气骄、易视与国之意"，奏折中确实未谈及法国。究其原因，左宗棠身为两江总督，首重其辖境内的防务，前线虽然在广东、广西、福建和台湾，两江地区也应预为之备，以防英国"避实击虚"，尽收渔翁之利。他主张在长江入海口白茅沙一带布置坚船，安设大炮，"力扼此津，则敌船势难飞过，地险实有可凭"，乃是未雨绸缪的防范手段。左宗棠忧深虑远，一旦发生全面战争，英国实属心腹大患，不可不防。郭嵩焘批评左宗棠迂阔不着边际，下笔千言，离题万里，乃是因为两人所处的位置不同，所选的角度各异。至于左宗棠抗击法国侵略者的态度，值此危险时分，他在家书中留下的豪言壮语，"但能破彼船坚炮利诡谋，老命固无足惜"，已经表露无遗。

　　郭嵩焘真要是盯紧老冤家不放，就应该细看左宗棠有关中法战争的其他奏折。光绪十年（1884）秋冬，左宗棠上奏了《台湾军情吃紧请敕重臣由海道赴援折》《沪尾战胜现筹规复基隆折》《行抵闽省详察台湾情形妥筹赴援折》《派员援台并会筹一切情形折》。光绪十一年（1885）春夏，左宗

棠又上奏了《密陈要盟宜慎防兵难撤折》《复陈海防应办事宜请专设海防全政大臣折》《台防紧要请移福建巡抚驻台镇摄折》。既有针对局部的战守意见，也有针对全局的远景筹划。其时，左宗棠膺任钦差大臣，督办福建军务，适值马尾之役战败后，南洋水师全军覆没，他要去收拾那个巨大的烂摊子，加固对福建、台湾的防务。残年之身，百务丛脞，举步艰难。他力荐湘籍大将杨岳斌统带湖南八营渡海援台，可惜限于客观条件，这个最优方案最终未能落实。沪尾大捷后，左帅主张乘胜收复基隆，又可叹刘铭传坐失机宜。中法战争期间，左宗棠筹划海疆战守，殚精竭虑，他的生命加速燃烧，业已油尽灯枯，鞠躬尽瘁，病逝于任上。郭嵩焘固然心存积怨，亦何忍厚责老帅？做务虚的旁观者和批评家容易，做务实的钦差大臣才难啊！

左宗棠暮年（尤其是七十岁后）智力衰退得非常快，重要奏章仍然亲手操觚，不肯信托幕僚，迟早会出状况，但郭嵩焘据此断言左宗棠为盗取世俗声名而歆动天下耳目，则是以过失入罪而加以重判。当年，主战派与主和派水火不容，彼此都看对方不顺眼，意气之争影响了理性判断。主战派究竟该如何备战？主和派究竟该如何谈和？双方都不耐烦摆事实、讲道理，只热衷于吹毛求疵，互相嘲讽、谩骂和指责，徒增内耗，于事无补。

光绪六年（1880），戈登离华之前上书李鸿章，建言十条，第六条是："中国有不能战而好言战者，皆当斩。"左宗棠既是好言战者，也是极能战者，戈登的第六条并不适用于他。日后，翁同龢不能战而好言战，屡致不祥，尤其是他大力鼓动中日甲午之战，对于北洋水师惨败的结局负有不可推卸的责任。恭亲王临终遗言谴责翁同龢"居心叵测"，翁师傅实属当斩而未斩之人，光绪皇帝念及师徒一场，放他回常熟老家休致，即使是限制居住，也算特别开恩。

左宗棠对外主战，一生执念未变，及至年事已高，智力衰退，难免力不从心。从郭嵩焘的日记可以看出，主和派人士对这位主战派首领罕见的荒疏颇为不满，尤其令他们失望的是，就算左宗棠老糊涂了，大众依然唯其马首是瞻，崇拜他为战神，对李鸿章、郭嵩焘等主和派头面人物则嗤之以鼻，斥之为"汉奸""卖国贼"。当年，知识阶层普遍可见的二元对立是危险的，非此即彼，非战即和，会让他们屡屡错失更加妥当灵活的应对之策。

第二节　老帅又出马，据鞍遭质疑

光绪十年（1884）六月初六日，《申报》介绍了左宗棠的新动向：他已重返京城，在醇亲王府和众大臣探讨对法战争。当时法国人在谈判桌上漫天要价，他嗤之以鼻，与醇亲王奕譞极力主战，不肯挖肉补疮。左宗棠告诉《申报》驻京记者："胜固当战，败亦当战。目下一千万镑之说，断不可从。窥法人之意，何尝欲一出于战哉？惟骑虎势成，难于反汗耳。且自古惟战争之世，人才始出。当日无发逆之变，不佞亦将以广文终老，尚何不畏首畏尾而不为之勠力疆场乎！"《申报》记者称赞道："侯相此言，真不愧英思壮论，义正词严。"

光绪十年，左宗棠第二次出军机处，以钦差大臣督办福建军务。这回，他不是被谁排挤，而是慷慨请缨。当时，醇亲王致函军机处，可证左宗棠急于南下：

> ……左相向晦来谈，仍是伏波据鞍之概，其志甚坚，其行甚急，已属其少安勿躁，十八日代为请旨，始去。特此布知，希与同事诸公述及，恐明日此老又欲陛辞也。……左相跃跃欲试，有不可遏之势。

233

光绪年间，每逢大事，朝廷必倚仗老帅出马。杨岳斌在家乡赋闲多年，亦被起复，他率领数营湘勇抵达福州，与左宗棠商议战守机宜。有人善意劝告杨岳斌，海峡已被法国军舰封锁，台湾已成绝地，若远涉风波，必定凶多吉少。杨岳斌说："左侯相德高望重，尚且想前去守边，我哪能按兵不动！"左宗棠对杨岳斌只有六字叮嘱："去善甚，要机密。"意思是：你带兵去台湾，好极了，不过行动一定要隐秘，最好是神不知鬼不觉。嗣后，杨岳斌称病不出，左宗棠拍膝感叹："厚庵病了，这如何是好？"他不断派人去探望，回报如出一口："杨帅病重，不见外人，只留下一个儿子煎药侍候。"左宗棠又手拍双膝笑道："厚庵已经走了。"杨岳斌渡海时，坐条渔船，穿件洋布旧衫，只携一子，他将帮办钦差关防的凭证钉在船底，特务登船搜查，一无所获。杨岳斌让儿子按摩肩背，私底下聊天："台湾乱成这样子，我们生意太野，不知本钱能收回多少。"两人唉声叹气，戏演得逼真。杨岳斌携子秘行，这当然是野史中的说法。他统兵驰援台湾，先行、后行的可能性都不大，独行、秘行更不可能。野史有趣，令人解颐。

当年，坊间嘲笑左宗棠痴呆的段子不少，传来传去，差不多都走形变样了。尔后，小说家李伯元收集和改造这些段子，收入《南亭笔记》，极尽夸张之能事。且看《左文襄暮年昏聩》这篇，大意是：左宗棠暮年，昏聩不知人事。每次进食，差官将肉丸子强行塞入左宗棠口中，左宗棠一一咽下，塞够二三十枚，左宗棠摇头，差官知道他已经吃饱，这才停止喂食。左宗棠晚年患痰疾，很多事情记不清楚。有报告军情政情的，他点头而已。有一次，左宗棠赴江苏阅兵，端坐演武厅，及至进食的时候，由差官夹菜放进他嘴里。吃完饭，照例盥洗。一位差官先摁住左宗棠的头，另一位差官用毛巾给他擦脸，只见他嘴巴、眼珠子乱动。然后一位差官将御赐的龙头杖塞在左宗棠手中，两位差官搀扶着他走出演武厅，众人簇拥他乘车而去。尤其不可思议的是，上燕菜时，一位小跟班从后方端来，左宗棠只略微尝了一下味道，小跟班就把燕菜泼在地上，将盛燕菜的银碗用脚踏扁，揣入怀中。近在咫尺，左宗棠居然毫无察觉。

照李伯元笔下的描写来看，左宗棠患的很可能是阿尔茨海默病，真要是这样，朝廷还派他到福建督师，玩笑真就开得有点大了。小说家言，固然有趣，但夸张过头，未可全信。

即便老了，病了，智力下降了，精力不济了，视力、听力均大不如前，左宗棠仍要将一腔热血挥洒在祖国南疆。不同的人会站在不同的角度去看待这件事情。光绪十年（1884）五月，李鸿章回复张佩纶："闻有请恪靖南征者，此老模糊颠倒，为江左官民所厌苦。若移置散地，固得矣，然夷情大局懵然，必有能发不能收之日。"不看好左宗棠南征闽海的朝野皆不乏其人，但节骨眼上，朝廷要是主动放弃这尊金刚菩萨，必定挨骂。左宗棠坐镇闽海，究竟有什么实际意义和价值？其战神一般的存在能够鼓舞人心和士气，这个理由绝对站得住脚。

第三节　叹息烈士暮年，行事动辄获咎

清末民初的作家吴光耀撰写过一篇《记左恪靖侯轶事》，叙述左宗棠暮年在福建时的战斗精神，文中对话相当生动，比小说还要精彩。字里行间，此老雄健不凡，刚强不屈，可谓活脱如画。将其中一段用现代白话翻译出来，就是下面这段文字：

左宗棠到了福建，忧愤时局，如患心病。他每天在营中呼喊："娃子们快做饭，料理裹脚、草鞋，今日要打洋人！"部下安排看戏，剧目为忠义战事，如"岳飞大胜金兀术"之类，他就欣然点头。正月初一那天，左宗棠问左右今天是什么日子，都说是过年。左宗棠又问道："娃子们都在省城过年吗？"大家异口同声地回答："是的。"左宗棠却眉头一皱，下达

命令："今日不准过年，要出队！洋人乘过年偷袭厦门，娃子们出队，我当先锋！"正巧闽浙总督杨昌濬过来拜年，从旁劝阻道："洋人怕中堂，自然不来，中堂可以不去。"左宗棠不干，他说："这句话哪里可靠？往昔我以四品京堂攻打浙江长毛，并非他们怕我才溃败，在西北也是这样。还是要打，怕是打出来的！"杨昌濬仍不停地阻拦，左宗棠老泪纵横，大声叫道："杨昌濬竟不是罗泽南的门人！"福州将军穆图善也过来拜年。左右通报将军到了府中，左宗棠怒喝一声："穆将军他来干什么？他在甘肃害死我的部下刘松山，我还有好多部下给他暗害！"他一边痛骂，一边泪流满襟。穆图善急忙解释："中堂在此是元帅，宜雍容坐镇；就算要去打洋人，也应当是将军、总督打头阵。"左宗棠说："你们两人已是大官！你们两人去不得，我去得，还是我去！"穆图善继续劝阻："我们固是大官，但不如中堂关系大局和全局。"左宗棠好一阵没吱声，然后语气稍稍和缓，对他们说："既然如此，那你们两人也不必去，命令各位统领去；各位统领不得一人不去！"此前，洋人侦察厦门至福州一带无重兵把守，想乘虚而入，在春节这天用大队兵船偷袭厦门。然而他们在途中用望远镜望见厦门沿海的各个山头全都是左宗棠的军队严阵以待，立刻转舵，互相提醒："中国的左宗棠厉害，不可贸然进犯！"

左宗棠向来不是"坐守型"的大帅。法军在台湾，相隔海峡，惊涛骇浪，不易渡越，尽管如此，他仍有灭此朝食之志。刘体仁记此情形最为出彩："法、越之役，左文襄视师福建，将率师以帆船渡台。属下知其耄昏，日送之登舟行，夜回舟载之返。数日不得达，托言风逆舟不得近，乃复登岸。"左宗棠暮年智力衰退太快，身体状况大不如前，已不适合在军旅中做统帅，这一点，众人都心知肚明。但他是一尊大神，有象征意义，有偶像价值，所以还要留他坐镇海疆。

中法战争前，左宗棠上书总理各国事务衙门，力主迎战："外人反复无常，得步进步，是其惯技。似非示武，不足以杜彼蚕食之谋，而纾吾剥肤之急。"中法战争时，尽管冯子材将军取得了镇南关大捷，但由于清军海战失利，军费缺口增大，李鸿章认为"见好便收，不宜再战，战败而议和更难"，政府中主张言和者较多，于是以一纸和约收场，安南遂为法国所占有。左宗棠阅览邸报，气急而手战，不能终篇。他叹息道："阁中堂天下清议所归，奈何亦附会和约！"在病榻上，他仍连声疾呼："出队，出队，我还要打！"呕血昏厥后，遂至于医药罔效，一病不起。逝世前一天，他仍要渡海到台湾去生擒法军首领孤拔，催促手下诸将出军，如同南宋名将宗泽死前在病床上大呼三声"渡河"，遗恨变成了回响。林世焘以诗哀挽左宗棠，一句实话竟成佳句："绝口不言和议事，千秋独有左文襄！"

早在咸丰十年（1860）四月十七日，左宗棠在安徽宿松与曾国藩交谈，谈到过姚莹晚年的颓唐之状，说是"人老精力日衰，以不出而任事为妙"，结果曾国藩听后"悚然汗下"，因为他自觉精力已衰。当天夜里，他就将左宗棠的这番话录入日记。那时，曾国藩才不过五十岁。

及至光绪十年（1884），左宗棠已七十三岁，精力大不如前，依旧担负军机大臣的重任，统领神机营。种种迹象显示，朝廷对他的满意度正在加速下降。

这年闰五月，黄少春募勇以备战，左宗棠径札江宁筹防局拨付经费银四百两给这位老部下。当时，左宗棠已交卸两江总督之职，不关白继任者曾国荃，实则有违规矩。更令人莫名惊诧的是，随后不久，军机大臣左宗棠擅用内阁印文调黄少春入粤，这回把娄子捅大了，难免受到斥责：

……左宗棠请调黄少春带营赴粤，未经奏定，即用内阁印文，照会该提督，殊属非是。嗣后务当随时审慎，不得稍逾体制。所取备用印封，均着交回内阁。本日已谕令黄少春带营驰赴广西关外，与潘鼎新会办防务。该大学士在京供职，所请调度之处，着毋庸议。

这一巴掌呼得可不轻，大白天左宗棠准能看见头顶繁星点点。左宗棠也会走下坡路吗？无人想过，也无人问过这个问题。曾国藩暮年统军剿捻、办理天津教案，明显走了下坡路，眼睛失明更加重了"败叶满山，无可收拾"的悲苦心境，折寿何止十年。左宗棠暮年患慢性腹泻病，记忆力变差，办事不复周详，身边又没有得力助手，犯错率猛增，纠错率大跌，被朝廷一再申饬和严谴，下坡路走得异常狼狈。像曾国藩、左宗棠这样的柱石重臣，走上坡路最艰难时也不及走下坡路时那么艰难，他们走的下坡路着实比走的上坡路更陡峭。

光绪十年（1884）七月初三日，南洋水师十一艘兵船、十九艘运输船被法舰堵在港湾中击沉、击毁，伤亡和失踪的官兵多达七百余人，主帅张佩纶张皇失措，临阵脱逃，难辞罪责。朝廷让钦差大臣左宗棠和闽浙总督杨昌濬就近彻查此事，左、杨二公认定张佩纶"尚无弃师潜逃情事，惟调度乖方，以致师船被毁"，建议将张佩纶、何如璋发往军台效力赎罪。左、杨二公如此定性，颇有为张佩纶开脱死罪的嫌疑，令极峰震怒。十二月二十七日上谕：

> ……左宗棠、杨昌濬于奉旨交查要件，应切实详查复奏，乃所奏各情语多含糊，于张佩纶等处分意存袒护，曲为开脱。军事功罪是非，关系极重。若失事之员惩办轻纵，何以慰死事者之心？左宗棠久资倚畀，夙负人望，何亦蹈此恶习？着与杨昌濬均传旨申饬。

张佩纶原本与张之洞齐名，并称"二张"，是清流派的骨干成员，孰料嘴上笔下火力十足毫不管用，马尾一战见真章，儒帅变懦帅，他败光了南洋水师的全部家当，成了千夫所指的大罪人。按理说，左宗棠应当特别气愤，必杀此懦帅而后快，毕竟长期以来左宗棠为福州船政局和南洋水师付出了大量心血，寄托了无穷希望。同治十一年（1872）四月，内阁学士宋晋奏议裁撤福州船政局，节省糜费，左宗棠复奏时，以"事败垂成，公私两害"说服朝廷，保住了船政局。现在南洋水师尽皆化为废铁残灰，他能不痛心吗？当时朝廷中清流派势力坐大，不好惹，左宗棠想预留地步，放张佩纶一条生路，并且满以为朝廷会顾及他的面子，照着他的意思定谳。现在可好，上谕申饬毫不留情，他落了个老大的没趣。

光绪十年（1884）八月，淮军名将刘铭传弃守台湾基隆，实行战略转移。此前，刘铭传指责台湾道刘璈蓄意搁发饷银军火，希图掣坏台北局面，继而严劾刘璈劣迹八宗，革职治罪。刘璈是楚军旧将，经营台南有年，闽浙总督杨昌濬总向着他。楚军、淮军积不相能、积不相容已多年，离心离德，原本就不适宜同处一座岛上分兵御敌。《左传》有言："师克在和不在众。"楚军与淮军是两个互不兼容的系统，强行放在一起运行，不崩溃才怪。

光绪十一年（1885）六月，左宗棠关于刘铭传上年弃守基隆一事的奏折受到朝廷诘责：

> 刘铭传仓猝赴台，兵单粮绌，虽失基隆，尚能勉支危局，功罪自不相掩。该大臣辄谓其罪远过于徐延旭、唐炯，实属意存周纳，拟于不伦。左宗棠着传旨申饬，原折掷还……

这就相当难堪了。朝廷认定左宗棠"意存周纳"，就是责备他有意给刘铭传强加罪名。广西布政使徐延旭、云南巡抚唐炯都是中法战争期间作战不力的官员，朝廷下令将二人逮入京城，判斩监候（相当于死缓），可谓严惩不贷。左宗棠把刘铭传与徐、唐二人相提并论，自然激怒了李鸿章等淮军系统的大佬。试想，对于一位大臣而言，"原折掷还"何其损伤体面，这是极大的羞辱和难堪。楚军也不争气，志在收复基隆，却连澎湖都未守住，并且一战而馁，王诗正（名将王鑫之子，援台楚军将领）毕竟不是刘锦棠。此后不久，左宗棠请假回籍调理，朝廷已酌情批准，他却等不到重返柳庄的那一天。很难说他的遽然谢世与以上数事毫无关联。

光绪十一年（1885）七月二十七日，左宗棠病逝于福州，遗折循常规套路走：

> 伏念臣以一介书生，蒙文宗显皇帝特达之知，屡奉三朝，累承重寄，内参枢密，外总师干，虽马革裹尸，亦复何恨！而越事和战，中国强弱一大关键也。臣督师南下，迄未大伸挞伐，张我国威，怀恨生平，不能瞑目……
>
> 方今西域初安，东洋思逞，欧洲各国，环视眈眈。若不并力补牢，先期求艾，再有衅隙，愈弱愈甚，振奋愈难，虽欲求之今日而不可得。伏愿皇太后、皇上于诸臣中海军之议，速赐乾断。凡铁路、矿务、船炮各政，及早举行，以策富强之效。
>
> 然居心为万事之本，臣犹愿皇上益勤典学，无怠万机，日近正人，广纳谠论；移不急之费以充军食，节有用之财以济时艰；上下一心，实事求是。臣虽死之日，犹生之年。

左宗棠"并力补牢，先期求艾"的愿望全都落空了，他去世之后，国势江河日下，再无起色。甲午海战的惨败、戊戌六君子的惨死、庚子事变的惨戮和《辛丑条约》的惨赔，哪一桩能够告慰左宗棠的在天之灵？

第四节　欲葬岳麓阴宅，良愿竟未遂心

光绪三年（1877），左宗棠写信给回湘调养的老朋友、老部下刘典，重点在于为阴宅选地，此时，他认为：

> ……岳麓脉自龙山分出，蜿蜒千余里，较岳虽博厚不如，而盘折雄秀实有独胜之处，南轩与朱子于此山游览殆遍，非无因也。已饬小儿辈请源圃兄于岳麓定穴作生基，死便埋我，湘山湘水，乐哉斯丘！

刘典是综理事务的高才，左宗棠非常信任他的眼光。光绪二年（1876），左宗棠的正室周诒端和次女孝琪、四女孝瑸改葬湘阴县东山板石坳，这块"佳壤"就是刘典相中的。嗣后，刘典又在道林桥和岳麓山看中两块墓地，价格都很公道，基本情况，四子左孝同和次子左孝宽均已写信告诉父亲。这就引发了左宗棠在岳麓山卜阴宅、建生圹的强烈兴趣。他将岳麓山视为上佳的归骨安魂之所，理由是此地环境优美，南宋大儒朱熹、张栻遗留的郁郁文气也值得流连。"死便埋我，湘山湘水，乐哉斯丘！"这是主意已定的语气，也是心情畅快的笔调。

光绪十一年（1885）秋，左宗棠病逝于福州，享年七十四岁。适值中法战争草草结束的特殊时期，伟人辞世，举国震悼，哀荣备至，饰终之典极优渥，朝廷先后发出《御赐祭文》三道和《御制碑文》一篇，评价直达顶格，"生为社稷之臣，没壮山河之色"，这样的盛赞，左宗棠当之无愧。

令人困惑的是：左宗棠的遗愿并未更改，为何他的灵枢却未能安葬于岳麓山？左宗棠生前封爵二等恪靖侯，身后追赠太傅，予谥文襄。湖南要妥善办理这位极品功臣的丧事，必须遵照相应的规格和礼仪，对墓园的内部陈设和周边环境均有很高的要求。岳麓山上坟冢较多，想要找到一大块平旷之地几乎不可能，何况还须勘定它是风水宝地才行，这就把微小的可能性直接压缩为零。刘典精选的两块墓地面积都太小，不够开阔，无法伸展，只好放弃。

当初，左宗棠的灵枢运至长沙北城外史家坡，即因该处左氏祖茔地形窄狭，难以兼容，只得另寻佳壤。官方经营一年多后，方才由社会贤达隆重公祭，将左宗棠灵枢安葬于善化县八都杨梅河柏竹塘山之阳（今长沙市雨花区跳马镇白竹村）。左宗棠墓原有墓碑三通，主碑刻文为"皇清太傅大学士恪靖侯左文襄公墓"。据学者梁小进所记，左宗棠墓园初始规模很大，"墓前花岗石级数十步直铺山下，接神道，伸向两侧，立有石人、石马、石虎、石羊、华表各一对。墓地左侧建有一座墓庐屋，青砖青瓦，其砖如城墙砖大小，侧面刻有'左太傅祠'四字。墓庐二进三开间，一进中为过道，两侧分立青石碑各三方；二进居中的堂屋为享堂，设有左文襄公神位。"神道西端即为龙尾之所在，并由此东转，接上一条三四尺宽的石道，东行约五百米处建有一座牌坊，四柱三门三楼，正中坊额刻有皇帝题书，中门两边分别立有一对石狮、石象。石道再往东，约五百米处建有一座御碑亭，坐西朝东，八角八柱，盖琉璃瓦，周砌矮墙，东向开门；中立御制碑，下以龟趺承负，碑体包括碑冠、碑身、碑座，高约五米。御碑亭东向，仍有石道，铺往杨梅河码头。你看看，要找到这么大一块佳壤整理成墓园，岳麓山纵然有仙则灵，仍显局促，无力接下这个大单。

左氏功名诀

"但能破彼船坚炮利诡谋，
老命固无足惜！"

意 译

　　只要能够破解洋人船坚炮利侵略中国的诡计，我这条老命原本不值得格外爱惜！

评 点

　　忠臣越老越忠诚，这一点也不奇怪，毕竟爱国热情也是越积累越深厚，如同佳酿，愈陈愈醇。第一次鸦片战争爆发时，左宗棠不到三十岁，只是一名坐馆教书的塾师，他力主抗击英国侵略军，为此撰成军事方略六篇，《料敌》《定策》《海屯》《器械》《用间》《善后》，战守机宜尽在其中。此后数十年间，他一直主张抗御外侮，到了古稀之龄，不惜老命与之一拼，这样的念头更为强烈。然而张佩纶不争气，马尾海战，这位"儒帅"怯懦恐慌，南洋水师尚未动真章迅即全军覆没，将左宗棠苦心经营多年的家底全部败光。此事令左宗棠极感伤心，变成了催命符之一。

功名诀

左宗棠镜像

王开林 著

下卷 非常名

湖南文艺出版社·长沙
HUNAN LITERATURE AND ART PUBLISHING HOUSE

目录　　下卷　非常名

第八章　江湖恩怨多，这流水账该怎么算

第九章　裁度人才非易事，暮年心境转苍凉

附录　主要参考书目

后记

陶督贺师倒屣迎，润芝推誉霸才名。

筹边实学追王越，湘上农人效许行。

江舟展晤传薪火，塞马嘶鸣入阵营。

心气不高何有济？胆识绝异岂无灵！

扶倾本领方唐帅，骂坐功夫拟汉卿。

屡与涤公伤旧谊，筠仙湘绮意难平。

非常多

引　言

一

世间英物，光焰摇曳万丈之长，同时代人已然被其强光烈焰炫至头晕眼花，可他意犹未尽，仍把高调唱得穿云裂帛，简直不留任何余地。

儒家重礼，以谦抑、谨慎为基本德行。若有谁桀骜狂恣，张扬个性，他秉持的就是危道，即通常所谓"人狂必有祸"。社会大环境赞成并且鼓励抱团取暖，秉持危道者将很难从众合群，真能身名俱泰的，举世不多见。在不多见的异数中，居然有一位超级大腕，他就是晚清名帅左宗棠。

大学问家章炳麟喜欢评骘近代人物，他对左宗棠的评价如何？我们来看看："曾、左之伦，起儒衣韦带间，驱乡里服未之民，以破强敌。宗棠又能将率南旅，西封天山，置其叛逆，则上度皇甫规、嵩，下不失为王铎、郑畋，命以英雄，诚不虚。"章太炎以英雄称许左宗棠，所比拟的历史人物却只是两位东汉名将（平定叔孙无忌乱党的皇甫规、平定黄巾起义的皇甫嵩）和两位唐末名将（围剿黄巢乱军的诸道行营都统王铎、大破黄巢乱军的京西诸道行营都统郑畋），这个评价不算高，恐怕很难让左宗棠满意。须知，左宗棠一直自视为诸葛亮后身，他对高龄远征的西汉名将、营平侯赵充国颇为赞许，又岂肯降低咖位，与章炳麟列举的两位汉将和两位唐将比肩并列？

道光末年，脆弱的社会平衡被南方暴乱骤然打破了，但凡有胆有识的青壮年书生，莫不跃跃欲试。铁血交飞的疆场已经铺开，准入规则简化至极：谁能够拿出本领来驾驭贪夫悍卒，削平乱局，收复失地，拯救灾黎，谁就能够享九世之名，受五等之封，登一品之阶。就这样，左宗棠以逆天的胆魄和烧脑的谋略脱颖而出，在军政两界，其天才表现均刷新了观众的认知高度。倘若将这位实力派奇人放置在和平岁月里，他多半只能走父辈的老路，做课童的塾师，无法锥处于囊中，定被蒿莱埋没。时空转换了，世界大不同，他倜傥轩昂，豪迈英果，俯视一世，推倒群雄，成为晚清时期的中流砥柱，撑起风雨飘摇的百年家国。

二

盛名之下，也难安处。一旦为盛名所累，左宗棠如何看待它？

"毁誉不足道，功名亦不足道，能尽吾心力以善吾事，斯可矣。"

"誉我非我，毁我非我，我自有我，与人无干。"

"时俗毁誉，最不足凭，亦正无须介意。我辈只争此事不错，此心无他，便自浩浩落落。外间说好说歹，听其自起自灭可耳。"

"士君子立身行己，出而任事，但求无愧此心，不负所学。名之传不传，声称之美不美，何足计较！"

这些话，果真出自左宗棠的笔端？满世界的围观者都以为他珍视名誉仅次于珍视生命，殊不料他给所有猜想者兜头浇下一桶冰水。

左宗棠果然轻名重事，轻名重我，轻名重实，轻名重心性，轻名重学行吗？果然，而又不尽然。他建树了非常功，适配的就该是非常名，这个要求并不过分。

三

同治元年（1862）十月初，曾国藩致书金陵前线身负枪伤的湘军大将、胞弟曾国荃，说过这样的话："吾兄弟誓拼命报国，然须常存避名之念，总从冷淡处着笔，积劳而使人不知其劳，则善矣。"大臣大将积功积劳，久则实至名归，美誉盛名夯实了地基，较为牢靠，诋毁者们合力也推它不倒。

左宗棠具备好胜的性格、务实的作风，对于经世之学的极度嗜好和全面掌握决定了其事业走向，种种石破天惊的表现均为正常输出。

光绪十一年（1885），左宗棠七十三岁，去世前一个多月，应武将侯名贵的请求，为其《疏勒望云图》题咏七古一首，开笔即吐壮句："男儿有志在四方，欲求亲显须名扬。自来尽忠难尽孝，征人有母不遣将。"豪情匝地，壮气摩空，虽至暮晚而不衰。何为"志能帅气"？此之谓也。钱萼孙评左公诗："如龙城飞将，豪气凌云。"诚非谬语。"欲求亲显须名扬"，左宗棠的功名心始终在线，不管他承认与否，大家心知肚明。

左宗棠屡屡强调"我平生颇以近名为耻"，李鸿章偏偏咬定他"近名而多意气"，这就等于是批评左宗棠，不仅喜欢沽名钓誉，而且喜欢意气用事。没错，左宗棠一生傲视群伦，所至任地必定要改弦更张。他莅任闽浙总督，则谓"闽中吏事、兵事，败坏莫支，环顾九州，鲜有其比。……司道无能任事者，知府中仅有两人称职，余皆庸猥不堪"；他剿捻过山西，则谓"晋虽完善，然吏治、军事、民风窳惰已极，非大有更张不可"；他追捻至直隶，则谓"直省吏事、军事全无可观"；他平乱至甘肃，则谓"此间百务废坠。自设行省以来，因陋就简，驯至于今，则并其简陋者而亡之矣"，对前任杨岳斌、穆图善颇不满；他莅任两江总督，则谓"江南克复二十年，而城邑萧条，田野不辟，劫窃之案频闻。……较四十余年前光景，判若霄壤"，在肯定陶澍治绩的同时，他苛责曾国藩、李鸿章、马新贻、李宗羲、沈葆桢、刘坤一等历任两江总督。当前任两江总督刘坤一与继任两江总督左宗棠交接之际，李鸿章致书相嘱："左相威望才略自以外任为宜，近因年高，精神似稍散漫。江南自文正创造，规模可大可久，诸贤接踵，萧规曹随，士民钦服。……望交替时详告而敦劝之，勿过更张为幸。"然而左宗棠素以更张为能事，岂肯恪守旧章？他强行恢复淮盐引额，上不直于朝廷，中不谅于四川总督、湖广总督，下不满于盐商，竟力排众议，独负勇名，就连好友彭玉麟也对此不以为然，批评他"惟求效太急，奸巧小人乘间而入，从中渔利"，不免有失察之过。

<h1 style="text-align:center">四</h1>

王柏心推崇左宗棠，称之为"中兴以来奇才第一"，写信规劝他"自兹以往，勋益高而心益下，望益峻而量益闳，乾乾忠勤，始终无懈"。左宗棠心气极高而度量欠闳，于是王柏心以言赠之，以德矫之。左宗棠有此益友、净友，可谓幸运。

左宗棠从未像曾国藩那样，与"完人""圣人"的美誉挂钩，"奇人""异人""强人""猛人""狠人""暴人"之类的标签则与之结下不解之缘。这说明什么？曾国藩以德业取胜，左宗棠以功业见长，他们的着力点不同，但他们的实绩同样醒目。有人以"左氏浮夸"来讽刺左宗棠，有人以"悻悻争名"来贬低左宗棠，效果适得其反，原因就在于左宗棠的盛名并非立于流沙之中，而是立于磐石之上。左宗棠喜欢骂人，实亦不惧人骂，别人越被骂越意怯心虚，而他越被骂越气豪胆壮，骂不倒的人才立得住，立得住的人才骂不倒。郭嵩焘久久不肯冰释旧怨，原因就在于左宗棠未曾给过他一丝翻转的胜机，这完全是不对等的较量，赔光多年友情尚在其次，脸颊被一双无形之手摁在地板上摩擦的窒息感才是特别可怕的。

《列子·杨朱》篇中有这样一节文字："杨朱曰：'万物所异者生也，所同者死也。生则有贤愚、贵贱，是所异也；死则有臭腐、消灭，是所同也。……十年亦死，百年亦死。仁圣亦死，凶愚亦死。生则尧舜，死则腐骨；生则桀纣，死则腐骨。腐骨一矣，孰知其异？且趣当生，奚遑死后？'"二者的肉身固然同归于尘土，但是二者的精神自有高下之别，声名自有美恶之判，并不会画上等号。做仁圣强于做凶愚，强就强在心安理得。

孔子强调"君子疾没世而名不称"，中国民间也赞成"雁过留声，人过留名"。魏文帝曹丕尚在东宫时，致书王朗，自陈定见："生有七尺之形，死唯一棺之土，唯立德扬名，可以不朽。"这话说得实诚。左宗棠一生争强好胜，又岂会像道家列御寇那样漠视人间英名？论立德于乱世，其表现容或逊色于曾国藩；论立名于青史，立功于绝域，其成绩均为高分，就算将他的敌手全部召集过来，团团而坐，放胆挑剔，任意吹求，他的加分项目仍旧会多过扣分项目。

第一章

耕读可养志，从倒插门到倒屣迎

究竟是人杰然后地灵，还是地灵然后人杰？或许人之杰与地之灵互为因果。"资湘之间，山水清奇，士负刚正之气，秉节艰贞，胸次宏远。"将胡林翼这二十二字刻画用在左宗棠身上，真是再切当不过了。

　　嘉庆十七年（1812）冬，左宗棠出生于湖南省湘阴县东乡左家塅。他的祖父左人锦是国子监生，律躬甚严，以课徒为业。他的父亲左观澜是县学廪生，在长沙坐馆教书二十多年，两袖清风，一怀明月。左宗棠五岁时祖父谢世，十五岁时母亲故世，十八岁时父亲辞世。从四岁到十八岁，左宗棠都是以父为师，十九岁后，才到长沙城南书院就学，山长为贺熙龄。虚岁二十九时，左宗棠赋诗《二十九岁自题小像》八首，其中回忆父亲坐馆养家，母亲辛苦拉扯孩子们长大，道是"研田终岁营儿哺，糠屑经时当夕飧"。嘉庆十二年（1807），湖南大旱，家家米缸都空空如也，左宗棠的母亲余氏筛糠做饼给孩子们吃，能够挺过鬼门关实属万幸。这是左宗棠出生之前的家事，他听大姐回忆过一两次，就铭了心，刻了骨，还入了诗。

　　儿时，左宗棠随祖父左人锦到屋后山中采摘小栗子，及至满捧之后，受命回家赠送给兄姊，居然分配得妥妥当当，自己一颗也未留。左人锦欣慰之极，当众称赞道："此子幼时分物能均，又知让而忘其私，异日必能昌大吾门！"湘人有句谚语："细伢子不调皮，长大哒有出息。"左宗棠自承"余以先公幼子恃爱，日诵所授书毕，即跳踉嬉戏"，由此可见他是典型的调皮伢子。

光绪四年（1878）夏，王闿运在日记中追记左宗棠的童年逸事，以此证明左宗棠好胜心极强，简直近乎病态：塾师左观澜喂养了一缸金鱼，以金鱼产仔多少来预估门徒的"升学率"高低。有一年金鱼产仔多，左观澜预计门生某某和某某某县试能够过关，也许他认为幼子左宗棠年纪尚小，提了几个名字都没有提及他。左宗棠心里很不服气，就瞅个空把玻璃缸中的金鱼全部弄得眼睛翻了白。左观澜责问儿子何故发飙，左宗棠便将自己的不满之情吐露无遗。如果这则逸事不是王闿运刻意杜撰出来的，九岁童子，心气如此之高、手段如此之狠就着实令人惊诧，"人看其小，马看蹄爪"，左宗棠日后之强横可谓早露端倪。

第一节　南城灯火，北道风霜

左观澜有三个儿子，长子宗棫，次子宗植，幼子宗棠，三子随侍父亲，完成课业。宗棫二十岁考中秀才，二十四岁就病故了，刚脱颖即早逝，可惜！宗棠与二哥宗植感情很深，但他们切磋学问时"不尚苟同"。道光十三年（1833），左宗棠赴京会试，赋《癸巳燕台杂感诗》八首，第七首有"一家三处共明月，万里孤灯两弟兄"，可见手足情长。光绪元年（1875），左宗棠六十三岁，膺任钦差大臣，出塞督师之际，含泪为二哥宗植的遗著《慎斋诗文钞》作序。

当年，兄弟二人均精研实学，兄好钻研天文学，弟好钻研舆地学，各有所好而无妨"疑义相与析"，争个面红耳赤，谁也说服不了谁。左宗棠回忆往事，彼此"过招"的情景依然历历在目：

> 尝各持所见相辨难，得失未析辄断断然。余所学不逮兄远甚，兄于余所业亦少许可。每剧谈竟夕，争驳不已，家人乃温酒解之。酒后或仍辩难，或遂释然。虽谐语常露憨态，回思多可笑者。

他们最后一次见面在同治六年（1867），左宗棠由闽浙移督陕甘，弟弟五十五岁，哥哥六十三岁，一对老兄弟，在汉口会合，情不自禁，"相持而泣"。宗棠给久病的二哥敬酒，朗读二哥得意的诗文，只有叙旧，不复辩难，正宗的湘阴土话，"个札味道"如何？"帐下健儿环听，相睨而笑"。左宗植做京官时，适值洪杨乱起，大帅赛尚阿经略广西军务，平乱处处不得力，皆因参佐中无高才，左宗植向军机大臣祁寯藻力荐江忠源为军政奇才，祁寯藻遂上达天听，"忠烈之转战数省，丰功劲节，为中兴诸将眉目，实自舍人识拔始"。左宗植本人的事业发展可惜未能达到预期，在王闿运的《湘绮楼日记》中，省城长沙名士雅集，常有左景乔的名字在列，大家对左宗植的学问和人品都是认可的，可他始终没有在仕途上迈出大步，这多少有点出人意料。

左氏兄弟在汉口叙旧，肯定不会漏掉他们早年的得意之笔。道光十二年（1832），左宗棠与二哥左宗植一道参加湖南乡试，联袂中举，宗棠是第十八名，宗植是榜首（解元）。这次乡试左宗棠考中举人，经历颇为曲折，实属不易。他的考卷原本已被同考官批为"欠通顺"，摈弃不荐，依照惯例此科获隽的希望就彻底归零了。所幸正考官是礼科掌印给事中徐法绩，素以办事严谨著称，他遵从皇上特诏搜罗遗卷，对左宗棠的礼经文赞赏有加，认为其笔底颇见精思，遂力排众议，拔置前列。湖南巡抚吴荣光早知左宗棠的文名，亦起身向考官贺得人。值得一提的是，考官徐法绩搜遗共得六人，文学名家吴敏树也是其中的幸运儿。道光十三年（1833），左宗棠首次赴京会试，未能中选，落榜之后，南归之前，修书致座师徐法绩，言志抒怀，大意是：宗棠早岁孤独贫寒，失时废学，章句之类的末技，尚且很少窥见底蕴。我每每去观察古今积累道德、擅长文章、卓然独立，被时论称赞为不可或缺的人物，以及天地间不常诞生的精英，在大好年华，他们大多能够坚强自立，不为流俗所转移。刚开始他们也未尝不被世俗诟病，及至功成名就，天下一致赞美他们。例如贾谊、诸葛亮、陈亮等人，数不胜数。

如何向这些优秀人物看齐？左宗棠决心做好一件事——钻研实学。他告诉恩师：观时务之艰难棘手，莫过于治理灾荒、盐务、河务、漕务，他将搜罗这些方面的书籍，弄清相关的掌故，解释明白而深入研究，以求符合国家养士的本意和恩师殷切的期许。多年后，左宗棠受命于危难之际，佐湘抚，援江西，收两浙，靖八闽，歼余洪，剿西捻，平陕甘，复新疆，实学之助力愈益彰显。"才须识，识须学，夫然后浩然之气沛乎其有余也，非天幸也。"朱德裳的这句评语切中肯綮。

到了晚年，左宗棠对徐法绩愈益深有知遇之感。同治九年（1870），他为恩师家书作跋，感慨系之：

> 白头弟子尚得于横戈跃马时得瞻遗翰，不得谓非幸也。抑余尤有慨焉。选举废而科目兴，士之为此学者其始亦干禄耳，然未尝无怀奇负异者出其中。科名之能得士欤？亦士之舍科名末由也？惟朝廷有重士之意，主试者不忍负其一日之长，则兴教劝学，其效将有可睹，于世道人心非小补也。

当年，秀才握椠怀铅，三年一次大考，倘若遭到屈抑，又须苦捱苦撑三年，很可能一蹶不振，甚至终身沦弃，这岂止是个人的不幸，同样是社会的损失。顺其自然的达观者亦有之，比如罗泽南，他逢考必赴，考不中也并不烦心，但这种人少之又少。及至同治年间，左宗棠任陕甘总督，起用徐公之孙徐韦佩于戎幕，保为平凉知府，又特意修复恩师在泾州故里土门徐村的墓地，永禁樵采。智者识拔优秀人才，谁说无厚报？

道光年间，左宗棠的命运轨迹与寻常士子并无大异，"南城灯火，北道风霜"，"一攀丹桂，三趁黄槐"，身为长沙城南书院的高才生，他三赴春闱，功亏一篑。

道光十五年（1835）春，左宗棠再次参加会试，熟门熟径，发挥上佳，揭榜之后，他写信告诉周夫人：这次会试的文字很得意，拿给朋友们看，也断定必中。没料到竟因湖南中额溢出一名而撤掉了他的试卷，那个名额划给了湖北，如此落榜，既冤且屈。安慰奖倒也有一个，左宗棠被录取为史馆誊录（积劳得叙，可做县令），对这个鸡肋，他当然毫无兴趣。事后，他听说同考官温葆深侍讲呈卷时曾极力推荐，总裁也评为"立言有体"，却无济于事。

"科名虽无关人生大节，然实有天命存焉。特自问非战之罪，似尚可归见江东父老耳！"听这话，苦涩中仍不失幽默感。左宗棠第二次沦为被科场规则"灭灯"的对象，运气着实太背，真正背到了姥姥家。

三年后，道光十八年（1838），湖南举人入京参加会试，阵容强大，多的不说，只举四人为例：曾国藩、左宗棠、罗汝怀、欧阳兆熊，个个出色。这年，左宗棠二十七岁，与湘潭才子欧阳兆熊相遇于汉口。读书人谈天说地，难免似孔雀开屏，炫耀文采，左宗棠朗诵一副自题岳阳洞庭君祠的对联：

迢遥旅路三千，我原过客；
管领重湖八百，君亦书生。

欧阳兆熊对此联激赏不已，称赞左宗棠胸襟恢廓，意态雄杰。有趣的是，欧阳兆熊偶然看到左宗棠写给夫人周诒端的家书，信中有一句"舟中遇盗，谈笑却之"，大惑不解，数日来两人形影相随，船上发生了这种事情，自己竟然一无所知？于是他私下询问左家仆从："你家主人在哪里遇上强盗了？"对方的回答令人捧腹："没遇上强盗啊，昨天夜里，主人讲梦话，有人扯了扯他的被子，他就大喊'捉贼'，邻近船上的客人都被他的叫声惊醒了，直到现在他的喉咙都还是干哑的。"原来如此，所谓"遇盗""却盗"，纯属梦呓，一旦纸写笔载，竟令人心惊，与真实遭际无异。欧阳兆熊越想越觉得此事滑稽，喷茶喷饭之后，忍不住质问左宗棠："你给夫人写信，也要扯白？"左宗棠心知粮事掉了底，谎言穿了帮，倒也不慌神，更无丝毫愧色，反而振振有词："你这迂夫子不开窍，巨鹿之战、昆阳之战，都是大阵仗，哪位史家亲临过现场？还不是幸亏司马迁、班固笔下写得活灵活现。天下故事那么多，哪桩哪件不是做一半编一半！"

左宗棠有个定见，史家并非依靠事实而是凭借想象描述古代战争，笔底云海垂立，纸上精神飞舞，这种顶尖的文字功夫如同表演魔术，观者看了兴致勃勃，也没谁非要去拆穿机关不可。天下事何必字字较真，又何从字字较真？能够提神补脑就好嘛。左宗棠洒脱不羁，这个回答足以让他体面地踱下九十九级台阶，因此两人"相与大笑而罢"。左宗棠的这则轶事始出于欧阳兆熊的随笔，后来李岳瑞在《春冰室野乘》中另加发挥，说左宗棠是在梦境中遇盗，一觉醒来写进家书，欧阳兆熊质疑，左宗棠反而不解他何以大惊小怪，少见多怪，发出"信矣，痴人之不可与说梦也"的感叹。两相比较，前者属于原生态，对人物的性情、见解描写俱精；后者属于再虚构，专为左宗棠脸上搽粉，反而落为下品。

这年春闱，曾国藩殿试三甲赐同进士出身，考中了，还点了翰林，此后他就在仕途上不断"超车"，直到二十多年后位极人臣。左宗棠会试即名落孙山，三失龙头望，从此绝意科举，他在家书中告诉周夫人："榜发，又落孙山。从此款段出都，不复再踏软红，与群儿争道旁苦李矣。"家书中，"道旁苦李"用的是王戎的典故，群儿争摘道旁李，王戎不拢边，不动手，他已猜中那满树李子是苦涩的，否则还轮得到后来者尝鲜吗？赴这次春闱的湘籍举人中，不乏名士，欧阳兆熊是头一次参加会试，权当来京城探个路逛个街，根本没把落榜当回事。罗汝怀年龄最大，比曾国藩大七岁，比左宗棠大八岁，其情形也最可惜。左宗棠致书内弟周汝充，道出因由：罗汝怀朝考头场已取为二等，二场卷也写作俱佳。收卷时，他誊清的卷子忽然被一阵妖风吹起，沾到墨盒上，被墨汁弄出污迹，已补救不及，所以没有被录取。罗汝怀遭遇意外的"风灾"而落第，便从此绝意科举，醉心于经世之学，成为学问家和湖南省内颇具影响力的绅士。

第二节　入赘之身，经世之学

十八岁时，左宗棠即神完气足，能够领会庄子"无用之用乃为大用"的要义，时或将"有用"的八股制艺搁置一旁，购读"无用"的大部头，反复玩索，比如顾炎武的《天下郡国利病书》、顾祖禹的《读史方舆纪要》，仔细琢磨山川形势和战守机宜，多有评点：认为顾祖禹著书粗枝大叶，考据颇多疏略，议论间或会有欠缺斟酌的地方；优点亦显而易见，"熟于古今成败之迹，彼此之势"。他还潜心阅读湘籍贤臣贺长龄主编的《皇朝经世文编》，用力甚勤，丹黄满纸，批点密密麻麻。

道光十年（1830），江宁布政使贺长龄为母亲严太夫人守孝，回到长沙，他听说胞弟贺熙龄收了个门生叫左宗棠，好学明理而有奇才，起初不免将信将疑，及至晤谈之后，推为国士。许多年后，左宗棠上奏朝廷，"请将前云贵总督贺长龄事绩宣付史馆并准入祀湖南乡贤祠"，回忆与贺长龄交结的往事，依旧历历在目：

臣弱冠时，颇好读书，苦无买书资。贺长龄居忧长沙，发所藏官私图史借臣披览。每向取书册，贺长龄必亲自梯楼取书，数数登降，不以为烦；还书时，必问其所得，互相考订，孜孜断断，无稍倦厌。其诱掖末学，与人为善之诚，大率类此。尝言："天下方有乏才之叹，幸无苟且小就，自限其成。"

长辈贺长龄真有爱才、惜才的盛意，不仅借书给左宗棠读，还为他找书，给他讲论旧典，全是经世实学。左宗棠深入宝山，当然不会空手而归。

道光十一年（1831），贺熙龄在城南书院主持讲席，专讲有体有用之学，尤其看重左宗棠：

左子季高，少从余游，观其卓然能自立，叩其学则确然有所得，察其进退言论，则循循然有规矩而不敢有所放轶也。余已心异之。

贺熙龄授以汉宋先儒之书，教导左宗棠明辨义利，对于宋代理学，左宗棠性虽不近，而知其本源。人才能够成大器，必有长者调教护惜，光靠个人苦学是远远不够的。在城南书院就读期间，左宗棠潜心研读，宛如春蚕，胃口大开，一头钻进兵书、农书、医书和有关漕运、河务、盐政、舆地的典籍中，饕餮无餍。在他看来，唯有这些实学才算硬道理，对于宋明理学之类，他的兴趣就明显要小得多。日后，左宗棠教导长子孝威"读书养身，及时为自立之计"，就是以自己早年苦学精研的经历为例，得出结论："学问日进，不患无用着处。吾频年兵事，颇得方舆旧学之力。入浙以后，兼及荒政、农学，大都昔时偶有会心，故急时稍收其益，以此知读书之宜预也。"何谓"读书之宜预"？就是将实用的书籍早早阅读，早早领会，做足案头工夫，方可免于临渴掘井的窘迫。

道光二十五年（1845），左宗棠三十四岁，他对舆地学已具备洞见，致书同好罗汝怀，出语尽显大家风范：

> 大抵吾辈著述，必求其精审，可以自信，然后可出以示人。若徒以此为啖名之具，则其书必不能自信，不能传久，枉用功夫，殊无实际，何为也？……近人著书，多简择易成而名美者为之，实学绝少。仆近阅新书殆不啻万卷，赏心者不过数种已耳。学问之敝、人才之衰，此可概见。

读书的过程是一个披沙拣金的过程，左宗棠手眼俱高，自然能够萃取精华。

现代学者钱基博著《近百年湖南学风》，他有个基本判断："胡林翼聪明绝世而纳之于平实，曾国藩谨慎持躬而发之为强毅，而宗棠则豪雄盖代而敛之以惕厉。"年轻时，左宗棠读书如同修行，确实有其过人之处："古之读书修身，卓然有立者，无不从艰难困苦历练而出。若读书不耐苦，则无所用心之人；处境不耐苦，则无所成就之人。"他认为，一个人要验证自己"平素之道力"如何，唯有"遇不如意事，见不如意人"，懂得如何区处，方可得真修为。他主张"不如索性做去，成败利钝，不置于怀，世上尽有风波，胸中自无冰炭。而忧烦抢攘之中，时获一恬舒休裕之境，庶可担当世事也"。世间读书人多，行动者少；畏首畏尾的人多，敢作敢为的人少；前者多半平庸，后者方显雄奇。

道光十二年（1832）八月，左宗棠入赘湘潭周家。周家大院有个别致的名字——桂在堂，它三进五开，光天井细数下来就有四十八口，家道颇为殷实。左宗棠与夫人周诒端齐年，同为二十岁。岳母王太夫人王慈云安心守寡，文化水平很高，她既能给家人讲解《诗经》《楚辞》，又能吟诗。尤其难能可贵的是，她具有识别鱼目蚌珠的慧眼，认定左宗棠绝非久处蒿莱的凡庸之辈。周诒端温婉贤淑，知书达礼，左宗棠对她非常满意。同治九年（1870），周夫人在家溘然辞世，左宗棠于家书中信笔摘出她的四大优点——"言动有法度，治家有条理，教儿女慈而能严，待仆媪明而有恩"，要儿女视之为家范，情见乎辞，敬亦见乎辞。

在清朝，男子入赘绝非值得津津乐道的美事，若非家境贫寒，经济薄弱，不可能出此下策。男方要摆脱羞耻心，消除自卑感，不被别人看扁瞧低，就必须自立门户。左宗棠初到莲城，下马伊始就领教了乡民们的花式嘲弄，一首顺口溜算作见面礼："桂在堂，讨个郎，呷掉一仓谷，睡烂一张床。"好端端的上门女婿，却被视为赖在岳家吃白食的懒汉，足见乡民们的成见和偏见有多深。

左宗棠的气场极大，自尊心特强，顶得住外界的压力，如果说他的诗句"九年寄眷住湘潭，庑下栖迟赘客惭"只算点到为止，他在《亡妻周夫人墓志铭》中则完全袒露心迹："余居妇家，耻不能自食，乞外姑西头屋别爨以居。比三试礼部不第，遂绝意进取。每岁课徒自给，非过腊不归。夫人与妾张茹粗食淡，操作劳于村媪。"左宗棠羞于吃闲饭，做甩手掌柜，他决定自食其力，自养其家。绝意科举之后，他出门做塾师，直到年底才能返回桂在堂。周夫人常有小恙缠身，张氏妾终日操持家务，比村妇还要辛苦。说到张氏妾，也是由周夫人作主纳的，原本是她绝对信得过的丫头，身体好，性格柔和，手脚特别勤快。周夫人体质弱，能得张氏妾全力帮衬，家中诸务便能够打点得熨熨帖帖。有人不理解左宗棠做上门女婿何以有这么大的自由度，早早地纳妾，但事实就是如此。

第三节　一门风雅，女子多才

左宗棠教书育人应算子承父业。道光二十年（1840），他赋诗《二十九岁自题小像》，共计八首，第一首即描写坐馆授徒的心境，失落之感、无奈之情洋溢于字里行间：

犹作儿童句读师，生平至此乍堪思。

学之为利我何有？壮不如人他可知。

蚕已过眠应作茧，鹊虽绕树未依枝。

回头廿九年间事，零落而今又一时。

左宗棠诗才沉雄，文才挺秀，可惜日后出将入相，这支妙笔长年为奏牍、书札所夺，存世的诗文不多。

左宗棠的次兄左宗植学识富赡，尤以诗文自豪，与邵阳魏源、益阳汤鹏、郴州陈起诗并称"湖南四杰"。左宗棠的三位姐姐个个能吟善咏，其中三姐最富诗才，有《幽香阁吟草》存世。家风所及，左宗棠的四位女公子皆长于赋比兴。四女儿孝瑸殉夫，七律《孤雁》催人泪下：

哀音遥度暮云宽，孤弱谁怜饮啄难。

燕塞月明频夜梦，衡阳峰色几回看。

情伤比翼飞偏后，意怯同群影自寒。

念尔茕茕栖托苦，何如远翥学青鸾。

秦翰才著《左宗棠全传》，称赞左家一门风雅，才女之多尤其令人咋舌："于是宗棠之姊、若妻女、若女孙，尽属女诗人，洵为一时佳话。惜诸人身世，或多病，或早逝，或婿家贫乏，类颇可悲，岂诚《幽香阁吟草》中所谓'福慧双修自古难'耶！"

道光二十一年（1841），左宗棠写信给恩师贺熙龄，夸赞自己的连襟张声玠"人品清挺，学问深醇"。张声玠娶周诒端的妹妹周茹馨为妻，于道光十一年（1831）中举，做过直隶元氏县县令，未能尽展才能，四十六岁就病死在任上。

道光二十九年（1849），左宗棠撰《元氏县知县张公墓志铭》，称赞张声玠"识局清远，敦让有执"，叹惜他壮年早逝："所就宜不止此，而竟止此也，悲夫！"铭词为："生而才未究厥施，有翼不奋终栖卑。文字照世徒尔为，千秋万载谁知之？我铭其幽空涟洏，后欲有考征吾词。"他也是有意为后世留下一份证词，证明曾经有一个德才兼备的人死于盛年，未能实现他的夙愿和抱负，他的成就本来可以更大，却未能达到预期。

左宗棠的妻子周诒端温润贤德，"常时敛衽危坐读书史，香炉茗碗，意度翛然。每与谈史，遇有未审，夫人随取架上某函某卷视余，十得八九"，可见她阅读面宽，记忆力好。周夫人不乏咏絮之才，《饰性斋遗稿》收录了她的古体诗八首、近体诗一百三十一首。她的诗作言近旨远，以女性罕备的明达见长，请看这首七绝：

清时贤俊无遗逸，此日溪山好退藏。
树艺养蚕皆远略，由来王道本农桑。

乱世铁血交飞，人命危浅，左宗棠自号"湘上农人"，多年退隐乡间，不肯出仕，周夫人并无微词，但她了解夫君的抱负和才能，因此借七律《秋夜偶书寄外》表明了更高的期许："书生报国心长在，未应渔樵了此生。"贤妻如同益友，如同净友，如同谅友，这是左宗棠的福气。

周夫人（正室）共生一儿（孝威）三女（孝瑜、孝琪、孝瑸）；张夫人（侧室）共生一女（孝琳）三儿（孝宽、孝勋、孝同）。周夫人与张氏妾无复旧日主仆之尊卑，她们以姐妹相称，相亲相敬，同心同德，合力鞠育四儿四女。左宗棠安享齐人之福，家庭氛围其乐融融，做塾师自食其力，生活不成问题。虽然入赘的经历曾在左宗棠的心里投射过阴影，但这种状况属于世俗社会的成见陋识所加，并非岳家所施。左宗棠对贤内助周诒端的爱意和敬意源于患难，发自内心，他撰《亡妻周夫人墓志铭》，其中有情深意切的笔墨，大意是：女子出嫁，由家境穷苦而到家境宽裕，由身遭患难而到身处安荣，尽管她们贤惠聪明，但很少有人不改变夙愿。像夫人这样黾勉同心，始终一致，已不是常人所能做到，何况她的品德还有更超过这些的！衰老余年，我事务繁忙，无暇安居，家中丧失这么贤良的助手，内顾堪忧，而自谓能轻易结束悲伤吗？

周夫人于同治九年（1870）二月初二日病逝，享年五十八岁，她离世后，左宗棠一直未再娶，在当时的官场，一品大臣甘愿做个"光头和尚"，这种情形实为罕见。

第四节　恩师激赏，总督青睐

左宗棠研究地理，必以历史为参考，用变化不拘的眼光审视其古今之大异，"故有古为重险，今为散地；彼为边处，此为腹里者"，须随形换影，随步移影，不作胶柱鼓瑟之研究。

道光十六年（1836），左宗棠在湘潭周家攒劲干着大事，依照比例，亲手绘制了一幅全国地图。他写信告诉次兄左宗植：我现在打算先绘制一幅皇舆图，计算里程，画出方块，每个方块定为一百里，用五种颜色来区别，每种颜色代表五种物体，地图纵横九尺。等绘制完成后，分别画各省，省图内又分成各府，一一注明。再由明朝到元朝、宋朝，上溯到《禹贡》九州。以这幅地图为根本，以众多史书为佐证，或许可以消除穿凿附会的错误。近来已着手画稿，每次画稿完成，夫人就为我影绘，遇到疑难的地方，我们就一同查阅书架上的资料，十有八九能找到结果，她对我帮助很大。新建的小楼极为宽敞，左图右史，乐此不疲。我又写了一副对联，"身无半亩，心忧天下；读破万卷，神交古人"，虽不免夸大，然而自觉志趣不凡，知道兄长必定要训斥我狂态逼人了！

左宗棠与周诒端夫唱妇随、合作无间的情形别有趣味，并不输给赵明诚与李清照的猜书赌茶。皇舆图绘制完成，周夫人题诗，有"山川万里归图画"的锦句。二十四岁年纪，左宗棠专治实学，造诣日益精深，想必左二哥夸赞他都来不及，又怎忍训斥小弟"狂态逼人"？左宗棠的狂态长期未有过收敛的迹象，他为子弟示范，立志要立天下志，张狂要比古人狂。三十年后，左宗棠将那副对联"身无半亩，心忧天下；读破万卷，神交古人"挂在家塾门口，补充序言，大意是：三十年前，我作这样的联语自夸，如今还时常往来胸中，试为儿辈朗诵它，不免有惭愧的意思。然而志趣原本不妨高于凡俗，怎能以我现在德行浅薄、才能不足就说子弟不可学我少年时代的张狂呢？

湘贤名宦贺长龄、贺熙龄兄弟阅人无数，得其交口极赞的人少之又少，他们都将左宗棠视为不可多得的国士。贺长龄再三叮嘱这位忘年之交："天下方有乏才之叹，幸无苟且小就，自限其成。"贺熙龄主持长沙城南书院讲席时，左宗棠是其门下弟子，两人亦师亦友，情谊坚牢。道光十九年（1839），贺熙龄离湘赴京，船至九江，赏月忆旧，赋得七律《舟中怀左季高》：

六朝花月毫端扫，万里江山眼底横。

开口能谈天下事，读书深抱古人情。

湘楼夜雨吟怀健，水驿秋风别思萦。

记得竹窗宵漏永，一灯分照骨峥嵘。

　　诗前配有短序："季高近弃词章，为有用之学，谈天下形势，了如指掌。"这首诗以情致见长，亦以知人取胜，将左宗棠的才智、胸襟极致呈现。多年之后，左宗棠写信告诉女婿陶桄："仆早岁志大言大，于时贤所为多所不屑，先师蔗农先生曾以诗诩之……虽语重未可荷，然至今回忆，深叹师言期望之殷非常情可比。"他所说的"以诗诩之"，就是上面这首诗。

　　"开口能谈天下事"，既谈得到点子上，又能拿出理性的分析、判断，还有一套可行的应变方略，与纸上谈兵毫无共同之处，前者利己、利群、利国，后者误己、误群、误国。贺熙龄赏识左宗棠腹有奇谋，谈言微中。"读书深抱古人情"，"古人情"是怎样的情？其一是推己及人之情，"己欲立而立人，己欲达而达人"，"己所不欲，勿施于人"，"老吾老以及人之老，幼吾幼以及人之幼"；其二是仁民爱物之情，"长太息以掩涕兮，哀民生之多艰"；其三是忧乐之情，"先天下之忧而忧，后天下之乐而乐"；其四是忠义之情，"人生自古谁无死，留取丹心照汗青"；其五是豪迈之情，"长风破浪会有时，直挂云帆济沧海"，"生当作人杰，死亦为鬼雄"。如此读古人书，抱古人情，方可为大丈夫、大豪杰、大英雄。

　　知子莫若父，识徒亦莫若师，左宗棠大材槃槃，贺熙龄对他青睐有加，去世之前，遗命将季女许嫁左宗棠长子左孝威，由罗泽南、丁叙忠等人促成婚事。两位名动天下的长辈（陶澍、贺熙龄）遗愿完全一致：都乐意与左宗棠结为儿女亲家。这充分说明，他们不仅看重左宗棠的奇才，而且看重他的美德。

　　道光十六年（1836），两江总督陶澍请假回乡扫墓，途经湘东醴陵。此前，贺熙龄等湘籍士人创设湘水校经堂，以经学课士，贫寒学子可得膏火补贴，左宗棠是堂中学霸，曾于一年之内七次荣登第一名，给湘抚吴荣光留下了深刻的印象。及至左宗棠赴京会试，再失龙头望，遂应吴巡抚之邀，主讲醴陵渌江书院，脩脯虽薄，但感恩之心回报之意甚厚。渌江书院位于醴陵城西，邻近靖兴寺和红拂墓，与唐代传奇能够扯上因缘，单以环境而论，确实清幽，适宜潜修。书院共分六斋，生徒不足六十人。左宗棠的管理办法简单可行，还令人服气：各人记下自修所得，马虎从事和弄虚作假两次的即被扣除院方补贴的膏火，以之奖励刻苦的攻读者。左宗棠主讲渌江书院，为期仅一年，但学风之丕变端赖其力，父老赞不绝口。

大臣过境，总督驻节，醴陵县令是东道主，他派人为陶澍精心布置好馆舍，左宗棠受其嘱托，为行馆撰写楹联。陶澍抵达住地，下轿伊始，不免有些疲惫，但眼前的楹联令他倦意全消，上联为"春殿语从容，廿载家山印心石在"，下联为"大江流日夜，八州子弟翘首公归"。这副楹联对仗工稳，气势非凡，妙就妙在将陶澍幸获道光皇帝特赏、蒙赐御书"印心石屋"的平生快意事无痕纳入其中，赞而有实，褒而不谀。陶澍甚感惬意，立刻召见左宗棠，两人相谈甚欢。

事后，左宗棠写信告诉周夫人，大意为：我这副对联纯属纪实罢了，承蒙陶总督激赏，询访我的姓名，催促请见，认为我是奇才，与我纵论古今，至于通宵达旦，最终订立忘年之交。陶总督的功勋威望在近日疆臣中首屈一指，而虚心下士，至于如此，尤其具有古大臣的风度。我真不知何以有幸得此赏识，自觉很惭愧。

左宗棠与陶澍的第一次见面晤谈，可谓相处甚欢，彼此都留下了极好的印象，这就为左宗棠翌年（1838）赴江宁（今南京）探访陶澍打好了坚实的基础。

第五节　联姻坐馆，众谤群疑

道光十八年（1838），左宗棠第三次进京参加会试，落第后乘船南下，绕道江宁，谒见两江总督陶澍。

陶今在《我的先祖陶澍》中讲了一个很有趣的故事。陶澍设宴为左宗棠洗尘之后，由于公务繁忙，让幕友陪伴左宗棠到处转转。江宁乃古之金陵，是六朝名都，十天半个月都转不完。左宗棠起初还转得高兴，几天后他就起了疑心，以为陶澍有意疏远自己。心高气傲的人受不了冷落，心想：你邀我来金陵，却又避而不见，是何道理？不如早作归计。翌日清晨，左宗棠就去陶澍官邸辞行。陶澍刚起床，脚上仅穿一只袜子，听见左宗棠的声音，赶紧打开房门，赤着一只脚，诚恳挽留道："季高留步，何以如此着急返湘？我还有要事相托。"陶澍所说的"要事"就是与左宗棠联姻，希望能说服左宗棠将五岁的长女孝瑜许配给他六岁的爱子陶桄。

别的事都好商量，这件事可不简单，布衣与总督结亲，门不当户不对，容易惹人非议。何况陶澍的辈分高于左宗棠，两人年龄相差三十三岁，过于悬殊，跨辈联姻容易变成话柄，被人取笑。左宗棠连说"不敢"。陶澍诚恳地说："若论年齿，但须渠夫妇相若可矣，不须论亲家年齿也。君若谓门第，此系贤女嫁至吾家，无忧不适。至于名位，君他日必远胜我，何虑为？"陶澍共得八子，七子夭折，将这个唯一存活世间的儿子看得极重，他是通达之人，破除世俗固陋之见不在话下，何况他独具慧眼，看得出左宗棠才大器大志大，异日必非浅池之物，是翼庇独子陶桄最合适的人选，何况总督与布衣联姻，乃奇人奇事，值得一为。左宗棠也不是束身自缚的庸儒，既然陶澍有此诚意，他也就不再惧怕别人说长论短了。若干年后，康有为赋诗《敬题陶文毅公遗像》，重新提炼了这个故事中的精彩细节：

> 植鳍作而性公忠，手整盐漕有惠风。
>
> 最异督辕只袜走，孝廉船上识英雄。

"植鳍"指竖起的鱼鳍，形容人身材枯瘦、背脊弓曲，陶澍清癯，以此二字绘其形，可谓逼真。陶澍整顿淮盐漕粮，是其惠民利国的主要政绩。举人相当于古代的孝廉，陶澍乐意与左宗棠对亲，是因为他识贤士，重人才。

在左宗棠的所有传记中，陶澍主动提出与左宗棠结为亲家，都是一个重要的桥段，不可忽略，不可不浓墨重彩地描述。晚清野史很多，有的还是值得参阅的，比如李岳瑞《春冰室野乘》：

> 文毅一日置酒邀文襄至，酒半，为述求婚意。文襄逊谢不敢当。文毅曰："君毋然，君他日功名，必在老夫上。吾老而子幼，不及睹其成立，欲以教诲累君，且将以家事相付托也。"文襄知不可辞，即慨然允诺。

陶澍"述求婚意"，即他为儿子提亲，"欲以教诲累君"是他请左宗棠做儿子的指导老师，"以家事相付托"则近乎遗愿，可见他对左宗棠信任之深和拜托之重。当时陶澍提了亲，但并未定亲，由于他在翌年就病逝了，这事才有下文：陶夫人遵照夫君遗愿，托贺熙龄做媒，左宗棠犹豫再三然后同意，陶左联姻的前因后果便严丝合缝了。

笔记小说中的描述未可深信，当事人的记述自然更可靠。我们来看看左宗棠写给业师贺熙龄的信：

> 长女姻议，辱荷师命谆谆，宗棠何敢复有异说。然其中
> 委曲极多，非面禀不能缕悉。……此议始于戊戌之秋，旋复
> 中止。今夏王师璞为述文毅夫人之意，必欲续成前议，并代
> 达一切。

暂停，先给这段文字画出重点，"此议始于戊戌之秋"，戊戌之秋是道光十八年（1838）秋天，其时左宗棠正在江宁两江督署，陶澍亲自提亲这个事就是完全成立的。翌年夏天陶澍病逝，前议"旋复中止"也很正常。"今夏"是道光二十二年（1842）夏，时隔四年后，陶夫人请人重新提亲，所以左宗棠写信给贺熙龄，说明原委，请他拍板定夺。接着看信：

> ……昨奉钧函后，但闻文毅夫人催备纳采礼物甚急，足
> 征其用意之诚。宗棠既与成甫有徐俟吾师一决之约，自不能
> 复有他说。……许之、却之，一听吾师之命而已。但成否两
> 议，意在速决。

文毅夫人即陶澍的夫人、陶桄的母亲，她极力要续成前议，左宗棠则心情较为复杂，既担心被人疑为攀附，又担心陶氏族人作梗，还担心女儿左孝瑜的生辰八字与陶桄不合。处在左右为难的境地，他愿意听从恩师贺熙龄的建议，来作出是否联姻的决断。贺熙龄乐见其成，于是左宗棠尽释疑虑。

左家与陶家结亲，在当年不仅辈分参差，名望和地位均不对等，故而外界群疑众谤，聚讼纷纭。赵烈文在日记中提供了一个相当离奇的说法："左少时在陶文毅署买属巫觋，托年命之说与陶联姻，遂与闻陶之家事，湘人久齿冷之。"这得有多大的胆子和心机，左宗棠竟买通巫觋来促成女儿的婚事，好借此参与陶家的事务，他怎么会干出这种下三滥的勾当？两

江总督陶澍乃公认的"道光朝第一能臣",可谓睿智过人,精明至极,何况儿子陶桄是膝下独苗,陶家要指靠他单传香火,陶澍怎会掉以轻心,稀里糊涂被巫觋忽悠?这类说辞无异于市井谰言,不仅厚诬贤者,而且破绽百出。赵烈文居然对此说采信不疑,冒冒失失地把它写进了日记。

事实上,陶左联姻,真正迟疑不决的一方是左宗棠。为何如此?我们不妨来看看另一个事例。咸丰元年(1851),罗泽南欲为贺长龄的女儿做媒,许配给曾国藩的长子曾纪泽。曾国藩是贺长龄的晚辈,与贺家对亲,曾家有越辈之嫌,因此曾国藩颇为踌躇。六月初,他写信告诉家人:"从前左季高与陶文毅为婚,余即讥其辈行不伦。余今不欲仍蹈其辙,拟敬为辞谢。"由此可见,晚辈与长辈联姻很容易招致非议,曾国藩就坦承自己当初讥笑过左宗棠。然而彼一时也,此一时也,曾国藩终归是通达之人,事情临到自己头上,还得认真对待,具体问题具体分析。他终于改变了想法,原因很简单:贺家乃读书积德之家,家教向来很好,与之联姻有利无弊,即便贺女为侧室所生,欧阳夫人对此犯过嘀咕,也并未产生大波折。其实这就间接说明,左家与陶家联姻,并没有什么可被外界指责的地方,说是攀附就更为可笑,左宗棠目高于顶,以狂傲著称,一生都没攀附过谁。但客观地讲,左家与陶家联姻,确属加分项,陶澍以国士待左宗棠,鉴人眼光那么精准,尤其令人赞佩。

道光十九年(1839)夏,陶澍病逝于江宁。嗣后,胡林翼写了一封长信给岳母,细谈家事,信尾特意提到为内弟陶桄请塾师:"弟弟读书,可请左三兄,其人学问好,人品好,脩脯宜加厚些为要。"左三兄就是左宗棠。翌年春,左宗棠听从恩师贺熙龄的安排,赴安化小淹坐馆,塾馆中只有两个学生,一个是陶澍的儿子陶桄,另一个是他的侄子左世延。

陶家的藏书汗牛充栋,陶澍的奏疏是政界出色的范本,左宗棠在此潜心清修,"因得饱读国朝宪章掌故有用之书",真是入宝山不空手,获益无穷。他写信告诉次兄左宗植:

近来读书稍多，始知从前之狂妄。盖就其所自是者，亦仅足以傲当世庸耳俗目、无足短长之人，其于古之狂狷，固未能望其项背也。力耕之暇，还读我书，以勉其所未至，亦素志也。

左宗棠心高气傲，至此稍显谦逊，折节读书，宏其蕴蓄，为异日展布预先做好充足的知识储备。道光二十四年（1844），他写信给连襟张声玠，谈及近况："弟近阅新书万卷，赏心者数种已耳。学问之荒，人才之敝，可见一斑。"这些新书是其先代和同时代人的著述，绝大多数都入不了他的法眼。至于实学方面的书籍，别人看时头昏脑涨，左宗棠看时却意惬心欢。

有一天，左宗棠看一本西北地理方面的书，上面讲了这样的奇事："骆驼识水脉无差，入沙漠久行，饮水告罄，可纵骆驼自往，视其前蹄所蹴处，开井即可得水。"他牢牢地记住了这条经验之谈。二十多年后，左宗棠已是陕甘总督，攻打金积堡时，某营以沙漠无水为由打算撤退，左宗棠猛然记起了骆驼能够找水，便让兵勇携锹跟随在骆驼身后，见其前脚蹴地，立刻开挖，果然每挖必中，淡水供过于求。军中皆谓"中堂真神人也"。

清朝名臣张英家训有言："世家子弟，修身立名之难，较寒士百倍。"左宗棠非常认同这个见解，更有所发挥：

诚哉斯言！先世之禄，足以自赡。凭席余业，刻厉之志不生，内志不贞，外缘益盛。其入非僻之路，既较便于凡人，其求成立之心，亦倍宽于素士，志钝名败，所从来矣。

世家子弟修身立名甚难，左宗棠对此认识周全，因材施教便胸有成竹。道光二十年（1840），陶桄发蒙，刚刚八岁，"私识未开，新机乍启"，恰好符合古谚所言"素丝无常，唯其所染"的年龄段，左宗棠认为，世家子弟不应汲汲于科名，而应首重言语、行为之规范，以礼仪淑其身，一意造就君子文质彬彬的风范。陶母对左宗棠的教学方法和教育方式非常满意，一再延聘，至八年之久。有时，陶桄懒散，陶母就用言语敲打他："儿不力学，先生将舍汝去矣！"陶桄以为真有此事，于是读书、作文加倍勤奋。

陶桄长大后，左宗棠称赞他"纯谨可喜，足称快婿"。陶桄的科名止于举人，他想在仕途上发展，花钱捐了个官职，左宗棠为此很生气，认为是大女儿孝瑜怂恿丈夫所致，把她骂了一顿。常言道"名师出高徒"，可是陶桄未能以实学实绩说服众人。这当然是后话了。

左宗棠在陶家坐馆，并非总是好心情。道光二十一年（1841），左宗棠写信给前辈学者邓显鹤，便说"扃影山馆，如处瓮中，孤怀郁迭，欢悰实鲜"。很显然，他的心情并不舒畅。为何如此？他在家书中有所透露，大意为：我因为与陶公有平生知己之感，又因恩师之命在先，已受重托，保全这位遗孤。凭我一腔热血，尽力维持，虽然每天在一群阴险小人的算计之中，处于众口铄金之际，却不屈不挠，决不会因为无足轻重的毁谤而动摇初心。

陶家有大宗产业，继承人只有一个，同族的亲戚不免心存异想，虎视眈眈。怕就怕祸起萧墙，寡母弱息颇感压力沉重，处境危险，幸亏有左宗棠代为主持，抗御周遭觊觎，得以安然无事。陶氏族戚视之为眼中钉，暗中诋毁：左某攀姻坐馆，意在图财。左宗棠对于流言果真能做到毫不生气、满不在乎吗？他除了担心陶氏家族内讧，还担心两点；一是安化穷人众多，陶家独富，孤立无援，真要是有狂徒招邀狗党狐朋，干出祸事来，后果不堪设想；二是安化地处宝庆（今邵阳）要冲，民风剽悍，会匪烟枭潜藏已久，一旦此辈蠢动，势不可挡。内忧外患，都不容易应付。所幸经左宗棠严密布置，没有发生任何祸事。

第六节 务实学必敦实行

道光二十一年（1841）初，英军占领香港，炮舰直逼广州。左宗棠年近而立，一介布衣，心忧国运，赋《感事诗》四首，有句"和戎自昔非长算，为尔豺狼不可驯"，主战之意不可遏止。他还撰成军事方略六篇，《料敌》《定策》《海屯》《器械》《用间》《善后》，对付英国侵略军的战守机宜尽在其中，无奈朝廷中主和派占据了绝对上风，其策无处可投，其言无人肯听。对此左宗棠徒唤奈何，在家书中，他对时局有一个传神的描写，讽刺的矛头直指道光皇帝：时事败坏，上下互相蒙骗，贤良与奸邪分辨不清，犹如富人家里的婢仆私通，蒙蔽主人，大盗到了门口，仍推说是邻居家的狗夜里乱叫，主子夫妇被蒙骗了，竟懵然不觉。

"天下兴亡，匹夫有责"，此言固然不错，但最应该为天下兴亡负责的那些高官显贵多半醉生梦死，既有救国之志又有救国之才的大臣，青天白日打灯笼也找不到几个。优秀人才蛰伏民间，根本无从施展自己的屠龙手段。

从二十八岁到三十五岁，左宗棠在安化陶家坐馆八年，每年束脩能得二百两白银，家中用度多方撙节，多年的积蓄足以让左宗棠了却一桩心愿。道光二十三年（1843），左宗棠相中湘阴县东乡的柳庄，购入七十亩土地，建成小型庄园。三年后，他写信告诉连襟张声玠，先炫耀成绩单，然后发表一通议论：近来我以古代农法耕耘柳庄的良田，颇有效验。种植桑树、茶树和楠竹，以图尽获地利。茶园的收入，今年大致可以交清税赋。由此足以见得地利不可不尽，人事不可不修。我对于农事确实有心得，问什么都能洞悉其事，学什么更能穷尽其理。我认为当今的学者正与当今的农夫有相同的弊端，都想快速见效，都只能看见小处，看不见大处。既自误，又误人，败坏天下士习民风，影响非浅。

一座茶园的收入就可以完缴自家七十亩庄园的税款，足见柳庄的出茶量丰富。当年若让左宗棠自由选择，他可能更想做的是农家许行的弟子。

远古时期，神农尝百草、教导百姓播种水稻，乃是中国农耕文明史上高亮的节点。战国时期，农家许行传播神农的理论，遭到孟子排拒，后来的书生中钻研农学者便较为少见。其实古代很少有从未种过地的读书人。商朝贤相伊尹出生于乡间，什么农具都会用；东汉末年，诸葛亮在南阳躬耕陇亩，明摆着要亲自下地干活。在古代，治生治学，二者并行不悖，治生必以务农作为优选项目。果真想做隐居求志的处士、太平有道的良民，舍弃稼穑还能干什么谋生？陶渊明赋诗，"既耕亦已种，时还读我书"，又说"四体诚乃疲，庶无异患干"，耕种的乐处、益处一目了然。与其叩门乞食，倒不如带月荷锄，后者更有尊严。治生养活自己，不让父母妻儿挨饿，乃是读书人的本分，不做寄生虫，不使人间造孽钱，那才叫一个心情舒畅。

元代学者许衡，人称鲁斋先生，他撰写《治生论》，有一个重要观点：读书人谋生不得力，势必会妨碍"为学之道"，有些人走邪路四处钻营，靠做官贪污受贿，起初多半是受困于生计所致。读书人以务农为生，才算正常。

咸丰元年（1851），左宗棠致书贺熙龄之子贺瑗（字仲肃），笔调格外轻松："山中小笋、新茶，风味正复不恶，安得同心数辈，来吾柳庄一聚语乎？……兄东作甚忙，日与庸人缘陇亩，秧苗初苗，田水琤琤，时鸟变声，草新土润，别有一段乐意。出山之想，又因此抛却矣。"顶有趣味的是，左宗棠还无师自通，学会了弹琴，一时技痒，写信找内弟周汝充商借乐器："兄近解弹琴，颇有可听者。尊处记有琴一张，有便请寄至柳冲

（意欲教诸女耳），暂借用，俟觅有佳者再奉还，何如？"这倒是出人意表，在此后的各种记载中，都没再见过左宗棠亲手弹琴奏乐的事迹，谁有那么好的耳福？除了左宗棠的家人，就是柳庄的农民吧。

到了不惑之年，左宗棠仍然以耕读为本，认为良农胜过贵仕，"务实学之君子必敦实行"。咸丰二年（1852），他为左氏家庙撰写新联：

纵读数千卷奇书，无实行不为识字；

要守六百年家法，有善策还是耕田。

夏敬观著《窈窕释迦室随笔》，其中一则写左宗棠教训朱兰陔，蛮有趣，其文精短，大意如下：左宗棠未发迹时，躬耕于湘阴县柳庄。他出仕后，柳庄的田地山丘就由乡人朱兰陔承租。左宗棠在甘肃平乱时，朱兰陔忽然奔赴行营。左宗棠问明他的来意，原来是想求个小官当当。左宗棠问他柳庄管理得如何，先问竹子长多大了，朱兰陔用两手合圆以示其粗细。左宗棠说，奇怪，我家竹子越长越瘦了。又问朱兰陔茶山上的茶树纵有几行，横有几行，朱兰陔目瞪口呆。左宗棠说："当年，我把茶树从安化移来，横是若干株，纵是若干株，你做我家佃户这么多年，心里都没个数？我家竹园茶山都被你败坏了！"朱兰陔挨了一顿嘲骂，灰溜溜地回了湘阴柳庄，到茶山去看一下，茶树的数目跟左宗棠讲的完全相同。

第七节 既耕亦已种，时还读我书

左宗棠自号"湘上农人"，他爱读农书，有很高的理论修养。道光十八年（1838），他会试落第，但在京城仍然收获不菲，购买了许多农书，足供研究。他写信告诉周夫人："他日归时，与吾夫人闭门伏读，实地考察，著为一书，以诏农圃，虽长为乡人以没世，亦足乐也。君能为孟德曜，吾岂如仲长统乎？"仲长统是东汉末年的狂生，不羡慕名位，性喜优游偃仰，聊以自娱，欲卜居清旷，以乐其志。孟德曜是东汉隐士梁鸿的妻子，亦安于清素，不喜红尘。左宗棠与仲长统似又不似，二人性情狂简相类，但仲长统秉承道家思想，清静逍遥；左宗棠尊儒崇墨，经世致用而摩顶放踵。

左宗棠重视农耕，他特别喜欢陶渊明《读〈山海经〉》中的诗句——"既耕亦已种，时还读我书"，耕读者的惬意溢于言表。他有个见解与众不同：孔子训斥樊迟，孟子责备陈相，原意在于劝导学人立志要立大志和远志，并非说读书人不应当务农，由于后儒讲习不明，"遂至博极群书，不知五谷，宁奔走于风尘，而怠荒于稼穑，名为学者，实等游民"。古代大贤伊尹生于畎亩，诸葛亮躬耕南阳，陈献章开明儒心学先河，也高吟"田可耕兮书可读，半为农者半为儒"，务农又有何不妥呢？左宗棠不仅喜爱干农活，而且著有一部《朴存阁农书》，可惜这部书稿未能存世，仅传《广区田制图说序》一篇。

道光二十五年（1845），左宗棠写信给恩师贺熙龄，汇报乡居生活，谈及农事，笔歌墨舞：

> 乡居不能不耕田。耕田有数善：岁入之数较多，山泽之利并得，可以多蓄庸力，可以多饲鸡豚，可以知艰难，可以习劳苦。……今居乡既久，乃益习其利。明岁亦督耕十余石田矣。世间惟此事最雅、最正、最可恃，而人每不之务，实为可叹耳！

务农好处多，左宗棠的身板子较绝人多数书生更为硬朗，能长午吃苦耐劳，他敦劝挚友胡林翼去田间地头亲身体验，后者心存疑惑，咨询本家几位叔叔，都说这不是读书人修身齐家的良策，于是他就放弃了。日后，左宗棠成为中国近代史上最著名的三位"救火队长"之一，吃了不少苦头，办了许多大事，活到了七十三岁。相比而言，胡林翼体弱多病，得年四十九，未尽其才，着实可惜。

左宗棠喜欢劝人读书。咸丰元年（1851）三月初一日，他劝恩师贺熙龄的公子贺瑗读书：

> 酬应之暇，尽有读书工夫，日间少说几句闲话，少接几个闲人，收拾精神，一心攒入书里，久之积累日多，自与凡人有别。人自二十外，工课总不如从前之严密，悠悠过度，殊可惜耳，愿吾弟识之。

曾国藩也十分重视耕读，在其笔记《世泽》中有一段文字，大意为："稼穑的福泽，相比诗书、礼让的福泽，尤其可以放大，可以持久。我祖父、光禄大夫星冈公曾有教言：'吾子孙虽至大官，家中不可废农圃旧业。'这是极其美好高明的家训，可以作为万世不易的良法。"曾国藩年轻时有过亦耕亦读的经历，受益匪浅，官至一品后，他让大弟曾国潢在湘乡经营田园，即遵从祖训。

左宗棠始终都是雄健书生，对于"耕读"二字念念不忘。同治年间，他说："余出山十余年，跃马横戈，气扬心粗，恐善源日涸，得暇即亲六籍。"湘籍贤者莫不好学，胡林翼行军必讲《论语》，曾国藩临戎不废典籍，罗泽南休战必讲诸经，事业受学术滋润多矣，而旁人不觉不知。"问渠那得清如许？为有源头活水来"，智者会心之处在此不在彼。

章炳麟撰文讲过一则左宗棠的轶事，足见其书生本色不因做了大官而改易：左宗棠初任浙江巡抚，不喜欢带侍卫出门，有时会一个人去杭州城内逛逛书肆，从不自报姓名。店主人见他貌若老儒，有时赶上饭点，就会请他坐下一起吃饭。左宗棠吃饱了，便展纸运笔，为店家榜书题字，写好后拱手告退，店主人见了落款，这才发现他是堂堂的巡抚大人左宗棠。

左宗棠书法造诣很高，其篆书尤获书界好评。书肆老板不认识左宗棠，以礼相待，一顿饭即换来他的墨宝，无异于刮彩票中了头奖。

同治五年（1866），四个儿子结伴到福建探望父亲，侍母归湘时，"求训甚切"，左宗棠撰写两副短联给他们，第一副对联是"要大门闾，积德累善；是好子弟，耕田读书"，第二副对联是"慎交游，勤耕读；笃根本，去浮华"，两副对联皆谆谆诲之以"耕田读书"四字诀。左宗棠以耕读为本，确实受益良深，其荦荦大端有四：一、知稼穑之劳苦，晓民生之艰难，日后他做封疆大吏，重民命、惜民力均出于自觉；二、以实学指导实践，以实践验证实学，力戒空疏，务求切实；三、收放自如，进退有据，进则能兼济天下，退则能独善其身；四、小处着手，大处着眼，经世致用，有根有源。由此可见，左宗棠功成名就，绝非偶然。

光绪三年（1877），左宗棠在家书中谆谆告诫已成年的儿子孝勋、孝同：我所期望儿孙的，耕田识字，不辱没家风，并不奢求你们俊逸通达有多方面的才能，也不期望你们能够靠八股文取得科场大捷。小时候，你们听惯好话，看惯好榜样，长大或许能留下几分寒素书生的气象，否则历代祖先勤苦读书的遗泽日渐消亡，你们不能遵循礼数，将有很坏的下场。

父辈虎跃鹰扬，却期望儿辈安安心心做平凡的老实人，持守耕读的寒素家风，曾国藩、左宗棠都是这样的想法。

第八节　虎父教子多苦心

左宗棠的家教方式有一个鲜明的特点，即现身说法，举例先举自己，或赞或弹，不稍假借。这样做，说服力丰沛有余：

小时志趣要远大，高谈阔论固自不妨。但须时时反躬自问：我口边是如此说话，我胸中究有者般道理否？我说人家作得不是，我自己作事时又何如？即如看人家好文章，亦要仔细去寻他思路，摩他笔路，仿他腔调。看时就要着想：要是我做者篇文字必会是如何，他却不然，所以比我强。先看通篇，次则分起，节节看下去，一字一句都要细心体会，方晓得他的好处，方学得他的好处，亦是不容易的。心思能如此用惯，则以后遇大小事到手便不至粗浮苟且。……我在军中，作一日是一日，作一事是一事，日日检点，总觉得自己多少不是，多少欠缺，方知陆清献公诗"老大始知气质驳"一句真是阅历后语。少年志高言大，我最欢喜。却愁心思一放，便难收束，以后恃才傲物、是己非人种种毛病都从此出。如学生荒疏之后，看人好文章总觉得不如我，渐成目高手低之病。人家背后讪笑，自己反得意也，尔当识之。

有趣的是，左宗棠狂名满天下，教子时，他却推崇谦虚，贬抑狂放，为此不惜将自己当成反面典型来批判。

左宗棠教子，认为他们有孩子气无妨，但不可有名士气、公子气，此二气"断宜划除净尽"。

同治七年（1868），左宗棠获悉次子孝宽考中了秀才，欣慰之余，不忘告诫他：我家父祖本是寒儒，世代坚持耕读。我四十岁以前，原本打算以举人终老于乡村，受迫于战乱，跃马横戈十余年，几乎失去秀才风味。你天分不高，文笔也欠挺拔，侥幸考中秀才，切勿沾沾自喜。须知这是读书的本分事，不是在人前骄傲的资本。我曾告诫子弟不可有纨绔气，尤其不可有名士气。名士败口碑，就在于自以为有才，目空一切，大言不惭，只见其虚骄狂诞，而将所谓纯谨笃厚之风悍然丧尽，所以名士实为不祥之物。向来人们说"佳人命薄，才人福薄"，并非天赋不厚，他们自戕自残，自暴自弃，早已将先人的余荫、自己的根基斫削完了，又如何能怪命运坎坷、怀才不遇，而憔悴伤生呢？戒之！戒之！

男儿大丈夫注重经世致用之学，以兴利除弊为己任，对于不切实际的八股文难免反感，而且厌憎。咸丰十一年（1861），左宗棠率楚军在江西作战，写信给长子孝威，指出恪守耕读家风比金榜题名更重要：

> 尔年已渐长，读书最为要事。所贵读书者，为能明白事理。学作圣贤，不在科名一路，如果是品端学优之君子，即不得科第亦自尊贵。若徒然写一笔时派字，作几句工致诗，摹几篇时下八股，骗一个秀才、举人、进士、翰林，究竟是甚么人物？尔父二十七岁以后即不赴会试，只想读书课子以绵世泽，守此耕读家风，作一个好人，留些榜样与后辈看而已。

单纯以科名衡量人才，确实大谬不然。但清朝的风气，读书人登科，除了关乎面子，还关乎里子，得之为幸，失之为恨。咸丰八年（1858）五月，曾国藩致书胡林翼，信尾有这样一段话："温弟小试不售，乡试不中，蓄为深耻。比之北行，尚欲攘臂一入秋闱，特以时过，未肯昌言。舍九弟亦以不得一第为恨。"温弟是曾国华，九弟是曾国荃，彼时均为战功赫赫的湘军将领，前程不可限量，却依然不能忘情于科名，这说明什么？读书人的科第心结是个解不开的死疙瘩。

左孝威中举后，急欲进京会试，再接再厉，左宗棠不以为然，教导他："你想轰轰烈烈做一个有用之人，何必一定要通过科场达成心愿？你父亲四十八九岁还只是一个举人，不过数年就位至督抚，又何尝靠进士出身？"孝威的申辩是"欲早得科第，免留心帖括，得及早为有用之学"，这是"视读书致用为两事"，于是左宗棠着重论之：

> 非熟读经史必不能通达事理，非潜心玩索必不能体认入
> 微。世人说八股人才毫无用处，实则真八股人才亦极不易
> 得。明朝及国朝乾隆二三十年以前名儒名臣有不从八股出
> 者乎？

左宗棠举岳麓书院山长罗典为例，他自己的八股文作得并不出色，却长年教导生徒作八股文，偏偏教出了严如熤那样的高才生；他教人深思出灼见，高妙固然高妙，但要从固化的思维窠臼中跳出，并不容易。八股作得极好，也能出人才，但大多数人毫无心得，只知效仿、揣摩和敷衍，一旦在科举的独木桥上受阻或掉落，学问和事业就会空壳化、碎片化，那才真叫浪费生命，一事无成。左宗棠当然不希望孝威去做徒劳无益的傻事。

左宗棠告诫四个儿子：八股文作得越是合格，人才就越是庸下，这是我多年阅历有得之言，并非喜欢嘲骂时下那些自命不凡的文人学士。左宗棠三次进京参加会试，三次被考官"横切"，自然识得那把"断魂刀"的厉害，所以他不愿后人把脑袋再往"刀口"猛撞。曾国藩参加过三次会试方才中选，是科场险胜者，他同样狠批八股取士如同闭目探豆，类似抓阄，比的是手气而非才能，黜落有德之士，弊端极大。

左宗棠通读史书，见过太多正反两面的例子，他感叹道："是佳子弟，能得科名固门闾之庆；子弟不佳，纵得科名亦增耻辱耳！"子弟佳与不佳，第一观测点是德，而不是才。左宗棠对科名的推断是大致不差的。宋、明两朝的奸相蔡京、秦桧、史弥远、严嵩，个个臭名昭著，他们何尝不是科场佼佼者？有的还曾金榜高中，贵为状元。及至清朝乾隆年间，新科状元秦大士拜谒岳飞墓，撰联"人从宋后羞名桧，我到坟前愧姓秦"，时隔数百年，后裔仍然要为祖先的罪过蒙羞负愧。诚然，三观不正，得巍科者还

可能祸国殃民。

　　通常情况下，虎父很难教出虎子，问题何在？就在于虎父囿于自己的经验，以固有的成材标准施教，而儿辈的成长环境和心理素质大不相同，没吃过那样的苦楚，没受过那样的磨炼，还有很重要的一点，根本没继承到父亲的天才，于是言传身教的效果便会大打折扣。让儿辈削足适履固然不行，用大码的鞋子给他们穿，也注定不会跟脚。左宗棠教子，则将自己视为反面教材，这又带来了另外的弊端。"一事能狂便少年"，事事皆不能狂，必定拘谨刻板，缺乏生机活力。孝威从小听话，确实成了父亲希望他成为的样子，文质彬彬，温良恭俭让，年纪轻轻就考中举人，但他的性格偏于懦弱，全无父亲狂放恣纵的雄风，身体也不如父亲那么结实。同治十一年（1872），孝威赴肃州军营探望父亲，感染了风寒，又挨了父亲一顿责骂，身心交瘁，翌年就病故了，年仅二十八岁。以资质论，孝威是左宗棠的四个儿子中最堪造就的，但虎父驯子，不仅把他的虎性整没了，而且把他的虎形也整没了，可悲啊！

左氏功名诀

"慎交游，勤耕读；笃根本，去浮华。"

意 译

慎重交友，勤奋耕读；坚守根本，摆脱浮华。

评 点

这是左宗棠亲撰的一副训子联。五十岁后，他阅历丰富，有感于明末清初诗人冯班的名言，"子弟得一才人，不如得一长者"，而有此作。左公训导家中四个儿子：朋友是"五伦"（君臣、父子、兄弟、夫妇、朋友）之一，结交朋友一定要特别慎重，交益友者必受益，交损友者必受损，此为千古不易的至理。左宗棠偶然发现孝威的朋友中有人吸食鸦片，一度在家书中痛加斥责，即认为孝威交友不慎，已误入歧途，必须立刻纠错。左宗棠素以耕读为本，阅读自不用说，耕种也曾亲力亲为，到了孝威这一代，农活可能就没怎么干过了，所以左宗棠反复强调的"根本"仅剩一半，不太牢靠。后辈更容易艳羡世俗的浮华，比如孝威急于踏入仕途，考中举人之后，便奢望联捷，成进士，点翰林，将心力投射在八股文上。左宗棠要求儿子以父亲为榜样，不必太看重科名，多读些实学书，巩固根基，崇尚质朴，保持良好的家风。

第二章

忘年交肝胆相照，一面之缘足矣

胡林翼是否认真研究过《麻衣神相》《柳庄神相》《水镜神相》之类被算命先生奉为宝典的相学书籍？真实情况不得而知，但他鉴人的眼光颇为精准。

年轻时，胡林翼在两江总督、岳父陶澍的官邸中读书，初次接触江苏布政使林则徐，谈话不过半晌，即视之为当代伟人。可以断定，胡林翼在岳尊面前敲边鼓绝非一次两次，他请陶澍密保江苏巡抚林则徐做"两江替人"（继陶澍之后任两江总督），陶澍深以为然。胡林翼与林则徐年龄相差二十七岁，由于志趣相投，结成忘年之交。及至道光二十七年（1847），林则徐膺任云贵总督，胡林翼适为贵州安顺知府，后来又任黎平知府，彼此是上下级，有了更多的交道，胡林翼将左宗棠推荐给林则徐就顺理成章了。

第一节 虎门销烟还有一个民间版本

在国内事务方面，林则徐非常能干，这一点，两江总督陶澍颇为认可，道光皇帝也颇为认可，但他在涉外事务方面并未显示出对应的才智。当时，清朝的士大夫普遍不识外情，不谙大势，两眼一抹黑。大学者俞正燮有见识，以博雅著称，主张男女平等，但他认为外国人与中国人的生理结构迥然不同：中国人的肺为六叶，心为七窍，肝居左侧，睾丸只有两粒；洋人肺为四叶，心为四窍，肝居右侧，睾丸多达四颗。此说完全违背了人体解剖学的常识，可是许多精通岐黄之术的人坚信不疑。林则徐关注外情，竟也误信人言：洋人的膝盖不能弯曲，在海上八面威风，登陆之后如同废物，因此诱敌上岸必可全歼。

道光年间，英国人要求清政府解除海禁，开放沿海贸易港口，让东印度公司生产的鸦片合法进入中国，交易常态化。但清政府不肯解除海禁，开放港口，更何况鸦片为毒品，将它拒于国门之外，理由颇为正当。然而道光时期的清政府研判形势，出现了三大偏差：其一，对英国政府开辟远东贸易通道的决心估计不足；其二，对英国海军的实力估计不足；其三，对海上鸦片走私之猖獗估计不足。

道光十六年（1836），太常寺少卿许乃济主张开放鸦片贸易，获取税收，并且准许内地种植鸦片，以抵销洋烟所造成的白银外流。清帝国货币制度采取的是银本位，白银加速外流无异于被大剂量抽血，不过许乃济的建议支持者甚少。两年后，大理寺少卿黄爵滋主张禁绝鸦片，"严塞漏卮以培国本"，这个主张在士大夫中获得广泛的支持，林则徐也上奏主张禁烟，帝国鹰派大为振奋。左宗棠是在野的鹰派分子，他回复内弟周汝充，即明确表示洋烟非严禁不可，这不仅关乎经济命脉，也关乎社会风气，林则徐的奏折最好，应当严令禁烟，从重追究处罚。

道光皇帝下定决心，任命林则徐为钦差大臣，南下广州，手段强硬，入口的洋烟均须缴出交官，涉烟的臣民则触犯法网被处罚。虎门销烟确实痛快，但它直接引爆了鸦片战争这颗巨雷。其时人心惶怯，国库空虚，言战言和，两不相宜。此后，多米诺骨牌效应加剧，南有太平天国，北有捻乱和陕甘民变，三十多年兵连祸结，陷入死循环，大量的经济损失尚在其次，数千万生灵惨遭涂炭，实为莫大的悲剧。

后来林则徐放弃初衷，主张务实变计，在国内边远省份大面积种植罂粟，炼制鸦片，以求用土烟打退、打败洋烟，减缓白银外流的速度。道光二十七年（1847），林则徐回复署江西抚州府知府文海，谈到如何发展地方经济，拉动内需，防止白银外流，他提出：

> 至于变通之说，鄙意亦以内地栽种罂粟于事无妨。所恨者内地之民嗜洋烟而不嗜土烟，若内地果有一种芙蓉，胜于洋贩，则孰不愿买贱而食？无如知此味者，无不舍近图远，不能使如绍兴之美酝，湖广之锭烟，内地自相流通，如人一身血脉贯注，何碍之有？

这么来回折腾，效果一言难尽。各地的土烟相继登场之后，洋烟依旧吃香。国家、民众实受其害，节衣缩食的道光皇帝一筹莫展，郁愤而终。

在同治二年（1863）秋，曾国藩的机要秘书、弟子赵烈文转录丁仲文的口述，在日记中保存了一段鲜为人知的史料，大致内容如下：

林则徐初到广州，传令总商伍敦元，要他通知洋人上缴烟土，答应每箱给价二百两白银。当时烟土每箱卖价为两千两，折价九成，洋人不干，但慑于官威，被迫同意。林则徐估计洋人运到广东的鸦片顶多数千箱，官方以二百两一箱收缴，不过开销数十万两白银，洋人在广东的现货可被一举清空，此后他厉行禁烟，洋人就找不到任何挑起事端的借口。应该说，这个主意相当不错，但林则徐严重低估了走私渠道的存货总量，洋人上缴的鸦片多达三万箱，须偿价六百万两白银。事先，林则徐并未详细奏明此事，至此大为窘迫，不得已，具折请将鸦片运至京城销毁，希望朝廷见洋烟数量奇多，能够缓为弥补，可是上谕命令他就地销毁，否决了将鸦片解运至京的方案。

洋人天天跑来索取补偿金，林则徐束手无策，有人献计，以外埠运来的茶叶交换洋人的烟土，经过复杂的计算之后，两箱茶叶换一箱烟土，再免其出口税，就差不多了。方案不错，但茶叶不可能从天上掉下来。林则徐只好硬着头皮去与两广总督、广东巡抚分别商量，请他们垫付购买茶叶的资金，但督、抚口径一致，以无此先例为由婉言拒绝。南海、番禺两地的县令在林则徐面前认办茶叶若干箱，却公然作假，先缩减货物箱的尺寸，再在箱底铺草，上面仅放置几两茶叶充数。事情很快就穿帮了，洋人大怒。

广东总商伍敦元是个老滑头，眼看流年不利，风头吃紧，便以年老为由退休，接位的是他的儿子伍绍荣。这小子不知轻重，抱怨官方连累了自己，就对洋人说："官方只知欺负商人，你用军舰示威，原价可以得偿，整天跟我磨叽无用。"洋人得了这个明确的提示，就挂旗在海上开炮，派使者到天津交涉。琦善时任直隶总督，具奏朝廷。林则徐遂以办理不善遭到严谴，发配新疆。琦善接任钦差大臣后，专主和议，但六百万两白银没有着落，洋人不肯罢休。炮船直接开到浙江，琦善被逮问。靖逆将军奕山到广东主剿，兵力尚未部署妥当，省城广州就被包围了，城北四方炮台被夺走。奕山束手无策，请求和谈，将藩库银一百万两全都给了洋人，另外五百万两白银勒令总商伍绍荣认账。洋人入城签约。突逢三元里民兵抗英，杀死洋人头目，进攻四方炮台。当时，洋兵只有三千余人，已被杀死七百多，民兵将首级抬到县城请赏，可是县令以和议已成为由，让他们各自回家，民兵当然不干，怒骂县令是汉奸。广州知府余保纯担心局面失控，同意犒劳，再三劝解，民兵才愤愤离去。之后，洋人索取毁约赔偿三千万两白银，奕山因此获谴。道光二十二年（1842）夏，洋人的战舰开入长江，直抵江宁（今南京）城下，清政府屈服于英国人的武力胁迫，与之签订《南京条约》，割地（香港岛）赔银，开放口岸。

议和之前，广东已招募水兵一万余人，初次议和之后官府下令遣散，但军器并未悉数缴还，不少流落民间，从此两广盗风日炽。耆英任两广总督，捕盗甚严，广西巡抚郑祖琛则恰恰相反，讳言盗匪，于是亡命之徒都以广西为逃逃的渊薮，最终大多数人被洪秀全、杨秀清的拜上帝会吸纳。

有人寻根究源，认为太平天国都是"夷祸"导致的，责怪林则徐虎门销烟为"好事喜功，轻启边衅"。赵烈文这则日记中的"洋人"，更准确地说即英国人，借此一役在中国站稳了脚跟，尝足了甜头。

《能静居日记》中的这篇转述文字迥异于历史教科书的正统说法，令人疑窦丛生。林则徐是早有定论的伟大的爱国主义者，他在广东禁烟、销烟，竟然捅出过这么大的娄子？多年后他还改变了禁烟、销烟的初衷？其实，评判历史人物必须分析前因后果。林则徐既有魄力又有能力，其初心爱国爱民，这些都毋庸置疑。可惜的是，在办理此事的过程中，关键环节出了差错，因此导致多米诺骨牌效应，而他补救不及。今时今日，我们站在更高的观察点上看清全局，第一次鸦片战争根本无法避免，就算林则徐不曾销烟，东方与西方迥然不同的价值体系也必然会出现硬对抗和强冲突，清朝的国运不可逆转。

林则徐能获得国人的谅解，并非无缘无故。在节骨眼上，贤者也会犯错，但即使铸成大错，贤者仍旧是贤者，其情可原，其遇可悯，其辙可鉴。

第二节　江舟夜晤，传为近代佳话

道光二十年（1840），贵州巡抚贺长龄以聘书聘金邀请左宗棠入黔做他的幕僚。不巧的是，左宗棠已听从恩师贺熙龄的安排，接受了陶家私塾的聘约，不可食言，因此未能成行。左宗棠信守然诺，向贺长龄的胞弟贺桂龄解释道：中丞公是当代大儒，宗棠年方弱冠时，就承蒙认可，推为国士，渊源之美好，寸心未敢偶尔忘怀。上次屡蒙好意相招，正好碰上各种不顺。今日又重提前约，还念及我的清贫，许以丰厚的聘金，闻命之后我又惶恐又恭敬。只是陶家明年的聘约我内心已经应允，中丞公的来意殷切，但成议已就，我哪敢食言？况且辞去脩金少的一方，选择聘金多的一方，我就是有十张嘴也讲不清啊！

道光二十八年（1848），贵州安顺知府胡林翼向自己的上司林则徐力荐左宗棠，称赞他"有异才，品学为湘中士类第一"，把话说得满满当当。林则徐内心或许有点将信将疑，但他对胡林翼的眼光还是认可的，便要胡林翼安排，请左宗棠来协助自己，礼聘的费用当然不成问题。

道光二十九年（1849），胡林翼再度敦促左宗棠南行，入林则徐幕府，后者的回复，可谓情辞婉转，娓娓可诵。大意是说：林宫保固然爱士，但我居住在偏僻的乡下，不求闻达，他不可能知道我何德何能；而我一直关注林宫保的动向，仿佛追随于左右，情绪则因其遭遇而变化，神交自当如此。我当然知道，日日陪侍左右，就算我不一定能让林公满意，但就近观察林公的举措，我也会受益无穷。然而总有不如我意的事情绊住手脚，侄儿世延的婚期在即，女婿陶桄要到长沙继续求学，我都无法脱身。

左宗棠回复胡林翼当在这年夏天，此时他已知林则徐萌生归意。这年秋天，林则徐果然告病开缺，返回原籍，途经长沙，泊舟江畔，派人送信到湘阴柳庄，邀约左宗棠前来一晤。"是晚乱流而西，维舟岳麓山下"，"江风吹浪，柁楼竟夕有声"。左宗棠的心情非常激动，精神有些紧张，登舟过板之际，不慎一脚踏空，顿时沦为落汤鸡，当众出粮，好不尴尬。左宗棠不之急智，很会解嘲，叙礼之际，对林则徐说："闻古者待士以三熏三沐之礼，今三沐已拜领之矣，若三熏则犹未也。"林则徐笑道："子犹作文语耶？速易衣，防中寒也。"左宗棠更衣后，被引至客座，刚烫好的黄酒正好暖身。当年，林则徐六十四岁，左宗棠三十七岁；林则徐是封疆大吏，左宗棠是草野书生，但年龄、地位的悬殊丝毫未妨碍两位忘年之交的竟夕畅谈。他们臧否人物，剖析时势，许多见解不谋而合。新疆的现状和前景显然是个重点话题。林则徐说："西域屯政不修，地利未尽，以致沃饶之区不能富强。""吾老矣，空有御俄之志，终无成就之日，数年来留心人才，欲将此重任托付。……东南洋夷，能御之者或有人；西定新疆，舍君莫属！"林则徐还谈到南疆八城的农业开发，认为若一律按照苏州、松江的模式兴修水利，广种稻谷，其利不减东南。这些见解，字字句句如同重夯实锤，敲打着左宗棠的心坎，林则徐的卓识和信赖穿越时空，尤其令世人惊异。须知，最终能够百分之百兑现的预言理应归入伟大的预言之列。

这次见面，两人"宴谈达曙，无所不及"，林则徐于平生蕴蓄毫无保留，可谓倾囊相授。他直接验证了胡林翼鉴人的眼光精准，左宗棠确实是不可多得的命世奇才。于是他郑重其事，将自己在新疆境内收集的地图资料悉数赠送给左宗棠。

二十多年后，左宗棠挥师绝域，成竹在胸，即得益于林则徐昔年之助。林则徐和左宗棠江舟夜晤的故事传播极广，但有一个显而易见的问题无法解决：消息来源只有一个，单方面出自左宗棠，从林则徐方面的资料中找不到与此相关的蛛丝马迹，也没有一位见证者出具证言。好就好在，就算此事的诸多细节由左宗棠后期制作而成，他日后在江南、塞北立下赫赫战功，用来支撑整个故事的外壳，绰绰有余。更令质疑者哑口无言的是，后人要塑造林则徐光辉完美的形象，还需借用左宗棠提供的原始素材，因此江舟夜晤绝对堪称双赢的典型范例。成功是偶然的，成功者的事迹受到揄扬和传播则是必然的。作为个人形象的包装大师，从始至终，左宗棠都是以实力为根本，智者不服不行。

第三节　此乃平生"第一荣幸事"

林则徐开缺云贵总督后，返回老家福建侯官，常在福州居住。正如曾国藩所说，"大凡才大之人，每不甘于岑寂，如孔翠洒屏，好自耀其文彩"。林则徐晚年在家，好与大吏议论时政，直抒素怀，无所隐讳，以致与闽浙总督刘韵珂意见不合，意气相乖。林则徐受了憋屈，不愿久居林下，复思出山，再作冯妇。道光三十年（1850）秋末，林则徐奉旨为钦差大臣，督办广西军务。这年十月十九日，他让次子林聪彝代写遗折，并且拜发了此前报告自己病情的奏折。

好汉只怕病来磨，林则徐暮年也不例外，遗折补充了病重后的情形：

> 尚冀或能渐愈，仍当趱赴军营，讵知拜折后，困惫愈深，昏晕难起，元气大损，痰喘不休。据医者云，积久虚劳，心脉已散，百药罔效。自料万无生机，伏枕望阙碰头，悲号欲绝。

左宗棠获悉林则徐捐馆的噩耗，是在道光三十年（1850）十一月二十一日夜半，他正在长沙好友黄冕的家中，两人"且骇且痛，相对失声"。他写信慰唁林公长子林汝舟，回忆一年前的江舟夜晤，悲从中来：

> 何图三百余日，便成千古！人之云亡，百身莫赎，悠悠苍天，此恨何极！窃维公受三朝知遇之恩，名业在霄壤，心期照古今，血气之伦，罔不爱慕于公，复何所憾？中间事变迭乘，艰危丛集，群小比而慝公。天日高悬，旋蒙鉴察。彼

人之心，徒极缱绻，亦所谓唾不及天，还以自污者也。士之
爱慕公者，亦何所恨？

国家有难，栋梁先折，左宗棠对此痛心疾首，撰成挽联一副，寄托
哀思：

> 附公者不皆君子，间公者必是小人，忧国如家，二百余
> 年遗直在；
> 庙堂倚之为长城，草野望之若时雨，出师未捷，八千里
> 路大星颓。

光绪三年（1877），翰林编修吴观礼致书钦差大臣左宗棠，论及陶澍、
林则徐二公的品德、功业，赞誉备至。左宗棠回复时予以肯定，大意是：
你评论陶文毅与林文忠的品格气节，都还算公平公允。两公当日也互相钦
佩，一位雄伟，一位精密，不是近期人物所能望其项背的。假使陶、林二
公晚死十年，那么发逆[1]、洋寇的祸患都有高人彻底解决，不至于流播天下
毒害众生如此长久。

应该说，左宗棠的这个评价不是一般的高。历史是不留悬念的，陶澍
病逝于 1839 年（第一次鸦片战争爆发前），林则徐病逝于 1850 年（前往
广西镇压暴乱的途中），倘若陶、林二公晚死十年，情形会如何？只可能
更好，不可能更糟，这个判断不算离谱。他们能否彻底解决国家遇到的大
难题？恐怕不能，因为这不是面对一道脑筋急转弯的题目，而是面对千年
未有之大变局，它已超出了陶、林二公的知识储备之外。

尽管左宗棠与林则徐仅有一面之缘，只得一夕之晤，但他毕生爱戴林

1　发逆：晚清时期官方口径对太平天国起义者的蔑称。

则徐。光绪九年（1883）正月二十二日，两江总督左宗棠向朝廷呈上《已故督抚遗泽在民恳合建专祠春秋致祭折》，这是他个人向已故两江总督陶澍、江苏巡抚林则徐致敬的最佳方式。江宁士绅情词恳切，"吁请于省城新造东街建祠，请并祀两臣"，春秋致祭，此举顺应民心，朝廷批复"着照所请"。左宗棠为陶、林二公专祠撰联一副：

> 三吴颂遗爱，鲸浪初平，治水行盐，如公皆不朽；
> 冊载接音尘，鸿泥偶踏，湘间邗上，今我复重来。

四十五年前，左举人二十六岁，初至江宁，还是白丁；眼下，左学士七十一岁，重来江宁，已是总督，二公地下有灵，必大慰其怀。左宗棠在两江之种种设施兴作，亦上承陶、林二公之遗绪，可谓毫无隔膜。

光绪十一年（1885）仲春，正是中法战争尾期，左宗棠在福建督师，应约撰写《林文忠公政书叙》，对林则徐讲求吏治、整顿钱漕、加意海防诸端推崇备至，对他禁洋烟、御外侮的突出表现赞赏有加：

> 道光己亥、庚子之岁，西夷英吉利称乱粤东，公衔命查办海口事件，修筑虎门、横挡各炮台，击夷船于尖沙嘴、潭仔洋、官涌等处，斩馘甚多，夷目义律遁澳门。公虑夷人之窜扰邻省也，疏请敕下闽浙、江苏各督抚严防海口。其陈夷性无厌，得一步即进一步，若使威不能克，即恐患无已时等语，皆洞悉奸谲，如烛照数计。迄今数十年，谈海防者必推公，天下无贤不肖皆知公为国朝名臣，非可企而及也。

左宗棠已七十三岁，风烛残年，对外敌来犯仍坚决主战不主和，这是他与林则徐最大的共同点，在精神层面上彼此契合，互相激赏。

终其一生，左宗棠都以早年湘湄登舟拜晤林则徐，并且得到后者的赏识为"第一荣幸事"。林则徐赠给他两副亲笔对联，一副是自撰联，上联是"行事莫将天理错"，下联是"立身当与古人争"；另一副是集句联，左宗棠一直视为瑰宝，上联是"此地有崇山峻岭、茂林修竹"，下联是"是能读三坟五典、八索九丘"[1]。林则徐手书两联，赠给一位蛰伏草野的晚辈，可见其激赏之情。左宗棠一生行迹遍及江南塞北，总将两联随身携带，悬挂于斋壁之上、帐幕之中，怀人的同时，借以励志。须知，"苟利国家生死以，岂因祸福避趋之"，林则徐所拥有的抱负和襟怀，左宗棠也完全具备。

值得补充的是，曾国藩与林则徐也有过一面之缘。道光十八年（1838）十月初八日，林则徐在日记中写下这样一句话：

> 连日庶常及七品京官假归过此者，以踵相接，曾涤生（国藩）、陈岱云（源兖）、文口口（岳英）、熊口口（方绶）皆接晤。

林则徐时任湖广总督，京官南下，路过武昌，宾主间常有礼节性的拜访和接待。这年春闱，曾国藩与林则徐的长子林汝舟同时过关，林汝舟的殿试名次更靠前，是二甲第六名，曾国藩是三甲第四十二名，但曾国藩的朝考成绩更好，两人同选为翰林院庶吉士（又称庶常）。林汝舟于八月十三日抵达武昌督署，九月初八日乘舟回福建侯官老家，因此他未能见着晚到武昌一个月的曾国藩和陈源兖。林则徐的日记素来惜墨如金，他与曾国藩匆匆一晤，寒暄数语，两位中国近代史上的风云人物就此别过，再无交集。要说这是遗憾，还真是遗憾。曾国藩于道光十八年（1838）见林则徐

1　此联是李因培题随园的集句联，上联出自《兰亭集序》，下联出自《左传》。

时二十七岁，左宗棠于道光二十九年（1849）见林则徐时三十七岁，其间相隔十一年。

第四节　禁鸦片，比林则徐下手更狠

林则徐对左宗棠的影响既深远又持久。同治年间，左宗棠在陕甘总督任上，采取的政策是"不论汉回，只论良莠"，即脱胎于林则徐在云贵总督任上所采取的政策——"良则虽回必保，莠则虽汉必诛"。他治理西北，禁种罂粟（称之为"妖卉"），禁售鸦片，也是秉承林则徐初到广东时的禁烟宗旨。他在新疆指挥军队兴修水利，助大将张曜办毡工以利灌溉，开凿坎儿井以兴垦殖，植桑种稻，都是遵从林则徐生前的建议和指导。数项措施和行动之中，左宗棠在西北地区禁种罂粟、禁售鸦片，真正做到了零容忍。

自从道光二十年（1840）清政府被迫弛禁鸦片之后，毒流全国，祸延神州。咸丰、同治年间，鸦片的价格不菲，每箱约为五百两白银，抽税约三十两白银。湘军在南方设卡抽厘，对鸦片来者不拒，但严禁水陆将士吸食洋烟。尽管湘军定下的禁令颇为严厉，但陆师、水师中触犯禁令、吸食洋烟的士卒并非个别。

道光十三年（1833），两江总督陶澍与江苏巡抚林则徐会奏，奏疏中痛陈"鸦片以土易银，直可谓之谋财害命"。左宗棠尊崇陶澍和林则徐，一直痛恨鸦片烟。同治年间，有人建议他在西北地区大面积种植罂粟，靠贩卖烟土即可补充军饷，缓解燃眉之急，但他一口否决。

同治八年（1869），左宗棠在所辖的陕甘两省颁布《禁种罂粟四字谕》，禁烟运动随之在大西北地区全面展开，其认真程度全国第一。

谕尔农民：勿种罂粟。外洋奸谋，害我华俗。借言疗病，
实以纵欲。吁我华民，甘彼鸩毒。广土南土，吸食不足。
蔓连秦晋，施于陇蜀。土瘠不长，荣必肥沃。恶卉繁滋，
废我嘉谷。红花白花，间以紫绿。劙果取浆，兼金一束。
敧枕燃灯，俾夜作昼。可衣无棉，可食无肉。盎可无粮，
栈可无豆。唯腥是闻，唯臭是逐。农辍耒耜，士休卷轴。
工商游嬉，男妇瑟缩。小贩零沽，蜷聚破屋。家败人亡，
财倾命促。乱后年荒，民生愈蹙。俵赈督耕，散种给犊。
移粟移民，役车接毂。言念时艰，有泪含目。勉搜颗粒，
聊实尔腹。尔不谋长，自求馆粥。乃植恶卉，奸利是骛。
我行其野，异华芳郁。五谷美种，仍忧不熟。亦越生菜，
家尝野蕨。葱韭葵苋，菘芥莱菔。宜食宜饲，如彼苜蓿。
锄种壅溉，饔飧可续。胡此不勤，而忘旨蓄？饥与馑臻，
天靳尔禄。大命曷延？生聚曷卜？尚耽鸦片，槁死荒谷。
乃如之人，宁可赦宥！自今以往，是用大告：罂粟拔除，
祸根永斸。张示邮亭，刊发村塾。起死肉骨，匪诅伊祝。
听我藐藐，则有大戮。发言成韵，其曰可读。

　　这道《禁种罂粟四字谕》朗朗上口，言简意赅，细数种烟吸烟的诸多
害处，罕有遗漏。左宗棠可是动真格的，令行禁止，不问众人信不信，就
看众人怕不怕。

　　左宗棠命令辖区内一律禁止种植罂粟，违者严惩不贷。官员执行不
力，重则革职，轻则撤任。宁夏府知府被革职，宁朔县知县贺升运与左宗
棠有世谊、年谊、姻谊，因为本县广种罂粟，始终无只字启告，左宗棠同
样就事论事，公事公办，将他撤任。有惩处就有奖励，各地方官出力多
者、功效大者，皆获优叙。经过一番自上而下的整治，宁夏阖境之内罂粟

根株被悉数铲除。农民拔去罂粟苗，改种棉花，经济收入并未严重受损，西北的社会风气则好转了许多。左宗棠还发银两万两给农民购买粮种和农具，专供耕垦之用。嗣后，左宗棠下令，对于外来烟土（四川烟土、云南烟土）无差别对待，不准收取厘金，一律焚毁；对于洋药（外国烟土）采取以拒（不准入境）为禁的措施。有人上陈朝廷，认为左宗棠的办法过于操切严厉，于是左宗棠稍作变通，于甘肃入境首站张贴告示，"如有烟贩入境，勒令折回，其已落行栈者，由官封存，令烟贩自行看守，如敢偷越腹地销售，即概予焚烧"。烟贩所逐之利甚大，若回旋余地太小，几乎无利可图，自然就裹足不前了。

可是好景不长，光绪四年（1878），罂粟种植再度在西北地区死灰复燃。左宗棠致书吴大澂，实话实说：入关之初，我目睹颓败的风俗使人沉沦，就想方设法去拯救受害者。同治八年（1869），我撰写四字韵文颁发告示给各个辖地，对甘肃苦口婆心地劝诫，贤良的守令还能够奉行不悖，民间风气稍有好转；关中的余风则未能消除，而且变本加厉。现在我再度申明严禁，虽然说靠一寸明矾解决不了黄河的浑浊，但我行我法，也是聊尽我的本心罢了。

像左宗棠这样强势禁烟的封疆大臣，"我行我法"并不难，尽心也是题中应有之义。但收效不如预期，根源都在一个"穷"字，民困财竭，气息奄奄，改善西北地区的经济状况既要政策稳妥，还要大量投入、持之以恒才行。左宗棠只是开了个好头，然而人走茶凉，继任者狗尾续貂，他的良愿必然落空。

晚清画家张维屏有诗言鸦片，道是"五夜一灯民骨髓，重洋万里国脂膏"，最称警绝。鸦片使中国人愈益枯瘠和麻木，战乱年间受此毒害，不仅民穷财尽，而且国力衰微。陕甘两省原本民气刚强，却因为吸烟者众，老百姓日趋暗弱怯懦，乱匪纷起，莫能抵御。饥荒年岁，仓储荡然，新谷不敷民食，饿殍载道，哀鸿遍野。

当年，拿破仑称中国为"东方的睡狮"，中国人因此产生自豪感，睡着的狮子一旦醒来，必定大发神威。但鸦片烟赛过麻醉药，能使这头狮子"有狮之形，无狮之质"，"殆将长睡，永无醒时"，想想都令人毛骨悚然。洋人以利炮打破大清王朝的国门，以鸦片从肉体到精神全面摧残中华民族，左宗棠极其警惕这种危险品，认为会导致更可怕的劫运，因此严令禁止，不许种植，不许贩卖，从源头治理，截断流通渠道。

晚清时期，官员中瘾君子不少，严禁鸦片实无可能。刘成禺《世载堂杂忆》中有一则笑谈，值得一录。光绪初年，沈葆桢出任两江总督，江宁布政使孙衣言是沈葆桢房师孙锵鸣之兄。有一次，全省司道职掌人员议禁鸦片烟事，孙衣言迟迟其行，众人久候，戈什哈策马催促再三，孙衣言方才到场，入门就嚷嚷道："汝等何故催逼如是之急？我尚有鸦片烟两三口未吸，议事不能振起精神也。"与会者闻言，彼此瞠目相视，议题只好临时更改。江苏布政使当场自承为瘾君子，犯禁在先，该当如何处置？孙衣言是江南人望，清德、辈行俱高，碍于房师的面子，沈葆桢也不便奏劾其胞兄。禁烟之事即不了了之。

近代许多国家都禁止贩卖烟土和吸食鸦片，尤以日本的法令最严，惩罚力度最大。明治维新后，日本厉行铁律：凡贩卖烟土牟利者处斩，引诱人吸食鸦片者处绞，吸食鸦片者服徒刑一年。从源头到终端，一个都不放过。世间究竟有多少贪财者不怕死？又有多少瘾君子乐意坐牢？日本禁绝鸦片靠的是严刑重典。

左氏功名诀

"名业在霄壤，心期照古今。"

意 译

功名事业长存天地，厚谊深交永照古今。

评 点

　　一个人崇敬某个年长的大人物，崇拜一段时间是可能的，敬仰一辈子却很难。尤其是那个昔日的小弟有朝一日自己也成了庙堂上的大人物，其敬仰之情居然有增无减，更是罕见罕闻的事情。他们的三观（世界观、人生观、价值观）要极其吻合无间才行啊！左宗棠崇敬林则徐就是这般始终如一并且有增无减的，他认可林则徐的品德、气节、才智、能力、忠诚，给予了毫无保留的好评。在他看来，陶澍、林则徐是道光朝乃至整个晚清时期数一数二的标杆人物。榜样的力量无穷无尽，古代诸葛亮，近世林则徐，他们引导左宗棠成为顶天立地的大丈夫。

第三章

谁最胜任『左吹派』的开山掌门人

咸丰皇帝生来是个苦命儿，父亲爱他的异母弟"鬼子六"[1]远胜过爱他；登基之后，内忧外患蜂拥而来，他不得不集中自己的注意力长期关注毫无起色的南方剿匪战事；在位期间，英法联军攻入北京，圆明园被焚，堪称奇耻大辱，他悲恐交加，明知自己的额头被贴上了一道催命符，却无计可施。

清朝的正规军有八旗和绿营两种，八旗军多为满族，明末清初时是王牌劲旅，战斗力极强，所向披靡；迄至晚清，八旗军早已非复旧观，拱卫京城已经难以胜任。绿营又称制兵，顺治初年收编明朝军队，招募汉兵，驻扎在各地，规模比八旗军大；到了晚清，绿营的处境和实力已大不如前，由于长期缺乏整顿，更是积重难返。

同治八年（1869），曾国藩在《复傅振邦》一信中如此描述绿营的衰落不堪：

1　鬼子六：道光皇帝第六子、恭亲王爱新觉罗·奕䜣的谑称，因为精通洋务，他被称为"鬼子六"。

绿营废弛已极，兵丁常态，口分不足自给，每兼以小贸、手艺营生，名充行伍，实乃市佣，此各有所同。而直隶自挑练六军以来，别有加饷，底营兵丁无加饷者愈益自弃。加以司库支绌，数年以来欠发兵饷甚巨，各营将士得以借口，规制隳坏，不可救药。……闻器械多不齐全，衣服亦颇蓝缕，老弱应汰者未能随时简汰……

所谓"口分"即口粮，当兵的食不果腹，只能靠摆小摊、做手艺来糊口，这样的军队如何打仗？同治八年（1869）尚且如此，咸丰初年又能好到哪儿去？绿营将士既无责任感，又无纪律性，战斗力简直孱弱到令人绝望的地步。如果说太平军是出柙的猛虎，绿营兵就是待宰的绵羊。士卒的欠饷未发，军官的烟瘾先发，遇敌时绿营一触即溃，望风而逃，完全可以想象。

咸丰皇帝指靠不上正规军，就只能指靠曾国藩新练的湘勇。湘勇纯粹由民兵组成，他们有朝气，有勇气，有正气，带兵者多为书生，具备道义情怀，保境安民，责无旁贷。湘军投入实战之后，敢打死仗，能扎硬寨，攻守表现远优于绿营。咸丰皇帝不盲不聋，他看在眼里，记在心头，对曾国藩赞许有加，对湖南人感激不尽。他时常听到内臣、外臣奏报，湖湘俊杰之翘楚并非只有曾国藩，还有左宗棠，二者同为帅才，区别只在于：曾国藩早已发迹，左宗棠至今隐身。有人找来更为雄辩的旁证：湘籍前贤陶澍、贺长龄、贺熙龄等人都激赏左宗棠，誉之为国士，两江总督陶澍的遗愿之一就是与左宗棠结为儿女亲家。这类话咸丰皇帝听得多了，还能不长记性？

第一节　陛见时，郭嵩焘实话实说

咸丰八年（1858）冬，翰林编修郭嵩焘新任南书房行走，十二月初三日，他到乾清门外九间房递谢恩折。这天他的日记内容简要而详明：

> 黎明，苏拉[1]来告云：本日召见四起，一军机，一僧王，一嵩焘，一和润。内监引入南书房小坐，仍至军机房坐。移时，入养心殿西暖阁，免冠谢恩曰："臣郭嵩焘叩谢皇上天恩。"上曰："南斋司笔墨事却无多，然所以命汝入南斋，却不在办笔墨，多读有用书，勉力为有用人，他日仍当出办军务。"曰："谢皇上教训。"

然后，就是咸丰皇帝询问郭嵩焘读何兵书，读何史书，何者最佳。郭嵩焘回答：兵书是戚继光的《练兵实纪》最切实用，史书则是《资治通鉴》最能借古证今。至此，咸丰皇帝突然话锋一转，问及左宗棠的情况，双方有一段精彩的对话：

> 上曰："汝可识左宗棠？"
>
> 曰："自小相识。"
>
> 上曰："自然有书信来往？"
>
> 曰："有信来往。"
>
> 上曰："汝寄左宗棠书，可以吾意谕知，当出为我办事。

1　苏拉：满语。清代内廷机构中担任勤务杂役的人。

左宗棠所以不肯出，系何原故？想系功名心淡。"

曰："左宗棠自度赋性刚直，不能与世合，所以不肯出。抚臣骆秉章办事认真，与左宗棠性情契合，彼此亦不能相离。"

上曰："左宗棠才干何如？"

曰："左宗棠才尽大，无不了之事，人品尤端正，所以人皆服他。"

上曰："年若干岁？"

曰："四十七岁。"

上曰："再过两年五十岁，精力衰矣。趁此时尚强健，可以一出办事，也莫自己糟蹋。汝须一劝劝他。"

曰："臣也曾劝过他。他只觉自己性太刚，难与时合。在湖南亦是办军务。现在广西、贵州两省防剿，筹兵筹饷，多系左宗棠之力。"

上曰："闻渠尚想会试？"

曰："有此语。"

上曰："左宗棠何必以科名为重。文章报国，与建功立业，所得孰多？渠有如许才，也须得一出办事才好。"

曰："左宗棠为人是豪杰，每谈及天下事，感激奋发。皇上天恩如果用他，他也断无不出之理。"

嗣后，他们对军情还有一番问答。从以上对话可以看出，咸丰皇帝备了课，他对左宗棠的情况已有所了解，但他仍询问左宗棠的发小和老乡郭嵩焘，想了解更多实情。郭嵩焘对左宗棠的称赞相当客观，并没有大肆吹捧，因此他与咸丰皇帝一问一答之间，显得谨慎有余，发挥不足。这也很正常，郭嵩焘刚到南书房接触皇上，还得有个适应过程和感情基础，才能够畅所欲言。咸丰皇帝日理万机，尚能如此关心一位远在三千里外的湖南抚署的师爷，实属罕见，亦足以说明，左宗棠已凭其戎幕实绩和朋辈揄扬名动天下。值此大清王朝危如累卵的敏感时点，皇帝亲口询问一位在野遗贤的履历，不用猜，左宗棠的前程已经露出大片曙光。胡林翼获悉此事，不禁放声欢呼："梦卜复求，时至矣！"

道光二十二年（1842），胡林翼丁父忧回益阳，去安化小淹探亲访友，盘桓十日，与左宗棠相处甚欢。他们联榻夜话，"纵论古今大政，以及古来圣贤、豪杰、大儒、名臣之用心行事，无所不谈，无所不合"。左宗棠"自嗟迟暮，以为非梦赍良弼，不可有为"。因此愀然不乐。"梦赍良弼"的典故出于《尚书·商书·说命》，讲的是商高宗武丁想大有作为，由于心思凝结，梦见天帝赏给他一位贤良的辅佐之臣，于是他按梦中所见的样貌绘出图像，在全国范围内寻找，最终在傅岩之野找到了泥匠傅说，他的长相跟商高宗武丁梦见的良臣一模一样。商高宗武丁毫不犹豫，任命傅说为宰相。

左宗棠身居草野，文韬武略超群，确实具备傅说那样的宰相之才，但道光皇帝不同于励精求治的商高宗武丁，就算他梦见了左宗棠，也未必求之若渴，所以左宗棠愀然不乐。十六年后，咸丰皇帝欲平治天下，求才若渴，主动向郭嵩焘询问左宗棠的情况。左宗棠得悉此事后，反而忧从中来。老子说"物壮则老"，十六年前左宗棠即自嗟迟暮，现在年近五旬，来日几何？胡林翼冷静下来，也有同感："今已名在九重，转有忧色。能忧，是吾丈见道处。"一切要看天意，当作如是观。

第二节　胡林翼的极赞，信者为明

左宗棠与胡林翼相识是在哪年？据清人梅英杰编纂的《胡林翼年谱》

载，是在道光十三年（1833）：

> 是岁二月，湘阴左文襄宗棠以会试至京，公一见定交，相得甚欢。每风雨连床，彻夜谈古今大政，论列得失，原始要终，若预知海内将乱者，辄相与歃歔太息，引为深忧。见者咸怪诧不已，詹事公则谆谆交勉，益以矫轻警惰为诫。

詹事公即胡林翼父亲胡达源，年轻时以殿试一甲第三名（俗称探花）中进士，是一位品德高尚的学者，他勉励胡林翼、左宗棠好学精思，矫正轻浮，警惕惰性。

这是左宗棠初次入京参加会试，时年二十一岁，胡林翼与之同龄而略长。胡、左二人谈史论政，察今日之败事而知异日之乱局，已表现出超强的预判能力。道光十八年（1838），左宗棠第三次入京参加会试，与胡林翼游处极欢，心气相投、智识相近是根本原因。胡林翼是陶澍的东床快婿，书信之中已向岳父多次介绍这位才智超群的朋友。一年前，陶澍已在回湘途中接触过左宗棠，对其才智留下了深刻的印象。

知交群推，有名于时，左宗棠的励志人生起先高开低走，而后低开高走。谁是"左吹派"的掌门大侠？当然是胡林翼，唯有他最称职。

在胡林翼眼中，左宗棠是天生的大丈夫。说到命世奇才，除开左宗棠，他不作第二人想。我们不妨来看看胡林翼吹捧左宗棠，究竟狂热到了何等程度。

咸丰十年（1860）五月二十日，湖南抚署师爷郭崑焘写信告诉胡林翼：左宗棠在长沙募练楚军，用人不疑，误用了人却不肯承认自己用错了，这很危险。胡林翼回信时调侃道：这是诸葛孔明看走了眼，"鄙人今春不欲与季丈抬杠，恐伤其气。实则应谏之事、应抬之杠均俟之异日也。然横览七十二州，更无才出其右者，倘事经阅历，必能日进无疆"。此调之高，响遏行云，真有点吹不吹法螺由我、信不信断言由你的意味。

早在咸丰二年（1852），胡林翼就不止一次致书湖广总督程矞采，向他举荐左宗棠，盛赞好友"体察人情，通晓治略，当为近日楚材第一"，又称之"有异才，品学为湘中士类第一"。由于"时事孔棘，得人为先"，胡林翼还专门开列清单，向新任湖南巡抚张亮基推举衡湘七士，嗣后复访得数位贤人，鲜有遗漏。胡林翼向张亮基力荐左宗棠，特意注明：

> 内有左子季高，则深知其才品超冠等伦，曾三次荐呈夹
> 袋中，未蒙招致。此人廉介方刚，秉性良实，忠肝义胆，与
> 时俗迥异。其胸罗古今地图兵法、本朝国章，切实讲求，精
> 通时务，访问之余，定蒙赏鉴。

乍看去，这番话似乎过度夸张了，但考其行、验其实，时人和今人就会打心底佩服胡林翼的判断能力堪称顶级。可是湖广总督程矞采既无赏识海内人才之慧眼，也无招揽天下英俊之雄心，胡林翼极其贴心地将左宗棠的名字放至他的夹袋，明珠仍遭暗投。

咸丰二年（1852），胡林翼写信给左宗棠，旧事重提："先生究心地舆、兵法，林翼曾荐于林文忠，文忠一见倾倒，诧为绝世奇才。"每个成功者都不是孤立的存在，离开贵人的扶助、朋友的推毂，必定举步维艰。那么有哪些贵人暗助或明助过左宗棠？应算上陶澍、林则徐，也应算上贺长龄、贺熙龄兄弟，还应算上郭嵩焘、曾国藩、肃顺、潘祖荫、张亮基、骆秉章等人。而真正不遗余力、逢人说项，将左宗棠推举到前台聚光灯下的朋友是谁？是胡林翼。虽说他当时只是边远省份的小知府，但翰林父亲胡达源、总督岳父陶澍所积攒的人脉资源相当丰富，他揄扬谁、称赞谁，绝对会引起大人物的关注。比如林则徐，他不仅熟识这位陶澍爱婿，彼此还是上下级。胡林翼激赏和力荐湘阴举人左宗棠，其直接效果就是林则徐

系舟湘江之滨，约晤这位天才晚辈。

胡林翼如同一位优秀的经纪人，文案是顶好的，宣传路数是新颖的，目标极其明确：左宗棠从师爷起步，然后踏入仕途，施展平生绝学。然而左宗棠起初无意跟进，他打算隐居深山，躲避寇乱。胡林翼不惧烦，不泄气，一方面，他不断写信敦促左宗棠赶赴省城辅佐新任湖南巡抚张亮基；另一方面，他多次写信给张亮基，称赞左宗棠"才品超冠等伦"，请他礼聘左宗棠。

张亮基信任胡林翼的智慧和眼光，两次备礼派专使去湘阴聘请左宗棠，一次中途受阻，另一次的接触很友好。真正令左宗棠心动的并非张亮基的诚意，而是胡林翼在信中透露的重要信息：道光年间，林则徐应诏荐举贤良方正之士，首推张亮基，由郡守一岁三迁，授云南巡抚，兼署云贵总督。

胡林翼盛赞张亮基是一代伟人，多谋善断，必能宏济时艰。陶澍赏识林则徐，林则徐赏识张亮基，也赏识左宗棠。张亮基与左宗棠尚未谋面，彼此惺惺相惜已在情理之中。左宗棠是久居草野的奇才，忍受不了庸官的颐指气使。胡林翼曾向程矞采举荐过左宗棠，左宗棠知道后，不仅对好友大加讥诮和责备，而且声称"入山从此日深"。左宗棠是性情中人，说话爽快，办事利落，不喜欢与城府幽深、头脑诡诈的官员打交道，更别说共事。张亮基的才能已被林则徐赏识，其性情又被胡林翼赞许，如此一来，左宗棠欣然出山，愿意辅佐张亮基保卫长沙，从此开启八年戎幕生涯。

咸丰六年（1856），胡林翼上疏附陈左宗棠的才略，对这位同门师弟的品德、性格也作了简要的描述，不溢美，不护短，相当客观：

> 臣与兵部郎中左宗棠同受业于前御史贺熙龄之门，深
> 知其才学过人，于兵政机宜、山川险要，尤所究心。臣曾
> 荐于前两江总督臣陶澍、前云贵总督臣林则徐，均称为奇

才。……该员秉性忠良，才堪济变，敦尚气节，刚烈而近于矫激，面折人过，不少宽假。人多以此尤之，故亦不愿居官任职。……臣既确知其才，谨据实胪陈圣听，以储荆鄂将才之选。

这篇奏疏堪称相当巧妙的报备，给一年之后上谕询及兵马师爷左宗棠"能否帮同曾国藩办理军务，抑或无意仕进，与人寡合，难以位置"提供了可能，给两年之后咸丰皇帝就左宗棠各方面情况"专题垂询"郭嵩焘埋下了伏笔。草蛇灰线，伏脉千里，胡林翼善用此招，一用就灵。

有世交的人未必能够做同学，做同学的人未必能够成知己，成知己的人未必能够结姻亲。胡林翼与左宗棠既是世交、同学、知己，又是姻亲，这就难怪了，论渊源之深，论友情之挚，无论是胡林翼眼中的左宗棠，还是左宗棠眼中的胡林翼，都是排名第一的至交。胡林翼的父亲胡达源与左宗棠的父亲左观澜是岳麓书院的同窗好友，世交不虚。胡林翼与左宗棠同庚，只年长四个月，两人同为贺熙龄的入室弟子，同学也符合事实。左宗棠是陶澍的亲家，胡林翼是陶澍的女婿，这层姻亲关系有点错位，左宗棠的辈分高过了胡林翼。看他们的书信就好玩了，胡林翼称呼左宗棠为"丈"，左宗棠称呼胡林翼为"兄"，两人的礼数均未失毫厘。

第三节　要诀晚年得验，戏谑一语成真

胡林翼的父亲胡达源与左宗棠的父亲左观澜是岳麓书院的同窗好友，"两家生子，举酒相欢"，可见交情非同一般。左宗棠中举时二十岁，胡林翼进士及第、点翰林时二十四岁。青年时期，胡林翼"纵言阔步，气豪万夫"，两人在京城会聚时，"我歌公詈，公步我趋"，可谓声气相应，形

影相随。胡林翼与左宗棠的性格差异较大，照左宗棠《祭胡文忠公文》中的说法，他是"刚而褊"（刚直而欠缺包容），胡林翼是"通且介"（通达而十分耿直）。左宗棠虑事周密，脑筋绝对好用，但他心直口快，很容易得罪人。中国社会是一个人情社会，得罪人就很难办成事。真人面前不打诳语，胡林翼直言不讳，批评左宗棠"虑事太密，论事太尽"，应该引以为戒。左宗棠深感这八个字"切中弊病，为之欣服不已"，但他对胡林翼开出的药方——"出言不宜着边际"，则有些疑惑，甚至不以为然，认为它"未免如官场巧滑者流趋避为工、模棱两可，似非血性男子所应出也"。

事隔多年，光绪五年（1879），左宗棠以钦差大臣督办新疆军务，他回复宁夏将军金顺，信中有两句话值得玩味："俄情叵测殊常，好生枝节，接待有礼，令其无可借口。而议论一切，刚柔得体，不着边际，乃为得之。"左宗棠晚岁终于参透了胡林翼的要诀，可惜好友已经故世多年。

有一年，左宗棠家里遭了灾荒，没钱过年，胡林翼时任贵州安顺知府，特意派人雪中送炭。左宗棠隐居山野，不肯出仕，胡林翼写信反复劝说，可谓苦口婆心。他希望好友及早"热身"，先在幕府中磨炼数年，积攒阅历和经验，为将来干大事、立大功做足准备。胡林翼举荐左宗棠，可谓不遗余力，一荐于云贵总督林则徐，二荐于湖广总督程矞采，三荐于湖南巡抚张亮基，四荐于湖南巡抚骆秉章，左宗棠隐居于白水洞的想法只能无限期延迟了，而朝廷终将收获一位军政奇才。

左宗棠在湖南抚署主持戎幕后，仍旧与家人两地分居，每年只能抽空回家几天。咸丰七年（1857），胡林翼急好友之所急，跟骆秉章合计，凑足五百两银子，于长沙北城司马桥购得新宅，帮助左宗棠一家在省城安顿下来。南宋词人辛弃疾任湖南安抚使时，圈营盘街一带为练兵场，遂有飞虎寨、司马桥等名目。左宗棠住处旁有菜地，有鱼塘，他非常满意。有趣的是，咸丰十年（1860）五、六月间，胡林翼得悉左宗棠选在长沙城南金盆岭练兵，却"不私一钱""不顾其家"，就写信给左宗棠的昔日同僚郭崑焘，建议由湖南巡抚骆秉章饬令盐茶局筹集三百六十两银子"以赡其私"，他说：

> 此亦菲薄之至。鄂中营官之有家在鄂省者均不止此数，
> 季公非有廉可领者也。都、多、舒、李、鲍、余月费均大有
> 过千金者。不窘其手，即是不掣其肘；能恤其私，乃能专精
> 于公。

同年六月，胡林翼还写信调侃左宗棠，说他"不私一钱"是"小廉曲谨"。戏谑间，胡林翼想到一个好主意，立即和盘托出：

> 尝笑世无不用钱之豪杰，亦决无自贪自污自私自肥之豪
> 杰。公之小廉曲谨，妇孺知名矣。不私一钱，不以一钱自
> 奉，又何疑而不以天下之财办天下之事乎！

日后，左宗棠平定西北，规复新疆，军费总开支超过一亿两千万两白银，甚至要借洋款救急，真可谓"以天下之财办天下之事"，足可告慰好友的在天之灵。

第四节　掌门人已逝，谁能继承衣钵

咸丰十一年（1861）秋，胡林翼在武昌病逝，得年四十九。左宗棠撰联痛挽之：

> 论才则弟胜兄，论德则兄胜弟，此语吾敢当哉？召我我
> 不至，哭公公不闻，生死暌违一知己；

世治正神为人，世乱正人为神，斯言君自道耳。功昭昭
在民，心耿耿在国，古今期许此纯臣。

联语中的"世治正神为人，世乱正人为神"，原是咸丰十年（1860）
胡林翼悼挽殉节忠臣、浙江巡抚罗遵殿的，左宗棠指明"斯言君自道耳"，
意思是：和平时期，正神无大作为，只能做人；战乱岁月，正人要救民于水
火，解民于倒悬，便可为神。这才多久？胡林翼与罗遵殿就相会于九泉之
下了。

胡林翼是兄，左宗棠是弟，他俩同庚，前者比后者大四个月。有一次，
两人在一起聊天，胡林翼对左宗棠说："论才你远胜于我，论德我稍胜一筹，
生前身后，此论不易。"胡林翼任湖北巡抚时，左宗棠仍在湖南抚署当师爷，
胡林翼请左宗棠去湖北领兵，骆秉章不肯放人，曾国藩驰书制止，左宗棠
也心存疑虑，因此未能成行。左宗棠将这些私底下的谈话写进挽联，贴切
之极，足见两人交谊之深，既如手足兄弟，又是莫逆知己。左宗棠称赞胡
林翼"功昭昭在民，心耿耿在国"，如此爱民爱国的大臣值得众人敬佩和
赞美，古今难得。这副挽联既传情又传神，值得玩味，堪称佳作。

咸丰十一年（1861）冬，左宗棠转战江西，于戎马倥偬间撰成《祭胡
文忠公文》，痛失良友，情见乎辞：

悠悠我思，不宁惟是。交公弱年，哭公暮齿。自公云亡，
无与为善，孰拯我穷，孰救我褊？我忧何诉，我喜何告？我
苦何怜，我死何吊？追维畴昔，历三十年，一言一笑，愈思
愈妍。……有酒如池，有泪如丝，尽此一哀，公其鉴兹。

胡林翼病逝后，最现实的问题是，"左吹"掌门之位空出，谁够资格
继承衣钵？日后，左宗棠声名显赫，自然不愁没人吹捧他，但吹者、捧者

之段位实在不够看。胡林翼吹左宗棠、捧左宗棠，那是怎么个吹法、捧法？左宗棠尚在微时，无名、无位、无职，胡林翼的吹捧乃是先觉者近乎神灵般的预言和断言，起始令人怀疑，最终则无不信服。等到左宗棠立了奇功，有了盛名，那些吹捧左宗棠的人，怎么吹、怎么捧都很难避开马屁精的嫌疑，谁接掌门人衣钵，都不再有开山鼻祖的优势，于是此业极盛而衰，此门极喧而闭。

曾国藩对左宗棠的祭文赞赏不已："《祭润帅文》愈读愈妙。哀婉之情，雄深之气，而达之以诙诡之趣，几欲与韩昌黎、曾文节鼎足而三。"曾国藩称左宗棠与最善作祭文的韩愈、曾巩几乎可以"鼎足而三"，可见评价之高。曾巩死后，被宋理宗追谥为文定，而非文节，曾国藩记忆偶误。

同治十一年（1872）春，王闿运阅读《宋史》，有感于名实难副，在日记中写道："名者，实之宾也。有实而无名为幸邪？传名为幸邪？无名为幸，则圣人何异乡人；传名为幸，则潜德不如文士。令人懵然。"世间的运行法则究竟应该是名以实传，还是实以名传？二者都有照顾不周的地方，若强调名以实传，为何名不副实者比比皆是？若强调实以名传，厚德载物者却多半默默无闻。孔子劝导世人进德建功，立下"君子疾没世而名不称焉"的训条，可见名实同等重要。

胡林翼死后十七年，王闿运重读胡林翼的奏稿，将它们与曾国藩同期的奏稿作比较，再次衡定两人的高下优劣。他认为胡林翼实过于名，曾国藩名过于实，王闿运检讨此事，认为自己当年"厚曾薄胡"起到了很大的负面作用。寻根究源，王闿运多年为曾国藩猛吹法螺，吹到头来，曾、胡二公死后各就各位，他终于良心发现，过意不去了。胡林翼比曾国藩更优秀更高明，但寿命更短，往后十一年许多重大历史事件他都未能参与，名实倒挂的状况不可更改，也还是说得过去。名不副实这样的事情会发生在曾国藩这类大人物身上，说奇怪也并不奇怪，倘若没有王闿运这样的局内吹捧者出来认账道歉，局外人就算心存疑惑，两眼如探照灯一般，也揭晓不了谜底。王闿运悔恨和惋惜自己与胡林翼交臂而失，怅然之情溢于言表。由此可见，名实一旦错配，再想纠正它，难度就会变得奇高。即使王闿运是文豪，又是当事人，形诸笔墨，传诸后世，想要将颠倒过去的再颠倒回来，依然无济于事。

左氏功名诀

"功昭昭在民，心耿耿在国。"

意 译

功业昭昭百姓铭记，忠心耿耿举国皆知。

评 点

　　胡林翼为国家惜才，为国家选才，为国家荐才，对于奇才、异才赞不绝口，保举不遗余力。左宗棠尚为山野遗贤时，他就逢人说项，给各路诸侯掌眼，因此胡林翼被称为"左吹派"开山掌门人，可谓实至名归。他赝任湖北巡抚时，维系大局，调和诸将，支持湘军，整顿财政，亦可谓殚精竭虑。胡林翼给曾国藩打气加油，给左宗棠排忧解难，是湘军系统中公认的最佳黏合剂。一个人要成就丰功伟业，这种极具助力的至交挚友是不可或缺的。他们都爱民，也都爱国，这两方面高度契合，使友谊具备稳如磐石的基础。

第四章

『诸葛亮情结』

不是死结是活结

咸丰六年（1856）四月中旬，曾国荃从省城长沙致书胞兄曾国华，既赞许左宗棠本领大、手段强，也直言左宗棠有耳根软的毛病：

　　　　左季高翁筹画大局，良是以一省之兵应四省之贼，供给
　　各路军饷，藉非渠经营惨淡，断不能处处敷衍。但夙有好谀
　　毛病，以谀词服之，则呼应灵动，无不相宜矣。兄以后寄
　　信，须格外留心为要。

　　左宗棠喜欢别人奉承他，这并非秘密。但别人送上蜜汁样的恭维话，他未必就一定觉得受用。比如有人夸赞他神机妙算堪比刘伯温，他就会猛瞪对方一眼。要知道，左宗棠自愿比拟的唯一对象可是诸葛亮啊！
　　《三国志》的作者陈寿给诸葛亮作盖棺论定："然连年动众，未能成功，盖应变将略，非其所长欤！"然而《三国演义》的作者罗贯中偏要唱反调，经他浓墨渲染，大笔夸张，诸葛亮算度精确，智慧高超，已近似神妖，甚至为神妖所不及。因此后人心目中有两个诸葛亮，《三国志》中的

那个诸葛亮已经死了,《三国演义》中的那个诸葛亮作为东方智圣,一直活跃在说书、弹词、戏剧、影视、绘本里。中国民间有个说法:"诸葛亮一步三计,周瑜三步一计,曹操七步一计。"诸葛亮被捧上云霄后,天下人除了仰望他,还能如何?诸葛亮年轻时高卧南阳,便"自比管仲、乐毅",不但没人跳出来嘲笑他吹牛,德高望重的水镜先生司马徽还主动为他站台,说什么"卧龙、凤雏二人,得一可安天下"。可见造神运动早就开始了,罗贯中只不过掀起了又一个新的高潮。

诸葛亮仙逝之后,以诸葛后身自诩自居的人远不止一个两个,随便一拎,就可以拎螃蟹似的拎起一大串。刘伯温如此吹嘘,大家还有几分相信,但连宋献策(李自成帐下的军师)那种也跳出来折花上妆,就不免令人恶心欲呕。说穿了,诸葛亮情结是某些好以谋略骄人的"高手"共有的心结,怎么解开它,早已成为千古难题。可以这么断言,诸葛亮堪称举世无双的名牌釉彩,能够给上色者以朗照远近的光泽。可是他们自诩归自诩,自居归自居,总还须得到时人和后人认可才行,否则落入低仿的赝品之列,徒然令识货者嗤之以鼻。南宋嘉泰、开禧年间,郭倪素以"诸葛亮后身"自居,他依附太师韩侂胄,兴兵伐金,一败涂地,竟当着宾客的面涕泪横流,被人嘲笑为"带汁诸葛",开了个极为滑稽的先例。

若要挑选出一千多年来"诸葛亮情结"最严重的"患者",你挑选谁?无须去久远的古代搜寻,就在近代取样,便不难找到现成的目标,他就是左宗棠。

第一节　认证"今亮",一路顺利过关

吹牛是中国文人的当行本色,拿古今大师名家作比,甚至拿他们垫背,又是吹牛的主要技法。诗圣杜甫算是公认的老实人吧,可他在《奉赠韦左丞

丈二十二韵》中吹得天花乱坠:"赋料扬雄敌,诗看子建亲。李邕求识面,王翰愿为邻。"杜甫自诩:我作赋可与汉赋大家扬雄匹敌,写诗可向八斗高才曹植看齐;唐朝两位大名鼎鼎的前辈也对我推崇备至,书法家李邕请求与我见面,边塞诗人王翰愿意与我结邻。杜甫这首诗真正吹出了国际顶尖水平,后面还有奇句"致君尧舜上,再使风俗淳"。如此一来,他感叹自己怀才不遇,"朝扣富儿门,暮随肥马尘。残杯与冷炙,到处潜悲辛",就是理所当然了。

要说吹牛,左宗棠的口气可不小,他有一副门联广为流传,上联是"文章西汉两司马",下联是"经济南阳一卧龙",貌似夸赞二司马(司马相如、司马迁)的文才无敌,一诸葛(诸葛亮)的智慧极高,但观其欣然自况,骨子里满是扬扬得意。吴汝纶在《左文襄公神道碑》中写道:"在幕府以诸葛亮自比,与人书,辄戏自署为'亮',人亦以亮归之。"

清朝道光、咸丰年间,湖南士人心目中有三尊大神具备诸葛亮治军理政的本领,"三亮"的名头个个响当当:"老亮"是罗泽南,"今亮"是左宗棠,"小亮"是刘蓉。三人皆有非凡之处。罗泽南是早期湘军名将,可惜临阵受重伤,逝于盛年,未尽其才。刘蓉年轻时,连秀才都没考取,曾国藩就非常看好他。道光二十二年(1842),曾国藩三十一岁,刘蓉二十六岁,前者赋诗《怀刘蓉》,诗是好诗:"我思竟何属?四海一刘蓉。具眼规皇古,低头拜老农。乾坤皆在壁,霜雪必蟠胸。他日余能访,千山捉卧龙。"同治二年(1863),刘蓉助四川总督骆秉章歼灭了太平天国翼王石达开率领的残部,可惜他在陕西巡抚任上剿捻失利,兵败灞桥,英名受损。

左宗棠给诸葛亮的英名增添了奇光异彩,他的"今亮"成色可算千足。罗泽南阵亡后,左宗棠便将"今亮""老亮"的称号集于一身。郭嵩焘撰《〈名贤手札〉跋后》,道是"曾文正公善诙谈,胡文忠公益之以谐谑;恪靖左侯独喜自负,尝自署'葛亮',泊意城治军事,相与谓之'老亮''新亮'",这么说来,郭崑焘(字意城)亦被左宗棠认证为"新亮",世间再多一孔明。

论到自负，左宗棠确实罕逢敌手，看看同治二年（1863）他笔下这段自吹自擂的文字，绝对是大言不惭：

> ……近因士卒之死亡病弱者多，乃调浙兵补勇缺，既足供补辑之需，复可收练兵之效，始信老亮之妙用无穷也。至饷事，则一筹莫展，将来仍不免"粮尽引还"四字。盖浙当倾覆殆尽之余，未若益州为天府之国。以今方古，则今亮似犹胜于古亮矣。

"古亮"是诸葛亮本尊，经营的是天府之国，难度不算太高，左宗棠自认为比古亮强，他经营的是浙江的烂摊子，居然干得不赖。

秦翰才著《左宗棠全传》，将左宗棠与诸葛亮作了一番比较，找出五大共同点：一是淡泊，"逍遥而耕陇亩，苟全性命于乱世，不求闻达于诸侯"；二是勤劳，"经事综物，夙兴夜寐"，事无巨细必躬亲决断；三是忠贞，"成事在天，谋事在人，鞠躬尽瘁，死而后已"；四是谨慎，"慎之一字，战之本也"，凡事务求慎其始而善其后；五是廉洁，"不欲以余帛余财自污素节"，诸葛亮在成都有八百株桑树和千亩薄田，左宗棠的俸禄和养廉银统计足为巨款，但多半用于义举和善举，"其因家运屯蹇，买药营斋，寄归舍间者，实不及一岁之入"。

除此之外，左宗棠与诸葛亮还有一个共同点，那就是用人才却不培养人才。王夫之在《读通鉴论》中直接批评道：

> 蒋琬死，费祎刺，蜀汉之亡必也，无人故也。……蜀非乏才，无有为主效尺寸者，于是知先主君臣之图此也疏矣。勤于耕战，察于名法，而于长养人才、涵育熏陶之道，未之讲也。……诸葛公之志操伟矣，而学则申、韩也。

左宗棠使用人才而不培育人才，也被王闿运酷评过。二王批评二亮，前后相映照，倒是蛮有趣味的。

大帅事必躬亲，古已有之，诸葛亮治军，二十军棍以上即亲理；左宗棠耐劳过细，有过之而无不及。咸丰十年（1860）秋，郭嵩焘在日记中记录，左宗植到楚军营地住一宿，恰好见到左帅呵斥怒骂，处罚一名马夫，于是他向老弟表明两点担心：一是因小失大，由于顾及小事而耽误大事；二是刚愎自用，只听得进奉承话而听不进逆耳之言。

曾国藩多次主动且公开地求谏，这种事左宗棠不想做，也不愿做。左宗植是直爽性子，并没有贬低胞弟才能的意思，而是要他莫管小事，只管大事，莫听谀言，只听忠告。郭嵩焘认为，左宗植指出的这两个缺点正是左宗棠平生的短板。其实未可易言，不宜轻下断语。

同治二年（1863），左宗棠膺任闽浙总督，行营无一人足以代劳，军书、吏牍都是他自己一手包揽，这个工作量非常之大。他总是以高标准衡量他人，能达到他要求的文员实不多见。左宗棠事必躬亲也可能基于一个"慎"字，他多次强调"慎之一字，战之本也"。在西北平乱时期，尽管他是三军统帅，幕府文员充斥，各司其职，但是每遇紧要机密文书，他均要亲手裁答然后发行，军吏抄写的副本亦无不过目核对，如此慎之又慎，力求差错率为零。

左宗棠曾向部将李耀南等举例，康熙朝削藩，征剿吴三桂，军书中鲁鱼亥豕，误将"陆方"缮写为"陆广"，险些导致三军覆没[1]。如此说来，左宗棠久在军中，事必躬亲，"章奏文札笺牍，或友朋酬答，皆取办于一己。所用书记，供抄录而已"，这种做法不但无害，反而有益，是他大获

1　此处左宗棠记忆有误。据《清史稿》所记：康熙三年三月，总管吴三桂率十镇兵镇压贵州水西叛军，传檄贵州全省，误书"六归"为"陆广"，因此粮草尽屯陆广，以致三路官兵不相通，"三桂受困两月，食将绝，外援不至"，若非提督李本深擒获敌方探子，审悉详情，及时解救，吴三桂必覆军。

成功的诸多要素之一。

同治八年（1869），左宗棠致书署陕西巡抚刘典，对自己事必躬亲甚至一手包揽有个简要的说明：对于营务方面，我向来都与各位情意融洽，至于遇大事大疑，则多半采取独立决断，不注重苟同。只有王开化一人是我生平所推服，未曾对他唱过一句反调，像阁下和杨昌濬等人，则间常有可有否，不妨存在异同。除此之外则一手包揽，不敢随便委谁以重任，凡是麾下幕僚无人不知，有朋友劝我多让别人做事，这样自己就轻松了，我不敢接受这样的建议。

领导人的本领高、精力旺，作风必然凌厉，诸葛亮如此，左宗棠同样如此。既然左宗棠与诸葛亮有五大共同点，就算他未自命为"今亮""老亮"，人必称之为"今亮""老亮"。客观地说，诸葛亮受益于一千多年的全民造神运动，名头上的顺差能轻松超越左宗棠，功业上的逆差则难以扯平。

左宗棠执掌戎机近三十年，罕逢败绩，关键就在于他多谋善断、节制精明。静为守之基，静则多备预案；慎为战之本，慎则少出差错。咸丰十一年（1861）七月十一日，他在婺源军中致书长子孝威，以喻为譬，道出心得：用兵最可贵之处在于节制精明，临阵之际胜负只争一刻。譬如在家读书、作诗文、练字，是平时治军要紧的工夫，而打仗不过如进场考试罢了。得失虽然在一天之内可见分晓，但本领的高下由平时的积累来决定。如果对"节制"二字确实有几分可靠的把握，临阵时又处处小心，那么行事无有不成。可惜你父亲精力渐衰，说得出，做不尽啊！

平日，左宗棠致书好友，喜欢在信末署个"亮"字。这个字笔势夭矫，奕奕有神，可见那份得意劲早已从心头传递到指头，从指头传递到笔头。难得的是，同辈高人也都心服口服，曾国藩在咸丰八年（1858）六月初四致书左宗棠，称赞道："诸葛公真神人也！"此处他所夸奖的"诸葛公"就是左宗棠。其后不久，曾国藩致书胡林翼，评论左宗棠："渠率意时或有不尽事理之处，稍矜慎，则究不可及。"可谓知人之言。咸丰十年（1860）闰三月十七日，胡林翼致书湘军大将李续宜，道是"日请邓守之先生写先君箴言书院各种箴铭、规条，又乞诸葛作碑铭，均一时之盛也"。邓守之即书法家邓传密，"诸葛"就是左宗棠。朋友们不称其字季高，而称他为"诸葛""诸葛公"，可见左宗棠的诸葛亮情结并非单纯自恋，还得到了众多高手的一致认可。

第二节　今之武侯已经超越古贤

咸丰年间，左宗棠只是湖南抚署内的兵马师爷，但他高视阔步，凭仗什么？功夫硬，本领强，所以底气足。但自负只是他为自己精心涂抹的保护色，仿佛古人佩剑于腰，其意不在于进攻而在于防卫。左宗棠自负经天纬地之才，以"今亮"自居，常恨世人不肯竭诚推服，即使是曾国藩和胡林翼那样慧眼独具的人，左宗棠也认为他们目力有限，未能窥测其堂奥之深、蕴蓄之富。为此，他在致好友郭崑焘的信中流露出不满之词：

> 涤公谓我勤劳异常，谓我有谋，形之奏牍，其实亦皮相之论。相处最久，相契最深，如老弟与润公，尚未能知我，何况其他？此不足怪，所患异时形诸纪载，毁我者不足以掩我之真，誉我者转失其实耳。千秋万世名，寂寞身后事，吾亦不理，但于身前自谥为"忠介先生"，可乎？一笑！

左宗棠的幽默感不弱，只不过他纠结于朋友们对他的评价失准，甚至说过"曾、胡知我不尽"的话，事出有因，曾国藩、胡林翼都承认左宗棠堪称当世的诸葛亮，可是他们仍持有一两分保留意见，毕竟左宗棠此时尚居抚署做师爷，仅露剑柄，未亮剑刃。

左宗棠初辞胡林翼举荐，有一句狂言："吾可大受，而不可小知；能用人，而不能为人所用。"那时，他还在安化小淹做塾师，高自标榜已到如此，用湖南人的话讲，就是"蚊子打哈欠，好大的口气"。咸丰四年（1854），曾国藩克复岳州（今岳阳），因为此前左宗棠参赞军事有功，所以为他请求褒奖知府一职。左宗棠听到这个消息，敬谢不敏，他致书刘蓉，大意为：我既不是山中隐士，又不是治国良才，从前年到今年，两次获保奏，已超过我的预期；长沙、浏阳、湘潭之役，我有些功劳，受之尚可无愧，至于这次收复岳州，则相距三百多里远，我未曾出谋划策，若接受褒奖，拿什么说服自己，拿什么说服别人？在这封信中左宗棠还谈到自己的抱负，不仅心气高，而且口气大：

> ……此上惟督抚握一省大权，殊可展布，此又非一蹴所能得者。以蓝顶尊武侯而夺其纶巾，以花翎尊武侯而褫其羽扇，既不当武侯之意，而令此武侯为世讪笑，进退均无所可，非积怨深仇，断不至是。涤公质厚，必不解出此，大约必润之从中怂恿，两诸葛又从而媒孽之，遂有此论。润之喜任术，善牢笼，吾向谓其不及我者以此，今竟以此加诸我，尤非所堪；两诸葛懵焉为其颠倒，一何可笑！幸此议中辍，可以不提，否则必乞详为涤公陈之。吾自此不敢即萌退志，俟大局戡定，再议安置此身之策。若真以蓝顶加于纶巾之上者，吾当披发入山，誓不复出矣。

经过一番并不激烈的思想斗争，左宗棠还是接受了四品京堂的"起步价"。曾国藩致书为贺，调侃道："四品卿衔礼亦宜之，何云腼颜耶？昔日之武侯纶巾羽扇，今日之武侯蓝顶花翎，遥遥相对。"细想也是有趣，隆中对时，诸葛亮是布衣，做刘备的军师，手中只握一把鹅毛扇，摇出两袖清风来，"起步价"还不到四品。这样看来，左宗棠真是没什么可抱怨的。

蜀汉开国后，诸葛亮被封为武乡侯，简称武侯。左宗棠左一个"武侯"，右一个"武侯"，口吻活泼，令人解颐。说白了，他不愿意接受知府头衔，是嫌官儿小，不足以施展其经天纬地的才干；要当官，就得当总督或巡抚那样的一、二品大员，否则还不如就这样穷守着、干耗着。信中他自比为"武侯"，倒是有几分类同。孔明当年高卧南阳，羽扇纶巾，纵论天下大势，不就是要钓一条"大鱼"吗？

咸丰十年（1860）五月，曾国荃致书左宗棠，不仅在笔底稳稳地抬着"老亮"，而且在心头高高地捧着"老亮"：

> 家兄顷奉廷命授两江总督，令办江浙军务，拟部署后即南渡，分三路进兵也。然此席殊不易易，想老亮必有代为之策者。遴选将才、预浚饷源二大端外，尚多细目，惟老亮成竹在胸，吾辈可以共信，而非所论于新亮也。

其时，曾国荃正率军围攻安庆，左宗棠正在长沙金盆岭编练楚军，曾国藩初署两江总督，曾氏兄弟都佩服左宗棠的文韬武略，请他贡献善策良谋。"新亮"是郭崑焘，接替左宗棠，做湖南抚署的兵马师爷。很显然，曾国荃的那句"非所论于新亮也"，对郭崑焘的军事才能持保留态度。九月，曾国荃致书左宗棠："兹得将军从天而下，不独江右一隅可资屏蔽，而张、鲍诸军之势亦因以愈壮矣。"此时，左宗棠已率领楚军开赴江西，友军皆深受鼓舞。十月，曾国荃致书左宗棠："近闻建昌府近处有贼，大为可虑，计非武侯不足以办此也。"十一月，曾国荃致书左宗棠：

> 前闻贵溪大捷，昨又闻德兴大捷，想经此次大战，当已

克城矣。昔之论武侯者，乃曰用兵非其所长，岂知今日之武侯，超迈昔贤乎！十日三捷，快甚慰甚！近闻台旆已抵祁门数日，与长公筹画至计，定多锦囊，窃愿闻之。

曾国荃信中的"长公"即曾国藩，"老亮"和"今之武侯"指左宗棠。透过曾国荃这几封书信中的片段，就可见平日鲜少佩服别人的曾九爷也对左宗棠赞不绝口。左宗棠去祁门探望曾国藩，共商南方战局的通盘规划，必多锦囊妙计，不仅曾国荃"窃愿闻之"，湘军将领个个愿闻其详。

"今亮"追比"古亮"，处处有迹可循。比如能够将诸葛亮的语录信手拈来。咸丰六年（1856），左宗棠写信给湘军将领李续宜，即有神闲气定之语："天下纷纷，吾曹适丁其厄。武乡不云乎：'成败利钝，非所逆睹。'则亦惟殚其心力，尽其职守，俟之而已。"又比如运用诸葛亮的招数。同治八年（1869），左宗棠在西北剿抚兼用，就从诸葛亮那儿借得一招。他在家书中写道：

> 武乡之讨孟获，深纳攻心之策，七擒而七纵之，非不知一刀两断之为爽快也。故吾于诸回求抚之禀，直揭其诈，而明告以用兵之不容已，并未略涉含糊。于是回民知前之抚本出至诚，后之剿乃其自取。

剿抚之间，擒纵之际，攻心为上，"古亮"做得很好，"今亮"也做得不差。

《健庐随笔》中记述了左宗棠的几桩逸事，有两桩特别值得一提。一是："左在军，闻锣声有异，亟率军四面而出。已而营地崩。人询其故，左曰：'锣声不亮，吾知贼筑地道至吾营，军非四出，恐拥挤不及避也。'信可谓运用之妙，存乎心矣。"二是："左未遇时，洪杨与清将向荣之大营相持。大营败，清廷上下多忧之，左独大喜。人问故，左曰：'大营习气甚深，而朝廷倚为长城。使不败，则大局无由改弦易辙，而事将不可为矣。'果如其言。其卓识过人，有如此者。"月晕而风，础润而雨，见微知著，洞烛先机，这种眼明心亮的本领绝非中智者朝夕之间可以苦学得来。

清将向荣剿匪数年，纵使太平军蔓延南北，不但禄位无损无忧，而且誉望崭然赫然。朝野失察，许多人竟推重向荣是一时无几的沙场健将。左宗棠对这种是非颠倒的世相痛心疾首。咸丰六年（1856），他致书好友王柏心，怒批向荣："此公之不能为将，在'忌克而不爱惜人材'一语，弟深有以知之，故敢为此论也。即此一条，笔墨亦难尽写，留作曝背时，一谈可耳。"照此看来，向荣统领的江南大营溃败，左宗棠闻讯大喜，并非不可能，唯有让朝廷对这位庸将庸帅彻底死了心，另外简用良将良帅，江南局势才可望有些起色。

第三节　捧场的人可能就是拆台的人

左宗棠自比诸葛亮，尚未发迹，难免遭人讥哂；一旦得势，马屁精投其所好，手法之巧拙各有不同。

左宗棠任陕甘总督时，陕甘学政吴大澂以弟子礼相见，某日集众观风，命题赋诗，题目用的是杜甫的诗句"诸葛大名垂宇宙"。左宗棠已经知道学政办此风雅事，却故意询问办事员："学台观风，出么题？"对方将诗题告诉他。左宗棠将须笑道："岂敢！岂敢！有以武侯相拟者！"左宗棠刚谦虚了一下，便故态复萌，用骄傲的口气说："武侯那及我，武侯何曾打过我许多的仗！"左宗棠的可爱之处原本不在谦虚，恰恰在于狂傲。不过这回他讲的倒是一句大实话，诸葛亮六出祁山全是半途而废，打的遭遇仗很有限。陕甘学政吴大澂是古董收藏家，知识广博，但纸上得来终觉浅，追随左宗棠也只学到皮毛，多年后他请缨北上，想在辽东做个抗日英雄，结果一败涂地，有人挖苦他："出征时所携带的古董，败退时居然还能悉数带回，吴大帅善始善终，实属不易。"吴大澂打仗不行，拍马屁还是有一套，左宗棠就对"诸葛大名垂宇宙"之类的诗题颇为受用。

左宗棠与李鸿章之间发生过一次争论，李说不过左，便使出撒手锏："你尽自夸张，死后谥法不能得一'文'字！"左宗棠固然雄辩，但被李鸿章引进了死胡同，亦为之语塞。在清朝，三品以上官员死后，功德圆满，则朝廷赐谥，但要获得文正、文忠、文襄、文诚、文敬、文庄、文节之类的美谥，有一道关卡要过，那就是获谥者必须是翰林出身才行。否则，功高爵显如曾国荃，只能谥为"忠襄"；功高任重如彭玉麟，只能谥为"刚直"。魏源《都中吟》中就有这样的诗句："官不翰林不谥文，官不翰林不入阁。"左宗棠是举人出身，所以李鸿章抢白他不能获赐"文"字开头的谥号，这无异于一记闷棍，打中了左宗棠的七寸。白居易《感兴》诗中有警句扎眼，"名为公器无多取，利是身灾合少求"，左宗棠想少求利分分钟做得到，想少取名则根本不可能。他澄清西北、收复新疆、万里封侯、入阁拜相、死后谥为文襄，一路走来，表现无人能及，让李鸿章彻底傻了眼。

光绪元年（1875）十月初七日，左宗棠六十四岁生日。事先他已放出话来，今年不想做寿，要静养心性。这就让一众僚属左右为难，祝寿吧，担心拂逆上司；不祝寿吧，又明显失礼。吴可读时任兰山书院山长，与左宗棠过从甚密，意气相投，还是他的点子高，撰寿联一副相赠，上联是"千古文章功参麟笔"，下联是"两朝开济庆洽牺爻"。左宗棠一见此联，果然喜笑颜开，赞不绝口，他捋须吩咐道："不可负此佳联！"僚属会意，立刻张罗寿筵。吴可读的祝寿联之所以能让左宗棠回心转意，妙就妙在上联恭维左宗棠的文章可列入《春秋》之类的青史，下联称赞左宗棠的丰功伟业堪比诸葛亮。下联典故出自杜甫的名篇《蜀相》——"两朝开济老臣心"，赞美之词既不露痕迹又恰到好处。左宗棠历任封疆大吏，平定东南和西北。"牺爻"，指伏牺（羲）八卦，两两组合，可以演变为六十四卦，借指六十四岁生日。这副祝寿联对仗工稳，用典恰切，言简意赅，对左宗棠的评价扼要而精准。左宗棠有诸葛亮情结，自然是正中下怀。

左宗棠的诸葛亮情结根深蒂固，既有人一门心思大吹法螺，也有人明里捧场，暗里拆台。左宗棠曾与性极诙谐的陕西布政使林寿图聊天，讲起智者料敌如神，他自诩能够明见万里之外。恰巧前方有捷报传来，林寿图灵机一动，适时地放出一个甜头："此'诸葛'之所以为'亮'也。"左宗棠大乐，两撇眉毛蝶舞蜂飞。随后，左宗棠又谈及近时自比为孔明的智士谋臣不乏其人，林寿图再度发表高论，放出的却是一个苦头："此'葛亮'之所以为'诸'也。"颠倒一字，讥诮的馅仁破皮而出，"诸"既有多的意思，又与"猪"字同音，话中有刺，绵里藏针。左宗棠顿时涨红了脸色，相当难受，却又不便发作。"文襄以其讽己而恶之"，这个判断大致是没错的。

第四节　自承是牵牛星下到凡尘

诸葛亮除了是神算子，还是苦长工，给先帝刘备打工多年，不嫌活儿累，又继续给他的傻儿子阿斗打工，直累得两眼发黑。他认为，这不叫"自讨苦吃"，这叫"鞠躬尽瘁，死而后已"。因此，说到智慧，首推诸葛亮；说到忠勤，仍首推诸葛亮。他是中国人心目中"忠勤"与"智略"的双料冠军。左宗棠自认智略不逊于孔明，忠勤呢？也同样可以登上领奖台，与诸葛亮并列第一。

林语堂著《苏东坡传》，里面收纳了这样一则小故事。有一天，苏东坡吃完饭在房间里踱来踱去，心满意足地捧着肚子，遍问家中妇女，他腹内藏的是什么。一个侍女说："都是文章。"另一个侍女说："满腹都是识见。"东坡摇摇头。最后，侍妾朝云说："学士一肚皮不合时宜。"苏东坡捧腹大笑，表示认可。

同样大小的肚子，装的东西肯定是不一样的。咸丰四年（1854），曾国藩在家书中写道："近年办理军务，中心常多郁屈不平之端，每效母亲大人指腹示儿女曰：'此中蓄积多少闲气，无处发泄！'"那时候，曾国藩满肚子全是闲气，只差"砰"的一声爆开了。

左宗棠大腹便便，同样喜欢问别人"此中何所有"，答案千奇百怪。宋联奎著《苏庵杂志》，其中有一则写道："湘阴左季高相国宗棠督师关陇，事平罢兵，署后凿池曰'饮和'。每日游憩其上，民间儿童皆集视，公命饷以果饵，欢笑为乐。公故魁，捪扪其腹，以示诸儿曰：'此中何所有？'诸儿莫能答。公曰：'经济文章耳！'语毕大笑。"在徐珂编纂的《清稗类钞》中，说法又自不同，道是左宗棠茶余饭后，总喜欢捧着自己的肚皮说："将军不负腹，腹亦不负将军。"有一天，他心情大好，就效仿苏东坡当年的口吻声气询问周围的幕僚和亲兵："你们猜猜，我肚子里装的是什么？"问题一出炉，答案就热闹了，有说满腹文章的，有说满腹经纶的，有说腹藏十万甲兵的，有说腹中包罗万象的，总之，都是唯恐马屁拍得不够响。可不知怎么的，左宗棠这回始终拗着劲，对那些恭维话无动于衷，脑袋瓜摇了又摇。帐下有一位小营官在家乡原是个放牛伢子，他凭着朴素的直觉，大声说："大帅的肚子里，装的都是马绊筋。"湘阴土话称牛吃的青草为"马绊筋"。左宗棠一拍案桌，腾身而起，夸赞他讲得太对了。这小鬼就凭一句正点的话，成了大帅的亲兵，可谓红运当头。

仆人和侍从很难猜得中左宗棠的腹中秘藏，因此闹出不少笑话。左宗棠还给他们猜谜的机会："你们知道宫保是什么匠人？"这回大家都不再乱猜了，左宗棠也不再卖关子，索性自揭谜底："宫保是个染水匠，宫保能把你们的顶子，一时变红，一时变蓝，一时变白。"染水匠即染坊师傅，这个"身份"很牛啊，不是说"要得顶儿红，喇嘛庙里拜公公"吗？没必要那么麻烦，拜左官保就灵，但他不会轻易派送，各人得拿出真本事说服他才行，要是胡来乱整，被左宗棠知道了，红顶变白顶也只是一趟水的事情。这位染坊师傅太厉害了，不服不行。

左宗棠生于农历壬申年，属猴，但他最喜欢的却是牛，喜欢牛能负重行远，为此他不惜诡称自己是牵牛星降世。左宗棠的小儿子左孝同撰《先考事略》，索性坐实此事："府君将生之夕，祖妣梦有神人自空中止于庭，谓牵牛星下降，惊寤而府君生。室中忽有光如白昼，灯烛皆掩，移时天始曙。"在后花园里，左宗棠专门凿了一口大池子，左右各列石人一个，模样酷似牛郎、织女。此外，他还让人雕刻了一头栩栩如生的石牛，置于附近。左宗棠忠勤的一面，借此表现俱足。

同治元年（1862），曾国藩回复恭亲王，称赞左宗棠是文臣之中难得的统帅之才，智、勇、能劳苦三者兼备，这个评价相当中肯。左宗棠任陕甘总督时，昼作夜思，日不暇给，他曾对西安将军恭镗说，他的亲兵都是骆驼，并且说："鄙人亦一骆驼，但视众驼稍胜一筹，盖鄙人力能负重，弗致竭蹶耳！"他还指着恭镗问道："公亦承认为骆驼否？"言毕，相视大笑。北方的骆驼跟南方的黄牛一样，均能吃苦耐劳，负重行远。

第五节　老亮风采卓异，辉耀人间

诸葛亮一生唯谨慎，左宗棠行军作战谨慎，而性格骄矜，其"今亮"的成色当增还是当减？他生性豪放，本该大为碍事，为事却并无大碍，也真够神奇的。

骆秉章是有福之人，其功业靠两位湘籍"诸葛"翊赞而成，他任湖南巡抚时，"今亮"左宗棠辅佐他数年；他任四川总督时，"小亮"刘蓉又辅佐他数年。当初，刘蓉不肯出山，还是左宗棠不断写信催请到位的。刘蓉在四川干得很好，被破格提拔为四川布政使，取得绵州大捷后，翼王石达开统领的太平军也称他为"赛诸葛"。同治初年，刘蓉回复左宗棠，颇为风趣："比来体气何如？诸葛事繁，宜加餐食。蒙以武侯一席相让，所不敢当，谨以奉璧。"莫非"诸葛"之称也可推让？让而不受，还可璧还？真好玩。

光绪二年（1876），收复新疆已提上议事日程，这可不是小题目，千头万绪，事务繁杂，左宗棠日夜操劳，他写信给办理粮台的下属王加敏：

> 人臣谋国，不可不预计万全，苟顾目前而忘远大，清夜自思，何以为安？范文正有云："吾知在我者，当如是而已。"至成败利钝，非可逆睹，则虽武侯亦不易斯言，知心者当能亮之。

范文正是北宋名臣范仲淹，曾经营西北，防御西夏的入侵。在左宗棠钦佩的古人中，诸葛亮排名第一，范仲淹的排名也不会低。

光绪三年（1877），左宗棠致书刘典，对于人才断层的现象感慨良深：

> 军兴已久，人才日益衰耗，思之令人心痗。弟所至之处，亦尝极意访求，而迄鲜所得。因思陶桓公殁后，只一王愆期；诸葛武侯殁后，只一姜伯约，古人遗恨尚且有难言者，得非气数足以限之乎？何况今人。

左宗棠搜罗不到顶尖人才，便只能退而求其次、用其次。他当然清楚，蜀汉当年人才匮乏，诸葛亮先后擢用马谡、姜维，前者坏了好事，后者坏了大事，给后世留下了深刻的教训。

赞人最妙在无形，箴人可贵在有德。光绪五年（1879），陈宝琛赴兰州任甘肃乡试主考，左宗棠驻节肃州，因军务缠身，未能回省会晤。榜后，陈宝琛手书楹帖赠左宗棠，集武乡侯诸葛亮、定远侯班超佳句为联，上联是"集众思，广忠益"，下联是"宽小过，总大纲"。其时，左宗棠用兵新疆（古为西域），老亮风采耀世，此联可谓字字对路，句句提神。尤为难得的是，楹帖以赞颂为"皮"，以规箴为"馅"，见雅见雄，无可挑剔。这年九月初十日，左宗棠回复甘肃布政使崇保："顷得重阳日书，并承寄伯潜侍讲《缄联书箑》，幕中诸君子传观殆遍，爱玩不置。此君天才卓越，胸次广博，将来不仅以文字传。"左宗棠的满意度为百分之百，这可罕见。武乡侯＋定远侯＝恪靖侯，左宗棠集二侯之智、能、功、效于一身，这个等式是成立的，拈酸者鼓着牛眼睛也找不出硬茬子。九月十九日，左宗棠致书陈宝琛，谢语颇为欢快：

> 辱贶华笺，备承藻饰，官柳园蔬亦蒙铨品。衰朽得此，正如村婆簪花，自相矜宠，浑忘其丑也。联语为武乡、定远得力处，微尚所在，敢不勉旃！所惜将智而耄及，窃惧无以副之。仍望多闻直谅，时以益我，则幸甚耳。

君子赠人以言，爱人以德，一举而数美，汇成佳话。

彭玉麟与左宗棠交情深厚，至老弥笃。光绪十一年（1885）左宗棠去世，彭玉麟撰写挽联，对其毕生功名极赞不已：

> 公是诸葛一流，膺专阃廿有八年，旋转乾坤，最难得不矜不伐；
>
> 我道汾阳再世，历中书二十四考，忠君爱国，直做到全始全终。

应该说，此联言简意赅，单就功名而论，左宗棠确实堪比诸葛亮、郭子仪，甚至有过之而无不及。曾国荃的挽联也不弱，总结左宗棠勋业，同样极赞他为诸葛亮一流人物：

> 佐圣主东戡闽越，西定回疆，天恩最重武乡侯，前后逾
> 三十年，实同是鞠躬尽瘁；
> 维贤臣生并湖湘，位兼将相，地下若逢曾太傅，纵横已
> 万余里，庶无负以人事君。

上联甚稳，下联尤妙，妙在将左太傅与曾太傅（曾国藩）联系在一起，近代无双谱中的贤臣忠臣九泉之下相见，将如何唏嘘？

左宗棠子孙写的哀启依循的是熟悉的线路，左宗棠的"诸葛亮情结"至此打上了一个圆满的句号：

> ……以书生位至将相，任封圻，且三十年，而无一日居
> 处之安、享用之厚。举艰险盘错，人所却避者，辄坚忍刻
> 厉，肩任不辞。生平以诸葛武侯自勖，卒之淡泊宁静，鞠躬
> 尽瘁，皆如所言。

诸葛亮长期憋屈在巴蜀一隅，虽称天府，实若地牢，统军北伐，六出祁山而功业未成，倘若地下有知，他倒是很可能羡慕左宗棠，钦佩左宗棠，大概率会夸赞一句"后生可畏"。

左氏功名诀

"文章西汉两司马，经济南阳一卧龙。"

意　译

写文章向西汉两位司马看齐；治国事与南阳一位卧龙媲美。

评　点

湖南人的性格是"吹海大的牛，办天大的事"。左宗棠吹起牛来，全都拿古代的人尖子作比，作文他要看齐史家巨擘司马迁、赋家魁首司马相如，治军治国他要媲美千古贤相诸葛亮。他还是一介书生时，这牛就吹定了，信不信由你，反正他是自信无疑。日后，他留下的雄文不多，向西汉两司马看齐多半是虚话了，但他建立的功业规模远超诸葛亮，即使自称"今亮""老亮"，也不会有人嘲笑他拉大旗作虎皮，强夺诸葛亮的荣光和流量。一个人大自信，须有大气魄、大智慧、大才能去支撑，还要有大机遇供他去把握，人力与天意相合，便可望做成大功业。左宗棠吹牛，没把自己吹成小号的司马，却吹成了大号的卧龙，这就非常豪迈了！

第五章

平生爱做公益事，
老帅善用养廉银

左宗棠四十八岁投笔从戎，创建楚军，五十岁获授浙江巡抚，五十一岁晋升闽浙总督，此后二十二年，出则为大帅，入则为辅相，乃国之重臣。

　　国之重臣收入必定不菲。雍正皇帝登基之初，确立了高薪养廉的制度，迄至晚清时期，总督和军机大臣每岁的养廉银高达白银二万两，以当今的时价折算，约五百万元，数额相当可观。左宗棠自奉甚俭，从小到大，从大到老，过惯了朴素节俭的生活，养家之费多年不变，每岁二百两白银。他给出的第一个理由是：他在陶家坐馆时定为二百两，在湖南抚署做师爷时也定为二百两，家人省吃俭用，不虞饥寒，断不能增多。他给出的第二个理由是：士兵长期缺饷，他不可多寄银两回家。他给出的第三个理由是：钱寄多了，儿子们养成纨绔习气，反而有害。这三个理由都是刚性的，家人不好抱怨。周夫人以贤德著称，勤俭持家，从未让夫君为难。在《亡妻周夫人墓志铭》中，左宗棠给出了一个完整而又令人信服的说法：我由贫寒书生很快晋升至一品大臣，自知德行菲薄，能力有限，忝居其位，愧得其名，所获已经超过本分，因此我不打算再用俸禄为自身和家庭谋福祉。又念及我的父母清贫节俭终身，没等到我用俸禄赡养他们，所以给予妻室儿女的钱真不忍大幅度提高。养廉银已经足够多，我用它充实办公经费，补充军饷，接济族人乡亲，每年寄回的家用不及养廉银的二十分之一，夫人安之若素。

如此说来，左宗棠用养廉银做公益事业，周夫人一直理解他、支持他，也有不小的功劳。

"处天下事，当以天下之心出之。"左宗棠从父母那里继承了做公益的热忱，他将养廉银视为公家物，而非私有财产，公家物最宜给公家用，其用途变广了，就不仅能够养廉节，而且能够养善行。

左宗棠膺任闽浙总督时，决意创设福州船政局，创建马尾造船厂。同治五年（1866）五月中旬，他在奏疏中写道：

> 臣愚以为欲防海之害而收其利，非整理水师不可；欲整
> 理水师，非设局监造轮船不可。泰西巧而中国不必安于拙
> 也，泰西有而中国不能傲以无也。虽善作者，不必其善成；
> 而善因者，究易于善创。

这是非常务实的洋务思想和洋务实践。他还致函总理各国事务衙门，力求消除当局对马尾船厂滥用开办经费的顾虑："宗棠首倡此议，所恃者由寒素出身，除当年舌耕所得，薄置田产二百余亩外，入官后别无长益，人所共知。"放眼整个官场来打量这种情况，确实罕见罕闻，左宗棠官至一品，其名下的田产还是做官之前凭舌耕（做塾师）置办的，入仕之后就再没有添置过半亩。清廉者说话有底气，无私欲作祟，公事就能办个明白清爽，取信于上，律下以严，也不会有非议和怨言。

既然左宗棠不屑为子孙积攒造孽钱，当官后再未添购田产，那么许多人就会犯嘀咕：他的大笔养廉银都用到哪儿去了？循着这个疑问，我们往下探究，就不难发现左宗棠仁心之厚、义气之重，堪称晚清大臣中不可多

得的标杆人物。

第一节　倡办公益，不遗余力

晚清时期，战乱频仍，社会动荡，公私匮乏，遇上大灾荒，老百姓莫不挣扎在死亡线上，饥寒交迫，势必礼义崩毁，法制形同虚设。左宗棠对此早有应对之策，道光二十二年（1842），他致书恩师贺熙龄，将自己的构想和盘托出，大意是：治家之道与治国之道相同，其规划不可以不宏远。鳏寡孤独每月不缺乏食物，本族茹苦难言的穷亲戚就能有所依托；每年本族的公田都有收获、义仓都有储蓄，遭遇灾荒的穷亲戚就不至于饿死；养胎育婴的粮食银钱都作好预备，无力养育子女的父母就没有后顾之忧；抚孤恤寡的堂社建成，苦苦守节而无法自存的妇女儿童就可望保全；设置义塾、确定课程、印制试卷、奖赏生员的费用充足，孤寒子弟有书可读，就能积极上进。……上天使一人富有，实将众贫苦者托付给他照顾；祖宗保佑一人，实将众子孙托付给他照顾。一时做不到位，就待日后做成；一人做不到位，就待众人做成。这是成家立业者义不容辞的事务，要保障本族世代传承有序，这是可大可久的法门。

在乡村办公益事业，须聚集同志，以族为单位有序推行，富者多出钱，能者多出力，有什么条件做什么事，久而久之必有所成。左宗棠力倡孝义家风和族风，道光三十年（1850），他尚为布衣，即在族中设立仁风团义仓，率先捐出四百石稻谷，请几位公正的族人来管理，这座义仓救活了不少穷人，也维持了许多年。

左宗棠晋升为封疆大臣后，蒿目时艰，每每以赈济灾民为急务和要务。同治三年（1864），左宗棠率楚军收复杭州，发现城中人口已由八十多万锐减至七八万，人口是一座城市的命脉，他决定接回当初逃难至金陵的浙江士民，为此致书湘军大将曾国荃，大意是：陷身在金陵的浙江男女很多，此前我派人去寻觅，等他们归来，并捐出养廉银找船，给他们备妥路上的干粮。同治四年（1865）福建饥荒，左宗棠时任闽浙总督，用自己的养廉银买米，为平粜之计，救助灾民。同治八年（1869）湖南大水，他捐出廉俸一万两。同治十年（1871），他捐出廉俸一万两给家乡湘阴赈灾。光绪三年（1877），西北大旱，他捐出廉俸一万两，以工（发动民众凿井）代赈，多方救济。他回复陕西巡抚谭钟麟："计开数万井，所费不过数万金。如经费难敷，弟当力任之，以成其美。"此外，光绪六年（1880），左宗棠拿出廉俸两千两白银给安西牧民购买种羊，又拿出廉俸六千八百两白银赈济皋兰牧民。

同治八年（1869），左宗棠从西北写信给家中的长子孝威，字字皆见菩萨心肠，大意是：我曾说过读书人住在乡里，能够救一人命就等于做一功德，因为读书人没有救活众人的权柄。倘若高官厚禄，则托寄生命的人何止数万、数百万、数千万？纵然能够时时存有救人的善心，时时肯做救人的善事，尚且不知所救活的人有多少，那些求活不能活、欲救不能救的都是罪过，又岂敢以救人为功？我自从进入甘肃以来，以赈抚穷苦灾民为第一急务。我不想让我眼中看到一个饿死的穷人，也不想让我耳中听到一桩饿死人的惨事。

左宗棠认为，高官权力在握，就算肯救人性命，尚恐收效甚微，罪过太大，又岂敢居功自得，这种仁者之见、仁者之行是许多高官所匮乏的。

同治九年（1870），周夫人病故，四个儿子在湖南治丧，左宗棠从甘肃平凉寄回家书，耐心指点，交代极细：

> 尔母生平仁厚，好施予，此意尤当体之。吾意省城难民尚多，或于出殡之日散给钱文，亦胜饭僧十倍。……至城中乞丐亦当布施及之。

家中办丧事，左公还能顾念难民、乞丐，有此仁心仁举，着实难得！

建造公共设施、开办公益事业，样样费用浩繁。筹款不易，遇到资金短缺时，左宗棠总是慷慨解囊。

同治二年（1863），左宗棠拿出廉俸一万两，在浙江严州收购茶、笋、废铁等物，以商代赈，在杭州卖出后，再用这笔钱办军工、开书局。说到开书局，左宗棠对于文化扶贫事业十分热心，行迹所至，在杭州、严州、福州、汉口、西安、迪化（今乌鲁木齐）都开设了书局，印刷蒙书、经书、史书、农书等，价格低廉，受惠者众，费用缺口都是左宗棠用自己的廉俸去填平。同治三年（1864），左宗棠拿出养廉银修葺浙江抚署，还决定呈缴一万两养廉银作京饷（战争连年，国库空虚，京官的饷银匮乏）。同治四年（1865），杭州的湖南会馆合祀死事诸人，左宗棠认为"极为合礼"，捐出养廉银一千两。同治五年（1866），左宗棠支出养廉银八千两寄至湖南，请好友李榤代为收存，"拟捐本县（湘阴县）书院膏火银二千两，普济、育婴各二千两"。同治九年（1870），兰州书院待建，左宗棠捐出廉俸一万两，每年补贴生员膏火费一千余两，参加乡试的秀才每人补贴八两，参加会试的举人每人补贴四十两。同治十三年（1874），湘阴县城楼倒塌，欲重修，资金有缺口，左宗棠闻讯，主动拿出养廉银二千二百两添补修葺之费，使家乡的城垣完固如初。

光绪四年（1878），兰州城墙急需修补，左宗棠原本要照市价报销（实报实销），户部却叫他核减，左宗棠大不以为然，他索性不再跟政府扯皮，自己掏出养廉银三千三百九十七两五钱一分五厘，充作工料费。在奏折里，他发了一通牢骚。朝廷自知理亏，非但未加斥责，反而批复"左宗棠着交部从优议叙"，莫非还要鼓励地方官自掏腰包办公事不成？同治十一年（1872），左宗棠调集兵勇，在总督府左侧开凿饮和池，次年又在府衙右侧开凿挹清池，引来玉泉山的极品泉水，供百姓汲饮，开凿费用为五百余两白银，用的也是他的廉俸。光绪五年（1879）冬，德国商人福克赴兰州办理织呢局务，去新疆哈密谒见左宗棠，大谈水雷、鱼雷之妙用，左宗棠遂决定用养廉银数千两采购水雷二百具、鱼雷二十具，分赠给浙江、福建两省，作为海防利器。

第二节　必酬僚友，不负故人

战乱时期，百姓的处境水深火热，军人的日子也不好过。左宗棠关心士卒疾苦，经常与他们同吃同住，一旦拖欠军饷，他就心急如焚。同治元年（1862）三月初九日，他致书李桓，谈到其养廉银的用场：我每年应得的薪水和办公费大约有七千多两白银，除掉营中伙食用度、幕僚的工资开销外，仅寄回家二百两白银，以养活家眷。去年因为大儿子娶妻，多用一百两银子，就在今年扣抵，这事三军共知。所以尽管军中艰窘万状，尚无抱怨之声。

当时，左宗棠已补授浙江巡抚，养廉银约计七千多两，家用占比不足三十五分之一，三军将士了解这个实情，所以含辛茹苦而无怨言。这年十月下旬，他写信告诉家人：从我带兵以来，不是正式宴席就不用海菜，隆冬仍只穿乱麻为絮的袍子。我希望与士卒同尝这样的苦与趣，也念及享受不宜太多，恐怕先世所遗留的余福到我这里就消耗完了。

同治二年（1863）春，左宗棠回复史致谔，告诉对方：

> 至身家之念，则早置度外。上年廉俸并入军用，亦未敢划算。盖自咸丰二年幕湘以来，所得馆谷亦只以二百或三百金为宁家课子之需，余皆无所取，不欲以一官挠吾前节也。

左宗棠所说的"前节"与他做塾师、幕僚时定下的家用标准有关，就算做了封疆大臣，他仍不改寒素家风。

光绪七年（1881）冬，左宗棠履任两江总督兼南洋通商事务大臣，翌年在扬州阅兵，见士兵辛苦，一时兴起，自掏腰包，犒赏每人两碗味道鲜美的鸡汤面。左宗棠对老部下一直爱护有加。刘典是其经略西北时的得力助手，帮办军务，筹措粮饷，悉心匡助，极意经营，为左宗棠解除了西征的内顾和后顾之忧，其功劳有目共睹。尤其难能可贵的是，这位功臣素以"刚明耐苦，廉公有威""志存忠孝，义合经权""综核精密，宅心公平，进退人才，知明处当"著称于大西北。他病故于兰州，身后萧条，左宗棠责无旁贷，从廉俸中划出数千两来办丧事，其中五千两直接给刘典的两个孩子，一千两给刘典的母亲建百岁坊。他告诉杨昌濬：凡一切费用，均应由我养廉银款项内开销，不动一分一文公款。我的想法是不要累及亡友生前清德，况且总督的养廉银理应分给帮办，原则本就如此。

对于有过精诚合作的同僚和他倚重的朋友，左宗棠十分记挂。同治十年（1871），陕西巡抚蒋志章病逝于任上，此公清操绝伦，身后萧然，左宗棠致送赙金。光绪五年（1879），吏部主事吴可读尸谏慈禧太后之前，立下遗嘱，向左宗棠托孤，左宗棠拿出养廉银安置吴可读的家属，不负故人所托。同年，左宗棠送好友谭钟麟入朝觐见皇上和两宫皇太后，念及后者行囊羞涩，应酬纷繁，特意资助他，为之充实川资。

第三节　资助寒士，乐育英才

左宗棠出身于亦耕亦读的贫寒农家，三次进京会试，均名落孙山，对于寒士"金尽裘敝，人困马嘶"的苦况有过切身体会，因此他对寒士就有深厚的感情。

同治四年（1865），左孝威赴京参加会试，左宗棠汇寄养廉银八百两，嘱咐他分赠湘阴县应试的举人作"程仪及应酬之费"。同治七年（1868），左宗棠得悉孝威再次会试不名，又汇寄养廉银一千两到京，嘱咐他将这笔钱分赠给同乡寒士，充作返程的川资。同治十二年（1873），左宗棠告诉部下沈应奎："陇士贫苦可怜，拟以廉项二千两，为会试朝考诸生略助资斧。"左宗棠戎马倥偬，军书旁午，仍对西北地区的贫寒士子关怀备至，呵护有加。

清朝重视乡试，但有些地区设闱并不合理，比如湘鄂大区，又比如陕甘大区。湘鄂两省面积大，士子分散，每年六、七月间洞庭湖风涛险恶，覆船溺没湖南参试者的祸事间有发生，"或致士子畏避险远，裹足不前"。康熙五十五年（1716），湖南巡抚李发甲上疏请求朝廷改建南闱，实行湘鄂分闱。七年后，雍正皇帝谕允在湖南省垣建立试院，"每科另简考官，俾士子就近入场，永无阻隔之虞，共遂观光之愿"。陕甘（包括宁夏）较之湘鄂，士子更为分散，交通更不便利，经济状况悬殊。光绪之前，"陇上道远费烦，贫士竟有终身不得入试者"。左宗棠体恤西北寒士的贫苦和艰难，上疏促成陕甘分闱，议案得到了朝廷批准。

光绪元年（1875），尽管陕甘财政极度拮据，左宗棠仍毅然决然拨出专款，在兰州兴建号舍，使甘肃、宁夏两地的贫寒士子能够就近参加乡试。甘肃秋闱初启之日，"应试士子半类乞儿，尚多由地方官资遣而来，睹之心恻"。为了让甘肃的贫寒举子赴京会试，左宗棠拿出自己的养廉银补贴他们的川资。这届甘肃乡试，安维峻一举夺魁，左宗棠掀髯而笑，竟好像四十年前自己乡试中举一样开心。安维峻就读于兰山书院，他刚过弱冠之龄，器宇沉静，气度雍容，有识者皆视之为美材。年轻时，左宗棠是实打实的学霸，得到过湖南巡抚吴荣光的赏识，如今他对好学上进的安维峻青睐有加，就自然而然了。他亲书座右铭"行无愧事，读有用书"相赠，赞许这位青年才俊将来可望成为一位伟人。每至岁暮，左宗棠都记得给安维峻寄去学费和生活费，多年不辍。安维峻两度进京参加会试，两度落榜，左宗棠继续资助，直到光绪六年（1880）安维峻考中进士。

左宗棠第二度入京做军机大臣时，安维峻去左宗棠府中拜望，左宗棠向在座的宾客介绍道：这是真能闭门读书的志士，我最器重他。日后，安维峻果然不负左宗棠的殷切期望，成为清末首屈一指的铁胆御史，人称"殿上苍鹰"。晚清名士孙宝瑄与安维峻多有交集，其笔下不吝称许："晓峰，甘肃人，先君庚午门下士。平日讷然如不能出诸口，不意其立朝侃侃之节，有如此气概，可佩，可佩。"安维峻正色立朝，不怕丢官，不怕杀头，戆直之至，弹劾屡次言和的李鸿章，批评恋帝不撤的西太后，太监李莲英也在他狙击名单之列。这下就捅了马蜂窝，光绪帝即刻下旨严办，安维峻因言获罪，革职充军。天下君子无不心存敬佩，解囊出资者、长途护送者不乏其人。

左宗棠资助故人之子，不止一次两次。光绪元年（1875），他资助过已故好友江忠源的遗腹子江孝棠，"如不足仍当续寄"一语相当暖心。他爱人以德，用父执辈的语气规劝江孝棠：做名人之子不容易，何况是做名臣名将帅的后裔？你住在京城，以谨慎交游、少言寡语为好。闭门读书，罪过与悔恨自然少有。贤侄很喜欢饮酒，酒能乱性、能伤人，何不少喝点？

光绪四年（1878），左宗棠还资助过曾国藩次子曾纪鸿。这就叫爱人以德，足以告慰故友于九泉之下。

第四节　多捐廉俸，长养美德

皇帝尚且有几门子穷亲戚，何况总督。左宗棠长期关怀本族的贫寒士子和鳏寡孤独废疾者，办义庄、义学，建祠堂、试馆，无不尽心尽力。

同治三年（1864）七月，他写信给长子孝威，嘱咐道：族中穷人苦人太多，很难将银钱一一送到。今年我打算把数百两银子分送给他们，先周济五服以内的穷亲属和族中贫困衰老无助的苦人。

周夫人娘家式微后，左宗棠关照两位内弟，从未中断过。光绪五年（1879），左宗棠在家书中吩咐：凡是我五服之内的贫苦兄弟，生前的酒肉药物，身后的衣衾棺木，均应该由我给他们安排。否则视之如路人，于心何忍？

左宗棠做了二十多年封疆大吏，并且封侯拜相，族人、亲戚、邻里、同乡自然前来攀附，抱着幻想，不惧怕山长水阔，只求取一官半职。对于族人乡亲们的请托，左宗棠很少首肯。但他仍拿出廉俸，打发川资，送他们安然回家。由于谋官求职的人多，左宗棠为此打发了不少银钱，在家书中，也不免有些生气：我七十岁了，从未得到子侄的帮助，也没作过这方面的指望；可是子侄一定要麻烦我，一次麻烦没完，而至于再次打扰，这是为什么？他还说：我满头白发，未能求归，而族人远道而来，搅扰不堪，实在太不体谅人！左宗棠并非为破费廉俸而生气，而是这些亲戚不明事理，求左宗棠用公权力替他们谋私利，直接触犯了左宗棠的准则和底线。

秦翰才在《左宗棠全传》中写下一段大实话，称赞左宗棠正直有骨气，不贪婪，将公与私的界线划分得很清楚，从不混淆：

> 左宗棠微时，一贫彻骨，而居恒耻言贫字，由是一点推之，表现于其性行者，正面为介，反面为不贪。且不第对于非义之财，一介不取，即于应得之财，亦不欲厚自封殖。

左宗棠的养廉银妙用多多，但有一个用处恐怕没几个人能够想得到，那就是做挡箭牌。同治年间，福建尚在用兵之时，清政府却要闽省限期饬解积欠关税银十万两、茶税银二万两进京，福州将军英桂束手无策，福建巡抚徐宗干筹措无门，左宗棠陈奏《请将本任养廉作为京饷报解片》，请将其闽浙总督名下养廉银一万两抵作官税解京。这种办法史无前例，闻所未闻，对于颠顶的清政府而言，实为意想不到的刻骨讽刺，倘若朝廷准奏，势必闹出年度最大笑话。朝廷难为情，上谕曰："至养廉，系左宗棠应得办公之项，该督恳将养廉一万两抵饷解京之处，碍难允其所请，如业已汇兑来京，即着英桂于关税项下如数拨还可也。"

长年累月，左宗棠将廉俸都用在他认定的"刀刃"上，家人生活难言富裕，感受肯定复杂，他是如何说服他们的？在写给儿辈的家书中，他总是谆谆告诫：古人教子必有规矩法度，以鄙吝之事为要务的，所获财富仅仅满足子孙的挥霍而已。我不把养廉银多寄给你们，并不是没有远见。你们能谨慎持家，不至于贫困饥饿。如果你们任意花销，以豪华排场为体面；恣情流荡，以沉溺酒色为欢娱，那我多攒银子，你们就多积罪过，有损门风祖德岂不是太大了！

家里想买田买房，左宗棠不乐意，他直言相告：我不想为子孙买田买屋，你们可以谢绝对方。我从小到大，见亲友做官回乡便沾染一身富贵气，以至于子孙没什么长进，心里就不以为然，这种做派并不是真正爱护子孙。斯人而有斯言，斯人而有斯德，积善之家必有余庆，耕读之士不忘本源。

官二代、富二代中的纨绔子弟，左宗棠见得多了，总因父兄积财如山，他们坐享其成，立业无术，败家有方。左宗棠认定长辈真正爱子孙，就不能在家中营造富贵气氛。

古人讲"不孝有三，无后为大"，多生儿子图的是香火旺盛不绝。左宗棠对此看得很开，他说：古往今来，圣贤名哲有上佳后裔的很少，而圣贤名哲可传后世者自在。湘贤王夫之达观而清醒，感叹道：人之有子，为一藕丝之连耳。所谓痴爱，无非为俗情所牵。

咸丰六年（1856），左宗棠写信给胡林翼，娓娓道来：

> 吾有子三人，大者最佳，吾绝爱之。每读书夜深，心中辄怦怦，恐其伤也。每鼻血疾发，辄为损眠食，不自知其过于爱。次者稍蠢，三亦不甚明秀，吾不甚爱之，然又惧其不才而无所用之。坐此常扰扰于心，不能自已，甚无谓耳。[1]

日后如何安顿子孙？左宗棠不能不为此操心。恐怕许多人都意想不到，左宗棠那么刚硬的豪杰，也有一份如此柔软的舐犊之情。

光绪二年（1876），左宗棠考虑到长子孝威已过世，其他三个儿子孝宽、孝勋、孝同也已成家或将要成家，便决定将剩余的养廉银分配到位。他将养廉银的积余分为五份，一份是公共储备金，由继承侯爵的人管理，其余四份由四个儿子均分，每份不超过五千两。他告诉次子孝宽：我家世代贫寒清素，近年才可称为豪门大户。尽管我屡次警告你们不可沾染官宦人家的积习，但家用日益增多，已有不能节约的势头。我的养廉银不是用来给家里摆阔的，有多余的钱就随手散去，你们应该为自己早作打算。

尽管国学大师章太炎对左宗棠暮年"不亲庶务"，以致"子姓或为人求官"，不无微词，且明言"此乃楚狂所谓风德之衰耳"，但是他仍非常欣赏左宗棠的清廉，肯定其廉洁自重直接影响了部属，有益于吏治："宗棠身死无羡财，终身衣不过大绸，食不过一肉。……其山泽之仪不替也。故其下吏化之，不至于奸。初政十年，吏道为清矣。"左宗棠自号湘上农人，其农家子弟的朴素本色至死也未褪去。

左宗棠做了二十多年一品大员，写信作文时多次引用唐代诗人韦应

---

1 写此信时，左孝同尚未出生。

物的诗句"自惭居处崇，未睹斯民康"，在家书中则将民间谚语"富贵怕见开花"当成口头禅，戒奢惧侈之情溢于言表。最终，他分给每个儿子五千两白银，叫他们早作打算，自食其力，这在当年绝对算得上一条新闻。有意思的是，林则徐分家，三个儿子也是各分得铜钱六千串（折合白银五千两），左宗棠最敬重林则徐，在分家这件事情上他也乐意向前辈看齐。

胡林翼有一句哲言："凡钱财之事，治世与乱世相同，只要一心向公，则贫亦可支；一心向私，则富亦可危。"左宗棠一生清素，虽官居一品，封侯拜相，养廉银多，但他急公好义，做了许多功德。左宗棠对清官之名有执念吗？陈其元撰《庸闲斋笔记》，讲了一则小故事：宁波海关有一笔八千两的巨款专供本省巡抚使用，名叫平余银，左宗棠上任后，海关照例将款子解送到位。左宗棠说："今日我不需要这笔钱，本可以裁撤掉。然而裁撤了它，后任办公经费可能不够用。我不可以独自占有清廉的名声，却导致他人处于困境。"于是他将银子收下，随即转给赈局，最终的受益者是灾民和难民。左宗棠用心如此忠厚，按理说，这八千两平余银是陋规，左宗棠若不肯收为己用，即可下令裁去，妥妥地独享清廉美名，但他为后任着想，没有裁撤。当年，官员必须开销的项目多、费用繁，若没有陋规补贴，很难从年头撑到年尾。并非个个都是"一任清知府，十万雪花银"，做官亏血本的大有人在，晚清小说中多有述及。左宗棠不把"独擅清名"当回事，仍保留这项陋规，陈其元称赞他"用心忠厚"，评语可谓切当。

左宗棠的清廉还可从其他视角看到全貌和后效。光绪年间，铁笔御史、"殿上苍鹰"安维峻奏参大臣李鸿章、岑毓英子侄捐保取巧，于是以去世多年的左宗棠作为廉洁典型与之比较：李鸿章、岑毓英的子孙升官发财，不亦乐乎，左宗棠的长孙、恪靖侯的承袭者左念谦在京城病故了，归葬湘阴，尚且要在同乡间"告帮"，即今日之"众筹"，差别之巨大，确实判若霄壤。在晚清污浊的官场中，左宗棠堪称一股真正的清流。

第五节　大帅也难抗官场潜规则

清朝官场有许多陋规，它们是约定俗成的潜规则，比如馈赠别敬，地方官员给某些关系紧密的京官派赠银两，就是潜规则下你情我愿的利益输送。别敬的名目有许多种，夏天打红包叫冰敬，冬天打红包叫炭敬（又叫炭金、炭资），给大官夫人、如夫人打红包叫妆敬。地方官员给某些京官馈赠别敬，旨在联络感情，互通声气。倘若官员获准觐见皇上，还得恭送一笔数额不菲的陛见关节费，打点到位之后，主事太监才会放行，否则入宫的官员连风都摸不着，更别说门了。

清朝的小京官俸禄微薄，光靠那点银子养家糊口都难，人口多的更捉襟见肘。曾国藩三十一岁做京官时，在家书中向父亲诉苦："男目下光景渐窘，恰有俸银接续，冬下又望外官例寄炭资，今年尚可勉强支持。至明年则更难筹画。借钱之难，京城与家乡相仿，但不勒追强逼耳。"京官须外放才能活，放个乡试考官，放个学政，放个地方官的实缺，所有债务就可清偿了。所以京官赊欠，没谁追在屁股后面索讨，毕竟他们都是好样的"官苗儿"，开花结果不难。

尽管曾国藩说过"余生平最怕以势利相接，以机心相贸"，但他还是不得不遵守早已约定俗成的官场陋规，给籍属三江两湖的京官馈赠别敬，给主事太监恭送陛见关节费。单是别敬一项，钱款数目就高达白银一万四千余两，相当可观，列名的京官既拿得开心，也拿得称意。曾国藩出手如此大方，无疑是吸取了往年的教训，被迫在公关事务上加大力度。任凭你是国家的柱石功臣，任凭你倔强清正，依然拗不过官场潜规则，不得不为之预留地步，毕竟胳膊拧不过大腿。

左宗棠官居督抚二十余年，心高气傲，但他面对官场陋规，亦无法免俗，炭敬从未间断过，湘籍京官皆得沾润，多者有数百两银子，少者也有二三十两银子。至于陛见关节费，光绪六年（1880），他汇寄养廉银两千两给鸿胪寺少卿徐用仪，托他代办，显见于书信文字。赵烈文在日记中说他首次陛见，"破费四万有奇"，如此巨额，着实惊人，但找不到任何旁证，只能暂且存疑了。

杨公道撰《左宗棠轶事》，其中有一则写的是左宗棠同治七年（1868）首次陛见的事情，笔调略有些夸张，但情节本身颇为生动，梗概如下。同治年间，皇太后信任宫中太监安德海、李莲英，宦官势焰极为炽盛，贪财索贿，肆无忌惮。凡是外省官员和监司官员晋见皇上、皇太后，太监均要索取宫门费，不满足他们的欲求，太监就居间阻挠，平添烦扰，最终还得满足他们的欲望才能过关。太监以当差清苦为借口收受红包，两宫皇太后明明知悉内情，却从不追究。同治七年（1868），左宗棠入京述职，已递进缮牌，守门太监照例索取包封。左宗棠大怒，厉声吼道："我出入百万军中，无人敢挡我去路！哪里把你们这些鼠辈放在眼角里！况且我的廉俸收入，自己支用尚且担心不足，哪来余钱给你消遣？今天你既然阻止我入宫觐见，我只有仍旧返回任所。"左宗棠作势要往回走，太监大为恐惧，牵衣苦求才让左宗棠止步。左宗棠觐见完毕后，余怒未消，扬言要让内务府惩戒守门太监。守门太监愈加恐慌，于是赶紧向慈禧太后关白，磕头求恩。慈禧太后笑道："你真是自不量力，这个人功劳大得很，性子蹩得很，先帝尚且优容他，我哪能替你求情？你唯有自己去向他告哀乞怜，或许他能够饶恕你的狗命。"左宗棠性子确实蹩直，居然蹩到了这个水平吗？毕竟阎王好说话，小鬼难纠缠。

还有另外的野史记载，也可见识左宗棠蹩直耿硬的性格，且扯上恭亲王，戏码更足。左宗棠收复新疆后，于光绪七年（1881）春抵达京城，两宫皇太后垂帘召见，特加褒赏，赐黄马褂，准紫禁城骑马。主事太监心想利市大发，竹杠敲得梆梆响，暗示左宗棠：陛见关节费至少要三千两白银。这岂不是坐地起价，欺负盖世功臣吗？左宗棠秉性刚烈，不肯俯首认宰，眼看此事就要闹僵，幸亏恭亲王奕䜣顾全朝廷颜面，从中转圜，代付差额，左宗棠才如期入宫。

陛见那天，慈禧太后因忧致疾，未能临朝。慈安太后"谕及二十年忧劳，声泪俱下"。左宗棠奏对称旨，慈安太后对老帅印象极佳，听说他近日视力大不如前，于是灵机一动，将先帝（咸丰皇帝）的遗物——一副墨晶眼镜赏赐给他。礼物微不足道，人情味却浓得化不开，以此表彰左宗棠的盖世功勋。慈安太后可谓别出心裁，创意十足。陛见完毕，主事太监奉旨颁赐礼品，又找准这个现成的题目大做文章，强行勒索谢仪三千两白银。左宗棠一怒之下，转背就走，先帝的那副墨晶眼镜也懒得要了。恭亲王奕䜣见状，再次出面打圆场，索性好人做到底，送佛送到西。主事太监看在恭亲王奕䜣的面子上，谢仪打了个五折，这才"高抬贱手"，让左宗棠领回"尊贵的礼物"。

一位保家卫国的大功臣去宫中述职，尚且要给主事太监封个三千两银票的大红包，才能打通关节，想想都令人寒心，大清帝国不亡真是没有天理。有道是"阎王易见，小鬼难缠"，宫中的主事太监都是小鬼，也都是饿鬼馋鬼，倘若没有阎王的纵容和默许，他们哪敢肆无忌惮地勒索？令人震惊的是，奕䜣贵为亲王、军机大臣，权倾朝野，竟然也没有觉得让外官交纳陛见关节费有何不妥，反倒是心甘情愿自掏腰包，出来为左宗棠打圆场，可见恭王爷也有他的难处。同样是粗胳膊却拧不过大腿，毕竟太监有太后做保护伞，他对此现状无可奈何，只能顺应，不可逆反。贿赂公行，政以贿成，灰色地带就很容易变成黑色地带。

大臣也好，功臣也罢，在官场潜规则面前，在阎罗殿小鬼面前，统统被打回原形，只得老老实实地把银票拱手献上，就连恭亲王出面，也无法豁免，足见陋规的厉害程度。你有办事能力，他们有让你办不成事的能耐，后者更显神通，这就是大清帝国运行的潜规则和暗逻辑。

值得一提的是，左宗棠膺任军机大臣时，给他送别敬的官员很多，他是怎么应对的？"近时于别敬概不敢受，至好新契之例赠者亦概谢之，非为介节自将，人己本无二致，亦俸外不收果实，义有攸宜。"左宗棠不收别敬，老部下沈应奎让他提用甘捐尾款为己用，他也断然谢绝了。京师应酬多、用度繁，左宗棠就采取节流的老办法，自道"得过且过"。

临到本章结尾，不妨送出一个小彩蛋，再讲点趣闻。左宗棠办事好用铁腕，对人对神一视同仁。

> 华岳庙极宏敞，大殿五楹，中供神牌曰"西岳华山之神位"。二门外，有左文襄篆书重修庙碑。乱前，庙神皆塑像，至于寝殿中宦官宫嫔皆备。左公重修，尽去之，但奉神牌，此最得体。

山神也享人间福，"宦官宫嫔皆备"，左宗棠膺任钦差大臣、陕甘总督，重修华岳庙，保留了山神的牌位，却将它的威风都剥夺干净了，山神也无可奈何。

左氏功名诀

"处天下事，当以天下之心出之。"

意 译

处置天下大事，应当出以天下公心来办理。

评 点

"天下为公"的大同思想出自两千年前的《礼记·礼运》，其主旨鲜明：天下是天下人的天下，因此要选拔贤能者来治理国家，要讲求信用，以和为贵，视天下人为自己的亲人。"故人不独亲其亲，不独子其子，使老有所终，壮有所用，幼有所长，鳏寡孤独废疾者皆有所养。""货恶其弃于地也，不必藏于己；力恶其不出于身也，不必为己。"一个人能以公心为心，去办理天下大事，他的情怀、格局、境界就超越了基本维度，离至真、至大、至善不远了，受益者将数不胜数。左宗棠以公心办天下事，即使是他应得的养廉银，他也会拿出百分之九十多来办各种公益慈善事业，受惠者越多他越开心，留给子孙的则少之又少。将公德转化为功德，将公心兑现为公信，这也是左宗棠了不起的地方。

第六章

『破天荒相公』气度迥异于凡庸

湖南读书人张扬血性，自何年何月开始？源头不易寻找，但至少可以追溯到一千一百多年前。

　　唐朝以诗赋取士，每次殿试放榜，进士只有三十名左右，比后世动辄两三百人的规模要小得多。唐朝的著名诗人，除开李白、李贺与科举绝缘，屡试不第的有杜甫、贾岛、温庭筠等多位。唐宣宗大中四年（850），长沙人刘蜕在京城长安金榜题名，进士及第，这是三湘子弟多年被剃光头之后的"满血复活"。在唐朝，长沙隶属于荆南地区，初唐、中唐皆出过进士，但较长时期，本地选送进京的举子总与进士绝缘，人称"天荒"，荆南解元刘蜕春闱告捷，因此被称赞为"破天荒"。魏国公崔铉早年曾做过荆南掌书记，此时膺任中书侍郎、同平章事，刘蜕能题名金榜，与有荣焉，遂致书祝贺，厚赠刘蜕"破天荒钱"达七十万之巨。孰料刘蜕婉言谢绝，在回信中，他辩驳道："五十年来，自是人废；一千里外，岂曰'天荒'。"意思是：五十年来，只是荆南人才沉寂了，与京城相隔千里，岂能说荆南就是边远荒僻之地。刘蜕刚刚进士及第，就不惜力气跟宰相抬杠，有胆色！

谁也没想到，刘蜕之后一千余年，有一位湖南人真做到了"破天荒"，将纪录刷新至一个出奇的高度。

　　清朝皇帝高度集权和专权，仿照明朝实行内阁制，只设大学士，不设宰相。除了以"三殿三阁"命名的保和殿大学士、文华殿大学士、武英殿大学士、体仁阁大学士、文渊阁大学士、东阁大学士，还有协办大学士，定额通常是满汉各占一半。官员入阁，以贵显而论，与拜相无异。雍正年间朝廷设立军机处，以大学士膺任军机大臣，即为实打实的宰相；以大学士膺任地方总督，即谓之"节相"和"使相"。成为屈指可数的相爷，德操、才能、政绩、功勋总得有两三项出类拔萃才行，皇帝或太后的青眼赏识也绝对少不了。此外，汉籍大臣面前还额外多出一条硬杠杠，必须甲榜出身（进士），点过翰林，单是末后这道门槛就将不少功臣挡在了门外。

　　晚清文人在笔记中常以杜撰为能事，有个传说就被他们捏出了鼻子、眼睛。同治年间，李鸿章镇压捻军有功，膺任湖广总督，获授协办大学士。别人都心服口服，唯有左宗棠不服。论镇压太平军和捻军，他的功劳并不比李鸿章小，同封为一等伯爵，只因李鸿章是甲榜进士出身，点过翰林，他是乙榜举人出身，没有翰林资格，就明显落于下风，拿不到入阁拜相的"门票"，青云之路被硬生生地撤掉了那把抵达天顶的"楼梯"。传说左宗棠窝火生气之余，便于西征途中飞递奏章，"请暂解兵，求入试"。此举十分鲁莽，近乎儿戏。两宫皇太后体恤大功臣的委屈心情，赶紧优诏安抚左宗棠，赐同进士出身，附赠翰林检讨。齐东野语，不足采信，却偏偏有人深信不疑。以常理推测，左宗棠睿智过人，就算他胆大包天，也不至于耍弄这套低端小气的狂童把戏。何况两宫皇太后有绝对的掌控权，真想做破格破例的事情，有何难度？用得着发"糖果"去哄臣下吗？只需列明功臣的功绩，然后来一句"朕心实深嘉悦，自应特沛殊恩，用昭懋赏"即足以包圆一切。

　　刘声木《苌楚斋随笔》中有一篇《左宗棠赐进士始末》，也很不靠谱。

他说："当同治十三年九月十五日，克复肃州，关内肃清，左文襄公奉上谕，特赐进士出身，晋协办大学士，复晋东阁大学士。朝廷盖以非常之功，必有非常赏励，亦非末叶滥赏可比。"时间上有明显的误差，左宗棠肃清关内的时间是同治十二年（1873）九月十五日，刘声木所记的日期误差为一年。此外还有铁证，既然"特赐进士出身"乃明发上谕，是重要荣誉，左宗棠《特补协办大学士并赏一等轻车都尉世职谢恩折》引用上谕绝对不可能出现遗漏，否则为大不敬。

　　同治九年（1870）春，左宗棠的夫人周诒端去世。丧事完毕后，长子孝威到甘肃定西探望父亲。左宗棠督师在外，一定要住帐篷，与士卒同甘共苦。孝威到了军营，也住在帐篷中，帐篷有缝隙，孝威是南方的文弱书生，受不了西北的风寒，却不敢直说。左宗棠命令儿子起草军中文稿，不合要求，就生气责备他。孝威心情郁闷，因此落下病根。左宗棠这才急了，毕竟四个儿子中，他最喜欢的是长子，孝威早早就中了举人，左宗棠自然对他的前途寄予了厚望。由于军务太过繁忙，左宗棠对儿子疏于照应，直到发现他整天咳嗽不止，以至于咯血，才赶紧派人护送他回到南方调养。然而孝威的病势渐渐转沉，回家调养亦无起色。左宗棠琢磨前因后果，悔恨莫及。严父爱子，通常都是这样，爱之愈深，则律之愈严，一旦状况不妙，便锥心自责。

　　同治十二年（1873）十月下旬，朝廷明发上谕，左宗棠以陕甘总督协办大学士，这是清朝两百多年来破天荒之举，那道从未向乙榜出身的大臣开启过的窄门却向左宗棠敞开了。然而祸福无常，这年七月中旬，左宗棠痛失长子孝威，噩耗与喜讯搅在一起，乱成一团，恰如韩愈赠张籍的诗句所言，"哀情逢吉语，惝恍难为双"。左宗棠根本高兴不起来，家书中也有"贺者在门，吊者在室"的字样。

　　左宗棠性格倨傲而智商奇高，遇小事可能发大脾气，逢大事则从不耍小性子，怎会因为李鸿章先入阁这件事情争风吃醋，公然要挟朝廷，闹出羡慕嫉妒的笑话来？不过换个角度来讲，在官场，乙榜出身的的确确是左宗棠身上的一块心病，很长时间里都让他硌硬。

民国政客黄濬颇具史识，他对左宗棠有一个评价："大抵文襄忠耿有余，深沉不足，喜谀恶谏，使气恃功，贤者之过，殆为定论。"其中"喜谀恶谏，使气恃功"八字，真正刻画到位，不算酷评。

第一节　烧脑的高论：进士不如举人

同治五年（1866）冬，左宗棠奉命北上赴任，由闽浙总督调任陕甘总督，途经江西九江，地方官员照例前往谒见行礼。九江道许应鑅是进士出身，左宗棠是举人出身，很难引为同调。许应鑅执礼甚恭，左宗棠却一味倨傲，双方敷衍得都很辛苦。船过余干县，知县汪绥之登舟谒见。

> 宗棠危坐以待，戴大帽而不着公服，长衣加背心而已。汪叩拜如仪，宗棠昂然不为动，惟以手示意命座。卒然问曰："潘霨在江西如何？"时霨为赣抚，宗棠直呼其名，若皇帝之召对也。汪对以好。又问何以好？汪举其办赈之成绩以对。又呼布政使之名而问曰："边宝泉如何？"亦对以好。又问何以好。亦举事以对。又问江西臬司现为何人？对曰："王嵩龄。"宗棠笑曰："彼已官至臬司耶！"嵩龄起家寒微，曾在黄鹤楼卖卜，故宗棠有彼哉彼哉之意。后询汪以余干事，颇嘉其政绩，谈甚洽。临别赏办差家人以五六品功牌云。盖宗棠自负勋望阶资度越时流，对下僚不免倚老卖老，故作偃蹇。

以上内容，朱德裳著《三十年闻见录》前得之于汪绶之的儿子汪立元，笔墨所到，颇有如见其人、如闻其声的现场感。在官场中，左宗棠确实具备大神一般的威严，地方官员与之近距离接触，难免屏息。

　　左宗棠在九江留下的另一个"卤味笑料"尤其令人解颐：凡是进士出身的官员，他都不甚待见，就算聊天，意趣兴致也不高，唯独九江府同知王惟清可算作"我辈中人"，左宗棠对他另眼相看，留下来单独叙话。一时聊得兴起，左宗棠便问王惟清："你说是进士好，还是举人好？"这个问题令人摸不着头脑，倘若换个迂夫子，必定慌张，不知如何回答，甚至答非所问。这个问题就如同一个敞开的陷阱，谁傻谁就会掉进去。王惟清智商在线，鬼机灵上头，对左宗棠的心思洞若观火，他朗声回答道："当然是举人好啊！"左宗棠一听，拍膝乐了，就赶紧问他何以见得。王惟清一口气往下说："中进士后，要是做翰林，须致力于诗赋小楷；做部曹知县，也各有公务缠身，无暇专心修治实学。举人则可以专心一意，用志不分，最宜于讲求经济；而且屡次入京赴考，饱览名山大川，亦足以恢弘志气。遍历郡邑形胜，复能增广见闻，所以说举人强于进士。"王惟清巧舌如簧，辩才无碍，正而反之，反而正之，死能成活，活能成仙，对孔子"吾不试，故艺"一语作出了极妙的阐述。左宗棠听完，颔首再三，捋须而笑，对王惟清的回答非常满意。客人走后，左宗棠依然赞不绝口，表扬九江府官员中王惟清最优。大家以为王惟清有什么特别的操行、政绩受到他的激赏，嗣后才知道是两人"同病相怜"的缘故。此事在江西官场传开，闻者无不笑倒，遂成为茶余饭后的上佳谈资。

　　王惟清的话不无道理，举人进京赴考，往往一趟又一趟，近者数百里，远者上千里，无论乘舟乘车，骑马骑驴，必途经多地，倘若肯留心沿途风物、人情、吏治，所见有得，所触有感，必获得不少真知，增长不少精识。道光十七年（1837），左宗棠入京会试，途经栾城，偶游街市，看到知县桂万超张贴的告示，劝民耕种，并且详细解说种植木棉薯芋的事宜，以及防备荒歉的策略。左宗棠询问当地居民，桂万超的官声、政绩如何？众人夸赞桂县令清廉自律，爱民出于至诚，是以往的知县没办法相比的。这件事给左宗棠留下了深刻的印象。许多年后，左宗棠已贵为总督、大学士，上疏朝廷，请饬史馆为清廉贤良的好官桂万超立传。这也说明，左宗棠勤学好问，遇事留心。他曾告诫女婿陶桄："果能日日留心，则一日有一日之长进；事事留心，则一事有一事之长进。由此积累，何患学业、才识不能及人耶？"他的这句话完全够资格进入名人名言录。

"进士不如举人"，这个烧脑的高论貌似笑谈，实则引人深思，发人深省，它将科举考试的弊端摆到桌面上来。曾国藩是进士出身（考了三次才中进士），点过翰林，他对于科举的认识足够深刻。道光二十八年（1848），他撰写《孙鼎庵先生六十寿序》，开篇文字就令人耳目一新：

> 程子有言："科举之学，不患妨功，但患夺志。"盖学者之始业于制举之文也，未尝不稽经辨义，求肖于圣人之言，以得有司之一当。其志犹射者之在鹄，无恶于君子也。其后熏心仕宦，外以印绶餍其心目，内习一切苟得之术。犹挟寸饵以钓巨鱼，既得则并其纶竿而弃之。曩时稽经辨义之志，则大为累累若若者之所夺。此先儒所用为慨然也。

进士踏入仕途，当初稽经辨义之志就很容易被权力之欲和苟得之术强行覆盖。这个观点倒是与九江府同知王惟清的观点合得上卯榫，左宗棠想不赞成也难开口。

第二节　事业须明宗旨，不缺意气精神

很可惜，"进士不如举人"的高论天然存在破绽。林寿图是闽籍诗人，又做过左宗棠的下属，左宗棠终身推崇林则徐，对闽籍林姓官员自带好感，但林寿图是个例外。他总是与左宗棠抬杠，而且十抬九赢，左宗棠又岂甘心次次都做输家？郑孝胥用打油诗讲过一个笑话：

> 左侯居军中，太息谓欧斋：
> "屈指友朋间，才地有等差，
> 进士胜翰林，举人又过之。
> 我不得进士，胜君或庶几。"
> 欧斋奋然答："霞仙语益奇：
> 举人何足道，卓绝惟秀才。"
> 言次辄捧腹，季高怒竖眉。

刘蓉号霞仙，只是秀才，官至陕西巡抚，人称小亮。林寿图晚号欧斋，他用"秀才胜举人论"轻轻松松就破掉了左宗棠"举人胜进士论"，且暗讽左宗棠不如刘蓉，可谓不争不辩而大获全胜，难怪左宗棠"怒竖眉"。

还有一件左宗棠的轶事，出现在清末民初文人吴光耀的笔记《华峰庚戌文钞》里，差不多能够以假乱真——左宗棠首次参加乡试就囫囵吞下"大饼"，文章明明写得精彩绝伦，却被瞎眼的主考官草草忽视。此事他牢记心头，耿耿于怀。晚年，左宗棠出任两江总督，那位昔日的主考官正巧在他的治下候补官缺。左宗棠见到此人，分外眼红，疾言厉色之后就是

暴风骤雨："我看你的姓名，就知道你做过湖南学政，那时我的文卷哪点做得不如别人？竟被你摈弃不取！"最绝的是，他高声朗诵自己的旧文，逐节问道："你倒是讲给我听听，这文章哪里写得不够好？竟被你无故黜落！你身为主考，不仔细阅卷，明摆着有我左宗棠这样的人才，却不能录取为门生。现在好了，我到江南来做你的上司，你居然蹉跎至今，毫无长进，官职不升反降，仍只是一个候补道。像你这等庸才，哪有本领治理民政？听说你还在河南做过官，不知造了多少孽！"左宗棠言毕，大呼左右："来，为我行文河南，寻取他的劣迹！"那倒霉蛋闻言，又惭愧，又害怕，立刻告病辞官。

故事编得蛮有趣味，可惜经不起推敲和考证。左宗棠只参加过一次乡试，何谈首次？他经波折而过关，哪来黜落？左宗棠出任两江总督时已六十九岁，距他中举已过四十八年，如果他此前真的考过一次，则已过五十多年，那位主考官该多大年纪了？少说也接近八十岁了，怎么可能还在候补官缺？其实，这桩轶事乃是张冠李戴。据王伯恭《蜷庐随笔》所记，乃是晚清封疆大吏、左宗棠的湖南老乡刘坤一早年乡试时被主考官黜落，科场功名止于秀才，遂"以为终身之恨"，念念不忘，耿耿于怀。"二十年后，刘以军功官至江西巡抚，昔为主考者，适由知府保送道员，在赣省候补，方充要差。刘莅任，首撤其差，谕令听候察看，不许远离"，令其闭门思过，"刘官赣抚十年，某主考竟以忧悴卒"。有人故意移花接木，把这桩轶事安置在左宗棠名下，像模像样，也确实符合他的性格和办事作风，难怪很多人信以为真，深信不疑。

左宗棠初任陕甘总督时，重视乙榜出身的官员，轻视甲榜出身的官员，进士翰林来拜访他，往往会受到他的揶揄。某年，有位幕僚赴京会试，名落孙山，左宗棠写信要他重返幕府，宾主相得如初。闲谈时，左宗棠问道："我近日舆论如何？"那位幕僚回答："别的议论倒是没什么，只有大人扬科榜而抑甲榜，外间啧有烦言。"左宗棠愕然，问道："你说这话无假?"对方回答:"怎敢欺骗大人。"第二天早晨,翰林陶模因选补陕甘某县,领凭赴省,诣辕禀到。左宗棠一见,欢若平生。嗣后,左宗棠力保陶模其材可用,陶模得到破格提拔,由知县、知州、按察使、布政使升到巡抚、总督,左宗棠临时改弦更张可谓此中关键。

有一次,左宗棠对甘肃士子安维峻说:"读书当为经世之学,科名特进身之阶耳。"左宗棠说出这话,是可以理解的。他能够成就伟业,是其天赋、胆识、学养、胸怀、阅历、时机、运气相互作用,缺一不可,他的成功是无法复制的。寻常士子若想有些出息,仍不得不去科场撞大运,侥幸通过那座独木桥,才可望鸟语花香,风和日丽。"进士不如举人"之类的"高论"透露出几分滑稽,将它归入黑色幽默,也不为错。

左宗棠生性节俭,军中治事甚勤,袖口容易磨损和弄脏,日常佩戴布袖套。鄂人王家璧吟成《宫保袖歌》,诗后有注:

> 余从临漳初见宫保,即言曰:"若不知有左某耶,何不与我书问也?"余曰:"以公气高耳。"公曰:"吾昔以一举人办天下事,气不高,何有济?今受朝廷倚畀重,方下心图之,敢自高耶!"家璧深服其言。

临漳位于河北,王家璧所说的"初见宫保"应在光绪七年(1881)左宗棠初次膺任军机大臣时,因负责疏浚永定河,左宗棠一度驻节临漳。那些近距离欣赏、远距离赞赏左宗棠的人也都害怕他盛气凌人,因为左宗棠气焰高,王家璧不敢致书通问,这无疑是一个活生生的例子。

三十余年,左宗棠"以一举人办天下事",气不高就会被各路神仙低估和轻视,无法施展其屠龙妙手,他高自位置,迈越古今,实为情势所逼迫。及至暮晚时分,功业已赫然成就,他反倒把盛气放平,巧接地气。左宗棠在临漳讲的这句大实话，王家璧记录下来，这就给世人了解左宗棠的特质增加了一个既有趣又有效的观察窥孔。

左宗棠待人行事方比圆多，从抚署幕僚到封疆大吏，气焰高是其显著特征。他主持湖南抚署戎幕，先后受到两任巡抚张亮基、骆秉章的信赖和倚重，于千难万险的危局中求安，于千疮百孔的乱局中求治，他气焰不高岂敢锐意揽权？就算揽得全权，又岂敢将它百分百地用在刀刃上？即使他被人嘲弄为"左都御史"，亦悍然不顾，我行我素，岂止有包天巨胆，兼且有惊人卓识。左宗棠气焰高，方能震慑那些官吏和将领，提升办事效率，四五省的兵员粮饷都等着湖南接济，其间的困难之多、阻力之大可想而知。左宗棠气焰高，使出的手段无不刀刚火烈，那些贼头鬼脑歪筋疾脉的官员，若想挖坑布阱、拖挠钩、使绊马索，就得好好地掂量掂量自身的斤两，一旦他们心存忌惮，必然敛手，不敢违法。左宗棠批总兵樊燮之颊，骂他忘八蛋，喊他滚，便是把这种气焰扩张到了令人瞠目结舌的地步。

及至左宗棠做了封疆大臣，其境况迥异于往日，政事繁杂，军事丛脞，手下不少地方官员是进士出身，有的还点过翰林，在清朝，甲榜出身的进士（尤其是翰林）拥有根深蒂固的优越感，对待乙榜出身的举人，即使是他们的顶头上司，也可能口服心不服，阳奉阴违，欠尊重，乏敬畏。左宗棠的气焰比寻常的封疆大臣要高出许多倍，专治各种不服，你有优越感他就粉碎你的优越感，你有虚荣心他就碾压你的虚荣心，他看重的是经邦济世的真才实学和军功政绩，光鲜亮丽的出身根本起不到任何帮衬作用，更休想以此唬住他、糊弄他。长此以往，那些甲榜出身的下属对这位乙榜出身的上司就唯有服服帖帖，不再盲目挑战他的权威。

左宗棠与其他封疆大臣打交道，气焰也很高，他骂曾国藩上瘾，就是一个明确的信号。试想，举国之中哪位高官有偌大底气硬生生地领受左宗棠一顿臭骂？左宗棠在朝野的影响范围太广了，被他揪住脖领痛骂一顿，谁吃得消？左宗棠气焰高，既惹人憎恶，也令人畏惧。憎恶是感情层面的，左宗棠懒得计较；畏惧则是心理层面的，左宗棠只要自己能够办大事、立大功、成大业，根本不在乎谁骂他是猛人或暴人，甚至不在乎曾国藩的满门弟子指责他忘恩负义。

许瑶光的诗话《雪门诗草》旁及对联，卷七写到左宗棠补写联语，意味深长。左宗棠平定浙江后，旋即晋升闽浙总督，湘军名将张运兰阵亡后，左宗棠拟亲自率军赴闽，剿灭残余的太平军。重阳节那天，他到天竺寺礼谒观音大士，夜宿灵隐。方丈示以冷泉亭的旧联："泉自几时冷起？峰从何处飞来？"左宗棠说，这副对联字面上蛮好，意味尚有欠缺，我来把它补足。新联的上联是"在山本清，泉自源头冷起"，下联是"入世皆幻，峰从天外飞来"，所添八字仿佛画龙点睛，意味从文学层面上升到了哲学层面，包蕴佛家义谛，尤为精切。左宗棠对送行的湘籍诗人、嘉兴知府许瑶光说："余以孝廉受特知，今得专征伐，非朝廷破格，不至如此，真天外飞来也。余家寒素，即以耿介自恃，此源头冷起也。凡人当其身以听遭逢，不自洁而图诡遇，吾辈耻之。"此联能有幸成为完璧，为世人所欣赏，左宗棠结合自身遭际和为人准则是主因，"在山本清"可谓知本源，"入世皆幻"可谓识来路，这样的人相当理智，更能站稳脚跟，也更能认清世界的本质。

第三节　大功臣获奇遇，也会受宠若惊

左宗棠志向高远，手段高超，属于"揽辔澄清天下"的顶级大腕。他收复的失地甚多，治理的封疆甚广，别说清朝罕有将帅能够与之等量齐观，就是用中国历史的长镜头来看，也罕有将帅能够与之相提并论。明面

上的数据是不会撒谎的。令人啼笑皆非的是，这样一位柱石功臣，居然险些被两道"铁门槛"绊翻，有人打赌他入不了阁，拜不了相。此事岂不蹊跷？

道光二十四年（1844），魏源第六次入京参加会试，由于试卷潦草而落第，悲愤之余，他赋诗《都中吟》十三首，第一首诗中迸出这样两句大实话："官不翰林不谥文，官不翰林不入阁。"按照清代相沿而成的惯例，汉人必须具备进士资格，才能够点翰林；必须具备翰林资质，才能够入阁拜相。左宗棠只有举人资格，获赠翰林检讨的"招牌"纯属破例，助他跨过了那道"铁门槛"，然后才有了然后。况周颐著《餐樱庑随笔》，书中有一段文字道及左宗棠入阁的情形："相传文襄授东阁大学士，是日盘旋室中，足不停趾，口中作念东阁大学士至于再四。盖当拜命之始，不免受宠若惊，久乃习为固然耳。"功名既能颠倒凡夫俗子，也能颠倒像左宗棠这样的股肱之臣。

较之刘蜕中进士，左宗棠入阁拜相的难度不知要高出多少倍，他死后获谥文襄，又把清朝二百多年来的规矩一破到底。难怪大度如李鸿章致书曾纪泽，也不免猛泼陈醋："左公竟得破天荒相公，虽有志节，亦是命运，湘才如左者岂少哉。"自左宗棠成功破冰之后，袁世凯连举人资质都没有，居然也做到军机大臣。但他们根本不是一路人，左宗棠以救国为夙愿，袁世凯以窃国为初衷。左宗棠对清朝鞠躬尽瘁，死而后已；袁世凯则恰恰相反，一边假装给气息奄奄的清朝做"人工呼吸"，一边扼紧它的喉咙，掏空它的家底。被扼被掏的一方固然不值得同情，下狠手、黑手去扼去掏的一方又岂能算得上英雄豪杰？

道光二十四年（1844），左宗棠回复连襟张声玠，出语相当逗趣："天下两员官好作，一宰相，一知县，为其近君而近民也。宰相不可得，得百里之地而君之可矣。"三十多岁时，左宗棠满足于做个知县，这并不奇怪。做知县接地气，左宗棠喜欢亲民，可见他很实在，虽有顾盼自雄的信心，尚未爆棚。四十多岁时，左宗棠致书刘蓉，仍然未改初衷，信中说：

> 鄙人二十年来所尝留心，自信必可称职者，惟知县一
> 官。同知较知县则贵而无位，高而无民，实非素愿。知府则
> 近民而民不之亲，近官而官不禀畏。官职愈大，责任愈重，
> 而报称为难，不可为也。

近代文人朱孔彰著《中兴将帅别传》，妙趣旁逸斜出，说是席宝田弱冠时与刘长佑就读于岳麓书院，前者的念想是做个知县，后者的念想是做个县学教谕（相当于如今的县教育局局长）。道光二十八年（1848），席宝田十九岁，刘长佑三十岁，左宗棠三十六岁，三人均未发迹。日后，席宝田做到布政使，刘长佑做到总督，左宗棠封了侯，拜了大学士，直做到军机大臣。龙困浅水时，碌碌如庸常之人，卑卑无鸿鹄之志，一旦风云变幻，他们乘风而起，想法也就会激变为"王侯将相宁有种乎"。

据小横香室主人《清朝野史大观》所载，同治七年（1868）八月，左宗棠首次入觐，就领教了北京地面上高手的厉害。当时，他住在善化会馆。某日，他发现自己的黄马褂被窃，箱笼中值钱的朝珠、冬裘都没丢失，数百两白银也未短少。左宗棠大惊，请步军统领侦查此案。步军统领见多识广，但这个案子茫无头绪，很不寻常，他转念一琢磨，就有了答案，于是他对左宗棠说："黄马褂不是常服，贼偷了它也不敢穿出去，又不能送到当铺质钱，偷它的目的何在？我推测，一定是大人说过什么藐视此辈的话，所以他要在大人面前露一手，给大人一点颜色瞧瞧。不必缉捕，他一定会把黄马褂送回来。"几天后，左宗棠出门办事，回到住处时，看见床榻上放着一个包袱，黄马褂就在里面。这一惊非同小可，左宗棠咋舌不下。对方能够来无踪去无影地偷走黄马褂，然后又悄无声息地送回黄

马褂，倘若他转的是刺客的心思，左帅身边的戈什哈（侍从护卫）个个形同虚设，岂非老命休矣？

第四节　八方平安无事，勋臣笑料百出

光绪六年（1880）腊月，左宗棠卸任陕甘总督，回京述职，以东阁大学士在军机处行走，并在总理各国事务衙门行走，管理兵部事务，乃实质上的一品宰相。

在京城，左宗棠偶然遇见李鸿章，他就大讲自己在关外办事如何如何艰苦。李鸿章说："君在西方，日子还算好过。我在畿辅，久已被言官骂得不成人形。"胡林翼生前有个主张，督抚遇事要敢包揽把持，不得因惧怕人言而避事，左宗棠赞同这个观点。他对李鸿章说："关外办事，同是不免被言官掊击，此是朝廷纪纲，要如此才好。"这话的意思是：我总督做我当做的，他御史讲他想讲的，国家的纪纲本就应该如此维持，没什么可抱怨的。李鸿章一听这话就不对路，自然是笑笑走人，话不投机半句多。

左宗棠入觐请训时，光绪皇帝问这位大功臣："能早起否？"左宗棠操一口纯正的湘阴话回答："在军营弄惯。"也有说是慈安太后慰劳他，关心他，说道："汝在外久，今在京须早起，想不便。"左宗棠操湘方言回答："臣在军中，五更时便须弄起来。"这个"弄"字令闻者忍俊不禁。许多年来，左宗棠肩负军政重任，事务丛脞，未曾清闲过几天。入值军机后，要他画诺的急件不多，枯坐极无聊，常朗诵诗句"八方无事诏书稀"。有一天，他对大家说："坐久了，可以散吧。"于是同僚李鸿藻赋打油诗打趣道：

军营弄惯入军机，饭罢中书日未西。

坐久始知春昼永，八方无事诏书稀。

　　此外，左宗棠将如夫人张氏做的豆腐干分赠给同僚，大获好评，被誉为"京中第一"。李鸿藻的打油诗也有道及："细君爱听恭维语，独步京城豆腐干。"细君指左宗棠的如夫人张氏，真能逗人发笑。

　　刘体仁《异辞录》中描述左宗棠在军机处举措失当，笑料百出，主要原因是不懂约定俗成的规矩。

　　军机处有个老规矩：几位军机大臣同时陛见，只有领班军机大臣一人上奏，其余的大臣皇上不点名问起就不敢吱声。恭亲王奕䜣是领班军机大臣，左宗棠却越出位次为王德榜请求补缺，蒙恩得准。等下值后，左宗棠性急，提议令王德榜谢恩。恭亲王徐徐讽刺道："且等圣旨下达。"这才罢了。李鸿章有一道奏报永定河堤防的奏折，军机大臣们认为左宗棠做过巡抚、总督，熟悉这类事务，便与他商量。左宗棠说："这要先去实地踏勘才行。"他决定立刻动身，恭亲王很惊讶："不待奏准而突然出京，倘若皇上问及，将何辞以对？"左宗棠说："然则大臣的一举一动都必须等奏准才行吗？"恭亲王说："朝廷中规矩是这样的。"

　　做京官比做外官束缚多得多，大学士的自由度更小，左宗棠不乐在军机处当值，这是个重要原因。张鸿著《续孽海花》，在第四十三回中有个精彩片段："军机的规矩，总是打头的一个人说话。除非上头问到你，才可以奏对，或者遇见重要事件，才开口说几句话，不过是特别的。你多开口，王爷就要心里不舒服。从前左文襄进了军机，他就不照习惯，往往越次发言。那时，宝文靖告诉他，说是：'此地规矩，总是跟着王爷走的。上头不问及，吾们不便开口。'那左文襄听了，呵呵一笑。等到次日，到了军机处，他就安心跟着王爷，亦步亦趋，甚至王爷去小便，他也跟在后面。王爷很诧异，就问道：'中堂，你怎么跟着我呢？'左文襄就呵呵笑道：'这是宝中堂吩咐的，这是此地的规矩。'王爷听了不禁大笑。后来不久就外放了。"小说家的描述就是不一样，比传记家的笔头子要活灵活现得多。

左宗棠未能在军机处久安其位，请求外放，或许还有一个重要原因。洋人濮兰德与白克好司合著《清室外纪》，第十二章记载，其时慈禧病后，身体尚未复原，每日都是由慈安太后一人垂帘召见军机大臣。这天晚间，左宗棠前往宫门请安，听人说慈安太后已经驾崩，他颇感震惊，脱口而出："今天早上召见军机大臣时，我还见到东太后。容貌声音都如平常，为何突然驾崩了？我不相信有这种咄咄怪事！"恭亲王急忙制止，要左公别说话，但为时已晚，附近的太监已有所耳闻。他们回宫后报告了慈禧太后。不久，左宗棠就外任两江总督。

这是当年风传的宫廷秘闻，慈安皇太后之死，举世皆疑慈禧太后投毒所致，左宗棠说他不信慈安皇太后早上还好端端的，几个时辰后就猝死驾崩了。这句人实话冲口而出，极其犯忌，恭亲王心知不妙，近处的太监耳朵尖，很可能听见了。

光绪七年（1881）九月，左宗棠实授两江总督兼充办理南洋通商事务大臣。按理说，军机大臣被外放，多少会感觉窝火，左宗棠却反倒有飞鸟返林薮、游鱼归渊泽的快意。

第五节　两朝帝师翁同龢最推重左帅

翁同龢推重左宗棠，据其日记透露，他与左宗棠初次见面是在光绪七年（1881）二月初一日。"卯正二刻随诸公于坤宁宫吃肉。初识左相国，于殿前一揖而已。"两人的近距离交流则在三天后，"访晤左季高相国长谈，初次识面，其豪迈之气，俯视一世……思之深耳。论天下大势，山河皆起于西北，故新疆之辟，实纯庙[1]万古之远猷"。

此后，他们多次见面。二月初五日，翁氏记道："……左相亦来，议论滔滔，然皆空话也。"二月十四日，翁氏记道："访左相长谈，气虽高，语则切直。坐一时久。"五月初九日，翁氏记道："访左相长谈，得力于养气，其言以死生荣辱为不足较，泛论河道必当修，洋药必当断，洋务必当振作，极言丁日昌为反覆小人。余服其有经术气也。"七月二十四日，翁氏记道："访晤左相剧谈。伊言治乱民不可姑息。福建漳州械斗匪徒，曾杀过一千四百七十名，勒兵责令乡人缚献也。"从长谈到剧谈，可见他们的关系日益亲近。翁同龢认为左宗棠"有经术气"，他私底下请醇亲王奕𫍯居中调和左、宝二人的矛盾，可谓善意满满。

光绪十年（1884）五月，左宗棠至京请安，复任军机大臣。翁同龢随即到旃檀寺拜访左相，未见。两天后，翁送去陈年绍兴黄酒一坛、白米百斤。五月二十九日，左宗棠至翁府回访，"左相国来长谈，神明尚在，论事不能一贯，大不满于沅帅，念汤伯述不置，力主战，以为王德榜、李成谋、杨明镫皆足了此也"。左宗棠老态已露，翁氏日记还原度较高。"沅帅"是曾国荃，于左宗棠之后接任两江总督，否决了左宗棠荐举的上海道人选汤伯述，因此左宗棠深表不满。唯"杨明镫"属翁氏笔误，应为刘明镫，是左宗棠的老部下。六月二十一日，翁同龢记道："访左相谈，虽神情不甚清澈，而大致廓然，赠我《盾鼻余沈》，其所撰诗文杂稿也。反复言打仗是学问中事，第一气定，气定则一人可胜千百人。"左宗棠主动将自己的诗文集《盾鼻余沈》赠送给翁同龢，很显然两人的交情加深了不少。

这年七月十八日，左宗棠奉命以钦差大臣赴福建督师，杨昌濬、穆

---

1 纯庙：指乾隆皇帝爱新觉罗·弘历。他在位期间，平定了新疆回部大小和卓叛乱，保障了金瓯完整。

图善帮办。七月二十五日，翁同龢的记述有很浓厚的感情色彩："左相来辞行，坐良久，意极惓惓，极言辅导圣德为第一事，默自循省，愧汗沾衣也。其言衷于理，而气特壮，曰：'凡小事精明，必误大事'，有味哉，有味哉。劝其与沅浦协力，伊深纳之，怅惘而别。"翁同龢是三朝帝师，左宗棠晤谈时强调辅导皇帝立德是头等大事，翁同龢竟"默自循省，愧汗沾衣"，足见他对左宗棠的敬重。翁同龢的日记惜墨如金，但眼光独到，描摹左宗棠的神貌八九不离十。

翌年七月二十八日，翁氏记道："闻左相竟于昨日子刻星陨于福州。公于予情意拳拳，濒行尚过我长揖，伤已，不仅为天下惜也。"翁同龢是朝廷中著名的清流派人物，对外主战不主和，其心目中的战神非左宗棠莫属，因此左公的病逝令翁同龢痛悼不已。当年，左宗棠病逝，主战派阵营如丧考妣，这样说并不夸张。

第六节　瞧不起八旗出身的官员将领

晚清时期，八旗子弟多半已经被彻底汉化，就算他们读了书，中了进士，点了翰林，出任国史馆纂修，由于长期闭目塞听，照样会闹出笑话来。

《清代野记》中有一则笔记《满臣之懵懂》，保准能使读者笑破肚皮，惊叹世间居然有这种极品蠢货：这个人名叫麟趾，当时仅二十多岁，在国史馆校对史传，读到罗泽南、刘蓉等人的列传，他拍案大骂道："外省保举泛滥成灾，竟然到了这等地步。罗泽南是什么人，只是教官出身，没几年就保举到实缺道员，记名布政使，死了还请朝廷赐谥。刘蓉更是岂有此理，只是候补知县，就赏给三品官衔，署理布政使，外省真是暗无天日。"麟趾大放厥词的时候，同坐者是阳湖名士恽彦彬，见他愈骂愈放肆，忍无可忍，就耳语道："小心别乱说，他们都是百战功臣，如果不是湘军、淮军苦战，我们今日不知死在哪儿。"麟趾惊问："百战作什么？天下太平，与谁作战？老前辈所说的湘军、淮军是什么东西？归哪位将军统领？"恽彦彬笑道："就是与太平军作战啊，南方大乱十余年，失去大小五六百座城，你不知道吗？"麟趾惊得合不拢下巴："奇怪啊奇怪！为何北方如此安静？所谓与太平军战，更难理解。"恽彦彬问道："你不知洪秀全造反，自称太平天国吗？"麟趾又摇头道："贼做的事情，我如何能够知道？"恽彦彬知道这人数典忘祖，满脑袋糨糊，无法正常交流，就不再搭理他。出史馆后，恽彦彬逢人就讲这件事，一时间传为笑谈。

左宗棠鄙视和憎恶旗籍官将，可谓由来已久。他在湖南抚署执掌戎幕时，就因为樊燮案与湖广总督官文结下了梁子，官文隶属满洲正白旗；同治二年（1863），左宗棠接替耆龄膺任闽浙总督，直陈前任总督统军乏力，耆龄隶属满洲正黄旗；郭嵩焘署理广东巡抚时，参奏两广总督瑞麟及其幕僚徐灏，左宗棠奉旨查办，奏复朝廷，不满瑞麟所为，徐灏被驱逐，瑞麟隶属满洲正蓝旗；左宗棠西征期间，拿掉的旗籍文武官员很多，宁夏将军穆图善代理陕甘总督，一意主抚，左宗棠主剿，政见不合，朝廷遂迁就左帅，令穆图善移交督篆，改驻泾州，裁撤冗兵，穆图善隶属满洲镶黄旗；乌鲁木齐提督成禄不肯出关进兵，借口缺粮，逗留于甘肃高台，长达七年，蓄养戏班，广置姬妾，耽于淫乐，以边方为享乐之地，左宗棠劾奏其多项罪责，尤其是暴敛捐输银三十万两，剥削民财，诬民为逆，滥杀无辜，成禄遂被下旨拿问，成禄隶属满洲镶蓝旗；此外，还有乌鲁木齐都统景廉，左宗棠认为他人地不宜，即被朝廷召回，景廉隶属满洲正黄旗；伊犁将军金顺的马步四十营被裁并为二十营，也是由于左宗棠陈奏所致，金顺隶属满洲镶黄旗。旗将旗官擅作威福，一朝被左宗棠裁抑、整治和收拾，岂能不怨恨？及至新疆建立行省，首任新疆巡抚竟是左宗棠力荐的湘籍大将刘锦棠，旗人再度吃瘪，能不忌妒？左宗棠常用湖南话骂旗官旗将"冇寸用（即毫无用处）"，以前所说的那句"封疆重寄，尽付庸奴"，自然也传入了旗人之耳，引起不快。

左宗棠认为旗人"习气重，解事少"，他真正瞧得起的旗籍文官武将屈指可数，旗籍名将多隆阿肯定算一个，乌鲁木齐都统英翰也肯定算一个。光绪二年（1876），英翰病故，左宗棠为之痛哭，他告诉僚友："西边少一替人，吾且伤一知己矣！"左宗棠常于大庭广众之中，将那些旗籍同僚当成下属，甚至当成奴仆，呼来喝去。据费行简《慈禧传信录》所记，左宗棠任军机大臣时，"诋官文不识一丁，竟以得功名终，旗员大都类然"，还讥诮八旗子弟不学无术，成事不足，败事有余，因此触犯众怒，不少旗籍高官贵胄对他衔之刺骨。

光绪十年（1884）五月下旬，左宗棠第二次短暂入值军机，时间不足两个月。昔日的冤家对头仍不肯放过他。光绪皇帝生日这天，京官入宫朝贺，左宗棠随班行礼，起先以为只是叩头，没料到要长时间跪候，他没准备膝垫，跪久了膝痛难忍，便暂时俯伏地面借力舒缓。他是七十多岁的老人，未能行礼如仪，并非谁都能够理解和宽容。七月初二日，礼部尚书延煦参劾左宗棠万寿圣节到班迟误，行礼失仪，实属大不敬。延煦的这道奏疏字句尖酸刻薄，颇含攻击意味，"其以乙科入阁，已赏优于功，乃既膺爱立，日形骄肆"，这等于抽左宗棠的老脸。醇亲王奕𫍽看不过眼了，他奏劾延煦胡言乱语，"特恩沛自先朝，敢讥其滥。左年老功高，不应以危词耸听"，维护左宗棠颇为得体。左宗棠还得到了礼亲王世铎的回护，其时世铎是军机处领班，他"立缮一短折，劾延煦潜毁老臣"[1]。于是朝廷"各打五十大板"，延煦交部议处，左宗棠也被罚

1 《德宗遗事》其十一记述："时礼亲王为领袖，回军机处立缮一短折，劾延煦潜毁老臣，奉旨褫延煦职。"

俸一年。因犯小过而受重罚，左宗棠气得嗷嗷大叫"军机大臣不是人做的"。相比二十多年后的张之洞，左宗棠仍算是幸运的。光绪三十四年（1908），摄政王载沣专好任用亲贵，以载洵、载涛为班底，张之洞极言不可，力争不休，竟遭到载沣厉声斥骂。张之洞归寓之后，气愤攻心，呕血半盆，再三续假，这位古稀老人临终前悲叹道："今始知军机大臣之不可为也！"

第七节　有本亦有原，方能不愧亦不辱

中法战争期间，福建马江一役，南洋水师全军覆没，法军随即猛攻台湾岛。值此危急关头，左宗棠被任命为钦差大臣，督办福建军务，主持海防，说白了，朝廷就是要他去担任"救火队长"。左宗棠早先定下的那个打算——"终老京师，长备顾问"因此彻底泡汤。

陈声暨编纂《侯官陈石遗先生年谱》，述及左宗棠陛辞，其表现像个糊涂老仙，出语风趣有味，大意是：朝廷命令左侯督办福建军务，他年事已高，有些糊涂了。拜命之日，左侯向慈禧太后陈奏："臣此去福建，必定奏凯取胜。臣昔日放生的牛，已经托梦给臣了。"慈禧太后闻言大笑。昔年，左帅做闽浙总督，有牛将被宰，突然奔入督署大堂，跪在地上求饶，左侯下令将它送往鼓山放生。

南方战云密布，左宗棠在朝堂上开玩笑，看似荒伧不伦，实则为柱石重臣示人以镇定。

左宗棠到达福州时，团练大臣林寿图前往迎接，左宗棠颇感意外，因为林寿图以前在西北任陕西布政使，被左公奏劾罢官。左宗棠问旁人："这人的字，我记得好像与春秋时期郑国大夫颍考叔有相吻合的地方。"旁人告诉左公："他字颍叔。"左公笑道："既然这样，被我参劾的官员，还

肯出来迎接我，这说明他原本就是好人。"左宗棠具备牛性，度人度己，于此可见忠厚。

左宗棠"治军严整，好谋而成"，底气满满当当，就算他傲世放狂言，也不怕旁人不服气。在整个清朝二百七十多年间，典兵垂节二十四载，戎马足迹遍于十二行省（江西、安徽、浙江、福建、广东、陕西、山西、河南、直隶、山东、甘肃、新疆），这样的大帅除了左宗棠还有谁？若按现在的行政区划来计算，还要加上宁夏和青海。统兵期间从未囫囵吞下惨败的苦果，这样的大元帅也只有左宗棠，曾国藩剿捻时折损了英名，李鸿章甲午黄海海战赔光了老本。要破天荒，从较低的起点登上顶点，雄才伟略是不可或缺的标配。

一个乙榜（举人为乙榜，进士为甲榜）出身的书生大器晚成，五十岁后干出轰轰烈烈的伟业，这在清代可称奇迹。对此，左宗棠是怎么想的？又是怎么看的？光绪二年（1876），他向儿子现身说法，可谓字字实诚，没打半句马虎眼：我平生致力于根本，耕读之外，没有别的喜好。三次参加礼部主持的会试，均名落孙山，便无意做官。时值危险的战乱，于是以兵马师爷起家。嗣后，我这样一个不求闻达的人，得到皇上的赏识，做了巡抚、总督，封爵为侯，得到过度的奖赏。接着又以举人身份入阁拜相，这是左家世世代代从未有过的殊荣，这也是国家大典上旷古未有的特例，岂是天下人能策划得了的？又岂是今生梦想所能期望得到的？子孙能学习我"耕读为业，务本为怀"，我内心就颇感欣慰了。若一定强调只有功名事业高官显爵不辱祖先，这岂是可以期望一定能够做到的事，而且也是反复出现的事呢？或者打算以科举功名装点门户，谋求利禄，就将"耕读""务本"的素志忘得一干二净，这就叫不肖子孙！

左宗棠的四个儿子原本个个打算在科举方面有所作为，长子孝威表现最佳，年纪轻轻就考中了举人，孝宽考中秀才较晚，四子孝同被左宗棠看好，家书中称"四儿似是英敏一流，将来可冀成人"。左孝同确实颇具父风，笔头子也了得，左宗棠有意栽培他，暮年让他入幕府起草公牍，为自己代笔写信回信，均能像模像样。光绪十一年（1885），左宗棠病逝，朝廷特赏左孝同举人功名。

"读书者不贱，守业者不贫。"

"子弟以读书为业，能通经史、敦内行者上也；工制举业，不坠秀才家风者次之。无论成材与否，总不要沾染名流架式，贵介排场，纨绔习气。有一于此，鲜不败其家者矣。"

左宗棠留下这类教言，希望几个儿子能够务本，效仿他，由耕读入手，夯固实学，可惜他们不能深刻领会父亲的苦心，打了折扣。左宗棠尤其不赞成他们再履戎行。光绪四年（1878），他在家书中有过这方面的忧虑："将兵三世，其后不昌。为其杀人太多也。"甲午年间，左孝同受父亲的老部下吴大澂征召，前往东北，出任营务总办，兵败之后，他就脱离了军队。后来，左孝同做过江苏提法使，署理过江苏布政使。一样是举人，一样是乱世，左孝同的起点更高，条件更好，但时代幻变，陵谷迁移，终未能铸成伟器。相比于侯相父亲，他的效率差得太远了，欲破虎父之纪录竟完全不可能。

1911年10月，武昌起义对全国形成巨大的冲击波，江苏都督程德全随即反正，左孝同时任江苏提法使，"大骂而行，由是徜徉上海，自号逸叟，说者谓犹有宗棠伉直之遗风"。老父亲左宗棠曾保卫过这个王朝的江山，儿子不肯反叛它，从传统道德的角度来观察，来衡量，显然是无可厚非的。

左氏功名诀

"吾昔以一举人办天下事，气不高，何有济？"

意 译

我昔日以一个举人的资格办理天下大事，气势不高，哪能办成？

评 点

清朝科举分为甲科、乙科，甲科出进士，乙科出举人，社会普遍认为，进士高出举人一等。你服气也得服，不服气也得服。然而左宗棠偏就要出这口气，专治各种针对他的不服。他的首要经验是提升气势，在气势上凌驾对方，在能力上碾压对方，在智慧上降维打击对方。因此他提升气势，居高临下，靠的是能力和智慧助推，并非装腔作势，更不是狐假虎威。说到底，你有超凡的才能和智慧，就可以提升气势，对方的身份和资历将不足以成为保护他们的铠甲。当然，乱世倚赖奇才，仰仗雄才，此法好使，倘若换到和平时期，成功率至少会下降七八成。

第七章

树一个假想敌，与曾国藩失和

晚清时期，左宗棠与曾国藩齐名，同为胡适先生所谑称的"箭垛似的人物"，褒也好，贬也罢，均属众矢之的。

曾国藩是儒雅书生，有静气，好内敛，克己复礼的功夫堪称一流。左宗棠是武健书生，有霸才，好张扬，率性豪迈，喜欢以本色示人，不走寻常路。两人的性情一温一热，一平一亢。前者喜欢慢工出细活，后者喜欢快刀斩乱麻。他们之间最大的分歧在于三观。曾国藩"以学问自敛抑，议外交常持和节"；左宗棠"锋颖凛凛向敌矣"，对外坚决主战，毫不含糊。他们是截然相反的类型，冰炭同炉，相处不易。

咸丰二年（1852），左宗棠回复女婿陶桄，专谈湘、鄂、赣三省军情，差不多全是坏消息，对于清军庸将们的拙劣表现，颇有微词。他在信尾写道："曾涤生侍郎来此帮办团防，其人正派而肯任事，但才具稍欠开展，与仆甚相得，惜其来之迟也。"曾国藩到省城办团练，左宗棠对他的评价是相当正面的，两人也合得来，"甚相得"三字可见两人初交之欢洽。曾国藩字涤生，左宗棠用的是"涤兄""涤翁""涤公"之类的敬称，也颇显亲热。

咸丰四年（1854），左宗棠写信给前辈严正基，汇报湖南境内的战况，其中提到曾国藩，有这样一段文字：

> 涤兄自岳州归后，无一日不见，无一事不商。"少阅历"三字是其所短，然忠勤恳挚，则实一时无两。……吾乡之危而复安，则中丞与涤翁之力也。涤翁幕中皆正人，然不知兵不晓事，所赞画多不可行。涤固知之，诸君亦自知之，遇有驳论，亦辄虚怀开纳，此所以不失其为正人也。

信中对曾国藩的优点和缺点都有谈到，句句实在，不打诳语。两年后，由于在筹饷方面意见分歧较为明显，曾国藩与江西官场落下不快，左宗棠对此感到忧虑，致书名将王鑫："江西大局赖此可望转机，而大僚与涤公渐有龃龉之意。涤公性刚才短，恐益难展布矣。"在写给胡林翼的信中，他的说法大同小异："涤公方略本不甚长，而事机亦实不顺利。"他对曾国藩的苦况表示同情，对其才智、方略不足颇感担忧。

据刘体仁《异辞录》所载，咸丰十年（1860），左宗棠率楚军援赣，间或骑马去祁门湘军大本营走动，曾国藩必设盛宴以款待，谓为"大烹以养圣贤"，以示特别尊重。左宗棠胃口好，谈锋健，"入座则杯盘狼藉，遇大块用手擘开，恣意笑乐，议论风生，旁若无人。偶与辩胜，张目而视，若将搏噬之状。称人必以其名，惟于文正则敬之称字"。左宗棠喧宾夺主一至于此，曾国藩对他格外包容。

有一回，左宗棠与曾国藩谈事意见有出入。曾国藩调侃道："季子自鸣高，与我心期何太左？"左宗棠有急智捷才，应声而答："藩臣身许国，问君经济有何曾？"以名对字，质疑更甚。此联得来全不费工夫，属于斗智游戏的产物，略无雕琢，浑然天成。一方是八卦掌，另一方是金刚拳，阴柔对阳刚，各见其长。一方有相臣度，另一方有跋扈才，也算旗鼓相当。此联应属文人附会之作，除开上面这个版本外，还有好几个版本存世，背景各异，工拙不一，竟与文字游戏无别，与其说是曾、左二公较才斗火，倒不如说是外界添柴拱火。

朋友失和，甚至反目成仇，世间多有，不足为奇，但曾、左二公有所不同。作为湘军大系统的两根顶梁柱，他们之间失和乃至绝交，波及甚广，湘籍将士一度惊恐地认为，这是启动了自毁程序，然而后果并没有众人想象的那么严重。这桩历史疑案看点甚多，探究因果，并不容易。

第一节　第一次失和：忠孝两难全

咸丰十一年（1861）秋，赵烈文日记中有一处较为主观的追述："左副帅为陶文毅亲家，督帅初奉旨督办团练时，欲捐陶氏金，左袒护之，以是有意见。左负气凌蔑一切，日益龃龉。"时光闪回，在咸丰三年（1853）、四年（1854）之间，此事的动静确实不小，产生了震荡波。

《湘军志·筹饷篇》对此有较为客观的记载："曾国藩初治湘军，慨然欲抑豪强，摧并兼，令故总督陶澍家倡输万金，以率先乡人。澍子诉于巡抚，籍其田产文券送藩司，官士大哗，遂以得免。"

有意思的是，胡林翼在家书中说过"岳父一生辛苦，并无余钱"，外界的猜测和判断则大不相同，陶澍任两江总督多年，必定宦囊沉实，家中田产连阡累陌。曾国藩估算过一番，"益阳所置之产，每岁收租三万石，以一年之租助饷，亦不损伤元气"。像陶家这种有名有数的大户，照新规必须捐钱数万缗，左宗棠为女婿陶桄出面，请求曾国藩减免，曾国藩铁面无私，不肯破例。当时，湘军既要招募陆勇和水勇，又要购炮造船，开支浩繁，用银如泥沙，勒捐富户是唯一有效的办法，势在必行。曾国藩嘱咐经办人夏廷樾："常家捐项务求诸君同发雷霆。陶家受国殊恩，亦义无可辞。"

咸丰四年（1854）正月初六日，曾国藩回复湖南巡抚骆秉章，语气相当强硬："陶家仅捐一万，侍已严批不允。且正月交五千，三月交五千，尤为支展，常家之项，非勒不行，竟须拿其家属。侍自问平日尚不妄施，至此迫急之至，无复嫌怨之避，亦无复逊顺之常，难求亮于人耳。"他还催促湖南按察使仓景愉"一施辣手，提人赴衡"。同期，曾国藩回复郭嵩焘的来信，句句直白："（陶家）今欲一毛不拔，实非人情之平。仆已冷面相加矣。若非三万金，则竟以入奏，京师之人尚有能持平论者，无使足下代我受冤也。"实际情形如何？

左宗棠致书陶桄，说省府银库已经空虚，专靠钱粮、捐输两项勉强接济。兵勇数目满二万，每月饷银刚需为十多万，此时如何打算？陶桄"屡捐巨款"，左宗棠称赞他"洵不愧为名父之子"。重点来了，陶桄最近卖田得了五千贯钱，胡林翼也告诉左宗棠，陶母打算把私房钱也拿出一部分来助捐。左宗棠致书陶桄："当此时局艰难之秋，毁家可以纾难，可以免祸，贤婿所见，良然良然。"

很明显，陶桄捐了不少钱，而且认识到乱世守财不如捐款，只有纾国难才能免家祸，左宗棠对他的想法和做法都是赞同的。曾国藩言辞激切，手段狠辣，可能是对省内各大户的捐输寄予了过高的期望，收款时则嫌他们出手不够爽快。当年，省城有位杨员外，不肯认捐大笔款项，曾国藩就发签将其胞弟拘留，杨家立刻捐出两万两银子。团练筹饷银，专靠勒捐，作风极其凌厉，省内富户人人自危，家家恐慌，一时间怨声载道。陶桄出面向本省巡抚衙门上诉之后，骆秉章为了息事宁人，权衡再三，只好硬着头皮答应曾国藩，从省库中拨付一部分饷银接济湘勇，然而难以保证足额。

对于此事，曾、左二人立场不同，处境迥异，因此各执一端，不免伤及和气。《能静居日记》中记录了曾国藩对赵烈文讲的一段话："起义之初，群疑众谤，左季高以吾劝陶少云（文毅之子）家捐赀缓颁未允，以至仇隙。"看来，曾左矛盾比失和的性质还要严重些，"仇隙"指的是仇视和怨恨。曾国藩还告诉赵烈文，湖南巡抚骆秉章偏袒左宗棠，态度相当明显。当时，曾国藩住在江边的大船上，有一次，骆秉章到曾国藩的邻船访客，两船间相隔仅一箭之遥，骆秉章却没有过来打个招呼，要说不是故意，都不可能。

不快归不快，曾国藩对左宗棠的赞赏并未打折扣。咸丰六年（1856）腊月，曾国荃正围攻吉安。曾国藩嘱咐道："季高信甚明晰，以后得渠信，弟即遵而行之，自鲜疏失。"谁是人才？谁是大才？谁是天才？曾国藩比谁都看得清楚。

咸丰七年（1857）春，曾麟书病逝，曾国藩未等朝廷批准即弃军回家奔丧，其后曾国荃亦弃营归乡，但很快又返回吉安前线。曾国藩草草去职，颇失物望，自己也"不无内疚"。

别人心存非议，不会当面说出口来，更不会动笔写信加以指责，左宗棠却是个怪胎，他致书曾国荃，单刀直入，批评曾氏兄弟弃军不顾的行为"于义不合"，世局艰危之际，既然受命讨贼，就应弃小孝为大忠，按古代的明文来做，"金革之事无避"。

曾国藩的心情原本就已一落千丈，跌至谷底，偏偏左宗棠有执念，硬要写信训诫他。在这封信中，左宗棠毫不隐瞒自己对曾国藩不候朝旨就弃军奔丧的批评：孝子对待双亲，不可因为重病不起而废弃药物；忠臣对待君主，不可因为大势不妙而守身退出。做事情，不可因为自己能力不够而推诿给别人，做一事了一事，活一日做一日，这样就行了。……我的愚见是，你匆忙回家奔丧，不等朝廷批准，似乎不合乎礼义，这一点不可不辨明。

曾国藩正在苦闷挣扎之际，这封信却指责他事君不忠，"非礼非义"，自然令他极为恼火，左宗棠也未免太不体谅人了。曾国藩致书刘蓉，愤激之言流露于笔下:"自今日始,效王小二过年,永不说话!"当时,匪乱甚炽,干戈方殷,固然没错,但曾国藩此前已夺情一次,倘若再次夺情,不为父亲奔丧,实为古今所无,必定贻人口实,落个不孝之子的骂名。赵烈文在日记中也提到这件事:"七年,督帅以忧归,左责其弃王事,帅深忿而不能言。"试想,"深忿"可不是小小不快,而是愤怒填膺。

左宗棠寄信之后,见曾国藩迟迟没有回复,就意识到自己这样做固然亢直,但明显伤人不轻。他认为自己错就错在"忠告而不善道",给朋友提出忠告却不善于讲明道理。

咸丰八年(1858)春,曾国荃劝说兄长与左宗棠讲和。三月二十四日,曾国藩给予正面响应:"弟劝我与左季高通书问。此次暂未暇作,准于下次寄弟处转递。此亦兄长傲之一端。弟既有言,不敢遂非也。"曾国荃充当信使,将长兄曾国藩的手书带给左宗棠,谈的是近况,流露的是求和的善意。左宗棠的性格固然狂狷耿直,但胸襟并不狭隘,他在回信中作了一番自我批评,诚意满纸,显而易见:

> 不奉音敬者一年,疑老兄之绝我也。且思且悲,且负气以相持。窃念频年抢扰拮据,刻鲜欢惊。每遇忧思郁结之时,酬接之间亦失其故,意有不可即探纸书之,略无拟议,旋觉之而旋悔之,而又旋蹜蹜之。徒恃知我者不以有它疑我,不以夫词苛我,不以疏狂罪我。望人恒厚,自恕殊疏,则年过而德不进之征也。来书云晰义未熟,翻成气矜,我之谓矣。

此前,曾、左二公只是在意气上有所冲犯,原本就不是死疙瘩,信到心到,一解就开,所有不快烟消云散。

咸丰八年(1858)六月,曾国藩复出。在其日记中,行程清晰。初十日黎明，他从湘乡县城启程，同行者有好友刘蓉、郭嵩焘和儿子曾纪泽。十二日下午到达长沙，"夜与季高兄谈"。十六日，"至季高家赴宴"。十七日夜，"与季高谈"。十八日夜，"与小岑、季高诸君嵤谈"。十九日午后，曾国藩乘船离开长沙。七天内，四晤左宗棠。曾国藩特意集成一联，"敬胜怠，义胜欲；知其雄，守其雌"，赠予左宗棠，并嘱咐后者以篆字书写，两人"交欢如初，不念旧恶"。

这年十月十日，湘军大将李续宾统领的湘军最精锐的主战部队在安徽三河镇陷入太平军重围，血战之后，全军覆没。事后，曾国藩经过调查和思考，认定敌众我寡是主要败因，次要败因则是几位湘军将领严重失职。曾国藩回复左宗棠："李续焘扎大营后面归路必经之地，不告而先退；赵克彰不救三河之难；杨得武败回，不一诣希庵营次；此皆可恶！"此前，左宗棠写信责备曾国藩于三河之败后精神萎靡不振，身为湘军主帅，深陷痛失大将李续宾和胞弟曾国华的哀愤情绪中无力自拔，未免太不达观。曾国藩回复道："此次歼我湘人殆逾六千，焉得不痛？又焉不恶彼背负者也？"单就此事而言，曾国藩重情，左宗棠重理，只是侧重面不同，无所谓谁对谁错。

咸丰九年（1859），石达开率军进入湖南，左宗棠视为大敌压境，估计敌军兵力为百万，曾国藩认为太夸张，石达开沿途裹挟民夫虽多，能战的兵力不足十万人。这年五月上旬，曾国藩回复胡林翼时，信中有这样一句话："左公久无信来，殆憎我言贼少之故，倔强之性，天之生是使独耳。"语气相当轻松，曾国藩与左宗棠意见小不合榫而已。翌年六月初三日，曾国藩回复左宗棠，动笔就开玩笑："久未接惠缄，方疑世兄或未痊愈，蛮性或又发作。顷连接十三、十八日赐书，乃知世兄渐就复元，而蛮性并未发作，至忻至慰。"左宗棠的智量大，蛮性亦足，这一点朋辈皆知，他自己也不会否认。完全可以这么说，只要左宗棠的蛮性不发作，曾国藩与他联手，就是无敌组合。

咸丰十年（1860）春夏之交，樊燮案销案不久，曾国藩就向朝廷保举左宗棠为四品京堂，可谓一言九鼎。

胡林翼比曾国藩小一岁，却拥有翰林前辈的资格（他比曾国藩早两年点翰林）。胡林翼与左宗棠同龄，却拥有姻亲晚辈的身份（他是陶澍的女婿，左宗棠是陶澍的亲家）。胡林翼与曾国藩、左宗棠的友谊均极为深厚，可以这么说，胡林翼目光如炬，他比任何人都清楚地看出曾国藩与左宗棠乃是并世伟才，他也比任何人更清醒地认识到曾国藩与左宗棠的交谊有中途乖离的危险。

咸丰十年（1860）六月初三日，胡林翼致书曾国藩，为左宗棠预留地步，看好他们的强强联手，信中以喻为譬，令人解颐：

> 季高谋人忠，用情挚而专一，其性情偏激处，如朝有争臣、室有烈妇。平时当小拂意，临危难乃知其可靠。且依丈则季公之功可成，分仟皖南，分谋淮扬，不出仁人之疆域。临事决疑定策，必大忠于主人。

这年九月十七日，胡林翼致书左宗棠，忧虑曾国藩的处境，请左宗棠做大护法："涤公之德，吾楚一人。名太高，望太切，则异日之怨谤，亦且不测。公其善为保全，毋使蒙千秋之诬也。"胡林翼热心肠，两头解说，以冀曾、左二公各自会心，交谊始终不渝。

凡人皆有过，曾、左二公也不例外。咸丰十年（1860）六月，胡林翼回复严树森，就明确指出："涤帅德高而谨慎之过，季高才高而偏执激切之过，均性情独往，不能易也。"一个谨慎行得万年船，一个偏激杀得万里敌，说"谨慎""偏激"的个性分别成全了曾、左二公一生事功，并无大错。

咸丰十年（1860）八月上旬，楚军开赴江西前线，为湘军大本营保卫"后路"。在江西作战期间，左宗棠与曾国藩的感情最为融洽，吴汝纶称之为"交欢无间",十分准确。有左宗棠家书为证:"涤公于我极亲信,毫无间言","涤帅于我情意孚洽之至"。在粮饷奇缺的情形下,曾国藩尽可能周济楚军。这年冬天,曾国藩听说左宗棠的行军帐幕狭小,马上令人赶制两顶大帐篷,赠送到位,如此关怀备至,令左宗棠感动不已。可以说,危难时期,曾国藩与左宗棠精诚合作,相依为命。这年腊月,曾国藩致书左宗棠,充分下放兵权:"战事如鸡之伏卵,如妇之产子,气机惟己独知之,非他人所能遥度也。仍请阁下斟酌迟速,无以鄙言为意。"左宗棠极有主见,曾国藩让他见机行事,当机立断,自然欢欣。

咸丰十一年(1861)十二月下旬,太平军攻陷杭州,浙江巡抚王有龄殉节,曾国藩立刻举荐左宗棠为浙江巡抚,由于后者军功显赫,擢用此职,众望所归。左宗棠对曾国藩的回报可谓丰厚,仅用两年多时间,楚军就收复了浙江境内的全部失地,消灭敌军数十万。

曾、左第一次失和,重修旧好的速度很快,而且还增进了友情。

第二节 第二次失和:信息不对称

同治三年(1864)春,曾国藩回复陈士杰,提到与左宗棠共事的情况,口气比较轻松:"左帅共事有素,其调度各军,辨别将材,实有过人之谋略。渠虽小有町畦,鄙人则坦怀相与,尚无违言,堪慰廑注。"稍后,左宗棠以书信答复四川总督骆秉章,却透露出他与曾国藩合作过程中有不和谐音:"涤相于兵机每苦钝滞,而筹饷亦非所长。近时议论多有不合。只以大局所在,不能不勉为将顺,然亦难矣。"《湘军志》道是"宗棠督办浙江军务,以初领军,亦益谨事国藩,自比于列将"。郭嵩焘平议《湘军志》,纠正道:"宗棠向喜与国藩争,国藩常礼下之,未尝一日谨事国藩也。"又谓:"谨事数语,有意诋之,非实情也。"许多人都持有成见:左宗棠自负旋乾转坤之才，不可能将顺、帖服曾国藩。左宗棠向骆秉章坦承自己"勉为将顺"，王闿运称左宗棠"谨事国藩，自比于列将"，离事实不远。在郭嵩焘看来，王闿运在《湘军志》中故意用曲笔称左宗棠谨事曾国藩，这等于骂左宗棠装模作样，实情是曾国藩常常礼遇左宗棠，左宗棠却总喜欢争个高下，谨事曾国藩的次数数得清。

由此可见，曾国藩与左宗棠的交谊始终被周围亲近的友人看衰，主要原因就在于左宗棠上升势头太猛，就算他能暂时谨事曾国藩，也迟早会显露出老子天下第一的心气。

同治三年（1864）正月下旬，曾国藩在奏章中有"扫清歙南"一说，这四个字有歧义，既可理解为"扫清歙县南乡"，也可理解为"扫清浙江"，曾国藩的本意是前者，其陈奏的《侍逆李世贤分党上窜官军攻复绩溪并在歙南截剿获胜折》讲得很明白，但左宗棠误认为曾国藩与之争功，闹了个不愉快。此外，两人在战略上有根本分歧，曾国藩"不言剿贼、抚贼而言驱贼"，左宗棠对此深表不满。

同治三年（1864）六月十六日，曾国荃的吉字营攻下太平军盘踞多年的巢窟金陵城，取得了一场决定全局走势的大胜仗。曾国藩误信将士所言，上奏朝廷，断定幼天王死于城破之日，自焚或为乱军所杀，太平军已经群龙无首，不足为患。可是没过多久，幼天王被堵王黄文金迎入湖州，左宗棠侦悉幼天王仍为军中在职领袖，立即奏报朝廷。两宫皇太后获悉此讯，怫然不悦，责令曾国藩查明此事，"并将防范不力之员弁从重参办"。真要参办的话，曾国荃是主将，他统兵攻城，谎报或误报军情，必首当其冲，这样做，岂不令功臣寒心？

对于左宗棠的"检举揭发"，曾氏兄弟的反应迥然不同。曾国荃较为淡定，曾国藩则十分恼怒，他平生最自信的就是一个"诚"字，左宗棠居然指责他欺君，岂能不耿耿于怀。

同治三年（1864）七月二十九日，曾国藩回奏，一反往昔小心翼翼的作风，直接顶撞朝廷："且杭州省城克复时，伪康王汪海洋，伪听王陈炳文两股十万之众，全数逸出，尚未纠参。此次逸出数百人，亦应暂缓参办。"此时，左宗棠膺任闽浙总督，与曾国藩平起平坐，又岂肯无辜受责？他于这年九月初六日具章自辩，辞气激越：至于说"杭贼全数出窜，未闻纠参"，尤其不可理解。金陵早已合围，而杭州、余杭并未合围。金陵奏报杀贼净尽，杭州奏报首逆实已窜出。臣想纠参将士，又怎能纠参？至于像广德有贼而不进攻，宁国无贼而不防守，致使各大股逆贼往来自如，毫无阻遏。臣多次提醒，而曾国藩漠然不在意。上次因为幼逆漏网，臣又商请调兵进攻广德，或许因为厌烦我的絮聒，遂激为此论，也未可知。

令人佩服的是左宗棠的心思颇为缜密，在奏章结尾处，他郑重表态：今后公事仍会与曾国藩和衷共济，有商有量。国家多难，朝廷正在用人之际，固然不宜公开裁决谁是谁非、谁对谁错，但内部团结还是至关紧要的；左宗棠获得了很高的加分，也是显而易见的事实。九月十四日，军机处转寄上谕给左宗棠等人，其重点和要点如下：

> ……朝廷于有功诸臣，不欲苛求细故，该督于洪幼逆之入浙则据实入告，于其出境则派兵跟追，均属正办。所称此后公事仍与曾国藩和衷商办，不敢稍存意见，尤得大臣之体，深堪嘉尚。朝廷所望于该督者至大且远，该督其益加勉励，为一代名臣，以副厚望。

就算朝廷没有偏袒谁，左宗棠所获得的信任分值很高，正在疾速赶上曾国藩，大有后来居上之势。

当年，两宫皇太后最害怕看到什么？两位掌领重兵的汉大臣曾国藩与左宗棠抱团结伙，何况另一位掌领重兵的汉大臣李鸿章是曾国藩的弟子；她们最高兴看到什么？太平天国土崩瓦解之际，曾国藩与左宗棠交恶失和，合流之势大大减弱。

同治三年（1864）冬，太平天国幼天王洪天贵福在江西境内被湘军将领席宝田擒住，江西巡抚沈葆桢将他凌迟处决，至此南方战事进入尾声。曾国藩与左宗棠之间的友情也走到了终点，大人物之间的友情一旦出现裂缝，修复便难上加难。令左宗棠恼火的是，他陈述了事实，找出了真相，结果外界都说他检举揭发了曾氏兄弟的过错，是背后捅刀子。光绪四年（1878），新疆战事结束，如此大胜，依然有不完美的地方，一是伊犁仍在俄国人手中，二是首逆白彦虎和伯克胡里已逃至国境外，无法派兵缉捕。左宗棠获封二等恪靖侯爵后，一再疏辞。他回复陕西巡抚谭钟麟，措辞非常得体，其中还有对当年幼天王脱逃事件的钩沉，值得留意：辞去封爵的奏疏，大约近日可收到回文，如果未获批准，我仍然应当再次上奏请求。受爵不让，古人所戒，况且这次两名逆寇双双漏逃，圣明不加谴责，已属于意外的幸运，我岂敢接受高爵而使毁谤加速到来？从前金陵克复，幼逆逃去，我曾致书曾文正，提醒他应该据实陈明，文正不理解我的原意，反而怀疑我存心讥讽他，沅甫宫保也不以为然。我这次报捷，奏疏一开头就揭示"首逆未获"四字，也是从前告诉文正如实奏报的原意。

关键就在"文正不悟其意"这六个字上，左宗棠自认为是善意提醒，曾国藩却视之为恶意讥切，误会因此加深。左宗棠道出了这次不快的症结之所在。

曾国藩言行非常谨慎，在日记中很少臧否人物，在家书中也只是偶露一两句，信息量却不小。同治五年（1866）秋，左宗棠受命迁任陕甘总督。八月二十三日，曾国藩致书曾国荃："十九日寄去一信，言将奏请左、李办捻。……继思左若北来，则少泉部下、弟之部下、春霆部下无一人不畏而恶之，大局必且破坏。"这也太夸张了，左宗棠真有这样令人畏惧、招人憎恶吗？左宗棠赴任之前须进京陛见，相当于述职，惯例如此。这年十月二十三日，曾国藩致书曾国荃，开了句苦涩的玩笑："左公进京，当添多少谤言。日者言明年运蹇，端已见矣。"他预料左宗棠到了京城会放出许多对曾氏兄弟不利的流言来，那些御史不愁没有题材和细节了。日者（算命先生）说曾国藩明年运程不佳，眼下已初露端倪。这话反映出曾、左二公的交谊已处于绝对低谷，曾国藩平素的大度都不见了。这年左宗棠本当进京陛见，却因军情紧急（奉旨赴粤歼灭太平军残部）而并未进京。

曾国藩在日记中很少留下臧否时人的痕迹，这并不意味着他对亲近和信任的幕僚也三缄其口。同治六年（1867）夏，赵烈文就记下了曾国藩对当朝多位大人物的评价，有褒有贬，无所隐讳，对左宗棠的差评可看出他们之间的裂痕很深。曾国藩点评的在位的和已故的督抚大臣多达十位，除开刘长佑一人纯正面，左宗棠、吴棠二人纯负面，对其他名臣都是有褒有贬。出人意料的是，曾国藩还了官文一个公道，他认为官文城府甚深，但并非阴险邪恶之徒。曾国藩说左宗棠耳根软，喜欢听别人讲过分的恭维话，凡是肯在他面前卑躬屈膝的，多半会受到他的青睐和重赏，"此中素叵测而又善受人欺"，曾国藩猜测左宗棠心怀叵测，但他好谀就容易被人欺骗。应该说，左宗棠特别喜欢驯顺而又忠厚的干才，如果对方只是个成色十足的马屁精，他是绝对不会赏识和器重的，否则左宗棠能够实打实地干成偌大功业，就无法解释了。左宗棠好谀，最受时人诟病，曾国藩倒也没有冤枉他，若说左宗棠很容易受骗，则未必然，他大智若愚，给拍马者留点活动空间，可能出于游戏心态，苦中作乐有此需求。

同治五年（1866），曾国荃参劾官文、胡家玉，未能取得完胜，心有不甘，事后他打算再起一局，参劾左宗棠。这次，他心里直打鼓，把握不大，便写信向老兄透风，道是"明年上半年见机而作"。曾国藩赶紧写信打消老弟的执念，信中有一句严厉警告："弟作此石破天惊之事，而能安居乡井乎！"

诚然，左宗棠那么强横，尚且从未参劾过官文、胡家玉这样的大员，曾国荃应见好就收，岂可再为？他要真参劾左宗棠，弄得石破天惊，以后回湖南休致，还能安居吗？这封信中有个说法值得玩味，曾国藩认为，左宗棠不辞西征，是因为他平日喜欢苛责别人，这回怕别人讥议他畏难而退。这就未用善意去推测左宗棠的动机了。可见大人物之间一旦把私交弄拧了，对公事的看法也就会随之拧成"麻花"。

曾国藩劝阻胞弟曾国荃参劾左宗棠，同时告诫儿子曾纪泽不要涉入长辈的恩怨中来。家书不打诳语，曾国藩对左宗棠的定性是"以怨报德"，指控左宗棠忘恩负义，也承认自己心存芥蒂，但他力求消解恨憾，不让它们扰乱心神。

大人物之间的不快演变到这个地步，应该算是严重的翻车事故了。同治六年（1867）六月十九日，赵烈文在日记中详略不一地记述了当朝几桩交谊翻船的案例：郭嵩焘与毛鸿宾、刘蓉与朱孙诒、曾国藩与李元度、曾国藩与沈葆桢、曾国藩与左宗棠。曾国藩与李元度的交情有所修复。曾国藩数次写信给沈葆桢，对方毫无回应。"至左则终不可向迩矣"，这是曾国藩的原话，可见他对左宗棠的反感之深，不可向迩即不可接近，那么他这话就有惹不起、躲得起的意思了。

第三节　第三次失和：协饷不如数

左宗棠督办西北军事十余年，军事方面的大动作接连不断，不得不倚靠南方各省协济军饷。据薛福成《庸盦笔记》所载，左宗棠北上赴任途经鄂省，与湖北巡抚曾国荃相遇，将自己与曾国藩绝交的原因告诉老九，曾国藩的过错应占十分之七八，他的过错应占十分之二三。左宗棠常对客人言：我既与曾涤生不和，现在他任两江总督，恐怕会暗中扼制我的饷源，败坏我的功业。然而薛福成的看法有所不同，他认为曾国藩为西征军筹措军饷，始终不遗余力，士马实赖以饱腾；又挑选部下的精兵强将充作西征军的班底，由刘松山统领。左宗棠肃清陕甘，收复新疆，都是倚靠这支劲旅冲锋陷阵，因此左宗棠的功劳，实靠曾国藩鼎力援助而成，只不过左宗棠打死不肯认账罢了。朱德裳也说"左军西征，每年各省关均有协饷，总计八百一十万两。然各省逡巡，互相观望，独国藩为西征筹的饷，则始终不遗余力"，所谓"的饷"，即确切可靠之饷。

薛福成是曾门弟子，为曾国藩多方申辩很正常。然而朱德裳是坚定的挺左派，他著《续湘军志》，表彰左宗棠西征功绩可谓无所不至，也这么说，就耐人寻味了。

两江总督曾国藩派遣湘军大将刘松山统领的老湘营去西北作战，这是事实，月饷六万两白银照解不误，这也没错，但要说仁至义尽，则未必见得。同治六年（1867）四月二十日，曾国藩回复李鸿章，有一处文字值得留意："宁、沪协解甘饷三万，左帅必大战争，然通盘筹画，实不能再有增益。"每月区区三万两，实不为多。江南平定后，有人认为清政府的"三大患"依序为：洋人侵欺，陕甘回变和中原捻军窜扰。曾国藩对此排序不以为然，他认为中原剿捻比陕甘平变更难，也更重要，将剿捻排在末尾毫无道理。因此之故，两江地区协饷向剿捻的淮军倾斜，就不能简单地判定这是"曾李一家亲"的必然结果。

左宗棠认为，两江之地是富庶之区，老湘营带饷驰援西北是一回事，协助陕甘各军粮饷则是另一回事。曾国藩有钱不多给，催索亦不顾，是存心报复，故意拖后腿，此举有很坏的误导效应，别省协饷也不再积极。左宗棠长期在窘乡愁城中挣扎，不快和反感持续放大。

同治六年（1867）五月十二日，曾国藩回复李鸿章，先是以鲍超重病为忧，然后笔锋一转："闻左帅力诋仆与左右讳败饰胜，捻匪猖獗异常，而吾二人之奏犹是轻描淡写云云。"这就把意见闹大了，把矛盾公开了，其根本原因仍可循协饷这条线索去寻。此外，还有一个细节，同治七年（1868），曾国藩奏借江西、浙江、湖北三省五十万两白银为撤勇经费，奏折中放言"若动辄借洋商银两，亦属疆吏之耻"，颇为军机大臣们所赞许。此前，只有左宗棠让胡雪岩做中介借过洋商五百万两白银充作军费，曾国藩这样措辞，等于指着鼻子骂人了。更令左宗棠气愤的是，这年秋天，他想再借一笔巨额洋款作军费，即被户部驳回。

同治十一年（1872），左宗棠致书杨昌濬，对曾国藩深表不满：曾国藩自己上奏答应协助陕甘总督杨岳斌三万五千两，却口惠而实不至，倒是后面的两江总督马新贻、何璟、张树声协饷更爽快，不拖延。

这真的有点让人想不通，两江是富庶之区，就算经历了战火的洗礼，瘦死的骆驼比马大，杨岳斌又做过湘军水师统领，为曾国藩效力多年，西饷奇绌，曾国藩"吝不与"，无论如何也说不过去啊！要说左宗棠诬枉曾国藩，也说不通。

光绪七年（1881），左宗棠出任两江总督。之后，他写信给湘军大将刘锦棠，谈及同治年间两江协助西饷并无难处，仍旧愤愤不平：

> 江南于西饷漠不关心，实出情理之外。弟莅任后，力矫前失，于边饷尤提前起解，即吉林、黑龙江亦然。江南藩、运究皆照旧存储，并未因之短绌。不解前人愤愤何乃至此！

左宗棠所谴责的"前人"是谁？首先是曾国藩，"愤愤"在此处则是昏庸、不作为的意思。

值得了解的是，同治十年（1871）十月二十三日，曾国藩在家书中告诉两位老弟："章合才果为庸才，其军断难得力。刘毅斋则无美不备，将来事业正未可量。其欠饷，余必竭力助之。"十一月初八日，曾国藩在家书中郑重承诺："刘毅斋亦已告归。其欠饷五十余万，余已为之设法，约二年可以完清，渠甚以为感。盖寿卿固可敬，毅斋又极可爱，宜沅弟屡函思所以扶植之也。"刘锦棠字毅斋，是名将刘松山的侄子，刘松山则是曾国藩的老部下，同为湘乡人。在湘军系统中，刘锦棠被公认为首屈一指的后起之秀，曾国藩、曾国荃兄弟爱才之意溢于言表。可惜的是，曾国藩于次年年初辞世，他为刘锦棠清偿五十万欠饷的计划没来得及实施，其后两江总督何璟、张树声、李宗羲，都不肯照单认账，事情就这样被拖黄了。左宗棠未能体谅到这一层原因，依旧抱怨不释，就有点过分了。

除了在协饷方面左宗棠多有抱怨，他与曾国藩之间不快还有一个原因，鲍超是关键人物。

同治五年（1866）元宵节，鲍超与任柱统领的捻军交战，杀敌一万，大获全胜，然后猛追五日，又杀敌一万，这两仗是官军在湖北剿捻以来取得的少数大捷。然而事后鲍超异常恼怒，先是湖北巡抚曾国荃误信俘虏的供词，在奏章中说鲍超与赖文光一股交战，刘铭传与任柱一股交战，"霆十五日之战只击南队，任逆未曾带伤"。捻军中任师强而赖师弱，人人共知。这样一来，淮军名将刘铭传吃了败仗，有台阶可下，鲍超的胜绩则打了折扣。令鲍超更气愤的是，李鸿章祖护刘铭传，奏称刘铭传之败，乃是鲍超的霆军爽约失期所致，于是鲍超一气之下告病开缺，请求回籍。霆军驻扎樊城不动，未按命令开抵随州增援。

曾国藩掌握此事的全面信息，前因后果一清二楚，鲍超受了委屈，闹心之后怄气，完全可以理解。后来，曾国藩发现鲍超真病了，还病得不轻。同治五年（1866）十月下旬，曾国藩致书曾国荃，谈及鲍超的新动向："春霆奉旨入秦，霞仙亦催之甚速。然米粮子药运送万难，且恐士卒滋事溃变，已批令毋庸赴秦，又函令不必奏事。"大家记忆犹新，同治四年（1865）四月，霆军八千人在湖北金口哗变，其时鲍超已返回四川，但摆脱不了干系。眼下，鲍超再度称病，该驻兵的地方不驻兵，致使敌军从洋梓逃走，全局陷入被动。

剿捻难度高，岂可无鲍超！同治六年（1867）三月十四日，曾国藩派专使送去一封安慰信，先为胞弟曾国荃的误信误奏解释谢罪，然后劝说鲍超回心转意，道理讲了一箩筐：阁下告病开缺，知道内情的人以为你与舍弟最近产生了嫌隙，不知道内情的人或许怀疑你对朝廷存在怨望，连寄谕也怀疑你在要挟朝廷。人生在世，所争的无非名誉。古来贤良将帅流芳万世，不过得到一个"忠"字的美名罢了。阁下苦战十余年，久著忠诚勤劳的美名，岂可因为与舍弟小有嫌隙而令外人疑为要挟呢？

曾国藩给鲍超讲大道理，担心讲不进油盐，又以自己为例，想增加说服力：从去年以来，我共有七次受到寄谕的责备，五次遭到御史的参劾，从来没有不平之意显现于言色间。哪怕因为生病陈请开缺，也不敢请求返回原籍，不敢请求进京，只是请求留在军营效力。

同治六年（1867）四月，左宗棠向朝廷上奏章，痛责鲍超，措辞相当激烈，可以说不留任何余地。鲍超素以勇敢著称，威震遐迩，他"好将多兵，好打大仗"，在战场上大胜多，大败少。可是在左宗棠看来，鲍超的勇者威名和辉煌战绩都颇有水分，这就等于揭了鲍超的皮，顶了鲍超的肺。左宗棠放狠话、下狠手，还原一位虎将的"真面目"，着实令人莫名惊诧。鲍超固然怀恨，曾国藩对此也心有不满。鲍超出身行伍，是胡林翼、曾国藩先后悉心引导、大力栽培的猛将，现在左宗棠把鲍超贬斥到极难堪的地步，就等于暗讽曾国藩专捧臭脚，曾国藩的面子该往哪里搁？再者，左宗棠对鲍超和霆军的刻画不无诛心之言、刺目之词，往俗里说，"打狗看主人"，曾国藩胸怀虽广，岂能无芥蒂？左宗棠毕竟是高手，他把鲍超数落得灰头土脸了，奏章结尾处的意思是：臣认识鲍超最早，鲍超感念臣很深，而他待臣也恭敬有礼。臣所以径直揭露他的短处，私下里认为鲍超原本是可用的将领，能使他收敛骄横之气，稍微明白符合儒家伦理道德的行事准则，仍可仰副朝廷爱惜将才的盛德，而鲍超的功名也能善始善终。

同治六年（1867）五月，曾国藩上奏朝廷，为鲍超请准一年病假，回籍疗养。他还以私人名义馈赠人参，嘱咐他"加意调摄，无以他虑乱其心意，扰其天和"。鲍超自己上岸了，霆军却在下沉，哗溃很可能再次发生。这年十一月下旬，曾国藩回复李瀚章："霆营向日多顽钝嗜利之徒，春霆在军，本亦未能廉洁，回蜀以后，仍提用营饷，尤属贪鄙可恨。"鲍超是勇将，也是贪将，回蜀时提走营饷三万两，造成巨额亏空。他一走，其他裨将放纵贪鄙之心，克扣士卒的饷银，激成怨恨，曾国藩只好下令严查。倘若左宗棠掌握了鲍超的这些黑料，鲍超的功名最终能否保全，都是一个大大的疑问。同治七年（1868）九月中旬，霆军被妥为遣散，曾国藩终于可以长舒一口气了。这支劲旅到底是功大于过，还是过大于功，或者功过相抵，可谓言人人殊。

左宗棠与曾国藩的第三次失和，可谓雪上加霜。左宗棠怨恨曾国藩消极协饷，致使陕甘局势更加艰危。曾国藩则恼火左宗棠盛气凌人，贬斥鲍超的同时，暗讽自己。这段时间的种种不快既是双向的，也是迂回的，加上彼此较劲，死疙瘩便愈发无解。

第四节　君子用情挚厚，爱屋及乌

三度不快导致三度失和，究其来龙去脉，是否还有值得深度挖掘的心理因素？现代学者钱基博提出一个观点："其后宗棠故相违异，以见丰采，明不立。"这就是说左宗棠刻意要标新立异，以凸显自己的风采，彰示其个性独立不羁。钱基博还有一语讲得较透："胡林翼以聪明成其虚怀，可谓善用其长；曾国藩以愚直成其忠诚，及宗棠以刚愎成其鸷锐，则皆善用其短。"试想，鸷锐者不击不快，不斗不欢，不争不悦，左宗棠与曾国藩由于三次不快以致失欢失和，多由前者主导，就在情理之中。

光绪八年（1882），两江总督左宗棠应故人章寿麟之约，撰写《铜官感旧图序》，于此文结尾处，他对自己与曾国藩的失和有所涉及："余与公交有年，晚以议论时事两不相合，及莅两江，距公之亡十有余年，于公所为多所更定，天下之相谅与否非所敢知，而求夫理之是即夫心之安，则可告之己亦可告之公也。"左宗棠认为，他与曾国藩失和是因为晚年议论时事各执己见，两不相合，这就有点避重就轻了。左宗棠在两江总督任上，对曾国藩定下的规制多有变更，他寻求的是合理和安心，并不在乎外界的议论和批评。

同治十一年（1872）二月，曾国藩去世，四月十四日，左宗棠写信给长子孝威，对曾左失和之事剖明心迹：君臣朋友相处应该直爽，用情应该忠厚。从前彼此争论，每次拜折之后，我就会抄录折稿送给涤公，可谓锄去陵谷，绝无城府……我与侯相所争的是国事、兵略，不是争权竞势的人能比的，同时代的陋儒揣摩之后胡言乱语，哪值得哂笑一下呢？

同治年间，平定江南，左宗棠连自己密递朝廷的奏稿都抄送给曾国藩过目，使双方信息保持对称，知根知底，心照不宣。不和的假象似乎是他们刻意营造出来的，后来两人入戏太深，就出不来了。

古人云："一死一生，乃知交情。"左宗棠与曾国藩失和，是个事实，无须讳言，他们的交情到底如何？在曾国藩去世之后，这个问题的答案就水落石出了。

左宗棠与曾国藩的胞弟曾国荃交往密切，友情甚笃，彼此还缔结了姻亲。曾国荃出任山西巡抚时，左宗棠是钦差大臣、陕甘总督，在军政事务方面，两人有许多交集。曾国荃一度被下属误导，解送军饷不及时，与左宗棠闹过别扭，但无伤大雅。光绪十年（1884），左宗棠卸任两江总督、南洋通商事务大臣，照例要向朝廷推荐三名继任者，排名第一的就是曾国荃，后者顺利晋升。

光绪四年（1878），曾国藩的小儿子曾纪鸿向湘军大将刘锦棠借钱，因为家中有人患重病，缺乏调养的资金。曾纪鸿字栗诚，平日里喜爱阅读杂书，是一位优秀的数学家，虽为小京官，却无意往仕途上求发展，也不喜欢在场面上应酬，京城可是居大不易，他宦囊屡空，处境艰窘。光绪七年（1881），左宗棠任军机大臣，人在京城，得知曾纪鸿贫病交加，于是慷慨解囊，代付药饵之资；曾纪鸿病逝后，左宗棠又代付殡殓衣棺和还丧乡里之费。当时，曾纪泽驻节英法，远隔重洋，对家事鞭长莫及，听说左宗棠向胞弟曾纪鸿及时伸出援手，十分感动，从伦敦致书道谢。

曾国藩去世后十年，左宗棠出任两江总督，一度邀请曾国藩的小女儿曾纪芬去金陵两江总督府小住，视之为亲侄女。曾纪芬的丈夫聂缉椝也获得左宗棠关照，安置在督署营务处做事。后来，左宗棠还写信告诉曾国荃："满小姐已认吾家为其外家矣。"湖南人称排行最小者为满，满小姐即指曾国藩幺女曾纪芬，外家即娘家，由此可见左宗棠与曾氏后人关系密切。

《左传》有言："思其人，犹爱其树，君子用情，惟其厚焉。"左宗棠对曾国藩的家人（胞弟、儿子、女儿、女婿）颇为慈祥，出钱出力，相当慷慨。左宗棠向江南机器制造局总办李兴锐推荐聂缉椝出任该局会办时，李兴锐表示过异议，他借曾纪泽的日记文字作为拒绝的理由，角度可谓独特：当初，驻英、驻法公使曾纪泽嫌弃妹夫学无所长，身上纨绔习气太重，出洋时尚且不肯携以自累，此人之不成器可想而知，我们又何必白养闲人，给聂某发送干薪？左宗棠亲笔答复，解释道：近来对于造船购炮诸事极意讲求，机器局正可借此磨砺人才，聂缉椝有志钻研西方的学问，所以想让他入机器制造局学习，并非以这个位置安排闲人，代他谋取薪水。……我与文正交友最早，彼此推诚相待，天下所共知，晚年失和反目，也是天下所共见。然而文正去世后，我善待文正的儿子、弟弟及其亲友，无异于文正在世的时候。阁下认为我这样做是对呢？还是不对呢？

这就说明，左宗棠认定聂缉椝是可造之才，值得帮助。信末文字才是重点。左宗棠此举，可谓珍重故人旧情。李兴锐也是湘人，尊重曾、左二公，当然不会再有异议。日后，聂缉椝由江南机器制造局会办荣升总办，将这家官办企业扭亏为盈，然后他在仕途上一帆风顺，做过苏松太道道台

（上海道台）、江苏巡抚、安徽巡抚、浙江巡抚，所至治绩可观。聂缉椝对左宗棠的再造之恩一直感铭极深，曾纪芬在《崇德老人自订年谱》中有明确的记载。

第五节　二巨头貌似决裂，实为共谋

曾门弟子薛福成在《庸盦笔记》中起底："左公不感私恩，专尚公义，疑其卓卓能自树立，而群相推重焉。"他怀疑左宗棠"不感私恩，专尚公义"是为了自立门户，光大门庭，以此获得众人的推举和重视。对于这种猜测，左宗棠是否会鄙夷不屑，将它归入"纤儒妄生揣拟之词"？薛福成还说，像左宗棠这样公然背恩还怀着争胜的想法以求倾覆对方，又得到众多无知者帮助占尽上风，因而名利双收，那么后生晚辈有样学样，又怎会害怕因忘恩负义致祸招骂呢？于是他忧心忡忡："余恐后之在上位者，以文正为鉴，而不敢荐贤也，此亦世道之忧也。"薛福成明显忧虑过头，曾国藩荐贤为国所用，为己所用，实乃"己欲立而立人，己欲达而达人"的合理延伸，他不荐贤，谁来替他办事？曾国藩的成功也得益于左宗棠的助力，回报甚丰。对于这一点，薛福成总该承认吧。

同治五年（1866）冬，曾国藩回复尹耕云，称赞朝廷用人不疑。但当内乱直接危及王朝的存续时，朝廷"放心"和"放手"让将帅募勇带兵，其实是迫不得已，一旦渡过生死存亡的劫难，朝廷还会一如既往地放心和放手吗？曾国藩熟读历史，自然心底洞彻，要不然，他也不会在收复金陵后第一时间裁撤掉百分之九十的湘勇。湘军暮气沉沉，粮饷难以为继，这些都是次要原因，主要原因是什么？曾国藩与朝廷心照不宣。

现代掌故学家徐一士眼光独到，每每能在无缝的天衣上瞧出隐隐的"破绽"，他认为曾、左二公晚年失和显然是"异乎寻常"的。他们貌似决裂，实为共谋，相互保全尚在其次，保全整个湘军集团才是当务之急，这也是两人共同的好友胡林翼的遗愿。

不管曾国藩与左宗棠主观上是否故意演一场绝交的大戏给众人看，但客观上的效果确实相当好，朝廷一度忌惮湘军集团做大，督抚大员杨岳斌、刘蓉、刘长佑、曾国荃、刘坤一等先后被罢官或降级，但由于曾、左二公唱的双簧毫无破绽，朝廷渐渐消释疑心，多数赋闲的湘籍大员又获得了起用和重用。聪明人窥透这一层，无须相视，也将会心一笑。

许多旁观者只看到两巨头反目成仇，翻脸相杀，便赶紧站队，助拳助阵，不亦乐乎。这样一来，调和者就少了，添堵者就多了，俨然形成两大敌对营垒，活扣铁定变成死结，妙的是，系铃人迟迟无意解铃，无论谁希望他们和好如昔，握手言欢，都只能干着急。

同治三年（1864）四月十一日，曾国藩的机要秘书赵烈文在日记中引用左宗棠从杭州写来的一段书信内容，给左宗棠打了个差评："克复省城，美名也，而败贼遁入江西，是移股肱之疾置于腹心，不仅以邻为壑为可耻。忧愤时形，肝气益动云云。按于奏牍则文饰之，于书函则直言之，内以巧辞固宠，外以直道沽名，人以为诚，吾以为诈矣。"这样的差评，在曾大帅幕府中，同调者应该不少。四月二十九日，赵烈文读了左宗棠的新奏折，内容涉及各处兵势和曾国藩用人"未能尽人之长"，对左宗棠的不满再度升级："寸楮之中，凶锋四射，似乎天下舍己之外，更无公忠体国之君子。吁，险矣。"

看戏的不明就里，演戏的还得往下唱。曾国藩晚年对人说："我平生最自信的就是一个'诚'字，他居然骂我欺君，岂能不耿耿于怀！"开心也装不开心，惬意也装不惬意，为了互相保全，嘴皮子、笔头子劳累些也值得。若论"公忠体国"，曾国藩同样看好左宗棠，关心他的一举一动。同治六年（1867）夏，曾国藩在日记中写道："二更三点睡，梦兆不佳，深以陕中湘军为虑。"这说明曾国藩一直都在关注西北战况，日思夜梦，深深挂怀。

同治七年（1868），左宗棠在家书中谈到他与曾国藩不和，将心里话一吐为快：我近来对涤公多有不满，唯独对他赏识提拔刘松山的事非常认可，这最能证明他的卓识，可谓有知人的明智、谋国的忠诚。……这次荡平捻匪，刘松山确实是首功之臣，这又不能不归功于涤公能够以人事君。我们的私交虽然有细微的嫌隙，在公谊方面，我确实对他非常敬佩，所以特意奏请朝廷奖赏曾公，以激励疆吏。大丈夫光明磊落，春秋的要义是，应该记载的就记载，应该删除的就删除，哪能因为私嫌而妨害公谊，一概抹杀，类似于遮蔽贤人、忌妒能人的山野鄙夫呢？外界认为我与曾公不和，看到这本奏章，应当知道我黑白分明，原本就不是专注意气之争的人。

这话讲得够清楚了，左宗棠与曾国藩闹不和，只是私交上存在嫌隙，公谊上，国家大事方面，他始终敬服曾国藩的知人之明和谋国之忠，而且专门上奏，请求朝廷褒奖曾国藩，以激励疆臣。对于此举，曾国藩却将信将疑。同治七年（1868）十一月初七日，曾国藩回复郭嵩焘："左帅表刘寿卿之功，谬及鄙人，论者谓其伸秦师而抑淮勇，究不知其意云何也。"左宗棠表彰湘军大将刘松山，真有"伸秦师而抑淮勇"的用意吗？这是一道猜想题，现在恐怕拿不出标准答案了。

当年，左宗棠保举过陈其元，后来陈其元手持江苏布政使丁日昌的推荐信去金陵拜望两江总督曾国藩，曾国藩爱才却不肯用，倒也不含糊，他在牍尾批道："曾见其人，夙知其贤，惟系左某所保之人，故未能信。"这就叫爱屋及乌，恨屋亦及乌。当然，多年之后，曾国藩真正了解陈其元后，不仅肯用他，还称赞他为"著名好官"。

翰林侍读吕耀斗从西北边陲考察归来，到苏州拜访两江总督曾国藩。曾国藩主动谈及他与左宗棠交恶的始末，强调一点："我生平以诚自信，而彼乃罪我为欺，故此心不免耿耿。"曾国藩非常关心西北地区的现状，便询问吕耀斗，左宗棠的军政布置如何？让他只管平心而论，不必有任何顾虑。吕耀斗称赞左宗棠处事精详、律身艰苦、体国公忠，治军施政，雷厉风行，卓见成效，他感慨道："以某之愚，窃谓若左公之所为，今日朝端无两矣。"曾国藩也击案赞叹道："诚然，此时西陲之任，倘左君一旦舍去，无论我不能为之继，即起胡文忠于九原，恐亦不能为之继也。君谓为朝端无两，我以为天下第一耳。"曾国藩雅量过人，他说这番话，语气相当诚恳，并非故意摆出高姿态。

曾、左失和后，除开那些站队者，也有真心希望二公重修旧好、和衷共济的。陈宝箴就是表现突出的一位。柴小梵《梵天庐丛录》有一则近乎寓言的笔记：陈宝箴到金陵去拜访曾国藩，见面时，他满头大汗，气喘咻咻，曾国藩觉得很奇怪，问他何故如此，陈宝箴说："我所乘的船，舵工和橹工因操舟意见不洽互相对骂。两人皆怒不可遏，竟舍舟登陆，大打出手。舟在河中，无人驾驭，险些遇风浪翻沉了。我因为恐惧，登岸劝解道：'你们因为驾船而闹别扭，其实都爱这条船，现在抛开船来打斗，船上无人照料，就要沉没了，何不把气消了，同舟共济，保有此船？'舵工和橹工听了我的劝解，心为所动，就停下打斗。我邀他们到酒家喝酒，二人芥蒂全无，和好如初。回船后，顺风满帆，到了金陵，我恐迟误，急忙赶来，因此跑出满头大汗。"曾国藩闻言，怃然有顷，感叹道："我还不如船工吗？"从此两公交谊虽未复原，军政方面则不再互相掣肘。

同治十年（1871）秋，王闿运游历于江淮之间，船过清江浦，巧遇两江总督曾国藩出巡。《湘绮楼日记》描述两人见面的场景，趣味十足。王闿运善于察言观色，瞧见曾国藩心情平和，便建议他与左宗棠捐弃宿怨，重修旧好，本来只是一场误会嘛，何苦长期失和？曾国藩笑道："彼方踞百尺楼，余何从攀谈？"古诗云，"西北有高楼，上与浮云齐"，左宗棠在西北深耕多年，所以曾国藩有此一说。其实曾国藩的怒气早已消尽，芥蒂不存分毫，只可惜他们天各一方，无由把晤。这事还没完，过了八天，王闿运与曾国藩欢会，他在日记中描述道：夜里去涤丈那里聊家事，以及他与左季丈复和修好的事情。涤丈对季丈有恨意，这是重视季丈的表现。季丈的名望远不如涤丈，涤丈应当优容对方，所以我为季丈全力求情，这样做正是成全涤丈的美德。

王闿运不喜欢左宗棠尽人皆知，但他为大局着想，极力帮左宗棠转圜，意在消除曾、左二公之间的旧嫌隙，难得难得。倘若曾国藩未在翌年春天去世，曾、左二公复和修好还真是有不小的可能性。

第六节　自知气质粗驳，喜欢骂人

左宗棠个性刚强，锋芒毕露。许元芳撰《忆兰州》，有酷评："左宗棠是一个学问有余、修养不足之人，所以在不知不觉间，养成一种倔强骄矜之气。"喜欢张扬个性的人物通常会有出格逾矩的表现，这不奇怪。早在道光十七年（1837），左宗棠二十五岁，写信告诉周夫人，恩师贺熙龄批评过他"气质粗驳，失之矜傲"，他认为这确实是自己最大的病根，"涵养须用敬"五字则是对症良药。他打算先从"寡言""养静"这两条做起，或许有望变换自己的气质。

移山易，改变本性难。多年后，左宗棠向亲家夏廷樾坦承：我平生待人，总是侃直，见朋友有过失，就当面纠正，何况对待子侄。这就是亲家所说的锋芒太露。如今的风气，外面愈谦和而内心愈虚伪，我最恨假模假式。这样的锋芒又岂可不露？年轻时，左宗棠在社会上历练，尽管吃过不少亏，但他依然认定锋芒毕露就是他真正的特质，理应保持。

左宗棠晚年，有两套车轱辘话（炫耀平西之功、骂曾国藩）是日常谈话的标配，这给友人和下属带来不小的心理困扰。薛福成记叙潘曾玮的个人见闻，堪称单口相声，读罢尤其令人绝倒：潘曾玮三次去向左宗棠汇报地方公事，均因左宗棠自炫平定西陲的功绩、痛骂曾国藩（包括李鸿章和沈葆桢）耗费时间，他抓耳挠腮，想方设法，也找不到切入正题的机会，终归不了了之。潘曾玮是道光朝名臣潘世恩的四公子，素以藏书、著书为乐，性情萧散恬淡，并不热衷功名。他的话不算太夸张，也没有存心贬低左宗棠的主观故意。

熟悉掌故的读者都清楚，左宗棠盛气凌人，骂曾国藩骂多了，居然成瘾。有一次，他派人递送咨文给曾国藩，"极诋文正用人之谬，词旨冗厉，令人难堪"。曾国藩的回复相当巧妙，也十分诙谐，可谓四两拨千斤："昔富将军咨唐义渠中丞云，贵部院实属调度乖方之至。贵部堂博学多师，不仅取则古人，亦且效法时贤，其于富将军可谓深造有得，后先辉映，实深佩服，相应咨复。"富将军即都统富明阿，唐义渠即唐训方，出身湘军，官至安徽巡抚。左宗棠骂曾国藩，正如富明阿骂唐训方，曾国藩调侃左宗棠此举是效法"时贤"富明阿，这就将左宗棠一把拽下了云端，摁倒在一位庸将脚前摩擦，令他顿失体面和光彩。左宗棠的大力金刚拳完败于曾国藩的太极绵掌，这下真没辙了，往后他便在书面上收敛了许多。

范赓做过左宗棠家的塾师（应是教其孙辈读书），学问很好，人品亦佳，早年得到过湘贤贺长龄、唐鉴的赏识。有一次，左宗棠因故大骂曾国藩，范赓突然起身制止道："事之曲折不敢定。惟责曾公挟私，则吾不愿闻。吾因不识曾公，而闻其行谊多矣。于公言，不敢附会。"此言一出，四座宾客为之动容，肃然起敬。这则轶事居然写进了《湘阴县志》，做法也很质直。

令人惊讶的是，左宗棠单单痛骂曾国藩，并不觉得过瘾。山西按察使史念祖与左宗棠在西北共过事，他在《弢园随笔》中为读者提供了直接的证据：每次开饭，大家静听左帅滔滔万语，或表彰浙江的功劳，或贬低骆秉章无能，胡林翼权诈，曾国藩只是温和的老太婆，触类引事，乍喜乍怒。听众又不好老是默不作声，必须间或答上一两句话，以避免心怀不满的疑忌。唯独骂旗人"冇寸用"，用的是湖南话，意思是无寸长。左帅淋漓嬉笑，甚至指斥皇上，时不时有不符合臣子身份的称谓，听众就不能不低头负疚，效仿木偶了。

看来，下属跟左宗棠一起吃饭是相当受罪的事情，洗耳恭听尚在其次，颠覆认知更令人猝不及防。骆秉章对左宗棠极为倚重，胡林翼对左宗棠极为推举，曾国藩对左宗棠极为奖掖，左宗棠尚且骂得出口，骂骂旗人无能也就罢了，还对皇上不敬，这样的上司，你怎么面对？如何服侍？真是大难题。附和他吧，违心、违纪甚至违律；不附和他吧，很可能被他视为异己，受到怀疑。史念祖既是一位制谜高手，又是一位猜谜高手，上元节他能在大风雪中猜对一条长街上所有的灯谜，可是他始终猜不透左宗棠的心思。这并不奇怪，当世和后世的高人也没有谁真正猜透过左宗棠的心思，他的包装手法、传播手段明显背离了世俗准则，却能够吃通和通吃，太不可思议了。甘肃按察使杨重雅有一本秘册，里面记满了左宗棠的"悖语及违制之事、背例之案"，他出示给史念祖看过，一旦左宗棠决定收拾他，他马上就把秘册呈递给朝廷，跟左宗棠拼个鱼死网破。后来，杨重雅被调去广西，这本小册子秘而未宣，若能流传下来，必定很有意思，未必真能够损坏左宗棠的形象，必定能彰显其性情。官场真是凶险之境，左宗棠福大命大，履险如夷，这个未被下官举报的例子就足够令人汗流浃背了。

吴汝纶在《左文襄公神道碑》中有一句话，大意是：中兴众将帅，大多数是曾公所举荐起家的，日后虽然贵显，都尊敬曾公，唯独左公与曾公分庭抗礼，不肯稍微放低姿态。左宗棠晚年对曾国藩岂止不够恭敬，还蹬鼻子上脸，骂曾国藩骂成了习惯，连他的部下都吃不消，受不了，因为其中有些将士是曾国藩的旧部，转背生气道："大帅自己跟曾公闹了不快，何必早晚向我辈唠叨？况且他讲的道理不直、说法不圆，听完他的前言后语，不过如此。我们耳朵中已长出老茧。"

左宗棠是个顶尖的聪明人，岂能不知众人腹诽？但他仍旧忍不住要当众骂曾国藩，喋喋不休，滔滔不绝，把它当成晚年的一大癖好。

试作深入分析，读者就能得出一个既在意料之外又在情理之中的结论：左宗棠好骂曾国藩，不绝于口，貌似骂人，实则骂世。左宗棠的智略、战功已经超过曾国藩，在地方执政的业绩也优于曾国藩，学问、文章二人各有所长，唯独在奖拔、举荐军政人才方面，左宗棠确实比曾国藩差得较多，但曾国藩晚年有明显的败笔（剿捻无功、办理天津教案失误），左宗棠却没有。综合来看，左宗棠自认为超过了曾国藩，应为勋臣第一，现实却完全一边倒，他被抑置为勋臣第二，曾国藩第一的地位极其牢固，爵位上也是曾国藩的一等侯压住左宗棠的二等侯。因此左宗棠愤于朝廷之失权衡，不能骂，骂则犯上；愤于士大夫之失公断，不能骂，骂则犯众；于是他就骂曾国藩，借此发泄内心之愤懑，闻者有可能紧皱眉头，但顶多批评他悻悻争名。殊不知，他要争的是一口气。结果当然很骨感，这口气他在生前是争不回来了，死后来看，也仍旧是曾国藩那边的"粉丝"人数多得多，声势浩大，左宗棠一方毫无胜算可言。有人很可能嗤之以鼻，这不就是争一口闲气吗？何至于呢？左宗棠争这口气，目的只有一个：纠正人心中久已颠倒的是非标准。无奈的是他的诉求被反复驳回。庄子说过，"此亦一是非，彼亦一是非"，是非的标准尺度易时易地而变化，怎么争？没得争。左宗棠心知肚明，既然不许点名骂朝廷，也不宜骂士大夫，他就专骂曾国藩。妙的是，曾国藩对于左宗棠的心思洞若观火，因此他从不回骂，也从不揭穿。若回骂则显得自己心虚气短，若揭穿则各方难堪，他处之泰然，不回骂，不揭穿，无疑是明智的。

较为折中的看法是：左宗棠视曾国藩为头号假想敌，在他眼中，一世之人皆可推倒，只有曾国藩能与他等量齐观。世人不认可这一点？那他就要骂得大家认可为止。英雄的孤独，其极端的表现形式为，对手死了，比朋友死了更可悲也更可惜。因为相投契的朋友尚可结交，相颉颃的对手却不可多得，有时候竟然会少到"天下英雄唯使君与我"这样的程度，所以假想敌一旦撒手尘寰，他的"剑"就将束之高阁，从此无所指，无所用，眼中的光亮和心头的火色也会随之黯淡。

曾国藩弃世后，左宗棠念及两人早年的交谊，颇为伤感，他在家书中对长子孝威说："曾侯之丧，吾甚悲之。不但时局可虑，且交游情谊亦难恝然也。已致赙四百金。"他还自称晚生，特制挽联一副，剖白心迹：

> 知人之明，谋国之忠，自愧不如元辅；
> 同心若金，攻错若石，相期无负平生。

此联足见两人生死交情，虽然中途搁浅，却并未漠然弃置，更未一刀两断。曾门弟子薛福成撰文引用此联，揭其用意："盖左公始为文正所荐举，中间以事相龃龉，不通函问者已九年矣。如此措辞，既合分际，亦颇善于斡旋。"末尾这句"亦颇善于斡旋"暗示左宗棠采用了外交辞令，这个判断应该是许多人的共识，但无人会否认左宗棠的这副挽联写出了高水准。北宋两大贤臣韩琦与富弼，因撤帘之事意见不合，遂翻脸绝交，终身不相往来。韩公故世，富弼竟未前往致吊。相比而言，曾国藩故世，左宗棠致吊，其表现优于古人远矣。

当年，左宗棠回复江西巡抚刘坤一，谈及曾国藩因病辞世，喟然感叹道："横览九州同侣，存者无几。宇宙之大，岂可无十数伟材，错落其间，念之心痗。"能有"十数伟材"当然好，但似曾国藩、左宗棠这种特异型号的伟材，还能去哪儿找来？要求未免太高了。这张白条，恐怕连老天爷都不敢乱打吧。

左氏功名诀

"君臣朋友之间，居心宜直，用情宜厚。"

意 译

君臣朋友之间，心地应当正直，用情应该宽厚。

评 点

君臣朋友之间理应行直道，唯直道可以去伪存真，但实际上，直道最容易玩脱，过于较真也会伤及情谊。这里面的技巧成分就显得很重要，正如要驱动汽车，除了汽油必不可少，机油也不可或缺。君臣朋友之间虚与委蛇，便如同过分烧机油，对发动机不好，伤车。左宗棠提出一个解决方案：用情应该宽厚。这更像是一个补救方案。他为公事行直道太过较真，与曾国藩三度失和，终于闹翻。及至曾国藩去世后，他用挽联表明真心，对曾家后人的各种爱护更彰显其用情之深厚。这是君子言出必行的高风，难能可贵。曾国藩九泉之下有知，也会欣然一笑泯恩怨。

第八章

江湖恩怨多，
这流水账该怎么算

但凡有人的地方就有江湖，有江湖的地方就有恩怨，有恩怨的地方就有是非。江湖险恶，恩怨分明，是非淆乱，常态如此，古今并无大异。

当年，永州总兵樊燮状告湖南抚署兵马师爷左宗棠，案情惊动了都察院，"劣幕把持"的罪名不轻，咸丰皇帝的朱批措辞相当严厉。经过双方多回合博弈，左宗棠最终逢凶化吉，遇难成祥，并且将祸事转变为幸事，打赢了一场逆袭仗。在案情翻转的过程中，肃顺、潘祖荫、胡林翼起到了关键作用，曾国藩、骆秉章起到了重要作用。其时，翰林郭嵩焘入值南书房行走，梳理人脉；文士王闿运充当肃顺府门客，沟通信息，亦功不可没。对诸公之恩情，左宗棠口头笔头均不曾赖账。然而时移世易，境遇或顺或逆，命运或浮或沉，恩怨反复拉锯，几位湖湘大佬之间磕碰次数愈多。除开胡林翼先已瞑目，左宗棠与曾国藩、郭嵩焘、王闿运相继失和，种种不快不忿之辞腾于众口，见诸尺牍。大才必倔强，谁也不示弱，事实如此，无可奈何。左宗棠名噪天下，恩也好，怨也罢，均被批评者刻意放大许多倍，是非随之滚成巨大的雪球。

前一章已论列左宗棠与曾国藩的三次失和，这一章再观察左宗棠与郭嵩焘、王闿运的种种纠葛。不论谁对谁错，讥讪和诟谇都落为了话柄，鄙薄和傲慢都留下了伤痕。

第一节 要紧之处，不肯袒护郭嵩焘

左宗棠与郭嵩焘既是同乡、旧友，又是姻亲，早年惺惺相惜。左宗棠比郭嵩焘大六岁，他们的交往过程较为曲折。早期，他们是好友，有同乡之谊，均认可对方，欣赏对方。中期，他们结为了姻亲（左宗棠的侄子娶了郭崑焘的女儿），友情较为稳定。在咸丰皇帝面前，郭嵩焘夸赞过左宗棠，"才尽大，无不了之事，人品尤端正，所以人皆服他"，对其才能、品德评价相当高。左宗棠与郭嵩焘的大弟郭崑焘相交甚厚，同为抚署师爷，精诚合作，并力辅佐过两任湖南巡抚。胡林翼盛赞郭嵩焘"忠良纯静，学识冠时"，这可不是信笔敷衍的。有一次，胡林翼写信给郭嵩焘，想邀请其么弟郭崙焘到湖北抚署来帮忙，信中打趣道："令弟三先生，闻其天分绝高。左公之论，谓德，则公兄弟自一而二而三，以天定之序为定；谓才，则公兄弟自三而二而一，以人事自下而上也，公思之果有当耶？"左宗棠月旦人物，评骘郭氏三兄弟，郭嵩焘的品德是三人中最高的，才智（此处专言办事能力）是三人中最低的，胡林翼写信向郭嵩焘求证，不知郭嵩焘心里滋味如何。曾国藩在家书中亦称郭嵩焘"根器厚而才短"，只宜著述，不宜政务，可见郭嵩焘拙于应付庞杂的行政事务，是朋友们的共识。

左宗棠处于阳极，堪称军事家和政治家的合体，郭嵩焘处于阴极，可谓学问家和思想家的真身；左宗棠以谋略取胜，郭嵩焘以学识见长；在行动力方面，左宗棠一骑绝尘，郭嵩焘瞠乎其后。

同治元年（1862）春，江苏巡抚李鸿章欲举荐同年、好友郭嵩焘再度出山，辅佐自己，曾国藩赶紧驰书，给他的兴头泼下一瓢冷水。在曾国藩看来，郭嵩焘是著述之才，而不是繁剧之才。郭嵩焘根本不能胜任上海道台一职。几年后，朝廷却认为郭嵩焘可以独当一面，令他署理广东巡抚。在量才器使方面，朝廷果然出了偏差。曾国藩的知人之明再次得到验证。

曾国藩与郭嵩焘既是多年好友，又是儿女亲家，难道他不乐见郭嵩焘在官场步步高升？只因为曾国藩比别人看得更通透，了解郭嵩焘难以胜任繁剧的军政要务，让他挑重担，必定会闪腰。左宗棠酷评郭嵩焘"迂琐"，似乎有点过头，其实曾国藩对郭嵩焘的看法与左评大同小异，同治二年（1863）五月，他在家书中揭过旧疮疤："往时咸丰三、四、五年间，云仙之扬江、罗、夏、朱而抑鄙人，其书函言词均使我难堪，而日久未尝不谅其心。"早年，郭嵩焘与曾国藩义结金兰，当契兄身处困境时，契弟揄扬别人也就罢了，竟然还贬抑契兄，使之难堪，这着实太过分。曾国藩大人大量，肯原谅郭嵩焘，换个人，就很可能跟他反目绝交了。

把郭嵩焘安排在封疆大吏的位置上，错在朝廷，错在吏部，这叫用违其才，资源错配。郭嵩焘长于洋务，疏于军政，署理广东巡抚并不合适。

同治四年（1865），闽浙总督左宗棠受命节制广东军务，与署理广东巡抚郭嵩焘多有交集和碰撞。左宗棠恪守八字方针"公大于私，法大于情"，他们的交谊势必面临考验，一旦因公而致损，依法而归零，结局就相当难看。

郭嵩焘署理广东巡抚，上任伊始，就闷头钻进死胡同，举措失宜失误，非止一端：其一，错配师爷（左桂、管乐、王闿运，三人皆为华士，大言炎炎而不切事理），悍然与两广总督毛鸿宾撕破脸皮；其二，办砸新政，与广东绅士对立，疏忽礼数，招惹骂声；其三，只按乡规而不依国法办理骆秉章祖茔被侵案；其四，将"驱贼入粤"的老账算在左宗棠头上；其五，赶走毛鸿宾后，以为可一还可二，又打算赶走新任总督瑞麟。

同治四年（1865），左宗棠致书夏献云，认为郭嵩焘在粤抚任上焦头烂额，种种不利因素（民风剽悍、人心不良、文贪武怯、上下掣肘、士绅把持阻挠）固然客观存在，但这位湘阴老弟的办事本领也难言高强。"才短气急，近于迂琐"，这既是左宗棠对郭嵩焘的八字酷评，也是一条精论，郭嵩焘不服气还真不行。信中，左宗棠化用明代诗人王启茂的诗句"封疆危日见才难"，感慨现实中真正具备治军理政才能、可以支撑危局的封疆大臣乃是稀缺资源。

就事论事，郭嵩焘对"驱贼入粤"耿耿于怀，将这笔老账全赖在左宗棠头上，未免有点冤枉。同治三年（1864）夏，曾国藩回复左宗棠，解释过自己的抉择："驱贼入粤，诚为非计，然入湘入鄂，为祸更烈，盖亦两害相形，姑取其轻之意。特恐贼不受驱，且屡将羸卒反为群贼所驱耳。"左宗棠对此权宜之计不以为然，认为金陵克复之后，大局渐趋安定，曾国藩决意将残贼都驱逐到广东，实属敷衍塞责，顾头不顾尾。不知残贼入粤之后，党羽蜂起呼应，贻害无穷。"驱贼入粤"是曾国藩的决策，尽管左宗棠并不喜欢画疆自守，以邻为壑，也不得不接受既成事实，还要耐着性子向郭嵩焘解释，驱贼入闽也好，驱贼入粤也罢，均是公患，并无此疆彼界之说。

由于广东地区的军政局面毫无起色，左宗棠多方指责郭嵩焘，致书闽粤两地的武将（高连陞）文臣（徐树人），下笔如下刀，不留情面："郭中丞性近迂琐，所用各大将均是广东滥竽"；"粤东军事、吏事人才乏绝，又漫无区画，一种委靡纤啬之概，令人愁愤"。他致书郭嵩焘，质问时语气咄咄逼人："粤有贼而不能讨，将借人之力与财以纾其难，而以为道固然也，人情宜有是乎？此非所谓恕也。"何谓"迂琐"？左宗棠回复郭嵩焘，下了定义，那就是大处马虎，小处精细："阁下开府二年，于粤、楚人才未甚留心，已难辞咎；而小处则推求、打算如弗至，此其所以近于迂琐也。"高连陞是楚军名将，其武职为广东提督，且带兵在粤省作战，郭嵩焘却要闽省供饷，福建拨付四万两饷银已经到账，竟又被广东抚署截

177

留。郭嵩焘专打这种如意算盘，在左宗棠看来，实在是可鄙又可笑。湘军大将鲍超驰援广东，郭嵩焘只答应每个月给白银一万两购米，鲍军半饱半饥，便不肯放胆前来。左宗棠写信批评郭嵩焘："不图阁下惜此米价，欲鲍军之入而闭其门。"同治四年（1865），李鸿章派遣郭松林、杨鼎勋两位提督率领淮军八千壮勇援闽，自带饷银，福建方面仍尽东道主之谊给予客军大笔补贴。左宗棠手面大方，却很低调，奏章上未曾提及此事，回复李鸿章时，也只是真心诚意地道谢："麾下公忠之谊，闽、粤黔黎当顶而戴之矣。"

武将无筹饷的权柄、谋饷的才能，所到之处应由地方官员代办饷需，郭嵩焘不尽职分，以推诿为善策，还要反复地诉苦。左宗棠直言相告："谥之迂琐，不亦宜乎？"在另一封信中，左宗棠将重话再讲一遍："天下事莫不败于寻常琐屑之人，治大国不可以小道理，天下事当放手去做。"郭嵩焘听了这些话，当然很刺耳，他不反省就不会改弦更张，不改弦更张又怎能纠错防患？郭嵩焘与毛鸿宾闹不和，左宗棠没为郭嵩焘撑腰，反而倾向于支持毛鸿宾，认为郭嵩焘以名士派的作风办差，处置多有不当，还批评他"迂琐如故，不足与谋"。郭嵩焘乐意认领"迂琐"之名吗？他自承"迂直"，也就到此为止。

郭嵩焘特别在乎左宗棠的态度，左宗棠越是嘲弄他，批评他，他就越是抵触。后来，他喜欢唠叨这样一件事：广东使者先后有十多人去过左宗棠的楚军大本营公干，每次左宗棠见到他们，就必定点名郭嵩焘而怒骂，并且总是这样吩咐："你回去告诉你家郭巡抚，放贼到粤东的，是他的亲家曾涤生。贼入福建，我到福建剿办；现在贼入粤东，我又往粤东剿办。嘿，你家郭巡抚就知道坐以待毙！"左宗棠出语咄咄逼人，这等于骂郭嵩焘是个笨蛋：我掌控着大局，指哪儿打哪儿，广东不过是楚军的跑马地，你就好好地等着我为你收拾烂摊子。

在书信中，郭嵩焘多次使用"任重才轻"这个成语，意思是自己担负的责任重大，才能却很薄弱。这是他的自谦之词，但用的次数多了，别人难免会生出另外的想法。郭嵩焘性情褊急，好钻牛角尖，有时候钻进去就出不来。一桩"小事"便可以让他吃不了兜着走。

督抚相争，通常两败俱伤，郭嵩焘与毛鸿宾明争暗斗，尝到了甜头，毛鸿宾走了，他留下了。办理四川总督骆秉章祖茔被侵案，郭嵩焘坚持以乡规为准绳，两广总督瑞麟坚持以国法为准绳，责令邓家从骆家祖坟旁迁走骨坛。郭嵩焘顿觉尴尬，于是故伎重演，以余勇赌好运。他在日记中自诩过"粤抚之有气焰自鄙人始"，还嘲笑过黄恩彤任粤抚，就像是两广总督耆英的随员，徐广缙任粤抚，就像是手无实权的闲曹。然而今时不同往日，瑞麟是旗人，郭嵩焘是汉人，他先就矮了一大截。再说，广东的军政现状一团糟，太平军残部尚在境内，土匪依旧猖獗，此时此刻郭嵩焘挑头弄出个同城督抚不和的戏码，朝廷岂能坐视和姑息？左宗棠奉旨查复粤事，不宜推脱。骆秉章原本担心左宗棠会袒护郭嵩焘，毕竟他们是同乡、好友和姻亲，没想到左宗棠铁面无私，连上几道奏章，清算郭嵩焘任内的诸多过失，可谓持正不偏。广东军务是重点，郭嵩焘罔顾大局，"迹近负气"，致使军情日益危急；此外，海关征税也有漏卮，官员不清廉、不作为的情形相当严重。左宗棠力荐自己的老部下蒋益澧办理广东军务，出任广东巡抚。如此一来，郭嵩焘头上的红顶子危矣。他的应对之策颇显笨拙，一方面斥责左宗棠存心倾轧、排挤他，另一方面以"屡患咯血"为由，请求回湘调养，结果"严旨谕留"。左宗棠当然不肯背上倾轧旧友、排挤姻亲的罪名，他辩驳道：

> 大凡才气恢廓之人，时有粗豪之病。人之性质各有短长，不可概以绳墨相拘，亦不必求其相谅。郭筠仙来书，甚以弟之疏荐芗泉为相倾之计，颇诋芗泉之为人，亦未尝不道着病处。然因此苛之，则举世鲜完人矣。

有道难题后人已无法解答，在《郭嵩焘全集》中，根本找不到同治年间他写给左宗棠的书信，数量那么多，却一封也没留存，因此许多疑团只能搁置一旁。比如郭嵩焘是如何诋毁蒋益澧的，有什么根据一口咬定左宗棠疏荐蒋益澧是相倾之计？如果郭嵩焘在广东三年干出了优异成绩，左宗棠举荐蒋益澧替换他，朝廷不可能采纳此项动议，就算换人，也会将郭嵩焘安排到其他省份，实授巡抚一职，以示褒奖和安慰。事实如何？朝廷免去郭嵩焘的职务后，就将他闲置起来，晾在一旁，这就说明，郭嵩焘的成绩单太过寒碜，左宗棠给他打差评，朝廷无异议。

第二节　挑边站，官场容易窒息私谊

王夫之有言："士之交友，君之使臣，识暗而力柔者，绝之可也。"然而左宗棠和郭嵩焘两人均非识暗力柔者，他们是晚清黑暗天宇上的两道闪电，因此其交道乖离、友情脆断就显得格外令人惋惜。

同治三年（1864），湘阴县文庙里长出一株灵芝，民间视之为吉兆，然而正是这个吉兆弄出了不和谐。吉兆应在谁身上？这是一个问题。湘阴有两大豪门：一是郭家，一是左家。郭家先发言，说是长公做了广东巡抚，当然是应在郭家。左家不服啊，说是季公已是闽浙总督，又刚封爵二等恪靖伯，当然是应在左家。左宗棠霸道，人人皆知，都说他瞧不起郭嵩焘，还添油加醋拉仇恨："我的伯爵是实封，你的巡抚只是署理。"湘阴县两大豪门争名斗气，必有一家受损，或者两败俱伤。最终左宗棠赢得了体面，输掉了友情。因此有人断定，这对老友仍跳不出"兄弟变凶敌"的怪圈。然而这个无根的传说天然存在缺陷，轻易就暴露出了疑点。

真凭实据是不会撒谎的。灵芝显吉兆，多年后才有此一说。光绪七年（1881），左宗棠奉命总督两江，离京前夕，作《红蝠山房记》，有一段文字说明，大意是：最近我寓居在东华门外北池子西边，正对着紫禁城，中间隔着荷花池，门户窗牖都邻近皇城。我在空地买了房子，拓了新旧石鼓文贴在墙壁上，将它命名为石鼓阁。一天晚间，门楣上生出五株玉芝，屋中还生了四株。周寿昌学士见到后，绘图而赋诗。我自忖没有原因获得这样的吉兆，但不讲没有这样的事情。恰在休假期间，便奉命以大学士督两江，这是好消息呢？还是坏消息呢？兆头是应在我头上，还是应在日后住在这里的主人头上？又怎么能够知道？

左宗棠首任军机大臣时，京城居所的门楣上长出五株灵芝，堂屋中长出四株灵芝，内阁学士周寿昌绘了画，还配了诗。私宅生出九株灵芝，这应该算得上吉兆了吧，而且有所应验，但左宗棠认为，很难确定灵芝预兆的是吉是凶，就算它是吉兆，也不能确定它一定应验在自己还是以后居住这所宅院的主人身上。无人清楚准确答案。灵芝生长在自家宅院里，左宗棠尚且不能确定吉凶祸福，归己归人该如何划分，灵芝生长在湘阴县文庙里，他又怎么会一口咬定是应验自己封为伯爵？传闻之不实，不待智叟而笑。

当初，郭嵩焘权署粤抚，左宗棠在贺信中开过一句玩笑：我百战艰难，乃获开府，你竟安坐得之。多年之后，郭嵩焘于病中述及此事，犹然耿耿于怀："虽属戏言，然其忮心亦甚矣。"戏言就是戏言，跟忌妒心扯不上关系。郭嵩焘明知这是戏言还当真，幽默感欠费太多。同治五年（1866），左宗棠还讲了一句直话，指责郭嵩焘缺乏知人之明，相当于睁眼瞎，更加让他心塞头皮麻："阁下力图振作，而才不副其志，又不能得人为辅，徒于事前诿过，事后弥缝，何益之有？"诚如左宗棠所言，郭嵩焘缺乏高人的辅佐，如一头蛮牛闯进瓷器店，不仅得罪了广东绅商，而且弄坏了自己的官声，诿过弥缝，适得其反。此前，郭嵩焘回复李瀚章，在信中坦承："凡百公牍皆出亲裁，独军务付之幕胥，全不省览。"当年，军务比政务更重要，也更容易出差池，岂可撒手交给幕僚处理，全然不闻不问？咸丰年间，湖南巡抚骆秉章极信任兵马师爷左宗棠，也不曾"全不省览"，而是有商有量。再者说，郭嵩焘的幕僚中谁有左宗棠主持湘抚戎幕时那么大的权威和能耐？

同治五年（1866）正月二十六日，郭嵩焘在日记中明指左宗棠排挤他："致蒋芗泉一信，以左帅奏令来粤，意在排挤鄙人，不知鄙人七月一疏，原拟举蒋自代也。日夜以脱离此邦为幸，于左帅但有感激而已。"郭嵩焘并非真想早点离开广东这个是非之地，他恼怒的不是蒋益澧奉命来取代他，而是左宗棠存心排挤他。这就有点让人弄不明白，左宗棠与他先前并无过节，眼下也没有任何利益冲突，存心排挤他的理由是什么？两天后，郭嵩焘在日记中透露出自己惹不起躲得起的意思："季高以廿四日回闽。才高气盛，称其功业。复函互相诘责，不如且避之，所谓无与负气人争胜者也。"应该说，郭嵩焘以"才高气盛"四字形容此时的左宗棠，非常到位，左宗棠统领楚军在福建、广东剿灭了太平军残部，威望正隆，名爵势位仍未封顶，盛气凌人并不奇怪。

当然，郭嵩焘冷静下来，还是讲了公道话，夸赞左宗棠的好处：左帅到广东，横绝一世，我收到十多封他的咨函，只闻见责骂之声。他驻节广东境内两个月，对各州县无丝毫骚扰，并且谢绝了广东的二万两犒军银，却以其兵蒙田中的余米放赈一千石给嘉应州、八百五十石给镇平，一切磊落出手，堪称豪杰。我以怨恨又感激又敬害他，而尤其愧对他。他强调广东筹饷事宜，举荐蒋芗泉到广东督办，已奉谕旨。鄙人庆幸有合适的人可以付托，快意洁身离去，中心喜悦而诚服，不认为是冒犯。

这就对了，"且怨且感且敬之，而尤愧之"，这才是郭嵩焘内心复杂而真实的感受。从他笔下的描述来看，左宗棠实为豪杰，大军所至，秋毫无犯，退还广东犒赏银两万两，还拿出近两千石军粮赈济广东难民。"一切磊落出之"，郭嵩焘如此赞许，很恰当。

同治五年（1866）春，郭嵩焘收到京官王拯的来信，知道粤抚已擢蒋益澧，但他的升黜（罢官或迁官）尚无结果。在日记中，他写道："能得罢职归家，乃为快耳。左季高三次保蒋公，必得此席而后已，可谓全力以争矣。终亦不能测其为何心也。"左宗棠保举蒋益澧时心肠太热，痕迹太显，郭嵩焘又疑、又气、又恨。嗣后，王拯到达广州，来说是非者，必为是非人。郭嵩焘确认左宗棠与蒋益澧深相结纳，联手排挤他，不禁感慨道："闻此为之悚然。世途之险巇，人心之变幻，可畏哉！"郭嵩焘与两广总督瑞麟的关系已经恶化，他疑心瑞麟与左宗棠联手倾轧自己，赶紧向李瀚章剧透："粤之不幸，尤鄙人之不幸也。左帅蓄意相倾，犹可忍；既相倾矣，又肆用其陵暴，且至与此公比而倾我。此则人事之变，而天理亦于是乎牯亡？"墙倒众人推，既然督抚不和，瑞麟对郭嵩焘落井下石，不足为奇，乃是标准操作。

当年，左宗棠已经成为与曾国藩并峙的高峰，其迅猛的上升势头有目共睹，可是某些人偏要选择无视。同治五年（1866）四月初八，郭嵩焘写信给李瀚章，一方面褒赞曾国藩，另一方面贬损左宗棠，大意是：左帅自诩胜过曾侯，岂止德行气量差得多，廓然以天下为心，总揽英贤，规划远大，左帅还未能窥见其墙墟，而他妄想超过曾侯，大概就是平日所说的缺乏自知之明。

同治年间，左宗棠的成就和声望确实不如曾国藩，但郭嵩焘看扁看衰他，"尚未能窥其墙墟"，评价太低，有失公允。左宗棠当然心知肚明：郭嵩焘与李鸿章是进士同年，属于曾国藩那个山头。如此一来，左宗棠与郭嵩焘的关系注定日益疏远。官场中人，一旦选定某个山头，敌与友的关系就划分得比楚河汉界还清楚。左宗棠决意将郭嵩焘送回湘阴老家，没留回旋余地，狠是狠了些，但为了给本方山头的蒋益澧找个好位置，腾笼换鸟，势在必行，他不可能心慈手软。

从咸丰年间到同治年间，左宗棠对郭嵩焘的评价逐年走低，对蒋益澧的评价则逐年走高。起初，左宗棠认为蒋益澧只是"二三等人才"。咸丰七年（1857），蒋益澧在广西剿匪屡战屡捷，左宗棠致书胡林翼，评价蒋益澧的战功仍然有所保留，吹嘘自己炼废铁为精钢、化腐朽为神奇则毫无保留，连曾国藩、胡林翼都直接沦为了背景板："蒋芗泉克复平乐府，首逆就擒，杀贼总在两万以外。此才亦颇难得，惟心地不纯净，才气太露，则少读书之故也。然在广西，则实见所未见矣。人才用不尽，总要用当其才。楚才之经涤公吐弃及自鄂归者，一经拂拭训勉，便各扬眉吐气，亦不可解。"左宗棠似楚狂孤傲，通常会令人产生错觉，以为他不肯轻许时人，对可用之才必吹毛求疵，事实却恰恰相反，他容纳人才的尺度反而比曾国藩、胡林翼放得更宽。

同治初年，蒋益澧发挥优异的军事才能，协助楚军大帅左宗棠收复浙江全境，打赢了不少硬仗和恶仗。蒋益澧任浙江布政使，署浙江巡抚，干出的政绩很醒目。左宗棠疏荐蒋益澧督办广东军务，许为"才气无双，识略高臣数等"，难得今亮如此谦逊啊！以左宗棠直爽无比的性情，可能当面批评过蒋益澧读书少，待到攻克杭州后，蒋益澧拜两位贡生为师，折节读书，弥补少年失学之憾，学习科举文，日课一篇，不长时间，即文思大进，词义卓然。后来，两位贡生有所干谒，引荐私人，蒋益澧点头首肯，但对受荐者说："师命固不敢违，然恐后来难继，请为我敬谢先生。"于是两位贡生辞去，蒋益澧以厚礼相赠，不伤和气。由此可见，蒋益澧心气高，顶头上司批评他读书少，他就及时补课；人情味足，老师亲口说情，他给了面子；原则性强，这回给了面子，下不为例；礼数齐全，老师抱愧告辞，他以礼相送。

左宗棠给刘典写信，唯一担心的是郭嵩焘不肯善罢甘休，会入京诋毁蒋益澧，败蒋的兴，拆蒋的台，令他不能久安其位而名誉受损。获悉此信后，郭嵩焘自然又要拿起笔来大骂一通："隋广、梁温不能以施之臣民，李林甫、秦桧不肯以施之同类，而左君毅然任之，乃欲用其强很，既快其欲，又护其名。自汉以来千余年，独一王莽耳。左君之道其能久哉！""强很"即强狠。郭嵩焘气急，竟然把隋炀帝杨广、梁太祖朱温、唐朝奸相李林甫、南宋奸相秦桧全扯上，甚至于连汉朝的头号伪君子、篡位称帝的王莽都揪来陪斗，不仅显得有点无厘头，而且充分说明，郭嵩焘已方寸大乱，他对左宗棠恨之入骨，不惜将历史上的极品人渣扔得满天飞。嗣后，他致书李瀚章，引用李商隐的诗句"不知腐鼠成滋味，猜意鹓雏竟未休"，自示超然物外，嘲笑左宗棠以小人之心度君子之腹，不足与论。他还援引屈原《离骚》中的词句"兰芷变而不芳兮，荃蕙化而为茅"，以叹世风日下，人心不古。"曾侯以左君相逼过甚，日谋引避之，何论区区吾终隐矣。"他拉上曾国藩，说服力就更强了：左伯连曾侯都敢欺负，曾侯天天想着如何避其锋芒，我将终隐梓木洞，不再出仕，左伯更没将我放在眼中。气话讲了几箩筐，总而言之，郭嵩焘认定了左宗棠"未闻君子之道"，实属"不学无术"之徒，自己根本无须跟他计较。实际上，寝馈难安的那个人始终都是郭嵩焘。

许多人关注着左宗棠与郭嵩焘交恶的事态发展，曾国荃回复刘蓉，信中就有"太冲猜忍无亲，专好挤排善类"的话，以太冲隐射左宗棠。不过，曾国藩无意在背后挺谁，反之，他希望郭嵩焘能够化解怨恨，息事宁人。同治五年（1866）五月初，曾国藩写信给郭崑焘，要他尽量开导和宽慰郭嵩焘，使其长兄不至于"以弦紧致疾"，即因为神经绷得太紧而患病。

同治五年（1866）五月初十日，曾国藩致书刘蓉，预测郭、左交恶后还会有更糟糕的情形出现："近得云仙信，抄寄其与左公书，颇仿吕相之书，又规陈琳之檄。既已施之毒手，恐当饱彼老拳。据国争权，还为豺虎，古人所以致慨于交道之难也。"曾国藩将左宗棠参劾郭嵩焘视为"施之毒手"，有些言过其实，郭嵩焘写长信讨伐左宗棠，其决绝程度像是春秋时晋国才子吕相的《绝秦文》，其犀利程度像是东汉末期才子陈琳的檄文，曾国藩担心郭嵩焘此举会惹怒左宗棠，使左宗棠再发神威，"饱彼老拳"。事实证明，左宗棠参劾郭嵩焘，以公心为重，他认为郭嵩焘筹饷不力，因此第四折强调非蒋益澧前往广东督办军务，兼理粮饷，万不能有起色，这就逼着朝廷快刀斩乱麻。至于郭嵩焘后面意气用事，左宗棠听之任之，并未还以颜色。

封疆大吏不好做，谁坐在那个位子上，都会被人拿放大镜来仔细打量其全身，找寻瘢点瑕疵。郭嵩焘被人说得不堪，难免会有夸张的成分，但还不如李慈铭在同治十三年（1874）十二月二十八日《越缦堂日记》对蒋益澧的丑化。在李慈铭笔下，蒋益澧居功自傲，骄横，奢侈，滥用职权，左宗棠护犊子，孔子在陈国、蔡国受过困厄，左宗棠将典故巧妙移用过来，貌似无缝对接，实则不伦不类，蒋益澧以此为荣，更觉滑稽。李慈铭笔头子活，区区二百多字，竟比一篇万字的小说内容还要扎实，可谓波磔有态，摇曳生姿。蒋益澧将左宗棠的书信"遍示坐客"，得意之情呼之欲出。蒋益澧欲改武职一事，左宗棠坚决反对，他致书浙江巡抚马新贻，造语颇为精警："吾辈行止久速，自关天定，何恤人言？一着畏人之见，则畏首畏尾，顺境都成逆境。""人言可畏"只是弱者的借口，"何恤人言"才是强者的态度，口水能够淹死弱者，海水却无法淹死强者。

第三节　宿怨的苦酒，天天都醉人

同治五年（1866）端午节前一天，郭嵩焘与蒋益澧完成了交接仪式。"一日去官而身为轻，固知非功名中人也"，但他耳根还是软，几日之内，又有人告诉他一些内幕消息，说是蒋益澧上任之前先绕道去福建拜望了左宗棠，左宗棠对广东官场人物多有臧否。郭嵩焘在回复李瀚章的信中说过，"左帅呵斥粤人不少假借，即私函往复，无所不用其诋呵"，这话倒是不假。有一次，左宗棠询问一位广东官员："你认识郭中丞吗？"对方回答："卑职认识郭大人。"左宗棠又问道："他这个人怎么样？"对方回答:"文章经济均高于人,能办事,亦肯办事。"左宗棠闻言大怒,甩重话批驳:"肯办事"大概接近,岂可擅自赞许他"能办事"!郭嵩焘也真可怜,孜孜不倦地收集此类负面信息,全集合在日记中,然后诟骂左宗棠"狂悖如此"。

郭嵩焘识曾国荃于微时,两人年龄相近,常有书信往来。同治五年(1866),曾国荃赝任湖北巡抚,四月下旬,他写信告诉兄长:筠仙、意城两位君子,与左公从此结下了深仇大恨。来信三件,请阅后发还。左公得罪正人,尽管权势煊赫,我知道他必定不能错列于君子之林。芍泉之器已盈,又能久处广东官场吗?左公如同自鸣钟,发条已满,响声也将停歇,于理都有定数,不用害怕。

这话说得够直白,朋友之友是友,朋友之敌是敌,自鸣钟的比喻很巧妙,但曾国荃低估了左宗棠的能耐,要他歇息,并不容易。可惜郭氏的三封密信早已石沉大海,如今在《郭嵩焘全集》中遍寻不着。当时,曾纪泽陪伴九叔上任,细读过这些密信,五月十七日,他将读后感告诉父亲:"昨晡得郭筠丈诘责左帅函稿,则拊掌称快者久之。兹录一分呈阅,虽未合于交绝不出恶声之道,然忼慨悲壮,读之足以感动路人矣。"看样子,曾纪泽很兴奋,他认定郭嵩焘满胸满腹戈矛森列,足以胜任反左急先锋的角色。郭嵩焘与左宗棠交恶晚于曾国藩与左宗棠失和,左宗棠够威够猛,仿佛天神下凡,竟然接连得罪湖南两巨室。

同治六年(1867)春,朝廷终于起用郭嵩焘为两淮盐运使,属于降三级起用,郭嵩焘痛感受辱,奏请开缺,不愿履职。他担心钦差大臣、陕甘总督左宗棠再行参劾,令自己难堪。由此可见,左宗棠对郭嵩焘的"伤害"如同挥之不散的噩梦,给后者的心理造成了大面积阴影。

这年五月十八日,郭嵩焘写了一封长信回复曾国藩。为了证明左宗棠这人太不地道,他讲述了左宗棠与蒋益澧的交往大端:左宗棠做浙江巡抚时,蒋益澧是浙江布政使,两人是上下级关系,朝夕相处,蒋益澧帮左宗棠克复了一座省城、四座府城、十余座县城，非但不算功劳，左宗棠还打击他，辱骂他，蒋益澧满怀怨怒，给郭嵩焘写信诉说委屈。左宗棠晋升闽浙总督后，确定浙江缴饷二十万，蒋益澧每月十二日起解，从未延期，于是左宗棠态度大变，力保蒋益澧胜任广东巡抚。郭嵩焘以此证明左宗棠"前后矛盾，轻重失伦"。左宗棠驭下甚严，只看成绩，不顾情面，这是他的处事风格决定的，没什么不妥啊。蒋益澧以浙江布政使署理浙江巡抚，作战、筹饷两方面都干得出色，左宗棠早就瞧在眼里，记在心里。既然郭嵩焘焦头烂额，军政失控，左宗棠举荐蒋益澧为广东巡抚，这恰恰证明他严明而公正。

　　郭嵩焘意犹未尽，在信中还挑拨了一番。吴士迈效力于西征军，常听左宗棠骂曾国藩，捎带着骂郭嵩焘。此事已有传闻，郭嵩焘就拿此事向吴敏树求证。吴敏树说，堂弟吴士迈在营中每天吃两顿饭，与左宗棠同席，左宗棠餐餐都要骂曾国藩，总是骂得很难听，骂郭嵩焘的次数少一些。郭嵩焘表态：曾国藩不回骂是以德报怨（信中所用"以怨报德"有误），是大人不计小人过，他可要直接声讨左宗棠的罪行。左宗棠在西北主持军务，百事丛脞，朝夕就餐必骂曾国藩，他有那个心情和精力吗？夸张一点无妨，夸张过头就不可信了。左宗棠天天骂曾国藩，这种说法已成定式，三人成虎，曾参杀人，满满的都是套路，一些清人笔记照搬此说，扩大了流传范围。有意思的是，这封信中透露，曾国藩为了"济公家之急"，写信给左宗棠"解释旧嫌"，认同左宗棠"未尝相倾"，也就是说，曾国藩认为左宗棠压根就没有排挤郭嵩焘，是郭嵩焘咎由自取。郭嵩焘对曾国藩的这种表态和做法颇为不满。这封信中还透露，"霞兄疑鄙人性褊，多与左公较量"。性褊就是性情狭隘，若非郭嵩焘平日气量狭小、心胸狭窄，老朋友刘蓉也不至于有此一疑。

　　没有对比，就难分高下。曾国藩很清楚左宗棠骂过他，居间传话者不乏其人，他自知骂不过对方，辩不过对方，索性骂不还口，只当没这回事，乐得耳根清净。他对那些吹捧他的文字都懒得多瞧一眼，又岂会自寻晦气，任由诟骂他的文字败坏心情？曾国藩有弥勒佛的度量，能容天下难容之事，倘若他爱计较，可恼可恨之事就会像大山压顶，黑云压城，如何消受？唯有效仿老僧不闻不问不应不答，才能在负面信息的包围圈中自由呼吸。郭嵩焘一直放不下心头悬石，累不累呢？如此自寻烦恼，有何益处？曾国藩的示范易懂易学，但郭嵩焘做不到，理解力和化解力相差甚远，光靠读书缩短不了这段距离。

光绪元年（1875），郭嵩焘出山，赴任福建按察使，这份差事不算十分体面，与往昔的署广东巡抚没法相比。左宗棠用"闻已委曲上轿"六字调侃到位，生出奇怪的喜感来。

光绪二年（1876）夏，左宗棠致书刘典，稍作解释："郭筠仙与弟凶终隙末，谓其署抚由弟劾罢，死不甘休。此等意见从何说起？蒋芗泉在浙打把式，颇为弟所轻，亦曾言弟待人不厚，然尚不如筠老之甚。是皆无足论矣。"很显然，左宗棠自信十年前维护的是公义，郭嵩焘至今抱持的是私怨。郭嵩焘不为时论所许，进退失据，是其言行乖悖造成的，不应该责怪朋友见死不救，而猜疑朋友幸灾乐祸则更离谱，倒不如闭门思过，反躬自省，这样才有益处。左宗棠自承同治年间在浙江轻视过搭档蒋益澧，蒋益澧也抱怨过左宗棠待人不厚道，吊诡的是，郭嵩焘抱怨的是左宗棠待他太刻薄，待蒋益澧太仁厚，这就让旁人脑筋转不过弯来。厚与薄是相比较而言，公与私是相对照而论，在官场中，要把它们分辨清楚、琢磨明白，真不容易。

第四节　一种黑魔法：日记化为"水牢"

光绪七年（1881）冬，左宗棠由军机大臣外放两江总督，取道回湘，探亲扫墓。他一别经年，重归桑梓，四乡八邻的乡亲全都跑来围观。健在的老辈人已经不多了，他们扳着手指头，算准左宗棠出省二十一年，现在做了"宰相"。年轻人和小孩子都跑来看个稀奇，"宰相"果真有三头六臂吗？"公直升大方几上，笑相向曰：'试都来看左三爹爹！'"围观者闻言，哄堂大笑，敬畏感秒变亲和感。湘阴话，"爹爹"是爷爷，七十老人，倚老卖老，出言与故乡的青皮后生相戏，自无不可。

左宗棠到省城访友，有一个人不宜绕开。据《郭嵩焘日记》所载，左宗棠于十一月二十五日中午抵达省城长沙，二十八日，左宗棠登门拜访郭嵩焘。郭嵩焘当天的日记仅记述寥寥数行："……已而左季高至，力诋沈幼丹，以为忘恩背义，而不自知为忘恩背义之尤者也。其言直隶开河事，颇能自成其说，言之娓娓。骑从乃至百余人之多，亦云豪矣。"左宗棠照例骂了沈葆桢一通，骂他忘恩负义，具体内容如何，未见其详。郭嵩焘认为左宗棠才是忘恩负义的翘楚，是大巫，沈葆桢只是小巫。左宗棠介绍他在京城如何带兵疏浚永定河，措施有哪些，郭嵩焘的评语是"颇能自成其说"，也并非夸奖。末后，郭嵩焘感叹左宗棠此次回湘带了一百多名随从，堪称豪举，对此不以为然。翌日上午，郭嵩焘按礼节回拜左宗棠，日记中一语带过。十二月一日，郭嵩焘在日记中写道："以恪靖左君邀饮，吾因与意城公致蔬肴数品，令意城往陪，吾不往也。子寿、桂坞传致左子栗之意，强令一往，而不知吾往无以为名。子瀚亦至言之，皆于事理有未谐也。"左宗棠邀饮，郭嵩焘在受邀者之列，但他不愿登左家的门，出于礼貌送上数品菜肴，让胞弟郭崑焘（字意城）去作陪，算是领情了，回礼了。黄彭年（字子寿）等人传达左家二公子左孝宽的意思，硬邀他走一趟，郭嵩焘依然不为所动，他认为自己没有非去赴宴不可的名义。说是官场中人吧，对方是封疆大臣，自己只是罢黜之身；说是老朋友吧，彼得意之人与此失意之人早已断绝友情，喝酒喝不到一块儿去。当然，他们是姻亲，郭崑焘是左宗棠的亲家，他去了就没失礼。左宗棠在长沙住了一个多月，过年之后赴金陵履新，这段时间内，从《郭嵩焘日记》中再也找不到他们发生交集的文字。

陈鼎熙在《栩园藏稿》中描写这次见面，颇具戏剧性："……后某官至粤抚，因事被左文襄公参归。某不以为公义，私憾之，至闭门拒左公不见。绕室呼之以出，谓：'石玉攻错，君何必仇视我也。'大笑，同餐而罢。"最具声色的描述出自近代名士李肖聃笔下："左还乡时，往候郭。郭始拒而不见，左乃排闼直入，大言曰：'吾与若皆将老死，尚负气耶？'郭出见，责左曰：'汝何为劾我三折？'左曰：'我止劾公一折也。'"郭嵩焘的日记中没有这类细节。如果属实，那就太有趣了。彼此都是政坛大佬级的人物，打交道的方式却跟小孩子差不多。事实上，郭嵩焘并未化解内心的怨恨，他此后的表现可以证明。

大致梳理一下，咸丰十一年（1861）十月是一道分水岭，此前，郭嵩焘在书信和日记中给左宗棠好评甚多，偶有中评，负评、差评基本上没有，推毂之意甚殷；此后，郭嵩焘在书信和日记中给左宗棠负评、差评甚多，偶有中评，好评少之又少，时不时地，他还会引入其他人对左宗棠的酷评，这就充分证明他们的关系已经每况愈下，称郭嵩焘的日记是左宗棠的"水牢"也不为过。

咸丰十一年（1861）十月初八日，郭嵩焘日记："季高才气横绝一世，而用人专持意见。霞仙尝谓其立功一时，而流毒于十数年之后。"似褒而贬，引入刘蓉的酷评，则是狂贬。

同治四年（1865）十二月十七日，郭嵩焘日记："接左季高信，立言愈谬，诟詈讪笑，皆吾辈所不肯以施之子弟者。君子交绝不出恶声，所以自处宜如是矣。是夕以一信复之。嗣后于此公处竟不宜时与通问也。"他挨骂之后心情恼怒，完全可以理解。

同治五年（1866）正月二十五日，郭嵩焘日记："左帅以盛气行事而不求其安，以立功名有余，以语圣贤之道，殆未也。"虽是负评，理上不缺。

同治六年（1867）六月二十八日，郭嵩焘在日记中将左宗棠的种种行事指斥为"倒行而逆施之"，认为他辩才无碍，伸缩自如，无论说什么都足以取信于人。在这天的日记末尾，他忿忿地写道："使天理而未尽绝于人世，吾未敢信左君之必邀天眷也！"

友情断绝之后，一方行红运，另一方走霉运，反差太大等于二次暴击和伤害，何况郭嵩焘早年间援救过左宗棠，认定对方辜恩而自己衔冤，这样单方面受到暴击伤害，乃是精神凌迟。左宗棠正处于烈火烹油、鲜花着锦的盛时，不会冷静反思自己的做法，一日三省显然是曾国藩的风格，不是左宗棠的风格。郭嵩焘"未敢信左君之必邀天眷"，结果是左宗棠愈老愈妖，慈禧太后真把他当成了头号活菩萨，这当然令郭嵩焘大失所望，极感扎心。

同治六年（1867）下半年，郭嵩焘日记中共有三条关于左宗棠的负评，明显加码升级了。其一见于七月初五日："左氏无积累之德，骤极荣显，而一用其强狠倾险之术以凌人。心窃危之。"这有点自己吓尿自己的意味，倘若他是为左宗棠担心，则大可不必。其二见于十月十七日："季高才大气粗，侥幸以成功名，而一以凶横佐其权谋之术，倘亦天道所不容者耶？"郭嵩焘老是拉天道来助拳，天道却不肯帮他，甚至都不肯理他，这令他很沮丧。其三见于十一月十六日："左君乃以施施之声音，拒人千里之外。天下猜忌人多可与共患难而不可与同安乐，左君处患难犹尔，斯亦寡助之至矣。"孟子曰："得道者多助，失道者寡助。"左宗棠独立不惧，就算未顾全友道，但何时寡助了？郭嵩焘言过其实。

同治七年（1868）五月十二日，郭嵩焘有理由义愤填膺，其胞弟郭崑焘将蒋益澧刻印的《穗垣舆诵》寄给他。广东巡抚蒋益澧在广东绅士中博采马屁诗词，编成集子，作者"无一知名者"。令郭嵩焘气愤的是，这些马屁精好以贬低、嘲骂前任广东巡抚郭嵩焘的方式来抬高、吹捧现任广东巡抚蒋益澧，丑态百出，"小人之无忌惮如此"。蒋益澧的点子确实太低，郭嵩焘感慨："左季高贻祸之烈，以乱天下有余，故为可叹！"蒋益澧是左宗棠保举到位的，这笔烂账自然要计算在左宗棠头上。郭嵩焘拿得起，放不下，外界已有许多坏消息折磨他，他居然还要自寻烦恼，像蝜蝂一样，将找到的重物全背在背上，压得自己透不过气来。

这年九月十五日，郭嵩焘在日记中留下了极其罕见的诙谐笔墨：夜间梦见与左季高会晤，季高深感自责，以至于打自己耳光，我心里也稍微释然了。醒来了，才知道是做梦。季高阴贼险狠，鬼神也要在我的睡梦之中督促他省悟，但凡还有一丁点悔念萌发于心田，则生人的理智还没有完全断绝，然而我看他的厉气正盛，大概不是鬼神所能够斡旋调解的！

明明是自己日有所思，夜有所梦，想着左宗棠自抽耳光认错道歉，却说成是鬼神"欲于其睡梦之中督使省悟"，如此一厢情愿，他自己都觉得不合理，又说左宗棠厉气正盛，鬼神都拿他没辙。

郭嵩焘的日记确实"有料"，左宗棠的负面料充足，有的还属于独家负面料。同治九年（1870）六月十二日，郭嵩焘把曾国藩未曾写入日记的内容乐颠颠地写进了自己的日记，全是李寿蓉报的料，最大的梗就是恭亲王过问曾、左二公失和。左宗棠是大智者，他在别的场合骂曾国藩也好，贬曾国藩也罢，都没有超出正常人理解能力的边界，但他在恭亲王面前狠劲地攻击曾国藩，岂非神经短路、脑子进水？争名于朝，世间多有，这么赤裸裸地"骚操作"，太过鲁莽。左宗棠足智多谋，何至如此？最大的疑点还在于曾国藩申辩的话欠高明，全然不似曾国藩口吻。曾国藩推荐左宗棠是实，但两年内将左宗棠推荐到总督位，且不说左宗棠的功绩、才干足以堪此，提拔封疆大员的权衡完全由两宫皇太后和皇上掌握，名器归属于朝廷，臣子岂敢视此为私德、私恩？曾国藩为人谨慎低调，忍耐力强，打脱牙尚且和血吞，这种事就算真有，心里气归气，表面上他肯定会不露痕迹。何况此言关系非小，足以危及湖湘大体系，他对恭亲王抱有戒心，岂肯直率回答？再者，赵烈文与曾国藩走得极近，私底下两人无话不谈，连清朝的气数都讨论过，曾国藩对两宫皇太后、皇上和几位军机大臣的印象都直言不讳，为何这条猛料在《能静居日记》中只字未露，遍寻不着？要知道，赵烈文是拥曾反左派的健将，对于左宗棠的负面消息有闻必录。综合起来分析，李寿蓉是诗人，诗人好夸诩，随便编个话头不难，郭嵩焘想听什么，他就讲什么，算作老友之间的精神按摩。郭嵩焘居然信以为真，如获至宝，将李寿蓉的话原样记录下来，顺便将左宗棠骂为禽兽，倒是泄愤成功，却再次说明他在政治上极不成熟。

这年十二月初五日，郭嵩焘还提供了一条笑料："眼跳二十余日不止，向来有此必出事故，丙寅在粤如是，而有左季高之倾轧。"民间谚语道是"左眼跳财，右眼跳灾"，对此说法，郭嵩焘深信无疑，上次在广东应验过一回，这次又连跳二十余日不停，动静蛮大，担心再出事故。看样子，郭嵩焘已视左宗棠为自己的头号灾星，眼皮一跳，就浮想联翩，吓得不轻。

同治十二年（1873）春，郭嵩焘找到新题目，继续揪斗老冤家。刘典用十八字评价左宗棠："质美而未学，自信而疑人，轻喜易怒，故示不测。"郭嵩焘也用十六字评价左宗棠："欺善怕恶，喜谀恶直，去厚从薄，多伪少诚。"刘典是左宗棠多年倚重的部属，彼此知根知底，他评左宗棠，除开"未学"不实，其他三点有赞有弹，都不算离谱。郭嵩焘评左宗棠，全属负面，很难说服人。至于左宗棠"故示不测"，现代学者马叙伦根据老辈传说掀揭了冰山一角：左宗棠晚年患眼疾，接见同僚和下属常闭目而听，闭目而言。某知县到总督府述职，报上姓名和籍贯。左宗棠一听是安徽口音，即兴询问道："某某是你的什么人？"知县回答是他的叔父。左宗棠猛然睁开眼睛高声称赞："好官呀！"知县闻言大吃一惊，结果他回去之后足足病了几个月。内容虚实很难查明，但马叙伦描述左宗棠闭目、张目瞬间切换，颇为传神。这个故事，还有另外的版本，柴小梵讲述得更好玩：进谒左宗棠的官员姓许，杭州人。左宗棠问他："淮安知府是你的什么人？"许某回答："是卑职的叔叔。"左宗棠原本闭目养神，猛然张开双眼，炯炯神光直射其面，并且竖起两根手指头，称赞道："这是个好官呀！"左宗棠嗓音洪亮，屋瓦落尘，许某魂骇胆惊，回家之后就一命呜呼了。马叙伦只说受惊者大病一场，柴小梵却说受惊者翘了辫子，左宗棠的不测之神威竟如此厉害？两位杜撰者显然夸张过度了。

同治、光绪年间，左宗棠的功名势位发皇之极，郭嵩焘也重获起用，以钦差大臣赴欧洲就马嘉理事件向英国政府道歉。嗣后，郭嵩焘膺任驻法、驻英公使，醉心于外交事务，乐此不疲，其出色的外交表现广获欧美报纸好评。不幸的是，他被副使刘锡鸿中伤构陷，再加上呈送朝廷的日记《使西纪程》遭到保守派疯狂围剿。光绪四年（1878），郭嵩焘落职归国，返湘之后，境遇相较往年更差一截，常被人诟病、讥诮，某些旧友故交避之若瘟神，人情冷暖，世态炎凉，他饱饱地领略了一番，其苦闷莫能自解，对左宗棠的怨恨重又涌上心头。

郭嵩焘很快就抓到了一个把柄。刘蓉的长子、罗泽南的次婿刘鸿业赴甘肃五年，精诚守候，只想达成一个愿景——由左宗棠上奏朝廷，为其父（刘蓉）请得美谥。刘蓉病故于同治十二年（1873），由于他在陕西巡抚任上剿捻无功，吃了大败仗而被革职，照例死后不能享受易名之典的哀荣。刘蓉若能得谥，修复声誉就可拥有重要资本，其附加值很高。曾国藩谢世后，湘籍大佬中就数左宗棠的位望最隆，倘若这位带头大哥肯上章为刘蓉求情，朝廷必然很重视，不太可能抹他的面子。但问题就在于左宗棠不肯把这个面子卖给刘鸿业，因为刘蓉的功业虎头蛇尾，难入其法眼。刘蓉病故时，陕西巡抚谭钟麟打算为他请谥，奏稿都拟妥了，请左宗棠裁夺，结果左宗棠提起笔来删削了这项请求。郭嵩焘认为此事遇到梗阻，是由于左宗棠与刘蓉本就不和，故而不肯成人之美。刘鸿业原以为精诚所至，金石为开，却不慎犯傻，在左宗棠面前夸赞曾国藩，也许并未夸赞，只不过偶然以仰慕者的口吻提及曾国藩，这就触犯了左宗棠的忌讳，于是左宗棠大发雷霆。刘鸿业自讨没趣，只得死了这条心，卷铺盖回家。当年，封疆大吏为已故革职官员请谥，须冒风险，两江总督刘坤一和漕运总督黎培敬为贺长龄请谥，即两奉严谕，未获恩准。蒋益澧是左宗棠的老部下，受到过降二级处分，并未革职，英年早逝之后，浙人央求左宗棠为他请谥，左宗棠尚且婉辞。蒋益澧最终获谥果敏，是由于先后两任浙江巡抚杨昌濬、梅启照疏言其在东南战功尤巨，遗德浙人，诏允之。左宗棠犯得着为死去数年的刘蓉出面，给朝廷出一道难题吗？两人的旧交情并不算契密，左宗棠对刘蓉的评价也不高。何况外臣为已故官员请谥有可能被驳，请封可能获谴。光绪二十四年（1898），湖南巡抚陈宝箴"力举胡文忠之功，请加世袭侯爵，赏其孙以京堂"，胡林翼（谥文忠）有大功，当得起侯爵之封，但是"恩泽非人臣所能擅请"。学者皮锡瑞得悉此事后，便担心陈宝箴会遭到朝廷严厉斥责。

第五节　跷跷板："我负人"与"人负我"

郭嵩焘多次感叹"石交化豺虎"，左宗棠无疑是他心目中的头号豺虎，他一直没有等来左宗棠向他当面道歉的时刻，那样的时刻根本不存在，但他意外地等到了别人告诉他，左宗棠天良发现，郭嵩焘往日对他有恩，他并没有忘记这一点。光绪六年（1880）二月初七日，郭嵩焘与左佐尧聊天，后者是左宗棠的族人。左佐尧说，他与父亲左亮甫去肃州投靠左宗棠，所幸得到了照顾，还喜获了回程川资。以往左氏族人投靠左宗棠，左宗棠从来不开后门，现在年纪大了，性情变得通脱了。有件事不可思议，某日，左宗棠主动聊起了郭嵩焘，询问左亮甫，什么时候见过郭筠仙？眼下精神如何？然后坦承樊燮案时，郭筠仙为他尽过力。郭嵩焘终于听到了自己想听的话，欣然了？释然了？但他依旧怀疑，左宗棠缺乏足够的诚意。他认为，左亮甫对此事"不赞一词，极妙"，否则他"稍加申论"，左宗棠肯定又会"返而相攻"，"其倔强负气，非礼义所能胜也"。如此看来，郭嵩焘的心理防线有所松动，但芥蒂犹存。

光绪八年（1882），郭嵩焘托曾国藩的三女婿罗兆升（字允吉）带信给左宗棠。左宗棠回复道："罗允吉来，出示手言，情词悱恻，如亲晤语。老怀怅触，彼此同之。"左宗棠对郭嵩焘的新著《湘阴图志》评价不低，鉴于一家之言与官书有别，建议将书名改为《湘阴图志记》。信尾，左宗棠邀郭嵩焘赴江东一游，尺牍文字颇为动情："江南节署华而雅，园池可恣游眺，雪翁行窝亦在。公如有暇，乞鼓棹东来，俟菊开蟹大，饱啖。"雪翁即湘军水师统领彭玉麟，字雪琴，此时是长江巡阅使，其行窝即西湖边的退省庵。昔日老友，天各一方，相聚尤为不易。这年，左宗棠与郭嵩焘还有通信，他在回信中讽刺和议派，可谓妙绝：

> 尊论谓南宋识议无足取，弟以今日人才衡之，似南宋尚胜一筹，以彼国势日蹙，遑言长驾远驭之规，兹则金瓯无缺，策士勇将又足供一时之需，乃甘心蠖屈，一任凌夷，如此之极，洵有令人难解者矣。

左宗棠的意思是，南宋偏安江左，士大夫无伟识俊议，情有可原；清朝金瓯无缺，人才济济，却处处受洋人欺负，不敢一战，实在情形还不如南宋。郭嵩焘是和议派的骨干成员，左宗棠这番敲打又让他颇为难堪。两人友谊的小船已在地沟翻过一次，这回又悬了。

光绪九年（1883），左宗棠写信诚邀郭嵩焘去南京俯就钟山书院山长一职，郭嵩焘未赴。朋友之间，芥蒂尚存，嫌隙未消，仅走走过场就想欢好如初，显然是不可能的。

郭嵩焘留下厚厚几本日记，其中确实有不少线索可以寻绎，可知在左宗棠生前，他始终没有释怨。光绪十一年（1885）夏，郭嵩焘偶然阅读《庄子·渔父》篇，理应陶然忘机，却心猿意马，他想起左宗棠，认为后者一身兼备庄子所说的四患（"叨""贪""狠""矜"），年过七十，意气如初，大臣是不应该如此的。当年，这个酷评，郭嵩焘也就能在日记中写写，若放言出去，必招致劈头盖脸的"冰雹"，甚至有可能是雷霆震怒。

自从罗贯中在《三国演义》里虚构了曹操夜间误杀好友吕伯奢全家那个桥段，"宁可我负天下人，不可天下人负我"的名言就深入人心，"我负人"和"人负我"变成了真材实料的跷跷板，总是一头轻一头重。郭嵩焘玩这种跷跷板很有水平。他与曾国藩、左宗棠都是姻亲，也都是好友，客观地说，他对曾国藩有玉成之德，对左宗棠有救助之恩，晚年，三人的友情受到考验，郭嵩焘与曾国藩还能维持基本热度和体面，与左宗棠则由高温降至冰点，体面全无。看看郭嵩焘所作的挽联、挽诗，就清清楚楚了，他为曾国藩作挽联自承"负公多"，为左宗棠作挽联则直斥"公负我"。先看同治十一年（1872）他为曾国藩撰写的挽联：

> 论交谊在师友之间，兼亲与长，论事功在唐宋之上，兼德与言，朝野同悲惟我最；
> 其始出以夺情为疑，实赞其行，其练兵以水师为著，实发其议，艰难未与负公多。

郭嵩焘悼挽故友，没忘记表彰自我，他促成曾国藩墨绖从戎，为曾国藩练水军首倡其议，这两桩是绝对要算数的，他承认自己在曾国藩最艰难的转战时期未曾应约前往辅佐是"负公多"。

光绪十一年（1885）秋，左宗棠在福州去世。郭嵩焘所作挽联要言不烦：

世须才，才亦须世；
公负我，我不负公。

左宗棠是天才，是奇才，这一点郭嵩焘不想否认，否认的话就等于骂天下人都瞎了眼，就连皇上和皇太后都是瞎子，这种蠢事他当然不会做，至于"公负我，我不负公"的盖棺之词则较为近情，是否合理？还有待商榷。

郭嵩焘辞世在左宗棠之后，他拥有机会把分量最重的丑话当众讲出来，但活人与死人计较，讲什么"公负我，我不负公"，就不免失策了，除了彰显自己心胸狭隘，别无效益可言。郭嵩焘很可能意识到了这一点，他是左宗棠的同乡、姻亲，与他做过多年朋友，又自居为恩人，不能弄得太难看，何况《左文襄公荣哀录》不收他的挽联未免太露痕迹，收的话，撒气之作、酷评之作不合适。于是郭嵩焘另撰一副挽联交差：

平生自许武乡侯，比绩量功，拓地为多，扫荡廓清一
万里；
交谊宁忘孤愤子，乘车戴笠，相逢如旧，契阔死生五
十年。

此联掩藏了心头的怨愤，但敷衍的意味浓得化不开。相比较而言，李鸿章追挽左宗棠，襟怀则要坦荡得多，曾、左两大阵营的人对此都无异议。他的挽联是这样写的：

周旋三十年，和而不同，矜而不争，惟先生知我；

煜耀九重诏，文以治内，武以治外，为天下惜公！

郭嵩焘的立足点低，李鸿章的立足点高，因此在格局上有不小的差距。

这种说法由来已久：楚人好内斗乃是风气使然，明朝大臣张居正、杨嗣昌皆败于同乡。左宗棠与郭嵩焘既是同乡好友，又是姻亲，由于彼此行事风格迥异，三观不合，临到晚年，两人友情破裂，嫌隙难以弥缝。究竟谁直谁曲？谁辜负了谁？谁折辱了谁？真不是几句淡话讲得明白、几篇长文写得清楚的。

第六节　王闿运枉费心思，矮化巨人

王闿运与左宗棠具有三大共同点：其一，同为湘人；其二，同为举人；其三，同为牛人。晚清时期，湘人堪称一等天民，云龙风虎，齐齐汇聚。论科举功名，两人均未到顶，但补偿丰厚，左宗棠平步青云，贵为"破天荒相公"；王闿运也不差，尽管他屡发牢骚"举人有人举乎？废员当废然也"，但他成为文坛重镇，名头上并不吃亏。两人都胸怀寰宇，目空古今，老子天下第一，傲然挺然，想要他们真心实意瞧得起别门别派的顶尖高手，着实难上加难。除开这三大共同点，二人之间一堆分歧和矛盾。

楚人喜好内讧，越是精英分子越闹得凶，这是个并不光荣的传统。光绪五年（1879）五月十九日，郭嵩焘在日记中写得很明白：

楚人专喜戕贼同类，攻击前辈。近年如左季高、李辅堂，尤专以此为能。文人以笔墨求逞，则王壬秋是也，一以诋毁乡人为快。……曾文正公办理天津一案，乡人大哗，至今物论尚未平也。此无他，用其鼠目寸光、溪壑褊小之心，而傲然自以为忠孝，慢上无礼，漠不为耻。此等风气，亦未尝不自诸君子倡之，而遂至无可挽救，终归于祸乱贼杀而已。伤哉！

楚人相攻成习，湘人深有造诣，不遑多让，晚清官场由左宗棠、李桓挂帅，士林由王闿运担纲。王闿运若要挑个人撩一撩，斗一斗，左宗棠堪称首选，这就叫攻其好攻者之尤，能获得擒贼先擒王的快感。左宗棠被王闿运视为粗人，其话柄比曾国藩要多得多，其番位则跟曾国藩相颉颃，王闿运恃才无忌，拿左大人涮火锅容易博得满堂彩。

《曹孟其日记》记人叙事，不乏诙诡笔墨，令人发噱，唯耳食之言，可信度不高，比如这一则："左文襄事骆秉章，卷帘执爵，宛如胥吏。一日，秦筱因对文襄曰：'季高见了中堂，合当有鼻息。'盖有意讥之也。文襄闻之，笑曰：'筱甫先生见了廉访，尚有鼻息耶？'从此相与不欢，因而避路。"此中的关键词是"胥吏"和"鼻息"，左宗棠在骆秉章面前甘为胥吏，大气不敢出？这怎么可能？

王闿运的笔头子比曹孟其要厉害得多，他用劲戳谁，准能戳出一个碗口大的血窟窿。比如说，他在《王志·论道咸以来事》中随手揭秘，内容很是伤人、损人："骆文忠以清鉴收盛名，时谓中兴名臣皆所拔用，与余亦有知誉之定，然皆非其本旨也。……其用左郎中，由张石卿移交，待之同胥吏，百事不为起，见必垂手侍立，余尝面诮之。……又世皆言左由曾荐，当密寄问曾时，曾复奏左未能当一面，恭王违众用之。"

区区一百字，信息量超大，在两个方面颠覆了众人的认知：一是湖南巡抚骆秉章待左宗棠如同胥吏（普通办事员），左宗棠则显得窝囊而猥琐，王闿运还为此当面嘲笑过他。骆秉章倚重左宗棠，言听计从，到了无以复加的程度，左宗棠不避揽权之嫌，别人认为他的权力大过巡抚，因此惹出麻烦，招致官非，这是众所周知的事实。王闿运著《湘军志》，在《湖南防守篇》中也是这样写的："巡抚专听左宗棠，宗棠以此权重，司道州县承风如不及矣。"这里的巡抚即指骆秉章。骆秉章要是待左宗棠如同胥吏，岂会"专听"胥吏所使？以左宗棠老子天下第一的气性，又岂肯低三下四，侍奉他人？王闿运前言后语自相矛盾，其说不圆。二是王闿运认为曾国藩并未向朝廷肯定左宗棠具有独当一面的才能，也就是说曾国藩没有举荐过左宗棠膺任浙江巡抚、督办浙江军务，左宗棠之擢用纯粹是由恭亲王力排众议拍板的。这个武断与事实相去甚远。咸丰十一年（1861）十一月二十五日，曾国藩上章，力辞节制浙江军事之重任，力荐左宗棠督办浙江军务，推荐语写得顶好：

> ……但以臣遥制浙军，尚隔越于千里之外，不若以左宗棠专办浙省，可取决于呼吸之间。左宗棠前在湖南抚臣骆秉章幕中赞助军谋，兼顾数省，其才实可独当一面。应请皇上明降谕旨，令左宗棠督办浙江全省军务，所有该省主客各军，均归节制。即无庸臣兼统浙省。

曾国藩主动分权，主动让贤，这么做，还不算举荐左宗棠吗？此外，王闿运的揭秘还有一处瑕疵。他说骆秉章用左宗棠做兵马师爷，是由前任湖南巡抚张亮基移交的，这并非事实。左宗棠于咸丰二年（1852）辅佐张亮基保卫长沙，取得成功，咸丰三年（1853），张亮基调署湖广总督，又力邀左宗棠前往武昌，仅过数月，张亮基改任山东巡抚，左宗棠不欲远赴齐鲁，于是返回湘阴，根本没有前后两任湖南巡抚移交左宗棠这码子事。左宗棠居家闲散了一段时间，骆秉章费尽心思把他请到抚署主持戎幕，充任兵马师爷。王闿运长期与省城的官绅打交道，在省城也有自己的住所，对于这些明面上的情况了如指掌，却罔顾事实，信口开河，说到底，只是因为左宗棠对他不够礼遇，令他心态失衡。这类曲笔漫话违背了"修辞立其诚"的法则，是实打实的坏榜样。

第七节　不可能欣赏翻云覆雨的"华士"

左宗棠在家书中回忆往事，周夫人曾调侃他"不喜华士，日后恐无人作佳传"，左宗棠的回答是"自有我在，求在我不求之人也"。谁是华士？王闿运"常言湘将皆伧父"，他就是左宗棠心目中数一数二的"华士"，褒贬人物，多失真际，欠缺公允，常常使人不快。

左宗棠曾阅读王闿运所写的《丁锐义传》，认为此文总体内容不算扯淡，但作者只根据丁锐义的见闻评论，视角狭窄，未能看清楚大局，将胡林翼写得极平庸，将李续宾写得太刚愎，观点明显站不住脚。就算使丁锐义复活了，问他此文的说法合不合理，他内心也必定深感不安。文中说"三河以后，冲锋陷阵之事颇少"，左宗棠觉得这句话尤其离谱。三河之役后，金陵、浙江、闽粤的多次大捷，以及北方剿捻、西方剿回，如同李续宾所统领的部队整齐精锐、视死如归的难道很少吗？遵循一家一时的私言私论，淆乱天下古今的视听，华士的笔端，往往有这类东西，令左宗棠反感。

王闿运自认为有史德、史才、史识，直追司马迁、班固，与之回翔而绰绰有余，但他常犯偏听偏信和武断妄断的过错，左宗棠批评他固然严厉，但拿捏得准确到位。华士运笔如挥舞魔杖，颇有摇惑之力，古时候，姜太公戮华士，孔子诛少正卯，都是因为他们"言伪而辩，行僻而坚"。左宗棠不喜欢华士，完全可以理解，就算没人给他作佳传，也无所谓，他的功勋摆在那儿，大山高峰般的存在，谁能绕得过去？

当年，狠批左宗棠的文人固然不少，但笔如劲弩、字如利矢的首推王闿运。

咸丰九年（1859）左右，王闿运在户部尚书肃顺府中吃香喝辣，走动甚勤，常能接触朝中大人物，他为曾国藩通过气，为左宗棠消过灾，对湘帅实有恩德，但肃顺是被两宫皇太后和恭亲王联手做掉的，这段因缘长期讳莫如深，非但湘帅不敢举荐王闿运，王闿运也不敢以恩德自恃。王闿运与左宗棠交往不算频密，但彼此知根知底，他曾数次写私信向左宗棠荐人，其中包括他的族侄王树楠。要说王闿运的内心深处不佩服左宗棠，绝对不是事实，但他不喜欢左宗棠为人行事的强硬派作风，在他看来，左宗棠予智予雄，高视阔步，不像曾国藩那样休休有容，彼此能够谈经论史，臧否时人。他觉得左宗棠可嗤可议之处多于可亲可敬之处，因此常在日记和书信中调侃、嘲笑对方，以此为乐，并且乐此不疲。这真是一个奇葩的现象，王闿运目无余子，狂劲十足，对曾国藩、李鸿章、郭嵩焘、张之洞等交往较多的同时代巨子多有微词。他乐得做个时政批评家，原无不可，但他喜欢以贬低别人的方式来抬高自己，这就跑得太偏了。

同治十年秋（1871），王闿运在《湘绮楼日记》中批判李鸿章，火力全开：

> 余为薛、陈二君言湘营旧事。薛云李少荃云："自鸿章出而幕府废。"人之无耻有如是耶？少荃首坏幕府之风，以媚福济者媚曾公，而幕府坏，军务坏，天下坏，曾公亦坏，乃为此言，故余不得不记之。君子表微，恐误后世也。夫记此言于草纸簿中何能示后世，然一记则少荃已服上刑，此春秋之义也。

王闿运振振有词，姿态极高，俨然握持史家权柄，仅在日记中记上几行文字，就让李鸿章服了重刑。读者浏览《湘绮楼日记》，确实会产生一个很奇怪的印象：部分内容如同过堂录。

王闿运目中无人，笔下损人，是头号华士，一旦放下史家身段，就变本加厉，猛怼狂贬，无所忌惮。他对湘军将帅的评价如何？应该说普遍不高，比如罗泽南，素称儒将，其门下弟子多数成就功名，王闿运却嘲笑他迂腐做作，说罗泽南睡醒之后，必先问"有《近思录》无"，"罗于鏖战时，必披衣拍胸，以当炮子，殆亦《近思录》之效也"。罗泽南在武昌城下负伤而殁，纯属偶然，却被王闿运讥笑为作秀所致。王闿运对左宗棠的评价远低于曾国藩，他在致郭嵩焘的信中写道："左之识学不逾明人，劣及宋而止矣，何足以识九流之秘奥，知六合之方圆？"左宗棠所掌握的实学在王闿运看来都与学识无关。左宗棠年长二十一岁，王闿运"唯以丈人行事之，称其为'季高十三丈'"。王闿运二十多岁就在京城见识过王公大臣的阵仗，贵为户部尚书、影子宰相肃顺的门客，出入其府邸，如履平地。左宗棠功名赫赫，但休想从这位华士、狂士那儿博得礼敬。

大傲哥碰撞大傲哥，碰撞出来的只有火，没有花。左宗棠自诩为"今亮""老亮"，对王闿运花样翻新的炫才不以为然。同治八年（1869），王闿运致书左宗棠，摆出绝世高姿态。他先行取势，高屋建瓴，出言即自我表襮：

> 闿运行天下，见王公大人众矣，皆无能求贤者。涤丈收人材不求人材，节下用人材不求人材，其余皆不足论此。以胡文忠之明果向道，尚不足知人材，何从而收之用之？故今世真能求贤者，闿运是也。而又在下贱，不与世事，性懒求进，力不能推荐豪杰，以此知天下必不治也。待天子临轩，

> 而朝无休休相臣，当依之旁求，恒不若夹袋之访问为易，则
> 积弊已深矣。

接下来，王闿运举例责备左宗棠知人不明，用人不当，而且怠于求贤，犯下四错：一为"欲成全人材而反夭枉人材"，例子是左宗棠吝惜官职，不肯任用才子严咸，使之发作狂疾，自缢而死；二为"欲奖拔人材而不鉴别人材"，例子是文士邓辅绎长于论说，短于吏才，左宗棠却让他管理营务，出任府道，终因不称职而遣之；三为"欲笼络人材而卒坐失人材"，例子是孟辛负气好奇，敏锐过人，左宗棠明明赏识他，却既不挽留他，也不召唤他，想要他来投靠而后收用；四为"欲别拔人材而不知遏抑人材"，例子是蒋益澧、杨昌濬都是左宗棠举荐的官员，可是蒋某粗野，杨某阴鸷，左宗棠未加遏抑，任其跑偏，均半途而废。王闿运措辞尖刻，出语犀利，可谓满把毫芒，实为寻常尺牍所罕见。王闿运对左宗棠的指责并未就此打住，他批评左宗棠轻贤慢士，对左宗棠的否定仍在不断升级：

> 委克庵以关中，留寿山于福建，一则非宏通之选，一则为客气之尤。节下久与游而不知，是不智也；无以易之，是无贤也。将兵十年，读书四纪，居百寮之上，受五等之封，不能如周公朝接百贤，亦不如淳于之日进七士，而焦劳于旦暮，目营于四海，恐仍求士而士益裹足耳。闿运自不欲以功名见，视当世要事若存乎蓬艾之间，既非节下诸公所札调能来，亦非诸公所肯荐自代，有贤无贤，何与人事？特以闻节下之勤恳，伤所望之未逢，涉笔及之，聊为启予耳。……又闻人言，节下颇怪闿运不以前辈相推，此则重视闿运而自待轻也。今推节下者众矣，尚须求也附益之乎？如闿运者尚不

怪节下不以贤人见师也。

王闿运的逻辑相当自洽：左宗棠固然建立了功勋，但他不肯礼贤下士，而且看人走眼，用人走神，愧对天下贤良；你责怪我不肯礼敬你为老前辈，不加尊崇，我还没责怪你不把我当作贤人，不拜我为师。王闿运口气这么大，语气这么冲，换成别人估计吃不消，左宗棠乃一世之雄，软硬皆能轻松消化。然而这封信中藏着一根极其锋利的钢针，绝对扎中了左宗棠的要害部位。王闿运认为左宗棠极力荐举的蒋益澧、杨昌濬根本无法与曾国藩荐举的李鸿章、沈葆桢相提并论，蒋益澧在广东巡抚任上去职降级，杨昌濬在浙江巡抚任上因错判"葛毕氏谋害亲夫案"（即俗称"杨乃武与小白菜案"）被革职，因此王闿运说他们"均不得终席"。左宗棠最赏识的贤才尚且如此尴尬，王闿运的言外之意便呼之欲出：十三丈，你鉴别人才的眼光太差，无法跟曾国藩相比。王闿运的钢针等于直接扎入了左宗棠的胸口，能不痛吗？

左宗棠读罢这一大通劈头盖脸的指责，七窍流血的可能性等于零，七窍冒烟的可能性有那么一点点。早在咸丰十一年（1861），左宗棠回复姻亲郭嵩焘，关于如何处置名士，发表过一番议论："所论名士一节，未知何许，大约处之有二法：先主之于许靖，夫子之于少正卯是也。吾湘似尚无此。若徒发空论，敢为大言，置之不理，等诸见怪不怪可矣。"先主刘备入川，礼遇许靖；孔子任鲁国司寇，将少正卯灭口。左宗棠给出了两种处置名士的办法，可算走极端。王闿运是数得着的名士，他对左宗棠的不敬之词算不算"徒发空论，敢为大言"？从左宗棠对他"置之不理，等诸见怪不怪"的方式来看，就是这么回事。王闿运享受不到许靖膺任司徒的厚遇，也不至于惨遭少正卯脑袋搬家的风险，这样子走第三条路线，无关痛痒，他肯定不甘心，也不过瘾。

华士王闿运真比大帅左宗棠更能甄别人才、培养人才吗？别人不打他的脸，郭嵩焘决计要打他的脸。早在咸丰十一年（1861），郭嵩焘写信给好友易佩绅，就对王闿运有赞有弹，大意是：以王壬秋的才学，与他往返谈论，受益良多……只谈论文章，你认他为友，可以；拜他为师，也可以。至于与他辨别人才的优劣，讨论事理的是非，他的话一入耳，就如同饮下狂药，将使你迷失方向，看不清本色，掉入坑中而不可追悔……

郭嵩焘只认可王闿运文才、学识过人，并不认可他"辨人才之优绌，语事理之是非"也有超群出众之处，但郭嵩焘署理广东巡抚时，居然聘请王闿运做师爷，又是怎么考虑的？曾国藩统领湘军十多年，纵横数省，凡属湘中才俊，无不尽行招揽，唯独优待王闿运就像优待宾客，从不授权给他做事，那才真叫知人。由此可见，曾国藩同样不喜欢徒有虚文虚名、并无实学实力的华士。

难能可贵的是，左宗棠自承不欣赏"华士"，但他始终容忍"华士"，王闿运极尽讽刺、谩骂、诅咒之奇能，结果如何？左宗棠根本懒得理睬他。

第八节　左公的某些事迹被扭曲成笑料

光绪六年（1880）二月十九日，王闿运致书好友、"湘中五子"之一的邓辅纶，道是"左伯痴肥，声言出塞；曾侯纨绔，遽界全权；南人为相，诚非美事"。左伯即恪靖伯左宗棠，此时已经封为恪靖侯，晋升为军机大臣。王闿运嘲笑左宗棠"痴肥"，等于骂他是个蠢胖子。曾侯是指曾国藩的儿子、承袭毅勇侯的曾纪泽，王闿运向来瞧不起洋派人物，将通晓外情的曾纪泽视为纨绔子弟也就不足为奇。当时曾纪泽接替崇厚，被朝廷任命为钦差大臣，获授全权，就俄国归还伊犁给中国一揽子外交事务与俄方重启谈判。王闿运认为"南人为相，诚非美事"，显然是不看好军机大臣左宗棠的才具和格局。

名头响亮的文人十有八九目高于顶，自命不凡。光绪七年（1881）九月二十九日，李慈铭在《荀学斋日记》中记载，王先谦时任国子监祭酒，受浙江巡抚陈士杰之托，请自己撰写一篇祝贺左宗棠七十大寿的序文。（说得简单点，就是两个湖南人请一个浙江人写一篇贺寿文赠给另一个湖南人）初夏时，王先谦就曾请自己替湘军名将刘锦棠捉刀，写一篇寿序祝贺左宗棠七十华诞，润笔费为一百两白银，自己以生病为由推掉了。中秋节时，王先谦送来一份厚礼，所以这回他请自己替陈士杰捉刀作寿序，润笔费只有五十两白银，自己反而不便推托。

翌日，李慈铭就轻松愉快地完成了任务。十月初一日的日记写道："上午，撰序成，极瑰伟，有西汉风，非湘阴所能识也。"李慈铭是个目高于顶的大傲哥，他比左宗棠小十八岁，做这件事，润笔费少点也不掉价。左宗棠二十岁时就敢夸下海口，"文章西汉两司马，经济南阳一卧龙"，他说到做到，干出了丰功伟绩，文章也有五丁移山的神力。李慈铭写篇寿序，稍有汉赋风味，就斗胆欺负左宗棠不识其高格调，真要令人笑岔气了。曾国藩喜欢与文人交往，左宗棠不喜欢与文人交集，既然彼此很难对上眼，劳神费力真叫多余。

光绪八年（1882）秋，有人告诉王闿运一件趣闻：左宗棠平定西北，入京拜相之后，喜形于色，不禁吹嘘道："吾此官虽掷升官图亦不易得！"升官图又名百官铎，是一种世俗局戏，相传为明代书法家倪元璐所创制。具体玩法是：先在纸上开列大小官位，然后游戏者轮流掷骰子，以点数大小确定各自官位的升降，游戏中多处布雷，踩雷就降官，直至削职为民。游戏者要升到宰相位，掷骰子时手气必须极好才行。左宗棠的性格豪放不羁，有可能讲过这样的玩笑话。王闿运将它当作话柄在日记中大加揶揄，大意是：大丈夫已置身高位，却拿这种赌徒的游戏打比方，左宗棠真没把自己当人才看待。可惜天下人赌得不亦乐乎，奖池却被左宗棠一人掏空了，若有能者来迟一步，只得另开一局，不能与他争胜，有点可惜。王闿运如此调侃左宗棠，自觉有趣，还很过瘾。其后，左宗棠两度被排挤出军机处，王闿运又在日记中写道："沅甫（曾国荃）褫职，季高（左宗棠）失势，湘人顿为笑柄。"玩味其词，多少夹带了幸灾乐祸的意思。

光绪十年（1884）八月十日，王闿运拜访易佩绅，易佩绅说自己本打算送两个儿子做王闿运的门生，但夫人不同意，说是跟着王先生学不了好，只会学到风流放荡，这事自然就黄了。易夫人的这句话很可能刺激到王闿运，他心里恼火，要找个出气口，于是在当天的日记中写道："闻左季高复出浙闽，矍铄哉是翁！将以鱼皮裹尸耶？"其时，中法战争正处于胶着状态，左宗棠年过古稀仍奔赴福建前线督师，闽省临海，王闿运就不打算诅咒左宗棠马革裹尸，而诅咒他"鱼皮裹尸"。这得有多大仇多大恨，王闿运下笔才会如此狠毒？

左宗棠好行直道，爱吐实言，难免被人视为心硬如铁。左宗棠之子刻意改窜过乃父的奏议，比如左宗棠奏查李元度的那道奏折，他先为李辩解战败不得为罪，然后严厉申斥："惟李在湘不得意，复钻营江西，得有优保，实为无耻！"左宗棠与李元度本有交情，素无过节，只因公愤所激，出言竟如此切直，同时湘籍督抚，罕见其匹。

郭嵩焘、王闿运均有恩于左宗棠，左宗棠欠下了人情债，时隔多年，迟迟未曾回报，确实有些别扭。毕竟左宗棠出示给外界的铁石心肠也有其柔软的一面，报恩的动静蛮大，馈赠潘祖荫，不吝重鼎，士林早有耳闻。不过有一件事，却未必道路皆闻，左宗棠曾讽劝潘祖荫："人不可有所偏好，有偏好皆足以误公。"潘祖荫何等聪明，当即就听出了弦外之音，他的回答也是话中有话："某尚有一偏好，遇人之有才能者，不避嫌疑，必汲引之而后快。"

然而令人疑惑的是，左宗棠采取双标对待故人，轻慢郭嵩焘、王闿运，或讥之"迂琐"，或斥之"狂悖"，横切直削，侮辱性不强，伤害性极大。左宗棠推荐蒋益澧替代郭嵩焘，四道奏章犹如四记重锤，令老友心碎，丢官之余，颜面尽失。其中有公心，也有私计，此亦一是非，彼亦一是非，合理却并不合情。郭嵩焘认定左宗棠奋力相倾，怨莫能解，驰书八方友朋，控诉不绝。光绪年间，左宗棠膺任两江总督，聊表寸心，礼聘郭嵩焘主持金陵钟山书院，为时已晚。郭嵩焘执念甚坚，暮年别撰《自序》，对左宗棠无宽恕之词。"盖左郭之争，左曲而郭直，故左终引谢，而筠仙于逼其解组，毕生怏怏也。"黄濬的这个说法颇具代表性。解组即辞官，郭嵩焘辞去广东巡抚一职，外界普遍认为是受左宗棠逼迫所致，他对此一直耿耿于怀，怏怏不乐。

王闿运跅弛不羁，桀骜不驯，左宗棠视之为华士，深心不悦乎其文风，王闿运亦鄙薄左宗棠，视之为浅学粗人，平日少有赞许，多施嘲弄。左宗棠生前，赫赫之名仅逊于曾国藩，藉藉之谤则远过于曾国藩，郭嵩焘、王闿运二人在士林中推波助澜，与有大力焉。批评者欲求议论公允，则不可衔忿抱怨，否则心气难平，必致分寸失准，过头话讲得太多，反而彰显出自身的格局不够宽绰。

明代诗僧函昰留下一首五律《与须识夜话》，此诗不打诳语，于是非、肝胆、胸怀、功名皆道得真，觑得实，认得准，看得开，值得一录：

> 是非非我计，今古皆空名。
> 肝胆尚须惜，胸怀岂易明。
> 人心离复合，世事败还成。
> 何似寒溪水，朝朝霜气清。

左宗棠目无余子，内心真要计较，也只肯与同时代的伟人曾国藩计较，这恰恰是郭嵩焘、王闿运特别恼火的地方，感觉没受到应有的尊重，没被当作同等量级的高手对待，就算他们侥幸将左宗棠击倒在地，也不可能夺得"金腰带"。很显然，这种直接击倒只会出现在文人大胆的想象之中。

世俗声名多不靠谱，既可能是被人赞出来的花（繁花似蜀锦），也可能是被人骂出来的刺（毒刺如蜂针）。左宗棠倔强豪迈，待人处事恪守自己的原则，他注定做不成好好先生，活该挨骂，其心理承受能力可向曾国藩看齐。左宗棠所重之名，乃非常之命，岂是要靠华士之笔去涂脂抹粉的？郭嵩焘、王闿运将他骂得越凶，贬得越低，就越容易引起别人的注意，天才是绝对骂不倒，也骂不臭的。

赞也好，骂也罢，时间终归会绞干水分，这样的千秋业、万古名超出了所有人的控制范围，与某时、某地、某史、某传的评价脱钩。判断历史人物的价值，掩卷沉思显然比盖棺论定更有必要。

"人之性质各有短长，不可概以绳墨相拘，亦不必求其相谅。"

意 译

世人的禀性气质各有长处和短处，不可一概用统一标准去框定，也不必强求别人的体谅。

评 点

只肯做自己认为对的事情，不怕得众人认为坏的结果。这得拥有大心脏，具有大自信才行。朋友相交，尤其如此。朋友做错了事情，你不绕弯子就指出来，给予对方忠告时，也不注意时间、场合，产生误解后，也不寻求对方的体谅，友谊的小船就很可能随风浪而翻沉。如果对方曾有恩于你，你甚至还要背上忘恩负义的骂名。左宗棠与郭嵩焘的交往就是如此，郭嵩焘对左宗棠有大恩大德，左宗棠没有相应地报答他，两人在军政方面合作的时候，左宗棠处处秉公办事，对郭嵩焘的性情、智略、才能多有质疑，少有满意。老乡、老友闹掰了，在外人看来，左宗棠是主要过错方，理应负百分之七八十的责任，然而左宗棠自认为出以公心，并无愧怍，就算他暮年有了悔意，也终究没作全力补救。大人物必具备一副铁石心肠，左宗棠又何能例外。对于这一点郭嵩焘应该明白而始终未能明白，应该谅解而至死未能谅解。

第九章

裁度人才非易事，暮年心境转苍凉

功名高地是各路好手角力投注的敏感区，从无暂刻之安静。彼此以道义相搏，或许只区分邪正；以才智相竞，或许只辨别贤愚；以势力相拼，则可能要决出生死。大人物霸据山头，各自为雄，树劲敌，遭批判，这些都是标准操作方式。

晚清时期，曾国藩广受士林推崇，被誉为"一代完人"，可是皇上申斥他，御史弹劾他，江南缙绅指责他，他自叹动辄获咎。左宗棠的境遇更糟，皇上申斥他、御史弹劾他都不算稀奇事；姻亲郭嵩焘一改昔年口风，给他贴上"侥幸以成功名"的标签，把他踢出朋友圈；将领陈国瑞公开挑起祸端，搬弄是非，把他拽进风暴眼；下属史念祖酷评他，传书千里，以"暴人"影射之；湘籍名士王闿运反感他，笔底吐恶语，以"鱼皮裹尸"诅咒之。左宗棠长期游走在雷区之中、刀梯之上，处功名之地的难度高于曾国藩，官场中人看衰他的一抓一大把。

左宗棠俯视一世，推倒群雄，与其说他介意俗人的毁誉，毋宁说他在乎智者的理解。同治年间，他严厉批评过郭嵩焘："生平惟知曾侯、李伯及胡文忠而已，以阿好之故，并欲侪我于曾、李之列。于不佞生平志行，若无所窥，而但以强目之，何其不达之甚也。"彼时，郭嵩焘与左宗棠尚未反目，他出于私谊，给予左宗棠与曾国藩、李鸿章同列的地位，左宗棠不但不领情，还认为郭嵩焘对他的平生志行视而不见，对事理的认识不够透彻，仅仅看到他身上强悍的特点，就以偏概全。如果说郭嵩焘尚且患有"夜盲症"，不算理解左宗棠，那么真正能够了解左宗棠实处、领略左宗棠妙处的同时代人就只剩王柏心一人而已。纵然骂者如堵、谤者如云，皆非痛痒相关，左宗棠为此发恼，符合实际。

左宗棠能够建大功立大名，这既是偶然之中的必然，也是必然之中的偶然。意志、抱负、才能、眼光、头脑、手段、格局、时势、平台、团队、应激反应、纠错机制、制胜法宝，全都要渐次对接好，不断磨合好，任何一块明显的短板都可能导致功败垂成。他一生遇到的险阻很多，遭逢的困辱不少，他究竟靠什么渡过一道道难关？

第一节　唯愿良心无愧负，不争后世有佳名

同治九年（1870），左宗棠回复好友王柏心，有所托付，他说：自从我到了西北，一切方略均出于智囊的良谋，治旧病用陈方，坚确不可变换，幸而对症，疗效显著，这都是你的功劳。……我行年六十，自叹来日无多，不能为国家一直保卫西疆，恐怕一旦早逝，被那些邪曲之辈贬为污浊之徒，但愿你有办法为我申雪洗刷。名山著述，其权威性或许能胜过国史馆的传记。

左宗棠确实应该感谢王柏心在湖北授予他锦囊妙计，他遵照方略而行，大功告成，军功章自然有王柏心的一半。以左宗棠的评判标准来看，王柏心是成色极高的质实之士，既具诗才，又具史才，还有洞察力和大局观，比那些徒有虚名的华士要强出千万倍，因此左宗棠充分信任王柏心，

托付好友为他作传，传其实际以晓后人。他认为，王柏心的名山著作会比国史馆编写的官方史书更具有可信度和说服力。可惜事与愿违，同治十二年（1873），王柏心因痛失爱子而忧伤致疾，遂卧床不起，他比左宗棠年长十三岁，早逝十二年。倘若王柏心得享陆放翁之高寿，由他为左宗棠持笔作行状，必为传世名篇。

左宗棠有名心，但他对于世俗声名既不苟取，也不强求。左宗棠务实远胜于务虚，不合时宜的声名他还会坚拒。

同治十一年（1872），湖南四大笔杆子吴敏树、郭嵩焘、罗汝怀、曹耀湘打算编纂《楚军纪事本末》，意在表彰楚军英烈，用心周至，陈义甚高。左宗棠却心存疑虑，他在家书中写道：

> 我平生颇以近名为耻，不求表襮，《楚军纪事本末》一书可不挂名其间。至关系湖南各大件，有张、骆、曾章奏具在，不必虑其掩抑。此时吾湘极盛，实则衰机已伏。诸公不以去奢去泰诚其乡人为少留地步计，乃以止谤为桑梓谋此，我所不解也。

这封家书还透露，当时湘籍功臣膺任督抚大员，人数既多，气势亦盛，已招致朝野谤议，湘籍文人急于"救火"，他们的金点子不外乎编书，将湘军、楚军的英烈事迹公之于世，借此熄灭谤焰。这就相当于抱薪救火，想法天真，做法愚笨，左宗棠不以为然。

同治十一年（1872）十一月二十二日夜，左宗棠致书家中诸子，再度表明自己的看法：我们湖南在咸丰初年率先倡导忠义，至今二十余载，前代传下的风尚没有泯灭，众多英杰把握时机，建树业绩，各有所成，是向来未有的盛事。此时正宜韬光养晦，藏匿华彩，加以酝酿，希望后代人才辈出，以保护湘人的家园，成为能够担负国家重任的大臣，便不宜更加铺张渲染，招致邪恶奸佞之徒的非议而破坏先辈朴实谨慎的风范。至于当时的战绩事实，各个行省的章奏都还在，新修的史书中国家大事昭彰可见，纵然有所湮没，也断然不能篡改事实，将重要的人物一笔抹去。"……士君子立身行己，出而任事，但求无愧此心，不负所学。名之传不传，声称之美不美，何足计较？"

满世界的观众都以为左宗棠把世俗声名看得跟生命一样重要，孰料他给这些自以为是的猜想者兜头浇下去一桶冰水。左宗棠坚持十字方针"但求无愧此心，不负所学"，以此立身，以此教子，绰绰有余。至于世俗声名，有它不多，无它不少，就听其自然吧，何必费心计较？

第二节　悍将从背后狠狠地捅了他一刀

同治年间，陈国瑞是数得着的悍将，僧格林沁统兵在山东剿捻，倚之为心膂大将。论桀骜不驯，骄暴不法，倘若陈国瑞甘居第二，就无人敢称第一。只说两件事，就可知这家伙有多么狂纵恣睢。第一件事，他眼红淮军配备的精良枪械，竟带人去偷袭大将刘铭传的军营，本以为神鬼莫测，能够占尽上风、讨足便宜，结果被淮军杀得稀里哗啦。第二件事，他心烦漕运总督吴棠干涉其家事，居然带领手下亲兵强行冲击总督署，攻破大门，攻开二门，直逼吴棠私宅，若非他临时发病昏厥，后果不堪设想。此人椎鲁无文，却在黄鹤楼上题过一副对联：

黄鹤飞来复飞去；
白云可杀不可留。

陈国瑞原为太平军将领，降清后，被拨归湘军大帅曾国藩节制。曾国藩鉴于陈某匪性十足，对他约束甚严，还一度密奏朝廷，打算彻底铲除这匹害群之马。同治四年（1865），曾国藩奏劾陈国瑞在曹州保护僧格林沁亲王不力，朝廷即追加处分。陈国瑞怀恨在心，登黄鹤楼，借联语泄愤，隐然以"白云"指喻曾国藩，图穷匕见，有识者忧之。

陈国瑞贼胆包天，恶贯满盈，屡犯军法而次次都能侥幸过关，凡事蹊跷必另有缘故。他紧抱恭亲王奕䜣和醇亲王奕譞的粗腿，靠山如此强大，连曾国藩都莫奈他何。陈国瑞似乎是个"法外之人"，凌侮诸将，顶撞上司，不是在找死，就是想找死。西征军运送饷银军械，陈国瑞竟然转起了歪脑筋，打起了小算盘，派人拦路抢劫。左宗棠具疏上陈，请求朝廷严惩不贷，直接将陈国瑞由提督降为都司。其时东捻、西捻呼应驰骋，官军疲于奔命。多事之秋，用人之际，朝廷采取和稀泥的方式，将悍将陈国瑞划归左宗棠节制，这就等于暗示左宗棠：真要是不喜欢这家伙，你就不妨给他点颜色瞧瞧——从前你只是湖南抚署中的兵马师爷，尚且敢修理永州镇总兵樊燮，当场发飙，骂他"忘八蛋"，抽他耳光；现在你是钦差大臣、西征军大帅，尽可以下狠手惩治悍将。这就有意思了，陈国瑞只好硬着头皮去西征军大营参见新上司，虽然没有挨骂挨打，但饱尝了被轻蔑和鄙视的滋味，扎扎实实领教了一回"精神冷暴力"的闷击，整个人似扎漏气的猪尿脬。陈国瑞不害怕别人把他揍得鼻青脸肿，就害怕别人嘲笑他是个窝囊废。因此他要报复，从哪儿丢掉脸面就从哪儿找补回来。

左宗棠根本不打算收留陈国瑞那支匪气十足的部队，担心他制造祸端，影响西征军的士气。由于西捻北逃，左宗棠临时改变主意，奏调陈国瑞远赴甘肃剿办回民军。陈国瑞已奉旨入关，即将奏功取胜，左宗棠又以京城附近告警为由，命令他率部火速驰援，不准逗留。这么来回一折腾，眼看到手的军功泡了汤，陈国瑞怒不可遏。这回，他准备怎么找死？西征军兵强马壮，他动不了武的，就动文的，这逆反思维、应对之法出人意料。他致书左宗棠，历数其过，遍揭其短：将左帅排击曾帅定性为"背恩"，将左帅裁抑名将鲍超、蒋益澧定性为"攘功"，诸如此类，罗列成堆，极尽丑诋之能事。左宗棠当然清楚陈国瑞背后有两位王爷撑腰，读罢此信，嘿然久之，出奇冷静，末了只说了句"陈庆云幕中固有人"。所谓"有人"，指有文人帮衬着，笔头子厉害，以此戳击左宗棠的痛感神经。

旁人不免好奇，陈国瑞营中的铁笔文案是谁，这么厉害，竟能把左宗棠骂至无语？据郭嵩焘日记所载，陈营的铁笔文案叫易文斌，居然是左宗棠的湘阴同乡。起初，他前往西北，投奔左宗棠，三次上书言事，近似偏执狂，不受待见，于是他改弦易辙，跑去陈国瑞营中充当文案，如鱼得水。易文斌想露一手大的，辱骂左宗棠是个好任务、好机会，既可借笔墨发泄自己心头的郁忿，又能够帮助雇主扳回丢失的颜面，因此他恣意发挥，行文无所不用其极。郭嵩焘称赞易文斌长于讽刺，其文字颇有扬雄《解嘲》之妙，还在日记中引用易某的诗句"老泉曾著《辨奸论》，留与千秋作品评"。易文斌不知死活，回湘阴后以陈营经历为荣，向郭嵩焘炫耀了一番。苏洵撰《辨奸论》，隐指王安石为大奸；易文斌唐突，作讽刺诗，自比为苏洵，将左宗棠比作王安石，显得不伦不类。似易某这种货色，见不得光，上不得台面，就因为他斗胆"发左君之覆"，替陈国瑞起草了一封恶毒攻讦的书信，郭嵩焘欣然以"奇士"称许之。

易文斌离开陈国瑞大营后，得刘铭传推荐书，打算去新疆投奔乌鲁木齐都统成禄，充任文案。易某行抵晋宁，恰巧左宗棠驻军在当地，他自投罗网，左宗棠就毫不客气，老鹰捉小鸡，想看看这位铁笔文案骨子里到底有几两精钢。戈什哈尚未动手捶打，易某一激灵就想明白了，硬扛必死，于是赶紧从狱中上书左帅，告哀乞怜。左宗棠手握生杀予夺之权，真要是睚眦之怨必报的话，弄死区区一个易某，难度约等于踩死一只蚂蚁。左帅会怎么做？他批示州署："笔亦潇洒，惟少年越分猖狂，应勒令回籍读书，闭门思过。"帅府还传檄各营及陕、甘两省，不准容留易文斌。就这样？就这样。左宗棠宽宏大量，放过易某，责令他回家读书反省。倘若换个狠角色，就算不摘掉易某的脑袋瓜，也会让他把牢底坐穿。易某去不成新疆，只好灰溜溜地返回湘阴老家，在郭嵩焘等人面前詈骂左宗棠，扮演苏老泉，这类单口相声节目自不免要多添加些辛辣佐料。

郭嵩焘未必真就瞧得起陈国瑞、易文斌这路烂糟货色，但他秉承"敌人的敌人即朋友"的实用主义原则，其做法只重功利，太露痕迹，想要旁观者认定他的心地比左宗棠的心地更光明，岂非低估了天下人的智商？

第三节　摧折了李云麟？疑案中有实情

光绪五年（1879）四月十四日，郭嵩焘在日记中严词批判左宗棠，断言他要为李云麟之死负全责。郭嵩焘还挖出了左宗棠摧折李云麟的根本原因：李云麟写信给曾国荃，透露左宗棠猜忌他的秘事，结果书信被驿站小吏拆看揭发，左宗棠震怒，当众责骂李云麟，李云麟的炮仗脾气一点就着，竟然斗胆回骂老师，骂完后，他弃官而归，居家数月，一病不起。"左君气焰逼人，竟毙雨苍之命，亦云酷矣。"郭嵩焘的日记原文如此，所提出的指控相当严重。

李云麟隶属汉军正白旗，才华出众，眼界超群，语不惊人死不休，"大凡人之举事，不为则已，为则登峰造极，琐琐者何足道乎"，诸如此类。年轻时，李云麟不备川资，孤身上路，也敢登高赴远，今人言之津津的穷游天下，竟是他玩剩的项目。他出重金募人在天柱峰顶镌刻"孤立擎霄"，如此高调言志，把行为艺术玩成绝活，国中罕有其匹。同治年间，李云麟兼署伊犁将军，风采过人，在西疆绝对算得上是一号响当当的角色。可是好景不长，李云麟遭到言官弹劾，黯然出局。

同治三年（1864）秋冬之际，左孝威遵从父命前往杭州省亲，后续计划是从容北上，赴翌年春闱。左宗棠时任闽浙总督，父子相见甚欢，但因福建军事紧急，左宗棠匆匆别去。十月二十九日，左宗棠于富阳舟次作书教子，特意吸取《孟子》"孤臣孽子"一章的精义，针对孝威急于求成的心理，强调"自古功名振世之人，大都早年备尝辛苦，至晚岁事权到手乃有建树，未闻早达而能大有所成者。天道非翕聚不能发舒，人事非历练不能通晓"，极少数人可至通达之境，原因在于"操心危、虑患深"。年轻人有锐气当然好，但视事太易，难免受挫，怕就怕一蹶不振。左宗棠告诫孝威："少年意气正盛，视天下无难事。及至事务盘错，一再无成，而后爽然自失，岂不可惜！"其时，恰巧李云麟出事，奉旨撤去四品京堂，左宗棠即以他为现成的反面教材，要孝威儆惕之余引以为鉴："以李雨苍质地之美，何事不可为？只缘言之易，行之乐，遂致草草结局。假令潜心数载，俟蕴蓄既裕，而后见诸设施，亦岂遽止于此。"左宗棠希望孝威能像自己一样蕴蓄多年而后大器晚成，别急于求进，因此他用李云麟的事例敲打孝威，可惜效果平平。

同治年间，刘蓉膺任陕西巡抚，与李云麟有过短期共事，他直言责备后者"举动轻率，无凝定贞固之气"。起先，李云麟治军，锐意剿灭镇安的土匪，事到临头，他却以粮草不继为由，率军离去。这种做法毫无担当，不讲信用，哪是豪杰、大丈夫所为？刘蓉对李云麟大失所望。

光绪元年（1875）十一月二十五日，《翁同龢日记》这样写道："饭后至厂散闷，于常卖家晤李云麟，匆匆数语，其人奇士，今将赴陇右为左相差委，察其词气近俗，恐非任大事者。"老爷子阅人多，眼力好，料量不失准头。光绪二年（1876），左宗棠荐起李云麟帮办新疆军务，后者的前途又光明起来。左宗棠素以丰镐旧族不耐劳苦为忧，因此对那些能够扫除积习的旗员特别爱护，总是希望他们取得大成就，以备器使。"丰镐旧族"即旗人，李云麟隶属汉军正白旗，左宗棠加意栽培他，功业、名位必定大有起色。倘若这位奇士能放平心态，放低身段，给左宗棠当好帮手，咸鱼翻身指日可待。然而李云麟好酒贪杯、与人多忤，更要命的是，他自作主张，与左宗棠的战略思想背道而驰。李云麟认为，与其耗费巨额军饷长途运兵，冒险收复南疆八城，倒不如将主力部队驻扎在乌鲁木齐，以静制动，稳控全局。他还建议"缓取伊犁""罢屯戍之兵"，道是"外患莫大于俄人，内患莫大于客勇，而俄国之患久而缓，客勇之患暂而急"。所谓"客勇"，主要是楚勇，即西征军的主力。李云麟尤其反对在新疆建立行省，令左宗棠怫然不悦。李云麟办理塔城事务时一意孤行，未经左宗棠同意，私刻"钦差大臣督办新疆军务营务处李"的衔条，行知各处，耍威风，作威福，以致不知情者尊他为钦差，就连将军金顺也称他为星使。这种拉虎皮当大旗的做派令左宗棠极为反感。

光绪三年（1877），西征军克复乌桓，"满座均欢，独李云麟一人神色沮丧，殊不可解，盖忌嫉之心所迫致然。宜此次南疆克复，非所乐闻，而预为缓南急北之说，妄思阻挠也"，如此离心离德，左宗棠岂能容忍？

光绪四年（1878），李云麟以请假养病试探左宗棠，左宗棠将计就计，奏请朝廷，允准李云麟回京。请神容易送神难，左宗棠致送程仪一千三百两白银，李云麟犹嫌遣散费太少，发牢骚说这点钱还不够酒资。

郭嵩焘认定"回疆不足经营"，他要站队，肯定挑选李鸿章的海防派，为此他不惜略去前因后果，指控左宗棠气死了李云麟。从这件事情即可看出，一个人若跟左宗棠气性不合、观点不近、阵营不同，他就会想方设法给左宗棠添点骂名，指控左宗棠忌才害命，也完全可以编造得有鼻子有眼睛。

名这个东西，有时就像一张被抹花了的脸面，外界的高回头率、高关注度都说明不了什么问题，不妨将本来面目还原回来，再作评判不迟。

第四节　裁度特殊人才，追求军政高效

　　位高才大的人物，有两种基本类型：一种似曾国藩，渊渊有量，休休有容，人才在他身边盘旋或自立门户都可以，他一概成全，各得其宜，各得其所；另一种似左宗棠，敛才就范，敛才就己，不好悦服人才，专好折服人才，有时候难免用力过猛，这样就可能会有伤损之虞。性情高亢者尤其不乐意为左宗棠所用，湘军大将鲍超就是个典型。

　　左宗棠对鲍超的评价明显有点偏低："鲍春亭终非大才，惟胆气好，能整齐其众，为其所长，此外则不足取。"同治六年（1867），剿捻处于紧要关头，左宗棠亲往鲍超营中探病，责以大义，希望他听从调遣，鲍超不肯俯首就范。有趣的是，过了十三年，左宗棠回复王若农，给出了新的解释：当年，鲍超感激我的救命之恩，却对曾国藩不能释怀，最终曾国藩央求他救援曾国荃，鲍超竟悍然不顾，托疾言归。他引军退驻襄阳，猜想我一定会带他的霆军入陕西。我认为入秦作战不用大部队，因为无充足的军粮供应，何况曾国藩有意托鲍超助曾国荃解困，所以我与鲍超商量，让他留在湖北暂缓入关，鲍超不肯，他决意解甲归田。

　　左宗棠断言：其实像鲍超这样桀骜不驯的猛将，不仅曾国荃不能驾驭，就是别人也驾驭不了，倒不如满足他的饷银需求，让他独当一面为好。鲍超在湖北剿捻期间极为不快，别人打了败仗高枕无忧，他打了胜仗却两头受气，所以曾国藩和左宗棠先后出面要他留在湖北，帮助曾国荃摆脱困境，他都置若罔闻。曾国藩极力栽培鲍超，关键时刻却指靠不上，难免失望。至于鲍超希望左宗棠携霆军入秦，此说存疑。先不谈他本人的想法究竟如何，日后霆军金口哗溃即说明问题，索饷只是表面现象，霆军将士不愿远赴秦陇打仗才是真实原因，鲍超岂能逆霆军将士之意而行？左宗

棠欲敛鲍超就范，未能取得成功，他内心并不乐意承认这一点。

以个性论，鲍超倔，李云麟狂，后者心气甚高、才气甚大，左宗棠"加意箴砭"，欲择机而重用，先裁抑之，结果发现这种良法"犹以水投石"，格格不入，恼怒之余，他认定李云麟"诞妄过甚，不堪造就"。这种方法好处多多，效果则因人而异，不宜整齐施行。左宗棠裁成刘锦棠，即得心应手，知之深而爱之切："毅斋心精力果，自是无双，近颇有才气横溢之虑，弟于所请每思裁抑，俾竟全功。"左宗棠相信衣不裁不可穿，人不裁不可用，刘锦棠收复南疆八城的时候，还只是三品京堂，后来左宗棠力荐他为首任新疆巡抚，足见裁成的结果十分圆满。起先有人误会，以为左宗棠嫉才寡恩，郭嵩焘即唱此怪调，最终大家有目共睹，左宗棠裁成刘锦棠，折其骄气，养其锐气，煞费苦心，颇见良效。此外，左宗棠裁成蒋益澧，总体而言也算是成功的。

关于裁成人才这个大题目，刘蓉在咸丰年间致胡林翼的书信中早就有明言，并且着重谈到了李云麟，大意是：使用人才不是难事，培育人才是难事。科举取士的制度已经弊病丛生，而读书人少有实学、少有成材，不可急求于一时。如今选拔的英俊之士，大都质地美好而无学问，文才出众而不适用于军政。爱他们的才而赶紧派事给他们做，恰恰会害了他们，所以培养而裁成人才至关紧要。……李云麟才识超迈，在后进中非常罕见，只是他心浮气躁而锋芒毕露，骤然试用于军事，的确难免覆败之忧。然而大臣以人事君，那么像这样的人才，正应该委曲裁成，以备未来选为将领。

胡林翼逝于盛年，来不及裁成李云麟，等到左宗棠用人之际，李云麟的各方面已经定型，依旧"气浮而锋锷未敛"，他在西北受挫之后，自暴自弃，最终开启了自毁程序，完全辜负了众人多年来对他的高度期许。

晚清诗人施补华在左宗棠幕府中做师爷，有过一段不太愉快的经历，其尺牍论左宗棠对待李云麟过苛，有一节文字值得留意：

> 雨苍都护，磊落光明，八旗人杰，在营与兄甚契合，将来西北之事，或当寄之。相国有意磨折之，虽有成就之雅，而用意太迂。人生四十余，材具识见，进益亦复有限，及其朝气而用之，可收目前之效。若蹉跎岁月，至于精力减而元气隳，是非成就，实糟蹋也。好汉惜好汉，颇为太息也。

施补华的话难免隔膜，左宗棠的容人之量虽不及曾国藩，但也不至于太过窄狭，似鲍超、李云麟不乐意归左宗棠调度，而且弄到凶终隙末，其实另有原因。左宗棠能力强、精力旺、智深勇沉，他欣赏的人才必具备超群的执行力，比如刘典、刘锦棠、蒋益澧；曾国藩的能力、精力、智勇均不及左宗棠，他欣赏的人才必具备非凡的主见，比如李鸿章、沈葆桢、陈士杰。人才多半乐归曾门，乐为曾用，就合情合理了。

左宗棠在西北好用楚人（尤其是湘人）办事，呼应甚灵，久而久之，外籍官员因小故而落职，难免抱怨。浙江人陶斯永的宁夏道被湖南人魏喻义取代，江西人余士毂的甘州知府被湖南人龙锡庆取代。同为西北失意人，陶斯永致书余士毂，愤见于词："今日陇头，非楚产不足见珍，谚云：'惟楚有材。'若吾辈三江，备员宇下，宜乎摈弃！"更令人惊诧的是，有一首歌谣，不知何人所作，传遍西北官场，其词为：

> 数载听鼙鼓，于今尽盖锅。
>
> 囊中无白镪，地下有黄河。
>
> 绝学将焉用？奇勋又若何？
>
> 不能生在楚，只好见阎罗！

甚至有人干脆将甘肃、新疆两地合称为"楚国"。左宗棠追求高效，只争朝夕，特别注重将领和官员的执行力，他的做法难免失之操切，阻人仕途，断人财路，很容易招致怨恨。左宗棠向朝廷、向外界的解释是："不蓄三年之艾，何以治七年之疾？不挈旧识侣伴，何以为万里之行乎？"以楚人为主体的西征军平定了陕甘，收复了新疆，主人翁意识自然满溢，颇有"欲经营、治理西北，舍我其谁"的豪情壮概。左宗棠把楚地的人才吸引到西北地区来，以便高效施治，由此罢黜了一些非楚籍的官员，引起他们的不满，牢骚满腹属于正常现象。当年，西北地区需要左宗棠这样的铁帅，只有他能够打开僵局，镇服各路豪强。他通盘考虑，信任楚才，是其大局观使然。

第五节　烧洗脸水，竟然也会沾生铁锅

左宗棠位极人臣，能够摒除物欲之扰、色欲之诱，至于权欲方面，其头顶已封住天花板，但他身边的人则未必个个经受得住物欲、色欲、权欲的诱惑，他们如饮狂药，如食毒品，各种不安分必然给左宗棠带来困扰和危害。左宗棠是位大智者，但由于衰老而导致体力和智力逐年下降，诸多非可控因素就会令他疲于应付。须知，除了追名逐利之徒给他设置了包围圈，身边人还给他挖掘了陷阱，大人物必须及时发现并且迅速填平它们，才不致被吞噬。当宽处变窄，平处变凹，高处也就不胜寒了。

世间万物都逃脱不了折旧的命运，功名也不例外。左宗棠暮年功高、名显、位重，一言一动影响观瞻，朝廷要抑制功臣的心思呼之欲出。具体的做法很简单，办案抓典型，左宗棠最合适，一旦他有疏失，麻烦就会找上门来，朝廷派人前来修剪枝叶名正言顺，还可以借此敲响警钟，令全体功臣自觉收敛。良臣、重臣晚节最难处，干得好，大家习以为常；干得不

好，则酷评如潮。

光绪八年（1882），御史李鸿逵参奏两江总督署劣员招权纳贿，具体对象为两江营务处道员王诗正、知县柳葆元，罪名是"狎妓浪游，权势熏灼，贿赂公行"，另有客游道员张自牧、知府郭庆藩涉嫌"内外串通，招摇撞骗，捏报商名，请引渔利"。长江巡阅使彭玉麟素以刚正不阿著称，领旨查办此案，这释放出什么信号？彭玉麟与左宗棠私交甚好，朝廷决定要轻办吗？其实不然，让湘军集团受迫而出现内耗和裂隙，更符合"国家利益"。左宗棠和彭玉麟当然心知肚明，但事非得已，他们必须硬着头皮演完这场对手戏。

办案半个月后，彭玉麟向朝廷报告了涉案人员的实在情形。王诗正，功臣王鑫之子，左宗棠念他是忠良之后，又久习兵戎，在西北即已追随左右，便委派他总办两江营务处。王诗正矜才使气，出言放诞，行事不检，以致物议沸腾。柳葆元文采翩翩、娴于辞章，左宗棠量才器使，派他充任文案，江南繁华，柳某抑制不住文人性情，时常溜出督府，四处闲游。王、柳二人确实有负左宗棠的裁成和任使。至于道员张自牧、知府郭庆藩，均在湖南，未游两江，御史所参实由传闻所误。在查案的过程中，彭玉麟发现道员张崇澍贪鄙成性，捏报商名贺全福，倒卖盐引，多方渔利，左宗棠完全被他蒙在鼓里；还有参将柳国瑞"阴肆鬼蜮"，以及住在两江总督府的湘潭附生王代英、长沙附生蔡熙霖行为不谨。彭玉麟建议朝廷作出如下处分：将王诗正暂行革职，撤去两江营务处差使，交左宗棠严加管束，如果他能改过自新，将来仍可弃瑕录用，以示保全忠良之后；柳葆元虽无大过失，但已干物议，应屏出督署，仍回原籍甘肃候补，以示薄惩；道员张崇澍"既作奸商，巧谋渔利"，参将柳国瑞"贪鄙卑污，昧良之极"，均应革职，永不叙用，以儆官邪；王代英应革除附生，蔡熙霖应褫去附生衣襟，以端士习。还有门丁唐钧，已被左宗棠逐解回籍，今后不许再至江南。张自牧、郭庆藩"实在事外，应均免其置议"。彭玉麟不想牵连太广，案中嫌犯张崇澍是张自牧的儿子，要说张自牧置身事外，怎么可能？果然次年东窗事发，经湖南巡抚卞宝第查明，奏请刑部拿办，张自牧在扬州归案。

彭玉麟的奏折极力维护左宗棠的清操大节，使左宗棠免于处分，但是一大群幺蛾子从两江总督府中飞出，都因为左宗棠平日鉴人失察、用人不当，此案惊动朝廷，引爆舆论，左宗棠颜面上肯定无光，形象不可避免地遭到了污损，身心大受打击。

光绪八年（1882）十月五日，左宗棠呈上《病势增剧恳恩开缺回籍折》，从字面上看，他打算交卸差事，回湖南老家调养，实则有试探朝廷的意思。朝廷表示慰留，给出的答复是："左宗棠着赏假三个月，安心调理，毋庸开缺。"此案的前因后果如此，江湖上的传言衍生出多个版本，王闿运于客座间得悉彭玉麟查办此案，举重若轻，"余闻其归罪二幕客，褫其衣衿，甚不韪之"，他为湘潭老乡王代英、蔡熙霖二人所受惩处大抱冤屈，吐露不平，只差在《湘绮楼日记》中怒骂一句"官官相护"了。

两江总督署案可谓余震不断。左宗棠看重他与王鑫的知己情谊，对王鑫的遗属爱护有加。光绪四年（1878），他已经看出王诗正的毛病，回复刘典，讲得透彻："弟观莼农为人，颇有英气，然性情挥霍，嗜欲太重，乃其受病处。虽云少年血气未定，子弟之过，诚所难免，然由此上达，固不失其为佳，若再加纵肆，用惯顺手银钱，非莼农之福也。"左宗棠提醒刘典不要给王诗正加薪，别让他司掌三营账目。那时，左宗棠对王诗正的爱护尚在理性范畴之内。

光绪九年（1883），左宗棠急于帮王诗正开复，他先求彭玉麟援手，彭玉麟明言拒之，又转托彭玉麟和杨昌濬去求李鸿章帮忙，李鸿章应允了，由于回天津，此议暂时搁置。嗣后，左宗棠急不可耐，开募十三营，仍将三营交给王诗正管带，两个月都未向朝廷奏明此事，幕僚一再提醒，左宗棠这才上奏，折中却又只列入王诗正一人，结果遭到朝廷批驳："王某曾有旨勒令回籍，何以尚逗留江南？仍饬勒令回籍。"如此一来，左宗棠自损名望，王诗正也在短期内丧失了开复的可能性，李鸿章想奏调他也无从着手。这年七月初八日，郭嵩焘听到这些消息，不禁在日记中感慨系之："古人言保晚节末路之难，惟学可以自保。如恪靖者，亦岂非不学之过哉！"郭嵩焘意犹未尽，还透露说左宗棠包庇其小儿子左孝同，说是彭玉麟查获了左孝同的私信，所干不法勾当证据确凿，并且将私信交给左宗棠过目，左宗棠置之不问，理由是信上的文字皆为俗体，非左孝同所为，明显有人栽诬。"（恪靖）直以强狠纵使为恶而已，吾窃为左氏伤之。"郭嵩焘是否真为左宗棠难过？难以断定。但左宗棠在长子孝威英年早逝后，有意无意中对子女放宽了管教尺度。舐犊情深可以理解，但左孝同干预公事被彭玉麟直接抓包，郭嵩焘言之凿凿（这些信息得自雪帅亲口所述），左宗棠只能勉强敷衍过去。王诗正另有一重身份，他是左孝同的内弟，他的姐姐是左宗棠的儿媳。左宗棠重用王诗正，别人既可以理解为内举不避亲，也可以理解为任人唯亲，就看选取怎样的观察角度。临到暮年，左宗棠幕府中人才愈益枯竭，这无疑是令他特别头痛的地方。昔日，他有充沛的精力大包大揽，现在年岁不饶人，精力日益衰退，难免顾此失彼。

两江总督署案及其余波对左宗棠的精神冲击不小，他对刘伯固说了一句大白话——"烧洗脸水饤锅"，意思是：人走起衰运来，倒起血霉来，烧洗脸水也会沾生铁锅，相当于喝凉水也会塞牙。王闿运对此语印象极深，《湘绮楼日记》给出了点评："……左侯见语云'烧洗脸水饤锅'，此言极可叹，无本人专恃运气，必有此困。"王闿运讥笑左宗棠是"无本人"！何谓"无本人"？既可理解为无办事本领的人，也可理解为无学问根基的人，只能专靠运气做官。曾国藩大半生强调运气的重要性，甚至认定"功业之成败，名誉之优劣，文章之工拙，概以付之运气一囊之中"，以王闿运的法眼看来，莫非曾国藩、左宗棠同处"无本人"之列？真要是定出这样苛刻的高标准，不知"有本人"又在何方。

第六节 他身后的影响犹如扩散的涟漪

秦翰才著《左宗棠全传》，对传主的"寂寞身后事"有一个相当客观的评判，长处和短板罗列分明，大意是：我私底下曾综论同治中兴名臣，左宗棠的武功确实在胡林翼、曾国藩、李鸿章诸人之上，文治也不弱。论才略，任何人都不如他；论德操，堪与胡林翼、曾国藩相比，而优于李鸿章；论气度，则不仅远不及曾国藩，就是以胡林翼、李鸿章作对照，仍觉远逊。正因为他的气度不足，渐至由褊浅而时或流于忮刻，所以左宗棠心里固然不喜欢华士，就是华士也都不喜欢左宗棠，遂使一代伟人常不为士论所称许，岂不令人唏嘘感慨！

这个评判于理甚安，正因为气度受限，左宗棠识拔的武将和举荐的文臣比曾国藩要少了许多。西征之时，恰是用才之际，竟捉襟见肘，不得不借用曾国藩麾下的名将刘松山来江湖救急。王闿运是华士中的华士，他大张旗鼓，批评左宗棠"用人才不求人才"，以此作为口实，固然过甚其词，但也不算厚诬。

光绪十一年（1885）八月初四日，郭嵩焘获闻左宗棠在福州去世的噩耗，"伤感不能自已"，翌日在日记中写道：

> 计数三四十年情事，且伤且憾之。伤者，生平交谊，于国为元勋，所关天下安危；憾者，憾其专恃意气，可以为一代名臣，而自毁已甚也。凡其所以自矜张，自恣肆，皆所以自毁也。曾文正之丧，顾念天下，若失所凭依，怅然为之增悲。恪靖之视胡文忠、江忠烈，遗泽之及人者，犹未逮也。此其所以憾之也。

照郭嵩焘的说法，左宗棠"专恃意气"，晚年实已启动自毁程序，连名臣的体面都没能保住。他认为左宗棠的遗泽尚不及胡林翼、江忠源二人，比起曾国藩来就差得更远了。这个看法虽属私见，但在当年士大夫中确实具有代表性，是值得思考的。郭嵩焘真正过分的举动是借《挽词》末章大加讥刺："攀援真有术，排斥亦多门。"这两刷子"石灰水"足以将左宗棠的红脸抹成白脸。不过但凡有点常识的人，谁又会认为左宗棠大器晚成所获得的上升空间，封侯拜相所获得的爵位、权力，竟是靠"攀援"权贵、"排斥"同僚的手段捞取的？郭嵩焘言之差矣，相比他早年向咸丰皇帝力荐左宗棠的那些赞语，不仅显得前后矛盾，而且逻辑不通。他晚年对左宗棠的诸多酷评均不免掺杂私怨，并不公允。

张之洞评论左宗棠有一语十分到位。张佩纶于光绪五年（1879）十一月二十一日的日记中写道："过孝达。论道光末人才……今左恪靖虽大功告成，而论才太刻，相度未宏，绝无传衍衣钵者。"张之洞字孝达，与张佩纶是莫逆之交，合称"二张"，被外界视为清流派的哼哈二将，他们评骘清朝人物，可谓直言无隐。张之洞是左宗棠的晚辈，才雄眼界高，论人着眼点不在狭小处。曾国藩荐才满天下，相比之下，左宗棠荐才的数量较少、质量较逊，看人看走眼的时候较多，曾国藩有李鸿章传承衣钵，左宗棠的薪火传人是谁？刘锦棠算不算？只能存疑。以文治武功而论，李鸿章是重量级，刘锦棠是次重量级，也不在一个量级上。何况刘锦棠逝于盛年，长才未展，在中国近代史上的影响力受到了局限。

除开世间的魔头和超级骗子，功与名往往会形成正相关，有丰功者必有盛名，但二者不会形成对等式，影响力的递减效应或快或慢，因人而异，因时代而异。典型的例子是：曾国藩的影响力是链条式的，环环紧扣，经久不绝（除非强行将它截断）；左宗棠的影响力则是涟漪式的，圈圈外扩，关联及远而趋弱。二者之间最大的区别并不在政绩、军功上，而在文化传播方面。曾国藩所极力讲求的修身养性之道、齐家教子之道、为官为士之道已形成独特的文化根系，深植于中国人的意识之中，由其幕僚、旧部、门生、"铁粉"广为传播，至今影响不绝。其幕僚和旧部多为封疆大吏，其门生弟子中最突出的是曾门四子（吴汝纶、薛福成、黎庶昌、张裕钊），个个都是晚清文坛大咖，而且是学界、外交界颇受瞩目的重要人物，他们宣传、赞美恩师可谓不遗余力。曾国藩的"铁粉"中则包括梁启超、蒋介石这样的"超巨"，对传播影响助力之大可想而知。然而文化传播恰恰是左宗棠的弱项和软肋，其幕僚、旧部、门生、"铁粉"较为寥落，他们的量级、层级与其丰功伟绩并不匹配。因此不论是在当世还是在后世，曾国藩的盛名都往往盖过了左宗棠，实际情形就是如此。曾国藩如同一位虽死犹生的教主，你只需展读他的教义，就如闻謦咳。左宗棠实为顶天立地的大英雄，他伫立在远处山巅的雾霭之中，任凭你的视力再好，也不容易看清楚他的全貌。

放眼海内外，谁对左宗棠的评价最高？曾国藩盛赞左宗棠，"君谓为朝端无两，我以为天下第一耳"，锁定的空间为天下，确认的时间为清朝，曾国藩此语大有自愧不如的意思。胡林翼盛赞左宗棠，"横览七十二州，更无才出其右者"，锁定的空间为全国，确认的时间为当代，可谓推崇备至。论才能，论功勋，左宗棠确实盖过了晚清所有命世英豪，专治各种不服。

自明初到清末，五百年间，中国罕有将帅能够从入侵者手中收复一百多万平方公里的失地。左宗棠的壮举不仅保住了祖国的金瓯完整，而且及时阻断了俄国对新疆、蒙古的觊觎和英国对新疆、西藏的窥伺，使愈演愈烈的瓜分之祸逐渐缓解，至于民心之振作、士气之高涨，实为鸦片战争以来所未曾有。可以这么说：在河决鱼烂的晚清乱世，中国历劫不亡，左宗棠厥功至伟。

有意思的是，梁启超撰《李鸿章传》，将两位并世齐肩的大人物作了粗略比较，他认为左宗棠与李鸿章各有所长，"左以发扬胜，李以忍耐胜"；论器量，左宗棠不及李鸿章；至于洋务见识，二者不相上下，左宗棠不是守旧派的党魁，李鸿章也不算维新派的领袖。"左文襄幸早逝十余年，故得保其时俗之名，而以此后之艰巨谤诟，尽附于李之一身。文襄福命亦云高矣。"梁启超评价左宗棠，留了一条小尾巴。无论本领如何高超，福命依然重要，曾国藩强调凡人之体皆为"运气之一囊"，实为妙喻。李鸿章比左宗棠晚辞世十六年，他要收拾的烂摊子变得越来越大，身败名裂的风险也变得越来越高。诚然，盛誉、美名似金坚玉洁，实则只是一块白嫩嫩的热豆腐，顶要紧的，不可脱手掉入灰堆。及至暮年，左宗棠的精力加速衰退，功名则无虞坠失，一直稳居于"升值""保值"区间，未曾跌破过"净值"，确属大幸。梁启超所言"文襄福命亦云高矣"，不算是一句恶谑。

左宗棠在两江总督任上时，游览过江苏无锡的梅园，应主人翁请求，他欣然命笔，题写了一副对联：

> 发上等愿，结中等缘，享下等福；
> 择高处立，寻平处坐，向宽处行。

发上等愿必须择高处立，结中等缘即可寻平处坐，二者的逻辑推导问题不大，左宗棠也都做到了。唯有享下等福能否向宽处行则无定准，因为宽处很有可能被某些人强占或堵塞了。

左氏功名诀

"但求无愧此心，不负所学。"

意 译

只求无愧于良心，不辜负所学的真知至理。

评 点

良心、良知、良能，三者都是好东西，足以让人活出人样、人味、人性来。但有些角色不喜欢做人，只想做妖、做怪、做鬼、做魔，他们认定只有走歪门邪道、旁门左道才能大红大紫、大富大贵，因此抹杀良心、摈弃良知，将良能扭转为恶能，他们有较高的概率达成心愿，机会成本也颇具弹性，但被罪愆反噬的概率同样不低。左宗棠一生光明磊落，行正道、行直道、行大道，凭良心、凭良知、凭良能，做人做事不妄作邪曲、不希图侥幸。良心无大亏欠，便无愧于天地，无咎于神明；良知、良能皆善用于正途，便不负所学。尽管在暮年他也会有下坡路要走，也会被别人背后插刀，但他没有崩溃，信念的力量始终支撑着他。当良心、良知、良能在生命中三足鼎立时，死神也只能夺去他的肉身，而他的灵魂和精神岿然独存，不可磨灭。

附录

主要参考书目

一 史籍

王夫之著，舒士彦点校：《读通鉴论》，上册，北京：中华书局，1975年。

赵尔巽等撰：《清史稿》，第39册，北京：中华书局，1977年。

王闿运、郭振墉、朱德裳著：《湘军志 湘军志平议 续湘军志》，长沙：岳麓书社，1983年。

罗尔纲、王庆成主编：《太平天国》，桂林：广西师范大学出版社，2004年。

二 文集

陶澍撰，陈蒲清主编：《陶澍全集》（修订版），第5册，长沙：岳麓书社，2017年。

贺长龄、贺熙龄撰，雷树德校点：《贺长龄集 贺熙龄集》，长沙：岳麓书社，2010年。

罗泽南撰，符静校点：《罗泽南集》，长沙：岳麓书社，2010年。

曾国藩著：《曾国藩全集》（修订本），全31册，长沙：岳麓书社，

2012 年。

胡林翼撰，胡渐逵、胡遂、邓立勋校点：《胡林翼集》，长沙：岳麓书社，2008 年。

左宗棠撰，刘泱泱等校点：《左宗棠全集》，全 15 册，长沙：岳麓书社，2014 年。

郭嵩焘撰，梁小进主编：《郭嵩焘全集》，第 8—14 册，长沙：岳麓书社，2012 年。

彭玉麟著，梁绍辉等整理：《彭玉麟集》，中册，长沙：岳麓书社，2003 年。

刘蓉著，杨坚校点：《刘蓉集》，第 2 册，长沙：岳麓书社，2008 年。

江忠源、王鑫撰，谭伯牛校点：《江忠源集 王鑫集》，长沙：岳麓书社，2013 年。

刘长佑撰，陈书良等校点：《刘长佑集》，第 2 册，长沙：岳麓书社，2010 年。

曾国荃著，梁小进主编：《曾国荃集》，第 3—6 册，长沙：岳麓书社，2008 年。

王闿运著：《湘绮楼诗文集》，第 1—4 册，长沙：岳麓书社，1996 年。

李肖聃撰，喻岳衡校点：《李肖聃集》，长沙：岳麓书社，2008 年。

三　日记

赵烈文著：《能静居日记》，第 1、2、3 册，长沙：岳麓书社，2013 年。

翁同龢著，翁万戈编，翁以钧校订：《翁同龢日记：附索引》，第 3、4 卷，上海：上海辞书出版社，2019 年。

曾纪泽著，刘志惠整理：《曾纪泽日记》，第 2 册，北京：中华书局，2013 年。

王闿运著：《湘绮楼日记》，第 1、2 卷，长沙：岳麓书社，1997 年。

四　笔记

薛福成著，丁凤麟、张道贵点校：《庸盦笔记》，南京：江苏人民出版社，1983 年。

刘声木撰，刘笃龄点校：《苌楚斋随笔 续笔 三笔 四笔 五笔》，上、下册，北京：中华书局，1998 年。

胡思敬著：《国闻备乘》，北京：中华书局，2007 年。

刘禺生著，钱实甫整理：《世载堂杂忆》，北京：中华书局，1960 年。

葛虚存著，张国宁点校：《清代名人轶事》，太原：山西古籍出版社，1997 年。

李详著，李稚甫点校：《药裹慵谈》，南京：江苏古籍出版社，2000 年。

徐凌霄、徐一士著：《凌霄一士随笔》，第 1—5 册，太原：山西古籍出版社，1997 年。

五　稗钞

徐珂编撰：《清稗类钞》，第 1—13 册，中华书局，2010 年。

秦翰才辑录：《左宗棠逸事汇编》，长沙：岳麓书社，1986 年。

中共长沙市委宣传部主编，陈先枢、李渔村编纂：《长沙野史类钞》，上、下部，长沙：湖南人民出版社，2017 年。

六　传记

朱孔彰撰，向新阳校点：《中兴将帅别传》，长沙：岳麓书社，2008 年。

秦翰才著：《左宗棠全传》，上、下册，北京：中华书局，2016 年。

秦翰才著：《左文襄公在西北》，长沙：岳麓书社，1984 年。

左景伊著：《我的曾祖左宗棠》，武汉：湖北人民出版社，2010 年。

七　年谱

梅英杰等撰：《湘军人物年谱（一）》，长沙：岳麓书社，1987 年。

罗正钧著：《左宗棠年谱》，长沙：岳麓书社，1983 年。

后

记

《功名诀：左宗棠镜像》终于快要付梓了。

任何事情，辛辛苦苦做到完工的时候，仍不免自疑：是否疏忽了什么地方？哪儿还不够周全？

想想，再仔细想想吧，这本书真就缺少了一篇后记。

因为有两个方面的问题需要向读者作出说明：

一是这本书的书名有何讲究？

二是这本书的主要参考资料遵循哪种标准？

先说书名。

"功名诀"的疑点不在"功名"而在"诀"。

左宗棠是近代的大英雄、大豪杰，其功名的主体轮廓、脉络走向、表现特征，早已被前人和今人的传记、小说描述过了，但他毕生体悟功和名，所得的诀窍，即高明或关键的方法，究竟是什么？有哪些亮点？诸多传记、小说作者并未专心致志地搜寻过。本书对此特别注意发踪，从左宗棠的言行事迹探本溯源，务必找到他说话的依据和行事的宗旨，至于额外提供的其豪杰人格的氛围和英雄情绪的价值，则是为了形成阅读时的心理磁场，增添更丰富的趣味。

副标题为何是"左宗棠镜像"？本书的用意并非为左宗棠树碑立传，描述的就并非他首尾连贯的一生，截取的只是他片断的影像，但要求从精神面貌、言谈、作为和感想多方面刻画，呈现时，全都是高清晰度的画面。打个比方，这本书并不是一部由情节线串联的连续剧，而是由许多个小视频组成的系列，主题之一为"功"，主题之二为"名"。功与名是双向奔赴的，合则双美，离则两残。

再说参考资料。

正史粗线大条，可提供龙骨；野史稗钞细节生动而笔调散漫，可萃取精华；同时代人的文集颇为正路，可寻绎线索；同时代人的书信、日记、年谱较为确凿，可作为佐证；后人的传记、小说，虽绝妙点染，却不敢轻易采信，除非是历史学者精骛严整的专著，例如秦翰才的《左宗棠全传》《左文襄公在西北》之类。

最重要的参考资料无疑来自《左宗棠全集》。

参考书籍务求立言有根，立论有据，不凿空，不妄断。附上主要参考书目，与读者朋友分享。

《功名诀：左宗棠镜像》能够成书，许多人为它付出了辛劳，谢谢湖南文艺出版社精良的团队！这的确是一次愉快的合作！

王开林

2024 年 10 月 7 日 于长沙梦泽园松果书屋